EDIÇÕES BESTBOLSO

Joana d'Arc

Mark Twain (1835-1910), pseudônimo de Samuel Langhorne Clemens, é considerado um dos maiores romancistas americanos do século XIX. Foi tipógrafo, soldado, mineiro, piloto de barcos no Mississipi e jornalista reconhecido por trabalhos humorísticos. É autor dos clássicos *As aventuras de Huckleberry Finn*, *As aventuras de Tom Sawyer* e *O príncipe e o mendigo*.

[illegible]

[illegible]

[illegible] (1839-1908) [illegible]
[illegible]
[illegible]
[illegible]

MARK TWAIN

JOANA D'ARC

Reminiscências pessoais de Joana d'Arc pelo Senhor Louis de Conte (seu Pajem e Secretário)

Tradução de
MARIA ALICE MÁXIMO

2ª edição

RIO DE JANEIRO – 2024

CIP-BRASIL. CATALOGAÇÃO-NA-FONTE
SINDICATO NACIONAL DOS EDITORES DE LIVROS, RJ

Twain, Mark, 1835-1910
T913j Joana d'Arc / Mark Twain; tradução de Maria Alice Máximo. – 2ª ed – Rio de Janeiro: BestBolso, 2024.
12 × 18 cm

Tradução de: Joan of Arc
ISBN 978-85-7799-276-8

1. Ficção norte-americana. I. Máximo, Maria Alice. II. Título.

13-1804 CDD: 813
CDU: 821.111(73)-3

Joana d'Arc, de autoria de Mark Twain.
Título número 339 das Edições BestBolso.

Título original norte-americano:
PERSONAL RECOLLECTIONS OF JOAN OF ARC

www.edicoesbestbolso.com.br

Design de capa: Marianne Lépine sobre imagem de iStockphoto.

Impresso no Brasil

ISBN 978-85-7799-276-8

Atentem para esta distinção singular e impressionante: desde que a história humana começou a ser escrita, Joana d'Arc foi a única pessoa, entre homens e mulheres, que chegou ao comando supremo das forças militares de uma nação *aos dezessete anos de idade.*

Louis Kossuth

À MINHA ESPOSA
OLIVIA LANGDON CLEMENS

Ofereço este livro no nosso aniversário de casamento
em gratidão pelos vinte e cinco anos de preciosos
serviços como minha conselheira
literária e editora.
1870-1895

O AUTOR

Sumário

Prefácio à edição brasileira

Este é um livro pleno de perplexidades, a começar pelo fato de ter sido escrito por Mark Twain. Bernard Shaw não estava sozinho ao reconhecer em Twain, um dos principais romancistas do século XIX, um homem do seu tempo, que soube analisá-lo como poucos. "Estou convencido", disse ele em uma carta a Twain, "de que o futuro historiador da América julgará que sua obra lhe é indispensável, da mesma forma que o historiador francês considera indispensáveis os trabalhos políticos de Voltaire."

De fato, as principais obras de Mark Twain refletem a percepção aguçada de quem participou intensamente de um período épico da história de seu país na segunda metade do século XIX, quando tantos eventos marcantes definiram a própria identidade daquela nação. Foi então que se deu a conquista épica do Oeste, a Guerra de Secessão, o início da industrialização, a grande corrida do ouro e tantos outros episódios imortalizados pela história e pela arte. Twain estava lá e participou de tudo isso. Foi moleque à beira do Mississippi quando aquele rio se transformava na principal via de comunicação entre o Norte e o Sul do país, chegando a ser piloto das barcaças que imortalizou em seus livros. Trabalhou como tipógrafo, garimpou ouro, foi soldado e jornalista. Conviveu com os diversos tipos de homens rústicos que expandiram as fronteiras para o Oeste, tipos esses que soube captar e reproduzir como nenhum outro autor, fiel às suas falas e, principalmente, ao seu senso de humor.

Sem abrir mão de sua fina ironia, Twain soube inscrever na literatura universal a fala simples e o humor tosco do homem da fronteira, que se deleitava e deleitava seus interlocutores com lorotas absurdamente exageradas e histórias infindáveis cujo sentido residia exatamente na falta de sentido – histórias contadas ao redor de fogueiras à noite, às margens do grande rio ou em rodas de pôquer. Foi, pois, como um grande intérprete do humor americano que Twain estabeleceu sua fama.

Qual não foi o espanto do leitor, portanto, ao descobrir que *Joana d'Arc*, publicado em capítulos no *Harper's Magazine* sob pseudônimo, era da autoria de Mark Twain. A reação da crítica e do leitor foi de perplexidade, como temera o autor. Onde estava aquele homem que provocava convulsões de riso ao ler para enormes plateias pelo país afora trechos do *Celebrated Jumping Frog*, de *Life on the Mississippi*, *Roughing It*? Onde estava o romancista que imortalizara o grande rio e sua gente nas *Aventuras de Huckleberry Finn*, de *Tom Sawyer* e do Negro Jim? Que fazia Twain na Idade Média, às voltas com alguém tão sem humor como Joana d'Arc?

Perplexos, os leitores e, principalmente, os críticos rechaçaram *Joana d'Arc*, acabando por fazer dela a obra menos lida dentre os principais romances de Mark Twain. Leitor é assim. Ao sentir-se traído em suas expectativas, sabe dar ao autor a punição mais dolorosa: ignora-lhe o livro.

Mas as perplexidades em relação a *Joana d'Arc* não começam nem terminam aí. Tiveram início, aliás, bem antes, como nos conta Twain em sua *Autobiografia*. Aos treze anos, já tendo deixado a escola para trabalhar como aprendiz de tipógrafo em Hannibal, Missouri, o menino Samuel Clemens (nome verdadeiro de Twain) tomou conhecimento da existência de Joana d'Arc de maneira absolutamente incidental: colheu uma página que, soprada pelo vento, passou voando à sua frente. Tratava-se de uma das primeiras folhas de um livro traduzido do francês que estava sendo impresso. A história despertou-lhe um interesse que o acompanhou por toda a vida, transformando-se em profundo fascínio. Joana d'Arc o emocionava.

Na verdade, esse enigmático personagem havia sido quase esquecido pelos historiadores ao longo de quatro séculos na própria França. Houve também quem a ridicularizasse. A primeira metade do século XIX, porém, viu florescer um novo interesse pela figura da menina-general cuja incrível história passou a fascinar escritores e leitores. Schiller, com seu *Jungfrau von Orléans*, um dos autores mais lidos e traduzidos então, apresentou uma Joana d'Arc idealizada, bem a gosto do romantismo da época. Em 1841 Quicherat publicou a notável coleção dos arquivos do Tribunal de Rouen de 1431, estabelecendo definitivamente a veracidade histórica de muitos fatos tidos como lenda. No mesmo ano o respeitável Michelet publicou o quinto volume da sua *Histoire de France*, dedicando-o a Joana d'Arc. Muitos outros autores se seguiram e não faltaram leitores de todas as idades para se deleitar com as histórias de Joana.

Mark Twain, porém, inscreveu-se, durante muito tempo, apenas na categoria dos leitores apaixonados – *Joana d'Arc* foi um de seus últimos trabalhos publicados. Somente depois de doze anos de estudo sobre a vida da heroína dispôs-se a começar o que considerou sua obra-prima: *Joana d'Arc*, com o subtítulo *Pelo Senhor Louis de Conte (Seu Pajem e Secretário)*. "Prefiro *Joana d'Arc* a qualquer outro dos meus livros e ela é, de fato, minha melhor obra; estou absolutamente convencido disso", diz Twain em sua *Autobiografia*.

Embora o tema da luta de pessoas comuns contra a opressão e a crueldade fosse central em sua obra, o interesse de Twain pela Donzela de Orléans revela-se mais afetivo do que intelectual. Aos olhos do autor Joana encarnou a pureza da juventude, a nobreza de caráter, a coragem, o desprendimento, o amor à pátria. Essa admiração aparentemente inopinada de um velho iconoclasta, no final do século XIX, pela menina idealista do século XV surpreendeu a todos.

Entretanto uma apreciação cuidadosa pode levar o leitor a perceber que a figura de Joana d'Arc oferece, como poucos outros personagens da história, as possibilidades de que necessitava o autor naquele final de século também tão pleno de contradições e perplexidades para expressar as suas. Afinal, a produção literária de Twain é paradoxalmente realista e romântica, determinista e moralista, agnóstica e iconoclasta. Ao transitar com rara desenvoltura pelas fascinantes fronteiras entre história e lenda, Joana permite que, ao escrever-lhe a história, o autor levante suas próprias questões existenciais. Mais ainda: ao introduzir a figura do narrador comprometido com os acontecimentos e afetivamente envolvido com a protagonista, Twain consegue a façanha de levantar questões sem ter que buscar-lhes as respostas. Joana permaneceu como "o enigma de todos os tempos", alguém para quem "todas as regras foram suspensas", como nos diz o autor nas últimas páginas do romance.

"Certos livros recusam-se a ser escritos. Empacam, ano após ano, e rejeitam qualquer tentativa de persuasão", diz-nos Twain em sua *Autobiografia*, referindo-se à dificuldade que teve em encontrar "a forma certa" sem a qual a história de Joana não se deixava contar. Conta-nos que experimentou seis abordagens diferentes antes de descobrir a maneira de lidar com Joana, de controlar criativamente suas próprias perplexidades como autor.

Twain sentiu necessidade de distanciar-se do personagem central a fim de ter controle sobre a história. Para tanto entrepôs dois outros personagens: o narrador – companheiro de infância da heroína a quem acompanhou por toda a vida e que, já velho, escreveu suas memórias – e o pretenso tradutor recente dessas memórias. "Trata-se da única história de vida que chega até nós sob juramento, a única que nos é revelada por testemunhas de um julgamento. Os registros oficiais do Grande Julgamento de 1431 e o Processo de Reabilitação instaurado um quarto de século depois encontram-se no Arquivo Nacional da França e relatam com notável precisão os fatos da vida de Joana d'Arc, diz-nos o tradutor em seu prefácio, assegurando-nos também que "O Senhor Louis de Conte manteve-se fiel à história" em suas reminiscências.

O narrador – ao mesmo tempo confiável e emocionalmente envolvido – soluciona para Twain o problema de entretecer história e mito, formando assim a própria urdidura do texto. Neste sentido, *Joana d'Arc* é um verdadeiro *tour de force*. Afinal, como assinala Walter Benjamin, são dois ofícios bem distintos o do historiador e o do cronista. "O historiador é obrigado a explicar de uma ou outra maneira os episódios com que lida e não pode absolutamente contentar-se em representá-los como modelos da história do mundo. É exatamente o que faz o cronista especialmente através dos seus representantes clássicos, os cronistas medievais, precursores da historiografia moderna. Na base da sua historiografia está o plano da salvação, de origem divina, indevassável em seus desígnios, e com isso desde o início se libertam do ônus da explicação justificável. Ela é substituída pela exegese, que não se preocupa com o encadeamento exato de fatos determinados, mas com a maneira de sua inserção no fluxo insondável das coisas" ("O narrador – Considerações sobre a obra de Nikolai Leskov". In: Obras Escolhidas, vol. 1).

Ao apresentar a história pela pena de um homem que somente aos oitenta e dois anos propõe-se a contar os fatos que presenciou quando criança e jovem, Twain na verdade enriquece o relato com dois pontos de vista: o do rapaz idealista e o do velho já desencantado da vida – jamais de Joana, porém. Na primeira parte do livro tem-se nitidamente a visão do jovem que nos apresenta uma menina como tantas outras a cuidar de cabras em remotas aldeias da França. Tem início, então, sua enigmática transformação. O Senhor Louis de Conte não se sente capaz de resolver suas perplexidades à medida que a história se desenrola. Em sua mente coexistem, entrelaçadas e inconclusas, pelo menos três explicações para as incríveis realizações de Joana d'Arc.

Na primeira delas, seus poderes sobrenaturais ter-lhe-iam sido conferidos por um Deus cristão, com a intermediação dos três santos que lhe apareciam e lhe falavam. A essa conclusão chegaram, de fato, os sábios da Igreja reunidos no Tribunal de Poitiers em 1429. Essa sempre foi também a história contada por Joana. A segunda explicação para a origem dos misteriosos poderes de Joana seria – como propugnam seus principais historiadores, inclusive Michelet – o fato de ela ter personificado, num determinado momento extremamente crucial da história da França, os anseios de todo um povo oprimido pelos ingleses havia quase cem anos, abandonado à própria sorte por um rei impotente e omisso. Seus poderes teriam origem nas aspirações do próprio povo. Joana e a França confundiam-se, pois ela "era um espelho no qual as multidões de destituídos se viam refletidas". O personagem do gigante chamado Anão, para quem Joana e a França eram a mesma coisa, representa nitidamente essa visão da história.

É uma terceira interpretação, porém, a que, tomando corpo no decorrer da narrativa, parece prevalecer ao final. Sem excluir as anteriores, ela apenas as torna relativas. Como elemento-chave dessa via ergue-se a Árvore das Fadas, mencionada por alto em algumas das fontes consultadas por Twain e aqui investida de uma nova força simbólica. Apresentada logo nos primeiros capítulos como uma árvore encantada ao redor da qual fadas e crianças brincavam desde sempre, é um pedaço de paraíso pagão e ancestral, associado à natureza e à inocência. Essa árvore aparece através de evocações em pontos-chave ao longo de toda a narrativa. Joana e seus companheiros acreditavam igualmente na existência de fadas, anjos e santos. O mito pagão não aparece como antagônico ao mito cristão e Joana mantém-se fiel a ambos até o fim.

O Senhor Louis de Conte não tenta elucidar esses mistérios: entrega-se ao assombro como única maneira de se render à incrível história de Joana d'Arc. Talvez seja essa também uma forma prazerosa de se ler este livro, tão pleno de perplexidades.

MARIA ALICE MÁXIMO

Obras consultadas

Fontes consultadas na verificação da autenticidade dos fatos relatados nesta narrativa:

J. E. J. Quicherat, *Condamnation et Réhabilitation de Jeanne d'Arc.*
J. Fabre, *Procès de Condamnation de Jeanne d'Arc.*
H. A. Wallon, *Jeanne d'Arc.*
M. Sepet, *Jeanne d'Arc.*
J. Michelet, *Jeanne d'Arc.*
Berriat de Saint-Prix, *La Famille de Jeanne d'Arc.*
La Comtesse A. De Chabannes, *La Vierge Lorraine.*
Monseigneur Ricard, *Jeanne d'Arc la Vénérable.*
Lord Ronald Gower, F. S. A., *Joan of Arc.*
John O'Hagan, *Joan of Arc.*
Janet Tuckey, *Joan of Arc the Maid.*

Prefácio do tradutor

O caráter de uma pessoa famosa só pode ser apreciado com justeza a partir dos padrões de virtude da época em que ela viveu, não da nossa. Ao serem avaliadas pelos padrões de determinado século, até mesmo as mais nobres personalidades de um século anterior àquele perdem muito de seu lustro; julgados pelos valores de hoje, provavelmente não restará um homem ilustre sequer dentre os que viveram quatro ou cinco séculos atrás, se o escrutínio for rigoroso. O caráter de Joana d'Arc é, entretanto, singular. Pode ser medido pelos padrões de todos os tempos sem que se tenha qualquer apreensão quanto ao resultado. Julgado por qualquer padrão, ou por todos eles, seu caráter se revela sempre sem mácula, sempre idealmente perfeito; ocupa ainda o mais alto patamar a que pode chegar um ser humano, mais alto do que o atingido por qualquer outro mortal.

Quando meditamos sobre o fato de ser o século em que ela viveu o mais brutal, o mais perverso e o mais decadente de toda a história desde suas eras mais sombrias, vemo-nos tomados de espanto diante do milagre que tal solo produziu. O contraste entre ela e o século em que viveu é o contraste entre o dia e a noite. Ela dizia a verdade quando mentir era a regra entre os homens; era honesta quando a honestidade era uma virtude perdida; mantinha sua palavra quando as palavras já não tinham mais valor; entregou sua mente a grandes ideias e propósitos enquanto outras grandes mentes deixavam-se desperdiçar com futilidades e ambições mesquinhas; era modesta, refinada e delicada num tempo em que ser vulgar era a regra; era misericordiosa numa época em que a crueldade não conhecia limites; era firme quando a firmeza era virtude desconhecida; suas convicções eram inabaláveis em um tempo em que os homens não acreditavam em coisa alguma e zombavam de tudo; numa era em que a falsidade imperava, ela mostrou-se sempre verdadeira e manteve sua dignidade imaculada quando à sua volta grassavam a bajulação e a subserviência; quando a esperança e a coragem haviam perecido no coração de seu país, ela foi um baluarte de coragem; sua mente e seu coração eram puros quando a sociedade à sua volta era imunda – em uma era em que lordes e príncipes ocupavam-se de crimes e na qual os mais altos expoentes do cristianismo conseguiam ainda causar espanto com o espetáculo de suas atrocidades, de suas vidas dissipadas em traições, matanças e bestialidades.

Ela foi talvez a única criatura absolutamente desprendida cujo nome se inscreveu na história profana. Nenhum vestígio sequer de alguma ação voltada para o seu próprio benefício pode ser encontrado em qualquer palavra ou ato seu. Quando salvou seu rei de uma vida dissipada e colocou-lhe a coroa na cabeça, viu-lhe oferecidas muitas recompensas e honrarias, porém recusou-as todas, pois nada queria para si. Pediu apenas – se isso aprouvesse ao rei – permissão para retornar a sua aldeia natal, cuidar novamente de suas ovelhas e sentir-se protegida pelos braços da mãe ao seu redor. Tudo que desejou para si essa guerreira vitoriosa – este general que privou da companhia de príncipes e foi idolatrado por toda uma nação agradecida – foi apenas permissão para voltar à sua aldeia e nada mais.

Podemos afirmar com justeza que os feitos de Joana d'Arc não encontram paralelo na história, principalmente se considerarmos as condições em que foram levados a cabo, os obstáculos que se lhes opuseram e os meios de que ela dispunha. César foi longe com suas vitórias, porém o fez com um exército de veteranos de Roma bem-treinados e confiantes, sendo ele, também, um soldado experiente; Napoleão arrasou os exércitos disciplinados da Europa, mas era ele, também, um excelente soldado que se lançou à luta à frente de batalhões de patriotas inflamados e insuflados pelos novos ventos milagrosos da Liberdade trazidos pela Revolução – eram jovens aprendizes ansiosos por dominar a esplêndida arte da guerra, em tudo diferentes dos velhos soldados desiludidos por sucessivas derrotas, dos sobreviventes desesperados de uma longa era de derrotas acumuladas e monótonas. Joana d'Arc, entretanto, uma simples criança ignorante e iletrada, uma pobre menina de aldeia, desconhecida e sem qualquer influência, encontrou uma grande nação caída e acorrentada, inerte e sem esperanças, dominada por uma potência estrangeira. O tesouro da nação estava arrasado, seus soldados dispersos e desmotivados, o povo entorpecido e amedrontado por longos anos de opressão e ultraje externos e internos, com seu rei acuado, resignado ao seu destino, preparando-se para fugir do país. Joana d'Arc colocou suas mãos sobre essa nação, sobre esse cadáver de nação, fazendo com que ela se erguesse e seguisse em frente. Conduziu-a, de vitória em vitória, invertendo a maré da Guerra dos Cem Anos e derrotando fatalmente o poderio inglês. Morreu com o título de Libertadora da França, que lhe é atribuído até hoje.

E a recompensa que teve foi ver o rei da França, a quem ela mesma tinha coroado, assistir passivo e indiferente enquanto padres franceses levaram aquela nobre criança, a mais inocente, a mais adorável de quantas existiram, e a queimavam viva em uma fogueira.

Uma peculiaridade da história de Joana d'Arc

Os pormenores da vida de Joana d'Arc compõem uma biografia singular entre todas as demais graças a uma peculiaridade: *trata-se da única história de vida que chega até nós sob juramento,* a única que nos é revelada por testemunhas em um julgamento. Os registros oficiais do Grande Julgamento de 1431 e o Processo de Reabilitação instaurado um quarto de século depois encontram-se no Arquivo Nacional da França e relatam com notável precisão os fatos da vida de Joana d'Arc. Nenhuma outra história de tempos tão remotos chega a nós com tal exatidão e completeza.

O Senhor Louis de Conte manteve-se fiel à história de Joana d'Arc em suas Reminiscências Pessoais e até esse ponto é possível dar fé de seu impecável testemunho; tudo mais a ela acrescentado depende do crédito que sua palavra vier a merecer do leitor.

O TRADUTOR

Do Senhor Louis de Conte para seus sobrinhos-bisnetos

Este é o ano de 1492. Estou com oitenta e dois anos de idade. O que lhes vou contar é uma história presenciada pessoalmente por mim quando criança e quando jovem.

Em todos os cantos e canções sobre Joana d'Arc que vocês e o resto do mundo ouvem e cantam e que estudam nesses livros que a nova arte da imprensa inventou – em todos eles há menção a mim, o Senhor Louis de Conte, seu pajem e secretário. Estive sempre ao lado dela, do início ao fim.

Crescemos juntos na mesma aldeia. Eu brincava com ela todos os dias quando éramos pequeninos, assim como vocês hoje brincam com seus companheiros. Agora que nós sabemos de sua grandeza, agora que seu nome é conhecido em todo o mundo, parece estranho que essas minhas palavras sejam verdadeiras. É como se uma insignificante e perecível velinha de sebo se referisse ao sol eterno em sua trajetória pelo céu dizendo: "Éramos companheiros constantes quando ainda jovens velas a tremular juntas." Porém é verdade e tudo se deu exatamente como lhes vou contar. Fui seu companheiro de folguedos e lutei a seu lado nas guerras; carrego até hoje na memória a perfeita imagem daquela pequena e amada figura curvada sobre o pescoço de seu cavalo a galope à frente dos exércitos da França, com seus cabelos ao vento e sua malha de prata, entrando cada vez mais fundo no coração das batalhas, às vezes quase desaparecendo em meio às cabeças agitadas dos cavalos, às plumas voando ao vento, aos braços brandindo espadas e aos escudos que as interceptavam. Permaneci a seu lado até o fim e quando foi chegado aquele dia negro cujas sombras para sempre recairão, acusadoras, sobre a memória da cúria francesa servil e assassina – sombras que recairão também para sempre sobre a França, que nada fez para sequer tentar salvá-la. Minha mão foi a última que ela tocou em vida.

Com o passar dos anos levados pela correnteza do tempo e à medida que o espetáculo do voo meteórico dessa criança pelo firmamento de uma França em guerra vai se afastando mais e mais – como se dissolveram as nuvens de fumaça da fogueira em que ela morreu –, toda essa história vai se tornando cada vez mais estranha, mais comovente, mais maravilhosa e mais divina. Foi com o passar do tempo que pude compreender Joana e reconhecê-la por fim pelo que de fato foi – o ser mais nobre que já passou por este mundo à exceção de Um.*

*Mark Twain certamente não levou em consideração Nossa Senhora por não ser católico (*Nota do tradutor inglês*).

Parte I
Em Domrémy

1

Eu, Senhor Louis de Conte, nasci em Neufchâteau no dia 6 de janeiro de 1410, isto é, exatamente dois anos antes de Joana d'Arc nascer em Domrémy. Minha família fugiu das vizinhanças de Paris para aquela região distante na primeira metade do século. Em termos de política, eram Armagnacs, ou seja, patriotas: queriam nosso próprio rei francês, por mais louco e impotente que fosse. O Partido Borgonhês, favorável aos ingleses, havia derrotado por completo os Armagnacs, só deixando a meu pai o que dele não poderiam levar: seu pequeno título de nobreza. Ao chegar a Neufchâteau ele já era um homem pobre, com o espírito alquebrado. Entretanto a atmosfera política do lugar foi de seu agrado, o que não deixou de ser algo promissor. A região à qual chegou era comparativamente calma; deixara para trás a fúria, a loucura e os demônios da guerra, onde a matança era um passatempo diário e nenhuma vida estava a salvo por um só instante. Em Paris as turbas enlouquecidas percorriam as ruas à noite saqueando, incendiando e matando sem serem molestadas ou interrompidas. A cada manhã o sol se erguia sobre prédios destroçados de onde saíam rolos de fumaça e sobre cadáveres mutilados que jaziam pelas ruas, aqui e acolá, na posição em que haviam caído, porém totalmente desnudados por ladrões, os restolhos sacrílegos que se seguiam às turbas. Ninguém tinha coragem de enterrar esses cadáveres, que lá mesmo apodreciam e geravam pragas.

E realmente geravam-se pragas. As epidemias davam fim à vida das pessoas como se matam moscas e os enterros eram feitos à noite, secretamente, pois não se permitiam os enterros à luz do dia para que a população não se desse conta da magnitude das pragas e não se entregasse ao desespero total. Foi então que teve lugar o inverno mais rigoroso que a França já sofrera nos últimos quinhentos anos. Fome, peste, carnificina, gelo, neve – Paris teve tudo isso ao mesmo tempo. Os cadáveres jaziam amontoados nas ruas. Foi quando *os lobos entraram na cidade em plena luz do dia e devoraram os cadáveres.*

Ah, a França estava decaída – profundamente decaída! Havia mais de três quartos de século que as presas dos ingleses dilaceravam suas carnes e tão acovardados estavam os exércitos franceses pelas sucessivas humilhações e derrotas que se dizia com razão que a simples visão de um exército inglês era suficiente para pôr em fuga um exército francês.

Eu tinha cinco anos de idade quando o terrível desastre de Agincourt desabou sobre a França. Embora o rei da Inglaterra tenha voltado a seu país para lá melhor gozar sua glória, deixou esta nação prostrada, presa fácil para bandos nômades de saqueadores como os Companheiros Livres, a serviço do Partido Borgonhês. Um desses bandos lançou-se sobre Neufchâteau certa noite. À luz do teto de palha de nossa casa que ardia pude ver todas as pessoas que eu amava (menos um irmão mais velho, seu bisavô, que ficara na corte) serem assassinadas enquanto suplicavam por misericórdia; pude ouvir as gargalhadas dos algozes diante das súplicas e a maneira grotesca como imitavam suas vítimas. Não me deram atenção e consegui escapar sem ser notado. Quando os selvagens se foram, saí de meu esconderijo e passei o resto da noite chorando diante das casas em chamas. Estava sozinho; minha companhia eram os mortos e os moribundos, pois todos os demais habitantes da aldeia haviam fugido para se esconder em algum outro lugar.

Mandaram-me para Domrémy, para a casa do padre, cuja empregada tornou-se a mãe zelosa de que eu necessitava. Com o passar do tempo o padre ensinou-me a ler e a escrever. Ele e eu éramos as únicas pessoas da aldeia que possuíamos esse saber.

Quando a casa desse bom padre, Guillaume Fronte, tornou-se meu lar, eu já estava com seis anos de idade. Morávamos ao lado da igreja e o pequeno jardim da casa de Joana dava fundos para a igreja. Sua família compunha-se de Jacques d'Arc, o pai, sua esposa Isabel Romée, três meninos – Jacques, de dez anos, Pierre, de oito, e Jean, de sete –, Joana, que tinha quatro anos, e sua irmã Catarina, que era um bebê de cerca de um ano de idade. Desde logo as crianças passaram a ser meus companheiros – principalmente quatro meninos: Pierre Morel, Étienne Roze, Noël Rainguesson e Edmond Aubrey, cujo pai era prefeito da aldeia nessa ocasião. Havia também duas outras meninas da mesma idade de Joana que, com o decorrer do tempo, tornaram-se suas amigas prediletas: uma se chamava Haumette e a outra era a pequena Mengette. Eram filhas de camponeses, como Joana. Cresceram e casaram-se com camponeses também. Sua condição social era muito humilde, como se poderia esperar, porém muitos anos mais tarde ninguém mais passava pela aldeia, por mais alta personalidade que fosse, sem reverenciar aquelas duas mulheres humildes que tinham tido a honra de, quando meninas, privar da amizade de Joana d'Arc.

Eram todas crianças boas, do tipo bem comum no interior; não eram brilhantes, é claro – não se poderia esperar tanto –, porém eram alegres e de bom coração, obedientes aos pais e ao pároco. Ao crescerem foram absorvendo dos mais velhos as doses esperadas de preconceito e intolerância e adotaram-nos sem crítica – o que também era de se esperar. Sua religião foi herdada e suas convicções políticas também. John Huss e seus seguidores podiam estar criticando a igreja, mas em Domrémy ninguém teve sua fé abalada. Quando por fim deu-se a cisão – nessa época eu tinha quatorze anos – e passamos a ter três papas a um só tempo, ninguém em Domrémy se preocupou em ter que escolher um entre eles – o papa de Roma era e sempre seria o único verdadeiro e qualquer papa fora de Roma não era papa. Absolutamente todas as criaturas humanas da aldeia eram Armagnacs – patriotas, pois – e se nós crianças tínhamos algum ódio em nossos corações, esse ódio dirigia-se às palavras "inglês" e "borgonhês" e às suas ideias políticas.

2

Nossa Domrémy era como qualquer outra aldeiazinha da região naqueles tempos tão remotos: um emaranhado de vielas estreitas e tortuosas e becos ensombreados e casas com tetos de palha que mais pareciam estábulos. Essas eram mal-iluminadas, pois pouca luz conseguia entrar pelas janelas de madeira – isto é, pelos buracos nas paredes que passavam por janelas. O chão das casas era de terra batida e dispunha-se de poucos móveis. Ovelhas e bovinos constituíam a principal fonte de renda e todos os jovens cuidavam de rebanhos.

Era um lugar bonito. Uma das extremidades da aldeia abria-se para uma planície florida que se estendia até o rio – o Meuse; a partir do outro extremo a aldeia ia dando lugar a uma suave colina verde em cujo topo erguia-se uma floresta de grandes carvalhos – floresta densa, escura e cheia de mistérios para as crianças, pois dizia-se que muitos crimes haviam ocorrido lá no passado e que em tempos ainda mais longínquos ela fora habitada por dragões prodigiosos que lançavam fogo e vapores venenosos de suas narinas. Um deles, dizia-se, ainda vivia por lá na nossa época. Era alto como uma árvore e gordo como um barril dos grandes; suas escamas pareciam telhas e seus olhos de rubi eram do tamanho de um chapéu de cavalheiro; a cauda em forma de âncora era do tamanho de não sei o quê, só sei que era muito grande, até mesmo para um dragão, segundo as pessoas que entendiam desses monstros. Dizia-se que sua cor era um azul intenso, salpicado de ouro, mas na verdade ninguém jamais o vira, portanto não se sabia ao certo. Esse pormenor era, pois, uma questão de opinião. Não era a minha opinião; sempre achei tolice emitir opiniões sem quaisquer evidências para dar-lhes suporte. Uma pessoa sem ossos até poderia parecer normal à primeira vista, porém não teria firmeza e não poderia se pôr de pé. Pois bem, para mim as *evidências* são os ossos de uma opinião, sem os quais ela não se sustentará. Deixo entretanto esse assunto para outra ocasião, quando retornarei a ele com mais vagar e então tentarei deixar evidente a solidez do meu ponto de vista. Quanto ao dragão, fui sempre da opinião de que era dourado, sem qualquer sombra de azul, pois essa sempre foi a cor dos dragões. Prova de que este dragão andou não muito longe da entrada da floresta foi o fato de Pierre Morel ter sentido seu cheiro certo dia e tê-lo identificado dessa maneira. Isso nos dá uma ideia assustadora de que é possível se estar perto de um perigo mortal e sequer suspeitá-lo.

Em tempos passados uma centena de cavalheiros vindos das mais remotas partes da terra teriam entrado naquela floresta, um por um, para matar o dragão e receber a recompensa, mas no nosso tempo esse método já não estava em voga e cabia ao padre dar fim ao dragão. Père Guillaume Fronte foi quem se incumbiu disso. Ele organizou uma procissão com velas, incenso e estandartes e a conduziu até a borda da floresta, de onde exorcizou o dragão para nunca mais se ouvir falar dele. E nunca mais se ouviu, apesar de muitos serem da opinião de que o seu cheiro jamais se foi por completo. Não que alguém o tivesse sentido novamente, pois isso não aconteceu; era apenas uma opinião, como aquela outra, que tampouco se sustentava. O que sei ao certo é que a criatura lá se encontrava antes do exorcismo, mas se continuou por lá depois é algo que não tenho como afirmar.

Em um belo lugar acarpetado de grama no alto de uma colina no caminho para Vaucouleurs havia uma árvore majestosa – uma enorme faia – com galhos muito frondosos que espalhavam uma sombra acolhedora. Junto a ela passava um córrego de águas límpidas e frias. Nos dias de verão as crianças iam para lá – oh, faziam isso todos os verões havia mais de quinhentos anos – onde cantavam e dançavam em volta da árvore por horas a fio. Era muito agradável e divertido. Faziam coroas de flores para enfeitar a árvore e as margens do córrego e assim agradar as fadas que habitavam o lugar. Sabe-se que fadas gostam dessas coisas, pois são pequenas criaturas inocentes, que apreciam esses arranjos de flores silvestres. Em troca, as fadas se desdobravam em pequenos cuidados com as crianças como, por exemplo, mantendo o córrego sempre cheio de água límpida e gelada e afastando as serpentes e os insetos que picam; dessa maneira jamais houve qualquer indelicadeza entre as fadas e as crianças por mais de quinhentos anos – mais de mil, diziam alguns –, apenas a mais perfeita confiança; e sempre que uma criança morria as fadas se entristeciam também, da mesma forma que as outras crianças suas companheiras, e a prova disso podia ser vista por qualquer um: colocavam uma pequena coroa de flor – de perpétuas – no lugar onde aquela criança costumava se sentar debaixo da árvore. Isso eu mesmo pude verificar com meus próprios olhos e não sei apenas por ouvir dizer. E a explicação para serem as fadas a fazer isso era simples: a pequena coroa era toda feita de flores negras, de um tipo desconhecido em qualquer lugar da França.

Não se sabe desde quando as crianças que cresceram em Domrémy eram chamadas de Filhos da Árvore. Todas gostavam de ser chamadas assim, pois esse nome tinha algo incomum; era um privilégio que só a elas era dado e a mais nenhuma criança em todo o mundo. E o tal privilégio consistia no seguinte: sempre que alguma dessas pessoas morria, uma visão bela e suave da Árvore passava-lhe pela mente, ocultando a visão das imagens vagas e disformes que ocupam a mente dos moribundos. Isto é, tal fato ocorria se tudo estivesse bem com sua alma. Era isso o que alguns diziam. Outros diziam que tal visão se dava em duas ocasiões: primeiramente surgia como um aviso, um ou dois anos antes da morte, quando a alma estava cativa do pecado; nesse caso a Árvore aparecia na forma triste que assumia no inverno e então a pobre alma era atingida por um medo terrível. Se o arrependimento viesse e, com ele, uma vida pura, a visão lhe aparecia novamente, dessa vez linda em sua roupagem de verão. Mas, no caso de não haver arrependimento, essa outra visão não se dava e a pobre alma partia sabendo qual seria seu trágico destino. Havia porém quem afirmasse que a visão só aparecia uma vez e apenas para os que morressem sem pecados em suas almas, longe de casa e ansiosos por uma última lembrança feliz de sua terra. E que lembrança melhor do que aquela Árvore tão amada, companheira de suas alegrias e de suas pequenas tristezas naqueles dias divinos de sua infância que se fora?

Pois bem, as tradições variavam um pouco e se uns acreditavam em uma forma, outros pensavam de maneira diferente. Uma delas eu sei que era verdadeira, qual seja, a última que mencionei. Nada tenho a dizer sobre a veracidade das outras, mas essa eu *sei* que é verdadeira e, na minha maneira de pensar, se uma pessoa se ativer às coisas que sabe e não se preocupar com aquelas sobre as quais não tem certeza, terá uma mente mais equilibrada e se dará melhor assim. Sei que quando os Filhos da Árvore morrem em terras distantes – e se seus corações estiverem em paz com Deus – seus pensamentos saudosos se voltam para a terra natal e lá, toda iluminada como por um rasgo entre as nuvens que cobrem o céu, eles veem a Árvore das Fadas, com uma roupagem dourada pelos sonhos. Veem também a campina florida descendo suavemente para o rio e até eles, moribundos, chegam as doces fragrâncias das flores de outrora. A visão vai se apagando aos poucos até desaparecer, porém *eles* sabem, *eles* sabem o que ela significa. E ao ver seus rostos transfigurados, quem está por perto também sabe que a mensagem foi recebida e que foi enviada do céu.

Joana e eu tínhamos as mesmas convicções quanto a isso. Mas Pierre Morel e Jacques d'Arc pensavam, como muitos outros, que a visão aparecesse duas vezes para quem era pecador. De fato, eles e muitos outros diziam *ter certeza* disso. Provavelmente ouviram isso de seus pais, pois a maior parte das coisas que sabemos neste mundo nos chega de segunda mão.

Porém havia evidências que tornassem essa hipótese provável, ou seja, de que algumas pessoas viam a Árvore duas vezes. Desde os tempos mais antigos, quando um dos habitantes de nossa aldeia era visto com o rosto de uma cor branco-acinzentada e com uma expressão rígida de terror, era comum ouvirem-se as pessoas dizer entre si: "Ah, ele está com a alma cheia de pecados e já recebeu seu aviso." E quem ouvisse estremeceria de medo e comentaria: "Sim, aquela pobre alma certamente já viu a Árvore."

Evidências dessa natureza têm seu peso; não podem ser deixadas de lado com um gesto de descaso. Algo que tenha por trás de si a experiência cumulativa dos séculos naturalmente vai assumindo, cada vez mais, a qualidade de uma prova; com a continuação adquire a autoridade de uma prova irrefutável – autoridade essa que tem alicerces de pedra e sustenta-se para sempre.

No decorrer da minha longa vida já soube de vários casos em que a Árvore apareceu anunciando uma morte ainda distante, porém em nenhum deles as pessoas encontravam-se em pecado. Não; ao invés de adiar as boas-novas sobre a redenção daquelas almas até o dia de suas mortes, a aparição deu-as com bastante antecedência e, com elas, trouxe-lhes também a paz – uma paz que não mais poderia ser perturbada –, a paz eterna de Deus. Eu mesmo, velho e alquebrado, aguardo meu fim com serenidade, pois já tive a visão da Árvore. Eu já a vi e isso me basta.

Desde os tempos mais remotos – desde sempre –, quando as crianças davam-se as mãos e dançavam ao redor da Árvore das Fadas, elas cantavam uma canção que era a Canção da Árvore, a canção de *L'Arbre Fée de Bourlemont.* A melodia era suave e tinha um jeito muito antigo – como um acalanto que me acompanhou por toda a vida, um murmúrio de paz em meu espírito sempre que este estava conturbado, trazendo-lhe tranquilidade no meio da noite e levando-o de volta ao lar. Nenhum estranho poderia compreender ou sentir o que essa canção sempre representa, no decorrer de todos estes séculos, para os Filhos da Árvore que se encontram exilados, perdidos pelo mundo em lugares de línguas e costumes diferentes dos seus. Vocês a acharão simples demais – um pouco tola, talvez; porém se se dispuserem a pensar no que representava para nós, e nas visões com que nos regalava o espírito ao se fazer ouvir em nossas recordações, vocês a ouvirão com respeito. Compreenderão por que nossos olhos ficam marejados em lágrimas turvando tudo em volta, por que nossas vozes ficam embargadas e nós não conseguimos cantar o seu final:

"E quando perdidos no exílio a vagar
Pensamos em ti com tristeza no olhar,
Dá-nos a graça e o dom de te ver!"

E vocês devem se lembrar que Joana d'Arc cantava essa canção conosco em volta da Árvore quando ainda bem menina e que isso a fazia muito feliz. Tal fato já seria suficiente para tornar essa canção uma canção abençoada. E isso ninguém há de duvidar.

L'ARBRE FÉE DE BOURLEMONT

CANÇÃO DAS CRIANÇAS

O que dá às tuas folhas tão grande beleza,
Árvore das Fadas de Bourlemont?
É o pranto sentido das muitas crianças
Que aqui não te trazem só cantos e danças
Mas buscam consolo para sua tristeza.

O que faz com que sejas tão firme e tão forte,
Árvore das Fadas de Bourlemont?
É o amor das crianças que há mais de mil anos
Mistura-se à seiva que levas aos ramos
Mantendo tão belo e pujante teu porte.

Que o tempo jamais nos permita descrer,
Árvore das Fadas de Bourlemont!
E quando perdidos no exílio a vagar
Pensarmos em ti com tristeza no olhar,
Dá-nos a graça e o dom de te ver.

As fadas ainda estavam lá quando nós éramos crianças, porém nunca as vimos; o motivo disso foi dado cem anos antes pelo pároco de Domrémy que celebrou uma cerimônia religiosa sob a Árvore e acusou as fadas de parentesco com o Demônio, negando-lhes acesso à redenção. Desde essa ocasião elas ficaram impedidas de aparecer, de pendurar coroas de flores na Árvore e foram banidas para sempre daquela paróquia.

Todas as crianças suplicavam pelo retorno das fadas, dizendo que eram suas companheiras de folguedos e que lhes queriam muito bem, que jamais lhes fizeram mal algum, porém o pároco não lhes dava ouvidos às súplicas, insistindo em dizer que era vergonhoso, além de ser pecado, ter amigas como elas. As crianças não se conformaram e, entre si, fizeram um pacto de continuar a enfeitar a Árvore com flores para sempre, como um sinal às fadas de que, apesar de invisíveis, elas ainda eram lembradas e amadas.

Entretanto um grande infortúnio ocorreu certa noite, já bem tarde. A mãe de Edmond Aubrey ia passando por perto da Árvore e viu as fadas dançando às escondidas, supondo que não haveria alguém ali àquela hora. Estavam tão distraídas e tão inebriadas de alegria, com suas taças de orvalho e de mel, que nem se deram conta daquela presença; portanto a Senhora Aubrey ficou ali parada, em total espanto e admiração, vendo as pequeninas criaturas fantásticas a dançar de mãos dadas, bem umas trezentas delas, formando uma roda bem grande, jogando as cabecinhas para trás, e cantando uma canção, que ela pôde ouvir perfeitamente. Dançavam, jogavam as perninhas para o alto, bem uns seis centímetros do chão, em perfeito abandono e regozijo – oh, aquela dança foi a mais enlouquecida e pagã que uma mulher piedosa jamais presenciou.

Passado pouco mais de um minuto, porém, as pobres criaturinhas a descobriram. Deram um grito uníssono de pavor e fugiram, debandando para todos os lados, a cobrir as lágrimas com suas mãozinhas do tamanho de avelãs. Desapareceram.

Pois bem, aquela mulher sem coração – aliás, aquela mulher sem juízo, pois ela não era malvada e sim tola – foi imediatamente contar aos vizinhos tudo o que vira. E fez isso enquanto nós, os pequenos camaradas das fadas, estávamos dormindo sem sequer suspeitar da calamidade que caía sobre nós, sem nos darmos conta de que deveríamos estar acordados, tentando silenciar aquelas línguas fatídicas. Ao amanhecer todos já sabiam e o desastre foi total, pois quando todo mundo sabe de uma coisa o pároco sabe também, é claro. Fomos todos procurar Père Fronte, chorando e suplicando – e ele acabou chorando também ao ver nossa desolação, pois era por natureza um homem delicado e bom. Ele não queria banir as fadas e até disse isso; mas disse também que não tinha outra alternativa, pois já havia sido decretado que, se elas algum dia se mostrassem novamente a qualquer pessoa, seriam banidas para sempre. Tudo isso aconteceu na pior ocasião possível, pois Joana d'Arc estava de cama com uma febre muito alta que a deixava fora de si, e o que poderíamos fazer sem o talento dela, sem seus dons de raciocínio e persuasão? Voamos como um enxame para junto de sua cama, gritando: "Joana, acorde! Acorde! Não podemos perder tempo! Venha pedir pelas fadas – venha salvá-las, pois só você pode fazer isso."

Porém sua mente vagava por outros caminhos e ela não compreendia o que estávamos dizendo. Foi por isso que nos afastamos sabendo que tudo estava perdido. Perdido para sempre. As amigas fiéis das crianças por mais de quinhentos anos teriam que partir para nunca, nunca mais voltar.

Foi um dia muito triste para nós aquele em que Père Fronte fez uma cerimônia sob a Árvore e baniu as fadas. Nós, crianças, não podíamos usar qualquer sinal de luto que fosse perceptível por adultos. Não nos teriam permitido. Tivemos então que nos dar por satisfeitos com uns pedacinhos de trapo preto presos às nossas roupas onde não pudessem ser vistos; em nossos corações, porém, nós vestimos luto – um luto grande e nobre que lhes ocupava todo o espaço –, pois nossos *corações* eram nossos; os adultos não tinham como chegar a eles para impedir-nos.

Aquela grande árvore – *l'Arbre Fée de Bourlemont* era seu lindo nome – nunca mais foi para nós o que havia sido outrora, mas nós continuamos a amá-la sempre. Ainda hoje, na minha velhice, continuo a ver aquela árvore com carinho uma vez por ano, quando vou visitá-la e me sento sob sua fronde pensando em meus amigos perdidos da infância. Trago-os de volta para sentarem-se em círculo e vejo seus rostos, um a um, através das lágrimas que me marejam os olhos e me partem o coração. Oh, Deus! Não, o lugar nunca mais foi o mesmo depois daquele dia. Em alguns aspectos, realmente, não haveria como permanecer igual, pois, sem a proteção das fadas, a primavera perdeu muito do seu frescor, e a Árvore, dois terços do seu volume. As serpentes e os insetos que picam retornaram e se multiplicaram, tornando-se um tormento que se mantém até os dias de hoje.

Quando nossa sábia amiguinha, Joana, recuperou a saúde foi que nos demos conta do quanto nos custara sua doença, pois descobrimos que só ela seria capaz de ter salvado as fadas. Ela explodiu em um grande acesso de raiva – enorme para uma criatura tão pequena – e foi ter diretamente com Père Fronte; pôs-se diante dele, fez a reverência e disse:

– As fadas teriam que ser banidas se viessem a se mostrar às pessoas novamente, estou certa?

– Sim, minha querida. Você está certa.

– Se um homem for espiar o quarto de alguém no meio da noite, quando essa pessoa estiver seminua, o senhor cometeria a injustiça de dizer que essa pessoa se mostrou para o tal homem?

– Bem... não. – O pobre padre sentiu-se pouco à vontade e bastante confuso ao dizer isso.

– E um pecado continua a ser pecado ainda que cometido sem essa intenção?

Père Fronte ergueu subitamente as mãos para o céu e exclamou:

– Oh, minha menina, vejo agora todo o meu engano! – disse ele puxando-a para si a abraçando-a para que fizessem as pazes. Porém ela ainda estava zangada demais para deixar-se acalmar assim tão facilmente; apertou a cabeça contra o peito dele e pôs-se a chorar, exclamando:

– Então as fadas não cometeram pecado algum, pois não houve intenção de cometê-lo; elas não sabiam que havia alguém espiando.

Como são criaturinhas que não podem falar para se defender e como não tiveram um só amigo para pensar numa coisa tão simples e falar por elas, foram banidas de sua casa para sempre. Foi um erro, foi um *erro* fazer isso com elas!

O bom padre puxou-a ainda mais para junto de si e disse:

– Oh, é pela boca das crianças e dos bebês que os desatentos e os tolos são condenados. Quem dera Deus trouxesse essas criaturinhas de volta, para você não ficar triste. E por mim também, sim, por mim também, pois eu fui injusto. Vamos, vamos, não chore – ninguém poderia estar mais triste do que este seu velho amigo –, não chore, filhinha.

– Mas eu não posso parar de chorar assim de repente. Eu tenho que chorar. E isso que o senhor fez não foi uma coisa sem importância. Será que o arrependimento é penitência suficiente para uma injustiça tão grande?

Père Fronte voltou o rosto para o outro lado, pois ela ficaria magoada se o visse rir. Disse então:

– Oh, minha pequena acusadora, impiedosa porém absolutamente justa, não; o arrependimento não é penitência suficiente. Devo vestir-me em andrajos e cobrir minha cabeça com cinzas; pronto – assim você fica satisfeita?

Os soluços de Joana começaram a diminuir e ela ficou olhando para o velho insistentemente e, ainda com lágrimas nos olhos, disse:

– Sim, isso basta – se for o suficiente para livrá-lo do pecado.

Père Fronte teria achado aquilo engraçado, talvez, se não se lembrasse a tempo de que acabava de assumir um compromisso, aliás um compromisso nada agradável de cumprir. Mas precisava cumpri-lo. Então ergueu-se e foi até a lareira, enquanto Joana o observava atentamente, e encheu uma pá de cinzas finas. Já estava a ponto de jogá-la sobre seus cabelos brancos quando ocorreu-lhe uma ideia melhor. Então disse:

– Você poderia me ajudar, minha filha?

– Como, padre?

Ele se pôs de joelhos e curvou a cabeça dizendo:

– Pegue essas cinzas e jogue-as na minha cabeça, por favor.

Essa questão terminou por aí, é claro. O pároco saiu vitorioso. É fácil imaginar como a ideia de tal profanação afetaria Joana ou qualquer outra criança da aldeia. Ela correu e ajoelhou-se ao seu lado.

– Oh, isso é horrível. Eu não sabia que era assim que se fazia. Por favor, levante-se, padre.

– Mas eu não posso, a não ser que seja perdoado. Você me perdoa?

– Eu? Mas o senhor não fez coisa alguma contra mim, padre; é o *senhor mesmo* que precisa se perdoar pelo mal que causou àquelas pobres criaturas. Levante-se, padre, por favor.

– Mas agora minha situação ficou ainda pior do que antes. Pensei que estivesse tentando obter o *seu* perdão, mas, se for o meu mesmo, não posso ser tão condescendente; não seria correto. E agora, que posso fazer? Ajude-me a encontrar uma saída com essa sua cabecinha sábia.

O padre não saía do lugar, apesar dos pedidos de Joana. Ela já estava a ponto de começar a chorar novamente. Foi então que a menina teve uma ideia: pegou a pá e cobriu sua própria cabeça de cinzas e disse, quase sufocada:

– Pronto, agora está tudo resolvido. Oh, por favor, levante-se, padre.

O velho pároco sentiu-se comovido e ao mesmo tempo achou graça; puxou-a para si e deu-lhe um abraço.

– Oh, criança incomparável! Esta é uma expiação que requer muita humildade. Nada tem de atraente, porém revela o espírito justo e verdadeiro. Isso posso assegurar-lhe.

Em seguida limpou as cinzas dos cabelos dela e ajudou-a a lavar o rosto e o pescoço até que ficasse apresentável novamente. A essa altura ele já estava alegre novamente e sentia-se pronto para dar seguimento à conversa. Sentou-se e, de novo, fez com que Joana se sentasse a seu lado.

– Joana, você costumava fazer guirlandas de flores na Árvore das Fadas com as outras crianças, não é mesmo?

Esse era sempre seu jeito suave de começar a falar comigo também quando ele queria me fazer reconhecer algum erro ou me pegar em alguma falta – um jeito delicado, como quem nada quer, que engana as pessoas e as conduz, sem sentir, para a armadilha; só se percebe quando a porta bate e aí já não há mais como sair. Père Fronte gostava de fazer isso. Era certo que ele estava colocando uma isca para Joana.

– Sim, padre – respondeu ela.

– Você as pendurava na árvore?

– Não, padre.

– Não as pendurava lá?

– Não.

– E por que não?

– Eu... ora, eu não tinha vontade.

– Não tinha vontade?

– Não, padre.

– O que fazia com as guirlandas então?

– Eu as pendurava na igreja.

– E por que não queria pendurá-las na árvore?

– Porque se dizia que as fadas tinham parentesco com o Demônio e eu não queria prestar homenagem a elas.

– Você achava errado prestar essas homenagens a elas?

– Achava. Achava que deveria ser errado.

– Então se é errado fazer isso, se elas de fato têm parentesco com o Demônio, as fadas devem ser companhias perigosas para você e para as outras crianças, você não acha?

– Suponho que sim – é, acho.

Ele a observou por um minuto e eu julguei que fosse puxar a corda da armadilha. Foi o que ele fez.

– Então a questão é a seguinte: as fadas são criaturas perigosas, de origem suspeita e podem ser más companhias para as crianças. Pois agora eu quero que você me dê um bom motivo, minha filha – se conseguir pensar em algum –, um bom motivo para dizer que foi um erro bani-las de lá. Quero que você me explique por que me teria impedido de fazê-lo. Em outras palavras, o que você perdeu com isso?

Como ele foi tolo em desperdiçar seus argumentos daquela maneira! Se ele fosse um menino como eu, eu teria puxado suas orelhas para deixar de ser tolo. Até que ele estava encaminhando bem sua argumentação e de repente arruinou tudo fazendo aquela pergunta idiota. Perguntar o que *ela* tinha perdido com aquilo! Será que ele nunca ia descobrir que tipo de menina Joana d'Arc era? Será que ele nunca ia aprender que ela não se importava em absoluto com as coisas que afetavam apenas a ela, quer fossem ganhos ou perdas? Será que não entrava em sua cabeça o simples fato de que a maneira infalível, ou melhor, a única maneira de estimular Joana e deixá-la entusiasmada era mostrar a ela como alguma outra pessoa seria injustiçada, magoada ou privada de algo a que tinha direito? Ora, ele armou uma armadilha para si mesmo – foi só o que conseguiu fazer.

No instante em que ele acabou de dizer aquelas palavras, ela teve uma reação indignada e seus olhos se encheram novamente de lágrimas. Aquela explosão de energia e paixão deixou o pároco espantado, mas não a mim, pois eu sabia que ele acendera o rastilho ao concluir com uma pergunta tão infeliz.

– Oh, padre, como pode dizer uma coisa dessas? Diga-me, a quem pertence a França?

– A Deus e ao rei.

– E não ao Demônio?

– Ao Demônio, minha filha? Esta é a terra onde o Todo-Poderoso tem seus pés firmemente plantados. O Demônio não possui um palmo deste solo.

– Então quem deu àquelas pobres criaturas o lar que tinham? Deus. Quem as protegeu durante todos esses séculos? Deus. Quem permitiu que elas dançassem e brincassem lá todo esse tempo, sem ver mal algum nisso? Deus. E quem se rebelou contra a aprovação de Deus e as ameaçou? O homem. Quem as surpreendeu novamente nas brincadeiras inocentes consentidas por Deus e proibidas pelos homens? E quem cumpriu as ameaças e baniu as pobres criaturas da morada que Deus lhes deu em Sua misericórdia e Sua caridade, mandando-as para o relento depois de quinhentos anos em Sua graça? Lá era a morada *delas* – delas pela graça de Deus e pelo Seu bom coração, que homem nenhum tinha o direito de roubar. E elas eram as amigas mais delicadas e sinceras que as crianças já tiveram e lhes faziam pequenos agrados há quinhentos longos anos, sem jamais as magoar ou sem fazer-lhes mal algum; as crianças as amavam e agora choram por elas e nada há que as console. E as crianças o que fizeram para merecer um golpe tão cruel? As pobres fadas *poderiam* ter sido companhia perigosa para as crianças? Até poderiam, mas nunca foram. E *poderiam* não é um argumento convincente. São parentes do Demônio? E daí? As parentes do Demônio também têm seus direitos, e elas tinham; as crianças têm seus direitos e elas tinham também e se eu tivesse estado lá, teria intercedido por elas – teria suplicado pelas crianças e pelas fadas, interrompido o senhor e teria salvado todo mundo. Porém agora – oh, agora está tudo perdido; está tudo perdido e ninguém pode fazer coisa alguma!

E Joana terminou em uma explosão dizendo que, por terem parte com o Demônio, as fadas não podiam ser tratadas daquela maneira, só porque haviam perdido o direito à salvação. Joana disse que exatamente por esse motivo eram merecedoras de pena e das ações mais humanitárias que as fizessem esquecer da má sorte de terem nascido com esse destino por acidente, sem terem culpa alguma.

– Pobres criaturinhas! – disse ela. – De que será feito o coração de alguém que tenha pena de um filho de Deus e não tenha pena de um filho do diabo, que *necessita* mil vezes mais?

Ela se soltou do abraço de Père Fronte e pôs-se a chorar, com o rosto escondido nas mãos e batendo seu pezinho com raiva; saiu então repentinamente deixando-nos a sós, absolutamente confusos e atônitos com aquela tempestade de palavras e aquele redemoinho de emoção.

Père Fronte, que já se pusera de pé um pouco antes, nessa posição permaneceu, passando a mão na testa como alguém que estivesse atordoado e sem saber o que fazer; depois voltou-se e caminhou em direção à porta do seu quartinho de trabalho. Ouvi-o então murmurar, arrependido:

– Veja o que eu fiz. Pobres crianças, pobres criaturinhas do demônio; elas *realmente* têm seus direitos e o que ela disse é verdade. Como foi que não pensei nisso? Que Deus me perdoe, porque errei.

Quando o ouvi dizer isso vi que estava certo ao julgar que ele tinha preparado uma armadilha para si mesmo. Armou e entrou nela direitinho. Isso me deu vontade de tentar, eu também, preparar uma armadilha para ele. Logo, porém, desisti da ideia. Eu não tinha o talento de Joana.

3

Quando conto essa história lembro-me de muitas outras, de muitos casos que poderia contar, mas acho melhor não fazer isso agora. No momento prefiro falar um pouco sobre a vida simples, monótona porém feliz em nossa aldeia naqueles tempos tranquilos – principalmente no inverno. No verão nós, crianças, passávamos os dias nas colinas onde a brisa soprava, cuidando dos rebanhos desde que o sol raiava até que ele se punha, quando então havia brincadeiras e danças alegres e ruidosas; mas o inverno era mais aconchegante, mais íntimo. Costumávamos nos reunir na sala espaçosa de chão batido de Jacques d'Arc, onde havia sempre uma grande lareira acesa. Era lá que brincávamos, cantávamos, líamos a sorte uns dos outros e ouvíamos os velhos aldeões contar histórias, casos de verdade e de mentira. Assim ficávamos até meia-noite, às vezes.

Lembro-me de certa noite de inverno em que estávamos reunidos – foi um inverno sobre o qual as pessoas ainda se referiam, muitos anos depois, como o mais rigoroso que tivemos – e aquela noite foi uma das mais frias. Lá fora começou uma tempestade, com o vento gritando e gemendo de maneira emocionante – linda, até –, pois é uma sensação maravilhosa ouvir o vento enraivecido exibir assim sua força enquanto se está confortavelmente aconchegado dentro de casa.

E nós estávamos. O fogo crepitava na lareira e ouvia-se o chiado da neve e do granizo que nele caíam pela chaminé; ouviam-se também casos engraçados, risadas e cantoria. Por volta das dez horas foi servido o jantar: uma sopa bem espessa e quente, feijão e bolinhos com manteiga. A comida era farta e os apetites também.

A pequena Joana sentou-se em um caixote a um canto, com seu prato de sopa e seu pão em outro caixote que lhe servia de mesa. À sua volta encontravam-se todos os seus pequenos animais de estimação, que eram em bem maior número que de costume e que certamente representavam um gasto a mais para a família. É que todos os gatos abandonados acabavam encontrando abrigo junto a ela, bem como vários outros animais que não conseguiam inspirar amor a outras pessoas; não sei como essas criaturas passavam a informação entre si, só sei que pássaros e outros animaizinhos tímidos não tinham medo dela e acabavam sendo convidados a ficar em sua casa. Ela sempre tinha uma variedade deles e os tratava muito bem, pois um animal é sempre um animal, seja ele qual for, e merece ser amado por isso, qualquer que seja sua espécie ou seu *status* social. E nada de gaiolas, coleiras ou qualquer outra coisa que tolhesse a liberdade daquelas criaturas para irem e virem à vontade. Só que os dela vinham e não iam, o que criava situações engraçadas e fazia com que Jacques d'Arc xingasse bastante; sua esposa, porém, dizia que foi Deus quem deu aquele dom à menina e que Ele sabia o que estava fazendo, portanto não se deveria impedi-la de o exercer: meter-se em assuntos de Deus sem ser solicitado era algo que a prudência não sugeria. E assim os bichinhos ficavam em paz. Lá estavam eles, como eu ia dizendo – os coelhos, pássaros, esquilos, gatos e alguns répteis –, muito interessados na menina que jantava e procurando ajudá-la nessa tarefa como melhor podiam. Havia um esquilo bem pequenino em seu ombro, sentado como essas criaturas se sentam, examinando um pedacinho de bolo muito duro, pré-histórico, rolando-o com suas mãozinhas ágeis à procura de algum ponto mais vulnerável; quando o encontrava, agitava rapidamente sua cauda peluda no ar e mexia suas orelhinhas pontudas – demonstrando alegria e surpresa – e então atacava o pedacinho de bolo com aqueles dois dentes da frente que os esquilos têm para essa finalidade, que para enfeite não poderia ser, como qualquer pessoa que os tenha observado terá que admitir.

A reunião estava esplêndida, com muita alegria, quando foi subitamente interrompida por alguém que batia à porta com força. Era um daqueles homens que estavam sempre a vagar pelas estradas – as intermináveis guerras mantinham o país constantemente cheio deles. Ele entrou, bateu os pés e sacudiu o corpo para livrar-se um pouco da neve que o cobria, e fechou a porta; tirou o trapo arruinado que lhe servia de chapéu e bateu-o contra a perna deixando cair um outro tanto de neve. Olhou então para as pessoas que se encontravam ali reunidas e uma expressão de alegria iluminou-lhe o rosto magro. Ao ver a comida, sua expressão era de fome e de desejo. Só então cumprimentou-nos com um jeito humilde, dizendo que éramos abençoados por termos uma lareira numa noite daquelas e um teto como o nosso e todos aqueles maravilhosos alimentos para comer – ah, sim, e tantos amigos com quem conversar. Que Deus tivesse pena dos que não tinham para onde ir e eram obrigados a vagar pelas estradas numa noite daquelas.

Ninguém abriu a boca para falar. O pobre homem, envergonhado, ficou ali de pé, suplicando com os olhos, a uma por uma das pessoas, por um sinal de que era bem-vindo; seu sorriso foi desbotando e ficando sem graça, até que ele baixou os olhos e os músculos de sua face começaram a se contorcer em um choro contido e ele a cobriu com as mãos para não revelar esse sinal feminino de fraqueza.

– Sente-se!

Essa palavras foram pronunciadas como um estalar de trovão pelo velho Jacques d'Arc e dirigiam-se a Joana. O estranho, com o susto, descobriu o rosto e viu Joana de pé diante dele, oferecendo-lhe sua tigela de sopa.

– Que o Deus Todo-Poderoso a abençoe, menina – disse o estranho, deixando que as lágrimas lhe rolassem pelo rosto. Mas teve medo de pegar a tigela.

– Você me ouviu? Eu lhe disse para se sentar!

Não havia criança mais dócil que Joana, mas aquela não era a maneira correta de fazê-la obedecer. Seu pai não tinha o dom de perceber isso e sensibilidade não é algo que se aprenda.

– Meu pai, este homem está com fome; eu sei que está.

– Ele que vá trabalhar para comer, então. Onde é que nós vamos parar com uma coisa dessas? Basta de dar o que é nosso para essa espécie de gente. Eu já disse que basta e vou manter minha palavra. E este aí, além do mais, tem cara de bandido. Agora obedeça-me e volte para o seu lugar. É uma ordem.

– Não sei se ele é bandido ou se não é, mas sei que ele está com fome, meu pai. E ele vai tomar a minha sopa – eu não preciso dela.

– Se você não me obedecer, eu vou... ora, bandidos não merecem ser ajudados por pessoas honestas e não tomarão um só gole de sopa nesta casa. *Joana*!

Ela colocou sua tigela de volta no caixote que lhe servia de mesa e voltou, pondo-se de pé em frente ao pai enfurecido.

– Pai – disse ela –, se o senhor não me der permissão, eu obedecerei; mas eu gostaria que o senhor pensasse um pouco, pois logo verá que não é certo punir uma parte de alguém pelo que essa parte não fez. É o estômago dele que está com fome e o estômago nunca fez mal a ninguém; nem poderia, ainda que quisesse. Por favor...

– Que ideia! Essa é a coisa mais idiota que ouvi alguém dizer.

Entretanto Aubrey, o prefeito, entrou na conversa; ele era um homem que apreciava debates e tinha até um certo dom para isso, reconhecido, aliás, por todos nós. Pondo-se de pé e apoiando as pontas dos dedos sobre a mesa, lançou aos presentes um olhar tranquilo e digno, como fazem os oradores, e começou a falar em um tom de voz suave e convincente.

– Neste ponto permito-me divergir do meu amigo e proponho-me a convencer os presentes – disse ele olhando-nos a todos e acenando a cabeça, confiante – de que há um certo sentido no que esta criança acaba de dizer. Se atentarmos bem, reconheceremos que é verdadeiro e demonstrável que a cabeça de um homem é quem manda em seu corpo. Até aí todos estamos de acordo, pois não? Alguém se propõe a contestar isso? – Ele passou novamente os olhos pela sala e todos concordaram com ele. – Então, muito bem; neste caso nenhuma parte do corpo é responsável ao executar uma ordem que lhe é dada pela cabeça; portanto a cabeça é a única responsável pelos crimes cometidos por qualquer outra parte do corpo – vocês estão seguindo meu raciocínio? Até aqui não estou certo? – Todos concordaram com entusiasmo e alguns até comentaram entre si que o prefeito estava em ótima forma naquela noite – comentário esse que o deixou extremamente feliz, fazendo com que seus olhos brilhassem de prazer, pois ele o ouvira sem querer. Isso o encorajou a continuar em sua peroração inspirada e brilhante. – Agora, então, vamos analisar o significado da palavra *responsabilidade* e como ele afeta o caso de que tratamos. A responsabilidade é algo que torna a pessoa responsável apenas pelas coisas sobre as quais tem, de fato, responsabilidade – disse isso fazendo um gesto largo com a mão que segurava uma colher para indicar a natureza abrangente dessa classe de responsabilidade que torna as pessoas responsáveis.

Alguns dos presentes exclamaram, admirados:

– Ele tem razão! Ele conseguiu sintetizar todo esse emaranhado de ideias. Isso é maravilhoso!

Depois de uma pequena pausa dramática para aumentar o interesse no que dizia, ele prosseguiu:

– Muito bem, então. Agora suponhamos que um alicate caia sobre o pé de um homem, causando-lhe muita dor. Alguém diria que o alicate é culpado por isso e deve ser punido? A pergunta já foi respondida; posso ver nos rostos de vocês que achariam isso um absurdo. Ora, e por quê? Muito bem: é um absurdo porque, como não há a faculdade do raciocínio – isto é, não existe a capacidade de decidir – em um alicate, não se pode falar em punição. Estou correto?

Uma salva de palmas foi a resposta.

– Isto posto, voltemos ao caso do estômago deste homem. Pensem em como sua situação corresponde àquela do alicate de maneira tão exata e, de fato, maravilhosamente semelhante. Agora prestem atenção à pergunta que lhes faço: o estômago de um homem pode planejar um assassinato? Não. Pode planejar um furto? Não. Pode planejar um incêndio criminoso? Não. Agora, então, respondam-me: *pode um alicate fazer isso*? – (Ouviram-se exclamações de "Não!" e de "Os casos são idênticos!" e, ainda, "Ele não é um debatedor esplêndido?".) – Ora, pois, meus amigos e vizinhos, um estômago que não pode planejar um crime não pode ser responsabilizado por sua execução – isso é uma decorrência lógica com que todos concordarão. Já estamos nos aproximando do ponto em questão e vamos nos aproximar ainda mais. Pode um estômago, por iniciativa própria, ajudar alguém a cometer um crime? A resposta é não, porque no caso o comando inexiste, a faculdade do raciocínio inexiste e a vontade inexiste – como ocorre no caso do alicate. Então podemos afirmar que o estômago é absolutamente irresponsável por qualquer crime cometido, em seu todo ou em parte?

A resposta foi uma ruidosa aclamação.

– Então a que veredicto chegamos? Não poderia deixar de ser este: que um estômago culpado é algo inexistente neste mundo; que no corpo do mais terrível dos criminosos reside um estômago puro e inocente; que, seja o que for que o dono faça, *ele* – o estômago – deve ser visto como algo sagrado; e que se Deus nos deu mentes capazes de pensar de maneira justa, caridosa e honrosa, deveria ser – e na verdade é – nosso privilégio e nosso dever não apenas alimentar o estômago faminto que habita um bandido, demonstrando nossa pena e nossa dor pelo que ele sente, mas fazê-lo com alegria em nossos corações, gratos pelo que nos é permitido fazer, em reconhecimento à sua pureza e à sua inocência inabaláveis em meio às tentações e em companhias tão repugnantes à sua sensibilidade. É só o que tenho a dizer.

Eu nunca tinha visto um discurso fazer tanto efeito. Eles se ergueram – todos os que estavam ali se ergueram – e puseram-se a aplaudir, dar vivas e fazer-lhe os maiores elogios. Uma por uma das pessoas aproximaram-se dele com os olhos rasos de lágrimas e apertaram suas mãos dizendo-lhe coisas tão maravilhosas que o deixaram fora de si de tanto orgulho e de tanta felicidade, deixando-o também sem palavras, pois se ele dissesse mais alguma coisa nem ele mesmo poderia resistir ao pranto. Foi uma cena esplêndida de se presenciar e todos diziam jamais ter ouvido coisa semelhante. A eloquência é mesmo uma forma de poder e não há dúvida quanto a isso. Até mesmo o velho Jacques d'Arc se emocionou, pela primeira vez na vida, e chamou a filha.

– Está bem, Joana, dê a sopa ao homem!

Ela ficou encabulada, parecendo não saber o que dizer, portanto não disse coisa alguma. Porque na verdade ela já havia entregue sua sopa ao homem e ele já acabara de tomá-la havia muito tempo. Quando lhe perguntaram por que não esperara que se chegasse a uma decisão, ela respondeu que o homem tinha muita fome e não poderia esperar, e que, além do mais, não se sabia qual seria a decisão. Não se pode deixar de reconhecer que sua ideia foi muito boa para uma criança.

O homem não era bandido nem nada. Era um sujeito muito bom cujo único problema era sua falta de sorte, problema esse nada incomum na França de então. Depois que seu estômago foi considerado inocente e, plenamente satisfeito, deixou o homem à vontade, este destravou a língua e pôs-se a falar sem parar. Ele lutara nas guerras por muitos anos e as coisas que disse – e a maneira como as disse – inflamaram o patriotismo de todos os presentes, fazendo com que os corações batessem forte e os pulsos disparassem. Foi então, antes que nos déssemos conta, que ele levou nossas mentes em uma sublime marcha pelas antigas glórias da França e vimos, com os olhos da imaginação, as figuras titânicas dos doze paladinos emergirem das névoas do passado para enfrentar seu destino; ouvimos as passadas ritmadas de incontáveis tropas inimigas atacando; vimos essa maré humana avançar e retroceder, retroceder e avançar e acabar vencida por aquele pequeno bando de heróis; vimos passar diante de nós cada pormenor daquele dia – o mais estupendo, o mais feroz e ainda assim o mais adorado e glorioso dia da história legendária da França; aqui, acolá e mais além, por sobre o vasto campo de mortos e moribundos, vimos um paladino, outro e mais outro atacar com golpes prodigiosos, usando as forças que lhes restavam dos braços já cansados, e os vimos cair, um a um, até que somente um deles restou – aquele que não tinha um companheiro ao lado do qual lutar, aquele cujo nome passou a designar o nosso Cântico dos Cânticos, a canção que nenhum francês consegue ouvir sem ser levado por suas emoções e por seu orgulho. E por fim, na cena mais grandiosa e mais lastimável de todas, vimos sua morte patética. O silêncio em que ficamos, com os lábios semiabertos e sem sequer respirar, à mercê das palavras daquele homem, deu-nos uma ideia do terrível silêncio que caiu sobre aquele campo de batalha quando a última alma sobrevivente também se foi.

Naquele silêncio solene o estranho acariciou levemente a cabeça de Joana e disse:

– Mocinha – que Deus a proteja! –, esta noite você me salvou da morte resgatando-me para a vida novamente. Agora ouça bem: aqui está sua recompensa – e naquele momento inigualável, surpreendendo nossos corações, sem dizer mais uma só palavra, pôs-se a cantar, com a voz mais nobre e possante que já se ouviu, a grande Canção de Roland!

Pense no que isso significou para um grupo de franceses já emocionados. Oh, seu canto foi ainda mais eloquente do que as palavras ditas anteriormente! Aquela eloquência era quase nada diante dessa! E como ele parecia uma figura bela e nobre, como tornou-se solene e inspirado ali de pé com aquela poderosa canção a lhe sair dos lábios vinda do coração, todo ele transfigurado, até mesmo os trapos que vestia!

Todos ficaram de pé em silêncio enquanto ele cantava; os rostos se iluminaram e os olhos ardiam de emoção; logo as lágrimas começaram a rolar por todas aquelas faces enquanto seus corpos se puseram a mover de leve, inconscientemente, ao ritmo da canção. Foi com extremo esforço que conseguiram prender a explosão de suas emoções até o último verso, aquele em que Roland jaz moribundo e só, com o rosto voltado para a terra, vendo ainda os mortos que lá estavam tombados uns sobre os outros; nesse momento tira a sua luva de guerreiro, erguendo-a para Deus com a mão já sem forças e murmura aquela linda prece com seus lábios sem cor. Deu-se então a explosão de soluços e gemidos. Mas quando a grandiosa nota final morreu no ar, todos se atiraram para o cantor, querendo abraçá-lo, enlouquecidos de amor por ele e pela França e cheios de orgulho por sua história gloriosa. Quase o sufocaram com seus abraços. Joana, porém, chegou primeiro; apertou-se contra seu peito e cobriu seu rosto de beijos ardorosos.

A tempestade continuava enlouquecida lá fora, mas isso não tinha a menor importância; aquela casa passara a ser também a casa daquele estranho, pelo tempo que ele quisesse.

4

Toda criança tem um apelido e nós tínhamos os nossos. Cada um recebia o seu desde muito cedo e esse o acompanhava pela vida. Joana, porém, teve mais do que todos nós, pois com o passar do tempo ela foi ganhando um segundo apelido, depois um terceiro e assim por diante, dados sempre por nós. Chegou a ter uma meia dúzia deles, vários dos quais nunca perdeu. As meninas das aldeias são naturalmente tímidas; ela, porém, o era mais que todas as outras. Ruborizava-se tão facilmente e tão facilmente ficava encabulada na presença de estranhos que nós lhe demos o apelido de Tímida. Todos nós éramos patriotas, mas foi ela que ganhou o apelido de Patriota, porque nossos sentimentos mais acalorados pelo país pareciam frios diante dos dela. Foi também chamada de a Bela não apenas pela extraordinária beleza de seu rosto e de suas formas, mas também por seu caráter. Esses apelidos foram mantidos, acrescidos de um outro – a Corajosa.

Assim fomos crescendo juntos naquela região tranquila de gente trabalhadora e nos transformamos em meninos e meninas já de bom tamanho – na verdade, de tamanho suficiente para começarmos a saber, tanto quanto os adultos, das guerras que pareciam não ter fim ao norte e a oeste de nossa região. Já ficávamos perturbados com as notícias que de vez em quando lá chegavam vindas daqueles campos cobertos de sangue. Lembro-me muito claramente de algumas dessas ocasiões. Em uma certa terça-feira, quando cantávamos e dançávamos ao redor da Árvore das Fadas, pendurando guirlandas em memória das nossas amiguinhas invisíveis perdidas para sempre, a pequena Mengette exclamou:

– Olhem lá! O que é aquilo?

Quando alguém faz uma exclamação dessas, demonstrando surpresa e apreensão, logo recebe a atenção de quem está por perto. Todos os corações disparados e as faces ruborizadas se reuniram e todos os olhos ansiosos voltaram-se para uma só direção: a colina que descia até a aldeia.

– É uma bandeira negra!

– Uma bandeira negra? Não... ou será mesmo?

– Veja bem. Não é outra coisa.

– É *mesmo* uma bandeira negra, com certeza! Alguém já viu uma dessas?

– O que será que significa?

– O que significa? Só pode significar uma coisa terrível – que mais?

– Isso não é resposta. Qualquer um sabe disso. Mas que coisa terrível será? É *essa* a pergunta.

– Pode ser que quem carregue aquela bandeira nos dê a resposta quando chegar aqui. É melhor esperarmos.

– Ele corre bem. Quem será?

Alguns sugeriram um nome, alguns afirmaram que era outro; por fim vimos todos que se tratava de Étienne Roze, cujo apelido era Girassol, por seu cabelo amarelo e sua cara redonda, marcada de varíola. Seus ancestrais eram alemães alguns séculos atrás. Ele subiu a encosta com grande esforço, sacudindo a bandeira no ar como um símbolo da tristeza que carregava. Todos os olhos estavam grudados nele, todas as línguas só falavam sobre ele e todos os corações batiam cada vez mais forte, impacientes. Por fim ele chegou onde estávamos e enterrou o mastro da bandeira no chão, dizendo:

– Pronto! Fique plantada aí representando a França enquanto eu recupero o fôlego. A França agora não precisa de outra bandeira.

A tagarelice agitada se fez silêncio. Era como se alguém tivesse anunciado uma morte. O único som que se ouvia naquele ar subitamente gelado era o da respiração ofegante do menino. Quando, por fim, pôde falar, disse:

– As notícias são negras. Foi assinado um Tratado em Troyes entre a França, os ingleses e borgonheses. Por esse tratado a França foi traída e entregue ao inimigo, com os pés e as mãos amarrados. Tudo foi feito pelo duque de Borgonha e aquela peste da rainha da França. Pelo tratado, Henrique da Inglaterra se casa com Catarina de França...

– É mentira! Como é possível que uma filha da França se case com o Carniceiro de Agincourt? Não se pode acreditar nisso. Você não deve ter ouvido bem.

– Se você não consegue acreditar nisso, Jacques d'Arc, então terá ainda mais dificuldade em acreditar no pior. Qualquer filho que nasça desse casamento – mesmo que seja uma menina – herdará os tronos da Inglaterra e da França e assim será para sempre!

– Ora, *isso* realmente é mentira, pois é contra a lei. Não é legal e não pode ser feito – disse Edmond Aubrey, cujo apelido era Paladino por causa dos exércitos que ele prometia derrotar algum dia. Ele teria dito mais se sua voz não fosse abafada pelo clamor das outras, que explodiram em fúria por causa desse aspecto do tratado. Puseram-se todos a falar ao mesmo tempo sem que ninguém se entendesse até que Haumette conseguiu que fizessem silêncio, dizendo:

– Não é justo impedir que ele fale. Por favor, vamos deixar que continue. Vocês estão aborrecidos porque tudo isso parece mentira. Se forem mentiras, serão motivo de alegria – *esse* tipo de mentiras – e não de aborrecimento. Conte o resto, Étienne.

– Só há mais uma coisa a dizer: nosso rei, Charles VI, reinará até sua morte e então Henrique V da Inglaterra será o regente da França até que um filho seu tenha idade suficiente para...

– *Aquele* homem reinará aqui? O Carniceiro? É mentira! Tudo isso é mentira! – gritou o Paladino. – E tem mais, veja bem – o que será do nosso delfim? O que diz o tratado a seu respeito?

– Nada. Simplesmente tira dele o trono e faz dele um banido.

Então todos se puseram a gritar novamente, dizendo que tudo aquilo era mentira. Logo, portanto, foram ficando alegres novamente diante de uma ideia que surgiu.

– Nosso rei teria que assinar o tratado para que ele tivesse valor e isso ele não faria, pois não ia querer tal destino para o filho – disse alguém.

Porém o Girassol respondeu:

– Então deixe que eu lhe faça uma pergunta. Você acha que a *rainha* seria capaz de assinar um tratado deserdando seu próprio filho?

– Aquela víbora? É claro que sim. Mas não estamos falando dela. Ninguém espera coisa alguma dela. Esta seria capaz de qualquer vilania que lhe desse na telha e, além do mais, ela odeia o filho. Mas a assinatura dela não tem valor algum. É o rei quem assina os tratados.

– Então quero lhe fazer outra pergunta. Em que situação se encontra o rei? Ele está louco, não está?

– Sim, e seu povo o ama ainda mais por isso. O sofrimento o aproxima do coração de sua gente e a pena faz com que ele seja mais amado.

– O que você diz é certo, Jacques d'Arc. O que mais se pode com um louco? Ele sabe o que faz? Não. Ele faz o que os outros o mandam fazer? Faz. Pois bem, ele assinou o tratado – isso eu lhe afirmo.

– E quem o mandou assinar?

– Você sabe, sem que eu precise dizer. A rainha.

Novo rebuliço. Todos falavam ao mesmo tempo, todos cobriam a rainha de execrações. Por fim Jacques d'Arc se fez ouvir.

– Mas muitas notícias que chegam até nós não são verdadeiras. Jamais se ouviu algo tão vergonhoso, nada que nos atingisse tão fundo, nada que arrastasse a França a uma condição tão baixa. É por isso que podemos ter esperanças de que essa história seja apenas mais um boato. Onde foi que você a ouviu?

Joana empalideceu subitamente. Ela temia a resposta e estava certa em seu instinto.

– O cura de Maxey foi quem trouxe a notícia.

O golpe se fez sentir. Nós sabíamos que se podia confiar no que ele dissesse.

– E ele acreditou?

Os corações quase pararam de bater. Veio então a resposta:

– Acreditou. E não é só isso. Ele *sabe* que é verdade.

Algumas das meninas começaram a chorar; os meninos ficaram sem ação, em silêncio. A tristeza de Joana fazia pensar na expressão de um animal mortalmente ferido. Um animal não se queixa e tampouco ela disse uma só palavra. Seu irmão Jacques pôs a mão em sua cabeça e acariciou os cabelos dela para mostrar que compreendia sua dor. Ela pegou a mão dele e a levou aos lábios, beijando-a, agradecida, sem dizer coisa alguma. Aos poucos as reações começaram a se manifestar. Noël Rainguesson disse:

– Oh, parece que nunca chegaremos a ser homens! Nós crescemos tão devagar e a França nunca precisou tanto de soldados como agora para lavar sua honra.

– Eu odeio ser criança! – disse Pierre Morel, conhecido como Moscardo por seus olhos muito arregalados. – A gente tem que esperar, esperar e esperar – essas guerras sem fim se arrastam há séculos, e nós aqui sem podermos participar. Ah, se eu pudesse ser um soldado agora!

– Quanto a mim, não vou esperar por muito mais tempo – disse o Paladino – e quando realmente eu começar vocês vão ouvir falar de mim. Isso eu garanto. Há soldados que num ataque a um castelo preferem ficar na retaguarda; não eu, que só quero a linha de frente. À minha frente não quero ninguém a não ser os oficiais.

Até as meninas se empolgaram com o espírito da guerra.

– Eu gostaria de ter nascido homem; se tivesse começaria a lutar agora mesmo – disse Marie Dupont cheia de si e olhando ao redor em busca de aplauso.

– Eu também – disse Cécile Letellier, inspirando o ar como um cavalo de batalha que sente o cheiro da luta. – Garanto que não fugiria do campo de batalha ainda que tivesse toda a Inglaterra pela frente.

– Ora essa! As meninas sabem se gabar, mas também é só isso que sabem. É só juntar mil delas diante de um punhado de soldados para se ver uma debandada geral. Olhem a Joaninha aqui. Não duvido nada que seja a próxima a querer ser soldado!

Aquela ideia era tão engraçada e todos se riram tanto que o Paladino se sentiu animado a continuar.

– Imaginem só! Imaginem a Joana se lançando em uma batalha como um velho veterano qualquer. Ora, ora, ela não seria um soldado andrajoso como um de nós, mas sim um oficial – um oficial, vejam bem, com armadura e tudo e uma viseira em seu capacete de aço para poder esconder o rubor de seu rosto ao dar de cara com uma tropa inimiga à qual não fora apresentada. Que patente? Capitão. Ela seria um capitão. Um capitão com cem homens a segui-la – ou meninas, talvez. Oh, e nada dessas guerrinhas fáceis para ela! E quando ela partir para o ataque ao exército inimigo, será como um furacão que os soprará até sumirem!

Bem, ele continuou a dizer essas coisas até que todos já não se aguentassem mais de tanto rir, o que era uma coisa normal pois a ideia era mesmo engraçada. Quero dizer que ali, naquela ocasião, era muito engraçado imaginar aquela criaturinha frágil, incapaz de magoar uma mosca, que não podia ver sangue e com aquele seu jeitinho acanhado de menina a se lançar em uma batalha com um bando de soldados atrás de si. Pobre criaturinha, ela ficou ali sentada, confusa e envergonhada porque se riam dela. Porém algo estava por acontecer naquele mesmo instante – algo que mudaria o curso daquela brincadeira e que mostraria às outras crianças que, em questões de riso, melhor é para quem fica por último. Pois logo em seguida um rosto que todos conhecíamos e temíamos surgiu por detrás da Árvore das Fadas e o pensamento que nos atravessou como um raio foi o de que o louco Benoist tinha se soltado de sua jaula e que logo estaríamos todos mortos. Aquela criatura peluda e horripilante saiu de trás da árvore sem fazer ruído e ergueu sua foice ao se aproximar de nós. Corremos em debandada para todos os lados, com as meninas chorando e gritando. Corremos todos, menos Joana. Ela se pôs de pé e encarou o homem, permanecendo assim. Ao chegarmos ao bosque que circunda a clareira gramada e lá nos escondermos, dois ou três de nós olhamos para trás para ver se Benoist estava nos alcançando e o que vimos foi a seguinte cena: Joana estava de pé e o maníaco se aproximava dela lentamente com a foice erguida. A visão era aterradora. Ficamos parados onde estávamos, incapazes de nos movermos. Eu não queria presenciar aquele assassinato, porém não conseguia desviar meus olhos. Vi quando Joana começou a caminhar em direção a ele, embora não pudesse acreditar no que via. Vi quando o homem parou. Ele a ameaçou com sua foice, como para avisar que ela não se aproximasse, porém ela não lhe deu atenção; continuou a caminhar com firmeza até parar diante dele – bem embaixo de sua foice. Pareceu-nos então que ela estava falando com ele. Senti uma súbita tontura e pensei que fosse vomitar. Minhas pernas tremiam e tudo pareceu rodar a meu redor. Perdi mesmo a noção do que aconteceu por um breve tempo – creio que foi breve – e quando olhei novamente vi Joana caminhando de mãos dadas com o homem em direção à aldeia. Na sua outra mão ia a foice.

Um por um os meninos e as meninas foram saindo sorrateiramente do bosque e ficamos todos a olhá-los, boquiabertos, até que entraram na aldeia e desapareceram. Foi nesse dia que ela ganhou o apelido de Corajosa.

Deixamos a bandeira negra plantada lá para que continuasse a exercer seu triste ofício, pois tínhamos outra coisa com que nos ocupar. Partimos correndo para a aldeia a fim de dar o alarme e de livrar Joana do perigo. Eu, porém, depois de ter visto o que vi, achava que enquanto Joana mantivesse a posse da foice não haveria o que temer por ela. Quando chegamos o perigo já havia passado e o homem já estava sob custódia. Toda a gente da aldeia encontrava-se reunida na pequena praça em frente à igreja comentando o ocorrido com tal entusiasmo que todos nos esquecemos por umas duas ou três horas da terrível notícia do tratado.

As mulheres não paravam de abraçar e beijar Joana e de lhe fazer elogios, chorando; os homens acariciavam-lhe de leve a cabeça dizendo que gostariam que ela fosse homem também. Eles a mandariam para a guerra e não tinham dúvidas de que ela se tornaria famosa por sua coragem. Ela teve que se soltar para poder fugir dali e se esconder, pois aquela glória incomodava sua modéstia.

Era de se esperar que as pessoas nos cobrissem de perguntas sobre os pormenores do que ocorrera. Eu estava tão envergonhado que inventei uma desculpa para o primeiro que se aproximou de mim. Fui saindo disfarçadamente e voltei para junto da Árvore das Fadas para fugir do constrangimento daquelas perguntas. Lá encontrei Joana, que fugia do constrangimento da glória. Aos poucos as outras crianças foram fazendo o mesmo e juntaram-se a nós em nosso refúgio. Sentamo-nos então em volta de Joana e perguntamos a ela como tivera coragem de fazer aquilo. Ela manteve sempre sua atitude de modéstia.

– Vocês estão dando muita importância a isso, mas foi uma coisa sem importância. Eu não era uma estranha para aquele homem. Eu o conheço há muito tempo e ele me conhece e gosta de mim. Muitas vezes já lhe levei alimentos, que passei por entre as barras de sua jaula. No ano passado, em dezembro, quando cortaram fora dois de seus dedos para que deixasse de agarrar e machucar quem passasse por perto, eu fiz curativos na mão dele todos os dias até que ele ficou bom.

– Tudo muito bem – disse a pequena Mengette –, mas ele é um louco, querida, portanto seu afeto e sua gratidão de nada valem quando ele fica enraivecido. O que você fez foi muito arriscado.

– É claro que foi – disse Girassol. – Ele não ameaçou matar você com uma foice?

– Ameaçou.

– Não ameaçou mais de uma vez?

– Ameaçou.

– E você não teve medo?

– Não. Não tive medo. Só um pouquinho.

– E por que não teve muito medo?

Ela pensou por alguns instantes antes de responder, com muita simplicidade:

– Não sei.

Todos acharam graça dessa resposta. Girassol disse que ela era como um cordeiro tentando explicar como esteve a ponto de comer um lobo, mas que depois desistiu.

Cécile Letellier perguntou:

– Por que você não correu como todos nós?

– Porque era preciso levá-lo de volta para sua jaula, senão ele poderia acabar matando alguém. Depois disso era ele quem correria esse perigo.

É interessante observar que essa sua resposta foi aceita sem qualquer crítica ou comentário. Era uma resposta que deixava claro o fato de Joana esquecer-se de si mesma e preocupar-se apenas com os outros, e ela foi aceita por todos como algo natural e verdadeiro partindo dela. Isso demonstra como seu caráter já estava bem definido e como já era reconhecido por nós.

Fez-se silêncio por algum tempo e talvez todos nós estivéssemos pensando na mesma coisa – isto é, como em tudo aquilo que ocorrera nós nos saímos tão mal em comparação a Joana. Eu tentei encontrar uma explicação para o fato de ter saído correndo, abandonando uma garotinha à mercê de um maníaco armado com uma foice, mas todas as explicações que me ocorriam me pareciam indignas, portanto acabei desistindo de me explicar e deixando as coisas como estavam. Outros, porém, foram menos sabidos. Noël Rainguesson parecia inquieto e acabou dizendo algo que revelou como se sentia.

– O fato é que eu fui tomado de surpresa. Foi este o motivo. Se eu tivesse tido um momento para raciocinar, não teria corrido, como não correria de um bebê. Ora, quem pode ter medo daquele pobre-diabo? Eu só queria que ele aparecesse aqui de novo para eu mostrar a vocês que não tenho medo dele.

– Nem eu! – exclamou Pierre Morel. – Eu ia fazer com que ele subisse nesta árvore mais rápido do que... do que... bem, vocês iam ver só o que eu faria! Puxa, pegar uma pessoa de surpresa daquele jeito – ora –, eu jamais pensaria em fugir; isto é, não daquele jeito. Eu não tinha intenção de fugir; na verdade, eu queria mesmo era me divertir. Mas quando vi Joana ali de pé, com ele a ameaçar, não sei como me contive para não avançar para cima dele e arrancar-lhe as entranhas. Tive *muita vontade* de fazer isso e, se tudo acontecesse de novo, *eu faria mesmo*! Se alguma vez ele me aparecer pela frente de novo, eu...

– Oh, cale a boca – interrompeu Paladino com um ar de desdém. – Do jeito como vocês falam, até parece que é uma grande valentia enfrentar aquele pobre-diabo. Ora, isso não é valentia alguma. Enfrentar um traste daqueles não é nada. Eu ia me divertir mesmo era enfrentando uns cem como ele. Se ele aparecesse aqui agora, eu ia chegar perto dele e – mesmo se ele estivesse carregando cem foices – eu...

E por aí ele foi, dizendo das coisas valentes que diria e das coisas espantosas que faria; os outros foram também acrescentando as estupendas proezas que fariam se alguma vez aquele louco ousasse passar diante deles, pois na próxima oportunidade já não seriam tomados de surpresa. Se ele pensasse que poderia surpreendê-los novamente, pagaria caro por isso.

No fim todos já haviam recuperado sua autoestima; na verdade, alguns até acrescentaram-lhe ainda alguma coisa. Foram todos para casa julgando-se melhores ainda do que antes.

5

Eram tranquilos aqueles dias longínquos que se sucediam sem grandes acontecimentos; isto é, quase sempre eram assim, pois vivíamos longe de onde se travava a guerra. De quando em vez, entretanto, alguns bandos se aproximavam o suficiente para podermos ver o céu se pintar de vermelho no meio da noite, indicando onde estava sendo incendiada uma fazenda ou uma aldeia. Nessas ocasiões todos nos dávamos conta de que algum dia chegaria a nossa vez. Essa ameaça silenciosa pesava em nossos corações como algo realmente físico. O peso se fez sentir ainda mais uns dois anos depois da assinatura do Tratado de Troyes.

Na verdade o que havia era um profundo medo do que poderia acontecer à França. Certo dia voltávamos da aldeia de Maxey, onde leváramos uma surra em uma das batalhas que travávamos regularmente com os odiosos meninos borgonheses, quando, mal chegamos à nossa margem do rio ao anoitecer, machucados e cansados, ouvimos o sino da igreja soar alarme. Corremos para lá e encontramos todo o povo da aldeia na praça iluminada pelas inúmeras tochas que tremulavam assustadoras e deixavam o ar cheio de fumaça.

No alto da escadaria da igreja havia um estranho, um padre borgonhês, dando a notícia. Uma notícia que fez o povo chorar, gritar, xingar e ter acessos de cólera, alternadamente. Ele disse que o nosso rei, velho e louco, estava morto e que dali em diante nós e toda a França, com a coroa e tudo, passávamos a pertencer a um bebê que se encontrava em seu berço em Londres. Pediu-nos então que nos comprometêssemos a lhe ser fiel, a ser seus súditos obedientes e a lhe desejar o bem; disse ainda que finalmente teríamos um governo forte e estável e que dentro em breve as tropas inglesas dariam início à sua última missão. Essa não deveria ser longa, visto que necessitaria apenas vencer algumas resistências esparsas de cidadãos que insistiam em erguer aquele trapo já quase esquecido – a bandeira da França.

O povo reagiu com veemência demonstrando toda a sua cólera; podiam-se ver dezenas de aldeões erguendo seus punhos cerrados naquele mar de rostos iluminados pela luz das tochas e sacudindo-os para aquele homem. Foi uma cena turbulenta e emocionante, tornada ainda mais estranha pela figura do padre, que permaneceu imóvel, olhando com desprezo aquela gente enraivecida, mantendo em seu rosto uma expressão tão tranquila e indiferente que por mais ódio que despertasse, por mais que se tivesse ganas de queimá-lo vivo, não se podia negar-lhe a admiração por aquela sua irritante tranquilidade. E a maneira como encerrou seu comunicado foi a mais dura que se poderia imaginar. Disse ao povo que nos funerais do nosso velho soberano o Comandante das Tropas do Rei havia partido seu bastão de comando e o deposto sobre o túmulo de "Charles VI e sua dinastia" dizendo, para que todos o ouvissem, "Deus abençoe e dê longa vida a Henrique, rei da França e da Inglaterra, nosso soberano e rei". Depois pediu a todos ali na praça que dissessem "Amém" àquelas palavras!

As pessoas empalideceram de ódio e ficaram mudas por algum tempo, impossibilitadas de falar. Joana, porém, estava bem próxima a ele e, encarando-o, falou com sua voz séria e firme:

– Eu gostaria de ver sua cabeça decepada do resto do corpo! – E depois de uma breve pausa, acrescentou, persignando-se: – Se essa fosse a vontade de Deus.

É importante recordar tal pronunciamento e explico por quê: essa foi a única vez em que se ouviu Joana dizer algo impiedoso em toda a sua vida. Quando eu lhes contar das agruras que enfrentou, do mal que lhe causaram e das perseguições, vocês se darão conta do quão surpreendente e maravilhoso é esse fato. Ela jamais pronunciou uma só palavra amarga em sua vida antes ou depois dessas.

A chegada dessa terrível notícia foi seguida de muitas outras. Os saqueadores volta e meia chegavam quase às nossas portas, portanto vivíamos em crescente apreensão. Por alguma razão, entretanto, éramos misericordiosamente poupados de uma pilhagem de fato. Mas finalmente chegou a nossa vez, na primavera de 1428. Os borgonheses chegaram subitamente em bandos, fazendo grande algazarra no meio da noite, obrigando-nos a pular das camas e fugir correndo para salvarmos nossas vidas. Tomamos a estrada de Neufchâteau e disparamos na mais total desordem; todos queriam tomar a dianteira, portanto atrapalhavam-se uns aos outros. Joana, porém, manteve-se calma – era a única pessoa calma ali – e assumiu o controle, trazendo ordem ao caos. Fez o que precisava ser feito rapidamente, com decisão e desenvoltura, conseguindo, em pouco tempo, transformar aquela debandada enlouquecida em uma marcha organizada. Não se pode deixar de reconhecer que para uma pessoa tão jovem, e ainda por cima uma menina, esse feito foi muito impressionante.

Joana estava com dezesseis anos nessa ocasião; era bem-feita de corpo, graciosa e de uma beleza tão extraordinária que posso me permitir as maiores extravagâncias de linguagem para descrevê-la sem medo de incorrer em exagero. Havia em seu rosto uma doçura, uma serenidade e uma pureza que espelhavam a natureza de sua alma. Era profundamente religiosa, qualidade essa que costuma dar uma expressão melancólica à fisionomia das pessoas, porém isso não ocorria com ela. Sua religião a deixava satisfeita e alegre e se, às vezes, Joana demonstrava tristeza em seu semblante, isso se devia à profunda mágoa que sentia pela situação do país e jamais por seus sentimentos religiosos.

Uma parte bem considerável de nossa aldeia foi destruída e, quando foi possível nos arriscarmos a voltar, compreendemos o que os habitantes de outras aldeias vinham sofrendo em toda a França havia muitos anos – sim, dezenas de anos. Pela primeira vez vimos casas devastadas e queimadas e por toda parte carcaças de animais brutalmente massacrados, por pura maldade – entre eles bezerros e cordeiros que tinham sido animais de estimação das crianças; cortava o coração ver as crianças chorando suas perdas.

Viriam então impostos e mais impostos a pagar! Todos se afligiam com os pesados impostos que recairiam sobre nossa comunidade já empobrecida e a tristeza era visível em todos os rostos. Joana disse:

– Pagar impostos sem ter com o que pagar é o que o resto da França vem fazendo há muitos anos, porém nós não sabíamos como isso era amargo. Agora vamos saber.

Ela pôs-se a falar sobre isso, cada vez mais indignada, até que essa ideia não lhe saiu mais da cabeça.

Por fim nos deparamos com uma visão aterradora. Era o louco, que fora espancado e esfaqueado até a morte em sua jaula de ferro no centro da praça. Foi terrível ver aquilo. Nenhum de nós, jovens, jamais vira o cadáver de um homem que perdera a vida de morte violenta. Aqueles restos humanos exerceram um terrível fascínio sobre nós e não conseguíamos desviar nossos olhos da cena. Na verdade, essa foi a reação que todos nós tivemos, menos Joana. Ela afastou-se horrorizada e nada foi capaz de fazê-la voltar. Pois vejam bem como a vida é por vezes tão injusta. Quis o destino que nós, que ficamos fascinados com aquela morte sangrenta, pudéssemos viver muitos anos em paz, enquanto ela, que se horrorizava tão instintivamente, acabasse tendo que presenciar o espetáculo da morte violenta todos os dias no campo de batalha.

Como vocês podem imaginar, tivemos muito assunto para conversa a partir da pilhagem de nossa aldeia. Aquilo nos pareceu, sem sombra de dúvida, o acontecimento mais importante da história do mundo, pois apesar de aqueles aldeões pensarem que sabiam alguma coisa sobre a importância de alguns grandes eventos da história, dos quais tinham ouvido falar vagamente, a verdade é que nada sabiam. Um incidentezinho pungente como aquele, testemunhado por seus próprios olhos e sentido em suas entranhas tornou-se imediatamente o episódio mais prodigioso e dramático do resto da história do mundo que sabiam por ouvir dizer. Agora acho divertido recordar-me da maneira como os mais velhos se referiam a ele, emocionados e cheios de indignação.

– Ah, sim – dizia o velho Jacques d'Arc –, as coisas chegaram a um ponto que não dá mais para aceitar. O rei precisa ser informado disso. É chegada a hora de ele parar de ficar sonhando por aí e assumir seu papel. – Ele se referia ao nosso jovem rei deserdado, perseguido e refugiado, Charles VII.

– Você tem toda a razão – dizia o prefeito. – Ele precisa ser informado do que ocorreu imediatamente. Uma coisa dessas é um ultraje e não se pode permitir que ocorra impunemente. Ora, não estamos a salvo sequer em nossas próprias camas e ele fica por aí sem saber do que se passa, sabe-se lá onde. É preciso que toda a França tome conhecimento do que ocorreu aqui. Toda a França precisa saber disso!

Quem os ouvisse falar daquela maneira pensaria que os mais de dez mil saques e pilhagens e incêndios de aldeias na França não passavam de fábulas e apenas aquele nosso drama fora real. As coisas são sempre assim: quando se trata dos problemas dos outros, basta falar sobre eles, porém quando o problema é nosso, é preciso que alguma coisa seja feita; é preciso que o rei reaja e faça algo.

Aquele grande acontecimento dominava nossas conversas de jovens também. Deixávamos que ele fluísse livremente enquanto cuidávamos dos rebanhos. Começávamos a nos sentir bem importantes nessa época, pois eu já estava com dezoito anos e havia outros até quatro anos mais velhos. Na verdade, já éramos jovens adultos. Certo dia o Paladino pôs-se a criticar com arrogância os generais patriotas da França.

– Vejam só Dunois, o Bastardo de Orléans – chamar um homem daqueles de general! Se me pusessem em seu lugar, eu – eu nem digo o que faria, pois não gosto de perder tempo com palavras; comigo o negócio é *ação*. Deixo a tagarelice para os outros – mas eu queria mesmo era ocupar o seu lugar uma vez só! E vejam Saintrailles, ah! E aquele tal de La Hire, um idiota, que espécie de general pode ser um homem daqueles?

Todos ficaram chocados ao ouvir esses nomes tão importantes serem mencionados assim com tanto descaso, pois para nós aqueles soldados famosos eram quase deuses. Em sua imponência, tão distantes de nós, eles surgiam em nossas imaginações como emergindo das sombras, enormes, assustadores, e chegava a nos dar medo ouvir alguém se referir a eles como se fossem homens comuns, cujos atos estão sempre sujeitos a comentários e a crítica. Joana ficou com o rosto em fogo.

– Não sei como alguém pode ser tão tolo a ponto de se referir com palavras desse tipo a homens tão sublimes, a homens que são os próprios pilares do Estado francês, suportando seu peso e preservando-o dia e noite à custa de seu próprio sangue. Quanto a mim, sentir-me-ia profundamente honrada se me fosse dado o privilégio de vê-los pessoalmente, uma só vez que fosse e ainda que de longe. Não ficaria bem para uma pessoa do meu nível social aproximar-se muito deles.

O Paladino ficou sem graça por alguns instantes ao ver, pelas expressões dos que estavam ali, que Joana expressara o sentimento de todos. Mas logo recomeçou as críticas. Jean, irmão de Joana, interrompeu-o:

– Se você não gosta do que nossos generais estão fazendo, por que não parte para a guerra agora mesmo e faz um trabalho melhor? Você está sempre falando em ir para a guerra, mas nunca vai.

– Ora essa – disse o Paladino –, é fácil você falar assim. Então agora eu vou lhe dizer por que eu fico aqui pastando como essas ovelhas, nessa pasmaceira sem fim, tão repulsiva à minha natureza. Não vou porque não sou um cavalheiro. O motivo é só esse. O que pode um soldado raso fazer em uma guerra dessas? Nada. Não lhe dão permissão de sair de sua fileira. Se eu fosse cavalheiro, vocês acham que eu ficaria aqui? Não ficaria um só minuto. Eu poderia salvar a França – ah, vocês podem rir se quiserem, mas eu sei o que tenho dentro de mim. Sei o que se esconde debaixo dessa boina de camponês. Eu posso salvar a França e estou pronto para isso, mas não nas condições existentes. Se me quiserem, que mandem me buscar. Em caso contrário, eles que aguentem as consequências; não saio daqui se não for como oficial.

– Que lástima então para a pobre França! A França está perdida – disse Pierre d'Arc.

– Já que você é tão metido na vida dos outros, por que não vai para a guerra você mesmo, Pierre d'Arc?

– Oh, a mim também não mandaram buscar. E eu não sou mais cavalheiro do que você. Porém eu vou; prometo que vou. Vou como soldado sob suas ordens, quando você for convocado.

Todos caíram na gargalhada e o Moscardo disse:

– Mas já vão logo assim? Então devem começar a se preparar. Pode ser que os convoquem daqui a cinco anos – sabe-se lá? Pois é, na minha opinião vocês dois marcharão para a guerra daqui a cinco anos.

– Ele vai antes disso – disse Joana. Ela falou em voz baixa como quem está pensando, porém vários de nós a ouvimos.

– Como é que você sabe disso? – perguntou o Moscardo, surpreso. Porém Jean d'Arc interrompeu a conversa dizendo:

– Na verdade eu não quero mesmo ir, mas como ainda sou muito novo, vou ter que esperar para ir com o Paladino.

– Não – disse Joana –, ele irá com Pierre.

Ela disse isso como quem está pensando em voz alta, falando consigo mesma sem se dar conta de que a ouviam. De fato, só eu a ouvi dizer isso. Olhei para ela e vi que as agulhas de tricô estavam paradas em suas mãos, e que seu rosto tinha uma expressão sonhadora e ausente. Seus lábios se moviam quase que imperceptivelmente, como se ela estivesse falando sozinha. Mas não emitia som algum; era eu quem estava mais próximo dela e nada ouvi. Mas agucei os ouvidos, pois aquelas suas duas observações tinham me afetado de maneira estranha. Eu era supersticioso e facilmente impressionável por qualquer coisinha que me parecesse fora do comum.

Foi Noël Rainguesson quem falou a seguir:

– Existe uma possibilidade de tentarmos salvar a França. Afinal de contas temos *um* cavalheiro em nossa comunidade. Por que o Estudioso não pode trocar de nome e de condição social com o Paladino? Nesse caso ele poderia ser oficial. A França o convocaria e ele enxotaria daqui esses ingleses e esses borgonheses como se fossem moscas.

O Estudioso era eu. Era esse o meu apelido porque eu sabia ler e escrever. Ouviu-se um coro de aprovações e o Girassol disse:

– É isso mesmo que precisa ser feito. Assim se resolvem todas as dificuldades. O Senhor de Conte certamente concordará com isso. Concordará em marchar atrás do capitão Paladino e morrer antes, coberto das glórias de um soldado raso.

– Ele marchará com Jean e Pierre e viverá até quando essas guerras já tiverem sido esquecidas – murmurou Joana –, e na décima primeira hora Noël e o Paladino se unirão a eles, porém contra sua vontade. – A voz estava tão baixa que eu não tive certeza se foram essas mesmas as palavras, mas pareceu-me que sim. Sente-se um arrepio ao ouvir coisas assim.

– Então vamos lá – continuou Noël –, já está tudo acertado; agora só precisamos nos organizar sob as ordens do Paladino e partir para salvar a França. Todos irão?

Todos disseram que sim, menos Jacques d'Arc.

– Vou pedir que me deixem de fora. É muito bom falar de guerra e nisso concordo com vocês. Na verdade, sempre achei que deveria me tornar um soldado, mas depois que vi nossa aldeia arruinada e aquele pobre louco todo despedaçado numa poça de sangue, descobri que não fui feito para esse tipo de trabalho e para ver tais coisas. Eu jamais poderia me sentir bem fazendo isso. Enfrentar espadas e canhões – enfrentar a morte? Não. Não está em minha natureza. É... não contem comigo. Além do mais, eu sou o primogênito e tenho que substituir meu pai como responsável pela família. Já que vocês vão carregar Jean e Pierre para a guerra, alguém precisa ficar na retaguarda para cuidar da nossa Joana e de sua irmã. Eu vou ficar em casa, envelhecer em paz e tranquilidade.

– Ele vai ficar em casa, mas não vai envelhecer – murmurou Joana.

A conversa continuou alegre e descuidada, como é privilégio dos jovens; ali mesmo fizemos com que o Paladino mapeasse suas campanhas, lutasse antecipadamente suas batalhas e as vencesse todas, desse cabo dos ingleses e colocasse nosso rei em seu trono, com coroa e tudo. Então perguntamos a ele o que responderia quando o rei lhe perguntasse que recompensa gostaria de receber. O Paladino já tinha a resposta pronta na ponta da língua:

– Ele me fará duque, me nomeará um dos seus pares e me designará Cavalheiro Condestável da França.

– E o casará com uma princesa – você não vai abrir mão disso, vai?

O Paladino ficou um pouco ruborizado e disse bruscamente:

– Ele pode ficar com suas princesas. Eu prefiro fazer um casamento da minha escolha.

Era a Joana que ele se referia, embora ninguém suspeitasse disso naquela ocasião. Se tivessem suspeitado, teriam zombado dele por sua pretensão descabida. Naquela nossa aldeia não havia quem estivesse à altura de se casar com Joana d'Arc. Qualquer um sabia disso.

Um por um fomos dizendo que recompensa pediríamos ao rei se estivéssemos no lugar do Paladino e fizéssemos todas as proezas que ele prometera fazer. As respostas foram muito divertidas e cada um tentava suplantar o outro em extravagância quanto à recompensa a ser pedida. Quando chegou a vez de Joana e todos ficaram insistindo para que ela falasse, tiveram que despertá-la do seu sonho e explicar-lhe de que se estava falando. Joana estivera ausente daquela conversa e não ouvira o que fora dito naquela última parte. Ela supôs que esperassem uma resposta séria e a deu. Ficou pensativa por alguns instantes antes de responder:

– Se o delfim, em sua graça e nobreza, me dissesse: "Agora que estou rico e recuperei o que era meu de direito, pode me pedir o que quiser", eu me ajoelharia diante dele e pediria que ele desse uma ordem para que nossa aldeia nunca mais tivesse que pagar impostos.

Falou com tal simplicidade, do fundo do coração, que nos comoveu. Em vez de acharmos aquilo engraçado, pusemo-nos a pensar. Mas houve um dia em que nos recordamos disso que ela falou com muito orgulho e tristeza; pensamos então como fomos acertados em não nos termos rido dela. Pudemos verificar como suas palavras haviam sido sinceras e como ela as manteve quando o momento chegou, pedindo ao rei apenas aquela dádiva e recusando-se a aceitar qualquer coisa para si mesma.

6

Durante toda a infância e até pouco mais dos quatorze anos de idade, Joana foi a criatura mais alegre da aldeia, com seu jeito espontâneo e seu riso contagiante; era sua maneira de ser, acrescida da delicadeza, do interesse pelo próximo e de uma forma muito franca de agir. Tudo isso fazia dela a criança predileta de todos. Interessava-se sempre pelos destinos do país e às vezes as notícias da guerra entristeciam seu coração e faziam com que chorasse, porém tão logo superava essa tristeza, Joana era novamente a menina alegre de sempre.

A partir dos quatorze anos, entretanto, ela passou a ficar quase sempre soturna. Não que se tornasse melancólica, porém costumava ficar pensativa, absorta, sonhadora. A França lhe fazia pesar o coração e o peso não era leve. Eu sabia que era esse seu problema, mas os outros o atribuíam à extremada fé religiosa. Ela não revelava seus pensamentos a qualquer um, porém permitia-me breves relances do que se passava em sua mente, portanto eu sabia, mais do que qualquer outra pessoa, o que a mantinha tão absorta. Às vezes ocorreu-me que ela tivesse um segredo – um segredo guardado só para si. Tive essa ideia porque várias vezes ela interrompia uma frase e mudava de assunto justamente quando, a meu ver, estava a ponto de fazer uma revelação. Eu acabaria descobrindo esse segredo, mas levou-me algum tempo.

No dia seguinte ao daquela conversa a que me referi, estávamos juntos no campo e nos pusemos a falar da França, como de costume. Para animá-la, eu sempre me mostrava esperançoso até então, porém era puro fingimento, pois na verdade não havia como se agarrar a um fiapo de esperança em relação ao nosso país. Mas custava-me muito mentir para alguém de coração tão puro que jamais suspeitava da mentira em outros. Decidi-me então a não mais agir daquela maneira e parar de enganá-la. Para adotar essa nova atitude, fiz uso de uma pequena mentira, é claro, pois hábito é hábito e não pode ser assim atirado pela janela de repente; a gente tem que o empurrar, a contragosto, degrau por degrau escada abaixo.

– Joana, pensei muito ontem à noite e creio que mudei de opinião; cheguei à conclusão de que estava equivocado e de que a situação da França é mesmo desesperadora. Tornou-se desesperadora desde Agincourt, e tem piorado dia a dia. Creio que chegou a um ponto onde não é mais possível ter esperanças.

Não a olhei nos olhos ao dizer isso, pois não tive coragem. Partir assim seu coração, acabar com suas esperanças de maneira tão brutal, sem ao menos ter a caridade de uma frase ambígua, pareceu-me uma crueldade inominável. Porém depois de falar, quando o peso da verdade já não mais me atormentava a consciência, olhei-a no rosto para ver sua reação.

Não vi reação alguma. Pelo menos nada do que eu esperava. Captei uma quase imperceptível surpresa em seus olhos, mas foi só isso. E quando ela falou, foi com seu tom de voz simples e tranquilo de sempre.

– Não há mais esperanças para a França? Por que você pensa assim? Diga-me.

É muito bom quando se descobre não ter magoado alguém que se temia magoar. Senti-me aliviado e livre para dizer tudo que me ia pela cabeça, sem preocupações. Pus-me então a falar:

– Vamos deixar de lado os sentimentos e as ilusões patrióticas e encaremos os fatos. Que fatos são esses? Está tudo tão claro quanto a contabilidade de um mercador em seu caderno. Basta acrescentar mais duas colunas e se verá que a França está falida, que metade de seus bens está nas mãos dos ingleses e que a outra metade não é de ninguém, à mercê dos bandos de saqueadores e assaltantes que não têm pátria. Nosso rei se isola em um pedacinho do território com seus amigos favoritos e vive como um tolo uma vida inglória e inútil. Reina em seu quintalzinho, pode-se dizer, sem autoridade alguma, sem dinheiro, sem sequer um regimento para comandar; ele não está lutando nem tem a menor intenção de lutar; desistiu de opor qualquer resistência e, na verdade, só pensa em fazer uma coisa: atirar longe sua coroa e fugir para a Escócia. São estes os fatos. Isso é verdade ou não?

– Sim, é verdade.

– Então eu estou certo: basta juntar os fatos para se chegar à conclusão.

Ela perguntou, sem alterar a voz:

– A conclusão, no caso, é de que a França está perdida?

– Não há outra conclusão possível diante desses fatos.

– Como é que você pode dizer uma coisa dessas? Como pode *sentir* uma coisa dessas?

– Como posso? Como posso pensar ou sentir de outra maneira nessas circunstâncias? Joana, com tudo isso diante de seus olhos, você tem ainda alguma esperança para a França – de verdade, mesmo?

– Esperança – oh, tenho muito mais que isso! A França vai recuperar sua liberdade e a manterá para sempre. Não tenha dúvidas quanto a isso.

Pareceu-me que aquela mente, sempre tão clara, estivesse perturbada naquele momento. Só poderia ser isso, pois em caso contrário ela chegaria à única conclusão possível de se chegar. Talvez, se eu me fizesse entender, ela conseguisse enxergar.

– Joana, o seu coração, que tanto ama a França, está enganando sua mente. Você não está percebendo a importância dos fatos que aí estão. Veja bem – vou fazer um desenho aqui na terra com este graveto. Pronto: aqui está a França. No meio, de leste para oeste, desenho um rio.

– Sim; o Loire.

– Então veja: toda essa metade norte do país está fortemente controlada pela Inglaterra.

– Sim.

– E toda esta metade ao sul está nas mãos de ninguém – como nosso próprio rei admite ao pensar em desertar, fugindo para o exterior. A Inglaterra tem exércitos aqui; a oposição morreu; ela pode tomar posse total do que lhe aprouver, quando lhe aprouver. Na verdade, *toda* a França acabou. A França está perdida e deixou de existir. O que era França passou a ser uma província britânica. Isso não é verdade?

Sua voz tornou-se grave, com um leve toque de emoção, leve porém nítido.

– Sim, é verdade.

– E agora, só mais uma pergunta para concluir. Quando foi que soldados franceses venceram uma guerra? Os escoceses, lutando sob a bandeira da França, conseguiram uma vitória a duras penas alguns anos atrás, mas estou falando de soldados franceses. Desde que oito mil ingleses praticamente aniquilaram sessenta mil franceses há uns doze anos em Agincourt, a coragem da França ficou paralisada. Portanto hoje em dia é comum ouvir-se dizer que, se cinquenta soldados franceses se confrontarem com cinco ingleses, os franceses baterão em debandada.

– É uma pena, porém até isso é verdade.

– Então já não há mais como se ter esperanças.

Eu pensava que ela já tivesse se dado conta da situação. Pensava que ela admitiria, com suas próprias palavras, a impossibilidade de se ter ainda esperanças. Mas eu estava enganado e fiquei decepcionado ao ouvi-la dizer, sem qualquer sinal de dúvida:

– A França se erguerá novamente. Você verá.

– Erguer-se? Com o peso dos exércitos ingleses em suas costas?

– Ela se livrará deles e os esmagará sob os pés! – disse Joana cheia de convicção.

– Fará isso sem soldados?

– Os tambores soarão convocando os soldados. Eles atenderão ao chamado e marcharão em sua defesa.

– Marcharão para a retaguarda, como sempre?

– Não; marcharão para a frente – sempre para a frente. Sempre! Você verá.

– E o pobre do rei?

– Ele subirá a seu trono e usará sua coroa.

Esta sua resposta me deixou confuso.

– Bem, eu gostaria de acreditar que daqui a uns trinta anos a dominação inglesa tivesse chegado ao fim e que um monarca francês tivesse uma coroa para valer sobre sua cabeça...

– Essas duas coisas terão ocorrido em menos de dois anos.

– Terão? E quem será o autor dessas proezas impossíveis?

– Deus.

Isso foi dito com uma voz baixa e solene, porém de maneira bem clara.

O QUE PODERIA TER colocado aquelas ideias estranhas em sua cabeça?

Tal pergunta não me saiu do pensamento por uns dois ou três dias. Não pude deixar de achar que era loucura. De que outra maneira se justificaria tal coisa? De tanto pensar e se preocupar com as desgraças da França, aquela mente tão forte se deixara penetrar por fantásticas visões. Sim, só poderia ser essa a explicação.

Entretanto eu a observei bem e vi que não era loucura. Seus olhos continuavam claros e lúcidos, sua maneira de agir era a mesma, sua forma de falar continuava franca e objetiva. Não, nada havia de errado com sua mente; era ainda a mais saudável da aldeia, e a melhor. Ela continuava a se preocupar com os outros, exatamente como antes. Da mesma forma que antes, cuidava dos seus doentes e dos seus pobres e continuava sempre pronta a dar sua cama ao passante, contentando-se em dormir no chão. Havia algo secreto, sem sombra de dúvida, porém não era loucura. Quanto a isso eu estava certo.

A chave do mistério acabou chegando às minhas mãos e vou lhes dizer como. Vocês já ouviram o mundo todo falar sobre o assunto que vou lhes relatar, porém jamais ouviram uma testemunha ocular contar essa história antes.

Eu vinha descendo da colina certo dia – era o dia 15 de maio de 1428 – e quando cheguei ao final da floresta de carvalho, já entrando na clareira de relva onde ficava a Árvore das Fadas, olhei em sua direção e dei um passo atrás para não ser visto, escondendo-me por trás da folhagem. É que eu tinha visto Joana e ocorreu-me fazer uma brincadeira com ela, surpreendendo-a. Imaginem só – esse fato tão trivial ocorreu pouco antes de um evento destinado a ser lembrado para sempre em histórias e canções.

O dia estava muito nublado e a área de relva onde ficava a Árvore encontrava-se coberta por uma sombra suave. Joana encontrava-se sentada em um banco natural formado por raízes retorcidas da Árvore. Suas mãos, uma sobre a outra, descansavam em seu colo. Sua cabeça curvava-se um pouco em direção ao chão e a expressão de seu rosto era de alguém perdido em pensamentos, sonhando acordado, absolutamente desligado de si e do mundo. Foi então que presenciei algo absolutamente espantoso, pois o que vi foi uma *sombra branca* aproximar-se lentamente da Árvore, como deslizando. Era de grandes proporções aquela forma, vestida em uma túnica, e tinha um par de asas. A brancura daquela sombra era diferente de qualquer outra coisa branca que eu tinha visto, exceto talvez a luz dos raios, mas nem mesmo os raios têm brancura tão intensa quanto aquela, pois uma pessoa pode olhar os raios sem que lhe doam os olhos. Aquele brilho era tão intenso que me fizeram os olhos doer e lacrimejar. Descobri minha cabeça, percebendo que estava na presença de algo que não era deste mundo. Fiquei sem fôlego e passei a respirar com dificuldade, sendo tomado por um intenso sentimento de terror e reverência.

Outra coisa estranha ocorreu. O bosque estivera em absoluto silêncio, como ocorre quando uma pesada nuvem escurece a mata assustando os animais; subitamente todos os pássaros irromperam em suas melodias, como se a floresta cantasse em êxtase, da maneira mais incrível. A música era tão eloquente e comovedora que ficou evidente tratar-se de um ato de adoração. Às primeiras notas daquela música dos pássaros Joana pôs-se de joelhos com as mãos cruzadas no peito.

Mas ela ainda não tinha visto o vulto que eu vi. Foi a canção dos pássaros que a avisou daquela presença? Essa foi a impressão que tive. Então era provável que aquela cena já tivesse ocorrido outras vezes antes. Sim, sem dúvida tinha ocorrido.

O vulto se aproximou de Joana lentamente, tocou-a e ela se cobriu também daquele incrível esplendor. Seu rosto, antes de uma beleza apenas humana, adquiriu com aquela luz uma beleza divina; inundada de esplendor, suas pobres roupas de camponesa transformaram-se nas vestimentas de luz com que nossa imaginação veste os anjos que brincam em torno do Trono no Paraíso.

Em seguida ela se ergueu e ficou parada, com a cabeça ligeiramente curvada e as pontas dos dedos levemente entrelaçadas à sua frente. Ali imóvel, inundada daquela maravilhosa luz, aparentemente sem se dar conta disso, ela parecia escutar alguma coisa atentamente – eu, porém, nada ouvi. Pouco depois ela ergueu o rosto e olhou para cima, como alguém que olha o rosto de um gigante; ergueu então as mãos postas como quem implora e pôs-se a falar. Consegui ouvir algumas de suas palavras.

– Mas eu sou tão jovem ainda! Oh, sou tão jovem para deixar minha mãe e meu lar e partir para um mundo tão estranho com uma missão tão difícil! Ah, como vou me dirigir aos homens, ser sua camarada? Camarada de soldados! Eu seria objeto de insulto, de maus-tratos e de desprezo. Como posso partir para a guerra à frente dos exércitos? – eu, uma menina, ignorante de tudo, que nada sabe de armas e de cavalos e nem mesmo... Contudo, se for uma ordem...

Sua voz fraquejou um pouco e ela se pôs a chorar. A partir de então não pude mais compreender o que ela disse. Subitamente dei-me conta do que eu estivera a fazer ali. Julguei-me um intruso em assuntos de Deus e temi ser castigado por isso. Tive medo e me embrenhei pela floresta. Então ocorreu-me entalhar uma marca no tronco de uma árvore, dizendo a mim mesmo que talvez tudo aquilo não passasse de um sonho, que não tivesse existido visão alguma. Eu voltaria lá quando tivesse certeza de estar acordado para verificar se a marca estava lá. Assim eu poderia ter certeza.

7

Ouvi meu nome ser chamado. Era a voz de Joana. Fiquei assustado, pois como poderia ela saber que eu estava ali? Isso é parte do sonho, disse a mim mesmo; isso tudo não passa de um sonho – voz, visão e tudo mais. Foram as fadas que fizeram isso. Fiz então o sinal da cruz e pronunciei o nome de Deus para quebrar o encanto. Eu sabia então que estava acordado e livre do encanto, pois nada resiste a esse exorcismo. Ouvi então meu nome ser chamado novamente e saí de imediato de onde me encontrava escondido. Lá, de fato, estava Joana, porém sem a aparência que tivera no sonho. Ela não chorava mais e a expressão do seu rosto era a que tinha um ano e meio antes, quando seu coração ainda era leve e despreocupado. Aquela sua energia e seu entusiasmo de antes estavam de volta, acrescidos de algo como uma certa exaltação não só em seu rosto como em todo o seu ser. Era quase como se ela tivesse passado esse tempo em uma espécie de transe e naquele instante acabasse de acordar. De fato, tinha-se a impressão de que ela estivera ausente, perdida, e que voltava enfim para nós. Fiquei tão feliz que tive vontade de sair correndo para chamar todo mundo, para que todos, ao seu redor, lhe dessem as boas-vindas. Corri para ela, cheio de emoção e disse:

– Ah, Joana, tenho uma coisa maravilhosa para lhe contar! Você jamais imaginaria o que é. Tive um sonho e nesse sonho vi você exatamente onde está agora e...

Porém ela ergueu a mão e disse:

– Não foi um sonho.

Senti um choque e comecei a ter medo novamente.

– Não foi um sonho? – perguntei. – Como é que você sabe o que eu ia lhe contar, Joana?

– Você está sonhando agora?

– Eu... eu creio que não. Creio que não estou sonhando.

– Você não está sonhando. Sei que não está. E tampouco estava quando deixou a marca na árvore.

Senti que estava ficando gelado de medo, pois então tive certeza de que não fora um sonho: eu realmente vira algo do outro mundo. Lembrei-me então de que meus pés de pecador estavam pisando em um chão sagrado – o chão onde aquela figura celestial tinha aparecido. Afastei-me rapidamente, aterrorizado. Joana foi atrás de mim e disse:

– Não tenha medo; realmente, não é preciso ter medo. Venha comigo. Vamos nos sentar junto ao riacho e eu lhe contarei todo o meu segredo.

Quando ela já estava a ponto de começar, quis que ela me esclarecesse o seguinte:

– Antes de mais nada, diga-me uma coisa. Você não podia ter me visto no bosque; como então soube que eu fiz uma marca no tronco de uma árvore?

– Tenha paciência. Logo falarei sobre isso e você compreenderá.

– Mas quero que me diga uma coisa então: o que era aquele vulto que tanto medo me deu?

– Vou lhe dizer, porém não tenha medo; você não corre perigo algum. Aquela é a sombra de um arcanjo – do Arcanjo Miguel, o chefe dos exércitos do céu.

Minha única reação foi persignar-me por haver profanado com meus pés aquele chão sagrado.

– Você não teve medo, Joana? Viu a face dele? Viu seu corpo?

– Vi, mas não tive medo porque não foi a primeira vez. Tive medo, sim, na primeira vez.

– E quando foi isso, Joana?

– Há quase três anos já.

– Há tanto tempo assim? Você já o viu muitas vezes?

– Sim, muitas vezes.

– Então foi isso que a tornou diferente; foi isso que a deixou pensativa e diferente do que era antes. Agora eu compreendo. Por que não nos falou sobre isso?

– Eu não tinha permissão para falar. Agora tenho e em breve direi tudo. Mas por enquanto só você sabe. É preciso que guarde segredo por mais alguns dias.

– Então ninguém mais viu aquele vulto branco além de mim?

– Ninguém. Ele já me apareceu em ocasiões nas quais você e outros estavam presentes, porém ninguém pôde vê-lo. Hoje foi diferente e fiquei sabendo por quê. Porém ele nunca mais aparecerá para pessoa alguma.

– Então foi um sinal para mim – um sinal que significa alguma coisa?

– Sim, porém não posso falar sobre isso.

– É estranho... é estranho que aquela luz estonteante pudesse estar diante de alguém e não ser vista.

– E com ela ouvem-se vozes também. Vários santos aparecem, seguidos de uma infinidade de anjos, e falam comigo. Ouço suas vozes, porém os outros não as ouvem. Quero muito bem a elas – às minhas Vozes, que é como as chamo.

– E que coisas lhe dizem, Joana?

– Dizem-me todo tipo de coisas – isto é, coisas sobre a França.

– E que coisas são essas?

Joana deu um suspiro antes de responder.

– Desastres – falam-me de desastres, de infortúnios, de humilhações. Nada mais havia para ser previsto.

– Então elas lhe falavam *antes* que os fatos acontecessem?

– Falavam. Assim eu sabia o que ainda estava por ocorrer. Por isso tornei-me triste – como você pôde observar. Não poderia ter deixado de me entristecer. Porém sempre houve uma palavra de esperança também. Mais do que isso: disseram-me que a França seria resgatada, que voltaria a ser grande e livre. Porém não diziam como nem por quem. Não diziam, até hoje. – Ao pronunciar essas últimas palavras, os olhos de Joana brilharam de uma forma diferente, que eu ainda haveria de ver muitas vezes quando os clarins soassem o ataque. Passei a chamar aquela luz em seus olhos de luz de batalha. Seu peito arfava e suas faces ficavam ruborizadas. – Hoje, porém, fiquei sabendo. Deus escolheu a mais insignificante de Suas criaturas para realizar esse trabalho; por Seu comando e sob Sua proteção, com Sua força, e não a minha, conduzirei Seus exércitos e conquistarei a França de volta, colocarei a coroa na cabeça do Seu servo que é o delfim e será feito rei.

Fiquei estarrecido.

– Você, Joana? Você, uma menina, conduzirá exércitos?

– Sim. Por alguns rápidos momentos a ideia deixou-me apavorada, pois, como você diz, sou apenas uma menina – uma menina ignorante. Ignoro tudo que se refere a guerras e não tenho preparo para a vida dura nos campos de batalha e na companhia de soldados. Porém aqueles momentos de fraqueza passaram rapidamente e não voltarão mais. Já me alistei e não voltarei atrás, com a ajuda de Deus, até que as mãos inglesas que estrangulam a França deixem de ter forças para fazê-lo. Minhas Vozes jamais mentiram para mim e tampouco hoje me mentiram. Elas me disseram que fosse ter com Robert de Baudricourt, governador de Vaucouleurs, que me dará uma escolta armada e me encaminhará ao rei. Daqui a um ano haverá um grande embate que marcará o início do fim e o fim virá logo a seguir.

– Onde será esse embate?

– Minhas Vozes não me disseram; tampouco disseram o que acontecerá no presente ano, antes do tal embate. Caberá a mim realizá-lo e é só isso que sei. Haverá outros, também muito violentos, e em dez semanas serão desfeitas as conquistas que tanto custaram aos ingleses todos esses longos anos. Então a coroa será colocada na cabeça do delfim – pois essa é a vontade de Deus. Foi isso que minhas Vozes disseram e como poderia eu duvidar delas? Não; será como elas disseram, pois elas dizem apenas a verdade.

Tudo isso que Joana falou era assustador. Minha razão rejeitava aquilo por lhe parecer impossível, porém meu coração dizia que era verdade. Foi assim que, enquanto minha mente se recusava a crer, meu coração acreditou – acreditou e nunca mais deixou de acreditar desde aquele dia.

– Joana, creio no que você me disse e fico feliz em ter sido escolhido para marchar a seu lado nessas grandes batalhas – isto é, se for para marchar com você, eu vou.

Ela pareceu surpresa ao dizer:

– É verdade que você marchará comigo quando eu for para a guerra, mas como foi que você soube?

– Marcharei com você, e Jean e Pierre também, porém Jacques não marchará.

– É verdade; é este o desígnio que me foi revelado há pouco. Porém eu não sabia até hoje que era comigo que vocês iriam marchar. Não sabia sequer que eu iria à guerra. Como foi que você soube dessas coisas?

Disse-lhe que fora ela mesma quem falara aquilo, referindo-me à ocasião. Ela não tinha a menor ideia de ter dito aquilo. Foi assim que fiquei sabendo que ela falara em um estado de transe, sonho ou algum tipo de êxtase. Ela me pediu que guardasse segredo daquelas e de outras revelações por algum tempo. Prometi e honrei minha palavra.

TODOS OS QUE ESTIVERAM com Joana naquele dia notaram a transformação pela qual ela passara. Ela passou a agir e falar com energia e decisão; em seus olhos brilhava uma luz nova e estranha e havia algo diferente em seu porte. O novo brilho em seus olhos e seu porte altivo eram decorrências da autoridade e do poder de liderança de que Deus a investiu naquele dia. A autoridade que dela emanava dispensava palavras e ela a exibia sem ostentação ou bravatas. Aquela calma consciente de quem tem o comando e a maneira tranquila com a qual expressava esse dom permaneceram com ela a partir de então até que sua missão fosse cumprida.

Como os demais habitantes da aldeia, ela sempre me distinguia com uma certa deferência por causa da minha origem; a partir dali, entretanto, sem que ela ou eu tivéssemos falado sobre isso, nossas posições se inverteram: ela dava ordens ao invés de sugestões, e eu as recebia com o respeito devido a um superior hierárquico, obedecendo-lhes sem questionar. Certa noite ela me disse:

– Vou partir antes do amanhecer. Ninguém saberá disso além de você. Vou falar com o governador de Vaucouleurs, cumprindo a ordem que recebi. Ele me tratará muito mal, me desprezará e recusará o que eu lhe pedir. Antes passarei por Burey para convencer meu tio Laxart a ir comigo, pois não é conveniente que eu viaje sozinha. É possível que eu precise de você em Vaucouleurs, pois, se o governador não me receber, eu lhe ditarei uma carta. Por isso vou precisar de alguém comigo que conheça a arte da escrita. Você partirá amanhã à tarde e permanecerá em Vaucouleurs até que eu necessite de seus serviços.

Disse que obedeceria às suas ordens e ela se foi. Pode-se perceber como ela raciocinava com clareza e fazia avaliações corretas. Ela não me deu ordens para acompanhá-la. Não, ela não se arriscaria a expor seu bom nome a comentários maliciosos. Ela sabia que o governador, sendo nobre, concederia a mim uma audiência por ser eu nobre também. Mas não era isso que ela queria. Que poderiam dizer de uma pobre camponesa que apresentasse uma petição através de um jovem nobre? Ela sempre se protegia das más línguas e foi assim que pôde manter seu nome sempre imaculado, livre de maledicências. Eu sabia o que deveria ser feito: ir para Vaucouleurs, esconder-me em algum lugar e estar pronto quando ela precisasse de mim.

Parti na tarde seguinte e procurei uma hospedaria muito discreta; no outro dia fiz uma visita ao castelo para cumprimentar o governador, que me convidou a almoçar com ele no dia seguinte. Ele era tido como um soldado ideal daqueles tempos: alto, forte, de cabelos prateados, rústico, cheio de imprecações estranhas que havia aprendido pelos muitos lugares por onde guerreara, às quais dava grande valor como se fossem condecorações de guerra. Passara praticamente toda a sua vida em campos de batalha e em sua opinião a guerra era a melhor dádiva de Deus aos homens. Recebeu-me com sua couraça de metal, botas que lhe cobriam os joelhos e uma enorme espada. Quando vi aquela figura marcial e ouvi suas incríveis imprecações, pensei que não se poderia esperar dele muita poesia e muito sentimento. Desejei que a pequena camponesa não precisasse defrontar-se com tal figura e que se contentasse em ditar uma carta.

Voltei novamente ao castelo para o almoço no dia seguinte e fui conduzido ao grande salão de refeições, onde me sentaram ao lado do governador a uma pequena mesa situada em um nível mais alto do que a grande mesa de jantar. Junto ao governador sentaram-se vários outros convidados além de mim e à mesa grande ficaram os oficiais superiores da guarnição. À entrada ficava uma guarda de honra solenemente paramentada.

O assunto à mesa não poderia ter sido outro, é claro: a situação desesperadora em que a França se encontrava. Alguns tinham ouvido dizer que Salisbury estava se preparando para marchar contra Orléans. A menção disso causou uma onda de protestos e comentários acalorados e todos queriam dar suas opiniões. Alguns achavam que ele atacaria imediatamente, enquanto outros diziam ser impossível que ele conseguisse os recursos necessários antes do outono; havia ainda os que afirmavam que o cerco a Orléans seria longo e sangrento, pois a resistência se faria com bravura. Em um ponto, entretanto, todos se punham de acordo: Orléans acabaria caindo e, com Orléans, o que restava da França. Com isso chegou ao fim aquela prolongada discussão e fez-se silêncio. Cada um dos presentes parecia imerso em seus próprios pensamentos, esquecidos até de onde estavam. Aquele silêncio súbito e profundo onde pouco antes houvera tanta animação foi algo impressionante e solene. Foi então que um servo se aproximou e sussurrou algo no ouvido do governador, que se mostrou surpreso:

– Desejam falar *comigo*?

– Sim, Excelência.

– Humm... que coisa estranha. Mande-os entrar.

Entraram Joana e seu tio Laxart. Diante de tanta gente importante, a coragem do velho camponês se dissipou e ele estancou a meio caminho, sem conseguir dar mais um passo; ali ficou ele, a amassar entre as mãos sua velha boina vermelha, curvando-se humildemente para todos os lados, estupefato pela vergonha e pelo medo. Joana, entretanto, continuou a se aproximar com passos firmes, ereta, dona de si. Parou diante do governador. Ela me reconheceu, porém não deu indícios disso. Ouviu-se um murmúrio de admiração para o qual o próprio governador contribuiu, pois eu o ouvi dizer baixinho: "Deus seja louvado! Esta criatura é linda!" Ele a inspecionou criticamente por um breve momento, dizendo a seguir:

– Bem, o que a traz aqui, minha menina?

– Trago-lhe uma mensagem, Robert de Baudricourt, governador de Vaucouleurs. O senhor deverá comunicar ao delfim que ele espere e que não enfrente já o inimigo, pois Deus lhe estará enviando auxílio.

Esse estranho discurso deixou os presentes aturdidos e muitos murmuraram: "A pobre menininha é demente." O governador falou impaciente:

– Que tolice é essa? O rei – ou o delfim, como você o chama – não precisa desse tipo de mensagem. Não precisa se preocupar, pois ele vai mesmo esperar. O que mais você deseja me dizer?

– Desejo o seguinte: que me dê uma escolta armada para ir falar com o delfim.

– E por que você quer falar com ele?

– Para que ele me faça general de suas tropas, pois fui designada para expulsar os ingleses da França e colocar a coroa sobre a cabeça dele.

– Ora... você? Mas você não passa de uma criança!

– Sim, entretanto recebi essa missão.

– É mesmo? E quando é que tudo isso vai acontecer?

– No próximo ano ele será coroado e a partir de então reinará sobre a França enquanto viver.

Ouviu-se uma explosão de gargalhadas. Quando, por fim, fez-se silêncio, o governador disse:

– Quem a enviou aqui com essa mensagem extravagante?

– Foi o meu Senhor.

– Que Senhor é esse?

– O Rei dos Céus.

Muitos murmuraram: "Ah, coitadinha, coitadinha dela!", enquanto outros diziam: "É louca mesmo." O governador dirigiu-se a Laxart, dizendo:

– Ouça, homem! Leve esta menina louca para casa e dê-lhe uma boa surra. É o melhor remédio para esse tipo de doença.

Joana já ia se afastando, porém voltou-se e disse com simplicidade:

– O senhor me recusa seus soldados e eu não sei por que, pois foi Nosso Senhor quem lhe deu a ordem. Sim, foi Ele quem deu a ordem. Por este motivo eu voltarei e tornarei a voltar, até que me seja dada a escolta.

Comentou-se muito aquele incidente depois que ela se retirou. Os guardas e os servos levaram o assunto para a cidade e da cidade ele foi passando para o resto do país; só se falava disso em Domrémy quando regressamos.

8

A natureza humana é a mesma em qualquer lugar: corteja o sucesso e só tem desprezo para quem é derrotado. A aldeia considerou-se desgraçada com a grotesca atuação de Joana e seu ridículo insucesso. Todas as línguas passaram a ocupar-se só desse assunto, mais ferinas do que nunca. Tal era a ferocidade que se em vez de línguas fossem dentes Joana não teria sobrevivido à perseguição. Quem não a recriminava fazia pior: ridicularizava-a e zombava dela sem cessar, sempre a inventar motivos para novas risadas. Haumette, a pequena Mengette e eu ficamos do seu lado, porém a tempestade foi forte demais para seus outros amigos, que passaram a evitá-la, envergonhados de serem vistos com ela, pois estavam todos os outros contra ela e eles não queriam ser também alvo de chacota. Ela derramava lágrimas às escondidas, porém jamais em público. Em público ela se mostrava com serenidade, sem demonstrar qualquer aflição ou ressentimento – conduta essa que deveria ter abrandado os sentimentos contra ela, mas que não o fez. Seu pai ficou tão fora de si que não conseguia falar de maneira razoável sobre aquela ideia louca que Joana tinha de ir para a guerra como se fosse homem. Algum tempo antes ele sonhara com isso e lembrava-se do tal sonho com apreensão e rancor. Dizia que a vê-la partir para a guerra preferia vê-la morta; que mandaria que os irmãos a afogassem e que, se eles se recusassem, ele mesmo o faria com suas próprias mãos.

Entretanto nada disso a abalava em seu propósito. Seus pais a vigiavam constantemente para impedir que ela deixasse a cidade, mas ela dizia que ainda não era chegada a hora; quando fosse o momento de partir ela saberia e então qualquer vigilância seria em vão.

O verão arrastou-se lentamente e, como seus propósitos não arrefeciam, os pais tentaram agarrar-se a uma oportunidade que surgiu para pôr fim àquele projeto através do casamento. O Paladino teve a ousadia de dizer que ela lhe havia prometido a mão em noivado alguns anos antes e gostaria de ratificar aquele compromisso.

Ela disse que aquilo não era verdade e recusou-se a casar com ele. Foi então convocada a depor diante da corte eclesiástica de Toul para responder por sua perversidade. Quando ela dispensou a ajuda de um defensor, preferindo conduzir seu caso ela mesma, seus próprios pais e todos que estavam contra ela julgaram-na derrotada por antecipação. E era natural que pensassem assim, pois quem poderia imaginar que uma camponesa ignorante de apenas dezesseis anos deixasse de ficar amedrontada e sem fala ao se ver de pé, pela primeira vez, diante de doutores da lei experientes, cercados daquele ambiente frio e solene da corte? Porém enganaram-se todos. Foram em bando a Toul para vê-la e se divertirem com sua vergonha e sua derrota, mas todo o esforço foi perdido. Ela se portou de maneira recatada e tranquila, com absoluto controle de si. Não convocou testemunhas de defesa, dizendo que lhe bastava fazer algumas perguntas às testemunhas de acusação. Quando essas acabaram de depor, ela se ergueu e analisou seus depoimentos, deixando evidente que haviam sido vagos, confusos e inconcludentes. Pediu então que o Paladino ocupasse novamente o banco das testemunhas e pôs-se a analisar seu depoimento. Com habilidade, foi transformando em trapos e atirando fora um por um os argumentos dele até deixá-lo despido diante de todos; despido da empáfia e das mentiras com que chegara ricamente adornado. Seu advogado tentou reabrir a questão, porém a corte recusou-se a ouvi-lo e deu o caso por encerrado, acrescentando algumas palavras de sóbrio elogio a Joana, referindo-se a ela como "esta criança maravilhosa".

Depois dessa vitória, com os altos elogios vindos de fonte tão respeitada, o povo fútil da aldeia mudou de atitude em relação a Joana, passando novamente a dirigir-se a ela, a cumprimentá-la e a deixá-la em paz. Sua mãe voltou a demonstrar-lhe afeto e até seu pai acabou reconhecendo que se sentira orgulhoso dela. Porém o que preocupava Joana era o tempo a escoar-lhe por entre os dedos, pois o cerco a Orléans já começara e nuvens cada vez mais densas e escuras cobriam o céu da França. Suas Vozes lhe diziam que esperasse, recusando-se a lhe dar uma ordem para agir. O inverno chegou e se instalou em uma sequência de dias carregados de tédio. Finalmente, algo diferente aconteceu.

Parte II
Na corte e no campo de batalha

1

No dia cinco de janeiro de 1429 Joana veio me procurar acompanhada de seu tio Laxart e disse:

– A hora é chegada. Minhas Vozes não me falam mais de maneira vaga; são agora muito claras e me disseram o que devo fazer. Dentro de dois meses estarei com o delfim.

Joana estava muito animada e tinha um porte marcial. Senti-me contagiado pelo entusiasmo, percebendo dentro de mim algo que se sente ao ouvir o rufar dos tambores e homens marchando.

– Eu acredito em você, Joana.

– Eu também acredito – disse Laxart. – Se ela tivesse me dito antes que Deus lhe ordenara salvar a França, eu não teria acreditado. Eu deixaria que ela fosse procurar o governador por conta própria e não ia me envolver com isso, achando que ela estava louca. Mas eu a vi diante daqueles homens nobres e poderosos sem sentir medo algum, dizendo o que tinha a dizer. Sei que ela não seria capaz de fazer isso se não tivesse a ajuda de Deus. Disso tenho certeza. Por isso ponho-me humildemente a seu comando, para fazer o que ela mandar.

– Meu tio é muito bom para mim – disse Joana. – Pedi que viesse convencer minha mãe a deixar que eu vá para sua casa cuidar de sua mulher, que está doente. Já está tudo acertado e partiremos amanhã ao amanhecer. Da casa dele irei em seguida para Vaucouleurs, onde ficarei até que minhas súplicas sejam atendidas. Quem eram os dois cavalheiros que se sentaram à sua esquerda à mesa do governador naquele dia?

– Um deles era o Senhor Jean de Novelonpont de Metz e o outro era o Senhor Bertrand de Poulengy.

– De boa cepa... de boa cepa, os dois. Resolvi que estarão entre meus homens... Mas que expressão é essa em seu rosto? Você duvida do que eu digo?

Eu estava me esforçando por dizer-lhe sempre a verdade, sem qualquer disfarce. Foi por isso que respondi:

– Eles acharam que você era louca e disseram isso. É verdade que eles tiveram pena de você, mas estavam convencidos de sua loucura.

Minha resposta não pareceu perturbá-la ou magoá-la em absoluto. Ela disse apenas:

– Os homens sábios mudam de opinião quando percebem que estão equivocados. Eles mudarão e marcharão comigo. Eu os verei dentro em breve... Você parece duvidar ainda. Duvida?

– N-não. Não duvido mais. É que eu estava me lembrando de que já se passou um ano e que eles não são desta parte da França; estavam apenas de passagem naquele dia e iam seguir viagem.

– Eles voltarão. Mas falemos do que nos interessa neste momento. Vim trazer-lhe algumas instruções. Dentro de poucos dias você deverá ir ter comigo. Deixe suas coisas em ordem, pois ficará ausente daqui por muito tempo.

– Jean e Pierre irão comigo?

– Não. Agora eles se recusariam a ir, porém se juntarão a nós e com eles levarão as bênçãos de meus pais e seu consentimento para que eu leve avante minha missão. Isso me dará mais forças – mais forças do que as que tenho agora. O fato de não contar com a bênção de meus pais me enfraquece. – Ela fez uma breve pausa e seus olhos se encheram de lágrimas. Depois, continuou: – Eu gostaria de me despedir da pequena Mengette. Leve-a para encontrar-se comigo fora da aldeia ao amanhecer; quero que ela me acompanhe por um pedaço do caminho...

– E Haumette?

Joana pôs-se a chorar, dizendo:

– Não, oh não, eu gosto demais dela. Não poderia suportar a ideia de nunca mais ver aquele rosto de novo.

Na madrugada seguinte levei Mengette até ela e nós quatro caminhamos pela estrada naquele amanhecer gelado até que a aldeia já tivesse ficado bem para trás. Então as duas meninas se despediram abraçando-se com força, chorando e dizendo palavras de carinho e de tristeza. Dava pena ver aquilo. Joana voltou-se para olhar pela última vez a aldeia distante, a Árvore das Fadas, o bosque de carvalho, a planície que se enchia de flores e o rio, como se tentasse imprimir aquelas cenas em sua memória para que dela jamais se apagassem, pois sabia que jamais as veria novamente nesta vida. Deu então meia-volta e afastou-se de nós, ainda soluçando tristemente. Era o dia do aniversário dela e do meu. Ela estava completando dezessete anos.

2

Alguns dias depois Laxart levou Joana a Vaucouleurs e lá a deixou sob a guarda de Catherine Royer, mulher de um carpinteiro que fazia carroças. Era uma pessoa boa e honesta. Joana frequentava a missa regularmente; ajudava no trabalho da casa e com isso retribuía sua hospedagem. Quando alguém se interessava em perguntar-lhe sobre sua missão – como muitos se interessavam –, ela respondia com franqueza, já não mais fazendo segredo dela. Pouco depois encontrei um alojamento próximo ao dela e pude testemunhar o que aconteceu. Logo espalhou-se a notícia de que estava ali uma jovem escolhida por Deus para salvar a França. A gente simples vinha em bandos formando multidões para vê-la e falar com ela. Aquele seu jeito adorável de menina conquistava metade de seus corações; seu entusiasmo profundo e sincero conquistava a outra metade e assim o povo passou a acreditar nela. Os ricos permaneciam distantes e zombavam daquilo tudo, mas essa é mesmo a sua maneira de agir.

Foi então que alguém se lembrou de uma profecia de Merlin, feita havia mais de oitocentos anos, segundo a qual, em um futuro muito distante, a França seria posta a perder por uma mulher e que uma outra mulher a recuperaria. A França encontrava-se perdida pela primeira vez e por culpa de uma mulher, Isabel da Baviera, sua infiel rainha. Não havia dúvidas de que aquela menina, linda e pura, fora encarregada por Deus de completar a profecia.

Isso deu um novo impulso ao crescente interesse em torno de Joana. As pessoas ficaram cada vez mais entusiasmadas e com isso a fé e a esperança foram crescendo em seus corações. Foi assim que de Vaucouleurs começaram a partir ondas e mais ondas desse entusiasmo que se espalhavam por todo o país, chegando aos locais mais distantes, invadindo as aldeias e dando novo ânimo aos filhos desta nação que já quase não o tinham. Das outras aldeias começaram a chegar pessoas que queriam vê-la com os próprios olhos e ouvi-la falar; e ao vê-la e ouvi-la eles passavam a crer. Vinham e enchiam a cidade de gente; mais do que isso, abarrotavam-na. Todas as hospedarias viviam lotadas e ainda assim metade dos peregrinos ficava sem abrigo. E a cada dia chegava mais gente, apesar de estarmos no inverno, pois, quando a alma está faminta, quem se importa com pão ou teto se algo muito mais nobre precisa ser alimentado? Dia após dia aquela maré continuava crescendo. O povo da aldeia de Domrémy ficou atordoado, espantado, estupefato, perguntando-se: "Como é possível que tal maravilha vivesse entre nós e nós fôssemos tão estúpidos que não a percebêssemos?" Jean e Pierre partiram da aldeia sob olhares invejosos como se fossem os homens mais afortunados do mundo e sua caminhada para Vaucouleurs foi feita em triunfo. Ao longo de toda a estrada acorriam pessoas para ver passar e saudar os irmãos daquela a quem os anjos falavam pessoalmente e em cujas mãos, por ordem de Deus, fora colocado o destino da França.

Os irmãos eram portadores das bênçãos dos pais a Joana e da promessa de irem estes, pessoalmente, dá-las também. Foi assim que, tendo preenchido seu coração com essa felicidade que lhe faltava e cheia de esperança, Joana decidiu enfrentar o governador novamente. Porém ele não se mostrou mais tratável do que antes. Recusou-se a encaminhá-la ao rei. Ela ficou decepcionada, mas não se deixou desanimar em absoluto.

– Devo voltar a procurá-lo até conseguir a escolta de que necessito, pois assim me foi ordenado e não desobedecerei. É necessário que eu vá ter com o delfim, ainda que precise fazê-lo de joelhos.

Eu e os dois irmãos nos encontrávamos com Joana diariamente para ver as pessoas que a procuravam e ouvir o que diziam. Certo dia lá estava ele, o Senhor Jean de Metz; dirigiu-se a ela de maneira carinhosa e brincalhona como quem fala com uma criança.

– O que está fazendo aqui, mocinha? É verdade que vão expulsar o rei da França e todos nós vamos nos tornar ingleses?

Ela respondeu com seu jeito tranquilo e sério:

– Vim pedir a Robert de Baudricourt que me leve ou me mande levar até o rei, porém ele ainda não deu atenção às minhas palavras.

– Ah, você é de uma admirável persistência, realmente; um ano inteiro já se passou sem conseguir demovê-la do seu desejo. Eu a vi quando esteve aqui antes.

Joana respondeu com a mesma tranquilidade de antes:

– Não é um desejo, é um propósito. E ele vai me atender. Eu posso esperar.

– Ah, talvez não seja uma boa ideia ter tanta certeza disso, minha menina. Esses governadores são gente de cabeça muito dura. Se ele não atender o seu pedido...

– Atenderá. Ele terá que atender. Não é uma questão de escolha sua.

O jeito brincalhão do cavalheiro começou a desaparecer – podia-se ver isso na expressão de seu rosto. A firmeza de Joana já o estava afetando. Isso sempre acontecia quando as pessoas começavam a fazer brincadeiras com ela; acabavam sempre ficando sérias também. Logo começavam a perceber algo profundo nela que não suspeitavam antes. A sinceridade com que se manifestava e sua convicção inabalável eram forças que desencorajavam brincadeiras e deixavam sem graça quem insistisse em brincar na sua presença. O Senhor de Metz ficou algum tempo pensativo e então começou a falar, já bastante sério:

– É necessário mesmo que você fale logo com o rei? Isto é... eu queria saber...

– Antes que cheguemos à metade da Quaresma, ainda que eu tenha que ir a ele de joelhos!

Joana disse essas palavras com a ferocidade reprimida de quem está disposta a fazer o que manda seu coração. Foi possível observar a reação do nobre pela expressão do seu rosto; seus olhos se encheram de emoção e de solidariedade.

– Você deve mesmo receber os seus soldados. Deus sabe que estou sendo sincero. Sei que alguma coisa resultará disso que você quer. O que é exatamente que você quer fazer? O que espera conseguir com tudo isso?

– Salvar a França. E já está decidido que o farei, pois ninguém mais neste mundo – reis, duques, quem quer que seja – poderá salvar o reino da França. Só quem poderá fazê-lo sou eu.

Essas palavras foram ditas em um patético tom de súplica e tocaram o coração do bom nobre. Pude ver isso nitidamente. Joana baixou a voz um pouco e disse:

– Na verdade eu preferiria ficar em casa fiando com minha pobre mãe, pois isso não me atrai; entretanto preciso ir e fazer o que tem que ser feito porque essa é a vontade do meu Senhor.

– Quem é o seu senhor?

– É Deus.

Foi então que o Senhor de Metz, em um impressionante gesto da tradição feudal, ajoelhou-se e pôs as mãos dentro das de Joana, em sinal de submissão, e jurou que com o auxílio de Deus ele mesmo a levaria até o rei.

No dia seguinte chegou o Senhor Bertrand de Poulengy, e ele também jurou por sua palavra e sua honra de cavalheiro ficar ao lado dela e segui-la aonde quer que ela fosse.

Nesse mesmo dia, já no cair da tarde, correu um murmúrio por toda a cidade dando conta de que o governador em pessoa visitaria a jovem na humilde morada onde estava. Foi por isso que logo de manhã nas ruas e becos as pessoas se apinharam querendo ver se aquela coisa estranha aconteceria de verdade. E de fato aconteceu. O governador chegou todo paramentado, escoltado por sua guarda, e a notícia correu de boca em boca provocando grande rebuliço e fazendo com que as pessoas de posses deixassem de lado sua zombaria. O prestígio de Joana nunca havia subido tanto.

O governador tinha decidido que só havia duas possibilidades: Joana era uma bruxa ou uma santa. Resolveu, então, tirar isso a limpo. Sendo assim, levou consigo um padre para exorcizar o demônio que houvesse nela, se fosse esse o caso. O padre cumpriu seu ritual, porém não encontrou demônio algum. O que ele fez foi magoar Joana e ofendê-la em sua fé sem necessidade, visto que já lhe dera confissão anteriormente e se havia algo que ele não poderia ignorar era que o demônio não suporta o confessionário e dá urros terríveis, gritando as coisas mais profanas, sempre que se vê diante desse ofício sagrado.

O governador partiu confuso e pensativo, sem saber o que fazer. Enquanto ele meditava e analisava a situação, vários dias se passaram e chegou o dia 14 de fevereiro. Joana foi procurá-lo no castelo e disse:

– Em nome de Deus, Robert de Baudricourt, o senhor está demorando muito para me fazer chegar ao delfim e já causou muitos danos à França com isso, pois hoje mesmo perdemos uma batalha perto de Orléans e nossa perda será muito maior se o senhor não me fizer chegar até ele.

O governador ficou perplexo com o que acabara de ouvir e perguntou:

– Hoje, menina, hoje mesmo? Como é possível que você saiba o que aconteceu naquela região ainda hoje? Seriam necessários oito a dez dias para que a notícia chegasse aqui.

– Minhas Vozes me deram a notícia e ela é verdadeira. Uma batalha foi perdida hoje e a culpa é sua por atrasar tanto a minha partida.

O governador ficou andando de um lado para o outro por algum tempo, falando consigo mesmo, porém deixando escaparem imprecações de quando em vez. Por fim, exclamou:

– Está bem, menina! Vá em paz e espere. Se for confirmado o que você diz, escreverei uma carta encaminhando você ao rei. Caso contrário, nada farei.

– O Senhor seja louvado – disse Joana com fervor. – Os dias de espera estão chegando ao fim. Dentro de nove dias o senhor me entregará a carta.

A esse tempo o povo de Vaucouleurs já lhe dera um cavalo e já a armara e equipara como um soldado. Ela não teve oportunidade de experimentar a montaria e ver se saberia cavalgar, pois sua grande tarefa, então, era a de permanecer em seu posto e dar esperança e ânimo aos que iam procurá-la, preparando-os para ajudar na recuperação da França. Isso ocupava todo o seu tempo, mas ela não se importava.

Seria capaz de aprender qualquer coisa muito rapidamente. Seu cavalo descobriria isso na primeira hora de montaria. Enquanto isso seus irmãos e eu nos alternávamos sobre o animal, aprendendo a montar. Aprendemos também a usar a espada e outras armas.

No dia 20 Joana reuniu o seu pequeno exército – os dois cavalheiros, seus dois irmãos e eu – em um Conselho de Guerra. Na verdade, não foi um conselho porque ela não pediu opinião a qualquer um de nós; Joana simplesmente deu ordens. Mapeou o caminho que nos levaria ao rei e o fez como uma pessoa que conhecesse geografia; o itinerário das marchas de cada dia foi planejado de forma a evitar, aqui e acolá, o perigo nas regiões mais difíceis. Demonstrou com isso que seus conhecimentos de geografia política eram tão grandes quanto os de geografia física. Joana, entretanto, jamais tivera um só dia de aula e não lhe fora dada instrução alguma. Fiquei absolutamente surpreso e logo pensei que suas Vozes deveriam tê-la instruído. Porém, depois de refletir bastante, cheguei à conclusão de que não fora assim. Pelas referências que fez a um detalhe aqui, outro ali, de que diferentes pessoas haviam falado, percebi que todo aquele tempo ela estivera se informando diligentemente com a multidão de visitantes estrangeiros e que foi deles que ela extraiu, pouco a pouco, todas as informações de que necessitava. Os dois cavalheiros ficaram maravilhados com sua sagacidade e seu bom senso.

Ela ordenou que nos preparássemos para viajar durante a noite e nos escondermos durante o dia, pois a quase totalidade da nossa longa viagem seria através de campo inimigo.

Disse-nos também que mantivéssemos em segredo a data da nossa partida, pois queria partir sem ser notada. Se assim não fosse, certamente haveria grandes demonstrações de júbilo que avisariam o inimigo da nossa passagem, o que certamente o levaria a nos emboscar e capturar em algum trecho da viagem. Por fim, acrescentou:

– Agora só me resta confidenciar-lhes a data de nossa partida para que preparem tudo a tempo, nada deixando para ser feito às pressas no último instante. Partiremos no dia 23, às onze horas da noite.

Fomos então dispensados. Os dois cavalheiros estavam abismados – sim, abismados e confusos. Disse o Senhor Bertrand:

– Mesmo que o governador nos dê a carta e a escolta, é possível que não o faça a tempo de cumprirmos o prazo que ela nos deu. Como é possível que ela determine essa data? É um grande risco. É um grande risco definir a data assim neste estado de incerteza.

– Joana definiu que seria no dia 23 e nós podemos confiar nela – disse eu. – Creio que as Vozes lhe falaram. O melhor que temos a fazer é obedecer.

Obedecemos. Os pais de Joana receberam o recado para irem ter com ela antes daquela data, porém por prudência não lhes foi dito por quê.

No decorrer de todo o dia 23 Joana procurou os pais, ansiosa, entre as muitas pessoas que a foram ver, mas eles não apareceram. Ela manteve a esperança de vê-los até o cair da noite quando, por fim, rolaram-lhe algumas lágrimas dos olhos. Ela as enxugou, dizendo:

– Assim teria que ser, certamente. Preciso, então, aceitar e aceitarei.

De Metz tentou reconfortá-la, dizendo:

– O governador ainda não se manifestou. Talvez seus pais venham amanhã e...

Ele não pôde continuar a frase, pois foi interrompido.

– De que adiantaria? Vamos partir esta noite às onze.

E de fato partimos. Às dez o governador chegou, com sua guarda, à luz de tochas, entregando a ela a escolta de soldados a cavalo, equipamentos para mim e para seus irmãos e deu a Joana uma carta para o rei. Depois desembainhou a espada e a prendeu na cintura dela com suas próprias mãos, dizendo:

– O que você disse era verdade, menina. A batalha foi mesmo perdida no dia em que você falou. Vim cumprir minha palavra. Agora vá... Seja o que Deus quiser.

Joana agradeceu e ele se foi.

A batalha perdida à qual ele se referia foi o famoso desastre que passou para a história com o nome de Batalha dos Arenques.

Todas as luzes da casa foram imediatamente extintas e pouco depois, quando as ruas já estavam totalmente escuras e silenciosas, nós partimos sorrateiramente, até sairmos da cidade pelo portão do oeste e só então nos lançamos a todo galope, usando as chibatas e as esporas.

3

Éramos vinte e cinco soldados a cavalo e bem equipados. Seguimos em fila dupla, com Joana e seus irmãos no centro, Jean de Metz à frente e o Senhor Bertrand na retaguarda. Os cavaleiros ocupavam esses lugares para evitar deserções, mas essa era uma formação provisória. Dentro de duas ou três horas estaríamos no campo inimigo e então ninguém se aventuraria a desertar. Aos poucos começamos a ouvir lamentações e queixas vindas de vários pontos das colunas e, ao nos informarmos, ficamos sabendo que seis dos nossos homens eram camponeses que jamais haviam montado em um cavalo antes e tinham muita dificuldade em manter-se nas selas. Além disso, já sentiam dores por todo o corpo a torturá-los. Tinham sido arrebanhados pelo governador à última hora e forçados a prestar serviço como se fossem soldados. A seu lado seguiam veteranos para assegurar que não caíssem de suas selas com ordens de matá-los se tentassem desertar.

Os pobres-diabos mantiveram-se em silêncio o quanto lhes foi possível, porém seu sofrimento físico era tanto que não puderam deixar de expressá-lo. Entretanto já estávamos em território inimigo e nada se podia fazer por eles; precisavam seguir em frente, embora Joana dissesse que poderiam partir se estivessem dispostos a se arriscar. Preferiram ficar conosco. Passamos a cavalgar com mais cuidado e os novos soldados receberam ordens de sofrer em silêncio para não porem em risco toda a tropa.

Quando o dia já estava quase raiando, embrenhamo-nos em um bosque e logo todos, menos os sentinelas, adormecemos prontamente apesar do chão muito frio e do ar gelado.

Acordei quando o sol já ia alto. Meu sono fora tão profundo que por alguns instantes fiquei confuso, sem saber onde me encontrava nem o que estava acontecendo. Só aos poucos me dei conta da situação. Continuei deitado pensando nos estranhos acontecimentos dos últimos dois meses, aproximadamente. Para minha surpresa, lembrei-me de que uma das profecias de Joana não se cumprira, pois onde estavam Noël e o Paladino, que se uniriam a nós na undécima hora? Àquela altura, é claro, eu já me acostumara a esperar que tudo que Joana dissesse acabaria acontecendo. Preocupado, abri os olhos. Bem, lá estava o Paladino recostado a uma árvore e olhando para mim! É estranho como essas coisas acontecem: pensa-se em uma pessoa, ou fala-se sobre ela, e eis que ela surge, sem que se tivesse a menor ideia de ela estar por ali. Parece que é o fato de ela estar ali que faz com que se pense nela, e não o acaso, como as pessoas imaginam. Bem, fosse como fosse, lá estava o Paladino a me olhar, esperando que eu acordasse. Como fiquei feliz ao vê-lo! Pus-me de pé com um salto, e apertei suas mãos com emoção levando-o logo para um local um pouco afastado do acampamento. Ele puxava da perna, como se estivesse aleijado. Mandei que se sentasse e perguntei:

– Ora, ora, de onde surgiu você? E como nos descobriu neste lugar? E que significam essas roupas de soldado? Conte-me tudo.

– Eu cavalguei com vocês ontem à noite – disse ele.

– Não! – Pensei comigo mesmo que a profecia se realizara, ainda que não por inteiro.

– É verdade. Parti às pressas de Domrémy para unir-me a vocês, mas cheguei alguns minutos atrasado. Na verdade, já era tarde demais para juntar-me à tropa, porém supliquei de tal maneira ao governador, que ele se comoveu com a minha corajosa devoção ao país – foram essas as palavras que usou – e consentiu que eu viesse.

Pensei comigo mesmo que ele estava mentindo; ele seria um dos seis camponeses recrutados à força à última hora. Eu sabia disso porque a profecia de Joana dizia que ele se uniria a nós na undécima hora, porém contra sua vontade.

– Fico feliz que tenha vindo – disse eu. – É uma causa nobre e não se deve ficar em casa em tempos como estes.

– Ficar sentado em casa! Seria tão impossível para mim como para um trovão ficar escondido nas nuvens durante uma tempestade.

– É assim que se fala. Você não agiria de outra maneira.

Isso o deixou satisfeito.

– Alegra-me que você saiba como eu sou. Algumas pessoas não sabem. Mas vão acabar sabendo. Saberão muito bem quem sou quando eu puser um fim a esta guerra.

– Pois é o que eu acho. Sempre que houver perigo, você surgirá.

Ele ficou encantado com o que eu disse, inchado como uma bexiga de tanta vaidade.

– Se me conheço bem – disse ele –, e acho que me conheço, minha atuação nesta campanha lhe dará oportunidade de se lembrar dessas palavras com muita frequência.

– É verdade. Eu seria um tolo se duvidasse disso.

– É claro que não vou poder dar o melhor de mim sendo apenas um soldado comum; mesmo assim o país ouvirá falar de mim. Se eu tivesse o posto que mereço, se estivesse no lugar de La Hire ou de Saintrailles, ou ainda do Bastardo de Orléans – bem, não digo nada porque não sou de me gabar, como Noël Rainguesson e gente da sua espécie, graças a Deus. Mas realmente será um espanto – creio até que algo inédito no mundo – quando a fama de um soldado raso se erguer mais alto que a deles e fizer sombra à glória de seus nomes.

– Ora, que ideia interessante a sua, meu amigo! – disse eu. – Você se deu conta da importância do que disse? Veja bem, ser um general famoso – o que representa isso? Nada. A história está tão cheia deles que até nos causa confusão; não se pode lembrar de todos os seus nomes, tantos são eles. Mas um soldado raso que atinge a fama suprema – ora, esse teria um lugar só para si! Seria como uma lua cheia em um firmamento de estrelinhas que parecem grãos de mostarda. Seu nome seria lembrado até o final dos tempos. Como foi que você teve uma ideia dessas?

Ele estava a ponto de explodir de felicidade, porém conteve-se como pôde. Fez um gesto vago com a mão, como para afastar o elogio e disse, em tom de complacência:

– Isso não é nada. Tenho sempre grandes ideias – algumas até melhores do que essa. Até que não acho essa grande coisa.

– Você me surpreende. Me surpreende de fato. Então a ideia é sua mesmo?

– Claro! E no lugar de onde ela veio há muitas mais. – Disse isso tocando a cabeça com a ponta dos dedos e aproveitando a oportunidade para baixar a voz e dizer, olhando por cima do ombro como quem espreita: – Não preciso pegar ideias emprestadas, como Noël Rainguesson.

– Por falar em Noël, quando foi a última vez que o viu?

– Há meia hora. Ele está dormindo ali adiante como um cadáver. Veio também conosco ontem à noite.

Senti meu coração saltar de alegria e disse a mim mesmo, aliviado, que jamais duvidaria das profecias dela novamente.

– Fico feliz com isso. Sinto-me orgulhoso de nossa aldeia. Ninguém consegue manter nossos corações de leão em casa em tempos como estes, pelo que vejo.

– Coração de leão? Quem – aquele chorão? Ora, ele suplicou como um cão para ser dispensado. Chorou e disse que queria ficar com a mãe. Chamar aquilo de coração de leão! Aquele inseto!

– Puxa, pensei que ele também tivesse se apresentado como voluntário, é claro. Não se apresentou?

– Oh sim, apresentou-se como quem se apresenta ao carrasco para ter a cabeça cortada. Quando ele soube que eu ia partir de Domrémy como voluntário, pediu que o levasse sob minha proteção, mas apenas para ver a multidão e aquela euforia toda. Pois bem, ao chegarmos vimos todas aquelas tochas enfileiradas na entrada do castelo e corremos para lá. O governador mandou que o detivessem, com mais quatro outros. Ele suplicou para ser dispensado e eu pedi para vir no lugar dele. Por fim o governador consentiu que eu viesse, porém não dispensou o Noël, pois ficou muito irritado ao vê-lo chorar como um bebê. Pois é, grandes coisas fará ele pelo rei: comerá como seis e correrá como dezesseis. Ah, detesto esses pequenos que têm apenas meio coração e nove estômagos!

– Pois veja, essa notícia muito me surpreende e entristece. Sempre o julguei um sujeito corajoso.

O Paladino me lançou um olhar de quem se sente ultrajado.

– Não sei como pode dizer uma coisa dessas. Não sei mesmo onde foi buscar essa ideia. Não é que eu desgoste dele ou que diga isso por preconceito, pois não me permito preconceitos. Gosto dele e sempre fui seu camarada desde pequeno, mas não é por isso que vou deixar de reconhecer seus defeitos. Quero que aponte os meus também, se eu tiver algum. E é até possível que tenha, mas acho que não tenho nada a temer. Pelo menos é assim que penso. Mas você pensar que ele fosse um sujeito corajoso! Você deveria ter ouvido como ele chorava e se lastimava ontem à noite porque a sela lhe machucava. Por que a mim não machucou? Ora, eu me senti muito bem em minha sela. Aqueles veteranos que estavam lá se espantaram. Mas o Noël – ora, tiveram que forçá-lo a continuar todo o tempo.

Um cheiro de comida começou a chegar até nós por entre a vegetação. O Paladino inflou as narinas inconscientemente, em resposta àquele apelo. Ergueu-se e saiu mancando, dizendo que precisava cuidar do cavalo.

No fundo ele não era má pessoa; era um jovem grande e tolo, incapaz de fazer mal de verdade a alguém. Seu defeito era a gabolice. Enquanto ele apenas latisse sem morder, não haveria problema, da mesma forma que não tem importância o sujeito ser burro, desde que não se ponha a dar coices. Se aquele corpanzil feito de músculos e empáfia falava demais, o problema era dele. Não havia realmente maldade por trás de tudo aquilo; além do mais, o defeito não era de sua exclusiva responsabilidade: era também culpa de Noël Rainguesson, que o provocava, mentia, aumentava e aperfeiçoava aquele jeito de falar do Paladino, somente para se divertir com ele. Com sua maneira alegre de levar a vida, Noël precisava ter alguém a quem pudesse estar sempre provocando e o Paladino só precisava de algum estímulo de vez em quando para agir como Noël queria. Em decorrência disso, dedicava-se este constantemente a aprimorar o defeito do outro, a tal ponto ocupando-se disso anos a fio, que por vezes negligenciava assuntos mais importantes. O resultado era um sucesso absoluto. Noël se divertia em companhia do Paladino, mais do que em companhia de qualquer outra pessoa. Já o contrário se dava com o Paladino. Esse sujeito grandalhão era visto frequentemente ao lado do outro, franzino, pelo mesmo motivo que leva a mosca a fazer companhia ao boi.

Na primeira oportunidade que se apresentou, tive uma conversa com Noël. Dei-lhe as boas-vindas ao nosso grupo e disse:

– Foi uma atitude bela e corajosa a sua de se apresentar como voluntário, Noël.

Seus olhos piscaram de forma zombeteira e ele respondeu:

– Sim, foi uma bela atitude, certamente. Porém o crédito não é só meu, pois tive ajuda nisso.

– Quem o ajudou?

– O governador.

– Como?

– Bem, vou lhe contar como tudo aconteceu. Resolvi sair de Domrémy e ir até lá ver a tal multidão de que se falava, o tal espetáculo em que tinha se transformado a cidade, pois nunca havia visto tais coisas e, é claro, aquela seria uma ótima oportunidade. Mas eu não tinha a menor intenção de me apresentar como voluntário. Encontrei-me com o Paladino na estrada e deixei que me acompanhasse até lá. Ele tampouco pretendia ser voluntário e me disse isso com todas as letras. Acontece que enquanto estávamos apreciando a guarda do governador, com suas tochas acesas, espantados diante daquilo tudo, eles nos pegaram – a nós e mais quatro outros – e nos forçaram a entrar para esta escolta. Foi assim que me tornei voluntário. Mas afinal já não acho tão ruim quanto antes, pois fiquei pensando como seria monótona a vida na aldeia sem o Paladino.

– E como é que ele se sente com isso tudo? Ele ficou satisfeito?

– Acho que sim.

– Por quê?

– Porque ele disse que não estava. Foi apanhado de surpresa e não é provável que ele diga a verdade sem se preparar para isso. Se tivesse tido tempo para pensar, decidiria pela verdade ou pela mentira. O que ele não sabe é improvisar e, quando se vê em uma situação de emergência, sempre mente. Não, eu tenho certeza de que ele ficou satisfeito exatamente porque disse que não ficou.

– Então acredita que ele tenha ficado muito satisfeito?

– Acredito. Ele se pôs a suplicar como um escravo e berrava chamando sua mãe. Disse que sua saúde era frágil, que não sabia montar, que não sobreviveria à primeira marcha. Mas a aparência dele não parecia tão frágil quanto ele queria fazer crer. Havia um barril de vinho ali perto que seria peso para quatro homens carregarem. O governador ficou muito irritado, disse um palavrão e bateu com o pé no chão levantando uma nuvem de poeira; mandou que ele colocasse o barril no ombro e disse que se ele não o fizesse, seria mandado de volta para casa, sim, mas aos pedacinhos, dentro de uma cesta. O Paladino obedeceu e com isso foi incorporado à escolta sem mais discussão.

– É, você está mesmo deixando claro que ele queria ser voluntário, isto é, se suas premissas estiverem certas. Como foi que ele suportou a marcha ontem à noite?

– Do mesmo modo que eu. Talvez tenha feito um pouco mais de barulho, porque seu corpo é mais volumoso que o meu. Mas só nos mantivemos em nossas selas porque fomos forçados a isso. Tanto ele quanto eu estamos mancos hoje. Se ele consegue se sentar, que se sente. Eu prefiro ficar de pé.

4

Fomos convocados pelo comando e Joana nos passou em revista. Em seguida ela fez um pequeno discurso dizendo que até mesmo as atividades rudes como as de uma guerra poderiam ser realizadas sem que se dissessem coisas ofensivas a Deus e outras brutalidades da fala; disse também que exigia que nós respeitássemos esse princípio. Depois deu ordens para que os novatos tivessem meia hora de aula de equitação e designou um dos veteranos como instrutor. Foi uma exibição ridícula, porém começamos a aprender alguma coisa e Joana, satisfeita, nos elogiou. Ela mesma não participou da instrução ou das evoluções que se seguiram; permaneceu imóvel em seu cavalo, como uma estátua marcial, observando com atenção o que fazíamos.

Para ela isso era suficiente. Ela não perdeu um único detalhe da aula, absorvendo tudo através dos olhos e da mente e depois aplicou seus conhecimentos com tanta segurança e precisão que parecia ter praticado muito.

Fizemos três marchas noturnas de doze a treze léguas cada, percorrendo o caminho em paz, sem sermos perturbados, pois passávamos por um bando itinerante de Companheiros Livres. Os camponeses gostavam de ver esses bandos passar e não os molestavam. Esses deslocamentos, contudo, eram muito cansativos, sem conforto algum; eram poucas as pontes e muitos córregos a atravessar, córregos de águas terrivelmente geladas. Ao pararmos para descansar no chão coberto de neve, ainda estávamos molhados. Tentávamos nos aquecer com o que fosse possível e dormir se fosse possível, pois não teria sido prudente acender fogueiras. Nossas energias iam se esvaindo com o cansaço e com as dificuldades encontradas, porém as de Joana não se esvaíam. Seu passo tinha sempre a mesma firmeza e a mesma agilidade e seu olhar não perdia o brilho de sempre. Não tínhamos como explicar aquilo, portanto simplesmente o constatávamos, atônitos.

Porém, se me refiro a essas três noites iniciais como difíceis, não sei como qualificar as cinco seguintes, nas quais, além da marcha fatigante e do frio das águas, fomos ainda vítimas de sete emboscadas, perdendo dois novatos e três veteranos nas lutas. Espalhara-se a notícia de que a Donzela de Vaucouleurs estava indo ao encontro do rei com uma escolta e todas as estradas passaram a ser vigiadas.

Aquelas cinco noites foram de grande desalento para o comando. Isso foi agravado por uma descoberta de Noël, prontamente comunicada aos superiores. Alguns dos homens se perguntavam por que Joana continuava forte, alerta e confiante enquanto até os homens mais fortes do grupo estavam esgotados com aquelas marchas fatigantes, mostrando-se lentos e irritados. Ali estava um exemplo de como os homens podem ter olhos e não ver. A vida toda aqueles homens tinham visto as mulheres de suas próprias famílias atreladas a vacas a puxar arados no campo, enquanto os homens apenas as guiavam. Tinham tido muitas outras evidências de que as mulheres conseguem suportar tudo com muito mais resistência e paciência do que os homens. Mas de que valeram àqueles homens tantas provas disso? Nada aprenderam com elas. Ainda se surpreendiam ao ver uma jovem de dezessete anos suportar o cansaço da guerra mais do que qualquer veterano do exército. Além do mais, não pararam para pensar que um grande espírito, imbuído de grande propósito, pode transformar em forte um corpo frágil e mantê-lo assim. E ali estava o mais grandioso espírito do universo, mas como poderiam aquelas criaturas estúpidas saber? Não, não suspeitavam coisa alguma e sua conclusão foi a conclusão de ignorantes. Noël os ouviu discutindo até chegarem à conclusão de que ela era uma bruxa e que extraía aquela sua estranha força do demônio, do próprio Satanás. Fizeram então um plano para matá-la assim que houvesse uma oportunidade segura.

O fato de haver entre nós uma conspiração dessas era muito grave, é evidente, e os cavalheiros pediram permissão a Joana para enforcar os conspiradores, mas ela a recusou sem hesitação.

– Nenhum desses homens ou qualquer outro poderá tirar minha vida até que minha missão se complete, portanto por que sujar minhas mãos com o sangue deles? Vou informá-los disso e repreendê-los. Tragam-nos à minha presença.

Quando eles vieram, ela lhes disse aquilo de maneira muito tranquila, como se não lhe ocorresse a possibilidade de eles duvidarem de suas palavras. Os homens deixaram evidente sua surpresa e seu espanto ao ouvi-la falar com tanta segurança, pois sabemos todos que as profecias ditas de maneira corajosa jamais deixam de surtir efeito em ouvidos supersticiosos. Sim, sua fala os deixou muito impressionados, porém suas palavras finais os impressionaram ainda mais. Essas foram dirigidas ao cabeça do motim e Joana as disse com o coração pesado:

– É uma pena que você esteja a planejar a morte de outra pessoa, quando a sua própria está tão próxima.

O cavalo daquele homem tropeçou e caiu sobre ele no primeiro rio que atravessamos naquela noite. Ele morreu afogado antes que nos fosse possível socorrê-lo. Não tivemos mais conspirações.

Aquela noite foi atormentada por emboscadas, mas conseguimos atravessá-la sem que nenhum outro homem morresse. Mais uma noite e já teríamos ultrapassado a fronteira hostil, se tivéssemos sorte. Observamos a noite cair com muito interesse e vontade de partir. Nas noites anteriores sempre partimos com certa relutância, temendo a escuridão total, as águas geladas dos rios a atravessar e a perseguição do inimigo. Porém naquela noite estávamos impacientes, desejando acabar logo com aquilo, apesar de nos ter sido avisado que os embates seriam mais duros e em maior número do que antes. Além do mais, a três léguas à nossa frente havia uma frágil ponte de madeira sobre um rio profundo e, como uma chuva gelada misturada à neve caía incessantemente, sentimo-nos ansiosos em partir para logo ficarmos sabendo se naquela ponte haveria ou não uma emboscada. Se as águas turbulentas do rio arrastassem a ponte, nós poderíamos nos dar por perdidos, já que não teríamos como fugir.

Tão logo escureceu nós surgimos das profundezas do bosque onde estávamos escondidos e nos pusemos em marcha. Desde o dia em que fomos atacados pela primeira vez, Joana passara a cavalgar à frente da coluna e naquela noite não foi diferente. Quando já havíamos nos deslocado uma légua, a chuva e a neve se transformaram em granizo que, com o impulso da ventania, passou a cortar-me o rosto. Senti inveja de Joana e dos cavalheiros, que podiam baixar suas viseiras e assim se protegerem com seus capacetes, como se tivessem a cabeça em uma caixa. Subitamente, vindo da total escuridão e bem perto de onde eu me encontrava, veio a voz de comando:

– Alto!

Obedecemos. Percebi à minha frente um vulto que poderia ser o de um homem a cavalo, mas não era possível ter certeza. Um homem aproximou-se em sua montaria e disse a Joana em tom de repreensão:

– Ora, você demorou muito. E o que descobriu? Ela ainda está atrás de nós ou já passou à frente?

Joana respondeu com uma voz tranquila:

– Ela está atrás.

Essa informação atenuou a rispidez do interlocutor, que disse:

– Se sua informação for correta, você não perdeu tempo, capitão. Mas como se pode ter certeza? Como foi que você soube?

– Eu a vi.

– Você a viu? Viu a Donzela em pessoa?

– Vi. Estive em seu acampamento.

– Será possível? Ora, capitão Raymond, peço-lhe que me desculpe pelo modo como falei. Você fez um admirável ato de bravura. Onde está ela acampada?

– No bosque, a menos de uma légua daqui.

– Ótimo. Eu receava que ainda estivéssemos por trás dela, mas agora que sabemos estar à sua frente, estamos salvos. Ela é que será a nossa caça. Vamos enforcá-la. Vou deixar que você, pessoalmente, a enforque. Ninguém tem mais direito a esse privilégio que você: o privilégio de enforcar aquela filha predileta de Satanás.

– Não sei como agradecer-lhe por isso. Se nós a apanharmos, eu...

– Se a apanharmos? Disso eu me encarrego. Não se preocupe. Só o que desejo é olhar uma vez aquela cara, quero ver como é aquela amaldiçoada que conseguiu fazer tanto rebuliço. Depois você e a forca podem ficar com ela. De quantos homens ela dispõe?

– Contei apenas dezoito, mas ela pode ter ainda uns dois ou três em postos avançados.

– Só isso? Então não vai dar para satisfazer a primeira investida da minha tropa. É verdade que é apenas uma menina?

– É. Não deve passar dos dezessete anos.

– Mal dá para acreditar! Ela é robusta ou magrinha?

– Magrinha.

O oficial pensou por alguns segundos e perguntou:

– Ela estava se preparando para levantar acampamento?

– Não até eu sair de lá.

– E o que ela estava fazendo?

– Conversando tranquilamente com um oficial.

– Tranquilamente? Não estava dando ordens?

– Não. Falava como estamos falando agora.

– Isso é bom. Ela deve estar se sentindo segura. Estaria toda nervosinha como todas as mulheres ficam quando se sentem ameaçadas. Já que ela não estava se preparando para levantar acampamento...

– Certamente não estava quando a vi.

– ...e estava conversando tranquilamente, bem à vontade, isso significa que o tempo que temos esta noite não a atrai. Marchas noturnas sob tempestade de granizo não são para franguinhas de dezessete anos. Não: ela não vai sair de onde está. E por isso ser-lhe-ei grato. Então vamos acampar também. Qualquer lugar dá no mesmo. Pode ser aqui. Vamos pôr mãos à obra.

– Se é uma ordem, obedecerei. Mas ela tem dois cavalheiros consigo. É possível que a forcem a marchar, principalmente se o tempo melhorar um pouco.

Eu sentia medo e impaciência. Queria me afastar logo daquele perigo. Fiquei desesperado ao ver Joana retardar daquela maneira nossa partida e aumentar o risco que corríamos. Ainda assim eu tinha certeza de que ela sabia o que estava fazendo. O oficial falou:

– Bem, neste caso bloquearemos sua passagem.

– Sim, se eles vierem por aqui. Porém se enviarem algum soldado para reconhecimento e ele nos vir aqui, podem tentar chegar até a ponte pelo bosque, não? O senhor acha bom deixar aquela ponte de pé?

Estremeci ao ouvir aquilo.

O oficial pensou um pouco e só então respondeu:

– Talvez seja melhor mandar derrubar a ponte. Eu tinha planejado ocupá-la com minha tropa, mas agora não será mais necessário.

– Com sua permissão, eu mesmo a destruirei – disse Joana tranquilamente.

Ah, só então percebi seu plano e fiquei feliz que ela tivesse sido tão esperta para inventá-lo e tão hábil para levá-lo a cabo com tranquilidade naquela situação difícil.

– Permissão concedida, capitão, com meus agradecimentos. Eu poderia mandar outro, mas se for você eu tenho certeza de que o serviço será bem-feito.

Despediram-se com uma saudação militar e nós seguimos em frente. Respirei fundo. Todo o tempo em que se passara aquela conversa eu pensei ouvir a tropa do verdadeiro capitão Raymond chegando por trás de nós e mal pude conter minha aflição, pois eles não acabavam de falar. Respirei fundo, mas ainda não estava tranquilo, pois Joana dera apenas um simples comando de seguir em frente. Em decorrência disso, seguimos a passo. Os passos me pareciam terrivelmente lentos enquanto seguíamos ao longo de uma comprida coluna de cavaleiros inimigos que conseguíamos ver na tempestade de neve. O suspense foi aflitivo, porém não durou muito, pois quando as cornetas do inimigo soaram o toque de "cavaleiros, apear" Joana deu ordem para trotarmos, o que fiz com grande alívio. Notem como ela mantinha sempre a tranquilidade necessária. Antes que aquela ordem fosse dada à tropa inimiga, alguém poderia ter desconfiado de alguma coisa se passássemos correndo; poderiam ter nos parado para pedir a senha. Mas já então não havia perigo e certamente pensaram que estávamos a caminho da nossa posição no acampamento. Assim pudemos passar sem perigo. Quanto mais nos afastávamos, mais percebíamos o tamanho do inimigo, mais assustadora nos parecia sua força e mais hostil. Talvez fossem apenas uns cem ou duzentos, mas a mim pareciam mais de mil. Quando passamos pelos últimos deles e desaparecemos na escuridão da noite, senti-me mais aliviado e, quanto mais nos aproximávamos da ponte, melhor eu me sentia. Uma hora depois chegávamos à tal ponte, que lá estava, intacta. Foi felicidade o que senti então. É preciso que se viva uma situação como aquela para saber o que se sente.

Esperávamos ouvir o tropel do inimigo atrás de nós, pois achávamos que o verdadeiro capitão Raymond já teria retornado e sugerido que a tropa que passara antes talvez fosse a da Donzela de Vaucouleurs. Mas ele deve ter demorado muito a chegar, pois quando recomeçamos nossa marcha do outro lado do rio não se ouvia qualquer outro som além do da tempestade.

Comentei com Joana que ela colhera todos os louros destinados ao capitão Raymond e que este, ao retornar, encontraria apenas os espinhos da reprimenda do comandante.

– Será como você diz, sem dúvida, pois o comandante errou e ninguém melhor para reconhecer os erros dos outros do que quem erra também. O comandante não teve o cuidado de verificar a tropa que chegava – erro mais grave ainda por ter sido cometido à noite – e preparava-se para acampar ali sem antes mandar destruir a ponte.

O Senhor Bertrand se divertiu com o jeito singelo de Joana ao falar como quem dá um conselho valioso ao comandante inimigo que cometeu uma grande falha por omissão. Em seguida ele elogiou a esperteza dela ao enganar aquele homem sem lhe dizer uma só mentira sequer. Isso deixou Joana perturbada.

– Eu achei que ele mesmo estava se enganando. Não menti porque isso seria errado, porém, se as verdades que disse o enganaram, talvez isso as tenha transformado em mentiras e nesse caso eu agi mal. Por Deus, eu gostaria de saber se agi mal.

Todos a asseguraram de que ela fizera a coisa certa e de que nos perigos e necessidades de uma guerra não é errado enganar o inimigo para defender a própria causa. Mas ela não se convenceu disso e continuou a achar que, mesmo quando uma grande causa corre riscos, deve-se ter o privilégio de tentar saídas honradas em primeiro lugar.

– Ora, Joana – disse Jean –, você mesma nos disse que estava indo para a casa de seu tio Laxart para cuidar da mulher dele, mas não disse que depois seguiria viagem, e acabou indo para Vaucouleurs. Não é mesmo?

– É verdade – disse Joana entristecida –, eu não menti, entretanto agi com falsidade. Eu tinha tentado partir de todas as maneiras que me ocorreram, porém sem conseguir. E eu *tinha* que partir. Minha missão exigia que eu partisse. Mas eu agi mal e o reconheço.

Joana ficou em silêncio por alguns instantes meditando sobre aquilo e depois acrescentou como quem acaba de tomar uma decisão tranquila:

– Entretanto o motivo foi justo e eu o faria de novo.

Aquilo nos pareceu a afirmação do óbvio, mas ninguém disse coisa alguma. Se a conhecêssemos tão bem quanto ela se conhecia e se soubéssemos o que só ficamos sabendo bem depois, teríamos percebido o que ela quis dizer com aquelas palavras. Veríamos também que sua maneira de pensar não era idêntica à nossa, como supúnhamos, porém que se situava em um plano superior. Ela estava disposta a se sacrificar – a sacrificar o que havia de melhor nela, que era o seu amor à verdade – para salvar a causa pela qual lutava. E não apenas isso: ela não pagaria tal preço para salvar a própria vida, enquanto que para nós a ética da guerra permitia que mentíssemos para salvar nossas vidas ou para conseguir qualquer vantagem militar, fosse ela grande ou pequena. O que ela disse pareceu-nos um lugar-comum naquela ocasião, pois a essência do significado nos escapou. Mas agora é possível perceber que sua afirmação continha um princípio que a elevava e a tornava admirável.

Aos poucos o vento foi deixando de soprar e o granizo parou de cair. O frio se tornou mais suportável. A estrada se transformara em um lamaçal e os cavalos se moviam com dificuldade, a passo, pois era o máximo que podiam fazer. Com o passar do tempo o cansaço tomou conta de nós e acabamos dormindo em nossas selas. Nem mesmo os perigos que nos ameaçavam conseguiam nos manter acordados.

Aquela décima noite pareceu-nos a mais longa de todas e, é claro, foi a mais extenuante, porque vínhamos acumulando cansaço desde o início e jamais estivéramos tão cansados. Mas não fomos molestados novamente. Quando a madrugada cinzenta finalmente chegou, vimos um rio diante de nós e sabíamos que era o Loire. Entramos na cidade de Gien na certeza de estarmos em terras amigas, tendo deixado as hostilidades para trás. Foi um amanhecer alegre para nós.

Éramos uma tropa maltrapilha e exausta; como sempre, porém, Joana era a mais descansada de todos nós, tanto física quanto espiritualmente. Tínhamos cavalgado em média treze léguas por noite em estradas tortuosas e em péssimas condições. O que fizemos foi notável e demonstra o que os homens podem fazer quando contam com um líder que sabe o que quer e não se deixa abater.

5

Descansamos e nos pusemos um pouco mais limpos nas duas ou três horas em que permanecemos em Gien, porém àquela altura já se espalhara a notícia de que a menina destinada por Deus para salvar a França havia chegado. Começou então a chegar uma verdadeira multidão para vê-la em nosso acampamento. Achamos melhor sair à procura de um lugar mais sossegado e assim seguimos viagem até um pequeno vilarejo chamado Fresbois.

Estávamos então a seis léguas do rei, que se encontrava no Castelo de Chinon. Joana ditou imediatamente uma carta para ele, que escrevi. Nela dizia que viajara cento e cinquenta léguas para trazer-lhe boas-novas e pedia o privilégio de dá-las pessoalmente. Acrescentou que, apesar de nunca o ter visto, seria capaz de reconhecê-lo onde quer que o encontrasse.

Os dois cavalheiros partiram em seguida com a carta. A tropa dormiu durante toda a tarde e depois do jantar já nos sentíamos descansados e bem-dispostos, principalmente nosso pequeno grupo de jovens de Domrémy. Tínhamos o confortável salão da hospedaria só para nós e, pela primeira vez naqueles longos dez dias, estávamos livres de presságios, de pavor, de provações e de um trabalho extenuante. O Paladino voltou subitamente a ser como era antes, fanfarrão, o próprio monumento à fatuidade.

– Acho que foi maravilhosa a maneira como ele nos trouxe até aqui – disse Noël Rainguesson.

– Ele quem? – perguntou Joana.

– Ora, o Paladino.

O Paladino pareceu não ter ouvido aquele comentário.

– O que foi que ele teve a ver com isso? – quis saber Pierre d'Arc.

– Tudo, ora. Joana só conseguiu fazer o que fez porque tinha total confiança na prudência dele. Ela podia depender de nós e dela mesma em se tratando de coragem, mas a prudência é o que faz vencer a guerra; a prudência é a mais rara e a mais sublime das virtudes e ele tem mais dessa virtude que qualquer outro homem na França.

– Ora, você está começando a fazer papel de tolo, Noël Raingues-son – disse o Paladino –, e acho melhor que enrole essa sua língua no pescoço e enfie a ponta na orelha para parar de dizer tolices e não se meter em confusões.

– Eu não sabia que ele tinha mais prudência que os outros – disse Pierre –, pois a prudência pressupõe a inteligência e, a meu ver, ele não é mais inteligente que qualquer um de nós.

– Não, é aí que você se engana. A prudência nada tem a ver com o cérebro; a inteligência até atrapalha, pois quem é prudente não usa a razão, usa a emoção. A prudência perfeita significa a ausência de cérebro. É uma virtude do coração; atua sobre nós através da emoção. Sabemos disso porque se fosse uma qualidade intelectual só perceberia o perigo, por exemplo, onde ele realmente existisse; enquanto que...

– Pare de dizer tolices, seu idiota – murmurou o Paladino.

– ...enquanto que, sendo uma qualidade exclusivamente do coração, e atuando sobre as emoções ao invés da razão, seu alcance é bem mais amplo e sublime, permitindo que a pessoa perceba e evite perigos que não existem em absoluto. Por exemplo, naquela noite em que tivemos uma neblina fora do comum, quando o Paladino, pensando que as orelhas de seu cavalo fossem lanças inimigas saltou do cavalo e subiu em uma árvore...

– Isso é mentira! É uma mentira sem qualquer fundamento! E peço que tomem cuidado com as invenções maldosas deste boateiro desclassificado que vem fazendo o possível para destruir minha reputação há muitos anos e que em seguida se voltará contra a de vocês, certamente. Saltei do cavalo para apertar a sela, que estava frouxa. Que um raio caia sobre mim se estou mentindo. Quem quiser acreditar que acredite e quem não quiser não se meta.

– Estão vendo como ele reage? É sempre assim; nunca discute um assunto com tranquilidade e sempre perde o controle quando algo lhe é desagradável. E prestem atenção em como sua memória é falha. Ele se lembra de ter pulado do cavalo, mas se esquece de tudo mais, inclusive da árvore. E isso para ele não foi nada demais, pois sempre subia em uma árvore quando ouvia o clamor de algum combate à frente.

– E por que ele fazia isso nessas horas? – perguntou Joana.

– Não sei. Para apertar sua sela, talvez. Isso é o que ele diz. Já eu acho que era para subir em uma árvore. Eu o vi subir em nove árvores em uma só noite.

– Você não viu nada disso! Alguém que mente como você não é digno de respeito. Agora eu peço que vocês me respondam. Vocês acreditam no que este réptil disse?

Todos pareceram ter ficado encabulados e apenas Pierre respondeu, hesitante:

– Eu... bem, realmente não sei o que dizer. É uma situação delicada. Parece uma indelicadeza deixar de acreditar em alguém que se expressa de maneira tão direta, porém sou forçado a admitir, por mais indelicado que seja, que não consigo acreditar em tudo que ele disse. Não, não posso acreditar que você tenha subido em nove árvores.

– Está vendo? – exclamou o Paladino. – Agora me diga como está se sentindo, Noël Rainguesson. Em quantas árvores você acredita que eu subi, Pierre?

– Só oito.

A gargalhada que se seguiu deixou o Paladino lívido de ódio.

– Vocês não perderão por esperar! – exclamou ele. – Não perderão por esperar. Isso eu garanto.

– Não o provoquem – suplicou Noël –, pois fica uma fera quando o provocam. Eu já vi o bastante para não cometer esse erro. Foi depois da terceira escaramuça que tivemos. Quando tudo terminou eu o vi surgir de dentro do mato e atacar um defunto sem a ajuda de ninguém.

– É outra mentira! E estou lhe avisando antes que vá longe demais: você vai me ver atacar um homem vivo se não tomar cuidado com a língua.

– Que, no caso, seria eu, é claro. Isso me magoa mais do que qualquer ofensa que você me possa fazer. A ingratidão para com um benfeitor...

– Benfeitor? O que é que devo a você? Isso eu gostaria de saber.

– Você me deve a vida. Era eu sempre que se punha entre a árvore e os inimigos que só desejavam beber o seu sangue. E não fiz isso apenas para demonstrar minha coragem; fiz por amor a você; fiz porque não poderia viver sem você.

– Chega! Você já falou demais! Não vou ficar aqui ouvindo essas infâmias. As suas mentiras ainda posso suportar, mas seu amor, nunca. Guarde essa coisa corrompida para alguém com estômago mais forte que o meu. E antes de partir tenho algo a dizer. As pequenas façanhas que vocês fizeram podem lhes render mais glória, pois os meus feitos foram mantidos em segredo durante a marcha. Eu estava sempre à frente de todos, onde a luta era mais intensa. Eu queria mesmo estar longe de vocês, para que não desanimassem diante da minha coragem para enfrentar o inimigo. Minha intenção era manter isso em segredo dentro do peito, mas vocês me obrigaram a revelá-lo. Se quiserem testemunhas do que digo, lá estão elas caídas nas estradas por onde passamos. As estradas eram enlameadas e eu as pavimentei com cadáveres. A terra era estéril e eu a fertilizei com sangue. De vez em quando eu me via obrigado a passar para a retaguarda, pois a tropa tinha dificuldade em prosseguir sobre tantos cadáveres que fiz. E no entanto vocês, seus incréus, me acusam de trepar em árvores! Ora!

Com essas palavras ele se retirou a passos largos e um ar imponente, pois só em desfiar seus feitos imaginários ele já se sentia feliz de novo.

No dia seguinte subimos em nossas montarias e partimos em direção a Chinon. Orléans já ficara para trás, perto da estrada por onde havíamos passado, totalmente dominada e sob as garras dos ingleses. Logo, se Deus o permitisse, nós daríamos meia-volta e partiríamos para libertá-la. De Gien chegou até Orléans a notícia de que a jovem camponesa que partira de Vaucouleurs estava a caminho incumbida por Deus de levantar o cerco à cidade. Aquela notícia causou grande alvoroço e criou novas esperanças – o primeiro hálito de esperança daquelas pobres almas em cinco meses. Mandaram imediatamente emissários ao rei pedindo-lhe que se interessasse por aquela ajuda e que não a desperdiçasse. Esses emissários já estavam em Chinon quando ainda nos encaminhávamos para lá.

A meio caminho daquela cidade ainda nos deparamos com mais uma tropa inimiga. Os soldados surgiram de repente saídos do bosque, em grande número. Entretanto já não éramos mais os aprendizes de dez ou doze dias antes; não, já estávamos calejados por aquele tipo de aventura. Nossos corações não pularam para nossas gargantas nem as armas se puseram a tremer em nossas mãos. Tínhamos aprendido a estar sempre prontos para a luta, a qualquer instante, sempre alertas e preparados para uma emergência que surgisse. Assim como nosso comandante, não nos deixamos intimidar pelo inimigo. Antes que eles pudessem entrar em forma, Joana já dera o comando "Avante!" e nós nos lançamos sobre eles no mesmo instante. Eles não tiveram a menor possibilidade de nos enfrentar; deram meia-volta e debandaram, enquanto nós corríamos atrás deles como se eles nem fossem soldados. Essa foi nossa última emboscada e provavelmente nos foi preparada por aquele velhaco traidor, ministro do rei e seu favorito, De la Tremouille.

Hospedamo-nos em uma estalagem e logo toda a cidade para lá se dirigiu, pois o povo queria ver a Donzela.

Ah, aquele rei aborrecido e toda a sua corte aborrecida! Nossos dois cavalheiros retornaram cansados e sem ânimo e relataram sua acolhida na corte. Eles permaneceram de pé, como se deve fazer na presença de reis. Joana, então, constrangida com esse tipo de homenagem da qual não gostava e à qual ainda não se acostumara, mandou que nos sentássemos. Na verdade, era assim que nos portávamos diante dela desde o dia em que ela profetizou a morte do traidor que havia em nossas fileiras e que ele em seguida morreu afogado, assim confirmando os muitos sinais que já havíamos recebido de que ela era de fato uma emissária de Deus. O Senhor de Metz então falou:

– O rei recebeu a carta, mas não nos deixaram falar com ele pessoalmente.

– E quem é que o impede disso?

– Ninguém nos impede, na verdade, mas há umas três ou quatro pessoas que o cercam – são interesseiros e traidores todos eles –, que obstruem o caminho e usam de todos os meios, com mentiras e pretextos, para postergar o encontro. Os piores deles são Georges de Tremouille e aquela raposa espertalhona que é o arcebispo de Reims. Enquanto mantêm o rei desocupado e entregue às diversões e tolices, eles conseguem ocupar papel importante na corte. Por outro lado, se algum dia o rei recuperar o poder e assumir sua coroa e seu país como um homem, o poder deles se esvai. Visando apenas aos seus interesses, eles não se importam se a coroa for destruída e, com ela, o rei.

– Vocês falaram com mais alguém além deles?

– Não, na corte, não. A corte não passa de um bando de escravos daqueles répteis e copiam tudo que eles fazem. Observam seus lábios para repetir-lhes as palavras e pensam o que eles pensam. Por esse motivo tratam-nos friamente e dão-nos as costas quando eles aparecem. Mas falamos com os emissários de Orléans. Eles disseram: "É espantoso que um homem em situação desesperadora como a do rei se deixe gravitar assim ao redor dessa gente, de maneira tão apática, vendo tudo que é seu se perder, sem sequer erguer um dedo para impedir o desastre. Que espetáculo estranho é este! Aqui está ele, encurralado em um cantinho do reino como um rato em uma ratoeira. Sua morada real é este enorme castelo sombrio que mais parece um túmulo, com trapos comidos por traça a lhe servirem de cortinas e móveis quebrados para usar. O castelo é a própria imagem da desolação; no seu tesouro há quarenta francos e nem um cêntimo a mais, como Deus é testemunha. Não tem um exército, nem algo que se pareça com um. E em contraste com essa miséria, podemos apreciar nosso infeliz rei sem coroa e sem fortuna, com a corte de tolos que o cerca, todos paramentados com as sedas e os veludos mais caros que se possam encontrar em qualquer corte cristã. E veja bem, ele sabe que quando nossa cidade cair – e certamente cairá se não recebermos socorro urgente – *toda a França* cairá. Ele sabe que quando esse dia chegar ele passará a ser um pária, um fugitivo e que depois de sua partida a bandeira da Inglaterra tremulará, inconteste, por todo este grande país que ele herdou. Ele sabe de tudo isso. Sabe que nossa cidade, fiel a ele, está lutando sozinha contra as doenças, a fome e o inimigo. Entretanto nada faz para salvá-la; não ouve nossos rogos e sequer digna-se a nos receber." Foi isso que os emissários de Orléans disseram e eles estão desesperados.

– É uma pena que estejam desesperados – disse Joana suavemente. – O delfim os ouvirá dentro em breve. Digam isso a eles.

Ela quase sempre se referia ao rei como delfim. A seu ver, ele não era ainda rei, pois não fora coroado.

– Nós lhes diremos isso e os faremos muito felizes, pois eles acreditam que você foi enviada por Deus. O arcebispo e seus aliados têm como defensor o soldado veterano Raoul de Gaucourt, grão-mestre do Palácio. É um homem de valor, porém um simples soldado, sem capacidade de compreender assuntos que transcendam seu limitado saber. Não lhe entra na cabeça que uma jovem camponesa, ignorante dos ofícios da guerra, possa erguer uma espada em sua frágil mão e vencer batalhas, quando os generais experientes da França só conheceram a derrota durante cinquenta anos – pois foi só isso mesmo que conheceram. Ao dizer isso ele ergue as extremidades de seu bigode grisalho em um riso zombeteiro.

– Quando Deus luta em uma guerra, o tamanho da mão que ergue Sua espada não tem importância. Chegará o momento em que ele saberá disso. Não há pessoa alguma no Castelo de Chinon que esteja do nosso lado?

– Sim, a sogra do rei – Yolande, rainha da Sicília –, que é uma mulher sábia e boa. Ela falou com o Senhor Bertrand.

– Ela está do nosso lado e detesta os bajuladores que cercam o rei – disse Bertrand. – Mostrou-se realmente interessada fazendo mil perguntas às quais respondi da melhor maneira que pude. Depois ela ficou pensativa por tanto tempo que achei que ela nem mais estivesse se dando conta da minha presença. Mas me enganei. Por fim ela disse lentamente, como se falasse consigo mesma: "Uma criança de dezessete anos – uma menina – criada no campo – sem jamais ter estudado – ignorante de guerras, armas, condutas de batalha – recatada, gentil, tímida – entretanto atira fora seu bastão de pastora e se veste com uma armadura de aço, luta para atravessar cento e cinquenta léguas de território hostil sem jamais desanimar, sem jamais demonstrar medo e chega até aqui – ela, a quem a figura do rei deve inspirar medo – disposta a apresentar-se diante dele e dizer: 'Não tenha medo, pois Deus me enviou para salvá-lo.' Ah, de onde poderia vir tanta coragem e convicção tão sublimes senão do próprio Deus?" Ela ficou em silêncio por mais algum tempo, pensativa, como se estivesse tomando uma decisão. Depois voltou a falar: "E se ela é enviada por Deus ou não, há algo em seu coração que a eleva acima dos homens – muito acima de todos os homens que vivem na França hoje –, pois ela possui aquele poder misterioso que anima os soldados e transforma multidões de covardes em exércitos de bravos que esquecem o que é o medo quando estão em sua presença. Com ela os soldados tornam-se bravos que partem para a batalha com um brilho de felicidade nos olhos e canções em seus lábios, atirando-se ao campo de batalha como uma tempestade – é somente com esse entusiasmo que pode salvar a França, venha ele de onde vier! E ela o tem, pois o que mais daria forças a essa criança para empreender jornada tão longa e difícil, apesar de todos os perigos e todo o cansaço por que passou? O rei precisa vê-la face a face – e verá!" Com tais palavras encorajadoras ela me dispensou e eu tive certeza de que cumpriria sua promessa. Eles tentarão por todos os modos impedi-la de fazer isso, mas conseguirão apenas adiar seu intento – aqueles animais – e ela acabará por conseguir o que se propõe.

– Quisera eu fosse *ela* o rei! – disse o outro cavalheiro com emoção. – Porque tenho poucas esperanças de que o rei se deixe mover de sua letargia. Ele não crê em coisa alguma e só pensa em largar tudo e fugir o mais rápido que puder para o estrangeiro. Os enviados de Orléans dizem que há uma maldição sobre ele que o impede de ter esperanças – sim, e afirmam também que isso está envolto em um mistério impossível de desvendar.

– Conheço esse mistério – disse Joana, tranquila e confiante. – Conheço e ele também, porém ninguém mais o conhece além de Deus. Quando estiver com ele, dir-lhe-ei um segredo que afastará dele o que o atormenta e ele então poderá erguer novamente a cabeça.

Eu estava morrendo de curiosidade para saber o que ela diria a ele, porém continuei sem saber. Isso não me surpreendeu em absoluto. É verdade que ela não passava de uma criança, porém não era do tipo de pessoa que procura fazer-se de importante; não, Joana era reservada e guardava para si o que não era da conta dos outros, como sempre fazem as pessoas que têm grandeza.

No dia seguinte a rainha Yolande conseguiu uma vitória sobre o grupo que cercava o rei, pois, apesar dos protestos e obstáculos, ela conseguiu que fosse marcada uma audiência para os nossos dois cavalheiros e eles aproveitaram aquela oportunidade da melhor maneira possível. Falaram ao rei sobre a pureza e a beleza do caráter de Joana, de como era nobre e grandioso o espírito que a animava e lhe suplicaram que confiasse nela, acreditasse nela e no fato de ela ter sido enviada para salvar a França. Imploraram que a recebesse. Ele se mostrou realmente muito interessado em recebê-la e prometeu que não deixaria aquele assunto de lado, mas disse que antes ouviria seus conselheiros. A situação parecia estar melhorando. Passadas duas horas, ouvimos um grande rebuliço vindo do andar de baixo; logo em seguida entrou o dono da estalagem, alvoroçado, pois lá estava uma comissão de ilustres religiosos enviados pelo rei – "pelo próprio rei, compreendem?" –, imaginem como se sentiu honrado em sua humilde estalagem. Ele estava tão emocionado com aquela inesperada distinção que não tinha fôlego para expressar o fato em palavras: ali estavam emissários do rei para falar com a Donzela de Vaucouleurs. Depois desabou escada abaixo para voltar novamente, entrando de costas no aposento e curvando-se até o chão a cada passo, à frente de quatro bispos muito austeros e imponentes com seu séquito de servos.

Joana se pôs de pé e nós a acompanhamos. Os bispos se sentaram e passou-se algum tempo antes que o silêncio fosse rompido, pois era deles a prerrogativa de fazê-lo e eles ficaram assombrados. Assombraram-se ao ver a criança que causava tanta comoção por toda parte e que reduzia personagens da dignidade deles a meros embaixadores naquela mísera estalagem. Custaram, pois, a encontrar as palavras para romper o silêncio. Por fim o porta-voz das autoridades ali presentes disse a Joana que estava ciente de que ela trazia uma mensagem para o rei e que lhe dava ordens para apresentá-la em poucas palavras, sem perda de tempo com muitas explicações.

Quanto a mim, mal foi possível conter a alegria – nossa mensagem finalmente chegaria ao rei! Pude ver a mesma emoção de alegria e orgulho nas faces de nossos cavalheiros também e nas dos irmãos de Joana. E eu sabia que estavam todos rezando, como eu, para que o temor respeitoso que sentíamos diante daqueles dignitários, que a nós teria deixado sem palavras, não a afetasse da mesma forma. Rezávamos para que ela pudesse expor com clareza sua mensagem, sem gaguejar, causando boa impressão, pois isso seria de grande importância.

Ah, como fomos apanhados de surpresa! Ficamos aterrados ao ouvir o que ela disse então. Joana permaneceu de pé, em atitude reverente, com a cabeça baixa e as mãos cruzadas à sua frente. Ela era sempre reverente diante de padres. Quando o porta-voz acabou de falar, ela ergueu a cabeça e pousou seu olhar calmo naquelas faces, sem se mostrar mais perturbada diante da imponência deles do que uma princesa teria se mostrado. Falou, então, com sua maneira simples e tranquila de sempre:

– Queiram perdoar-me, reverendos senhores, mas a mensagem que trago destina-se apenas ao rei.

Incrédulos diante do que ouviram, os homens ficaram sem palavras por alguns instantes e seus semblantes escureceram de ódio. O porta-voz por fim falou:

– Você sabe o que está fazendo? Sabe que está atirando na face do rei uma ordem dada por ele para que transmita a mensagem a quem ele designou para recebê-la?

– Deus designou quem deverá recebê-la e nenhuma outra ordem terá precedência sobre a Dele. Peço-lhes que me deixem transmiti-la à Sua Graça, o delfim.

– Pare com essa tolice e diga logo sua mensagem! Vamos logo, pois já perdemos muito tempo com isso.

– Os senhores se enganam, mui reverendos pastores de Deus. Não vim até aqui para lhes falar. Vim para libertar Orléans, conduzir o delfim à sua fiel cidade de Reims e colocar a coroa sobre sua cabeça.

– É esta a mensagem que está enviando ao rei?

Joana respondeu serena e singela como sempre:

– Perdoe-me por lembrar-lhes novamente que não tenho mensagem alguma a enviar.

Os mensageiros de Deus ergueram-se cheios de indignação e saíram bruscamente dali sem dizer mais uma só palavra. Joana e nós nos ajoelhamos à sua passagem.

Ficamos a nos entreolhar atônitos, com uma sensação de desastre em nossos corações. Nossa oportunidade tão preciosa havia sido desperdiçada. Não conseguíamos compreender a conduta de Joana, que até aquela hora fatídica soubera agir tão bem. Finalmente o Senhor Bertrand encontrou coragem para perguntar a ela por que deixara passar aquela grande oportunidade de fazer chegar ao rei sua mensagem.

– Quem os enviou aqui? – perguntou ela.

– O rei.

– Quem levou o delfim a enviá-los? – Ela aguardou que respondêssemos, mas ninguém respondeu pois já estávamos percebendo aonde ela queria chegar. Então ela mesma respondeu: – Foi o conselho do delfim que o levou a enviá-los aqui. E eles são amigos fiéis do delfim ou seus inimigos?

– Inimigos – respondeu Bertrand.

– Se alguém quer que uma mensagem chegue íntegra ao destinatário, escolhe traidores para levá-la?

Percebi como tínhamos sido tolos e ela, sábia. Os outros também o perceberam, pois nada encontraram para dizer. Ela, então, continuou a falar:

– Quem planejou essa armadilha não demonstrou muita inteligência. Pensaram que poderiam levar ao rei minha mensagem já desfigurada para servir a seus propósitos. Vocês sabem que uma parte da minha missão é exatamente esta: convencer o delfim, por força de argumento, a dar-me soldados e enviar-me para Orléans. Ainda que o inimigo levasse essa mensagem e a transmitisse sem lhe tirar ou acrescentar palavras, mas deixando de fora a força de persuasão dos gestos, do olhar e da convicção que dão vida às palavras, onde estaria o valor da argumentação? A quem seria ele capaz de convencer? Tenham paciência; o delfim dentro em breve me ouvirá. Não percam as esperanças.

O Senhor de Metz ficou balançando a cabeça e murmurando como se falasse consigo mesmo:

– Ela tem razão e agiu com sabedoria. Nós é que fomos uns tolos.

Era exatamente isso que eu estava pensando e poderia ter sido eu a dizer as palavras dele – eu ou qualquer outro ali. Uma sensação solene foi se apossando de nós e ao nos darmos conta de como aquela menina sem instrução, tomada de surpresa como fora, tivesse sido capaz de penetrar nos planos ardilosos dos conselheiros do rei, homens tão espertos, e derrotá-los. Maravilhados e atônitos, permanecemos em silêncio. Nós já conhecíamos sua coragem, sua força e resistência, sua paciência, sua convicção e a fidelidade com que cumpria com suas obrigações. Por tudo isso ela era um soldado perfeito para o posto que ocupava. Mas a partir daquele incidente começamos a perceber que talvez sua maior qualidade fosse a inteligência. Isso nos deixou pensativos.

O que Joana fez naquele dia deu frutos já no dia seguinte. O rei se viu obrigado a respeitar o espírito daquela menina que era capaz de agir com tanta convicção e firmeza e isso ele demonstrou com uma ação ao invés de palavras. Ordenou que Joana fosse levada daquela miserável estalagem para o Castelo de Courdray, confiando-a pessoalmente aos cuidados de Madame de Bellier, esposa do velho Raoul de Gaucourt, grão-mestre do Palácio. É claro que aquela deferência real teve um resultado imediato: todos os grandes cavalheiros e damas da corte passaram a ir em bandos para ver e ouvir a maravilhosa menina-soldado de quem todo mundo falava e que tivera a coragem de se negar a cumprir uma ordem do rei com uma serena recusa. Joana os cativou a todos com sua doçura e sua simplicidade, com sua maneira despretensiosa de falar. Os mais perspicazes perceberam logo que havia algo indefinível naquela menina que revelava não ser ela feita do mesmo barro dos outros mortais. Ela era alguém especial que transitava em um plano superior. Essas pessoas espalharam ainda mais sua fama. Ela sempre conquistava amigos e defensores dessa maneira; nem os humildes nem os poderosos que ouvissem sua voz e vissem seu rosto eram capazes de afastar-se dela com indiferença.

6

Bem, eles estavam dispostos a fazer qualquer coisa para adiar o encontro. Os conselheiros do rei sugeriram que ele não tomasse uma decisão precipitada sobre o assunto. Logo ele, que custava tanto a tomar decisões! Então mandaram uma comitiva de padres – sempre padres – a Lorraine para inquirir sobre o caráter de Joana e sua história – tarefa que consumiria várias semanas, é claro. Vejam como eram irritantes. Era como se a casa de alguém estivesse pegando fogo e as pessoas não quisessem permitir que o apagassem sem antes mandar verificar, em lugar longe dali, se o dono da casa era pessoa cumpridora de seus deveres.

Assim os dias foram passando, monótonos para nós, que éramos jovens, porém não sem uma certa expectativa, pois aguardávamos um evento muito importante; jamais havíamos visto um rei e a qualquer momento poderíamos nos encontrar diante daquele prodigioso espetáculo. Seria algo para guardarmos na memória para o resto das nossas vidas, como se guarda um tesouro. Portanto estávamos sempre à espreita, aguardando a oportunidade. Os outros estavam destinados a aguardar mais tempo que eu, como acabei descobrindo. Certo dia a grande notícia chegou – os emissários de Orléans, juntamente com Yolande e seus cavalheiros, haviam finalmente conseguido reverter a posição do conselho e convencer o rei a receber Joana.

Joana recebeu aquela notícia com prazer, porém sem perder a serenidade. Nossa reação foi diferente; não conseguíamos mais comer, dormir ou fazer qualquer outra coisa racional, tão excitados e orgulhosos ficamos. Durante dois dias nossa dupla de cavalheiros viveu angustiada e tensa por causa de Joana. A audiência seria à noite e eles temiam que ela se deixasse impressionar pelo brilho solene das tochas enfileiradas, pelas pompas e cerimônias, pela presença de um grande número de personagens importantes, pelas roupas luxuosas e pelos outros esplendores da corte que ela, uma simples menina de aldeia, jamais havia visto. Temiam que ela se intimidasse diante de tudo aquilo e falhasse em sua missão.

Eu poderia tê-los tranquilizado, sem dúvida, mas não tinha liberdade de dirigir-me a eles. Sabia que Joana não se deixaria perturbar por aquele espetáculo de luxo sem valor real, por aquela parada de brilhos, com o reizinho e seus pequenos duques a revoar-lhe ao redor como borboletas. Ora, ela havia conversado pessoalmente com os príncipes do Paraíso, membros da corte de Deus, e vira seu séquito de anjos a perder de vista pelo céu adentro, miríades e mais miríades, com uma luz de intensidade absoluta a brilhar como o sol em toda a sua glória a lhes sair da cabeça e ocupar todo o espaço com uma luminosidade extrema. Não, Joana não se deixaria impressionar por qualquer outra coisa.

A rainha Yolande queria que Joana causasse a melhor impressão ao rei e à corte, portanto não mediu esforços para vesti-la com as roupas mais caras e luxuosas, e adorná-la de joias como se fosse uma princesa. Mas quanto a isso a rainha teve que ficar decepcionada, é claro, pois não conseguiu convencer Joana a aceitar; Joana insistiu em apresentar-se vestida de maneira simples e recatada, como convinha a uma serva de Deus que ali chegava com uma missão extremamente séria e de grande importância política. Então a rainha, gentil, criou e mandou confeccionar aquela roupa simples e ao mesmo tempo cativante que já descrevi para vocês tantas vezes e cuja lembrança traz-me de volta, mesmo agora já tão velho, a emoção que despertou então. Não posso deixar de me emocionar, da mesma forma como nos emocionamos com uma linda melodia que nos enleva, pois aquela roupa era pura música – isto mesmo –, era música que se percebia com os olhos e se sentia com o coração. Sim, Joana surgiu como um poema, um sonho; era sua alma que surgia assim vestida.

Depois ela guardou com carinho aquela roupa e a usou algumas vezes em grandes ocasiões. Até hoje encontra-se guardada nos arquivos do tesouro de Orléans, com duas de suas espadas, sua bandeira e outras coisas que se tornaram igualmente sagradas porque pertenceram a ela.

Na hora prevista, o conde de Vendôme, um grande cavalheiro da corte, surgiu ricamente vestido, com seu séquito de assistentes e servos, para conduzir Joana ao rei. Os dois cavalheiros e eu a acompanhamos, tendo-nos sido concedido esse privilégio pela posição que ocupávamos junto a ela.

Ao entrarmos no grande salão de audiências, lá estava tudo aquilo que já descrevi. Havia fileiras de guardas com suas armaduras brilhantes e suas alabardas muito polidas; dois lados do salão pareciam jardins floridos, tal a variedade e a profusão de cores e o esplendor das vestimentas. A luz intensa que iluminava tudo isso provinha de duzentas e cinquenta tochas. No meio do salão havia um amplo espaço aberto ao fundo do qual havia um imponente trono onde se encontrava sentada uma figura ricamente vestida, reluzente de joias, com sua coroa e seu cetro.

É verdade que Joana tinha sido tratada inicialmente com desprezo, porém é preciso reconhecer que, ao decidir recebê-la, o rei o fez com as honrarias concedidas apenas aos mais grados visitantes. Logo à porta de entrada quatro arautos se empertigavam em fila, esplêndidos em seus tabardos, tendo à boca longas trombetas de prata extremamente finas das quais pendiam flâmulas quadradas de seda ricamente bordadas com as armas da França. Quando Joana passou com sua escolta, as trombetas soaram em uníssono uma só nota, longa e vibrante; à medida que caminhávamos pelo salão ricamente coberto de tapeçarias e pinturas, as trombetas soavam novamente a cada cinquenta passos que dávamos – soaram ao todo seis vezes. Tudo isso deixou nossos bons cavalheiros orgulhosos e felizes e eles marcharam muito eretos, solenes e garbosos. Não esperavam uma homenagem tão linda e honrosa para a nossa pequena camponesa.

Joana caminhava alguns passos atrás do conde e nós três a seguíamos mantendo a mesma distância. Nossa marcha solene terminou quando ainda estávamos a uns oito ou dez passos do trono. O conde fez uma profunda reverência, anunciou Joana pelo nome e curvou-se novamente antes de ir ocupar seu posto junto aos oficiais, próximo ao trono. Eu não conseguia afastar os olhos daquele personagem coroado e meu coração quase parou de bater, tal era minha emoção.

Todos os outros olhos se fixaram em Joana, maravilhados. Tinham a expressão de quem a olhava em semiadoração e pareciam dizer: "Como é bela – como é adorável – como é divina!" Todos os lábios ficaram entreabertos, sem se mover, o que era um sinal inequívoco de que aquelas pessoas, que jamais se esqueciam de si mesmas, ali estavam esquecidas; não se davam conta de coisa alguma além do objeto de seu olhar. Tinham a expressão de quem está sob o encantamento de uma visão.

Aos poucos começaram a despertar, como quem desperta de um sonho, afastando aquela sensação de embriaguez que insiste em ficar. Passaram então a fixar nela sua atenção já com um outro tipo de interesse, também muito grande; estavam cheios de curiosidade pelo que ela iria fazer e tinham um motivo especial para isso. Puseram-se, pois, a observá-la e viram o seguinte:

Joana não se curvou em reverência; não fez sequer a mais leve inclinação com a cabeça. Ficou tranquilamente olhando para o trono em silêncio. Foi só isso que as pessoas puderam ver durante algum tempo.

Olhei para De Metz e fiquei chocado com a palidez de seu rosto.

– O que está acontecendo, homem? O que está acontecendo? – sussurrei-lhe.

– Eles se aproveitaram do que ela disse na carta para pregarem uma peça em Joana! Ela vai cair na armadilha e eles vão se rir dela. Aquele que está sentado ali não é o rei!

Olhei então para Joana. Ela olhava fixamente na direção do trono e tive a estranha impressão de poder perceber, ainda que só a visse de costas, a sua profunda surpresa. Depois voltou sua cabeça lentamente e seus olhos percorreram as fileiras de cortesãos que ali se encontravam de pé, até pararem sobre um jovem discretamente vestido; seu rosto então se iluminou de alegria e ela correu atirando-se a seus pés, segurou seus joelhos e exclamou com aquela voz suave e melodiosa que Deus lhe dera e que naquele instante estava carregada da mais terna e profunda emoção:

– Que Deus lhe dê a graça de uma longa vida, meu caro e gentil delfim!

Cheio de espanto e alegria, De Metz exclamou:

– Que Deus me perdoe, mas isso é incrível! – Em seguida triturou os ossos da minha mão com um forte aperto de agradecimento, acrescentando com um movimento orgulhoso da cabeça: – *Agora* eu quero ver o que esses infiéis empavonados têm a dizer!

Enquanto isso o tal jovem vestido em roupas comuns dizia a Joana:

– Oh, você está enganada, minha menina; eu não sou o rei. O rei é aquele ali – disse ele apontando o trono.

O rosto do cavalheiro revelou o ódio que lhe ia na alma e ele murmurou triste e indignado:

– Ah, é maldade o que estão fazendo com ela. Se não fosse essa mentira ela teria escapado da armadilha. Vou intervir e proclamar a todos que...

– Fique onde está! – sussurramos eu e o Senhor Bertrand a uma só voz, impedindo-o de agir.

Joana permaneceu ajoelhada, porém ergueu seu rosto alegre para o rei e disse:

– Não, meu querido soberano, o senhor é o meu delfim e nenhum outro.

De Metz disse aliviado:

– Realmente, ela não estava adivinhando. Ela *sabia*. Mas como pôde saber? Isto é um milagre. Agora estou convencido e nunca mais vou me intrometer, pois já vi que ela sabe se sair bem diante de qualquer problema e que tem na cabeça o que falta à minha.

Essas suas palavras me fizeram perder parte da conversa que se seguiu, porém pude ouvir quando o rei perguntou:

– Diga-me então quem você é e o que deseja.

– Chamam-me de Joana, a Donzela, e fui enviada aqui para dizer-lhe que o Rei dos Céus deseja vê-lo coroado e consagrado na sua fiel cidade de Reims, passando a ser Lugar-Tenente do Senhor e Rei da França. É também seu desejo que o senhor me nomeie para cumprir minha missão e que me dê os soldados de que necessito. – Depois de uma breve pausa ela acrescentou, com os olhos brilhantes: – Pois assim suspenderei o cerco a Orléans e romperei o poderio inglês.

A expressão divertida no rosto do jovem monarca tornou-se mais sóbria quando aquele pequeno discurso marcial caiu sobre a atmosfera de deboche do salão como uma rajada de vento vinda de campos de batalha. Os últimos resquícios do sorriso se desfizeram completamente. O rei tornou-se sério e pensativo. Pouco depois fez um gesto com a mão e todos os presentes se afastaram para que os dois conversassem sozinhos. Os cavalheiros e eu fomos para o lado oposto do salão e lá ficamos. Vi Joana erguer-se a um sinal do rei e os dois se porem a conversar a sós.

Toda aquela multidão consumira-se em curiosidade para ver o que Joana faria. Pois bem, já tinha visto. Vira, atônita, que ela havia realizado o estranho milagre de que falara em sua carta. E ali, não menos atônitas, todas aquelas pessoas a viam conversar perfeitamente à vontade com o monarca como elas, que sempre viveram na corte, jamais haviam conversado.

Quanto aos nossos dois cavalheiros, não cabiam em si de orgulho por Joana, porém tampouco encontraram palavras para explicar como ela tinha sido capaz de passar por tudo aquilo sem perder a serenidade e sem cometer um só deslize em sua maravilhosa atuação.

A conversa entre Joana e o rei foi longa e séria, falando ambos em voz baixa. Não podíamos ouvi-la, porém tínhamos olhos para ver o que se passava. E vimos todos quando aconteceu algo absolutamente impressionante e memorável, que está registrado em histórias e depoimentos no Processo de Reabilitação feitos por pessoas que o testemunharam. Todos perceberam então que aquilo tinha um significado importante, embora, é claro, ninguém soubesse o que era, naquela ocasião. Vimos quando o rei abandonou, de súbito, aquela sua postura indolente e assumiu uma postura de homem, ainda que absolutamente assombrado. Era como se Joana lhe houvesse dito algo tão maravilhoso que era difícil acreditar, porém que fora capaz de lhe erguer o ânimo com novas esperanças.

Passou-se muito tempo antes que descobríssemos o segredo daquela conversa, mas agora o conhecemos e o mundo inteiro também. Todos os livros de história falam dela. Dizem que o rei, perplexo, pediu a Joana que lhe desse um sinal. Ele queria acreditar nela e na sua missão, queria crer que as Vozes eram, de fato, sobrenaturais e que dispunham de um saber que os mortais desconheciam. Entretanto como poderia ele acreditar a não ser que as tais Vozes provassem o que eram de maneira absolutamente irrefutável? Foi então que Joana disse:

– Dar-lhe-ei um sinal e o senhor não duvidará mais. No fundo do seu coração mora um segredo do qual o senhor não fala com pessoa alguma – uma dúvida que lhe corrói a coragem e faz com que tenha vontade de largar tudo e fugir para o estrangeiro, abandonando seu reino. Há bem pouco o senhor rezava pedindo que Deus lhe concedesse a graça de esclarecer a dúvida, ainda que o resultado demonstrasse não lhe caber qualquer direito à coroa.

Foi isso que deixou o rei tão surpreso, pois o que ela dissera era verdade: aquele era um segredo que guardava em seu coração e que ninguém além de Deus conhecia.

– Este sinal é suficiente – disse ele. – Agora sei que essas Vozes são mesmo de Deus. Disseram a verdade. Se disseram algo mais, conte-me, pois acreditarei.

– Elas têm a resposta para sua pergunta e eu lhe trago as palavras exatas: "Vós sois de direito o herdeiro do rei vosso pai e o seu verdadeiro sucessor no reino da França." Estas são palavras de Deus. Agora erga a cabeça e não duvide mais. Dê-me os soldados de que preciso para que eu possa fazer logo meu trabalho.

Dizer que ele era o legítimo herdeiro do trono foi o que o levou a empertigar-se e sentir-se um homem digno, afastando as dúvidas de seu coração, convencendo-o de seus direitos reais. Se alguém pudesse ter enforcado aquele seu conselho maligno, que tanto o prejudicava, para que ele assim ficasse livre, ele teria atendido ao pedido de Joana e a mandaria imediatamente para o campo de batalha. Mas não foi assim que as coisas se passaram. Aquelas criaturas tinham apenas perdido um lance do jogo, mas não tinham sofrido um xeque-mate; inventariam ainda novas maneiras de adiar a missão de Joana.

Nós tínhamos nos sentido orgulhosos com as honrarias destinadas a Joana em sua chegada ao palácio – honrarias restritas apenas às figuras mais ilustres –, mas aquele orgulho não chegou aos pés do que sentimos diante das honrarias com que foi distinguida ao partir, pois se aquelas só se destinavam a figuras muito ilustres, essas, até aquele momento, só haviam sido destinadas a reis e rainhas. Foi o rei, em pessoa, quem levou Joana pela mão através do grande salão até a saída do palácio. Os membros da corte, aquela multidão colorida e faiscante de joias, curvaram-se em reverência à sua passagem ao som das trombetas de prata. O rei despediu-se dela com palavras gentis, curvando-se bastante e beijando sua mão. De qualquer lugar aonde fosse – humilde ou imponente – Joana sempre partia mais amada e respeitada do que ao chegar.

E o rei teve outro gesto de extrema delicadeza com Joana: enviou-nos de volta ao Castelo de Courdray em uma parada solene à luz de tochas, escoltada por sua guarda pessoal – sua guarda de honra –, que era a única tropa de que dispunha. Eram soldados ricamente vestidos e equipados, apesar de jamais haverem visto uma só moeda de seu soldo. A história do que se passara no encontro com o rei já ganhara as ruas da cidade e o povo acorreu para vê-la passar, bloqueando o caminho de tal maneira que tivemos dificuldade em percorrê-lo. Não pude sequer falar com ela, pois todas as vezes que tentei minha voz foi abafada pela algazarra dos que a saudavam, tumulto esse que nos acompanhou como uma onda por todo o percurso.

7

Estávamos destinados a ter que sofrer ainda as longas esperas carregadas de tédio. Conformamo-nos com nosso destino e o suportamos com paciência, contando as horas lentas e os dias arrastados, aguardando que Deus se dispusesse a mudar a direção dos acontecimentos. O Paladino era a única exceção – isto é, ele era o único que estava feliz e não se preocupava. Isso se deveu, em parte, à satisfação que ele sentia com suas novas vestimentas. Comprou-as logo ao chegar, de segunda mão – era um traje completo de cavaleiro espanhol, com um chapéu de abas largas enfeitado de plumas, peitilho e punhos de renda, paletó e calça de veludo desbotado, uma capa curta que lhe caía de um ombro, borzeguins de bicos afunilados e uma longa espada de dois gumes –, enfim, um traje gracioso e pitoresco que caiu à perfeição no corpanzil do Paladino. Ele o usava em suas horas de folga e quando passava, fanfarrão, com uma das mãos no punho da espada e a enroscar a ponta de seu novo bigode com a outra, todos paravam para admirá-lo. E tinham mesmo motivos para isso, pois ele fazia um maravilhoso contraste com os homens mirrados daquela cidade, apertados em suas roupas ordinárias.

O Paladino parecia a abelha rainha da colmeia que era aquela pequena aldeia aos pés do sisudo Palácio de Courdray, com suas altas torres e seus baluartes. Era também, por reconhecimento unânime, a autoridade máxima no bar da taberna. Lá, quando ele abria a boca para falar, todos o escutavam. Aqueles simples artesãos e camponeses o ouviam com profundo interesse, pois ali estava um viajante que havia visto o mundo – pelo menos toda a porção situada entre Domrémy e Chinon – e isso já era muito mais do que eles tinham esperanças de vir a conhecer. Além do mais, aquele homem já havia enfrentado batalhas e sabia descrever com talento artístico todo o trauma e a emoção dos embates, seus perigos e surpresas. Ele era o dono do galinheiro, o herói da taberna, e atraía fregueses para ela como o mel atrai moscas. Foi assim que se tornou o freguês predileto do dono da taberna, de sua mulher e de sua filha, que não mediam esforços para agradar-lhe.

A maioria das pessoas que têm o dom da narrativa – esse dom grandioso e raro – tem também agregado a ele o defeito de contar seus casos prediletos várias vezes e da mesma maneira e isso os prejudica, pois os casos, após algumas repetições, tendem a ficar com sabor de pão dormido. Mas isso não ocorria com o Paladino, cuja arte possuía uma certa sofisticação; era mais emocionante ouvi-lo descrever uma batalha pela décima vez do que havia sido na primeira, pois ele jamais contava a história da mesma forma. A cada relato a batalha ficava diferente e melhor, com mais vítimas fatais do lado do inimigo, mais destruição generalizada e mais desastres por toda parte, mais viúvas e órfãos e mais sofrimento nas localidades onde a batalha se desenrolara. Depois de certo tempo ele mesmo já não sabia que batalha era qual, a não ser seus diferentes nomes, e já por volta da décima vez que contava uma história, precisava deixá-la de lado e substituí-la por outra, pois aquela crescera tanto que já não cabia inteira na França e transbordava-lhe pelos lados. Mas até chegar a esse ponto, o público não permitia que ele substituísse aquela batalha por uma nova, pois sabia que quanto mais relatadas melhores ficavam e enquanto ainda cabiam nos limites da França não queriam substituições. Era por isso que em vez de dizerem: "Conte uma nova, pois já estamos fartos desta", eles diziam a uma só voz e com grande interesse: "Conte novamente da surpresa que tiveram em Beaulieu – aproveite e conte logo umas três ou quatro vezes!" Este é um elogio que poucos contadores de história experientes ouvem no decorrer de suas vidas.

A princípio, quando o Paladino nos ouvia falar da glória que fora a audiência com o rei, ficava de coração partido, pois não o havíamos levado conosco; em seguida passou a falar sobre o que teria feito se estivesse lá e dois dias depois já contava com emoção o que havia feito quando estivera lá. Sua oficina de fanfarronices funcionava às mil maravilhas e ele cuidava bem da produção. A partir de então já ninguém mais queria ouvir falar das batalhas, pois seu público entusiasmado do bar estava tão fascinado com a Maravilhosa História da Audiência Real que não admitia qualquer outra. Teria feito um escarcéu se ele não concordasse em repeti-la.

Noël Rainguesson foi lá certa noite sem ser visto e me contou o que ouvira. Fomos então os dois juntos e subornamos a dona da taberna para que nos deixasse ficar em uma salinha particular de onde, pelas frestas, pudemos ver e ouvir o que se passava no bar. O salão era amplo, porém tinha uma atmosfera aconchegante, com mesinhas convidativas e cadeiras espalhadas irregularmente no piso de tijolo vermelho, com uma grande lareira onde a lenha estalava e a fumaça subia por uma chaminé bem larga. Era um lugar confortável de se estar numa noite gelada e tempestuosa de março como aquela e um grupo alegre ali se instalara. As pessoas tomavam seu vinho em pequenos goles, satisfeitas, conversando umas com as outras enquanto aguardavam a chegada do seu grande contador de histórias. O dono da taberna, a dona e sua filha bonitinha iam sem parar de um lugar a outro servindo às mesas e esforçando-se para atender a todos os pedidos. O salão era amplo e no centro havia um espaço livre, uma espécie de corredor reservado para o Paladino. No final desse espaço erguia-se uma plataforma sobre a qual encontrava-se uma grande cadeira e uma mesinha. Três degraus conduziam ao alto dessa plataforma.

Entre os que sorviam seu vinho havia muitas caras conhecidas: o homem que fazia sapatos, o que ferrava cavalos, o ferreiro, o carpinteiro de rodas, o armeiro, o preparador de malte, o tecelão, o padeiro, o homem que trabalhava no moinho, com seu casaco ainda enfarinhado, e por aí afora. Havia também alguém que se destacava entre eles, como ocorria em todas as aldeias: o cirurgião barbeiro. Como é ele quem extrai os dentes de todos, administra purgativos e sangrias aos adultos uma vez por mês para manter boa sua saúde, esse profissional conhece todo mundo e por seu contato permanente com pessoas as mais diversas, torna-se alguém de conversa fácil e bons conhecimentos de etiqueta. No salão havia também vários outros que eram tropeiros, carregadores, artífices assalariados e homens sem um ofício especializado.

Quando o Paladino chegou com seu passo propositadamente lento e distraído, foi recebido com aplausos. O barbeiro apressou-se em levantar para cumprimentá-lo, curvando-se várias vezes em reverências delicadas, pegando a mão do Paladino e nela tocando os lábios. Depois, em voz muito alta, pediu que fosse trazida uma jarra de vinho para o Paladino. Quando a filha do taberneiro a colocou na mesinha da plataforma, fez uma cortesia e afastou-se, o barbeiro disse a ela, alto e bom som, que anotasse aquele vinho em sua conta. Isso fez com que ele recebesse manifestações de louvor que o deixaram muito satisfeito, com seus olhinhos de rato a brilhar; o aplauso foi bem recebido, pois quando fazemos algo generoso e galante assim é natural que gostemos de ser apreciados.

O barbeiro propôs a todos os presentes que se pusessem de pé para beber à saúde do Paladino e eles o fizeram com entusiasmo sincero, batendo seus grandes púcaros uns contra os outros em uníssono e aumentando o efeito da saudação com altos brados de vivas. Foi bonito ver como aquele jovem fanfarrão tinha se tornado assim uma figura tão querida em uma terra estranha em tão pouco tempo e sem qualquer outro auxílio que não o de sua língua e do talento que Deus lhe dera para usá-la – talento esse que era o único de que dispunha de início, e que se ampliou incrivelmente por meio de boa administração. Tal incremento e seu usufruto são uma decorrência normal que sempre se faz presente nesses casos, como uma lei natural.

As pessoas se sentaram e começaram a bater nas mesas com seus púcaros a pedir: "A Audiência do Rei! – A Audiência do Rei! – A Audiência do Rei!" O Paladino permaneceu de pé em uma de suas melhores poses, com seu grande chapéu de plumas ligeiramente inclinado para o lado esquerdo, as dobras de sua capa lhe caindo sobre o ombro, com uma das mãos no punho da espada e a outra, erguida, segurando o púcaro. À medida que a gritaria foi dando lugar ao silêncio, ele fez uma reverência imponente, aprendida em algum lugar qualquer, ergueu então o púcaro aos lábios e, curvando a cabeça para trás, bebeu todo o seu vinho de uma só vez. O barbeiro apressou-se em pegar o púcaro vazio e colocá-lo sobre a mesa do Paladino. Em seguida o Paladino pôs-se a caminhar de um lado para o outro do seu tablado, com muita dignidade e calma. Enquanto caminhava ia falando e de quando em vez parava para olhar o público sem, contudo, parar de falar.

Fomos lá por três noites consecutivas. Logo ficou claro para nós que havia em sua fala algo que encantava as pessoas – algo mais que o simples encanto que as mentiras costumam ter. Descobrimos então que o fascínio estava na sinceridade com que o Paladino contava sua história. Ele não mentia conscientemente; acreditava no que estava dizendo. Para ele, era sempre a verdade que relatava e, à medida que os eventos tomavam maiores proporções, também a verdade se expandia. Ele punha sua alma naquela narrativa extravagante da mesma forma que um poeta põe sua alma em um poema heroico e sua convicção não dava margem a dúvidas em sua própria percepção, pois ninguém ali acreditava no que ele dizia. Todos, porém, acreditavam que ele acreditasse.

Ele aumentava a história sem se preocupar em absoluto, sem qualquer explicação ou justificativa. E o fazia com tanta naturalidade que não era possível ao ouvinte perceber todas as modificações. Falou sobre o governador de Vaucouleurs na primeira noite simplesmente como governador de Vaucouleurs; na segunda noite, referiu-se a ele como seu tio, o governador de Vaucouleurs; na terceira noite, já era seu pai. Ele não parecia se dar conta de fazer essas modificações extraordinárias; elas saíam naturalmente de seus lábios, sem qualquer esforço. No relato da primeira noite o governador apenas o fizera integrar a escolta militar da Donzela, sem qualquer formalidade; na segunda, seu tio, o governador, o designara tenente responsável pela retaguarda da escolta; na terceira noite o Paladino relatou como seu pai, o governador, o fizera comandante geral da tropa, com Donzela e tudo. O "nobre sem nome ou ascendência, porém destinado a conquistar ambos" passou a "descendente direto do mais valoroso entre os Doze Paladinos de Carlos Magno e na terceira noite já era descendente direto de todos os doze e cunhado do conde de Vendôme.

Na famosa Audiência do Rei tudo foi sendo aumentado da mesma forma. As trombetas de prata passaram das doze iniciais para trinta e cinco, chegando a noventa e seis. A essa altura ele já havia acrescentado outros tantos tambores e címbalos, tornando-se necessário ampliar o tamanho do salão a fim de acomodá-los. E o número das pessoas presentes também cresceu nas mesmas proporções.

Nas duas primeiras noites ele se contentou em descrever de maneira exagerada os principais incidentes dramáticos da Audiência, mas na terceira noite ele inovou: acrescentou uma dramatização das cenas. Na sua própria cadeira transmudada em trono sentou o falso rei, representado pelo barbeiro; em seguida contou como os membros da corte ficaram observando a Donzela com profundo interesse, sem deixar perceber como se divertiam à custa dela, esperando vê-la cair na armadilha para ser banida da corte ao som de boas gargalhadas. Ele foi criando tal suspense ao preparar a cena que o público mal continha sua excitação. Veio então o clímax. Voltando-se para o barbeiro, o Paladino disse:

– Mas prestem toda a atenção para o que ela fez. Ela olhou firmemente nos olhos do vilão impostor como eu agora olho nos seus – sua pose nobre e simples era esta mesma que faço agora – e em seguida voltou-se para mim e, com o braço esticado a apontar-lhe assim, falou naquela maneira serena e simples com que sempre nos dava ordens de comando nas batalhas: "Arranque aquele larápio impostor do trono!" Encaminhei-me imediatamente em sua direção, como faço agora, e o ergui pelo colarinho assim, no ar, como se ele fosse uma criancinha. – O público se ergueu aos gritos e aplausos, batendo com os pés no chão e com os púcaros nas mesas, chegando às raias do delírio diante daquela magnífica exibição de força. Não se ouviu, entretanto, uma só risada vinda de qualquer canto da sala, apesar de nada haver de solene no espetáculo do vacilante porém orgulhoso barbeiro pendente no ar como um filhote de cão pelo cangote. – Depois eu o coloquei no chão – assim – com a intenção de segurá-lo com mais jeito para atirá-lo pela janela, mas ela me pediu que não o fizesse. Graças a esse erro ele escapou com vida. – Em seguida ela deu meia-volta e olhou a multidão com aqueles seus olhos que são as límpidas janelas por onde ela enxerga o mundo com sua sabedoria infinita, reconhecendo o que é falso e chegando à essência da verdade onde quer que ela se esconda. Seus olhos, pois, recaíram sobre um jovem modestamente trajado e ela o proclamou imediatamente o que ele de fato era, dizendo: "Sou vossa serva e vós sois o meu rei!" Ficaram todos perplexos e ouviu-se então um grito uníssono das seis mil pessoas ali presentes, um grito tão alto que fez tremer as paredes de pedra.

A marcha solene à saída da Audiência transformou-se, nas palavras dele, em um episódio muitas vezes mais imponente e vistoso, chegando às raias do absurdo; depois ele retirou do dedo e ergueu para que todos vissem um vistoso aro de cobre com uma cavilha que o chefe da estrebaria lhe dera naquela manhã e concluiu seu relato da seguinte maneira:

– Então o rei se despediu da Donzela com a maior gentileza, da qual ela era, evidentemente, merecedora; voltando-se depois para mim, disse: "Aceite este anel de sinete, filho dos Paladinos, e o use sempre que precisar de mim; cuide-se bem", disse-me ele tocando-me a testa, "e conserve sempre este seu cérebro, pois a França precisa dele.

Cuide também do crânio, pois posso prever que algum dia ele ostentará uma coroa de duque." Peguei o anel, ajoelhei-me e beijei sua mão, dizendo: "Excelência, onde estiver a glória, lá estarei; onde os perigos e a morte se tornarem mais imbatíveis, lá será o meu lar; quando a França e o trono precisarem de auxílio... bem, nada mais vou dizer porque não sou do tipo de pessoa que fica falando. Deixe que minhas ações falem por mim. Só isso lhe peço."

"E foi assim que terminou aquele episódio extremamente feliz e memorável, tão pleno de bons presságios para a coroa e a nação e pelo qual tanto devemos a Deus! Ponham-se todos de pé! Encham seus púcaros! Agora brindemos à França e a seu rei! Vamos, bebam todos!"

O público obedeceu ao comando esvaziando seus púcaros de vinho e depois irrompendo em uma algazarra, com vivas e aplausos que duraram mais de dois minutos. O Paladino, de pé e imponente, sorria-lhes, condescendente, do alto de seu tablado.

8

Quando Joana falou ao rei sobre aquele segredo que ele guardava para si no fundo do coração, todas as dúvidas do soberano se dissiparam. Ele passou a acreditar que ela era enviada de Deus e, se lhe tivessem permitido, ele a teria mandado cumprir sua grande missão imediatamente. Mas o rei não estava sozinho. Tremouille e aquela raposa sagrada de Reims conheciam bem o homem. Só precisavam dizer-lhe uma coisa e foi o que fizeram.

– Vossa Alteza disse que as Vozes lhe falaram, pela boca da jovem, de um segredo que era do conhecimento apenas de Deus e do rei. Como pode estar certo de que as Vozes não são do Satanás e que ela é sua porta-voz? Não é verdade que o Satanás conhece todos os segredos dos homens e que os usa para destruir suas almas? Isso é uma coisa muito perigosa e Vossa Alteza agirá bem se não se lançar nessa aventura sem antes averiguar bem do que se trata.

Isso foi o suficiente. A alma do rei se encolheu toda como uma passa. Tomado de temores e apreensões, ele imediatamente nomeou uma comissão de bispos para cuidar do assunto, que visitaria e faria perguntas a Joana diariamente até descobrirem se seus poderes sobrenaturais eram oriundos do céu ou do inferno.

Um parente do rei, o duque d'Alençon, que estivera prisioneiro dos ingleses por três anos, foi liberado em troca de um vultoso resgate naquela ocasião. A fama da Donzela havia chegado até ele, pois já chegara a toda parte. Foi ele, pois, a Chinon ver com seus próprios olhos que espécie de criatura era aquela. O rei mandou chamar Joana e apresentou-a ao duque, que dela ouviu as seguintes palavras ditas com a serenidade de sempre:

– Seja bem-vindo; quanto mais sangue da França se unir a nossa causa, tanto melhor para a causa e para o próprio sangue da França.

Os dois então ficaram conversando e o resultado foi o mesmo de sempre: quando se despediram, o duque já era seu amigo e defensor.

Joana assistiu à missa do rei no dia seguinte, após o que almoçou com o rei e o duque. O soberano estava aprendendo a dar valor à sua companhia e à sua conversa. Isso não era de causar surpresa alguma, pois ele, como todos os reis, estava acostumado a ouvir de quem o cercava apenas frases ditas com cuidado, coisas sem graça e descomprometidas ou simplesmente ouvir de volta, com ligeiros disfarces, o que acabara ele mesmo de dizer. Esse tipo de conversa é muito entediante e cansativo; a conversa de Joana, porém, era espontânea e sincera, livre de qualquer tipo de receio ou autocensura. Ela dizia exatamente o que lhe passava pela cabeça, de maneira direta e simples. Pode-se supor que para o rei aquela conversa deve ter sido refrescante como água da fonte descendo de uma montanha nos lábios ressequidos de quem estava acostumado à água morna e empoçada da planície.

Depois da refeição Joana deu ao duque uma demonstração de suas habilidades a cavalo e no uso da lança. Isso foi feito no campo próximo ao Castelo de Chinon, onde o rei foi também para vê-la. Tão entusiasmado ficou o duque, que a presenteou com um belo cavalo negro preparado para os campos de batalha.

Todos os dias a comissão de bispos ia fazer perguntas a Joana sobre as Vozes que ela escutava e sobre sua missão. Em seguida os religiosos iam ter com o rei para relatarem o que haviam descoberto. Mas era muito pouco o que descobriam aqueles bisbilhoteiros. Ela só lhes dizia o que achava prudente dizer e o mais guardava para si mesma. Tanto as ameaças quanto os truques eram desperdiçados com ela, pois Joana não temia ameaças e as armadilhas nada conseguiam captar. Ela era absolutamente franca e despreocupada como uma criança em relação a essas coisas. Sabia que os bispos estavam lá por ordem do rei e que eram dele as perguntas que lhe faziam; sabia também que por força de lei e de costume, as perguntas de um rei tinham que ser respondidas. Entretanto ela mesma disse ao rei, sentada à mesa dele certo dia, que só respondia às perguntas que parecessem convenientes. Disse isso com aquele seu jeito franco e desconcertante.

Os bispos finalmente chegaram à conclusão de que era impossível afirmar com segurança se Joana era ou não enviada de Deus. Mas agiam com cautela. Havia duas poderosas correntes de opinião na corte, portanto qualquer decisão que os bispos tomassem os deixaria mal com uma das correntes. Pareceu-lhes, portanto, mais sábio empoleirar-se no muro e passar a responsabilidade para outros ombros. Foi isso, pois, que fizeram. Em seu relatório final informaram que Joana exigia uma capacidade maior do que a deles e recomendavam que passasse às mãos dos ilustres doutores da Universidade de Poitiers. Concluíram seu relatório dizendo que ela era "uma simples pastorinha gentil, muito cândida, porém pouco dada a conversas".

Isso realmente era verdade no que se referia a eles. Entretanto, se tivessem podido ouvi-la nas nossas alegres conversas em Domrémy, teriam percebido que ela falava muito bem quando suas palavras não corriam o risco de ser distorcidas.

Partimos então para Poitiers onde nos submeteríamos a três semanas de tédio e de perda de tempo enquanto a pobre menina submetia-se diariamente às perguntas e às amofinações de uma grande banca de... de que mesmo? Especialistas em assuntos militares, já que ela pedia que lhe fosse dado um exército e o privilégio de comandá-lo em uma guerra contra os inimigos da França? Oh, não; era uma grande banca de padres e monges profundamente conhecedores e famosos mestres de... teologia! Ao invés de instituírem uma comissão militar para verificar se aquela corajosa menina seria capaz de levar a França à vitória, instituíram um grupo de minuciosos e bizantinos sábios da Igreja, especialistas em sutilezas irrelevantes, para verificar se nossa pequena guerreira estava afiada na doutrina da fé e se a praticava com fervor. Os ratos estavam devorando a casa toda, mas, em vez de examinar os dentes e as unhas do gato, aqueles homens preocupavam-se em saber se o gato era santo. Se fosse um gato piedoso e moralmente correto, não haveria problemas; as virtudes necessárias no campo de batalha não eram importantes.

Joana manteve diante daquele tribunal sisudo a mesma serenidade e doçura de sempre. Eram personagens famosas, paramentadas e solenes que agiam de maneira extremamente formal; ela agia como se fosse mera espectadora e não alguém que estivesse sendo julgado. Ficava lá sentada, solitária em seu banco, absolutamente tranquila, deixando a ciência dos sábios desconcertada ante sua sublime ignorância – uma ignorância que era também sua fortaleza inexpugnável; as artes e as artimanhas daqueles homens, todo o seu saber oriundo de livros chocavam-se de encontro àqueles paredões e caíam ao solo sem oferecer qualquer perigo; não conseguiam desalojar a guarnição que havia lá dentro – o coração sereno e generoso de Joana e seu espírito, guardiões de sua missão.

Ela a tudo respondia com franqueza, revelando-lhes toda a história das suas visões e de seus contatos com os anjos. Sua maneira de falar era tão desarmada e sincera que não deixava margens para dúvidas. Até mesmo os membros daquele tribunal excessivamente duro deixavam-se ficar extasiados diante dela, esquecidos de si mesmos, ouvindo o que ela dizia, absolutamente encantados, até o fim. E se vocês quiserem um outro testemunho além do meu, procurem nos livros de história; lá poderão verificar que uma testemunha ocular, depondo sob juramento no Processo de Reabilitação, disse que ela contava sua história "com dignidade e simplicidade". Exatamente o que eu lhes digo. Dezessete anos tinha ela – dezessete e absolutamente só em seu banco de depoente. Entretanto não tinha medo; olhava nos olhos aquele grande número de doutores eruditos, autoridades em leis e teologia e, sem precisar do auxílio de qualquer das artes que se aprendem na escola, usando apenas os encantos que eram seus por natureza – sua juventude, sua sinceridade, uma voz suave e musical e uma eloquência que se originava no coração e não na mente –, ela os deixou maravilhados. Vejam vocês, isso não é uma coisa linda de se presenciar? Ah, como eu gostaria de fazê-los ver o que eu vi!

Como já lhes disse, ela não sabia ler. Certo dia eles a cansaram tanto com argumentações, citações, objeções e outras trivialidades irrelevantes e intrincadas extraídas das obras deste e daquele grande teólogo, que por fim sua paciência se esgotou e ela disse com extrema firmeza:

– Não sei a diferença entre o A e o B, mas uma coisa eu sei: vim por ordem do Senhor dos Céus para livrar Orléans dos ingleses e coroar o rei em Reims. Isso de que os senhores estão falando não vem ao caso.

Como não podiam deixar de ser, aqueles foram dias muito duros para ela e cansativos para todos que deles participavam. Mas foi ela quem teve que suportar as maiores provações, pois para ela não havia descanso. Tinha que estar sempre à disposição do tribunal e ser interrogada durante horas a fio, enquanto aos inquisidores era permitido ausentar-se e descansar sempre que se sentiam fatigados. Apesar disso, ela não demonstrava cansaço ou qualquer perda de energia e só muito raramente reagia de maneira irritada. De um modo geral atravessava os dias calma, atenta, paciente a esgrimir com aqueles mestres veteranos na esgrima intelectual e sempre se saindo bem, sem um arranhão sequer.

Um belo dia um dominicano fez-lhe uma pergunta inesperada que deixou todos os presentes em estado de alerta, interessados na resposta que viria; quanto a mim, tremi de medo e falei comigo mesmo que daquela vez ela tinha sido apanhada, pobre Joana, pois não haveria como responder àquela pergunta. O dominicano matreiro começou por fazer-lhe algumas perguntas simples, com um jeito indolente de quem nada quer:

– Então você afirma que Deus deseja libertar a França do domínio inglês?

– Sim, é esse o Seu desejo.

– E você quer soldados e armas para libertar Orléans, se entendo bem?

– Sim. E quanto mais cedo, melhor.

– Deus é todo-poderoso e portanto capaz de fazer aquilo que deseja, não é assim?

– Certamente. Ninguém duvida disso.

Foi então que o dominicano ergueu a cabeça subitamente e fez a tal pergunta a que me referi:

– Então me responda isto – disse ele exultante. – Se Ele deseja que a França seja libertada e é capaz de fazer tudo que deseja, por que necessitaria de soldados?

Uma sutil comoção percorreu a sala quando ele fez essa pergunta e subitamente todos se chegaram um pouco à frente, alguns com as mãos em concha nas orelhas para melhor ouvirem a resposta. O dominicano balançava a cabeça, satisfeito, olhando a seu redor para recolher os sinais de aprovação que via brilhar nos rostos de seus pares. Porém Joana não se perturbou. Não se pôde perceber a mais leve nota de apreensão em sua voz ao dizer:

– Deus ajuda quem se ajuda. Os filhos da França lutarão nas batalhas, porém será *Ele* quem lhes dará a vitória!

Pôde-se ver o brilho de admiração como um raio de sol na expressão dos presentes. Até mesmo o dominicano pareceu ter ficado satisfeito ao ver seu golpe de mestre tão bem refutado à altura. Ouvi um venerando bispo murmurar, atônito, como todos naquele momento tão carregado de emoção: "Por Deus, esta criança está dizendo a verdade. Ele desejou que Golias fosse morto e enviou uma criança para cumprir o Seu desejo!"

Num outro dia, quando a inquisição já se prolongava tanto que todos menos Joana já estavam atordoados e exaustos, Frère Séguin, professor de teologia da Universidade de Poitiers, que era um homem desagradável e sarcástico, pôs-se a atormentar Joana com todo tipo de pirraças em forma de perguntas em seu francês mal pronunciado, típico dos habitantes de Limoges, sua cidade de origem. A certa altura ele perguntou:

– E como é possível você entender o que os anjos dizem? Que língua falam eles?

– O francês.

– É mesmo? Ora, vejam só! Que bom saber que nossa língua é honrada dessa maneira! Falam bem o francês?

– Sim. Perfeitamente.

– Perfeitamente, hein? Bem, é claro que *você* saberia avaliar, não? Talvez o francês deles fosse até melhor do que o seu, não é mesmo?

– Quanto a isso eu... eu não saberia dizer – respondeu ela, já prestes a continuar sua resposta. Fez porém uma breve pausa e concluiu, quase como quem está pensando em voz alta: – De qualquer forma, melhor que o do senhor certamente era.

Eu sabia que por trás daquele seu olhar inocente ela estava achando aquilo engraçado. A gargalhada foi geral. Frère Séguin, irritado, perguntou bruscamente:

– Você crê em Deus?

Joana respondeu com uma tranquilidade irritante:

– Oh, sim. Provavelmente mais do que o senhor.

Frère Séguin perdeu a paciência e cobriu-a de sarcasmos. Por fim, em uma explosão de raiva, exclamou:

– Então muito bem. Pois vou dizer-lhe uma coisa, a você cuja fé em Deus é tão grande: Deus não mandou que pessoa alguma acreditasse em você sem uma prova. Onde está a sua prova? Ande logo – mostre!

Isso de fato deixou Joana irritada. Ela se pôs de pé imediatamente e respondeu com energia:

– Não vim a Poitiers apresentar-lhes prova alguma e tampouco para fazer milagres! Mandem-me para Orléans e vocês terão provas suficientes. Deem-me soldados – poucos ou muitos – e deixem-me partir!

Seus olhos brilhavam como se neles queimassem chamas – ah, aquela heroica figurinha! Vocês conseguem visualizar a cena? Ouviu-se uma grande salva de palmas e ela se sentou novamente, ruborizada, pois era contra sua natureza ficar assim tão em evidência.

Essa sua fala e o episódio da língua francesa marcaram dois pontos contra Frère Séguin e ele não marcou ponto algum contra

Joana. Entretanto, apesar de desagradável, ele era um homem digno e honesto, como se pode observar nos livros de história. Ele poderia ter omitido esses infelizes incidentes no Processo de Reabilitação, se quisesse, mas não o fez. Em seu depoimento, relatou-os integralmente.

Num dos últimos dias daquela sessão, que se alongou por três semanas, os sábios eclesiásticos e professores se uniram em um ataque a ela, todo ele baseado em escritos de autoridades antigas e ilustres da igreja romana. Quase a sufocaram com tantos argumentos e tantas citações, até que ela resolveu reagir exclamando:

– Agora me ouçam! O Livro de Deus vale mais que todos esses que os senhores citam e é por *esse livro* que eu me oriento. E eu lhes digo que há coisas no Livro de Deus que nenhum dos senhores sabe ler, apesar de terem estudado tanto!

Desde que lá chegara Joana era hóspede da senhora De Rabateau, esposa de um conselheiro do Parlamento de Poitiers; era para a casa deles que as grandes damas da cidade se dirigiam todas as noites a fim de ver Joana e conversar com ela. E não apenas as mulheres; velhos homens da lei, conselheiros do Parlamento e estudiosos da Universidade iam vê-la também. Todos aqueles homens muito sérios, acostumados a avaliar e questionar tudo que lhes fosse estranho e a usar de muita cautela para aceitar o que era diferente, examinando tudo por vários ângulos e ainda assim duvidando, para lá se dirigiam noite após noite, cada vez mais fascinados por aquela coisa misteriosa, aquele encantamento, aquele fascínio indescritível que era o dom supremo de Joana d'Arc. Era algo que seduzia e persuadia as pessoas, fossem elas imponentes ou humildes, mas que nem esses nem aqueles conseguiam explicar ou descrever. Rendiam-se a ela, um por um, dizendo: "Essa criança é enviada de Deus."

Durante todo o dia Joana encontrava-se em posição de desvantagem na grande corte eclesiástica, sujeita às suas rígidas regras; seus juízes conduziam tudo da maneira como queriam. À noite, porém, era ela quem tinha o comando das ações, e a situação se invertia. Ela presidia aquela corte noturna, onde dizia tudo que queria dizer, diante dos mesmos juízes. O resultado não poderia ter sido outro: todas as objeções e todos os problemas que eles criavam para ela durante o dia, com tanto esforço, ela fazia desaparecer como por encanto. No final ela teve a aprovação unânime de todos os juízes, sem uma voz sequer a levantar-se em objeção.

Foi um dia inesquecível para quem pôde estar presente à reunião do tribunal quando o presidente, do seu trono, leu o veredicto diante de todas as pessoas gradas da cidade que conseguiram entrar naquele recinto. De início realizou-se uma cerimônia muito solene, própria daquela corte e dos costumes daqueles tempos; então, quando se fez um profundo silêncio novamente, teve início a leitura, que foi acompanhada muito atentamente de forma que cada palavra fosse ouvida até mesmo nos pontos mais distantes do salão.

– A conclusão a que se chegou, aqui tornada pública, é a de que Joana d'Arc, conhecida como a Donzela, é uma boa cristã e uma boa católica; que nada existe em sua pessoa ou em suas palavras que vá de encontro à fé; e que o rei pode e deve aceitar o auxílio que ela lhe oferece, pois recusá-lo seria ofender o Espírito Santo e tornar-se indigno do auxílio de Deus.

A corte se pôs de pé e uma salva de palmas eclodiu com entusiasmo, ininterrupta, baixando às vezes um pouco para logo em seguida aumentar novamente. Perdi Joana de vista quando ela foi tragada naquela enorme onda de pessoas que correram para congratular-se com ela e derramar sobre ela suas bênçãos – sobre ela e sobre a França, a partir daquele instante colocada em suas mãos de maneira solene e irrevogável.

9

Aquele foi de fato um grande dia, um dia emocionante para quem o viveu. Ela havia vencido! Tremouille e outros que estavam contra ela haviam cometido um grande erro ao permitir que ela recebesse as visitas naquelas noites.

A comitiva de padres enviada a Lorraine de maneira ostensiva para inquirir o caráter de Joana – na verdade, com a intenção de deixá-la cansada de esperar e acabar desistindo do seu propósito – retornou de sua missão e informou que o caráter de Joana era perfeito. De uma hora para outra tudo passou a correr bem para nós.

O veredicto provocou um prodigioso rebuliço. A França ia despertando do estado de letargia em que se encontrava à medida que a notícia se espalhava. Até então as pessoas, sem esperanças e amedrontadas, baixavam suas cabeças e se afastavam quando se falava de guerra; a partir daquele dia passaram a acorrer entusiasmadas, suplicando para serem alistadas sob a bandeira da Donzela de Vaucouleurs. As canções de guerra e o rufar dos tambores encheram o ar como um prenúncio de tempestade. Lembrei-me bem de sua resposta quando, ainda em nossa aldeia, eu lhe provara que a França, por mais que desejássemos o contrário, era um caso perdido e que nada despertaria o povo daquela letargia a que se entregara.

– Eles ouvirão os tambores – disse ela – e atenderão ao seu chamado. Marcharão conosco!

Diz-se que os infortúnios nunca vêm sozinhos, pois trazem sempre outros consigo. Em nosso caso o mesmo se deu com a boa sorte: começou a chegar e não parou mais, como ondas que se sucediam. Foi assim a onda que nos chegou logo a seguir. Os padres tinham debatido muito a questão de permitirem ou não que uma mulher soldado se vestisse como um homem. Chegou então o veredicto. Dois dos mais conceituados estudiosos de teologia naquela época – um dos quais fora chanceler da Universidade de Paris – apresentaram-no. Haviam chegado à conclusão que, como Joana teria que "fazer o trabalho de homem e de soldado, é justo e legítimo que seus trajes sejam de acordo com a situação".

A autorização dada pela Igreja para que se vestisse como homem foi uma vitória importante. Oh, sim, ondas e mais ondas de boa sorte continuaram a chegar. Não vou sequer mencionar as pequenas. Vou logo falar sobre a maior delas, a onda que nos surpreendeu – a nós, peixinhos miúdos – e quase nos afogou de alegria. No dia do grande veredicto foram enviados emissários para levá-lo ao rei e na manhã seguinte, logo cedo, ouvimos as notas distintas de uma corneta que chegavam até nós através do ar gelado da manhã. Pusemo-nos a ouvir atentamente, contando as notas. Um-dois-três; pausa; um-dois-três;

pausa; um-dois-três, novamente. Saímos correndo – ou melhor, saímos voando –, pois aquele toque era ouvido apenas quando o arauto do rei tinha uma proclamação a fazer ao povo. Ao passarmos apressados pelas ruas víamos pessoas saindo de todas as casas e vielas, homens, mulheres e crianças, todos agitados e apressados, acabando de vestir as peças de roupa que lhes faltavam. As notas continuavam a soar, bem nítidas, convocando a população, que cada vez mais engrossava a corrente que se dirigia para a rua principal. Finalmente chegamos à praça, que já estava fervilhando de cidadãos e lá, no alto do pedestal da grande cruz, vimos o arauto em seu vistoso uniforme, cercado dos seus subordinados. Logo em seguida ele se pôs a anunciar, com a voz poderosa própria de seu ofício:

– Saibam todos os cidadãos desta cidade que Sua Alteza Charles, pela graça divina feito rei da França, teve o prazer de conceder à sua amada súdita Joana d'Arc, a Donzela, o título, os emolumentos, a autoridade e a dignidade de general comandante em chefe dos Exércitos da França...

No mesmo instante mais de mil gorros voaram pelos ares e a multidão irrompeu em uma algazarra alegre que parecia não ter fim. Mas teve quando o arauto retomou a palavra para concluir:

– ...e nomear como seu lugar-tenente e chefe do Estado-Maior um príncipe de sua casa real, Sua Graça o duque d'Alençon!

Assim terminou a proclamação, e o furacão de alegria irrompeu novamente, dividindo-se logo em inúmeros outros que passaram a percorrer todos os cantos da cidade.

General dos Exércitos da França, com um príncipe de sangue azul como seu subordinado! Na véspera ela não era ninguém e então já era tudo aquilo. Na véspera não era sequer sargento, cabo nem mesmo soldado raso e a partir daquele instante, com uma só passada, chegara ao topo. Na véspera sua autoridade era menor que a do mais novo recruta e agora ela comandava. Estava acima de La Hire, de Saintrailles, do Bastardo de Orléans e de todos os outros, veteranos de antiga fama, ilustres mestres dos negócios da guerra. Eram esses os pensamentos que me passavam pela cabeça enquanto eu tentava compreender aquela coisa estranha e maravilhosa que tinha acontecido.

Minha mente se transportou para o passado e vi novamente uma cena – uma cena ainda tão fresca em minha memória que parecia ter ocorrido na véspera – e de fato era dos primeiros dias de janeiro daquele ano. A cena era a seguinte: uma menina camponesa numa remota aldeia, que não havia completado ainda dezessete anos, tão desconhecida quanto o lugar onde vivia, que poderia estar nos confins do mundo; essa menina havia recolhido um gatinho abandonado em algum lugar por onde passara e o levara para casa – era um animalzinho cinza e esquálido, quase morto de fome – e o alimentara com carinho, conquistando sua confiança e seu afeto; na cena que vi ele estava cochilando, enroscado no colo dela, que tecia uma meia de lã grossa e pensava – sonhava – sabe-se lá o quê. E agora, passado tão pouco tempo que o gatinho ainda não deixara de ser filhote, aquela menina já se transformara em general dos Exércitos da França, tendo logo abaixo de si um príncipe de sangue azul a quem daria ordens. Seu nome, só conhecido na aldeiazinha obscura, subira como o sol no firmamento e passara a ser visível de todos os cantos da Terra! Fiquei atordoado ao pensar nesses fatos, tão estranhos à ordem natural das coisas que pareciam impossíveis.

10

O primeiro ato oficial de Joana foi ditar uma carta aos comandantes ingleses que se encontravam em Orléans, ordenando-lhes que libertassem as áreas ocupadas e deixassem a França. Ela já deveria ter pensado naquela carta, porque as palavras saíam de seus lábios numa linguagem muito concatenada, tranquila e enérgica. Mas é possível também que a ideia da carta tivesse lhe ocorrido naquele mesmo instante; Joana sempre tivera um pensamento muito ágil, expressava-se com grande facilidade e naquelas últimas semanas vinha desenvolvendo constantemente essas suas qualidades. Essa carta partiria de Blois. Já então não lhe faltavam soldados, provisões e dinheiro. Joana escolheu Blois como posto de recrutamento e depósito de suprimentos e chamou de volta La Hire, que estava na linha de frente, para comandar aquele posto.

O Grande Bastardo – um nobre que era o governador de Orléans – havia várias semanas vinha suplicando ao rei que Joana fosse enviada para lá. Chegou então um outro mensageiro, o velho D'Aulon, oficial veterano de grande confiança do rei, que o mantivera junto a si. O rei o enviou a Joana para ser chefe de sua guarda pessoal e pediu a ela que nomeasse pessoalmente o restante de seu comando, definindo os postos – em número e título – e escolhendo quem os ocuparia. Joana estava investida de autoridade para isso. Na mesma mensagem o rei a autorizava a mandar equipá-los adequadamente com armas, uniformes e cavalos.

Além de tudo isso, o rei mandara fazer em Tours uma armadura completa para Joana. Era confeccionada com o melhor aço, banhada com espessas camadas de prata, ricamente ornamentada com desenhos gravados e polida como um espelho.

As Vozes haviam dito à Joana que havia uma espada antiga escondida em algum lugar por trás do altar de Santa Catarina em Fierbois e De Metz recebeu a incumbência de ir buscá-la. Os padres jamais haviam ouvido falar da tal espada, porém todos se puseram a procurá-la e, é claro, acabaram por a encontrar, enterrada em local não muito profundo. A espada não tinha bainha e estava muito enferrujada, porém os padres a poliram e a enviaram a Tours, para onde estávamos nos dirigindo. Mandaram fazer uma bainha de veludo carmesim e o povo de Tours mandou fazer outra, tecida em ouro. Porém como Joana queria levá-la sempre consigo às batalhas, guardou aquelas bainhas vistosas e mandou que lhe fizessem uma de couro. Acreditava-se que aquela espada havia pertencido a Carlos Magno, porém não se tinha provas disso. Tive a intenção de afiar aquela lâmina antiga, entretanto Joana disse que não seria necessário, pois ela jamais mataria pessoa alguma. Ela a carregaria consigo como símbolo de autoridade.

Em Tours ela desenhou o estandarte de seu exército e um pintor escocês chamado James Power o pintou. Era feito do mais delicado *boucassin* branco com franjas de seda. Tinha a imagem de Deus Pai em Seu trono nas nuvens, segurando o mundo nas mãos; havia dois anjos ajoelhados a Seus pés, oferecendo-lhe lírios, e ainda a inscrição JESUS MARIA; no verso dois anjos erguiam a coroa de França.

Joana mandou que fizessem também um outro estandarte, menor, no qual se via um anjo oferecendo lírios à Virgem Santa.

HAVIA UMA GRANDE agitação em Tours. A todo instante ouvia-se o som marcial de músicas militares. De vez em quando o que se ouvia eram os passos ritmados de soldados marchando – eram grupamentos de recrutas que partiam para Blois. Canções e algazarra enchiam o ambiente dia e noite; a cidade encheu-se de gente vinda de fora que ocupava as ruas e as tabernas. A agitação de uma cidade que se prepara para a luta podia ser sentida por todos os cantos e todas as pessoas tinham em seus rostos expressões de alegria e animação. Em torno do quartel-general de Joana havia sempre uma multidão a se acotovelar na esperança de ver de relance o novo general. Ficavam todos loucos de alegria quando conseguiam vê-la, porém isso não acontecia com frequência. Ela estava sempre ocupada planejando sua campanha, ouvindo relatos, dando ordens, enviando mensageiros e dedicando os poucos momentos livres de seus dias à companhia de pessoas importantes que estavam sempre a esperar por ela na sala de visitas. Nós, rapazes, mal a víamos, pois ela estava sempre muito ocupada.

Nós nos sentíamos confusos – às vezes esperançosos e às vezes não; na maior parte do tempo, não. Ela ainda não havia nomeado sua guarda pessoal e aí residia nosso problema. Sabíamos que ela estava sendo sufocada com pedidos de pessoas que queriam participar de sua guarda e sabíamos também que esses pedidos vinham de pessoas influentes, de grandes nomes da corte. Nós não contávamos com recomendação de pessoa alguma. Ela poderia ter preenchido as posições mais humildes com portadores de títulos de nobreza – pessoas cujas relações e influências lhe seriam muito úteis em sua campanha. Será que naquelas circunstâncias ela teria condições políticas de nos incluir em sua guarda? Nós não vivíamos tão animados como o resto da cidade; estávamos até bem abatidos e preocupados. Às vezes conversávamos sobre nossas escassas possibilidades e tentávamos nos animar. Porém a simples menção desse assunto já deixava o Paladino angustiado, pois se nós ainda tínhamos algumas esperanças ele já não as tinha. De um modo geral Noël Rainguesson evitava esse assunto que nos afligia, mas não quando o Paladino estava presente. Certa vez falávamos sobre isso quando Noël disse:

– Anime-se, Paladino. Tive um sonho ontem à noite e você foi o único de nós a ser convocado. Não era lá um posto muito alto, mas foi convocado – era para um posto de servente, lacaio ou coisa assim.

O Paladino se animou sem ousar, contudo, demonstrar toda a sua alegria. Ele acreditava em sonhos como também em qualquer outra espécie de superstição. Disse, então, já se enchendo de esperanças:

– Espero que esse sonho se transforme em realidade. Você acha mesmo que isso vai acontecer?

– Mas é claro! Posso praticamente garantir-lhe que sim, pois os meus sonhos raramente falham.

– Noël, se esse seu sonho acontecer mesmo, nem sei o que serei capaz de fazer. Acho que serei capaz de te dar um abraço, de verdade! Ser servo do mais alto general da França! O mundo inteiro falaria de mim e a notícia chegaria à aldeia onde aquelas gralhas vivem dizendo que eu não vou dar para nada na vida – não seria maravilhoso? Você acha mesmo que isso vai acontecer, Noël? Você acha, não é?

– Acho. Agora aperte minha mão para selarmos esta conversa.

– Noël, se seu sonho se realizar, eu lhe serei grato para sempre. Vamos, dê-me sua mão de novo! Vou vestir um uniforme vistoso e a notícia logo chegará à aldeia, onde aqueles animais vão dizer: "*Ele*, lacaio do grande general comandante em chefe, com os olhos de todo mundo a admirá-lo? Realmente, ele chegou bem alto na vida, não?"

O Paladino se pôs a andar de um lado para o outro, a construir castelos no ar, tão altos e tão depressa que sequer conseguíamos acompanhar o que ele dizia. Subitamente, porém, toda a alegria desapareceu de seu rosto, dando lugar à mais profunda aflição.

– Oh, não! Isso tudo é um engano! Esse sonho jamais se realizará. Eu tinha me esquecido daquela tolice que fiz em Toul. Desde então eu tenho me mantido longe da vista dela o máximo possível, na esperança de que ela se esqueça e me perdoe, mas eu sei que ela não fará isso.

Ela jamais se esquecerá daquilo, é claro. Mas a culpa não foi só minha. É verdade que eu disse que ela prometera casar-se comigo, mas foram eles que me forçaram a levar a história adiante. Juro que foram eles! – Aquela enorme criatura estava a ponto de chorar. Depois ele tentou se controlar e disse, em tom de remorso: – Aquela foi a única mentira que eu disse em toda a minha vida e...

Tal foi o escarcéu que fizemos que ele não pôde terminar o que estava dizendo. Ele foi sufocado por um coro de protestos e exclamações. Antes que pudesse recomeçar a falar, apareceu um ordenança de D'Aulon dizendo que estávamos sendo convocados ao quartel-general. Pusemo-nos de pé e Noël disse:

– Aí está. O que foi que eu disse? Tenho um pressentimento e sinto que o espírito dos profetas encarnou em mim. Ela vai nomeá-lo e nós estamos sendo convocados para prestar homenagens a ele. Vamos logo!

Porém o Paladino estava com medo de ir e nós o deixamos lá.

Apresentamo-nos a ela diante de uma multidão de oficiais cujas vestes reluziam ao sol. Joana nos cumprimentou com um sorriso absolutamente cativante e disse que nos havia nomeado a todos para sua guarda pessoal, pois queria seus velhos amigos sempre a seu lado. Foi uma bela surpresa honrar-nos assim quando ela poderia ter junto a si pessoas de berço e de renome. Não conseguimos encontrar palavras para agradecer-lhe, pois ela se tornara tão importante, alguém tão acima de nós. Um por um aproximamo-nos de nosso chefe, D'Aulon, e dele recebemos nosso documento de nomeação. Todos nós recebemos cargos honrosos: os dois cavalheiros ficaram com os cargos mais elevados; em seguida vieram os dois irmãos de Joana; eu fui nomeado primeiro pajem e secretário e um jovem chamado Raimond foi o segundo pajem; Noël ficou com o posto de mensageiro pessoal de Joana; havia ainda dois arautos, um capelão e um encarregado da subsistência cujo nome era Jean Pasquerel. Joana já havia nomeado anteriormente um cozinheiro e pessoas para o serviço doméstico.

– Mas onde está o Paladino? – perguntou ela depois de percorrer a sala com os olhos.

– Ele pensou que não havia sido convocado, Excelência – disse o Senhor Bertrand.

– Ora, isso não está certo. Que o chamem, então.

O Paladino entrou com muita humildade, não ousando ir dois passos além da porta. Ali ficou, parado, encabulado e temeroso. Joana então dirigiu-se a ele com uma voz alegre:

– Tenho observado você na estrada. No começo estava muito mal, porém tem feito grandes progressos. Houve um tempo em que você falava o que não devia, mas eu sempre soube que dentro de você havia um homem. Quero ajudá-lo a trazer esse homem para fora. – Foi bonito ver como o rosto do Paladino se iluminou em um sorriso. – Você me seguirá aonde eu conduzir o meu exército?

– Para dentro do fogo, se for preciso! – disse ele.

Pensei comigo mesmo que pela maneira como ele respondeu ela já estava transformando aquele gabola em herói, sem dúvida mais um de seus milagres.

– Eu acredito em você – disse Joana. – Tome. Aqui está meu estandarte. Você cavalgará comigo por todos os campos de batalha e quando a França for libertada você mo devolverá.

Ele pegou o estandarte, que ainda existe como a mais preciosa lembrança de Joana d'Arc. A voz do Paladino saiu trêmula de emoção ao dizer:

– Se algum dia deixar de merecer sua confiança, meus camaradas aqui presentes saberão o que fazer com a vida de um amigo e eu os encarrego disso agora, pois sei que jamais me falharão.

11

Noël e eu nos retiramos juntos – em silêncio, a princípio, ainda muito impressionados. Noël foi o primeiro a falar depois de certo tempo.

– Os primeiros serão os últimos e os últimos serão os primeiros. Nós temos o direito de estar surpresos. Mas, pensando bem, não foi uma coisa maravilhosa o que ela fez com o nosso grandalhão?

– Realmente foi. Ela dispõe de muitos generais e pode criar quantos quiser, porém o posto de porta-estandarte é de uma pessoa só.

– É verdade. E é o cargo de maior visibilidade em todo o exército, logo abaixo do dela.

– E o mais ambicionado e honrado. Os filhos de dois duques tentaram obter esse cargo, como nós sabemos. E com tanta gente no mundo, ela resolve dá-lo àquele moinho de vento. Pensando bem, é uma promoção gigantesca, não?

– Sem dúvida alguma. De certa forma, é uma promoção como a da própria Joana, em escala menor.

– Eu não sei como explicar uma coisa dessas. Você sabe?

– Sim, eu sei. Isto é, acho que sei.

Noël ficou surpreso com minha resposta e rapidamente me encarou para ver se eu estava falando sério.

– Pensei que você não estivesse falando sério, mas pelo jeito parece que está. Se conseguir me fazer entender essa charada, então faça. Qual é a explicação?

– Eu acho que tenho a explicação. Você já notou que o nosso principal cavalheiro diz coisas muito sábias e tem uma boa cabeça para pensar, não? Certo dia em que ele e eu estávamos cavalgando juntos, falávamos sobre os dons especiais que Joana tem e então ele disse: "Entretanto o maior de seus dons são seus olhos de ver." E eu, como um tolo, perguntei: "Olhos de ver? Ora, isso não é nada especial. Todos nós temos olhos de ver." "Não", disse ele. "São poucos os que os têm." Então ele me explicou o que queria dizer. Disse que os olhos comuns veem apenas o lado externo das coisas e é a partir daí que as pessoas fazem seus julgamentos, porém os olhos de ver conseguem penetrar no coração e na alma das pessoas, lá descobrindo coisas que a aparência externa não revela ou sequer insinua, coisas que os olhos comuns não veem. Ele disse que o maior gênio militar certamente fracassará se não tiver olhos de ver, isto é, se não souber ler a alma dos homens e selecionar seus subordinados a partir de uma avaliação infalível. É como se fosse uma intuição que lhe permitirá dizer que tal homem é bom estrategista, tal outro é bom para a ação ousada, um outro, ainda, é a pessoa indicada quando a paciência e a persistência de um buldogue forem as qualidades necessárias. Assim saberá colocar as pessoas em seus lugares certos e desta maneira conseguirá a vitória. Já um comandante que não tem olhos de ver nomeará pessoas para lugares errados e será derrotado. Ele tinha razão quanto a Joana e logo concordei. Quando ela ainda era uma criança e o mendigo chegou naquela noite, seu pai e todos nós o tomamos por um bandido, mas ela viu o homem honesto que havia por baixo daqueles trapos. No jantar com o governador de Vaucouleurs, não faz tanto tempo assim, nada percebi em nossos dois cavalheiros, apesar de termos nos sentado à mesma mesa e conversado durante duas horas; Joana esteve lá apenas cinco minutos, não falou com eles e nem os ouviu falar, entretanto identificou-os como homens bons e fiéis que realmente provaram ser. E quem foi que ela mandou vir para comandar aquela turba irrequieta e barulhenta de novos recrutas em Blois, composta de velhos saqueadores de Armagnac, de soldados que desertaram, de diabos em figura de gente? Ora, ela mandou vir o próprio Satanás, isto é, La Hire – aquele furacão militar, aquele fanfarrão sem Deus, aquele monte de blasfêmias, aquele Vesúvio de irreverência constantemente em erupção. E ele sabe lidar com uma turba de demônios ruidosos? Sabe mais que qualquer outro homem sobre a terra, pois ele é o maior demônio deles todos, pior do que todos eles juntos e provavelmente é pai de alguns deles. Joana entrega a ele o comando provisório até que ela mesma possa chegar a Blois. E então, o que fará? Ora, ela com certeza se encarregará deles pessoalmente, se é que a conheço bem depois de todos esses anos de convívio. Vai ser algo digno de se apreciar – aquela criatura maravilhosa em sua armadura de prata dando ordens a um bando de vagabundos, a uma pilha de esterco, a um amontoado de trapos, àquele refugo da perdição.

– La Hire! – exclamou Noël. – Nosso herói de todos esses anos! Ah, eu quero ver esse homem!

– Eu também. Seu nome ainda me deixa agitado como nos meus tempos de menino.

– Quero ouvi-lo dizer suas famosas imprecações.

– Mas é claro! Prefiro ouvir aquele homem xingando a qualquer outro rezando. Ele é o homem mais franco e mais sincero que existe.

Certa vez, quando foi repreendido por saquear durante um assalto, disse que não havia mal algum naquilo e que "se Deus Pai fosse soldado, roubaria também". Creio que ele seja a pessoa certa para comandar Blois. Joana o viu com seus olhos de ver.

– E isso nos traz de volta ao que falávamos antes. Eu sinto uma afeição sincera pelo Paladino, não só porque ele é um sujeito bom, mas porque, de certa forma, ele é cria minha. Fui eu que o fiz assim, o sujeito mais fanfarrão e mentiroso do reino. Fico feliz com a sorte dele, mas eu não tive olhos de ver o que ela deve ter visto. Eu jamais o teria escolhido para um posto tão perigoso no exército. Por mim, ele ficaria bem no final, para acabar de matar os feridos e profanar os mortos.

– Bem, isso nós vamos ver. Joana deve saber avaliá-lo melhor do que nós. E vou lhe dizer outra coisa que andei pensando: quando uma pessoa na posição de Joana d'Arc diz a um homem que ele é corajoso, ele *acredita*; e *acreditar* que é corajoso é o suficiente. Na verdade, julgar-se bravo é *ser* bravo; esse é o único requisito essencial à bravura.

– Agora você disse tudo! – exclamou Noël. – Além dos olhos de ver ela tem a boca de fazer acontecer. Ora, é isso mesmo! A França estava acuada e acovardada. Joana d'Arc falou que isso ia mudar, e agora a França se põe em marcha, de cabeça erguida!

Nossa conversa foi interrompida porque Joana mandou me chamar para me ditar uma carta. No dia e na noite seguintes nossos uniformes foram confeccionados pelos alfaiates e recebemos as novas armaduras. Nosso grupo ficou uma beleza, tanto em trajes de guerra quanto em trajes de paz. Em suas roupas de paz o Paladino parecia um poste pintado nas cores gloriosas do pôr do sol; com sua armadura e suas plumas, vestido para a guerra, ele era algo ainda mais imponente de se ver.

Foram dadas as ordens de comando para que iniciássemos a marcha para Blois. Era uma manhã clara e fria, um lindo dia. Nosso vistoso destacamento partiu da cidade a trote em coluna dupla, com Joana e o duque d'Alençon à frente, seguidos por D'Aulon e o enorme porta-estandarte e assim por diante. Éramos um belo espetáculo, como se pode imaginar. Passávamos pela multidão entusiasmada, que nos dava vivas e desejava boa sorte, enquanto Joana a cumprimentava com leves acenos de cabeça, à esquerda e à direita, balançando as plumas do capacete de maneira encantadora. O sol reluzia em sua malha de prata e os espectadores se deram conta de que ali se abria a cortina para o primeiro ato de um prodigioso drama. Suas esperanças, cada vez maiores, eram expressas com um entusiasmo também crescente a cada instante, até que por fim tinha-se a impressão de não apenas ouvir os seus clamores, como também de senti-los chegar a nós como ondas de energia. Vindo do final da rua chegaram-nos os sons suaves de instrumentos de sopro. Vi então uma nuvem de lanceiros se movendo. Suas pesadas armaduras pouco refletiam a luz do sol, porém o mesmo não se poderia dizer de suas lanças, que reluziam erguidas – como uma nebulosa vagamente iluminada sobre a qual brilhava uma constelação de estrelas cintilantes. Era nossa guarda de honra, que se juntou a nós assim completando a procissão. Aquela era a primeira marcha de Joana d'Arc, que ali começava. A cortina estava erguida.

12

Ficamos três dias em Blois. Oh, aquele acampamento ficará indelével em minha memória! Ordem? Não havia mais ordem no meio daqueles bandoleiros do que no convívio entre lobos e hienas. Era uma multidão barulhenta de arruaceiros e bêbados, sempre a gritar palavras de baixo calão pelas ruas e a se divertir das maneiras mais rudes e vulgares; o lugar também era cheio de mulheres promíscuas que em nada ficavam atrás dos homens em suas algazarras e suas brincadeiras violentas e grotescas.

Foi no meio dessa turba ruidosa que Noël e eu vimos La Hire pela primeira vez. Ele não ficou abaixo de nossas mais ousadas expectativas. Era um homem enorme, de porte marcial, vestido em uma armadura que o cobria dos pés à cabeça, com uma quantidade espantosa de plumas em seu capacete e uma portentosa espada presa à cintura.

Ele estava indo cumprimentar Joana e, à medida que atravessava o acampamento, ia pondo ordem naquele tumulto, proclamando a chegada da Donzela e dizendo que não permitiria que um espetáculo como aquele fosse exposto à chefe suprema do exército. Sua maneira de impor a ordem era absolutamente original e não fora inspirada em ninguém. Ele mantinha a ordem com suas enormes mãos fechadas. Ao caminhar por entre as pessoas, sempre xingando e admoestando, ele dava socos para todos os lados e onde quer que sua mão caísse alguém era derrubado ao chão.

– Com mil demônios! – gritava ele. – Você aí, cambaleando e xingando desse jeito, não sabe que a comandante em chefe está no acampamento? Tome jeito! – dizia, deixando o homem estatelado no chão com um soco. O que ele queria dizer ao mandar que as pessoas tomassem jeito era algo que só ele sabia.

Fomos seguindo de perto aquele velho soldado até o quartel-general; observávamos, ouvíamos e admirávamos aquele homem, tentando não perder coisa alguma do que ele fazia. Sim, devorávamos com os olhos e os ouvidos, por assim dizer, aquele que era o herói predileto de todos os meninos da França, desde quando ainda dormíamos em berços. Ele era o ídolo de todos nós. Lembrei-me da ocasião em que Joana repreendera o Paladino, lá nas campinas de Domrémy, por ele se referir de maneira pouco respeitosa àquelas figuras – La Hire e o Bastardo de Orléans. Joana disse então que para ela seria um privilégio poder ver, ainda que de longe, aqueles grandes homens. Eles representavam para ela e para as outras meninas o mesmo que representavam para nós meninos. Pois bem, ali estava um deles, finalmente – e para onde se dirigia? Era difícil acreditar no que víamos, porém aquilo estava mesmo acontecendo. Ele estava indo encontrar-se com Joana para apresentar-lhe suas saudações e receber as ordens dela.

Enquanto ele parou para aplacar os ânimos de um numeroso grupo de baderneiros, sempre utilizando seu método de fazê-lo, nós nos adiantamos e chegamos ao quartel-general antes dele. Queríamos ver como eram aqueles novos companheiros militares de Joana, os grandes chefes do exército, pois todos já haviam chegado. Lá estavam eles: seis oficiais de grande fama, belos homens em suas armaduras, entre os quais destacava-se o lorde almirante-em-chefe da França por ser o mais belo e o mais galante.

Quando La Hire entrou, pôde-se ver em seu rosto a surpresa que a beleza e a extrema juventude de Joana lhe causaram; pôde-se ver também, pelo sorriso de Joana, que ela estava feliz em conhecer, finalmente, aquele herói da sua infância. La Hire curvou-se em uma grande reverência, segurando o capacete na mão enluvada, e disse algumas palavras de saudação, cuidando que nenhuma fosse vulgar. Desde aquele instante pôde-se notar que nasceu uma enorme simpatia entre eles.

Aquela cerimônia de apresentação durou pouco e os outros logo se foram, menos La Hire. Ele e Joana continuaram ali a conversar e rir como se fossem velhos amigos, ele tomando o vinho que ela lhe oferecia. Depois ela lhe deu algumas instruções quanto à administração do acampamento que o deixaram perplexo. Logo de início ela disse que aquelas mulheres de vida fácil teriam que sair de lá imediatamente, de uma só vez. Ela não permitiria que ninguém ficasse. Em segundo lugar, aquela algazarra teria que acabar, a bebida deveria obedecer estritamente aos limites estabelecidos e a disciplina deveria substituir a desordem. Por fim Joana conseguiu surpreendê-lo mais ainda ao dizer algo que quase o fez cair de sua armadura:

– Todos os homens que marcharem sob o meu estandarte devem confessar-se a um padre e ser absolvidos de seus pecados. E todos os recrutas que forem aceitos deverão apresentar-se à missa duas vezes por dia.

La Hire levou quase um minuto para conseguir falar novamente e depois disse, profundamente triste:

– Oh, minha gentil criança, essa gente é o lixo recolhido do inferno! É isso o que são os meus pobres-diabos. Ora, minha querida, eles haveriam de nos querer queimados nas brasas do inferno se exigíssemos tal coisa deles!

E continuou a falar, em uma torrente patética de argumentação misturada com blasfêmias que fez com que Joana se risse como eu não a via rir desde os tempos em que brincava nos campos de Domrémy. Foi bom ouvi-la rir-se assim.

Mas ela não voltou atrás no que estava decidida a fazer, portanto o velho soldado teve que aceitar. Se eram ordens, ele teria que obedecer e faria o que estivesse ao seu alcance. Depois ele assumiu novamente sua fanfarronice e, em uma explosão de impropérios, disse que se algum de seus homens se recusasse a renunciar ao pecado e a levar uma vida piedosa, ele mandaria decepar-lhe a cabeça. Isso fez com que Joana se pusesse novamente a rir. Ela realmente estava se divertindo. Mas não concordou com aquele método de conversão. Disse que a ação teria que ser voluntária.

La Hire disse que então estava tudo bem e que ele não mataria os voluntários; mataria apenas quem não fosse.

Não, ninguém seria morto, assegurou-lhe Joana. Forçar alguém a ser voluntário quando a alternativa é a morte não lhe parecia justo. Ela queria que as pessoas optassem livremente.

Então o velho general suspirou e disse que anunciaria a realização da missa, mas que ele duvidava que um único homem sequer se dispusesse a ir, inclusive ele. Uma nova surpresa o esperava, pois Joana disse imediatamente:

– Mas, meu caro general, *o senhor* irá!

– Eu? Impossível! Oh, isso é uma loucura!

– Oh, não, não é. O senhor frequentará a missa duas vezes por dia.

– Eu devo estar sonhando que ouvi isso! Será que estou dormindo? Que estou bêbado? Ou são meus ouvidos que estão me enganando? Ora, seria mais provável que eu fosse...

– Não importa para onde. Amanhã de manhã o senhor começa e verá como depois será fácil. Mas não quero vê-lo triste assim. Logo o senhor se acostumará.

La Hire tentou mostrar-se animado, porém não conseguiu. Pôs-se a suspirar como um zéfiro e por fim concordou:

– Bem, farei isso porque é a Donzela quem me pede, mas se fosse outra pessoa, eu juro que...

– Não, não jure. O senhor precisa parar de jurar assim.

– Parar de jurar? Isso é impossível. Eu lhe suplico que... que... Ora, meu general, é essa a minha maneira natural de falar!

Ele pediu tanto que ela o liberasse daquele impedimento, que Joana fez uma pequena concessão; disse que ele poderia jurar por seu bastão de comando, símbolo de seu generalato.

Ele prometeu que juraria apenas pelo seu bastão quando estivesse na presença dela e que tentaria modificar-se nas outras ocasiões, mas que duvidava que viesse a ter sucesso, pois era um hábito antigo e arraigado, uma espécie de consolo naqueles seus dias de declínio.

Aquele velho leão endurecido pela guerra saiu de lá bem dócil e civilizado – para não dizer suave e doce, pois essas palavras não se aplicariam bem a ele. Noël e eu achamos que tão logo ele se afastasse da influência direta de Joana, sua velha aversão pelas coisas da Igreja voltaria à tona de maneira tão forte que ele não seria capaz de controlá-la. Ele acabaria não indo à missa. Levantamo-nos cedo para ver o que aconteceria.

Ele foi. Mal podíamos acreditar, mas lá estava ele, muito sério, a cumprir as ordens recebidas. Tinha a aparência mais piedosa que conseguia ter, porém rosnava e xingava como um demônio. Vimos novamente acontecer o de sempre: quem quer que ouvisse a voz de Joana d'Arc e a olhasse nos olhos era por ela encantado e já não era mais o mesmo homem de antes.

Aquela foi a conversão do próprio Satanás. Bem, o que se seguiu veio em decorrência dela. Joana circulava a cavalo de um lado para o outro do acampamento e por onde quer que aquela bela e jovem figura passasse com sua armadura cintilante, com aquele seu rosto gentil que a tornava uma visão perfeita, a multidão rude parecia estar vendo o deus da guerra em pessoa, que acabara de descer das nuvens. A princípio as pessoas ficavam simplesmente extasiadas e em seguida passavam a adorá-la. A partir de então ela podia fazer com elas o que bem entendesse.

Decorridos três dias, o acampamento estava limpo e em ordem. Aqueles bárbaros de antes passaram a frequentar o serviço religioso duas vezes por dia, dóceis como crianças obedientes. As mulheres se foram de lá. La Hire ficou perplexo com aqueles prodígios; ele não os podia compreender. Quando sentia vontade de dizer impropérios, afastava-se do acampamento. Ele era do tipo de homem capaz de pecar por natureza e por hábito, mas cujo profundo respeito supersticioso por lugares sagrados o impedia de os profanar.

O entusiasmo que aquele exército regenerado sentia por Joana, a devoção que os homens tinham por ela e o intenso desejo que ela acendeu neles de serem liderados para enfrentar o inimigo superavam qualquer manifestação dessa natureza de que La Hire tivesse conhecimento em sua longa carreira. A admiração que sentia e a perplexidade do mistério e do milagre que tudo aquilo representava superavam sua capacidade de expressão. Ele antes achava que aqueles homens não valiam quase nada, porém o orgulho e a confiança que eles passaram a lhe inspirar não tinham limites.

– Dois ou três dias atrás eu tinha medo de ter que enfrentar um bando de galinhas com eles; agora eu iria com eles até os portões do inferno.

Joana e ele tornaram-se inseparáveis formando, quando juntos, um par que contrastava entre si de maneira interessante. Ele era grandalhão e ela, pequenina; ele tinha os cabelos prateados que indicavam sua já longa peregrinação pela estrada da vida, enquanto ela era a juventude personalizada; o rosto dele tinha a cor do bronze e era marcado por cicatrizes e o dela era rosado, fresco e macio; ela era tão graciosa e ele, tão sisudo; ela era pura e inocente e ele era uma enciclopédia de pecados. Os olhos dela eram um repositório de bondade e compaixão; nos dele havia raios e trovões. Quando o olhar dela se dirigia a uma pessoa, parecia trazer uma bênção e a paz de Deus, o que em absoluto ocorria com ele.

Passeavam a cavalo pelo acampamento uma dúzia de vezes por dia, visitando cada cantinho, observando, inspecionando, aperfeiçoando. E onde quer que chegassem o entusiasmo irrompia. Cavalgavam lado a lado; ele era uma enorme figura musculosa, ela, uma pequena obra de arte de beleza e graça; ele, uma fortaleza de armadura enferrujada e ela, uma estatueta de prata reluzente. Quando aqueles antigos bandidos, já então recuperados, os viam passar, exclamavam com simpatia:

– Lá vão eles, o Satanás e a Pajem de Cristo!

Nos três dias que passamos em Blois, Joana esforçou-se sem cessar por trazer La Hire para Deus – por salvá-lo das garras do pecado. Ela fez o que foi possível para que aquele coração tempestuoso conhecesse a serenidade e a paz da religião. Joana pedia, insistia, suplicava que ele rezasse. Ele não queria ceder e durante os três dias pediu que ela não exigisse aquilo dele. Era só disso, daquela coisa impossível, que ele pedia para ser dispensado; faria tudo mais que ela mandasse – qualquer coisa. Suplicou que ela desse qualquer outra ordem, que ele cumpriria; entraria no fogo se ela mandasse, mas daquilo ela teria que o dispensar, pois ele não sabia rezar. Era-lhe impossível fazê-lo, pois ignorava como se reza, que palavras se dizem.

Entretanto, por mais difícil que seja acreditar, ela acabou conseguindo até isso e saindo vitoriosa em mais essa batalha. Joana fez com que La Hire rezasse. Isso prova, a meu ver, que nada era impossível para Joana d'Arc. Pois não é que aquelas gigantescas mãos cobertas por malhas de ferro uniram-se para que ele dissesse uma oração? E não foi uma oração criada por outro, porém uma que ele mesmo criou. Como não sabia uma prece de cor criou uma com suas próprias palavras.

– Bondoso Senhor Deus, peço que faça por La Hire o que La Hire faria pelo senhor se o senhor fosse La Hire e ele fosse Deus.*

Em seguida La Hire colocou seu capacete na cabeça e saiu da barraca de Joana feliz consigo mesmo por haver feito algo tão difícil e complexo de maneira satisfatória, causando mesmo a admiração de todos. Se eu soubesse, naquele dia, que ele tinha rezado, teria podido compreender o seu ar de superioridade. Mas eu só soube depois.

Eu estava me dirigindo à barraca de Joana e o vi saindo naquele exato momento, com aquele seu jeito orgulhoso de si. Dava gosto vê-lo assim. Porém, quando cheguei à entrada da barraca, parei e dei um passo atrás, triste e assustado, pois ouvi Joana chorando. Pelo menos foi isso que pensei no momento. Ela chorava como se não pudesse

---

*A autoria dessa oração foi reivindicada muitas vezes por pessoas de várias nações nos últimos quatrocentos e sessentas anos, porém quem a formulou originalmente foi La Hire e esse fato pode ser verificado no Arquivo Nacional da França. Contamos, para essa afirmação, com a autoridade de Michelet (*Nota do tradutor inglês*).

mais suportar a aflição que lhe ia na alma; chorava como se estivesse a ponto de morrer. Mas eu estava enganado: Joana ria. Ria muito da oração de La Hire.

Foi preciso que se passassem trinta e seis anos para que eu viesse a descobrir isso e quando descobri não pude deixar de chorar. Chorei ao me lembrar daquela cena, evocada através das brumas do tempo, em que vi Joana tão cheia de alegria. Chorei porque já então eu havia perdido para sempre o dom divino do riso.

13

Formávamos uma tropa forte e esplendorosa quando partimos de Blois em direção a Orléans. Era a parte inicial do grande sonho de Joana que se realizava. Era também a primeira vez que nosso grupo de jovens via um exército e para nós o espetáculo parecia ainda mais solene e emocionante. De fato, a cena era uma beleza. Via-se uma coluna interminável de soldados que se alongava até perder de vista, fazendo curvas para um lado e para o outro acompanhando as voltas da estrada, como uma gigantesca serpente. Joana seguia à frente com o seu Estado-Maior; logo atrás ia um grupo de padres cantando o *Veni Creator*, com a bandeira da Cruz erguida; atrás desses via-se uma floresta de lanças reluzentes. As várias divisões eram comandadas pelos grandes generais da Batalha de Armagnac, La Hire, o marechal de Boussac, o lorde de Retz, Florent d'Illiers e Poton Saintrailles.

Esses militares disputavam entre si a fama de mais duro e inflexível. La Hire vencia por pouco, mas muito pouco. Não passavam de arruaceiros oficiais e ilustres, todos eles. Como estavam habituados, havia muito, a fazer as próprias leis, eles tinham perdido o costume da obediência, se é que alguma vez o tivessem possuído.

As ordens que receberam do rei foram claras: "Obedeçam ao general comandante-em-chefe em quaisquer circunstâncias; não tentem fazer qualquer coisa sem seu conhecimento, nada que não seja ordem dela."

Porém de que valia uma dessas ordens? Aquelas aves acostumadas a voar livremente não se subordinavam a lei alguma. Raramente prestavam obediência ao próprio rei; jamais lhe obedeciam quando não lhes interessava fazê-lo. Seria possível esperar que obedecessem à Donzela? Para começar, eles nem saberiam como obedecer, a ela ou a qualquer outra pessoa. Em segundo lugar, era evidente que não levavam a sério suas habilidades militares: aquela menina de dezessete anos que havia sido treinada para os terríveis e complexos assuntos de guerra – de que maneira? Pastoreando ovelhas!

Eles não tinham a mais remota intenção de obedecer-lhe a não ser nos casos em que seus próprios conhecimentos e sua experiência de militares veteranos lhes indicassem que as ordens dela se coadunavam com os padrões militares. Os velhos soldados endurecidos pelas guerras tendem a ser homens práticos e teimosos. Não lhes seria fácil acreditar na capacidade de uma criança ignorante para planejar campanhas e comandar exércitos. Nenhum general, em qualquer parte do mundo, teria levado Joana a sério em se tratando de questões militares. E assim foi até que ela levantou o cerco a Orléans e partiu para a grande campanha do Loire.

Então eles não viam valor em Joana? Não, não se trata disso. Valorizavam-na como a terra fértil valoriza o sol; eles acreditavam profundamente em sua capacidade de fazer surgir um exército, mas caberia a eles – não a ela – conduzir as tropas na guerra. Tinham por ela um respeito profundo, carregado de superstição, pois julgavam-na dotada de algum poder misterioso e sobrenatural, algo capaz de realizar proezas impensáveis que não lhes seria dado realizar. Algo como reanimar com um sopro de vida e de coragem aquela multidão amedrontada e transformá-la em um exército de bravos.

A seu ver, eles conseguiriam tudo se estivessem com Joana e sem ela não conseguiriam vencer. Ela inspirava os soldados e lhes dava ânimo para a luta. Mas deixar que aquela menina participasse das batalhas não fazia o menor sentido. Aquilo era da competência deles. Eles, os generais, lutariam e ela lhes asseguraria a vitória. Era assim que pensavam.

Planejaram, então, enganá-la. Ela sabia exatamente o que desejava fazer. Estava decidida a entrar em Orléans pela margem norte do rio Loire. Foi essa a ordem que deu a seus generais. Eles disseram entre si que aquilo seria o maior contrassenso, que tal ideia só poderia mesmo ter saído da cabeça de uma menina que nada sabia de guerras. Sem que ela percebesse, mandaram um comunicado ao Bastardo de Orléans. Ele também concordou que seria uma loucura e respondeu aconselhando-os a descumprir aquela ordem de alguma forma.

Eles a descumpriram, enganando Joana. Ela confiava naquelas pessoas e não estava preparada para tal atitude. Foi uma lição que ela aprendeu.

Por que a ideia de Joana parecia uma loucura aos generais e não a ela? Porque o plano dela era levantar o cerco à cidade imediatamente, lutando contra o inimigo, enquanto o plano deles era fazer um cerco à cidade – sitiar quem a sitiava – deixando que o inimigo morresse de fome. O plano dos generais necessitava de vários meses para se consumar.

Os ingleses haviam construído uma barreira de fortificações chamadas bastilhas contornando Orléans – fortificações essas que barravam o acesso à cidade por todas as entradas, exceto uma. Aos generais franceses a ideia de tentar entrar na cidade atacando aquelas bastilhas era de uma insanidade total; achavam que o resultado seria a destruição completa de suas tropas. Não se poderia negar-lhes razão, a não ser pelo fato de eles haverem desconsiderado algo importante: os soldados ingleses estavam de moral baixo, aterrorizados com a ideia de que a Donzela lutava em nome do Satanás. Por esse motivo haviam perdido muito da sua coragem. Por outro lado, as tropas da Donzela estavam cheias de coragem, de entusiasmo e de fé.

Joana teria conseguido entrar com seus soldados em Orléans desafiando as áreas fortificadas. Mas a história não seria essa. Ela foi enganada em sua primeira tentativa de dar uma vitória a seu país.

No acampamento, naquela noite, ela dormiu sem tirar a armadura. Dormiu no chão e a noite foi muito fria. Ao recomeçarmos a marcha de manhã ela estava enregelada, com o corpo quase tão duro quanto a armadura que a protegia. Entretanto a alegria de já se encontrar tão próximo ao lugar onde cumpriria sua missão foi o suficiente para aquecê-la e logo ela estava em forma.

Seu entusiasmo e sua impaciência aumentavam ao nos aproximarmos da cidade. Quando chegamos a Olivet, porém, o entusiasmo deu lugar à indignação. Só então ela se deu conta de que havia sido enganada: entre nós e Orléans passava o Loire.

Ela era favorável a atacarmos uma das três bastilhas que se erguiam no nosso lado do rio e forçar o acesso à ponte (plano esse que, se desse certo, acabaria com o cerco imediatamente). Entretanto o medo que os generais sentiam dos ingleses já lhes havia impregnado a alma e eles imploraram a Joana que não levasse avante seu plano. Os soldados estavam ansiosos por entrar em ação e ficaram decepcionados. Continuamos a marcha até próximo a Clécy, onde acampamos. Estávamos a seis milhas de Orléans.

Dunois, o Bastardo de Orléans, veio da cidade com um grupo de cavalheiros e de cidadãos para dar as boas-vindas a Joana. O ressentimento por ter sido enganada ainda ardia em seu coração. Ela não estava disposta a perder tempo com discursos elogiosos, nem mesmo em se tratando de um de seus ídolos de infância.

– O senhor é o Bastardo de Orléans?

– Sim, sou eu, e estou muito feliz em vê-la aqui.

– E foi o senhor quem orientou meus generais para que me trouxessem a este lado do rio ao invés de irmos diretamente a Talbot e aos ingleses?

Sua maneira altiva deixou-o intimidado e ele não conseguiu dar uma resposta com convicção. Depois de muito hesitar e desculpar-se, acabou confessando que ele e seu conselho, por razões militares, de fato aconselharam os generais a fazer aquilo.

– Em nome de Deus – disse Joana –, o conselho do meu Senhor é muito mais sábio e seguro do que o seu. Os senhores pensam que me enganaram, mas enganaram-se a si mesmos, pois eu lhes trago o melhor socorro de Deus, a quem aprouve ajudá-los. Pela intercessão de São Luís e de Carlos Magno, Ele teve piedade de Orléans e quis libertar o duque de Orléans e sua cidade. As provisões para salvar a população que morre de fome estão aqui e os barcos tinham o vento a seu favor. Os inimigos não conseguiriam nos interceptar. Responda-me então, em nome de Deus, por que o senhor e seu conselho criaram tanta dificuldade?

Dunois e seus acompanhantes não souberam responder e acabaram reconhecendo o erro que haviam cometido.

– Sim, cometeram um grande erro – disse Joana – e, a não ser que Deus se encarregue de mudar a direção dos ventos e de corrigir Ele mesmo o erro dos senhores, ninguém mais poderá remediar a situação.

Algumas daquelas pessoas começaram a perceber que, apesar de toda a sua ignorância das coisas técnicas, ela era dotada de grande senso prático e que, apesar de toda a sua doçura e seu encanto naturais, Joana não era do tipo de pessoa com quem se pudesse brincar.

Deus quis que a direção dos ventos mudasse e tomou em Suas mãos aquele erro para corrigi-lo. A frota de barcos chegou e quando partiu estava carregada de provisões e de gado que socorreriam aquela população faminta. Uma passagem secreta que havia junto à bastilha de St. Loup foi usada para que as provisões chegassem à cidade. Joana voltou-se para o Bastardo novamente.

– O senhor está vendo onde estão minhas tropas?

– Estou.

– E elas estão deste lado do rio por conselho seu?

– Sim.

– Então, em nome de Deus, o senhor pode me explicar por que é melhor tê-las neste lado do rio do que no fundo do mar?

Dunois tentou em vão explicar o inexplicável, desculpar-se do que era indesculpável, porém Joana interrompeu-o.

– Então, responda-me o senhor, serve para alguma coisa um exército deste lado do rio?

O Bastardo admitiu que não, isto é, de nada serviria tendo em vista o plano que ela havia concebido e mandado executar.

– E apesar de saber disso o senhor teve a petulância de desobedecer às minhas ordens? Já que o lugar das tropas é no outro lado do rio, o senhor poderia me explicar como levá-las para lá?

Dunois não teve outra saída senão reconhecer que a única maneira de corrigir o erro seria enviar as tropas de volta a Blois e fazê-las recomeçar a marcha novamente pela outra margem do rio, de acordo com o plano original de Joana.

Qualquer outra menina que se visse assim vitoriosa diante de um soldado veterano famoso teria demonstrado alguma satisfação – o que seria até justo. Joana, porém, não estava satisfeita. Disse umas poucas palavras lamentando o tempo precioso que seria perdido e logo se pôs a dar ordens para que as tropas marchassem de volta. Foi com tristeza que viu seus soldados partirem, pois, como ela disse, eles haviam chegado até ali com seus corações cheios de esperança e de entusiasmo. Com um exército daqueles ela seria capaz de enfrentar todo o poderio militar da Inglaterra.

Quando todas as providências foram tomadas para que o corpo principal das tropas retornasse, ela partiu para Orléans com o Bastardo, La Hire e mil soldados. O povo da cidade esperava ardentemente vê-la. Eram oito horas da noite quando ela e seus soldados entraram a cavalo pelo portão de Bourgogne. O Paladino ia à frente com o estandarte de Joana. O cavalo dela era todo branco e ela levava na mão a espada de Fierbois. A chegada a Orléans foi uma coisa linda de se ver! O povo, com suas roupas escuras, formava um negro mar humano. As tochas faziam com que a noite parecesse um céu estrelado. Os sons de todas aquelas vozes que a aclamavam misturavam-se ao repicar dos sinos e às salvas dos canhões. Parecia que o mundo ia se acabar. Para onde quer que se olhasse viam-se, ao clarão das tochas, fileiras e mais fileiras de rostos pálidos voltados para o alto, as bocas abertas a gritar e as lágrimas a rolar livremente. Joana passava lentamente por aquela massa compacta de gente; sua figura, com a armadura reluzente, projetava-se acima daquele mar de cabeças como se fosse uma estátua de prata. As pessoas que conseguiam aproximar-se esforçavam-se para permanecer junto a ela, olhando-a em êxtase, com as faces cobertas de lágrimas. Eram homens e mulheres que julgavam estar vendo algo divino e que beijavam seus pés, agradecidos. Os que não conseguiam tocá-la tocavam seu cavalo com as pontas dos dedos e depois as beijavam.

Nada do que Joana fazia passava-lhes despercebido; qualquer gesto seu era comentado e aplaudido. Os comentários não cessavam.

– Olhe! Olhe! Ela está sorrindo! Viu?

– Veja, ela tirou seu capacete de plumas para saudar alguém! Ah, que coisa linda! Como é graciosa!

– Ela está acariciando a cabeça de uma mulher.

– Oh, veja seu porte no cavalo! Como é garbosa! Viu como ela beijou o punho da espada para cumprimentar aquelas mulheres na janela que lhe atiraram flores?

– Lá está alguém erguendo uma criança. Ela a beijou! Oh, ela é divina!

– Que figurinha graciosa ela é! Vejam que rosto lindo – e tão alegre também!

Houve um pequeno acidente com o estandarte de Joana, cuja franja encostou em uma das tochas e começou a pegar fogo. Ela se curvou para a frente a apagou a chama com a mão.

– Ela não teme nem o fogo! – gritou alguém, e a multidão admirada deu-lhe uma ruidosa salva de palmas.

Joana dirigiu-se até a Catedral para dar graças a Deus e o povo se apinhou lá também para acrescentar suas devoções às dela. Depois ela montou de novo no cavalo e dirigiu-se lentamente, atravessando aquele mar de pessoas e de tochas, para a casa de Jacques Boucher, tesoureiro do duque de Orléans, onde ficaria hospedada enquanto estivesse na cidade, tendo como companheira de quarto a jovem filha do casal. O delírio do povo continuou pelo resto da noite, com o clamor dos sinos a repicar e as salvas de canhão.

Joana d'Arc finalmente chegara ao teatro da guerra e estava pronta para começar.

14

Joana estava pronta, mas precisava aguardar que seu exército chegasse. Na manhã seguinte, que era um sábado, 30 de abril, ela quis saber do mensageiro que partira de Blois levando sua proclamação aos ingleses – aquela que ela ditara em Poitiers. Tenho aqui uma cópia desse documento, notável por vários motivos: pela maneira direta e tranquila de seu estilo, pelo idealismo nele contido e pela confiança sem afetação em sua capacidade de realizar a prodigiosa tarefa que se impusera – ou que lhe fora imposta –, como vocês preferirem julgar. Ao lê-la, podem-se ouvir as pompas da guerra e ouvir o rufar dos tambores. Nessa carta a alma guerreira de Joana se revela e nela se pode encontrar a meiga pastorinha de antes. Essa menina de aldeia, que jamais estudara, que jamais ditara qualquer coisa a alguém – o que dizer então de cartas a reis e generais! –, deixou fluir essa sequência de frases pujantes como se estivesse acostumada a isso desde sempre.

JESUS MARIA

Rei da Inglaterra, duque de Bedford que se intitula Regente da França; William de la Pole, conde de Suffolk e Thomas Lord Scales, que se intitulam tenentes do mencionado Bedford – respeitem a vontade de Deus. Entreguem à Donzela que foi enviada por Deus as chaves de todas as pacíficas cidades da França que os senhores tomaram e violaram. Ela foi enviada por Deus para restaurar o sangue real. Ela está pronta a agir por meios pacíficos se os senhores agirem corretamente e deixarem a França pagando pelos prejuízos causados. E os senhores soldados, companheiros na guerra, nobres ou não, que se encontram na pacífica cidade de Orléans, retornem a seu próprio país, em nome de Deus, ou preparem-se para a chegada da Donzela, que logo estará aí e os fará sofrer. Rei da Inglaterra, se o senhor não fizer o que lhe digo, forçá-lo-ei a isso como comandante do Exército que sou e onde quer que eu encontre seus súditos na França expulsá-los-ei, por bem ou por mal. Se não me obedecerem, matá-los-ei a todos, porém, se me obedecerem, saberei perdoá-los. Quem me enviou foi Deus, Rei dos Céus, com a missão de expulsá-los da França, ainda que para tanto precise enfrentar traidores e malfeitores que agem contra nosso reino. Não pense o senhor que poderá se apossar deste reino contra a vontade do Rei dos Céus, Filho da abençoada Maria; o rei Charles será o nosso rei, pois essa é a vontade de Deus a ele revelada através da Donzela. Onde quer que encontremos os ingleses, nós os destruiremos com um clamor tal que não se ouve na França nos últimos mil anos. Esteja certo de que Deus enviará à Donzela mais força do que o senhor poderá usar contra ela e seus fiéis soldados. Veremos então quem é mais forte, o Rei dos Céus ou o senhor. duque de Bedford, a Donzela lhe pede que não cause sua própria destruição. Se o senhor obedecer, poderá ainda estar do lado dela quando os franceses realizarem o mais belo feito já visto no mundo cristão, porém se assim não agir terá de pagar, dentro em breve, pelo mal que causou.

Essa última frase é um convite para que eles a acompanhem nas cruzadas em busca do Santo Sepulcro.

Joana não tinha recebido resposta a essa sua proclamação e nem mesmo o mensageiro retornara. Ela então enviou dois arautos com uma nova carta ordenando os ingleses a suspender o cerco à cidade e exigindo que lhe mandassem de volta seu mensageiro. Os arautos retornaram sem ele. Tudo que trouxeram foi um recado para Joana ameaçando-a de morte na fogueira se ela não deixasse a cidade naquele mesmo instante, enquanto ainda podia, e voltasse a "tomar conta de suas vacas", pois era esse o seu ofício.

Ela não se perturbou. Disse apenas lamentar que os ingleses insistissem no confronto que lhes seria fatal, pois ela estava fazendo o possível para que eles deixassem o país "ainda com vida em seus corpos".

Joana chegou a pensar em uma saída aceitável para eles e disse aos arautos:

– Voltem lá com este recado meu ao lorde Talbot: "Saiam de suas bastilhas com seus soldados e eu irei ao seu encontro com os meus; se eu vencer, deixarei que partam da França em paz; se vocês vencerem, podem me queimar como desejarem."

Eu não a ouvi dizer isso, mas Dunois ouviu e nos contou. O desafio foi recusado.

No domingo de manhã suas Vozes ou seu instinto lhe deram um aviso e ela enviou Dunois a Blois para assumir o comando das tropas e apressar sua chegada a Orléans. Foi uma decisão sábia essa sua, pois ele encontrou Regnault de Chartres e alguns outros traidores do rei fazendo o possível para dispersar as tropas e tentando impedir os generais de Joana de seguir para Orléans. Era um bando de incréus, aquele. Voltaram então sua atenção para Dunois, tentando dissuadi-lo. Ele, porém, já falhara uma vez diante de Joana e as consequências foram muito ruins. Ele não falharia novamente. Não tardou a pôr o exército em marcha.

15

Nós de sua guarda pessoal passamos alguns dias bem agradáveis enquanto esperávamos a chegada das tropas, sendo homenageados pela sociedade local. Para os nossos dois cavalheiros, isso não era novidade alguma, porém para nós, jovens de aldeia, aquela era uma vida nova e interessante. Qualquer um que, de alguma forma, privasse da companhia da Donzela de Vaucouleurs passara a ser uma figura importante e cortejada. Os irmãos de Joana, Noël e o Paladino, humildes camponeses que eram, passaram a ser homenageados como cavalheiros, personagens de peso e influência. Foi interessante notar como seu retraimento e sua falta de jeito rapidamente desapareceram, como derretidos por aquele agradável sol da deferência e com que facilidade adaptaram-se ao novo ambiente. Não poderia haver no mundo alguém mais feliz do que o Paladino. Ele não parava de falar e a cada novo dia parecia deleitar-se mais com a própria voz. Passou a ter ancestrais cada vez mais nobres e numerosos e em pouco tempo seus parentes eram quase todos duques. Seus velhos casos foram renovados com novos pormenores e adquiriram um esplendor ainda maior – não só esplendor, como terror, pois ele acrescentou-lhes a artilharia. Tínhamos visto canhões em Blois pela primeira vez – uns poucos –, porém em Orléans havia uma quantidade deles e de vez em quando nos era dado ver o impressionante espetáculo de uma enorme bastilha inglesa desaparecer por trás de montanhas de fumaça de seus próprios canhões, com lanças de fogo a atravessá-las. Esse quadro impressionante, complementado por explosões que faziam tudo tremer, inflamava a imaginação do Paladino. Nossas modestas escaramuças e emboscadas assumiam características tão sublimes que se tornavam irreconhecíveis para quem delas tivesse participado.

Poder-se-ia supor a existência de uma fonte de inspiração especial para tanto empenho do Paladino, e de fato havia. Era a filha do dono da casa, Catherine Boucher, uma encantadora jovem de dezoito anos, muito bonita e delicada. Creio que seria tão bela quanto Joana se tivesse olhos como os dela. Mas isso era impossível. Jamais houve olhos tão lindos como os de Joana e jamais haverá. Seus olhos tinham algo que era profundo e maravilhoso, algo que transcendia as qualidades meramente humanas. Falavam todas as línguas, dispensando as palavras. Comunicavam o que ela queria com um simples olhar, um único olhar que era capaz de fazer um mentiroso confessar sua mentira, de fazer com que um homem orgulhoso se tornasse humilde, de encher de coragem o coração de um covarde e fazer desaparecer a coragem dos mais valentes. Bastava um olhar seu para apaziguar ressentimentos e ódios, tornar tranquilo um espírito revolto, dar fé e esperança a quem já as havia perdido, e purificar uma mente impura. E que capacidade de persuasão! Sim, *persuasão* é a qualidade que melhor define aquele olhar. Quem, alguma vez, não se deixou persuadir por ele? Desfilam em minha memória o maníaco de Domrémy, o padre que expulsou as fadas, o reverendo tribunal de Toul, Laxart – com suas dúvidas e superstições –, o obstinado veterano de Vaucouleurs, o herdeiro da França, com toda a sua falta de caráter, os sábios e estudiosos do Parlamento e da Universidade de Poitiers, aquele filho predileto de

Satanás que era La Hire, o Bastardo de Orléans, acostumado a só se guiar pela própria cabeça – todos se deixaram persuadir por aquele dom de Joana que a tornava ainda mais maravilhosa e inexplicável.

Fizemos relações amistosas com os membros da alta sociedade de Orléans que acorriam para conhecer Joana. Tratavam-nos com tal distinção que nos sentíamos nas nuvens. Porém os melhores momentos se davam em ocasiões mais íntimas, quando os convidados formais já haviam partido, restando apenas a família e uma dezena de seus amigos íntimos que ali permaneciam reunidos, conversando. Era então que nós, os cinco rapazes, nos esforçávamos para causar a melhor impressão. Ali tudo nos fascinava, mas o principal objeto de nosso fascínio era Catherine. Nenhum de nós se apaixonara até então e tivemos o infortúnio de nos apaixonarmos todos pela mesma pessoa, ao mesmo tempo, ou seja, desde o momento em que a vimos pela primeira vez. Ela era alegre e cheia de vida e ainda me lembro com ternura daquelas poucas noites em que pude compartilhar de sua doce companhia e dos momentos de camaradagem com aquele pequeno grupo de pessoas encantadoras.

O Paladino nos provocou ciúmes na primeira noite, pois, tão logo começou a contar suas histórias de batalhas, monopolizou a atenção de todos e seria inútil qualquer esforço em contrário. Aquelas pessoas estavam vivendo em meio a uma guerra de verdade havia sete meses e ouvir aquele gigante falastrão falar de campanhas mirabolantes onde se nadava em sangue foi uma diversão e tanto para elas, que quase morreram de tanto rir. Catherine não cabia em si de tanta alegria. Ela não dava gargalhadas – nós, é claro, gostaríamos que ela desse –, mas escondia o riso por trás de um leque e seu corpo sacudia-se tanto que ela poderia ter deslocado uma vértebra. Quando o Paladino finalmente acabava de relatar uma batalha e nós nos sentíamos aliviados e esperançosos de que a conversa tomasse outro rumo, ela falava com uma voz tão meiga e persuasiva que me deixava exasperado. Queria maiores informações sobre essa ou aquela parte da história que a interessara tanto. Será que ele teria a bondade de contar aquela parte de novo em maiores detalhes? Isso, é claro, fazia desabar sobre nós toda aquela batalha novamente, acrescida de uma centena de mentiras que não haviam ocorrido antes.

Não sei como expressar o sofrimento por que passei ali. Experimentei o ciúme pela primeira vez e achei intolerável que aquela criatura fosse tão favorecida pela sorte, tendo feito tão pouco por merecê-la. E eu tinha que ficar ali sentado, ignorado, quando tudo que eu queria era um pouquinho de atenção daquela jovem adorável, que tanto a desperdiçava com ele. Eu estava próximo a ela e por duas ou três vezes tentei começar a falar de alguma coisa que *eu* tivesse feito naquelas batalhas e me senti envergonhado em ter que fazer uso daquele recurso. Mas ela só estava interessada nas batalhas dele e não me dava atenção. Por fim, quando uma das minhas tentativas fez com que ela perdesse um pedacinho daquelas tolices todas que ele dizia, ela pediu que ele voltasse atrás e contasse a história de novo. É claro que ele aproveitou a oportunidade para multiplicar por dez o horror e a carnificina e eu me senti tão humilhado com aquela minha tentativa abortada que desisti de vez.

Os outros estavam tão indignados com a conduta egoísta do Paladino quanto eu – e por aquela sua sorte imerecida também, é claro –, talvez, na verdade, essa fosse a nossa maior mágoa. Conversamos sobre nossas aflições, como era de se esperar, pois os rivais se transformam em irmãos quando são afligidos por um mal comum e um inimigo comum sai vitorioso.

Cada um de nós teria como agradá-la e conseguir sua atenção se não fosse por aquela pessoa a ocupar todo o seu tempo sem dar oportunidade a outros. Eu, por exemplo, tinha escrito um poema. Passei uma noite em claro escrevendo. Nesse poema eu celebrava com a maior delicadeza os doces encantos de uma jovem sem mencionar seu nome, porém qualquer um podia perceber quem era. O próprio título me parecia revelador – "A Rosa de Orléans". O poema falava de uma linda rosa branca e pura que cresceu no solo rude da guerra e cujos olhos tenros viam à sua volta aquelas terríveis máquinas da morte. Por esse motivo – e aqui chamo sua atenção para a ideia – a rosa se ruboriza, ante a natureza pecadora dos homens, e *se transforma em uma rosa vermelha* de um dia para o outro. A rosa era branca – vejam bem – e ficou vermelha. Essa ideia foi minha mesmo e era bastante original. A rosa então passou a espalhar seu perfume por toda a cidade em guerra e quando as tropas combatentes sentiram aquela fragrância *depuseram suas armas e começaram a chorar.* Essa ideia original foi minha também. Assim terminou aquela parte do poema. Então eu a comparei ao firmamento – uma parte, apenas, não todo ele. Ela era a lua e todos os astros a seguiam, com seus corações ardendo de amor por ela. Entretanto ela não parava e não os ouvia pois dizia-se que ela amava alguém. Dizia-se que ela amava um pobre e miserável mortal seu pretendente que vivia na Terra enfrentando todo tipo de perigo, inclusive a morte e a mutilação nos campos sangrentos da guerra. Lutava contra um inimigo cruel para salvá-la da morte prematura e impedir que sua cidade fosse destruída. E quando os tristes astros que a seguiam ficaram sabendo do sofrimento que era aquele amor – reparem bem nessa ideia – seus corações se partiram e as suas lágrimas cobriram o firmamento de esplendor, pois transformaram-se em *estrelas cadentes.* Foi uma imagem ousada, mas não se pode negar sua beleza; uma imagem bela e patética – maravilhosamente patética da maneira como a apresentei, com rima e tudo. Ao final de cada estrofe havia um refrão de duas linhas lamentando a sorte do pobre amante mortal, tão longe dela, quiçá para sempre, dela que ele tanto amava, cada vez mais pálido e fraco em sua agonia, cada vez mais perto do túmulo cruel. Essa era a parte mais emocionante e nem mesmo os rapazes conseguiram conter as lágrimas ao ouvirem Noël repetir esses versos. A primeira parte do poema era constituída de oito estrofes de quatro linhas cada. Era a parte floral ou, digamos assim, sua parte hortícola, se essa não for uma palavra demais complicada para um poema tão simples. A parte astronômica continha ao todo dezesseis estrofes – embora eu pudesse ter escrito cento e cinquenta, tão portentosa era a inspiração que eu sentia; mas o poema teria ficado longo demais para ser recitado diante dos convidados, ao passo que com dezesseis estrofes seria possível até recitá-lo de novo, se alguém o desejasse.

Os rapazes ficaram perplexos ao ver que eu conseguira escrever um poema assim, saído da minha própria cabeça. Eu também, é claro. Aquilo foi tão surpreendente para mim como para qualquer outro, pois eu não sabia que tinha tanta coisa na cabeça. Caso alguém tivesse me perguntado na véspera se eu seria capaz de escrever um poema daqueles, eu teria respondido que não, com toda a sinceridade.

É assim que se passam as coisas conosco; podemos viver metade de nossas vidas sem saber que algo assim está dentro de nós, quando na realidade estava lá o tempo todo e só o que precisávamos era que alguma coisa acontecesse para que aquilo se revelasse. De fato, isso sempre aconteceu na nossa família. Meu avô tinha um câncer e ninguém descobriu qual era o problema dele até ele morrer. Tampouco ele sabia. É espantoso como os dons e as doenças podem se esconder assim dentro de nós. Bastou, no meu caso, que aquela adorável e inspiradora jovem atravessasse meu caminho e pronto; logo surgiu o poema, que foi tão fácil escrever com rima e tudo como é fácil atirar pedras num cachorro. Não, eu jamais seria capaz de saber que aquilo estava dentro de mim, mas estava.

Os rapazes não encontravam palavras suficientes para elogiá-lo, tão encantados e surpresos ficaram. O que eles mais gostaram foi do estrago que causaria ao Paladino. Eles não pensavam em mais nada além de tirar o Paladino do caminho e silenciá-lo. Noël Rainguesson não cabia em si, tão encantado estava com o poema. Gostaria de ser capaz, ele mesmo, de produzir algo assim, mas não podia, é claro. Era um dom que não possuía. Entretanto em meia hora já o sabia de cor e jamais se ouviu coisa tão bela e tão patética quanto Noël a recitar o meu poema. Esse era um dom que ele tinha. Esse e o da mímica. Ele sabia recitar melhor que qualquer um neste mundo e imitava La Hire à perfeição – ou qualquer outra pessoa. Já eu nunca fui capaz de recitar coisa alguma e quando tentei recitar meu poema, os rapazes não me deixaram chegar ao fim. Não aceitariam qualquer outro que não Noël. E eu, que desejava que o poema causasse a melhor impressão a Catherine, disse ao Noël que ele poderia recitá-lo. Nunca vi alguém tão feliz. Ele não conseguia acreditar que eu estivesse falando a sério, mas eu estava. Disse que me bastava que soubessem que eu era o autor. Os rapazes ficaram entusiasmados e Noël disse que só precisava que lhe dessem a oportunidade de recitar para aquelas pessoas; ele as faria compreender que há coisas mais elevadas e mais belas que histórias de guerras inventadas.

Mas a dificuldade estava justamente aí: conseguir essa oportunidade. Criamos várias estratégias que nos pareceram viáveis e por fim chegamos a uma que seria a mais segura. Deixaríamos que o Paladino começasse a inventar suas histórias e em seguida inventaríamos que ele estava sendo chamado. Tão logo ele saísse da sala, Noël ocuparia seu lugar e completaria o relato imitando o estilo do Paladino, coisa que ele fazia com extrema perfeição. Isso lhe renderia muitos aplausos e a simpatia do público, que assim estaria pronto para ouvir o poema. Os dois triunfos consecutivos seriam o suficiente para arrasar o porta-estandarte – ou pelo menos fazer com que tomasse jeito – e abriria caminho para nós dali por diante.

Assim na noite seguinte eu não apareci na sala até que o Paladino tivesse começado a falar. Quando ele já estava dizendo como caíra sobre o inimigo como um furacão à frente do pelotão que comandava, eu cheguei em meu uniforme de oficial e anunciei que um mensageiro de La Hire trouxera uma mensagem do general, que desejava falar com o porta-estandarte. Quando ele saiu da sala, Noël ocupou seu lugar e disse que aquela interrupção era lastimável, porém que por sorte ele estava bem familiarizado com os pormenores da batalha e, se lhe permitissem, teria o maior prazer em relatá-la às pessoas ali presentes. Em seguida, sem aguardar a permissão, ele se transformou no Paladino de estatura muito reduzida, é claro – com seu tom de voz, seus gestos, suas poses e seus maneirismos. Tudo exatamente igual. Ele falava sem parar descrevendo a tal batalha e teria sido impossível imaginar imitação mais perfeita e mais minuciosamente ridícula do que aquela. As pessoas guinchavam de tanto rir. Tinham espasmos, convulsões e frenesis de gargalhadas, com as lágrimas a lhes escorrer pelas faces. Quanto mais eles riam, mais inspirado ficava Noël na apresentação de seu tema e maiores prodígios produzia, até as gargalhadas se transformarem em gritos e urros. E o maior prodígio de todos foi fazer com que Catherine Boucher caísse também na risada, a ponto de perder o fôlego. Vitória? Foi uma nova Agincourt!

O Paladino não se ausentou por mais de dois minutos; descobriu logo que lhe tinham pregado uma peça e voltou. Quando se aproximou da porta ouviu o discurso extravagante de Noël, logo percebeu o que se passava; permaneceu, portanto, junto à porta mas sem ser visto e ouviu toda a palhaçada até o fim. Os aplausos que Noël recebeu ao terminar foram a própria glória; eles não paravam de aplaudir e gritar, pedindo que repetisse tudo novamente.

Mas Noël foi esperto. Ele sabia que o melhor momento para se apreciar um poema de emoções profundas e refinadas e de melancolia patética como o meu era quando uma alegria plena tivesse preparado os espíritos para melhor sofrer o choque do contraste.

Portanto ele fez uma pausa até que o silêncio fosse total; então sua expressão foi ficando séria e foi assumindo um aspecto imponente. Imediatamente as pessoas ficaram sóbrias também e suas expressões denotavam curiosidade e expectativa. Foi então que ele começou a recitar, em voz baixa porém perfeitamente audível, os versos iniciais de "A Rosa de Orléans". Sua respiração se adequou perfeitamente ao ritmo envolvente do poema e, verso após verso, foi chegando aos ouvidos atentos e encantados. Aqui e ali ouviam-se murmúrios: "Que lindo!... Que delicadeza!... Nunca ouvi nada igual!"

A essa altura o Paladino, que se afastara por alguns instantes no início do poema, surgiu à porta novamente e entrou. Ficou ali mesmo, parado, apoiando seu portentoso corpo na parede, a olhar extasiado o declamador. Quando Noël chegou à segunda parte e aquele refrão constrangedor começou a emocionar os ouvintes, o Paladino pôs-se a enxugar as lágrimas usando a princípio as costas de uma das mãos e, em seguida, as das duas. Quando o refrão foi repetido novamente, ele começou a fungar e a sopitar uns soluços, passando a enxugar as lágrimas com as mangas do seu gibão. Ele chamava tanta atenção que chegou a deixar Noël um pouco encabulado. Isso também teve efeito negativo sobre o público. Na repetição seguinte ele não se conteve mais e passou a chorar como um bezerro, o que arruinou o efeito do refrão e levou várias pessoas ao riso. A partir de então ele foi de mal a pior, proporcionando um espetáculo inusitado: tirou uma toalha de dentro de seu gibão e pôs-se a esfregar os olhos com ela, aos prantos, intercalando grunhidos infernais com soluços, roncos e engasgos. Ele se contorcia para lá e para cá, sem interromper o seu clamor brutal, brandindo no ar a toalha para em seguida enxugar as lágrimas com ela. Ouvir o que Noël dizia? Já não se podia mais ouvir os próprios pensamentos! A voz de Noël foi completamente abafada e ele parou de declamar. As pessoas riam tanto que pareciam estar a ponto de explodir. Foi a cena mais degradante que já se viu. Ouvi então o chocalhar metálico que uma armadura faz quando o homem dentro dela está correndo e logo em seguida, bem junto à minha cabeça, ouvi explodir uma gargalhada absolutamente escandalosa que por pouco não rompe meus tímpanos. Voltei-me e ali estava La Hire, com as mãos enluvadas nos quadris, a cabeça inclinada para trás e a boca tão aberta que chegava às raias da indecência. De lá saíam aqueles furacões e trovões que eram suas gargalhadas. Faltava ainda uma coisa pior acontecer e ela não tardou: percebi na outra porta um corre-corre e uma agitação de oficiais e ajudantes de ordens que significavam a chegada de uma alta personalidade. Joana d'Arc então entrou na sala e todos se puseram de pé. Sim, todos tentaram recuperar rapidamente o decoro perdido e se fizeram solenes. Porém, quando viram que a própria Donzela se ria também, deram graças a Deus por Sua misericórdia e a sala toda explodiu em gargalhadas novamente.

São coisas assim que tornam a vida amarga e não desejo me alongar falando delas. O efeito do poema perdeu-se por completo.

16

Aquele episódio não me fez bem à saúde e no dia seguinte não consegui sair da cama. Os outros também não se sentiram bem. Se não fosse por isso, qualquer um de nós poderia ter tido a sorte que acabou recaindo sobre o Paladino naquele dia. Mas já pude observar que Deus, em Sua compaixão, distribui boa sorte àqueles a quem dotou de poucos dons; é uma espécie de compensação que, entretanto, exige que os que foram bem-dotados se esforcem muito para conseguir o que àqueles é dado pela sorte. Foi Noël quem chamou nossa atenção para isso e não pude deixar de concordar.

O Paladino ficava perambulando pela cidade o dia todo pelo simples prazer de se sentir seguido e admirado e de ouvir as pessoas murmurarem à sua passagem: "Psit! Olhe! Aquele é o porta-estandarte de Joana d'Arc!" Foi assim, conversando aqui e ali com gente de todo tipo, que ficou sabendo, por intermédio de uns barqueiros, de uma certa agitação nas bastilhas do outro lado do rio. Já à noite, informando-se mais, acabou conhecendo um desertor de uma das fortificações inglesas chamada *Augustins*, que disse que os ingleses mandariam mais soldados para o nosso lado do rio a fim de reforçar as guarnições. Fariam isso no meio da noite e estavam muito animados, pois capturariam Dunois e as tropas quando estivessem passando em frente às bastilhas e as destruiriam. Fariam aquilo com facilidade, já que a "Bruxa" não estava com eles e sem a presença dela os soldados fariam o que haviam feito todos os exércitos franceses quando davam de frente com os ingleses: deixariam cair suas armas e sairiam correndo.

Eram dez horas da noite quando o Paladino chegou com essa notícia e pediu permissão para falar com Joana. Era eu quem estava acordado fazendo-lhe a guarda. Foi um golpe duro para mim; bem que poderia ter tido aquela sorte. Joana mandou averiguar e chegou à conclusão de que a informação procedia. O que ela lhe disse então me deixou arrasado:

– Você agiu muito bem e quero agradecer-lhe. É possível que você tenha evitado um desastre. Seu nome e o serviço que prestou receberão menção oficial.

O Paladino curvou-se em reverência e quando se ergueu novamente tinha três metros de altura. Passou por mim de peito estufado e, sem que ninguém mais percebesse além de mim, puxou com o dedo a pálpebra inferior e murmurou parte do malfadado refrão:

– "Oh lágrimas, oh lágrimas, tão plenas de ternura e de tristeza!" O meu nome receberá um louvor e uma menção pessoal ao rei. Que tal?

Eu gostaria que Joana tivesse visto aquilo, mas ela estava ocupada, pensando nas providências a tomar. Mandou então que eu fosse chamar o cavalheiro Jean de Metz e um minuto depois ele já partia ao encontro de La Hire com ordens de que ele e o lorde de Villars e Florent d'Illiers se apresentassem a ela às cinco horas da manhã seguinte com quinhentos homens escolhidos e bem montados. Os historiadores dizem que foi às quatro e meia, porém não é verdade. Eu ouvi quando a ordem foi dada.

Às cinco em ponto partimos e, entre seis e sete, encontramos a tropa que ia chegando a umas duas léguas da cidade. Dunois mostrou-se satisfeito em nos ver, pois a tropa já começava a ficar inquieta e a dar sinais de apreensão por estar se aproximando das terríveis bastilhas. Com a chegada de Joana, porém, toda a apreensão desapareceu rapidamente, à medida que a informação percorria toda a coluna, passando de boca em boca, como uma onda: a Donzela havia chegado. Dunois pediu-lhe que parasse para deixar passar a tropa em revista, de modo que os homens pudessem ver que ela estava mesmo ali, que não se tratava de uma invenção para infundir-lhes coragem. Ela então aproximou-se com sua guarda à margem da estrada e os batalhões foram desfilando em passo marcial, aclamando-a com hurras e vivas. Joana vestia a armadura completa, menos o seu elmo. Usava, em vez dele, uma linda boina de veludo com plumas de avestruz brancas e recurvadas que lhe caíam pelo lado. Era um presente que recebera da cidade de Orléans na noite de sua chegada. É a mesma que aparece no quadro que se pode ver na Prefeitura de Rouen. Ela não parecia ter mais de quinze anos. O espetáculo de soldados desfilando sempre fazia seu sangue correr mais depressa colorindo-lhe as faces e seus olhos brilharem ainda mais. Em momentos assim percebia-se que era bela demais para ser uma simples mortal, ou que, pelo menos, havia algo sutil e indescritível na beleza daquela menina que a tornava diferente dos tipos humanos que se conhecem. Era uma beleza que a distinguia e a glorificava.

Foi no comboio das carroças de suprimento, deitado de costas sobre uma delas, que Joana viu um homem com as mãos e os tornozelos amarrados por cordas. Imediatamente fez sinal ao oficial responsável por aquele destacamento para que viesse até ela. Ele se aproximou e a saudou.

– O que faz aquele homem amarrado lá em cima? – perguntou ela.

– É um prisioneiro, general.

– Que crime cometeu?

– Ele é um desertor, general.

– E o que será feito dele?

– Será enforcado, mas não achamos conveniente fazer isso durante a marcha. Não há pressa.

– Fale-me sobre ele.

– Trata-se de um bom soldado, mas ele pediu permissão para ir ver a mulher que estava morrendo e nós não podíamos dar. Então ele foi sem permissão. Nesse meio-tempo a marcha recomeçou e ele só conseguiu nos alcançar ontem à noite.

– Ele os alcançou? Voltou por vontade própria?

– Sim, foi por vontade própria, general.

– E o senhor chama de desertor a um homem desses? Em nome de Deus, traga-o aqui!

O oficial partiu a galope e trouxe o homem, tendo-lhe soltado os pés, porém mantendo-lhe as mãos amarradas. Que figura, aquela! Deveria ter bem uns dois metros de altura e a compleição de um gigante. Seu rosto era o de um homem feito para a luta. Quando o oficial lhe tirou o capacete, pôde-se ver seus cabelos pretos e desgrenhados. De um largo cinturão de couro pendia um enorme machado, que deveria ser sua arma. De pé, ao lado do cavalo de Joana, ele fazia com que ela parecesse ainda menor do que era, pois a cabeça dele ficava no mesmo nível da dela. O homem tinha uma expressão profundamente melancólica, como se nada mais na vida lhe interessasse.

– Levante as mãos – disse Joana.

Até aquele instante ele mantinha a cabeça baixa, porém ao ouvir aquela voz meiga e firme algo no seu rosto se transformou. Foi como se ele tivesse ouvido uma música e quisesse ouvi-la novamente. Quando ele ergueu as mãos, Joana encostou sua espada nas cordas que as prendiam, porém o oficial, apreensivo, disse:

– Oh, senhorita... isto é... meu general!

– Sim? – disse ela.

– Este homem está cumprindo uma pena!

– Sim, sei disso. Sou responsável por ele. – Joana então cortou as cordas. Elas haviam lacerado os pulsos do homem, que sangravam. – Que lástima! – disse ela. – Sangue... isso não me agrada – acrescentou, desviando os olhos. Mas só por uns poucos segundos. – Deem-me alguma coisa para fazer um curativo nisso.

– Ah, meu general – disse o oficial –, isso não está certo; não lhe cabe fazer isso. Deixe que eu mande alguém cuidar dele.

– Alguém? Por Deus! Seria preciso ir muito longe para encontrar alguém que o faça melhor que eu. A vida toda cuidei de pessoas e de animais. E teria sabido amarrá-lo melhor, também, do que quem o fez, pois cuidaria de não o machucar.

O homem ficou em silêncio enquanto Joana lhe colocava as bandagens, olhando-a furtivamente de quando em vez, como um animal desconfiado que não entendesse aquela inesperada bondade. A guarda pessoal se esqueceu das tropas ruidosas que passavam levantando nuvens de poeira; ficamos todos em volta dos dois a apreciar, interessados, como se aquele curativo fosse a coisa mais interessante do mundo. Já vi situações semelhantes ocorrerem, quando as pessoas ficam totalmente absortas, apreciando algo absolutamente simples. Lembro-me de certa vez, em Poitiers, em que vi dois bispos e mais uma dúzia daqueles sábios, tão famosos e soturnos, agrupados em torno de um homem que pintava uma tabuleta em uma loja. Eles nem respiravam, de tão absortos; eram como se fossem estátuas. Então começou a garoar e a princípio eles nem se deram conta; depois notaram e cada um deu um suspiro profundo como se acordasse. Pareceram todos surpresos de se verem ali – porém, como disse, é comum as pessoas agirem assim. É inútil tentar explicar o comportamento das pessoas. Temos que aceitá-las como são.

– Pronto! – disse Joana finalmente, satisfeita com seu trabalho. – Ninguém teria feito isso melhor, nem mesmo igual. Agora diga-me o que foi que você fez. Conte-me tudo.

– O anjo me perguntou e eu respondo – disse o gigante. – Primeiro foi minha mãe quem morreu; depois, meus três filhos, um logo depois do outro, em menos de dois anos. Foi a fome. Muitos tiveram esse fim, pois foi isso que Deus quis. Eu estava junto quando eles morreram; Deus me deu essa graça para poder enterrá-los. Depois chegou a vez de minha pobre mulher e eu pedi que me deixassem ir – ela, que eu amava tanto, que era tudo o que me restava. Supliquei de joelhos, mas não me deram permissão. Eu podia deixar que ela morresse sozinha, sem ninguém, pensando que eu não quisesse ir? Será que ela teria me deixado morrer assim, se tivesse os pés livres para ir se isso lhe custasse apenas a vida? Ah, ela teria ido! Teria atravessado o fogo, se fosse preciso! Por isso eu fui. Estive com ela e ela morreu em meus braços. Eu a enterrei e quando voltei a tropa já havia partido. Não foi fácil alcançá-la, mas minhas pernas são compridas e o dia tem muitas horas. Ontem à noite alcancei a tropa.

– Você parece estar dizendo a verdade – disse Joana, pensativa, como se estivesse pensando em voz alta. – E se for mesmo assim, não haveria grande mal em se desconsiderar a lei excepcionalmente. Não creio que alguém ache isso errado. Pode não ser verdade, mas se *realmente* for... – Ela interrompeu o que ia dizendo e, voltando-se subitamente para o homem, disse: – Eu gostaria de ver os seus olhos. Olhe para mim! – Os olhos dos dois se encontraram e Joana disse ao oficial: – Este homem está perdoado. Tenha um bom dia. O senhor está dispensado. – Voltou-se então para o homem novamente. – O senhor sabia que o retorno ao exército significava sua morte?

– Sim – disse ele. – Eu sabia.

– E por que retornou?

– Voltei por isso mesmo – disse o homem com simplicidade. – Ela era tudo o que eu tinha. Nada mais me restava para amar.

– Ah, sim, restava-lhe a França! Os filhos da França sempre terão essa mãe. Esses filhos sempre terão algo para amar. O senhor viverá e servirá à França...

– Servirei à *senhorita*.

– ...e lutará pela França...

– Pela *senhorita* eu lutarei!

– ...e será um soldado da França...

– Serei *seu* soldado!

– ...e dará seu coração a ela.

– À *senhorita* darei meu coração... e minha alma, se eu a tiver... e toda a minha força, que é grande, pois eu estava morto e vivi novamente. Eu não tinha motivo para viver e agora tenho. A França para mim é a senhorita. Aqui está a minha França e não preciso de outra.

Joana sorriu, comovida e satisfeita com o entusiasmo do homem. Era um entusiasmo muito solene, pois ele realmente falava sério.

– Bem, será como o senhor quiser. Como se chama?

– Anão – disse o homem com simplicidade. – Chamam-me de Anão, mas creio que é por brincadeira.

– Tem todo jeito de ser! – disse Joana rindo. – E para que serve esse enorme machado?

O soldado respondeu muito sério, sem qualquer afetação:

– É para convencer as pessoas a respeitarem a França.

Joana riu novamente e disse:

– E o senhor já persuadiu muita gente?

– Ah, sim, sem dúvida alguma. Já persuadi muita gente.

– E as pessoas assim persuadidas passaram a se comportar a contento?

– Passaram. As pessoas ficaram mais quietas. Bem agradáveis e quietas.

– Imagino que sim. O senhor gostaria de ser soldado da minha guarda? Poderia ser ordenança, sentinela ou outra coisa qualquer. O que me diz?

– Se a senhorita consentir...

– Então será. Receberá uma armadura adequada e continuará a ensinar sua arte. Pegue um daqueles cavalos ali e siga minha guarda quando começarmos a marcha.

Foi assim que conhecemos o Anão, um sujeito muito bom. Joana o escolheu por intuição e não se enganou; não poderia haver alguém mais dedicado do que ele, que era o demônio em pessoa quando se soltava com aquele seu machado. Era tão grande que fazia com que o Paladino parecesse ter um tamanho normal. Ele gostava das pessoas e elas gostavam dele. Desde o início afeiçoou-se a nós, os rapazes da guarda de Joana, e deu-se bem com os cavalheiros e o resto do pessoal.

Mas foi Joana a quem ele mais se afeiçoou, mais do que a todos nós juntos.

Pois é, foi assim que conseguimos aquele homem para o nosso grupo. Lembro-me dele ainda amarrado àquela carroça, a caminho da morte, sem que ninguém dissesse uma só palavra em sua defesa. Foi uma boa aquisição, aquela. Imaginem que os cavalheiros tratavam-no quase como se fosse um dos deles – essa é a pura verdade – tal era a maneira de ser daquele homem. Deram-lhe o apelido de Bastilha e às vezes chamavam-no de Boca do Inferno, devido ao seu estilo de luta, cheio de emoção e de garra. Se não tivessem grande afeição por ele, os cavalheiros, como vocês sabem, não o chamariam por apelidos.

Para o Anão, Joana era a França, a própria alma da França encarnada. Ele nunca se afastou dessa ideia que tivera desde o início e Deus sabe que ele estava sendo sincero. Era um homem humilde que, no entanto, fora capaz de reconhecer aquela verdade tão grande, coisa de que outros não foram capazes. Isso me parece algo notável. Entretanto é assim, de certa forma, que os povos fazem as suas nações. Quando amam algo nobre e grandioso, personificam o objeto do seu amor para poderem vê-lo com os próprios olhos. Como a Liberdade, por exemplo. O povo não se contenta com uma ideia abstrata e vaga; transformam-na em uma bela estátua para que aquela abstração tome corpo e melhor possa ser reverenciada. Foi isso, portanto, que se passou com o Anão; para ele Joana era a personificação da nossa pátria, era nossa pátria feita mulher. Uma mulher bela e graciosa. Quando ela aparecia, os outros viam Joana d'Arc mas ele via a França.

Às vezes chegava a referir-se a ela por esse nome. Isso mostra como sua mente estava imbuída da ideia e como aquilo era real para ele. O mundo já se referiu a alguns de nossos reis pelo nome da nossa pátria, mas não sei de rei algum que tivesse feito mais jus a esse título sublime do que ela.

Quando aquele desfile das tropas terminou, Joana retornou à frente da coluna, passando a conduzi-la. E quando começamos a passar por aquelas bastilhas assustadoras, já tão perto que podíamos ver os soldados lá dentro, a postos junto de seus canhões, prontos para lançar a morte sobre nossas fileiras, comecei a sentir-me mal. Uma súbita tontura, acompanhada de náusea, fez com que tudo escurecesse e se pusesse a flutuar diante de meus olhos. Os outros rapazes tampouco pareciam estar bem, inclusive o Paladino. Isso, entretanto, eu não posso assegurar, pois ele ia à minha frente e eu não podia tirar os olhos daquela bastilha.

Joana, contudo, estava perfeitamente à vontade. Sentia-se no Paraíso, ao que parecia. Cavalgava com garbo e eu podia ver que não sentia o mesmo que eu. A coisa mais terrível era aquele silêncio. Ouviam-se apenas o ranger das selas, as passadas ritmadas dos cavalos e o som que faziam ao espirrar quando a nuvem de poeira os incomodava. Eu mesmo tive vontade de espirrar, mas pareceu-me melhor aguentar aquela tortura do que fazer qualquer coisa que pudesse chamar atenção para a minha pessoa.

Meu posto não me permitia dar sugestões, senão eu teria sugerido que apressássemos a marcha para nossa provação terminar mais depressa. Parecia-me que aquele não era o momento adequado para um desfile tão lento. Bem no instante em que passávamos em frente a um canhão com a portinhola aberta, naquele silêncio sufocante, um asno achou de fazer o mundo tremer com o clangor de seu relincho e eu caí da sela. O Senhor Bertrand me agarrou enquanto eu caía, o que foi minha sorte, pois se eu tivesse ido ao chão com aquela armadura não teria conseguido me levantar sozinho. Os soldados ingleses que estavam mais próximos deram uma gargalhada zombeteira, sem se lembrarem de que todos começam do princípio e que já houvera um tempo em que eles também teriam se assustado com um relincho de asno.

Em nenhum instante os ingleses nos desafiaram ou deram um tiro sequer. O que se disse depois foi que ao verem a Donzela cavalgando, tão linda e corajosa, à frente da tropa, os soldados perderam a coragem – alguns definitivamente –, certos de que aquela criatura não era mortal, de que era a própria filha do Satanás. Os oficiais, portanto, acharam prudente não os forçarem a lutar. Foi dito depois, também, que alguns oficiais foram vítimas do mesmo temor supersticioso. Fosse lá por que fosse, eles não nos molestaram e nós passamos diante da fortificação em paz. Durante aquela marcha pus-me em dia com as minhas devoções, que estavam um tanto atrasadas. Por isso posso até dizer que nem tudo, afinal, foi prejuízo para mim.

Foi nessa marcha, segundo contam as histórias, que Dunois teria dito a Joana que os ingleses estavam esperando reforços que chegariam comandados por Fastolf. Consta que ela teria se voltado para ele e dito:

– Bastardo, Bastardo, em nome de Deus peço-lhe que me avise logo que souber de alguma coisa, pois se ele chegar sem que eu saiba é a sua cabeça que vai ser cortada!

Pode ser que isso realmente tenha acontecido; não sou eu quem vai desmentir. Mas não a ouvi dizer isso. Se de fato disse, deve ter ameaçado o oficial de tirá-lo da chefia, cortá-lo do comando. Ela não era do tipo de pessoa que faria uma ameaça daquelas a um companheiro. Joana de fato tinha dúvidas quanto a seus generais e havia motivos para isso, pois ela era favorável ao ataque e eles preferiam nada fazer, esperando que os ingleses se cansassem. Como não acreditavam na proposta dela e eram velhos soldados experientes, era de se esperar que preferissem as próprias propostas e tentassem um jeito de não executar as dela.

Mas houve algo que eu ouvi e que as histórias não mencionam, talvez por desconhecimento. Ouvi Joana dizer que, como as guarnições do outro lado do rio tinham se enfraquecido para reforçar as tropas do nosso lado, a melhor área para o ataque havia mudado, passando a ser a margem sul. Planejou, então, ir até lá e atacar os fortes que protegiam a entrada da ponte. Isso abriria comunicação com áreas nossas e permitiria que o cerco fosse suspenso. Os generais começaram a reclamar entre si no mesmo instante, mas só conseguiram adiar um pouco – por quatro dias – a execução do plano dela.

Toda a cidade de Orléans foi ao encontro das tropas na entrada da cidade dando vivas e hurras enquanto a acompanhava pelas ruas embandeiradas até seus vários locais de acampamento. Porém ninguém precisou cantar para que os soldados dormissem; eles estavam exaustos e dormiram onde seus corpos caíram mortos de cansaço. Dunois fora duro com eles naquela marcha e nas vinte e quatro horas que se seguiram tudo ficou muito quieto. Só se ouviam os roncos.

17

Quando chegamos de volta à casa, o nosso desjejum – da arraia-miúda – já nos aguardava no refeitório e a família nos deu a honra de ir comer conosco. O velho tesoureiro, um bom homem, estava ansioso por saber das nossas aventuras; não apenas ele, como também a mulher e a filha nos envaideceram com seu interesse. Ninguém incumbiu o Paladino de começar a falar, mas ele começou. Depois que assumiu aquele seu posto militar especial – que o colocava acima de todos nós da guarda pessoal à exceção de D'Aulon, que não se sentava à mesa conosco –, o Paladino passou a não se importar em absoluto com a nobreza dos cavalheiros nem com a minha. Dava-se a si mesmo a precedência em todas as conversas sempre que lhe convinha, o que era o tempo todo, porque ele nasceu daquele jeito.

– Deus seja louvado – começou ele –, pois encontramos as tropas em excelentes condições. Creio jamais ter visto tão belo conjunto de animais.

– De animais? – estranhou a Senhorita Catherine.

– Eu explico o que ele quis dizer – prontificou-se Noël. – Ele...

– Não precisa ter o trabalho de explicar coisa alguma – disse o Paladino altivo. – Tenho razões para pensar...

– Ele é sempre assim – interrompeu Noël –, sempre que pensa que tem razões para pensar, ele pensa que de fato pensa, mas isso é um equívoco. Na verdade ele não viu tropa alguma. Prestei atenção nele e vi que ele não viu. Ele estava às voltas com o seu velho problema.

– E qual é o velho problema dele? – perguntou Catherine.

– Prudência – disse eu, vendo minha oportunidade de participar da discussão.

Mas não foi boa a minha ideia de dizer aquilo.

– Talvez você não esteja em condições de criticar a prudência dos outros – logo você, que cai do cavalo ao ouvir um asno zurrar.

Eles todos se riram e eu me senti envergonhado com aquela tentativa frustrada.

– Não é justo que você diga que eu caí porque um asno zurrou – disse eu. – Aquilo foi emoção. A mais pura e simples emoção.

– Então está bem, se é esse o nome que você quer dar àquilo, não sou eu quem vai objetar. Que nome o senhor daria, Senhor Bertrand?

– Bem, eu... ora, o que quer que fosse, estaria justificado, a meu ver. Vocês todos aprenderam o que fazer em batalhas corpo a corpo e não têm do que se envergonhar nessas situações. Entretanto desfilar lentamente diante da morte, sem brandir uma arma, sem fazer barulho, sem ouvir clarins e tambores, sem que coisa alguma aconteça, é uma provação muito grande. Se eu fosse você, De Conte, daria o nome certo àquela emoção. Não há do que se envergonhar.

Aquelas foram palavras das mais sensatas e honestas que já ouvi em toda a minha vida e fiquei-lhe grato pela oportunidade que me dava. Tive então a coragem de dizer a palavra.

– Foi medo. Quero agradecer-lhe por me ajudar a ser sincero.

– Essa é sempre a melhor maneira de resolver as coisas – disse o velho tesoureiro. – Você agiu muito bem, meu jovem.

Aquelas palavras fizeram com que eu me sentisse bem e quando a Senhorita Catherine falou em seguida, eu até gostei que tudo aquilo tivesse acontecido.

– Eu também penso assim – disse ela.

– Estávamos todos juntos – disse o Senhor Jean de Metz – quando um asno se pôs a zurrar e tudo mais estava terrivelmente quieto naquele momento. Não creio que qualquer jovem que estivesse ali em campanha deixasse de sentir um pouco daquela emoção.

Ele examinou à sua volta com uma simpática expressão inquisitiva nos olhos e a cada par de olhos que os seus encontravam uma cabeça balançava confessando que sim. Até mesmo o Paladino concordou em silêncio, o que nos deixou surpresos a todos e salvou a credibilidade do porta-estandarte. Ele foi esperto em agir daquela maneira; ninguém acreditava que ele fosse dizer a verdade, apanhado assim de surpresa, principalmente em se tratando da emoção em causa. Imagino que ele quisesse causar boa impressão à família. O velho tesoureiro voltou a falar.

– Passar pelas fortificações de maneira tão penosa deve exigir de uma pessoa tanta coragem quanto estar no escuro cercado de fantasmas, creio eu. O que o porta-estandarte pensa sobre isso?

– Bem, eu não saberia dizer, senhor. Aliás, sempre tive vontade de me defrontar com um fantasma de verdade se...

– Teve mesmo? – exclamou a jovem. – Pois nós temos um! O senhor gostaria de tentar defrontar-se com ele? Gostaria mesmo?

Ela estava tão bonitinha falando daquela maneira entusiasmada que o Paladino disse que sim. Em seguida, como ninguém ali tinha coragem suficiente para admitir que tinha medo, um por um foi se apresentando como voluntário, mas a coragem ficava da boca para fora. Dentro de cada um de nós batia um coração aflito ao partirmos naquela empreitada. A jovem batia palmas de alegria e os pais mostravam-se felizes também, dizendo que os fantasmas daquela casa eram constante motivo de terror para eles, como o haviam sido para seus antepassados por várias gerações. Até então ninguém tivera coragem suficiente para enfrentá-los e descobrir o que os afligia, para que a família pudesse contentar aqueles pobres espectros de maneira a deixá-los em paz e tranquilidade.

18

Por volta do meio-dia eu me encontrava conversando com Madame Boucher. Estava tudo na mais absoluta calma quando Catherine Boucher entrou subitamente, muito agitada.

– Depressa, senhor, depressa! A Donzela estava cochilando em sua poltrona no meu quarto quando de repente se pôs de pé gritando: “O sangue francês está sendo derramado! Minhas armas! Deem-me minhas armas!” Aquele gigante dela estava de guarda junto à porta e foi buscar D’Aulon, que começou a prepará-la. Eu e o gigante partimos para avisar o comando. Depressa! Vá para junto dela e, se realmente estiver havendo uma batalha, não deixe que ela vá. Ela não pode se arriscar. Não há necessidade disso. Se os homens souberem que ela está por perto, isso já é o suficiente. Não permita que ela participe da luta! Não se pode permitir!

Ao sair correndo, gritei-lhe uma resposta sarcástica, pois sempre apreciei o sarcasmo e dizem até que tenho talento para isso.

– Oh, sim, nada será mais fácil do que isso! Pode deixar que eu cuido dela!

Na outra extremidade da casa encontrei Joana, já pronta para o campo de batalha, dirigindo-se às pressas para a porta.

– Ah, o sangue francês está sendo derramado e vocês não me avisaram.

– Eu realmente não sabia – respondi. – Não há barulho algum de guerra; está tudo tão silencioso, Excelência.

– Você logo ouvirá os sons da guerra – disse ela e se foi.

Ela estava certa. Em menos de cinco segundos o silêncio foi rompido por uma algazarra crescente e pela correria de uma multidão que se aproximava. Eram soldados a pé e a cavalo. De longe começaram a vir os sons abafados dos canhões a fazer bum! – bum! – bum! – bum! A multidão passou ruidosa diante da nossa casa, parecendo um furacão.

Nossos cavalheiros, bem como o resto do Estado-Maior, surgiram imediatamente, porém sem seus cavalos, que ainda não estavam prontos. Saímos todos atrás de Joana. O Paladino foi à nossa frente com o estandarte. A multidão, que se avolumava, era composta de cidadãos e de soldados, aparentemente sem um líder. Quando viram Joana, saudaram-na aos gritos.

– Um cavalo! Um cavalo! – exclamou ela.

Uma dúzia de cavalos arreados foram logo postos à sua disposição. Quando ela montou em um deles, a multidão pôs-se a gritar.

– Abram alas! Abram alas para a DONZELA DE ORLÉANS! – Era a primeira vez que se pronunciava esse nome imortal. E eu, com a graça de Deus, estava lá para ouvi-lo! A massa humana se abriu como as águas do mar Vermelho e pela avenida que se formou Joana partiu a todo galope.

– Avante, corações franceses! Sigam-me! – gritou ela. E nós partimos atrás montando os cavalos emprestados, com o estandarte sagrado a tremular acima de nossas cabeças. A avenida que se abrira ia se fechando atrás de nós.

Aquilo era muito diferente da nossa marcha assustadora diante das terríveis bastilhas. Não, ali nós nos sentíamos muito bem, cheios de entusiasmo. Havia uma explicação para aquele tumulto. A cidade, com sua pequena guarnição, havia tanto tempo entregue ao medo e à desesperança, tinha enlouquecido com a chegada de Joana e não conseguira mais conter a vontade de atacar o inimigo. Por isso, sem que ninguém desse ordem alguma, umas poucas centenas de soldados e de cidadãos lançaram-se pelo portão de Bourgogne afora, sem mais nem menos, para atacar uma das fortalezas mais inexpugnáveis de lorde Talbot – a de St. Loup – e estavam se dando mal. A notícia se espalhara pela cidade dando início àquela nova multidão que estava ali.

Ao atravessarmos o portão encontramos um grupo que trazia os feridos da frente de luta. Joana ficou comovida.

– Ah, isto é sangue da França! Fico horrorizada ao ver isto!

Logo estávamos em pleno campo de batalha, bem no meio da agitação. Joana estava presenciando sua primeira batalha de verdade e nós também.

Era uma batalha campal. A guarnição de St. Loup saíra da fortaleza muito confiante para enfrentar o ataque, pois estava acostumada à vitória quando não havia "bruxas" por perto. A saída a campo tinha sido reforçada por tropas da bastilha de Paris e quando nos aproximamos pudemos ver que os franceses estavam sendo derrotados e recuavam. Porém quando Joana surgiu a galope atravessando aquela desordem, com seu estandarte a tremular, e gritando: "Avante, soldados! Sigam-me!", a situação mudou. Os franceses deram meia-volta e partiram para o ataque como uma onda compacta que aniquilava os ingleses que estivessem à sua frente, retalhando-os e perfurando-os, sendo também retalhados e perfurados, em uma cena terrível de se ver.

No campo de batalha o Anão não tinha uma missão específica, isto é, ele não tinha ordens de ocupar qualquer lugar específico, portanto escolheu o que queria. Foi assim que ele decidiu ir à frente de Joana, abrindo caminho para ela passar. Foi horrível ver aqueles elmos de ferro se partirem em pedacinhos sob seu temível machado. Ele o chamava de quebra-nozes e esse era um nome bem sugestivo. Dessa forma o Anão abriu uma bela estrada para Joana e a pavimentou com ferro e carne humana. Joana e o resto de nós a percorremos com tanta disposição que logo nos afastamos de nossas tropas, ficando com ingleses à frente e atrás. Os cavalheiros nos deram ordens de cercar Joana e permanecer voltados para fora do círculo e nós as cumprimos. Foi uma cena bonita. Sentimo-nos obrigados a respeitar o Paladino naquele momento. Como ele estava bem próximo àquele olhar de Joana que tudo transformava, esqueceu-se de sua natural prudência, esqueceu-se da insegurança que sentia diante do perigo, esqueceu-se do que era medo. Jamais lutara em suas batalhas imaginárias como lutou naquela de verdade e cada inimigo contra o qual se lançava era um inimigo a menos.

Nós ficamos naquela situação difícil por poucos minutos apenas, pois nossas tropas que estavam na retaguarda nos alcançaram com grande estardalhaço e os ingleses passaram então a recuar. Fizeram-no lutando, com muita galhardia, e nós os forçamos a volta à bastilha, passo a passo; eles não nos davam as costas enquanto as tropas de retaguarda faziam chover sobre nós suas setas, suas pedras e suas balas de canhão.

A maior parte das tropas inimigas conseguiu salvar-se recuando para a fortaleza e nós ficamos do lado de fora na companhia dos mortos e dos feridos de ambos os lados – uma terrível companhia, aquela, que a nós, jovens, dava náuseas de ver. Nossas pequenas escaramuças no mês de fevereiro haviam sido à noite, quando não se viam as mutilações, o sangue e as caras dos mortos. Vimos ali todas essas coisas pela primeira vez, com todo o horror que elas causam.

Surgiu então Dunois, vindo da cidade. Atravessou o campo de batalha a galope em seu cavalo que espumava de tanto esforço. Aproximou-se de Joana e fez uma saudação galante. Apontou então para as muralhas da cidade distante, onde uma profusão de bandeiras tremulavam alegremente ao vento. Disse que o povo assistira àquele inesquecível espetáculo e que, exultante, preparava-lhe uma grandiosa recepção.

– *Agora*? De modo algum, Bastardo. Ainda não!

– Por que ainda não? Ainda resta alguma coisa a fazer?

– Alguma coisa, Bastardo? Mas nós apenas começamos! Vamos tomar esta fortaleza.

– Ah, a senhorita não está falando a sério! Nós não podemos tomar esta fortaleza. Permita-me que a desaconselhe a tentar; isso seria uma loucura. Deixe que eu dê às tropas a ordem de retornar.

O coração de Joana transbordava de alegria e de entusiasmo pela luta e aquela conversa a deixou impaciente.

– Bastardo! – exclamou ela. – Bastardo! O senhor fará *sempre* o jogo dos ingleses? Ouça com atenção o que lhe digo: nós não vamos arredar daqui até que este forte seja nosso. Vamos conquistá-lo com um ataque indefensável. Dê o toque de avançar!

– Ah, meu general ...

– Não perca mais tempo, homem. Mande logo que as trombetas soem o toque de avançar! – Vimos então aquela luz profunda e estranha nos olhos dela. Era uma luz à qual chamamos de luz de batalha e que tão bem aprendemos a reconhecer nos campos de luta que percorremos depois daquele.

As notas marciais se fizeram ouvir, emocionantes. As tropas responderam com um grito uníssono e se lançaram sobre aquela formidável bastilha, cujos contornos se perdiam em meio à fumaça de seus próprios canhões e de onde partiam línguas de fogo e trovões.

Sofremos um ataque atrás do outro, mas Joana não parava de encorajar os soldados, deslocando-se sem cessar para cá e para lá, mantendo o moral dos homens. Durante três horas a maré avançou e retrocedeu várias vezes. Por fim La Hire, que só então juntou-se a nós, fez uma carga indefensável e a Bastilha de St. Loup caiu em nosso poder. Nós tiramos de lá tudo que foi possível em termos de víveres, armamento e munições e depois a destruímos.

Nossas tropas gritavam de alegria até ficarem roucas e a certa altura começaram a chamar o general, pois queriam homenageá-la pela vitória, porém custamos a encontrá-la. Quando finalmente a encontramos, ela estava sozinha, sentada junto a um amontoado de cadáveres. Tinha o rosto escondido entre as mãos e chorava. Chorava porque era uma menina e aquele seu coração destemido era também um coração de menina, com toda a misericórdia e toda a ternura que lhe são naturais. Joana pensava nas mães daqueles soldados mortos, tanto nas dos nossos quanto nas dos inimigos.

Entre os prisioneiros havia um bom número de padres e Joana os tomou sob sua proteção, salvando-lhes a vida. Alguém suspeitou que pudessem ser combatentes disfarçados, mas Joana não voltou atrás.

– Quanto a isso, quem pode ter certeza? Eles usam as vestes sagradas e, ainda que apenas um deles as usasse de direito, sem dúvida seria melhor que os bandidos escapassem a termos em nossas mãos o sangue de um inocente. Eles ficarão alojados onde eu me alojar, serão alimentados e enviados para casa em segurança.

Marchamos de volta para a cidade exibindo nossa colheita de canhões e prisioneiros, sob as bandeiras desfraldadas. Ali estava a primeira vitória que aquela gente via em sete meses de sítio à cidade; era a primeira vez que podiam rejubilar-se com a atuação das tropas francesas. Como era de se supor, o povo soube comemorar o feito. As pessoas e os sinos das igrejas pareciam ter enlouquecido. Joana tornara-se um ídolo para elas, que, ansiosas por vê-la, dificultavam nossa passagem pelas ruas. Seu novo apelido já estava em todos os lábios. A Santa Donzela de Vaucouleurs já era um título esquecido; a cidade a reivindicava para si e ela passara a ser a DONZELA DE ORLÉANS. Fico muito feliz ao me lembrar que ouvi esse título na primeira vez em que foi proferido. Entre aquela primeira vez e a última em que será mencionado na face da terra, pensem em quantos milênios não se terão passado!

A família Boucher a saudou de volta como se ela fosse uma filha sua que retornasse quando já tinham como certo que não retornaria com vida. Recriminaram-na por ter se exposto tanto ao perigo na batalha durante tantas horas. Eles não tinham se dado conta de que ela de fato pretendesse levar tão longe seu papel de guerreira e perguntaram se ficou no centro dos acontecimentos de propósito ou se tinha sido levada de roldão pelas tropas. Suplicaram-lhe que fosse mais cautelosa numa próxima vez. Talvez esse tivesse sido um bom conselho, porém não surtiu o menor efeito.

19

Cansados da longa batalha, passamos o resto da tarde dormindo e entramos por algumas horas da noite. Acordamos, então, descansados e jantamos. Por mim, aquele assunto do fantasma poderia ter ficado esquecido; pelos outros também, pois todos falaram muito da batalha e nem mencionaram aquele assunto. Na verdade estava muito emocionante ouvir o Paladino representar os seus feitos, empilhando todos aqueles cadáveres. Eram quinze aqui, dezoito acolá e trinta e cinco mais adiante, mas com isso ele só conseguiu adiar o nosso problema. Mais do que isso não pôde fazer. Ele não poderia continuar falando para sempre. Depois de atacar a bastilha e derrotar toda a guarnição, já não havia mais nada que ele pudesse fazer e ele teve que parar de falar. Catherine Boucher poderia tê-lo feito contar tudo de novo – aliás, contávamos com isso daquela vez –, porém ela estava preocupada com outra coisa. Tão logo se deu a oportunidade, ela aproveitou para puxar aquele assunto novamente, do qual não queríamos falar. Só nos coube enfrentar a situação com dignidade.

Às onze horas da noite nós os seguimos – a ela e os pais – até o tal aposento mal-assombrado. Levávamos velas e tochas para colocar nos prendedores que havia nas paredes. Era uma casa enorme, com paredes bem espessas e o tal aposento ficava em uma área afastada que estava sempre desocupada, não se sabia há quantos anos, devido à sua reputação de área mal-assombrada.

Era um aposento grande, que mais parecia um salão, onde havia uma enorme mesa de carvalho antiga e bem conservada. As cadeiras, porém, estavam roídas por traças e a tapeçaria nas paredes havia apodrecido e perdido as cores com o tempo. As teias empoeiradas que pendiam do teto pareciam estar ali havia mais de um século.

– Segundo a tradição – disse Catherine –, esses fantasmas jamais foram vistos. Pode-se apenas ouvi-los. É evidente que este aposento já foi maior do que é agora e que a parede deste lado foi construída há muitos anos para isolar um quartinho ali atrás. Não há comunicação alguma com o quartinho e se ele de fato existir – o que parece bem provável – não tem entrada para ar ou luz. Trata-se de uma verdadeira solitária. Aguardem aqui e observem o que acontece.

Foi só isso que ela disse e em seguida retirou-se com os pais, deixando-nos lá. Quando suas passadas já não mais se ouviam nos longos corredores de pedra, fez-se um silêncio estranho e solene, mais sinistro do que aquela marcha silenciosa em frente às bastilhas. Ficamos ali parados a nos olharmos sem saber o que pensar. Era evidente que ninguém se sentia à vontade. Quanto mais aguardávamos, maior era aquele silêncio mortal, e, quando o vento começou a gemer em volta da casa, senti-me ainda mais nauseado e infeliz. Pensei que teria sido melhor se eu tivesse tido a coragem de assumir que era covarde, pois de fato não chega a ser vergonhoso ter medo de fantasmas, considerando-se como fica indefeso um ser vivo em suas mãos. Além do mais, aqueles fantasmas eram invisíveis, o que, a meu ver, piorava a situação. Eles poderiam estar ali naquela sala conosco naquele exato momento, sem que tivéssemos como saber. Senti um sopro de vento frio me roçar os ombros e os cabelos e encolhi-me assustado, sem me preocupar com que percebessem o meu medo, pois vi que os outros faziam a mesma coisa e sabia que estavam sentindo os mesmos contatos que eu. Com a continuação – oh, aquilo parecia uma eternidade, tão lento era o passar do tempo – todos aqueles rostos assumiram o aspecto de cera, absolutamente sem cor, e eu me senti como se estivesse em uma reunião de cadáveres.

Por fim, quase inaudível, como que vindo de longe, começou-se a ouvir um som estranho: blem! blem! blem! Parecia um sino distante soando a meia-noite. Quando a última badalada morreu no ar, o silêncio deprimente instalou-se de novo e de novo passei a sentir aquelas aragens frias a me tocar de leve, diante das caras sem cor e sem expressão de meus companheiros.

Passou-se um minuto, mais outro e outro ainda e então ouvimos um gemido longo e profundo. Levantamo-nos todos de uma só vez, com as pernas trêmulas. O som partira daquele tal quartinho. Fez-se uma pausa e então ouvimos soluços abafados, entremeados de lamúrias. Ouviu-se uma segunda voz, quase grave e incompreensível, como de alguém que tentasse consolar quem chorava. E assim continuaram as duas vozes, uma a gemer e soluçar baixinho em desespero, e a outra, grave, cheia de tristeza e compaixão. Dava uma dor no coração ouvir aquilo.

Entretanto aqueles sons eram tão verdadeiros, tão humanos e tristes que a ideia de fantasmas desapareceu de nossas mentes. Foi então que o Senhor Jean de Metz falou:

– Vamos logo! Derrubemos esta parede para libertar de uma vez os pobres prisioneiros. Venha cá com seu machado!

O Anão aproximou-se de um pulo só, brandindo seu enorme machado com ambas as mãos e os outros se aproximaram com os seus archotes. Bang! Pou! Crash! Lá se foram os velhos tijolos para o chão, deixando um buraco por onde poderia passar um boi. Entramos imediatamente com nossos archotes para ver quem estava ali.

Ninguém! No chão jaziam uma velha espada enferrujada e um leque carcomido.

Agora vocês já sabem de tudo que sei. Podem tecer um romance a partir dessas duas relíquias patéticas dos antigos ocupantes daquela masmorra.

20

No dia seguinte Joana quis atacar o inimigo novamente, porém era o dia da festa da Ascensão e o santo conselho de generais era fervoroso demais para profanar a data sagrada com derramamento de sangue. Na intimidade, porém, eles profanaram o dia santo com suas tramas, que era o que eles gostavam de fazer. Decidiram-se pela única ação adequada naquelas circunstâncias: fingir um ataque à bastilha mais importante do lado de Orléans e, se os ingleses enviassem tropas de uma outra bastilha, bem mais importante, do outro lado do rio, enfraqueceriam essa bastilha. As tropas francesas então atravessariam o rio para capturá-la. Isso asseguraria o acesso à ponte e a comunicação com Sologne, que era território francês. Os generais decidiram não contar a Joana essa última parte do plano.

Joana entrou de surpresa na reunião e quis saber o que eles estavam tramando. Eles disseram que tinham resolvido atacar a bastilha inglesa mais importante no lado de Orléans. Fariam isso na manhã seguinte. O general que estava falando parou de fazê-lo.

– Bem, prossiga – disse Joana.

– Foi só isso que planejamos. Nada há a acrescentar.

– E os senhores esperam que eu acredite nisso? Esperam que eu acredite que perderam o juízo? – Ela se voltou para Dunois e disse: – Bastardo, o senhor, que é um homem equilibrado, responda-me: se esse ataque for levado a cabo e tomarmos a bastilha, em que nossa situação se modificará para melhor?

O Bastardo hesitou e depois começou a tentar fugir à resposta. Joana interrompeu-o.

– Isso já é o suficiente, meu bom Bastardo. O senhor já me respondeu. Visto que o Bastardo não conseguiu citar uma única vantagem em se tomar aquela bastilha e parar por aí, não é provável que qualquer um dos senhores o consiga. Os senhores desperdiçam muito tempo confabulando e inventando planos que não levam a lugar algum. Já sua demora em agir custa-nos caro. Os senhores estão escondendo alguma coisa de mim? Bastardo, acredito que este conselho tenha planejado algo. Diga-me o que é, sem perder tempo com pormenores.

– É o mesmo que se fez no início, sete meses atrás: conseguir provisões para um longo sítio à cidade e esperar até que os ingleses se cansem.

– Em nome de Deus! Sete meses não foram suficientes? Querem agora esperar um ano? Nada disso! Agora deixaremos de lado essas ilusões pusilânimes. Os ingleses terão que partir daqui dentro de três dias!

– Ah, general, general, seja prudente! – exclamaram vários deles.

– Ser prudente e deixar que a população morra de fome? Os senhores chamam isso de guerra? Então vou dizer-lhes uma coisa, se é que já não sabem: a situação mudou. Nosso objetivo principal agora encontra-se do outro lado do rio. É preciso tomar as fortificações que controlam a ponte. Os ingleses sabem muito bem que se não formos tolos ou covardes é isso que tentaremos fazer. Eles lhes são gratos por terem atrasado o ataque, desperdiçando o dia de hoje. Terão tempo para reforçar hoje à noite as posições que controlam a ponte deste lado, pois já sabem o que faremos amanhã. Os senhores são responsáveis por termos perdido um dia e dificultado nossa ação, pois nós atravessaremos para atacar os fortes que controlam a ponte do lado de lá. Bastardo, diga-me a verdade, este conselho não sabe que essa é nossa única saída?

Dunois reconheceu que o conselho sabia ser aquela a conduta de ação mais desejável, mas que a julgava impraticável. Tentou então desculpar o conselho como pôde dizendo que não se deveria esperar outra coisa que não um longo cerco à cidade que culminasse com a desistência dos ingleses. Os membros do conselho estavam naturalmente receosos das ideias impetuosas de Joana.

– Veja bem, nós temos certeza de que a tática de esperar é a melhor – disse ele – enquanto a senhorita deseja resolver tudo com um ataque fulminante.

– É exatamente isso que eu desejo! Aliás, é o que farei! Os senhores tomem conhecimento das ordens que lhes dou neste instante: atacaremos os fortes da margem sul amanhã ao alvorecer.

– Faremos um ataque fulminante?

– Sim, faremos um ataque fulminante!

La Hire entrou ruidosamente com sua armadura e ouviu essa última frase.

– Por meu bastão de comando – disse ele –, isso é música para os meus ouvidos! Adoro ouvir isso! Sim, gosto da música e da letra, meu general. Vamos acabar com eles em um ataque fulminante!

Ele fez uma saudação militar com aquele seu jeito exagerado e depois, aproximando-se de Joana, apertou-lhe a mão.

Um dos membros do conselho falou:

– Então deveremos começar pela Bastilha de São João e isso dará aos ingleses tempo para...

– Não se preocupem com a Bastilha de São João – disse Joana. – Ao nos verem chegar, os ingleses terão juízo bastante para se retirarem de lá e se concentrarem nas bastilhas que comandam a ponte. – Depois acrescentou com um toque de ironia: – Até um Conselho de Guerra saberia que é isso que precisa ser feito.

Despediu-se, então, e partiu. La Hire fez um comentário dirigido a todo o conselho:

– Ela é uma criança e é só assim que vocês a veem. Continuem a se enganar, se quiserem, mas observem que essa criança entende desse complexo jogo da guerra tanto quanto qualquer um de vocês; e se quiserem minha opinião sem ter o trabalho de pedi-la, aqui vai ela, sem enfeites: por Deus, eu acho que ela pode ensinar os mais competentes de vocês a jogar esse jogo!

Joana estava certa; os sagazes ingleses perceberam que a estratégia dos franceses havia passado por uma revolução; que a tática de tergiversar e perder tempo fora abandonada; que, ao invés de defender-se dos ataques, passariam a atacar. Prepararam-se, pois, para as novas condições de luta, transferindo reforço pesado das bastilhas da margem norte para as da margem sul do rio Loire.

A cidade logo ficou sabendo da notícia: mais uma vez, na história da França, um longo período de humilhação e derrotas chegaria ao fim com o país passando para a ofensiva; que a França, já tão acostumada a recuar, estaria atacando a partir daquele momento; que o medo daria lugar à bravura. A alegria da população superou todos os limites. As muralhas da cidade ficaram apinhadas de gente que queria ver as tropas saírem de madrugada; queriam vê-las marchar em sentido contrário, isto é, com a cabeça – e não a cauda – voltada para os ingleses. Vocês terão que imaginar a excitação daquela gente quando Joana partiu à frente das tropas com seu estandarte a tremular acima das cabeças.

Atravessamos o rio com dificuldade, pois os barcos eram pequenos e em número insuficiente. Foi uma travessia demorada e cansativa. Nossa passagem pela ilha de St. Aignan não encontrou resistência. De lá lançamos uma ponte feita de barcos para atravessar o canal e alcançar a margem sul. Recomeçamos, então, a nossa marcha tranquilamente, sem sermos molestados, pois embora houvesse um forte ali – o Forte de São João – ele havia sido abandonado e destruído pelos ingleses, que se deslocaram para os fortes junto à ponte tão logo viram nossos primeiros barcos despontar vindos de Orléans. Foi exatamente como Joana dissera aos membros do conselho.

Descemos margeando o rio até chegarmos à Bastilha de Augustins e lá Joana fincou seu estandarte; era a primeira das grandes fortalezas que defendiam a cabeça da ponte. As trombetas deram o toque de atacar e dois grupamentos se lançaram em grande estilo. Entretanto ainda estávamos muito fracos, pois o corpo principal da tropa atrasara-se. Antes que pudéssemos nos reorganizar para um terceiro assalto, vimos a guarnição de St. Privé chegando com reforços para a grande bastilha. Chegaram dispostos e a tropa de Augustins também partiu para o combate. Vieram ambas contra nós com tal combatividade que nossa pequena tropa partiu em debandada. Eles continuaram a nos perseguir, decididos a acabar conosco. Brandiam suas lanças e espadas lançando contra nós ameaças e insultos.

Joana esforçava-se por organizar nossa tropa, porém os soldados estavam em pânico, dominados pelo antigo temor que sentiam pelos ingleses. Joana ficou revoltada com aquilo e ordenou que as trombetas tocassem avançar. Deu meia-volta e exclamou:

– Se há aqui uma dúzia de soldados que não sejam covardes, isso me basta. Que me sigam!

Joana partiu, acompanhada de algumas dezenas de soldados que ouviram suas palavras e nelas se inspiraram. Nossos inimigos ficaram perplexos ao vê-la avançar contra eles com um punhado de homens e foi então a vez de eles terem medo; julgaram que ela certamente *era* uma bruxa, a própria filha de Satanás! Pensando assim e sem parar para analisar a situação, eles entraram em pânico e partiram em fuga.

Nossos soldados, em plena debandada, ouviram as trombetas e se voltaram para olhar; ao verem o estandarte da Donzela tremulando a toda velocidade em direção ao inimigo, que fugia apavorado na maior desordem, sentiram-se novamente com coragem e partiram a toda velocidade atrás de nós.

La Hire também ouviu as trombetas e apressou-se com sua tropa e nos alcançou bem no instante em que fincávamos novamente nosso estandarte em frente às muralhas de Augustins. Tínhamos então a força de que necessitávamos. A tarefa que tínhamos a nossa frente era longa e pesada, porém demos conta dela ao cair da noite. Durante todo o tempo Joana manteve alto o moral da tropa repetindo, ela e La Hire, que seríamos capazes de tomar aquela enorme bastilha e que era nossa missão fazê-lo. Os ingleses lutaram como... bem, lutaram como ingleses; quando se diz isso, não é preciso dizer mais nada. Nós os atacávamos sem parar, em meio à fumaça, ao fogo e aos ensurdecedores tiros de canhão. Quando o sol já se punha, conseguimos finalmente dominar a bastilha, atacando-a com todas as nossas forças e nela fincando nosso estandarte.

Augustins era nossa. Tourelles precisaria ser também para podermos liberar a ponte e acabar com o cerco à cidade. Tínhamos conseguido uma grande vitória e Joana estava decidida a conseguir a outra. Teríamos que descansar como estávamos, cuidar de defender o terreno conquistado e estarmos prontos para o ataque na manhã seguinte. Joana não permitiu que nossas tropas se desmoralizassem fazendo baderna e pilhagens, portanto ordenou que se queimasse a Bastilha de Augustins com tudo que nela havia, exceto as peças de artilharia e as munições.

Estávamos todos exaustos depois do esforço daquele dia e Joana, naturalmente, estava também. Ainda assim ela queria seguir com a tropa que partiria para Tourelles, para estar pronta para o ataque logo que amanhecesse. Os generais, depois de muito insistir, conseguiram convencê-la a voltar para casa e se preparar para aquele novo desafio descansando adequadamente. Ela precisava também cuidar de uma ferida que sofrera no pé. Atravessamos então o rio com ela e a acompanhamos de volta.

Como já ocorrera antes, encontramos a cidade em uma explosão de alegria; todos os sinos badalavam sem cessar e as pessoas corriam pelas ruas, aos gritos, exultantes. Algumas estavam embriagadas. Nós nunca saíamos daquela cidade ou a ela retornávamos sem que déssemos motivos para aquelas demonstrações de alegria, portanto a população já estava sempre pronta. Haviam se passado sete meses sem que houvesse qualquer motivo de júbilo, portanto as pessoas agora se rejubilavam com mais gosto ainda.

21

Para escapar do grande número de visitas de sempre e poder descansar, Joana seguiu com Catherine diretamente para os aposentos que ocupavam juntas e lá jantaram. Foi lá também que fizeram um curativo na ferida de Joana. Entretanto, em vez de ir se deitar, Joana, cansada como estava, mandou que o Anão fosse me chamar, apesar de Catherine tentar dissuadi-la. Joana tinha algo em mente e decidiu enviar um portador a Domrémy com uma carta para nosso velho Père Fronte, que deveria lê-la para a mãe dela. Fui imediatamente e ela começou a ditar a carta. Depois de algumas palavras afetuosas e das saudações à mãe e a toda a família, a carta prosseguia:

"Entretanto o que me leva a escrever-lhes agora é o fato de não querer que se preocupem comigo quando ficarem sabendo que fui ferida. Não acreditem em quem lhes disser que foi grave."

Ela ia continuar ditando, porém Catherine a interrompeu:

– Ah, mas assim você vai deixá-la assustada ao ler essas palavras. Risque esse trecho, Joana, e espere mais um dia ou dois, no máximo, e então escreva para sua mãe já dizendo que seu pé foi ferido mas já está curado. Certamente ele já terá sarado, ou quase. Não a deixe preocupada, Joana. Faça o que eu estou lhe dizendo.

Uma gargalhada como as de antigamente, aquele riso livre e descontraído de quem não tem preocupações, um riso como um carrilhão de sinos, foi a resposta de Joana, que assim a completou:

– Meu pé? Por que eu escreveria sobre um arranhãozinho desses? Eu já nem me lembrava mais dele.

– Amiga, você tem algum outro ferimento mais grave que esse do qual não nos tenha falado? Que história é essa de...

Catherine já havia se erguido, assustada, para chamar de volta o médico imediatamente, porém Joana segurou-a pelo braço fazendo com que se sentasse de novo.

– Vamos, fique tranquila, não há ferimento algum. Estou escrevendo sobre um que ainda receberei quando atacarmos aquela bastilha amanhã.

Catherine ficou olhando como quem tentasse decifrar algo ainda incompreensível.

– Um ferimento que *ainda vai receber*? – perguntou ela confusa. – Mas por que então preocupar sua mãe com algo que... que pode nem acontecer?

– Que *pode* não acontecer? Mas *é certo* que acontecerá!

A confusão não se desfez e Catherine continuava sem entender.

– Não se pode afirmar uma coisa dessas. Eu não consigo compreender como... Oh, Joana, um pressentimento assim é uma coisa terrível. Isso acaba com a tranquilidade e a coragem de qualquer um. Tire essa ideia da cabeça! Afaste-a de você! Isso vai fazer com que passe a noite aflita sem necessidade. Temos sempre que esperar...

– Mas não se trata de um pressentimento; isto é um fato. E não vai me deixar aflita. São as incertezas que me afligem e isto não é uma incerteza.

– Joana, então você *sabe* do que vai acontecer?

– Sei. Minhas Vozes me disseram.

– Ah – disse Catherine resignada –, então se foram *elas* que disseram... Mas como pode ter certeza? Você tem certeza?

– Absoluta. Isso acontecerá e não há dúvida alguma.

– Que coisa terrível você está dizendo! Há quanto tempo você sabe disso?

– Há várias semanas. – Joana voltou-se então para mim. – Louis, você deve se lembrar quando foi. Faz quanto tempo?

– Vossa Excelência se referiu ao fato pela primeira vez em Chinon, em conversa com o rei – respondi. – Isso foi há umas sete semanas. Voltou a falar do assunto no dia 20 de abril e também no dia 22, duas semanas atrás. Tenho tudo registrado aqui.

Essa conversa espantosa deixou Catherine profundamente perturbada, porém eu já não me surpreendia com essas coisas havia um bom tempo. A gente se acostuma a tudo neste mundo.

– E isso vai acontecer amanhã? – perguntou Catherine. – Tem certeza de que será amanhã? Você nunca se enganou com as datas?

– Não – disse Joana. – A data é 7 de maio; não há outra.

– Então você não arredará o pé desta casa até que esse dia terrível chegue ao fim! Você não vai nem pensar em sair, não é, Joana? Prometa que ficará aqui conosco.

Mas Joana não se deixou persuadir.

– Isso de nada adiantaria, minha boa amiga. Vou receber esse ferimento e amanhã será o dia. Se eu não for ao seu encalço, ele virá ao meu. É minha missão ir lá amanhã e eu teria que ir, ainda que fosse para morrer. Você acha que eu deixaria de ir por causa de um simples ferimento? Precisamos agir com coragem.

– Então você está mesmo decidida a ir?

– Certamente. É só isso que eu posso fazer pela França. Só me cabe levar seus soldados a lutar pela vitória. – Joana ficou pensativa e depois acrescentou: – Entretanto não quero ser inflexível e gostaria de atender o pedido que você me faz, pois tem sido tão boa comigo. Você ama a França?

Fiquei curioso por descobrir aonde ela queria chegar, porém não consegui.

– Ah, que fiz eu de errado para merecer uma pergunta dessas? – retrucou Catherine, repreendendo-a.

– Então você ama a França. Eu não tinha dúvidas quanto a isso. Não se magoe com a pergunta seguinte. Você mente?

– Jamais disse uma mentira em toda a minha vida. Pequenas lorotas, sim, porém nunca uma mentira de verdade.

– Então está bem. Você ama a França e não diz mentiras, portanto confio em você. Deixarei que decida se vou ou não ao campo de batalha amanhã.

– Oh, eu lhe agradeço de todo o coração, Joana! Que gentileza a sua fazer isso por mim! Então você ficará aqui ao invés de ir.

Em sua alegria Catherine abraçou Joana efusivamente e cobriu-a de carinhos, uma migalha dos quais já me faria um homem feliz. Sem ter direito a essa migalha, dei-me conta de quão infeliz eu era. Aquilo era o que eu mais queria na vida.

– Neste caso você mandará avisar ao meu Estado-Maior que eu não irei? – perguntou Joana.

– Oh, farei isso com todo o prazer. Pode deixar comigo.

– Quer bom. E que palavras usará para comunicar-lhes? Será necessário fazer um comunicado formal. Quer que eu sugira o texto?

– Oh, sim, por favor. Você entende desses procedimentos formais e eu não tenho experiência alguma disso.

– Então comunique o seguinte: "Fica o chefe do Estado-Maior encarregado de comunicar às tropas do rei aquarteladas e em campo de batalha que o general comandante das Forças Armadas da França não participará da luta contra os ingleses esta manhã, pois teme ser ferida. Assinado: JOANA D'ARC, por intermédio de CATHERINE BOUCHER, que ama a França."

Fez-se silêncio – daquele tipo de silêncio que leva as pessoas a olhar em volta para ver a reação das outras. Foi isso que eu fiz. Vi um sorriso carinhoso no rosto de Joana, porém no de Catherine vi as faces ficarem muito vermelhas, os lábios começarem a tremer e as lágrimas a brotar dos olhos.

– Oh, como estou envergonhada de mim mesma! – disse ela. – Você é tão nobre e tão sábia, e eu, tão mesquinha. Tão mesquinha e tão tola! – Catherine pôs-se a chorar. Tive uma enorme vontade de tomá-la em meus braços para dar-lhe consolo. Entretanto foi Joana quem fez isso e eu fiquei calado. Ela o fez com muita ternura, mas eu também poderia tê-lo feito. Porém não me cabia sugerir tal coisa, é claro; seria um despropósito. Ficaríamos todos encabulados, portanto não me apresentei para consolá-la e espero ter tomado a decisão correta, embora as dúvidas tenham me torturado muitas vezes, pois talvez tenha perdido ali a oportunidade única de mudar minha vida, que teria sido bem mais feliz e mais bonita com ela. Por esse motivo não gosto de me recordar daquela cena, que ainda me faz sofrer ao pensar na oportunidade perdida.

Bem, rir-se um pouco dos problemas é sempre uma atitude saudável. O riso eleva o espírito e evita que nos tornemos pessoas amargas. Aquela pequena armadilha para Catherine foi a melhor maneira de mostrar-lhe como era sem sentido o que ela pedia a Joana. Pensando bem, a ideia foi mesmo engraçada. Até Catherine parou de chorar e pôs-se a rir, enxugando as lágrimas, ao pensar nos ingleses tomando conhecimento do motivo que teria levado a comandante em chefe do Exército francês a ficar fora da luta. Eles achariam aquilo muito engraçado.

Pusemo-nos a trabalhar na carta novamente e, é claro, não omitimos o trecho relativo ao ferimento. Joana estava muito alegre, porém quando começou a mandar recados para cada um de seus antigos companheiros de folguedos, trouxe para ali toda a nossa aldeiazinha, com a Árvore das Fadas, a planície florida, as ovelhas pastando e toda aquela beleza serena da nossa região. Foi então que seus lábios perderam a firmeza e puseram-se a tremer; quando chegou a Haumette e à pequena Mengette, Joana não pôde mais se conter e interrompeu a carta. Esperou alguns segundos e depois disse:

– Dê-lhes meu amor, meu mais profundo amor. Oh, diga que lhes mando o meu coração! Nunca mais verei a nossa aldeia.

Nesse instante chegou Pasquerel, o confessor de Joana, que veio acompanhado de um galante cavalheiro, o Senhor de Rais, que lhe trazia uma mensagem. O Conselho de Guerra havia decidido que as forças francesas já haviam tido vitórias suficientes e que seria mais seguro contentar-se com o que Deus já lhes dera; que a cidade estava bem provida e seria capaz de aguentar um cerco demorado; que o caminho mais sensato a seguir seria retirar as tropas da outra margem do rio e retomar a defensiva. Era isso que haviam decidido fazer.

– Aqueles covardes incuráveis! – exclamou Joana. – Então foi para me afastar dos meus soldados que eles se fingiram tão preocupados com o meu cansaço. Leve esta mensagem de volta, mas não para o conselho – nada tenho a dizer àquelas mucamas disfarçadas –, e sim para o Bastardo e para La Hire, que são homens. Diga-lhes que as tropas permaneçam onde estão e que eles serão responsabilizados se minhas ordens forem descumpridas. E diga-lhes que recomeçaremos o ataque logo cedo. Agora pode ir, senhor.

Joana voltou-se então para o padre e disse:

– Esteja pronto ao alvorecer e fique a meu lado o dia todo. Terei um dia muito trabalhoso e serei ferida entre o pescoço e o ombro.

22

Estávamos prontos ao alvorecer e partimos depois da missa. No saguão encontramos o dono da casa, que estava triste. O bom homem não queria ver Joana partir em jejum para um dia tão pesado. Pediu que ela comesse antes de sair, porém ela não quis perder tempo. Na verdade, Joana estava impaciente, ansiosa por atacar logo aquela última bastilha que ainda lhe faltava para completar sua primeira grande missão de redenção da França.

– Mas pense nisso – insistiu Boucher –, nós, pobres cidadãos sitiados, que quase nos esquecemos do sabor de um bom peixe nesses meses todos, temos agora essa iguaria e a devemos à senhorita. Há um delicioso sável preparado para o desjejum. Deixe-me convencê-la a comer conosco.

– Oh, haverá peixe em profusão para todos; quando nosso trabalho de hoje for completado, o rio todo será de vocês para pescarem à vontade.

– Ah, Vossa Excelência assim o fará, disso estou certo. Mas nós não esperamos tanto. Isso é trabalho para mais de um mês. Agora deixe-me convencê-la a comer conosco. Há um ditado que diz ser de bom alvitre, para quem vai atravessar o rio de barco duas vezes no mesmo dia, comer peixe a fim de assegurar-se boa sorte e afastar os acidentes.

– Mas esse não é o meu caso, pois só atravessarei o rio de barca uma vez.

– Oh, não diga isso! A senhorita não voltará para nossa companhia?

– Voltarei, mas não de barco.

– Voltará como, então?

– Pela ponte.

– Ouçam essa! Pela ponte! Ora, não zombe de nós, general. E faça o que lhe peço. O peixe está maravilhoso.

– Então tenha a bondade de guardar-me um pouco para o jantar. E trarei também um daqueles ingleses comigo para saboreá-lo.

– Ah, bem, se é assim que a senhorita deseja. Mas quem não se alimenta não consegue ir longe. Quando a teremos de volta?

– Quando eu tiver levantado o cerco a Orléans. AVANTE!

Partimos. As ruas estavam repletas de cidadãos e de grupos de soldados, porém o espetáculo era melancólico. No lugar dos sorrisos de sempre havia a mais profunda apreensão. Era como se uma terrível calamidade tivesse aniquilado toda a alegria e toda a esperança daquelas pessoas. Não estávamos acostumados àquilo e ficamos perplexos. Entretanto, ao verem a Donzela, as pessoas foram se animando. Uma mesma pergunta era repetida de boca em boca:

– Para onde ela está indo? Aonde vai?

Joana ouviu a pergunta e respondeu em voz alta:

– Para onde acham que vou? Vou tomar Tourelles!

Seria impossível descrever o efeito dessas poucas palavras no ânimo daquela gente, transformando seu desalento em alegria, em exaltação, em frenesi. Os gritos de entusiasmo foram crescendo como uma onda que se espalhou pelas ruas em todas as direções, transformando aquelas expressões melancólicas em expressões do mais puro entusiasmo. Os soldados vieram juntar-se a nós, bem como um grande número de cidadãos, portando picaretas e alabardas. À medida que avançávamos nossa coluna ia ficando cada vez mais numerosa e mais alto ouviam-se os gritos de "viva"; era como se nos deslocássemos dentro de uma nuvem sólida de aclamações, vindas também dos dois lados da rua, onde as janelas se abriam à nossa passagem, cheias de pessoas entusiasmadas.

O problema era que o conselho tinha mandado bloquear o portão de Bourgogne, colocando ali uma tropa bem armada sob o comando do valoroso soldado Raoul de Gaucourt, corregedor de Orléans, com ordens de impedir que Joana saísse para recomeçar o ataque a Tourelles. Aquela decisão vergonhosa do conselho mergulhara a cidade no mais profundo desespero. Mas a tristeza já se acabara. O povo achava que a Donzela enfrentaria o conselho e estava certo.

Quando chegamos ao portão, Joana disse a Gaucourt que o abrisse para deixá-la passar. Ele disse que aquilo seria impossível, visto que tinha ordens do conselho para impedi-la.

– A única autoridade acima da minha é a do rei. Se o senhor tiver uma ordem do rei, que me mostre – disse Joana.

– Não tenho ordens do rei, general.

– Então me dê passagem, ou prepare-se para as consequências! – Ele começou a tentar argumentar, pois era como os demais daquela tribo, sempre prontos a lutar com palavras e não com ações. No meio daquele falatório, Joana o interrompeu com uma ordem seca: – Avançar!

Lançamo-nos contra a barreira e tivemos pouco trabalho. Foi bom ver a cara assustada do corregedor, que não estava acostumado a ações daquela natureza, de decisão rápida e pouca conversa. Depois de tudo passado, ele se queixou de ter sido interrompido em plena argumentação; afirmou que tinha algo a dizer que deixaria Joana sem resposta.

– Mas, pelo visto, ela respondeu – disse a pessoa com quem ele falava.

Atravessamos o portão em grande estilo e algazarra. Foi uma enorme alegria. Logo chegamos à outra margem do rio e partimos para tomar Tourelles.

Antes, porém, tivemos que destruir uma fortificação de apoio conhecida pelo nome genérico de *boulevard*, sem outra designação qualquer. A parte de trás dessa fortificação comunicava-se com a bastilha por meio de uma ponte levadiça sob a qual passava um trecho do Loire com águas muito rápidas e profundas. O tal *boulevard* estava bem guarnecido e Dunois duvidou que fôssemos capazes de tomá-lo, mas Joana não teve dúvidas quanto a isso. Mandou que a artilharia a atacasse sem cessar durante toda a manhã e por volta do meio-dia liderou, ela mesma, o assalto à fortificação. Atravessamos o fosso em meio à fumaceira e ao bombardeio, com Joana a gritar para atiçar seus soldados ao ataque. Foi quando ela subia uma escada que ocorreu o que já sabíamos que acabaria ocorrendo. Uma lança de ferro atingiu-a entre o pescoço e o ombro, penetrando pela armadura e rasgando-lhe a carne. Ao sentir a dor lancinante e ver o sangue a lhe escorrer pelo peito, ela se assustou e, pobre menina, pôs-se a chorar caída ao chão.

Os ingleses deram gritos de alegria e lançaram-se em grande número para dominá-la. Por alguns minutos toda a batalha se concentrou ali onde ela estava. Ingleses e franceses lutaram desesperadamente, pois Joana representava a França; ela *era* a própria França ali, para ambos os lados. Quem ficasse com ela, ficaria com a França, *para sempre*. Foi ali, naquele pequeno espaço, que durante dez minutos lutou-se para decidir o futuro da França e ele foi decidido.

Se os ingleses tivessem capturado Joana naquele momento, Charles VII teria fugido do país, o Tratado de Troyes teria vigorado e a França, já propriedade dos ingleses, teria se tornado, sem qualquer disputa, uma província da Inglaterra, assim permanecendo até o fim dos tempos. Era uma nacionalidade e um reino que estavam em disputa e o tempo que se levou para decidir o seu destino não foi maior do que o tempo que se leva para preparar um ovo cozido. Foram os dez minutos mais decisivos da história da França, em todos os tempos. Sempre que vocês lerem nos livros de história sobre as horas, os dias ou as semanas nos quais os destinos de nações foram decididos, não deixem de se lembrar com emoção daqueles dez minutos em que a França, chamada também de Joana d'Arc, jazia sangrando no fosso naquele dia, com duas nações a lutar ferozmente por sua posse.

E lembrem-se também do Anão, pois foi ele que se postou sobre Joana e lutou como se fosse seis. Brandia seu machado com ambas as mãos e cada vez que o baixava sobre alguém, gritando "Pela França!", um capacete rachado voava como uma casca de ovo e o dono do crânio abaixo dele já havia aprendido a nunca mais ofender os franceses. Ele fez uma pilha de mortos com suas armaduras e usou-a como proteção. Quando, por fim, conseguimos a vitória, corremos todos para onde ele estava e fizemos uma proteção com nossos escudos enquanto ele corria escada acima carregando Joana, com tanta facilidade como se carregasse uma criança. Foi assim que ele a tirou do campo de batalha, com uma multidão correndo atrás, ansiosa, pois ela estava coberta de sangue até os pés, sangue seu e dos ingleses cujos corpos haviam caído sobre o dela, encharcando-o com o líquido rubro de suas próprias vidas. Não se podia ver a armadura clara e brilhante de Joana sob tanto sangue.

A lança de ferro ainda estava enterrada na ferida – alguns disseram que ela projetava de seu corpo por trás do ombro. É bem possível – eu nem quis ver e nem tentei. A lança foi extraída e a dor fez com que Joana chorasse novamente, pobrezinha. Houve quem dissesse que foi ela mesma quem a puxou, porque ninguém teve coragem de fazê-lo, dizendo que não suportariam causar-lhe mais sofrimento. Quanto a isso, eu não sei; só sei que a lança foi retirada e que a ferida foi devidamente tratada com óleo antes de ser enfaixada.

Joana ficou deitada na terra, fraca e sofrendo, durante muitas horas, porém insistia, todo o tempo, em que a luta continuasse. E a luta continuou, mas os resultados já não eram os mesmos, pois apenas sob seus olhos os homens perdiam o medo e se tornavam heróis. Eram como o Paladino; acho que ele tinha medo da própria sombra quando se alongava no fim da tarde. Entretanto sob o olhar e a inspiração de Joana, o que temia ele? Nada neste mundo – e esta é a pura verdade.

Ao anoitecer Dunois desistiu. Joana ouviu os toques de corneta.

– O quê? – exclamou ela. – Estão tocando retirada!

No mesmo instante seu ferimento foi esquecido. Joana deu contra ordem e enviou outra ordem ao oficial comandante de uma bateria: que se preparasse para dar cinco tiros rápidos, um após outro. Esse era o sinal para uma tropa comandada por La Hire que estava no lado de Orléans, segundo alguns historiadores. O sinal deveria ser dado quando Joana já estivesse prestes a tomar o *boulevard* – aquela tropa então atacaria Tourelles passando pela ponte.

Joana montou em seu cavalo, acompanhada de seu Estado-Maior, e quando nossos soldados a viram se aproximar deram um grande grito de vitória. Já estavam ansiosos, novamente, por atacar a fortificação. Joana seguiu em seu cavalo até o lugar onde caíra antes e lá, sob uma saraivada de lanças e setas, ela ordenou ao Paladino que deixasse seu estandarte solto ao vento enquanto se aproximavam. Quando as franjas do estandarte tocassem a fortaleza, ele deveria avisar-lhe.

– Já estão tocando – disse ele.

– Então é agora! – exclamou Joana para o batalhão que aguardava a ordem. – A fortaleza é de vocês! Tomem-na! Cornetas, toquem avançar! É agora – todos juntos –, vamos!

E fomos. Jamais se viu coisa semelhante. Como uma onda, subimos as escadas e atravessamos as muradas – e a fortaleza era nossa! Pudéssemos nós viver mil anos, jamais veríamos algo assim acontecer de novo. Ali, corpo a corpo, lutamos como feras, pois os ingleses não queriam se entregar. A única maneira de convencer aquela gente era matando-a e ainda assim as pessoas não se convenciam da derrota. Pelo menos foi isso que achamos então e que muitos afirmaram depois.

Estávamos envolvidos demais com a batalha para ouvir os cinco tiros de canhão, mas eles foram disparados pouco depois de Joana dar ordem de avançar. Foi assim que enquanto estávamos lutando, palmo a palmo, pela conquista da fortificação menor, nossa tropa de reserva que estava no lado de Orléans atacou a Tourelles por aquele flanco. Um barco em chamas foi colocado sob a ponte levadiça que conectava Tourelles ao nosso *boulevard* e quando por fim conseguimos pôr os ingleses em fuga e eles tentaram juntar-se aos outros em Tourelles, a ponte em chamas não aguentou o peso e os soldados caíram no rio com armaduras e tudo mais. Foi uma lástima ver morrer daquela maneira homens tão valentes.

– Ah, que Deus os tenha em Sua misericórdia – disse Joana, chorando ao ver aquele triste espetáculo. Ao dizer essas palavras gentis, derramou lágrimas de compaixão embora um daqueles homens que ali morriam houvesse lhe dirigido palavras insultuosas três dias antes, quando ela lhe enviara uma mensagem pedindo que se rendesse. Esse homem era o comandante da tropa inglesa, *sir* William Glasdale, um valoroso cavalheiro. Sua armadura era toda de aço, portanto quando afundou nas águas do rio como uma lança foi para sempre.

Em pouco tempo conseguimos improvisar um conserto para a ponte e nos lançamos sobre o último foco de resistência dos ingleses que ainda tentava manter o sítio a Orléans. Antes que o sol se pusesse de todo, a missão memorável de Joana chegava ao fim. Aquele dia seria lembrado para sempre com seu estandarte tremulando na fortaleza de Tourelles. Sua promessa fora cumprida e Orléans estava livre!

Os sete meses de cerco à cidade chegavam ao fim e o feito que os principais generais da França julgavam impossível foi realizado; apesar de tudo que os ministros e os conselheiros de guerra do rei haviam feito para impedir que ela o conseguisse, aquela pequena camponesa de dezessete anos levara até o fim sua missão imortal e o fez em apenas quatro dias!

As boas notícias também se espalham rapidamente, embora só se diga isso das más. Ao atravessarmos a ponte de regresso vimos que a cidade de Orléans estava toda iluminada de fogueiras que deixavam o céu ruborizado como se ele, também, participasse do regozijo. O reboar dos canhões e o bimbalhar dos sinos superavam de longe qualquer outra manifestação de alegria jamais vivida em Orléans.

Seria impossível descrever nossa chegada. Ora, aquela massa humana aparentemente infindável chorava tanto que suas lágrimas poderiam formar um rio. Não se via um só rosto à luz das tochas que não estivesse banhado de lágrimas, e, se os pés de Joana não estivessem protegidos pela armadura de ferro, eles os teriam gasto de tanto beijar.

– Seja bem-vinda! Bem-vinda nossa Donzela de Orléans! – era assim que gritavam. Ouvi isso mais de cem mil vezes. – Bem-vinda seja a nossa Donzela!

Nenhuma outra menina em toda a História jamais foi tão glorificada como Joana naquele dia. E vocês acham que isso fez com que ela perdesse a cabeça, com que ela se deixasse embalar pela deliciosa música das homenagens e dos aplausos? Não; outra menina qualquer teria se deixado levar, mas não aquela. Aquela tinha o coração mais generoso e mais humilde que se possa imaginar. Joana foi diretamente para a cama; foi dormir. Como qualquer menina cansada, ela queria dormir. Quando o povo descobriu que ela estava ferida e queria descansar, fechou todas as passagens no entorno da casa. As pessoas se puseram em guarda durante toda a noite para que o sono de Joana não fosse perturbado.

– Ela nos trouxe a paz – diziam –, e agora é ela que precisa de paz.

Todos sabiam que os ingleses haviam partido para sempre e diziam que aquele dia jamais seria esquecido; seria para sempre um dia consagrado à memória de Joana d'Arc. Assim tem sido há mais de sessenta anos e assim sempre será. Orléans jamais se esquecerá do dia 8 de maio e tampouco deixará de celebrá-lo. É o dia de Joana d'Arc – um dia sagrado.*

23

Nas primeiras horas do alvorecer Talbot e suas tropas evacuaram as bastilhas e partiram em retirada sem parar sequer para queimar, destruir ou levar consigo qualquer coisa; deixaram suas fortificações como estavam, com provisões, armas e equipamentos para um longo cerco à cidade. As pessoas custaram a acreditar que aquilo realmente acontecera, que estavam todas livres novamente, que podiam ir e vir por qualquer portão, a seu bel-prazer, sem que fossem molestadas ou impedidas. Custaram a acreditar que o terrível Talbot – que tanto perseguira os franceses, aquele homem cujo nome bastava para deixar sem ação as tropas francesas – fora-se para sempre, vencido, afastado de vez por uma menina.

A cidade se esvaziou. Por todas as saídas passaram multidões em direção às fortalezas abandonadas. Parecia uma invasão de formigas, porém muito mais barulhenta do que as daquelas criaturas. As pessoas carregavam consigo as peças de artilharia e os mantimentos e depois ateavam fogo às fortificações, transformando-as em gigantescas fogueiras que lembravam vulcões com suas colunas de espessa fumaça subindo aos céus.

A alegria das crianças manifestou-se de outra forma. Para as mais jovens, sete meses era quase uma existência. Elas haviam se esquecido de como era o capim; as campinas verdes e aveludadas surgiram como o paraíso diante de seus olhos surpresos e felizes, acostumados

---

*Esse dia continua a ser comemorado todos os anos com pompas e solenidades cívicas e militares (*Nota do tradutor inglês*).

apenas às vielas de terra e às ruas da cidade. Aquilo para elas era maravilhoso – os espaços de campo aberto para correr, dançar, rolar e dar cambalhotas, depois de tanto tempo de tédio em uma cidade sitiada. Então elas se espalharam alegres para todos os lados, em ambas as margens do rio, correndo por aquelas lindas terras, e só voltaram ao cair da noite. Vieram carregadas de flores, com as faces afogueadas pela felicidade e pelo exercício saudável ao ar puro do campo.

Depois de atearem fogo às fortificações, os adultos acompanharam Joana de igreja em igreja e passaram o dia a dar graças a Deus pela libertação da cidade. À noite fizeram festas em homenagem a ela e a seus generais. A cidade foi toda iluminada e ricos e pobres entregaram-se igualmente aos festejos. Quando, já ao raiar do dia, a população se recolheu para dormir, nós selamos nossos cavalos e partimos para Tours a fim de nos apresentarmos ao rei.

Aquela viagem teria deixado qualquer um aturdido, mas Joana não se deixou abalar. Por onde quer que passássemos, uma multidão de camponeses agradecidos nos acompanhava. Eles cercavam Joana para tocar-lhe os pés, o cavalo, a armadura. Chegavam a ajoelhar-se na estrada para beijar as pegadas do seu cavalo na terra.

De toda parte chegavam exaltações a Joana. As mais ilustres autoridades eclesiásticas escreveram ao rei louvando a Donzela, comparando-a a santos e heróis da Bíblia e prevenindo-o contra "a descrença, a ingratidão ou outra qualquer injustiça" que pudesse empanar aquela ajuda divina enviada através dela. Poder-se-ia dizer que havia um quê de profecia naquelas recomendações e não vou negar isso; a meu ver, entretanto, o que levou aqueles homens sábios a se preocupar com isso foi o conhecimento que tinham do caráter vulgar e traiçoeiro do rei.

O rei tinha ido a Tours encontrar-se com Joana. Hoje em dia aquela criatura lastimável é chamada de Charles, o Vitorioso, graças às vitórias que outros conquistaram para ele. Naquela época, entretanto, tínhamos um outro apelido para ele que o descrevia melhor – Charles, o Vil. Quando chegamos à sua presença, ele se encontrava sentado ao trono, cercado de esnobes e dândis maquiados. Ele parecia uma dessas cenouras que se abre em forquilha, tão apertadas eram suas roupas da cintura para baixo. Calçava sapatos com bicos tão finos e longos que era necessário amarrá-los aos joelhos para que ele não caísse ao andar. Dos ombros lhe pendia uma capa carmesim tão curta que não lhe cobria os cotovelos e na cabeça usava uma coisa de feltro tão alta que parecia um dedal, enfeitada por uma faixa bordada em pedraria, onde havia espetada uma enorme pluma. Parecia um grande tinteiro com sua pena. Por baixo do dedal-tinteiro saíam-lhe os cabelos em tufos rígidos, descendo até os ombros e curvando-se para fora nas pontas. Juntos, o chapéu e o cabelo pareciam uma peteca invertida. Os panos com que se vestia eram suntuosos e de cores vivas. Em seu colo aninhava-se uma miniatura de galgo que rosnava, erguendo o lábio superior para mostrar os dentes brancos ao menor movimento que perturbasse sua paz. Os dândis do rei vestiam-se de maneira semelhante. Lembrei-me de como Joana se referira ao Conselho de Guerra de Orléans, chamando aqueles homens de "mucamas disfarçadas"; esse epíteto caía à perfeição naquelas criaturas ali. Davam a impressão de desperdiçar em roupas tudo que possuíam, sem ficar com coisa alguma para investir melhor.

Joana se pôs de joelhos diante do rei da França e do outro animal frívolo que ele tinha ao colo. Aquela cena me fez doer o coração. O que fizera aquele homem por seu país ou por qualquer um de seus cidadãos para merecer que ela ou outra pessoa qualquer se ajoelhasse diante dele? Ela, porém, acabava de realizar o maior feito que alguém fizera pela França nos últimos cinquenta anos e o tornara sagrado ao derramar seu sangue. As posições ali deveriam estar invertidas.

Entretanto, para ser justo, devo reconhecer que Charles se portou muito bem na maior parte do tempo – muito melhor do que costumava se portar. Ele entregou seu cãozinho a um cortesão e tirou o chapéu para cumprimentar Joana, como se ela fosse uma rainha. Em seguida desceu do trono e deu-lhe a mão para que ela se erguesse, demonstrando alegria genuína e viril em sua gratidão. Deu-lhe as boas-vindas e seus agradecimentos pelos extraordinários feitos a seu serviço. Só passei a desgostar mesmo dele a partir de uma data posterior. Se ele tivesse continuado a agir como agiu então, meus sentimentos por ele teriam sido outros.

Ele foi muito cortês.

– Não se ajoelhe diante de mim, meu incomparável general – disse ele. – Seus feitos foram majestosos e é essa majestade que merece reverências. – Ao perceber que ela estava pálida, ele acrescentou: – Mas a senhorita não deve ficar assim de pé, pois derramou muito sangue pela França e seu ferimento ainda é recente. Venha. – Ele a levou a sentar-se e sentou-se a seu lado. – E agora me diga com franqueza, pois está falando com alguém que lhe deve muito e que o reconhece diante da corte aqui reunida: o que deseja como recompensa? Diga e lhe darei.

Fiquei envergonhado por ele. Esse não foi, entretanto, um sentimento justo, pois como esperar que ele conhecesse aquela menina maravilhosa naquelas poucas semanas quando nós, que julgávamos conhecê-la desde sempre, ainda nos surpreendíamos a cada dia que passava? Cada novo dia desvelava atitudes de nobreza insuspeitadas em seu caráter, surpreendendo-nos constantemente. Porém é assim que somos todos: quando sabemos de alguma coisa, desprezamos quem a desconhece. E senti vergonha por aqueles cortesãos também. Estavam todos invejosos da oportunidade que o rei dava a Joana, pois eles tampouco a conheciam. As faces de Joana se ruborizaram diante da ideia de que ela estava interessada em uma recompensa pelo que fizera por seu país. Ela baixou a cabeça para esconder o rosto, como as meninas sempre fazem quando se sentem ruborizar; ninguém sabe explicar por que elas agem dessa maneira, porém é sempre assim e quanto mais se ruborizam, mais difíceis se tornam as coisas para elas e maior é a sua aflição diante dos olhares dos outros. O rei tornou a situação ainda muito pior ao chamar atenção para ela, pois essa é a pior coisa que se pode fazer a uma menina ruborizada; às vezes, diante de um grande número de estranhos, é muito provável que isso a leve a chorar, quando a menina é tão jovem como Joana era. Só Deus sabe a razão disso, pois os homens a ignoram. Quanto a mim, pouco importa se eu ficar ruborizado ou se espirrar. Aliás, até prefiro o primeiro. Mas essas minhas cogitações não têm importância alguma e volto ao meu relato. O rei caçoou dela por estar ruborizada e isso fez com que suas faces ficassem mais rubras ainda. Então ele se arrependeu ao perceber o que fizera e tentou pô-la à vontade dizendo que o rubor a deixava ainda mais bela e que ela não deveria se importar. A essa altura, até o cachorro passou a se dar conta daquilo, portanto, de vermelho o rosto de Joana passou à cor púrpura e as lágrimas lhe transbordaram dos olhos. Eu sabia que aquilo iria acontecer. O rei ficou desolado e percebeu que a melhor coisa a fazer seria mudar de assunto. Pôs-se então a fazer os maiores elogios à maneira como Joana capturou Tourelles. Somente ao vê-la já mais recomposta foi que ele se aventurou a mencionar novamente a recompensa, insistindo em que ela dissesse o que desejava receber. Todos ficaram atentos, ansiosos em saber que exigências ela faria, porém, quando ela respondeu, foi possível ver, nas expressões de seus rostos, que não era aquilo que esperavam ouvir.

– Oh, meu caro e gentil delfim, eu tenho apenas um desejo – apenas um. Se...

– Não tenha receio de dizer, minha menina. Pode falar.

– Desejo que o senhor não perca um dia sequer. Meu exército é forte e valente e está ansioso por completar seu trabalho. Marche comigo até Reims e receba sua coroa.

Todos viram quando aquele rei indolente encolheu-se dentro de suas roupas de borboleta.

– Até Reims? Oh, isso é impossível, general! Marcharmos, *nós*, bem pelo coração das tropas inglesas?

Seriam mesmo francesas aquelas pessoas ali? Nem um único rosto se animou em resposta à corajosa proposta daquela jovem. Ao contrário, demonstraram prontamente sua satisfação ante a objeção do rei. Ora, trocar aquela vida fútil e sedosa pelo rude contato com a guerra? Nenhuma daquelas borboletas desejava aquilo. Elas passavam suas preciosas caixinhas de confeitos umas às outras e sussurravam sua aprovação à borboleta-mor, tão prática e prudente. Joana suplicou ao rei.

– Ah, peço-lhe que não desperdice esta oportunidade perfeita! – insistiu ela. – Tudo lhe é favorável – tudo. É como se as circunstâncias tivessem se armado para este fim. O ânimo de nossas tropas está exaltado pela vitória e o das tropas inglesas está deprimido pela derrota. Se deixarmos passar o tempo, a situação será outra. Se nos virem hesitar agora, em vez de explorarmos nossa vantagem, nossos homens não saberão o que pensar, ficarão confusos e perderão a confiança na vitória. Os ingleses, por outro lado, se porão a pensar, a tomar coragem para nos enfrentar novamente. A hora é agora. Eu lhe suplico que marche comigo!

O rei sacudiu a cabeça, negando. La Tremouille, solicitado a dar sua opinião, foi rápido na resposta:

– Majestade, a prudência desaconselha sua ida. Pense nas fortificações inglesas ao longo do Loire; pense nas que se localizam entre nós e Reims!

Ele ia continuar a falar, porém Joana o interrompeu:

– Se esperarmos, eles ficarão cada vez mais fortes, receberão novos reforços. Isso será vantajoso para nós?

– Ora, certamente que não.

– Então que sugestão o senhor apresenta? Qual é sua proposta?

– A meu ver, devemos aguardar.

– Aguardar o quê?

O ministro hesitou, pois não tinha uma resposta convincente. Além do mais, não estava acostumado a ser questionado daquela maneira, diante de uma multidão com os olhos voltados para ele. Aquilo o deixou irritado.

– Os assuntos de Estado não se prestam à discussão pública – respondeu ele.

– Devo pedir-lhe que me perdoe – disse Joana tranquilamente. – Certamente minha ignorância induziu-me ao erro. Eu não sabia que as questões afetas à sua pasta eram questões de Estado.

O ministro ergueu as sobrancelhas, surpreso e divertido. A resposta veio com um toque de sarcasmo:

– Sou ministro de Estado do rei, e a senhorita supõe que as questões que me são afetas não são questões de Estado? Como é possível isso?

A resposta de Joana foi dada em um tom de voz indiferente:

– Simplesmente porque o Estado inexiste.

– O Estado inexiste!

– Exatamente, senhor. O Estado francês inexiste, portanto não há necessidade de um ministro de Estado. A França está reduzida a uns poucos hectares de terra; qualquer administrador local pode dar conta dela e as questões que lhe são concernentes não são questões de Estado. Essa expressão tem um significado mais amplo.

O rei não ficou rubro de ira; ao contrário, deu uma gostosa gargalhada, levando a corte a imitá-lo – disfarçadamente, porém, por questão de prudência. La Tremouille encheu-se de ódio e abriu a boca para falar, porém o rei ergueu a mão para pôr um fim àquilo.

– Basta! – disse ele. – Eu a tomo sob proteção real. O que ela disse é a pura verdade, sem disfarces. Como é raro ouvir a verdade dita assim! Apesar de todo este aparato à minha volta, não passo de um pobre administrador local. Não tenho mais de dois hectares sob meu comando. E você é o meu condestável – disse ele rindo-se novamente. – Joana, meu general sincero e honesto, você vai me fazer o favor de dizer o que deseja como recompensa? Terei prazer em fazê-la nobre. Seu brasão abrigará a coroa e os lírios da França e, com eles, sua espada vitoriosa que os defendeu. Diga, então. Diga o que deseja.

Um sussurro nervoso de surpresa e inveja percorreu o grupo ali reunido, porém Joana sacudiu a cabeça, sem desistir de seu intento.

– Ah, não, meu querido e nobre delfim. Não posso aceitar isso. Ter a glória de servir a França, de oferecer minha vida pela França, é a suprema recompensa para mim. Nada poderá torná-la maior. Nada. Dê-me a única recompensa que lhe peço, a mais valiosa de todas, a mais alta que está em seu poder conferir: marche comigo até Reims e receba sua coroa. Vou lhe suplicar isso de joelhos.

Porém o rei colocou a mão em seu braço e falou em um tom de voz surpreendentemente másculo e decidido:

– Não; sente-se. Você me convenceu. Vou fazer o que você...

Entretanto um sinal do ministro fez com que ele interrompesse o que ia dizendo. Em seguida, para alívio da corte, concluiu de outra maneira:

– Bem, bem, vamos pensar no assunto, vamos pensar bem para ver o que decidimos. Isso a deixa satisfeita, minha pequena guerreira impulsiva?

Quando ele começou a falar o rosto de Joana ficou resplandecente de alegria, porém a maneira como concluiu sua fala deixou-a com uma expressão de tristeza, com os olhos rasos de lágrimas. Passados alguns instantes, ela falou. Foi como se o conhecimento de algo terrível a levasse a falar.

– Oh, use-me, eu lhe suplico, use-me! Temos tão pouco tempo!

– Pouco tempo?

– Um ano, apenas. Só vou durar um ano.

– Ora, minha menina, há pelo menos uns bons cinquenta anos nesse seu corpinho saudável.

– Oh, o senhor se engana; realmente se engana. Mais um aninho só e meu fim chegará. Ah, o tempo é tão curto, tão curto! Os momentos estão voando e há tanto a ser feito. Oh, use-me, depressa. Esta é uma questão de vida ou morte para a França.

Até mesmo aqueles insetos esvoaçantes ficaram impressionados com essas palavras cheias de paixão. O rei ficou muito sério; ficou sério e profundamente preocupado. Seus olhos brilharam subitamente, cheios de emoção, e ele se pôs de pé. Puxou a espada e ergueu-a bem alto, baixando-a lentamente sobre o ombro de Joana.

– Vós sois tão simples, tão honesta, tão maravilhosa e nobre! Com esta saudação eu vos faço integrar-se à nobreza da França, que é onde pertenceis! E graças a vós, estendo o título de nobreza a toda a vossa família e aos que a ela se unirem, bem como todos os seus descendentes legítimos, de ambos os sexos. E não é só!

"Faço mais ainda: em sinal de distinção à vossa família, honrando-a acima de todas as outras, acrescento um privilégio jamais concedido até aqui na história deste país: as mulheres de vossa linhagem terão o direito de tornar nobres os seus maridos quando esses lhes forem inferiores."

O espanto e a inveja puderam ser vistos em todas aquelas fisionomias quando foram pronunciadas as palavras que conferiam graça tão extraordinária. O rei fez uma pausa e passou os olhos pelos rostos perplexos com evidente satisfação.

– Erga-se, Joana d'Arc! De agora em diante vosso sobrenome será *Du Lis*, como recompensa pelos atos de bravura em defesa desse símbolo da França. E serão os lírios, juntamente com a coroa real e vossa própria espada vitoriosa que adornarão vosso brasão, representando para sempre vossa alta nobreza.

Quando a dama Du Lis se ergueu, todos aqueles representantes privilegiados da nobreza aproximaram-se para saudá-la e dar-lhe as boas-vindas em seu seio. Chamavam-na pelo seu novo nome, mas ela não se sentia à vontade; dizia que aquela distinção não se adequava à sua origem humilde e pedia-lhes a gentileza de deixarem-na ser simplesmente Joana d'Arc, nada mais, e assim ser chamada.

Joana d'Arc, nada mais! Como se fosse possível haver algo mais, algo mais elevado e mais nobre! A dama Du Lis – ora, aquilo era um brilho falso de que ela não necessitava, era uma coisa tola, perecível. Mas JOANA D'ARC não era! O simples som desse nome bastava para agitar os corações.

24

Foi bem desagradável ver a agitação em que ficou a cidade e, em seguida, todo o país quando se espalhou a notícia. Joana d'Arc feita nobre pelo rei! O povo delirou com aquilo. Vocês não podem imaginar como a olhavam boquiabertos de surpresa e de inveja. Ora, poder-se-ia supor que algo de muito importante lhe havia acontecido. Nós, porém, não demos importância àquilo. A nosso ver, nada que qualquer ser humano pudesse fazer acrescentaria glória alguma a Joana d'Arc. Ela era, para nós, como o sol a brilhar no firmamento e aquela sua nova condição de nobre era como uma vela acesa sobre ele, que nada lhe acrescentava. E ela dava tanta importância ao título quanto o outro sol teria dado.

Entretanto seus irmãos reagiram de maneira diferente. Ficaram orgulhosos e felizes com aquela nova condição social, como seria de esperar. E Joana ficou feliz ao vê-los felizes. O rei foi esperto ao vencer os escrúpulos dela utilizando-se, para isso, do amor de Joana por sua família.

Jean e Pierre passaram a usar o novo brasão imediatamente e sua companhia passou a ser cortejada por todos, nobres ou não. O porta-estandarte disse, com um toque de amargor, que se podia observar a felicidade deles por estarem vivos, simplesmente, tão embevecidos ficaram com a glória e o conforto recém-adquiridos. Disse também que já nem queriam mais dormir, pois durante o sono esqueciam-se de que eram nobres, portanto dormir era uma perda de tempo.

– Eles não têm precedência sobre mim em funções militares e cerimônias oficiais – disse ele –, porém nas cerimônias civis e nas reuniões sociais eu acho que vão se aninhar entre você e os cavalheiros, e Noël e eu teremos que ficar atrás dele, não é mesmo?

– É – disse eu. – Você tem razão.

– Era o que eu temia – disse ele. – Era só o que eu temia. Aliás – acrescentou com um suspiro –, temia não é a palavra certa. É claro que eu *sabia*. Tolice minha.

– É mesmo. Falou como um tolo – disse Noël Rainguesson pensativo. – Foi por isso que falou de maneira tão natural.

Os outros se riram.

– Ah, você acha mesmo, não é? Acha que é muito esperto, não? Qualquer dia desses vou torcer seu pescoço, Noël Rainguesson.

– Paladino – interveio o Senhor de Metz –, há muito mais ainda para você temer. Há coisas de que você nem suspeita. Já lhe ocorreu que em funções civis e sociais eles terão precedência sobre *todos nós*?

– Ora, deixe disso!

– Você verá. Preste atenção ao brasão deles. O que há ali de mais importante são os lírios da França. Aquilo é um símbolo real, homem! Um símbolo real! Você se dá conta do que isso significa? Os lírios estão ali conferidos pelo rei. Você sabe o que quer dizer *isso*? Embora não se apresentem com todos os seus pormenores, ali estão cercando as armas da França, no brasão que eles ostentam. Pense nisso! Medite sobre isso! Aquilate a importância disso! Então você acha que *nós* vamos caminhar à frente daqueles rapazes? Ora, nunca mais! A meu ver, não há em toda esta região quem lhes tenha precedência, a não ser o duque d'Alençon, que é de sangue azul.

O Paladino ficou tão estupefato que se alguém tocasse nele com uma pluma ele teria desabado. Parecia, de fato, ter perdido a cor. Seus lábios se moveram por alguns instantes, sem que som algum saísse deles. Por fim conseguiu falar:

– Eu não sabia. Não sabia nem metade dessas coisas. Mas como pude ser tão idiota? Agora vejo claramente: fui um idiota. Passei por eles hoje cedo e disse "olá", como teria dito a qualquer um. Mas garanto que não quis lhes faltar com o respeito; é que eu não sabia nem metade do que você está me dizendo. Fui um burro. Isso mesmo: fui um burro.

– É – disse Noël com um certo enfado. – É bem provável que sim. Mas não sei por que isso o surpreende.

– Não sabe, é? Não sabe? E por que não sabe?

– Porque isso não é novidade alguma. Certas pessoas são assim burras o tempo todo mesmo. Ora, raciocine comigo: certas pessoas têm características permanentes e o resultado do que fazem nunca surpreende. Podem se tornar monótonas e a monotonia, por definição, é cansativa. Se você dissesse que estava *cansado* de ser burro, diria uma coisa lógica, racional. Entretanto manifestar-se surpreso com isso, é mostrar-se burro mais uma vez, visto que as condições do intelecto que levam uma pessoa a manifestar surpresa diante da monotonia inerte...

– Basta, Noël Rainguesson! Pare por aí, antes que tenha motivos para se arrepender. E veja se não me aborrece por alguns dias ou uma semana sem se dirigir a mim. Já não aguento mais essa sua matraca.

– Ora, acho isso ótimo! Não fui eu que quis essa conversa. Nem queria falar dessas coisas. Mas se você não desejava ouvir minha matraca, por que ficou insistindo em me meter nessa conversa?

– Eu? Eu nem pensei...

– Pois é. Nem pensou mas fez. Eu tenho todo o direito em me sentir magoado e me sinto magoado por você me tratar dessa maneira. Parece-me que quando uma pessoa força outra a falar, como você me forçou, não é justo nem sequer delicado dizer que essa pessoa fala como matraca.

– Oh, vê se assoa o nariz e para de chorar! Vê-lo assim parte meu coração, coitadinho. Alguém traga um paninho molhado em água doce para a bonequinha aqui parar de chorar. Agora me diga, Senhor Jean de Metz, aquilo é verdade mesmo?

– Aquilo o quê?

– Aquilo de Jean e Pierre terem precedência sobre toda a nobreza daqui, à exceção do duque d'Alençon.

– Creio que não haja dúvida sobre isso.

O porta-estandarte ficou perdido em seus próprios pensamentos e sonhos por alguns instantes e, por fim, encheu o peito de ar e deu um suspiro.

– Vejam só como a vida é injusta. Isso é uma prova do que a sorte pode fazer por alguém. Quanto a mim, pouco se me dá. Eu não gostaria de ser beneficiado pelo acaso. Não daria valor algum. Tenho mais orgulho de ter chegado onde cheguei por meus próprios méritos do que de qualquer honraria, por mais alta que fosse, conferida a mim por acaso. Ficaria sempre pensando que cheguei lá pela catapulta de alguém. Para mim, o que mais conta é o mérito. Aliás, é só o que conta. Tudo mais é rebotalho.

Naquele exato momento as cornetas nos convocaram para uma reunião e a conversa ficou por ali.

25

Os dias foram se passando sem que qualquer decisão fosse tomada. As tropas continuavam entusiasmadas, porém começaram a sentir fome também. Não recebiam seu soldo e o tesouro estava se esvaziando. Já não havia como alimentá-las. Começaram então a se dispersar, fato esse que foi recebido com muita alegria por aquela corte fútil. Dava pena ver a profunda tristeza de Joana. Via-se impedida de agir diante da dissolução do seu vitorioso exército. Por fim, já quase nada lhe restava.

Decidiu-se, então, a ir ao Castelo de Loches, onde o rei dissipava o tempo. Encontrou-o reunido com três de seus conselheiros: Robert le Maçon – um ex-ministro –, Christophe d'Harcourt e Gerard Machet. O Bastardo de Orléans encontrava-se lá também e foi por seu intermédio que ficamos sabendo do que se passou. Joana atirou-se aos pés do rei, abraçando-lhe os joelhos e exclamando:

– Meu nobre delfim, eu lhe suplico que pare com essas reuniões infindas e que parta, que parta rapidamente para Reims a fim de receber sua coroa.

– São suas Vozes que lhe mandam dizer isso ao rei? – perguntou Christophe d'Harcourt.

– Sim, e com urgência.

– E a senhorita não vai nos revelar, na presença do rei, de que maneira as Vozes lhe comunicaram isso?

Tratava-se de mais uma tentativa de pegar Joana em uma armadilha. Queriam que ela dissesse coisas que a comprometessem. Mas nada conseguiram. A resposta de Joana foi simples e direta, negando ao sutil bispo a oportunidade de acusá-la de heresia. Joana disse apenas que quando as pessoas duvidavam da sua missão, ela se retirava e rezava, lastimando-se por não acreditarem nela. Ouvia, então, as Vozes que lhe falavam ao ouvido, consolando-a suavemente. "Cumpra sua missão, Filha de Deus, que nós a ajudaremos."

– Quando ouço isso – acrescentou Joana –, oh, a alegria do meu coração torna-se insuportável!

O Bastardo disse que ao pronunciar aquelas palavras Joana tinha uma expressão iluminada em seu rosto, como se estivesse em êxtase.

Joana pediu, argumentou, insistiu. Aos poucos foi ganhando terreno, porém a cada passo encontrava a oposição do conselho. Suplicou, implorou que a deixassem partir com o rei. Quando já não tinham mais argumentos, admitiram que talvez tivesse sido mesmo um erro deixar que as tropas debandassem. Mas o que fazer, então? Como poderiam partir para Reims sem um exército?

– Organizaremos um! – disse Joana.

– Mas isso vai levar seis semanas.

– Não importa. Comecemos! Comecemos já!

– Já é tarde demais. Certamente o duque de Bedford já está reunindo tropas para reforçar suas cidadelas ao longo do Loire.

– Certamente, enquanto nós estávamos dispersando as nossas. É lastimável, isso. Mas não podemos desperdiçar mais tempo, precisamos agir.

O rei insistiu em que seria perigoso aventurar-se a partir para Reims com todas aquelas cidadelas em seu caminho.

– Nós as destruiremos antes e o senhor poderá passar sem perigo.

Com essa proposta o rei dispôs-se a concordar. Ele ficaria sentado, aguardando até que a estrada estivesse desimpedida.

Joana voltou muito animada. Logo em seguida começou a agitação geral. Foram feitos os éditos convocando soldados, montou-se um campo de recrutamento em Selles en Berry, para onde começaram a convergir plebeus e nobres entusiasmados.

Uma boa parte do mês de maio havia sido desperdiçada, entretanto no dia 6 de junho Joana já havia organizado um novo exército e estava pronta para partir. Tinha oito mil homens sob seu comando. Imaginem o que isso significava. Imaginem o que foi juntar tanta gente assim em um lugar tão pequeno. E ela conseguiu soldados veteranos. Na verdade, a maioria dos homens na França eram mesmo soldados, pois as guerras já se estendiam por várias gerações. Sim, a maioria dos franceses eram soldados; exímios corredores eram eles, tanto por tradição quanto por herança; praticamente nada mais haviam feito além de correr do inimigo havia quase um século. Mas a culpa não era deles. Durante todo esse tempo faltara-lhes uma liderança justa e competente ou, pelos menos, faltaram-lhes líderes com condições de exercer esses atributos. Havia muito tempo que o rei e a corte traíam seus líderes, levando-os, com isso, a desobedecer ao rei e partir por conta própria, não mais se preocupando com o país como um todo. Era impossível vencer batalhas dessa maneira, portanto a fuga em debandada tornou-se um hábito das tropas francesas, como seria de se esperar. Entretanto aqueles homens precisavam apenas de um líder para serem bons soldados – um líder disposto a vencer e investido de *toda* a autoridade para fazê-lo. Não poderia ser alguém com um décimo da autoridade, disputando os outros nove décimos com mais nove generais. Mas em Joana eles encontraram essa autoridade devidamente investida, essa líder com o coração e a mente absolutamente voltados para a guerra, decidida a colher resultados. Quanto a isso não havia dúvidas. Eles tinham agora Joana d'Arc e sob seu comando todos aqueles pares de pernas esqueceriam a arte e o mistério da fuga.

Sim, Joana estava cheia de entusiasmo. Num instante estava aqui, noutro estava acolá, circulando por toda área do acampamento, dia e noite, cuidando de tudo. E todas as vezes em que ela, a galope, passava em revista as tropas, essas irrompiam em gritos de saudações e vivas. Era bom ouvir aquilo. Ninguém deixava de se contagiar pelo entusiasmo ao ver aquela menina cheia de beleza e graça, a própria encarnação da vida e da juventude. A beleza de Joana era mais visível a cada dia que passava – uma beleza ideal, quimérica, perfeita. Era justamente a época em que ela desabrochava, pois estava com quase dezessete anos e meio – de fato, era uma jovem mulher.

Num belo dia os dois jovens condes de Laval chegaram – rapazes muito distintos pertencentes a uma das mais ilustres famílias da nobreza da França. Não sossegariam enquanto não vissem Joana d'Arc. Então o rei mandou que viessem e os apresentou a ela. Como era de se esperar, ela superou todas as suas expectativas. Ao ouvirem aquela linda voz de Joana, devem ter pensado que era música; ao verem aquele rosto maravilhoso, com os olhos impressionantes que lhe revelavam a alma, devem ter pensado em um poema arrebatador. Um deles escreveu uma carta à família dizendo: "Parecia algo divino que se via e ouvia." Ah, sim, nada era mais verdadeiro que essa descrição.

Ele a viu pronta para começar sua marcha, dando início àquela campanha e foi assim que escreveu:

"Ela estava coberta até os pés por uma armadura branca, exceto a cabeça, e na mão levava uma pequena acha de guerra; quando ela se preparava para montar em seu grande cavalo negro, ele se pôs a empinar e dar coices, sem aceitar a montaria. Foi então que ela disse: 'Levem-no até a cruz.' A cruz ficava em frente à igreja, logo adiante, e levaram o cavalo até lá. Ela montou nele e ele nem se mexeu. Ela voltou-se então para a entrada da igreja e disse, com aquela linda voz feminina: 'Vocês todos, padres e fiéis, gente da Igreja, façam procissões e rezem a Deus por nós!' Em seguida esporeou o cavalo, sob seu estandarte, com a pequena acha na mão, exclamando: "Avante! Sigam!" Um de seus irmãos, que chegou aqui há oito dias, partiu com ela, igualmente vestindo uma armadura branca."

Eu estava lá e vi tudo isso. Foi exatamente como ele descreveu. Vi e ainda posso ver em minha memória – a pequena acha de guerra, a elegante boina com plumas, a armadura branca –, tudo isso em uma suave tarde de junho. Vejo a cena como se tivesse se passado ontem. E eu cavalgava com seu Estado-Maior. Com o Estado-Maior de Joana d'Arc.

Aquele jovem conde morria de vontade de ir também, entretanto o rei impediu-o de ir naquela hora. Joana, porém, fizera-lhe uma promessa. Na tal carta, ele dizia:

"Ela me disse que quando o rei partir para Reims eu partirei com ela. Mas Deus permita que eu não tenha que esperar até então; Deus permita que eu participe das batalhas!"

Ela lhe fizera essa promessa quando se despedia da duquesa d'Alençon. A duquesa exigira dela uma promessa, portanto aquela parecia ser a ocasião adequada para que os outros fizessem o mesmo. A duquesa estava preocupada com o marido, pois previa combates terríveis. Apertou Joana contra seu peito e acariciou-lhe os cabelos com carinho.

– Cuide dele, minha querida – disse ela –, e faça com que ele volte para mim são e salvo. É isso que lhe peço e não vou deixar que parta sem que me prometa.

– Prometo-lhe de todo o coração – disse Joana –, e minhas promessas não são só palavras – são promessas: a senhora o terá de volta sem um ferimento sequer. Acredita em mim? Está satisfeita agora?

A duquesa não conseguiu responder; limitou-se a beijar Joana na testa. Separaram-se, então.

Partimos no dia 6 e demos uma parada em Romorantin. No dia 9 Joana entrou em Orléans com grande pompa, passando sob arcos de triunfo sob o ribombar de canhões e saudada por um mar de bandeiras que a brisa fazia tremular. Seu Estado-Maior cavalgava a seu lado, em todo o esplendor de seus uniformes de gala e suas condecorações: o duque d'Alençon, o Bastardo de Orléans, o Senhor de Boussac, marechal da França, o lorde de Graville, comandante dos Balestreiros, o Senhor de Coulan, almirante da França, Ambroise de Loré, Étienne de Vignoles, conhecido como La Hire; Gautier de Brusac e outros ilustres comandantes.

Foi uma grande festa: havia a gritaria de sempre, a multidão apinhada de sempre, apertando-se para conseguir ver Joana, mas por fim conseguimos chegar à casa onde havíamos nos alojado antes. Vi então o velho Boucher com sua mulher e a querida Catherine tomarem Joana em seus braços e apertá-la contra os seus corações, sufocando-a de beijos. Ah, que dor no meu coração! Que vontade de beijar Catherine também! Eu a teria beijado mais e melhor que qualquer outro, porém não me coube fazê-lo e tive que ficar à míngua. Ah, ela era tão linda e gentil! Eu a amei desde o primeiro dia em que a vi e desde então ela passou a ser algo sagrado para mim. Há sessenta e três anos trago sua imagem em meu coração – sim, ela está ali sozinha todo esse tempo, pois jamais teve a companhia de outra – e agora estou velho, muito velho. Mas ela – oh, ela não! –, ela mantém todo seu frescor e sua juventude; continua tão alegre, travessa, adorável, gentil, pura, sedutora e divina como era quando entrou sorrateiramente em meu coração, trazendo-lhe a bênção e a paz. Isso foi há muito tempo, porém ela não envelheceu um dia sequer!

26

Daquela vez, como antes, o último comando do rei aos generais foi: "*Cuidem de nada fazer sem a aprovação da Donzela.*" E daquela vez a ordem foi obedecida; foi e continuou a ser durante toda a grande campanha do Loire.

Como as coisas mudaram! Jamais se viu coisa igual! Aquilo rompeu com todas as tradições. Foi uma prova da reputação que aquela criança criou para si como comandante em chefe naqueles dez dias de batalhas; uma prova de que era possível conquistar a confiança dos soldados, vencer-lhes as suspeitas e consolidar seu entusiasmo. Nem mesmo o mais experiente daqueles generais fora capaz de conseguir tanto em trinta anos de guerra. Vocês se lembram que aos dezesseis anos de idade ela se defendeu sozinha diante de uma vetusta corte de justiça e que ganhou a causa? Foi quando o velho juiz disse que ela era "uma criança maravilhosa", lembram-se? Pois bem, ele usou a palavra exata.

Aqueles veteranos não ousariam sair agindo por conta própria, sem a sanção da Donzela – isso há que se reconhecer; foi uma grande vitória. Entretanto continuava a haver entre eles os que ainda tremiam ante suas ousadas táticas de guerra e que desejavam ardentemente modificá-las. Foi assim que no décimo dia da campanha, enquanto Joana, incansável, dava ordens e mais ordens para executar seu plano, alguns dos velhos generais retomaram a prática das discussões e argumentações à qual estavam acostumados.

Na tarde daquele dia eles chegaram em grupo para realizar um desses conselhos de guerra. Enquanto aguardavam que Joana se incorporasse ao grupo, puseram-se a discutir a situação. Essa discussão não foi registrada nas páginas da história, porém eu estava lá e a presenciei. Vou relatá-la, pois sei que mereço a confiança de vocês.

Gautier de Brusac foi o porta-voz dos tímidos; os que se encontravam do lado de Joana eram ardorosamente representados por D'Alençon, pelo Bastardo, por La Hire, pelo almirante da França, pelo marechal de Boussac e por todos os outros comandantes realmente importantes.

De Brusac argumentou que a situação era muito grave; que Jargeau, nosso primeiro objetivo, era extremamente forte; suas muralhas imponentes cintilavam com a artilharia inimiga e por trás delas havia sete mil veteranos ingleses comandados pelo famoso conde de Suffolk e seus dois renomados irmãos, os De la Pole. Parecia-lhe que o plano de Joana de tentar tomar de assalto aquela fortaleza era excessivamente ousado e imprudente. A seu ver, ela deveria ser convencida a desistir de seu plano em favor de algo mais seguro e sensato como um simples cerco à fortaleza. Achava que aquela maneira arrojada de atirar soldados em massa contra muralhas de pedra inexpugnáveis, desafiando as leis e os procedimentos usuais de guerra, era...

Ele não pôde prosseguir. La Hire deu uma sacudidela impaciente nas plumas do seu capacete e interrompeu-o com seu vozeirão:

– Pare com isso! Ela sabe o que está fazendo. Ela entende do negócio e ninguém aqui pode ensinar-lhe coisa alguma, por Deus!

Antes que o outro pudesse dizer alguma coisa, D'Alençon já estava de pé, juntamente com o Bastardo de Orléans e mais uma meia dúzia de outros, todos falando em voz alta ao mesmo tempo, extravasando sua indignação com quem quer que ousasse duvidar da capacidade de nossa comandante em chefe. E quando já haviam todos falado o que queriam, La Hire continuou a provocação, dizendo:

– Há pessoas que nunca sabem a hora de mudar. As circunstâncias mudam, mas elas, jamais. Essas pessoas são incapazes de perceber que *elas* precisam mudar também, para se adaptarem às circunstâncias. Desconhecem outro caminho que não a velha estrada tantas vezes utilizada por seus pais e seus avós. Se houver um terremoto e a estrada terminar em um precipício ou um atoleiro, essas pessoas não se dão conta de que precisam procurar outros caminhos. Continuam na mesma estrada como idiotas, caminhando para seu próprio fim. Homens, estamos vivendo uma nova ordem de coisas e um gênio militar superior foi capaz de ver isso com clareza. Há necessidade de uma nova estrada e esses mesmos olhos perspicazes perceberam para onde ela nos levará e apontaram o caminho para nós. Ainda não nasceu nem jamais nascerá alguém que tenha um plano melhor! A antiga ordem das coisas significava derrota, derrota e mais derrota para nós. Em consequência disso nossas tropas não tinham ânimo, não tinham entusiasmo, não tinham esperança. Alguém desafiaria muralhas de pedra com tropas assim? Não. Só havia uma coisa a fazer: era sentar-se e esperar. Esperar. Esperar que o inimigo morresse de fome, se possível. O que precisamos fazer agora é exatamente o contrário. Nossos homens estão ardendo de entusiasmo, de vigor, de fúria e energia – estão prestes a explodir! O que fazer, então? Impedir que ajam e deixar que todo esse entusiasmo esmoreça? O que planeja Joana d'Arc fazer com tudo isso? Ela quer *liberar* essa energia, por Deus! Quer que essa energia destrua nossos inimigos qual um redemoinho de fogo! Nada demonstra melhor o esplendor e a sabedoria desse gênio militar que sua compreensão instantânea da importância dessa enorme mudança que se deu e da imediata percepção que teve da única maneira correta de se aproveitar dessa mudança. Com ela acabou-se essa história de ficar sentado aguardando que o inimigo morra de fome; acabaram-se as hesitações e as perdas de tempo; acabou-se a indolência; não, agora tomamos o inimigo de assalto! Assalto, assalto, assalto! Vamos buscar o inimigo no seu próprio buraco e lá mesmo destruí-lo. É essa a guerra que eu desejo! Jargeau? Que me importa Jargeau com suas muralhas, suas torres, sua artilharia devastadora, seus sete mil veteranos escolhidos a dedo? Joana d'Arc está conosco e com a graça de Deus o destino deles está selado!

Oh, ele os arrebatou. Não se falou mais em convencer Joana a modificar sua tática. Depois dessas palavras, ficaram todos conversando ali, tranquilos.

Passado algum tempo Joana chegou. Todos se levantaram para saudá-la com suas espadas e ela perguntou o que desejavam dela. Foi La Hire quem respondeu:

– Já está tudo resolvido, general. Tratava-se de Jargeau. Alguns aqui achavam que não conseguiríamos tomar a fortaleza.

Joana deu sua risada alegre, aquela risada espontânea e despreocupada que saía tão leve de seus lábios fazendo com que os velhos se sentissem jovens novamente só de ouvi-la.

– Não tenham medo – disse ela aos presentes. – Realmente, não há o menor motivo para temores. Vamos tomar a fortaleza de assalto e os senhores verão. – Depois de dizer isso, Joana pareceu ficar absorta em seus pensamentos, com o olhar perdido por alguns instantes. Acho que a imagem de nossa aldeia passou-lhe diante dos olhos, pois ela acrescentou, em um tom de voz muito suave de quem está pensando em voz alta: – Se eu não soubesse que Deus nos guia e que nos dará a vitória, eu preferiria cuidar de ovelhas a enfrentar esses perigos.

Fizemos um jantar íntimo naquela noite – um jantar de despedida. Éramos apenas a escolta pessoal de Joana e os donos da casa. Joana não pôde estar presente, pois a cidade ofereceu um banquete em sua homenagem e ela teve que comparecer solenemente, com seu Estado-Maior. Toda a cidade estava iluminada e os sinos não pararam de tocar.

Depois do jantar um grupo alegre de jovens juntou-se a nós fazendo com que nos esquecêssemos de que éramos soldados. Ali éramos apenas rapazes e meninas cheios de vida, com uma grande sede de diversão. Por isso dançamos, fizemos jogos e brincadeiras, rimos a não mais poder – foram os momentos mais ruidosos, extravagantes e inocentemente divertidos de toda a minha vida. Oh, meu Deus, quanto tempo faz! E como eu era jovem então! Devo dizer, também, que todo aquele tempo em que nos divertíamos podíamos ouvir, vindos da rua, os sons ritmados de tropas a marchar. Eram soldados que ainda chegavam. O Exército francês preparava-se para o drama que se desenrolaria na manhã seguinte no triste palco da guerra. Era assim mesmo: naqueles dias a vida era cheia de contrastes que coexistiam, lado a lado. E quando me dirigia para a cama pude apreciar mais um: o enorme Anão, em sua bela armadura nova, estava de sentinela à porta de Joana. Era a própria encarnação do espírito da guerra. E nos seus gigantescos braços dormira, enroscado, um minúsculo gatinho.

27

Fizemos uma bela apresentação no dia seguinte ao sairmos em fila pelo vetusto portão de Orléans, com estandartes a tremular. Joana com seu Estado-Maior lideravam a longa coluna. Os dois jovens De Laval seguiam também, já integrando o Estado-Maior – o que, aliás, foi uma decisão justa, pois, netos que eram do ilustre combatente Bertrand de Guesclin, condestável da França em tempos idos, aqueles rapazes destinavam-se mesmo ao ofício da guerra. Louis de Bourbon, o marechal de Rais e Vidame de Chartres também passaram a integrar aquele grupo. Nós teríamos motivos para nos sentirmos pouco à vontade, pois sabíamos que uma tropa de cinco mil homens estava a caminho, comandada por *sir* John Fastolf, para reforçar Jargeau. Creio, entretanto, que estávamos bastante tranquilos. Na verdade, essas tropas de reforço ainda não estavam por perto. *Sir* John parecia não ter pressa. Por algum motivo que desconhecíamos, ele retardava a chegada. Perdia um tempo precioso – quatro dias em Étampes e mais quatro em Janville.

Chegamos a Jargeau e logo nos lançamos à luta. Joana ordenou um violento assalto à parte avançada da fortificação, o que foi feito em grande estilo. Com isso conseguimos uma posição privilegiada e lutamos muito para mantê-la. Aos poucos, entretanto, começamos a ter que recuar frente a um ataque vindo da cidade. Ao perceber isso, Joana deu comando de avançar e conduziu o novo assalto, ela mesma, sob a furiosa ação da artilharia. O Paladino foi atingido e caiu ferido a seu lado, porém Joana tomou o estandarte de suas mãos já sem forças e avançou a galope na direção de onde partiam os projéteis, exortando os soldados à luta com seus gritos de guerra. Durante algum tempo tudo ficou caótico. Por toda parte ouvia-se o choque de metais, a colisão dos corpos que lutavam e o bramido rouco dos canhões. Um céu de fumaça desabava, em rolos, obnubilando a cena que, entretanto, podia ser entrevista, aqui e acolá, onde o véu de fumaça se esgarçava; tinham-se, então, visões intermitentes da tragédia que estava sendo representada ali; e sempre, nesses breves momentos, avistava-se aquela figura esbelta em sua armadura branca que era o fulcro e a alma de nossa esperança. Ao vê-la, sempre de costas para nós e de frente para o inimigo, sabíamos que tudo acabaria bem. Por fim um grito de muitas vozes ecoou pelo ar – um ruído ensurdecedor de alegria – e ficamos sabendo, todos, que aquele território passara a ser nosso.

Sim, toda aquela área agora era nossa; o inimigo fora forçado a recuar para trás das muralhas. No terreno que Joana conquistara erguemos nosso acampamento, pois a noite já começava a cair.

Joana enviou um comunicado aos ingleses intimando-os a se renderem e prometendo deixá-los partir em paz em seus cavalos.

Ninguém sabia que ela seria capaz de conquistar aquela poderosa fortaleza, mas ela tinha certeza disso. Tinha certeza e, ainda assim, ofereceu-lhes aquela graça – e o fez em uma época em que tais atitudes não se tomavam nas guerras; ela ofereceu clemência quando o costume era massacrar sem piedade a guarnição e os habitantes das cidades capturadas, inclusive, por vezes, as inofensivas mulheres e as crianças.

Por toda parte há quem se recorde ainda das atrocidades inomináveis que Charles, o Corajoso, infligiu aos homens, mulheres e crianças de Dinant quando tomou aquela cidade há poucos anos. Foi um ato de clemência absolutamente inusitado aquela proposta de Joana à guarnição inimiga. Mas era essa sua maneira de ser, era assim sua natureza misericordiosa e terna – ela sempre fazia o possível para proteger a vida e o orgulho militar de seus inimigos quando tinha domínio sobre eles.

Os ingleses pediram um armistício de quinze dias para avaliar a proposta. E Fastolf estava chegando com cinco mil homens! Joana disse que não. Entretanto ofereceu-lhes uma nova prerrogativa: deixaria que levassem consigo, além dos cavalos, suas armas de mão – mas eles deveriam partir dentro de uma hora.

Ora, aqueles veteranos guerreiros ingleses, curtidos em muitas batalhas, eram gente de cabeça-dura. Rejeitaram a oferta novamente. Então Joana deu ordem de comando às suas tropas para que estivessem prontas para invadir a fortaleza às nove horas da manhã. Avaliando o esforço despendido na marcha e na batalha daquele dia, D'Alençon julgou que aquela hora fosse muito cedo; Joana, porém, disse que seria melhor assim e manteve sua ordem. Em seguida exclamou, com o entusiasmo que sempre a arrebatava quando uma batalha estava iminente:

– Vamos trabalhar! Trabalhar! Veremos que Deus trabalhará conosco!

Esse bem podia ser seu lema. "Trabalhar, trabalhar, trabalhar sempre!", pois, quando em guerra, ela desconhecia a indolência. E quem adotar esse lema em sua vida certamente terá sucesso. Há muitas maneiras de se ter sucesso neste mundo, porém nenhuma delas vale a pena se não exigir muito trabalho.

Creio que teríamos perdido nosso grande porta-estandarte naquele dia se o nosso Anão, maior ainda que ele, não estivesse lá para carregá-lo do campo de batalha onde ele jazia ferido. O Paladino estava desmaiado e teria sido pisoteado até a morte por nossos próprios cavalos não fosse o Anão retirá-lo de lá imediatamente, levando-o para a retaguarda. Ele se recuperou e já era o mesmo de antes umas duas ou três horas depois. Aquilo o deixou feliz e cheio de orgulho; saiu mostrando seu ferimento a quem o quisesse ver, ostentando os seus curativos, orgulhoso como se fosse uma criança – que, na verdade, não deixava de ser. Sua vaidade, porém, não fazia mal algum e ninguém se importou com ela. Ele dizia ter sido atingido por uma pedra lançada de uma catapulta – pedra essa do tamanho da cabeça de um homem. Mas a pedra foi crescendo, é claro. Cheguei a ouvir quando se referia a uma pedra do tamanho de um homem.

– Deixem-no em paz – disse Noël Rainguesson. – Não interrompam o processo. Amanhã ele já estará dizendo que jogaram uma catedral inteira em cima dele.

E Noël estava certo. No dia seguinte foi isso mesmo que o Paladino disse. Jamais vi alguém com uma imaginação tão fora de controle.

As primeiras luzes do dia começavam a surgir e Joana já estava galopando de um lado para outro, examinando cuidadosamente cada pormenor, escolhendo a melhor posição para sua artilharia. Tão precisas foram as decisões que tomou sobre os lugares onde posicionar os canhões que, um quarto de século depois, a admiração de seu general-tenente ainda permanecia viva em sua memória quando ele depôs no processo de Reabilitação.

Em seu testemunho o duque d'Alençon disse que em Jargeau, naquela madrugada de 12 de junho, ela organizou a artilharia como se fosse um general com vinte ou trinta anos de experiência.

Os oficiais veteranos do Exército francês disseram que ela era profundamente competente em tudo relacionado à guerra, porém que sua genialidade se revelava maior quando o problema era a disposição da artilharia.

Quem ensinou àquela pastorinha tudo isso – a ela, que sequer aprendera a ler? Como podia entender da complexa arte da guerra?

Não tenho respostas para essas perguntas desconcertantes, pois trata-se de algo sem precedentes em toda a história da humanidade; nada existiu que pudesse servir de referência. Em toda a história não se sabe de general algum, por mais talentoso que fosse, que tenha obtido sucesso sem bons mestres, muito estudo e alguma experiência. Esse é um mistério que jamais será desvendado. Eu, pessoalmente, creio que esse enorme talento e seus muitos dons já nasceram com ela e que ela os usava com grande intuição.

Às oito horas o movimento cessou e com isso todos os sons e ruídos. Uma expectativa silenciosa ocupou todos os espaços. Aquela quietude absoluta era terrível, pois era plena de significados. Nem mesmo o ar se movia. As bandeiras nas torres e nas muralhas pendiam como mortalhas. Todos haviam interrompido o que estavam fazendo e tinham a atitude da espera, a atitude de quem aguarda algum ruído súbito. Nós nos encontrávamos num local mais elevado, ao lado de Joana. Perto dali, a cada lado de nós, ficavam as terras e as moradas humildes da gente pobre que vivia fora da cidade. Via-se ali muita gente – imóvel também, aguardando. Um homem havia colocado um prego à porta de sua loja e ia pendurar nele alguma coisa quando parou na posição em que se encontrava, com uma das mãos erguida e a outra a segurar o martelo; parecia esquecido de tudo, com a cabeça ligeiramente inclinada, tentando ouvir algo. Até as crianças pararam de brincar sem saber por quê; vi um garotinho parado, segurando o bastão de rodar seu arco – o arco seguiu sozinho uma trajetória qualquer antes de cair. Vi uma jovem à janela que lhe servia de moldura; tinha na mão um regador para regar os potes de flor. Mas a água já não corria e a jovem, imóvel, escutava. Para onde quer que se olhasse viam-se aquelas formas petrificadas, os movimentos interrompidos, a vida suspensa – tudo naquele terrível silêncio.

Joana d'Arc ergueu sua espada no ar. A um sinal seu o silêncio foi estilhaçado: os canhões puseram-se a vomitar chamas e fumaça sem parar, fazendo tremer o ar com as explosões. Logo pudemos ver também as línguas de fogo que respondiam às nossas. Eram os tiros que partiam das torres das muralhas da cidade acompanhados de enormes estrondos. Em seguida as torres e muralhas desapareceram por trás de gigantescas pirâmides de fumaça que, à falta de vento, ali ficavam suspensas no ar. A jovem, assustada, deixou cair seu regador e juntou as mãos no peito. Nesse exato instante um tiro de canhão a atingiu em cheio.

O grande duelo das artilharias continuou. Tanto um lado quanto o outro empregava sua força total. O resultado era um espetáculo esplêndido de fumaça e som que excitava os espíritos e ia deixando cruelmente destruída aquela parte da cidade onde estávamos. As balas dos canhões atravessavam as paredes das casas como se estas fossem feitas de papelão. A todo instante viam-se enormes blocos de pedra descrevendo curvas no ar e em seguida mergulhando sobre os telhados das casas. O fogo começou a se alastrar e as colunas de chamas e fumaça a subir aos céus.

Subitamente o tempo mudou. O céu escureceu e um forte vento dissipou a fumaça que escondia a fortaleza dos ingleses.

Foi um espetáculo inesquecível: enormes muralhas de pedra cinzenta com torres e torreões onde tremulavam bandeiras coloridas, jatos de chama vermelha e espasmos de fumaça branca ao longo de toda a muralha, tudo isso nitidamente visível contra um fundo de chumbo do céu enfarruscado. Logo em seguida os tiros de canhão passaram a zumbir bem mais perto de nós, levantando a terra à nossa volta. Perdi todo o interesse que tinha pela cena. Um dos canhões ingleses estava conseguindo atirar cada vez mais perto de onde estávamos. Em um dado momento Joana apontou para ele e disse:

– Afaste-se de onde está, meu caro duque, ou aquela máquina o matará.

O duque d'Alençon fez o que ela lhe disse, porém o Monsieur du Lude ocupou inadvertidamente aquele posto e no instante seguinte uma bala de canhão arrancou-lhe a cabeça.

Joana estudava o momento exato de dar o comando de assalto. Finalmente, já por volta das nove horas, ela deu a ordem:

– É agora! Ao assalto! – e os corneteiros soaram o toque de avançar.

No mesmo instante vimos a tropa que estava designada para essa tarefa avançar em direção a um ponto da muralha onde os esforços concentrados de nossos canhões haviam destruído a parte superior da construção. Vimos quando os soldados desceram para o fosso e apoiaram contra a muralha suas escadas compridas. Logo em seguida juntamo-nos a eles. O general-tenente achava que o assalto era prematuro.

– Ah, meu caro duque, o senhor tem medo? Não sabe que prometi devolvê-lo à família são e salvo?

O trabalho no fosso foi penoso. As muralhas estavam apinhadas de soldados que não cessavam de despejar avalanches de pedras sobre nós. Havia entre eles um inglês gigantesco que, sozinho, nos massacrava mais que uma dúzia de seus companheiros. Ele estava sempre no controle dos locais de mais fácil acesso e atirava sobre nós volumosos blocos de pedra que estraçalhavam nossos homens e destruíam nossas escadas – depois de cada feito desses ele dava estrondosas gargalhadas, divertindo-se com os resultados. Porém o duque acertou as contas com ele. Procurou o famoso Jean de Lorrain, nosso melhor artilheiro, e deu a ordem:

– Prepare seu canhão. Quero que mate aquele demônio.

Bastou um tiro. Atingido bem no meio do peito, o inglês caiu para trás e desapareceu.

A resistência do inimigo era tão firme e decidida que nossos homens começaram a dar sinais de desânimo e de dúvida. Ao perceber isso, Joana deu seu grito de guerra, que tanto ânimo dava aos soldados, e ela mesma partiu para o fosso. O Anão, como sempre, a apoiou e o Paladino a acompanhou todo o tempo com o estandarte. Ela começou a subir por uma das escadas, porém uma enorme pedra atirada de cima chocou-se contra seu capacete, derrubando-a ao chão. Apesar de ferida e atordoada, Joana não se deixou ficar. Logo o Anão ajudou-a a pôr-se de pé e no instante seguinte ela já subia a escada novamente, exclamando:

– Ao assalto, camaradas! Ao assalto! Os ingleses são nossos! Nossa hora chegou!

Ouviu-se uma gritaria feroz e ensurdecedora. Nossos homens pareciam um gigantesco enxame a escalar as muralhas. A guarnição inimiga se pôs em fuga, perseguida pelas tropas francesas. Jargeau era nossa!

O conde de Suffolk foi encurralado e o duque d'Alençon, acompanhado pelo Bastardo de Orléans, exigiu sua rendição. Mas o conde era um nobre orgulhoso de uma raça de homens de brio. Recusou-se a entregar sua espada a subordinados.

– Prefiro morrer – disse ele. – Render-me-ei apenas à Donzela de Orléans e a mais ninguém.

E foi isso que fez. Ela, por seu turno, soube tratá-lo de maneira cortês e honrosa.

Seus dois irmãos ainda lutavam ao recuar em direção à ponte, disputando cada palmo do chão; nós continuávamos atacando aquelas tropas já desesperadas, dizimando-as rapidamente. Já havíamos chegado à ponte e a carnificina não cessava. Alexander de la Pole perdeu o equilíbrio ou foi empurrado da ponte e caiu, morrendo afogado. Mais de mil homens tiveram o mesmo fim. John de la Pole decidiu desistir. Mas ele era orgulhoso como seu irmão de Suffolk quanto à pessoa a quem se render. O oficial francês mais próximo no momento era Guillaume Renault, que lutava com ele.

– O senhor é um *gentleman*? – perguntou-lhe.

– Sim.

– E cavalheiro também?

– Não.

Então *sir* John, com a fleuma dos ingleses, sagrou-o cavalheiro ali mesmo na ponte, em meio à mais sangrenta carnificina, com todas aquelas pessoas sendo mortas ou mutiladas à sua volta. Em seguida, curvando-se mui respeitosamente, tomou de sua espada pela lâmina e colocou o punho na mão do outro em sinal de rendição. Ah, que tribo orgulhosa era aquela dos De la Pole!

Foi um dia glorioso. Um dia memorável. Aquela foi uma vitória esplêndida. Fizemos uma multidão de prisioneiros, mas Joana não permitiu que fossem tratados com violência. Levamo-los conosco e entramos em Orléans debaixo da costumeira tempestade de alegria.

Dessa vez foi prestada uma homenagem diferente à Joana. Ao longo de todas as ruas apinhadas de gente, os novos recrutas puseram-se em fila para tocar a espada de Joana d'Arc e dela receber aquela energia misteriosa que a tornava invencível.

28

A tropa precisava descansar. Dois dias seriam o suficiente. Na manhã do dia 14 eu estava escrevendo um texto que Joana ditava; ocupávamos um pequeno aposento que ela gostava de usar como seu escritório particular, onde os oficiais não a interrompiam. Catherine Boucher entrou e sentou-se.

– Joana, minha querida, precisamos conversar.

– Perdoe-me por ter andado tão atarefada. Mas estou feliz que tenha vindo. Sobre o que quer falar?

– Quase não dormi na noite passada pensando nos perigos constantes a que você se expõe. O Paladino me contou como você fez com que o duque saísse do lugar onde os tiros de canhão estavam caindo e que isso salvou-lhe a vida.

– Bem, fiz o que devia ser feito, não?

– O que devia ser feito? Sim, é claro; mas você permaneceu onde estava. Por que fez isso? Parece-me que foi um risco insensato.

– Oh, não, não foi. Eu não corria perigo algum.

– Como pode dizer isso, Joana, com todos aqueles tiros voando sobre sua cabeça?

Joana achou graça e tentou mudar de assunto, mas Catherine insistiu.

– Foi um erro terrível – disse ela. – Talvez não fosse tão necessário assim permanecer ali. E depois você comandou o assalto à frente da tropa novamente! Veja bem, quero que me faça uma promessa. Prometa-me que mandará outros à frente da tropa nos assaltos, se *realmente* houver necessidade de assaltos, e que será mais cuidadosa consigo nessas horríveis batalhas. Você promete?

Joana não prometeu. Catherine deixou-se ficar onde estava, triste e preocupada. Ao cabo de alguns minutos, perguntou:

– Joana, você será soldado o resto da vida? Essas guerras duram tanto – tanto mesmo... Parecem não acabar mais.

Os olhos de Joana brilharam de alegria quando ela exclamou:

– Esta campanha dará conta da etapa mais difícil da guerra nos próximos quatro dias. O resto será mais tranquilo – oh, muito menos sangue será derramado. Sim, dentro de quatro dias a França colherá outro troféu, tão importante quanto a rendição de Orléans; será seu segundo passo em direção à liberdade!

Catherine assustou-se e eu também. Depois ficou olhando longamente para Joana, como se estivesse em transe. Murmurava repetidamente "quatro dias... quatro dias...", como se falasse para si mesma. Por fim, muito séria, perguntou em voz baixa:

– Joana, diga-me uma coisa. Como é que você sabe disso? Você já sabe do que vai acontecer, não é mesmo?

– Sim – disse Joana, com o olhar perdido ao longe. – Eu sei. Eu sei. Terei um confronto muito sério e em seguida outro. Antes que o quarto dia termine terei ainda mais um. – Joana ficou em silêncio depois de dizer essas palavras. Permanecemos os três em silêncio. Ficamos um minuto assim, imóveis, Joana com os olhos fixos no chão e os lábios se movendo sem emitir som algum. E aí ela falou com um tom de voz quase inaudível. – E mil anos se passarão sem que o poderio inglês se recupere desse golpe na França.

Senti um arrepio percorrer-me o corpo. Era algo sobrenatural que se passava ali. Ela estava em transe novamente – era visível – como naquele dia no campo em Domrémy, quando ela previu o que cada um de nós faria na guerra e depois não sabia o que tinha dito. Ela não estava em estado consciente ali tampouco, porém Catherine não se deu conta disso e disse, alegre:

– Oh, eu creio em suas palavras, eu creio. E como fico feliz! Depois então você voltará para cá e ficará morando conosco o resto da vida. Vamos dar-lhe todo nosso amor!

Um espasmo quase imperceptível passou pelo rosto de Joana e ela falou, no mesmo tom de voz de quem devaneia:

– Antes que se passem dois anos terei uma morte cruel.

Levantei-me rapidamente para impedir que Catherine reagisse. Foi por isso que ela não gritou. Percebi claramente que ela faria isso.

Sussurrei-lhe então que ela saísse dali de mansinho e não contasse o ocorrido a pessoa alguma. Disse-lhe que Joana estava dormindo – dormindo e sonhando. Catherine respondeu também sussurrando:

– Oh, que bom que é só um sonho! Ela falou como se fosse uma profecia. – Dito isso, saiu de mansinho.

Como se fosse profecia! Eu sabia que era uma profecia e por isso sentei-me, chorando; tive a certeza de que a perderíamos. Joana então estremeceu de leve, como quem tem um calafrio, e recuperou a consciência. Olhou em volta e, ao me ver chorando, aproximou-se de mim rapidamente, cheia de carinho e compaixão. Colocou a mão sobre minha cabeça e disse:

– Meu pobre rapaz! O que foi que houve? Vamos, olhe para mim e me diga.

Tive que mentir para ela; aquilo me entristeceu, porém não havia outra saída. Peguei uma carta qualquer que estava sobre a mesa, escrita sabe-se lá por quem, e disse que acabara de recebê-la de Père Fronte. Inventei que a carta dizia que a Árvore das Fadas fora derrubada por algum incréu qualquer e que...

Ela não me deixou continuar. Tomou a carta da minha mão e pôs-se a olhá-la, girando o papel para um lado e para o outro, chorando de soluçar, com as lágrimas a lhe escorrerem pelas faces.

– Oh, que crueldade! Como pode alguém ser tão cruel assim? Ah, pobre Árvore das Fadas de Bourlemont! E nós, crianças, gostávamos tanto dela! Mostre-me o lugar da carta onde está escrito isso.

E eu, continuando a mentir, mostrei-lhe um trecho qualquer da carta em que pretensamente aquilo estava escrito. Ela ficou olhando o papel com os olhos rasos de lágrimas e disse que aquelas palavras pareciam mesmo dizer coisas horríveis.

Ouvimos então uma voz forte no corredor que anunciava:

– É o emissário de Sua Majestade, com um comunicado para Sua Excelência a comandante em chefe do Exército da França!

29

Eu sabia que ela havia tido a visão da Árvore. Mas quando? Isso eu não tinha como saber. Não há dúvida de que isso se deu antes de ela pedir ao rei que a usasse, pois ela só teria mais um ano para servi-lo. Na ocasião essa ideia não me ocorreu, porém já agora eu tinha certeza disso. Joana tivera a visão da Árvore e a mensagem a deixara feliz; isso se revelava em sua maneira alegre e despreocupada ultimamente. A previsão de sua morte não a deixara triste em absoluto; não, era como um alívio, como a permissão para descansar.

Sim, ela tivera a visão da Árvore. Ninguém acreditou na profecia que ela fez ao rei quanto à sua morte, por um bom motivo, sem dúvida: ninguém *queria* acreditar. Aquela informação deveria ser banida e esquecida e foi isso que aconteceu. Já todos se haviam esquecido daquilo. Todos, menos eu. E eu teria que guardar comigo aquele terrível segredo sem poder pedir ajuda a quem quer que fosse. Era uma carga pesada, aquela. Pesada e amarga. Passei a viver com o coração partido. Joana morreria dentro em pouco. Essa ideia jamais me passara pela cabeça, porém como poderia ter me ocorrido se ela era tão jovem, forte e cheia de vida, fazendo mais jus, a cada dia que passava, a uma vida longa e respeitada? Devo esclarecer, neste ponto, que eu achava a velhice uma dádiva. Não sei por que, mas achava. Talvez os jovens pensem mesmo assim, tolos que são e cheios de ideias equivocadas. Ela tinha visto a Árvore. Passei uma noite terrível com aqueles versos a me perturbar a mente:

> "E quando perdidos no exílio a vagar
> Pensamos em ti com tristeza no olhar
> Dá-nos a graça e o dom de te ver!"

Mas já ao raiar do dia as cornetas e os tambores rompiam o nebuloso silêncio da madrugada e logo em seguida já estávamos a postos. A ordem era montar e partir. Um dia sangrento nos esperava.

Seguimos até Meung sem parar. Lá tomamos a ponte de assalto e deixamos uma tropa para manter a posição conquistada. O resto do exército partiu na manhã seguinte em direção a Beaugency, que estava sob as garras do leão Talbot, o terror dos franceses. Quando chegamos lá os ingleses se retiraram para o castelo e nós nos instalamos na cidade abandonada.

Talbot não se encontrava lá naquele dia, pois partira a fim de receber Fastolf e seu reforço de cinco mil homens.

Joana assestou suas baterias e bombardeou o castelo até o anoitecer. Foi então que a notícia chegou: Richemont, condestável da França, que caíra em desgraça com o rei havia muito tempo – devido às maquinações de La Tremouille e seu grupo –, estava chegando com uma numerosa tropa para oferecer seus serviços a Joana. Ela, de fato, precisaria muito daqueles serviços, pois Fastolf estava cada vez mais perto. Richemont tivera a intenção de juntar-se a nós bem antes, quando da nossa marcha sobre Orléans. O tolo rei, entretanto, escravo que era daqueles seus conselheiros incompetentes, impediu-o de nos apoiar e recusou-lhe qualquer reconciliação.

Desço a esses detalhes porque são importantes para esta narrativa. É por meio deles que chegamos à percepção de um outro dom de Joana, de uma outra característica extraordinária de sua constituição mental: sua habilidade política. Sei que é estranho falar desse grande atributo em relação a uma camponesa ignorante de pouco mais de dezessete anos. Mas ela o tinha.

Joana era favorável a que recebêssemos Richemont com cordialidade e também o eram La Hire, os dois jovens Laval e alguns outros generais, porém D'Alençon opunha-se a isso de maneira ferrenha e convicta. Disse que tinha ordens expressas do rei para recusar o apoio de Richemont e que se aquelas ordens fossem descumpridas ele deixaria o exército. Isso teria sido um desastre para nós. Porém Joana assumiu a tarefa de persuadi-lo de que a salvação da França tinha precedência sobre tudo mais – até mesmo sobre as ordens de um idiota com coroa e cetro. E ela conseguiu. Convenceu-o a desobedecer ao rei no interesse da nação, a reconciliar-se com o conde Richemont e dar-lhe as boas-vindas. Essa é uma prova da mais refinada habilidade política. Mas tudo que há de mais refinado em um ser humano vocês podem procurar em Joana d'Arc que certamente encontrarão.

Na madrugada do dia 17 de junho as sentinelas avançadas informaram que Talbot estava chegando com Fastolf e sua tropa de reforço. Os tambores rufaram conclamando os soldados às armas e partimos ao encontro dos ingleses. Richemont e sua tropa ficaram na retaguarda para vigiar o castelo de Beaugency e impedir que os ingleses saíssem. Não demoramos a encontrar o inimigo. Fastolf tentara convencer Talbot de que seria mais sensato evitar o confronto com Joana imediatamente; a seu ver, melhor seria distribuir as tropas de reforço entre as fortalezas ao longo do Loire para que nenhuma outra fosse capturada. Depois bastaria ter paciência para esperar – esperar novos reforços que partiriam de Paris. Deixariam que Joana exaurisse seu exército em escaramuças diárias inúteis e, quando fosse o melhor momento, lançariam sobre ela um ataque maciço e irresistível que a aniquilaria. Era sábio e experiente aquele general Fastolf. Porém o indômito Talbot não quis adiar o confronto. Estava inconformado com a derrota que Joana lhe infligira em Orléans e desde então jurara por Deus e por São Jorge que iria à forra, ainda que para isso precisasse lutar sozinho contra ela. Fastolf, então, acabou cedendo, embora continuasse a afirmar que estariam pondo em risco tudo que os ingleses haviam conquistado a duras penas, ao longo de muito tempo.

O inimigo estava bem situado e nos aguardava, pronto para a luta, com seus arqueiros à frente, protegidos por uma barricada.

A noite caía. Um arauto dos ingleses chegou com um desafio arrogante propondo o confronto imediato. Joana, porém, não se deixou abalar.

– Volte – disse ela ao arauto – e diga a seu comandante que já está muito tarde para começarmos a luta agora, mas que amanhã, com a graça de Deus e de Nossa Senhora, nos enfrentaremos.

A noite chegou escura e chuvosa. Era uma chuva fina que caía sem parar, silenciosa, do tipo que inunda de paz e serenidade o espírito das pessoas. Por volta das dez horas D'Alençon, o Bastardo de Orléans, La Hire, Poton de Saintrailles e mais uns dois ou três generais vieram para a tenda do comando e sentaram-se para conversar com Joana. Alguns lastimavam a decisão dela de declinar do confronto imediato; outros achavam que ela agira bem. Poton, então, teve a ideia de perguntar o motivo daquela decisão.

– Houve mais de um motivo – disse ela. – Os ingleses não vão nos derrotar nem fugir de nós. Não há, portanto, necessidade alguma de nos arriscarmos, como de outras vezes. O dia já chegava ao fim e, no nosso caso, será melhor contar com a luz do dia. Nossas forças estão dispersas, pois temos novecentos homens sob as ordens do marechal de Rais fazendo guarda à ponte de Meung e mais mil e quinhentos cuidando da ponte e do castelo de Beaugency sob as ordens do condestável da França.

– Lamento essa decisão, Excelência – disse Dunois –, mas não há outro jeito. Entretanto a situação amanhã não será diferente.

Joana tinha estado caminhando de um lado para o outro. Deu aquela sua risada espontânea e afetuosa e, parando diante da velha raposa de guerra, colocou sua delicada mãozinha acima da cabeça dele, tocando-lhe uma das plumas.

– Agora queira me dizer, sábio homem, qual das suas plumas eu toquei.

– Sinceramente, Excelência, não tenho como.

– Em nome de Deus, Bastardo! O senhor não sabe me dizer uma coisa tão pequena e tem a coragem de dizer algo tão importante. Como sabe o que estará dentro de um dia que ainda não nasceu? Como pode afirmar que não teremos aqueles homens conosco? Ora, pois eu creio que eles estarão ao nosso lado.

Essa resposta causou agitação entre os presentes. Todos quiseram saber por que ela achava aquilo. Mas La Hire tomou a palavra e disse:

– Deixem estar. Se é isso que ela pensa, já é o suficiente. Acontecerá.

Poton de Saintrailles interveio:

– Houve outros motivos para sua decisão. Não foi isso que disse, Excelência?

– Sim. Outro motivo é que naquelas condições a batalha poderia não ser decisiva. Quando lutarmos essa batalha, ela *terá* que ser decisiva. Quando ocorrer, *terá que ser* decisiva. E será.

– Que Deus assim o queira. Amém. Há ainda outros motivos?

– Ainda um – disse ela, acrescentando, depois de breve hesitação: – Hoje não é o dia. O dia será amanhã. É assim que está previsto.

Todos já iam começando a fazer-lhe perguntas sobre isso, porém ela ergueu a mão para que se calassem.

– Será a vitória mais nobre e generosa que Deus concederá à França em todos os tempos. Peço que não me perguntem como nem de onde fiquei sabendo. Basta que saibam que assim será.

Os rostos se iluminaram de alegria; estavam todos confiantes. Logo começaram a conversar animadamente, porém foram interrompidos por um mensageiro que chegava de um posto avançado trazendo notícias: durante cerca de uma hora pôde-se perceber uma movimentação no acampamento inglês, bastante incomum em um exército que estivesse descansando. Foram enviados olheiros que contaram com a chuva e a escuridão para não serem vistos. Acabavam de retornar com a informação de que grandes contingentes de soldados foram vistos afastando-se, sorrateiramente, na direção de Meung.

Os generais ficaram surpresos, como se podia ler em seus rostos.

– Estão batendo em retirada – disse Joana.

– É essa a impressão que se tem – disse D'Alençon.

– Não deve ser outra coisa – disseram o Bastardo e La Hire.

– Não se podia esperar uma decisão dessas – observou Louis de Bourbon –, mas pode-se imaginar agora seu propósito.

– Sim – respondeu Joana. – Talbot deve ter pensado melhor. A chuva deve ter esfriado seu temperamento impulsivo. Agora ele pretende tomar a ponte em Meung e fugir para a outra margem do rio. Ele sabe que isso deixará sua guarnição em Beaugency entregue à própria sorte para tentar fugir de nós. Mas ele não tem mesmo outra alternativa para evitar o confronto e sabe disso. Porém ele não conseguirá recuperar a ponte. Nós cuidaremos disso.

– Sim – disse D'Alençon –, precisamos partir atrás dele e cuidar disso. Mas como ficará Beaugency?

– Deixe Beaugency comigo, meu caro duque; dentro de duas horas ela será nossa sem que haja derramamento de sangue.

– É verdade, Excelência. Basta que façamos essa notícia chegar lá e eles se renderão.

– Sim. O senhor e eu estaremos em Meung quando o dia raiar, onde nos encontraremos com o condestável e seus mil e quinhentos homens. Quando Talbot souber da queda de Beaugency certamente modificará seus planos.

– Céus, é isso mesmo! – exclamou La Hire. – Ele anexará a guarnição de Meung às suas tropas e partirá às pressas para Paris. Isso vai nos liberar a tropa que está ocupando a ponte e a que está cercando Beaugency. Teremos mais dois mil e quatrocentos soldados conosco para nossa batalha de amanhã. Ora, esse inglês está nos prestando um bom serviço e nos poupando muito sangue e suor. As ordens, Excelência. Dê-nos nossas ordens.

– São simples as ordens. Deixem que os homens descansem três horas mais. A uma hora a guarda avançada se porá em marcha sob seu comando e Poton de Saintrailles será seu segundo. A segunda divisão partirá às duas comandada por D'Alençon. Fiquem a uma boa distância da retaguarda do inimigo e evitem entrar em combate. Partirei para Beaugency com uma escolta e levarei tão pouco tempo lá que antes do amanhecer eu e o condestável da França com seus homens nos uniremos aos senhores.

E foi assim que ela fez. Ela e sua guarda partimos a galope na chuva fina levando conosco um oficial inglês que capturamos para confirmar a notícia que levávamos. Logo chegamos ao destino e convocamos o comandante das tropas que ocupavam o castelo. Richard Guétin, lugar-tenente de Talbot, convenceu-se de que ele e seus quinhentos homens haviam sido abandonados e concordou que seria inútil resistir. Ele não podia esperar que os termos da rendição fossem generosos, porém Joana fez questão que fossem. Sua guarnição pôde sair com cavalos e armas pessoais levando ainda, cada soldado, bens que não excedessem o valor de um marco de prata. Poderiam ir para onde quisessem, com o compromisso de não pegar em armas contra a França nos dez dias seguintes.

Antes que o dia amanhecesse estávamos reunidos ao nosso exército novamente, com o condestável e quase todos os seus homens, pois havíamos deixado uma pequena guarnição no castelo de Beaugency. Ouvimos tiros de canhão: era Talbot que começava seu ataque à ponte. Mas o dia não havia raiado ainda quando os tiros cessaram de vez.

Guétin enviara um mensageiro para informar Talbot de sua rendição. O mensageiro teve um salvo-conduto de Joana para que chegasse mais depressa atravessando nossa linha e, é claro, chegou ao destino antes de nós. Diante da notícia, Talbot julgou que seria mais prudente bater em retirada para Paris. Quando o dia amanheceu, ele havia desaparecido. Lorde Scales e a guarnição de Meung também.

Que boa safra foi aquela! Quantas cidadelas inglesas colhemos em três dias! E eram, todas, cidadelas que haviam desafiado a França com muita arrogância até nossa chegada.

30

Quando, por fim, o dia raiou naquele inesquecível 18 de junho, não se encontrou inimigo em parte alguma, como já disse. Mas aquilo não me preocupou. Eu sabia que os encontraríamos e os atacaríamos; eu sabia que os venceríamos na batalha prometida – a batalha que poria fim ao poderio inglês na França por mais de mil anos, como Joana dissera em seu transe.

As tropas inimigas haviam se refugiado nas amplas planícies de La Beauce – uma região coberta de vegetação baixa, onde não havia estradas e onde, aqui e ali, erguiam-se bosques fechados com árvores altas –, uma área onde um exército inteiro podia esconder-se facilmente em pouco tempo. Encontramos os rastros na terra molhada e os seguimos. Os rastros indicavam que a marcha se fizera em ordem, sem pânico e sem confusão.

Entretanto precisávamos ser cautelosos. Numa região como aquela, poderíamos facilmente cair em uma armadilha. Por isso Joana enviou destacamentos precursores de cavalaria sob o comando de La Hire, Poton e outros comandantes com o propósito de explorar o terreno. Alguns dos outros oficiais começaram a dar sinais de preocupação; aquele jogo de esconde-esconde os deixara pouco à vontade e eles começavam a perder a confiança na vitória. Joana percebeu o estado de espírito daqueles oficiais e exclamou, cheia de ímpeto:

– Em nome de Deus, o que é que vocês querem? Temos que derrotar esses ingleses e é isso que faremos. Eles não nos escaparão. Ainda que estivessem escondidos nas nuvens, nós os encontraríamos!

Aos poucos nos aproximávamos de Patay; já estávamos a apenas uma légua de distância. Ora, aconteceu de um destacamento avançado que estava inspecionando uns arbustos assustar um veado, que se afastou aos saltos e logo desapareceu. Não se passou um minuto e ouviram-se gritos de muitas vozes vindo da direção de Patay. Era a soldadesca inglesa. Fazia tanto tempo que aqueles homens só se alimentavam de comida mofada que não conseguiram reprimir sua alegria com aquela caça deliciosa a correr em sua direção. Pobre criatura, foi ela a responsável pelo que sucedeu a uma nação que tanto a preza. A partir de então os franceses ficaram sabendo onde os ingleses se encontravam enquanto estes nem suspeitavam de onde os franceses estavam.

La Hire interrompeu subitamente sua busca e comunicou o fato ao comando. Joana ficou radiante de alegria. O duque d'Alençon então perguntou-lhe:

– Ora muito bem, agora que os encontramos, que faremos? Lutaremos contra eles?

– O senhor tem esporas, príncipe?

– Esporas? Por quê? Eles nos farão fugir rapidamente?

– Em nome de Deus, não fale assim! Esses ingleses estão perdidos – já são nossos. Eles partirão em fuga e para alcançá-los precisaremos de boas esporas. Avante! Cerquemos os ingleses!

Quando alcançamos La Hire, os ingleses já haviam descoberto nossa presença. As tropas de Talbot marchavam em três destacamentos. À frente vinha a guarda avançada; em seguida vinha a artilharia e, bem mais atrás, a infantaria e a cavalaria. Haviam saído de seus esconderijos e estavam em campo aberto. Talbot posicionou imediatamente sua artilharia, sua guarda avançada e seus quinhentos arqueiros de escol ao longo de uma sebe por onde os franceses teriam que passar; esperava conseguir manter aquela posição até que o grosso das tropas chegasse. Sir John Fastolf ordenou que as tropas se apressassem e Joana viu a oportunidade que se oferecia. Ordenou que La Hire avançasse – no que foi prontamente obedecida. La Hire lançou-se com seus destemidos cavaleiros como uma tempestade sobre o inimigo, como era do seu estilo.

O duque e o Bastardo quiseram segui-lo, porém Joana não permitiu.

– Ainda não. Aguardem.

Portanto eles tiveram que aguardar, impacientes, em suas selas. Joana, porém, estava tranquila. Olhava à frente fixamente, avaliando, medindo, calculando a cada minuto, a cada segundo, a cada fração de segundo; estava absolutamente concentrada – podia-se ver pelos olhos, pela inclinação da cabeça, por sua nobre postura –, porém permanecia paciente, firme, dona de si.

E lá adiante, afastando-se cada vez mais, com as plumas a subir e descer na cavalgada, os indômitos cavaleiros de La Hire faziam carga sobre o inimigo. A grande figura de La Hire dominava a cena, com sua espada erguida como se fosse um mastro de bandeira.

– Oh, é Satanás com seus demônios! Vejam como vão! – murmurou alguém com profunda admiração.

De fato, naquele instante ele alcançava as tropas de Fastolf. Lançou-se então sobre elas, desbaratando-as. Isso fez com que o duque e o Bastardo se erguessem em suas selas e, ao se voltarem para Joana, tremiam de excitação.

– É agora!

Porém ela ergueu a mão sem desviar os olhos da cena, sem deixar de avaliar-lhe cada segundo.

– Aguardem. Ainda não.

As tropas de Fastolf desabaram como uma avalanche em direção à tropa avançada, que aguardava. Esta, surpresa, tomou aquele movimento súbito por uma fuga em pânico diante do exército de Joana. Foi assim que imediatamente debandou, ela mesma, em pânico, com Talbot a gritar atrás que voltassem.

A hora era aquela. Joana enterrou as esporas no cavalo e ergueu a espada dando ordem de avançar.

– Sigam-me! – exclamou ela, curvando-se sobre o pescoço do seu cavalo e partindo mais rápido do que o vento.

Partimos todos em meio à maior confusão que durou cerca de três longas horas, nas quais decepamos, espetamos e derrubamos os inimigos. Por fim as cornetas soaram.

A Batalha de Patay fora vencida.

Joana d'Arc apeou de seu cavalo e ficou olhando longamente aquele campo que oferecia uma visão tenebrosa. Permaneceu assim, perdida em pensamentos e por fim disse:

– A glória é toda de Deus. Ele hoje abateu o inimigo com a mão pesada. – Passado algum tempo, ergueu o rosto, com os olhos distantes, e acrescentou, como quem pensa em voz alta: – Passar-se-ão mil anos até que as forças inglesas se recuperem dessa derrota na França. – Depois ficou ali parada mais algum tempo, pensativa, ao fim do qual voltou-se para o grupo de generais que a aguardava. Seu rosto tinha a expressão da vitória e havia uma nobreza incomum em seu olhar. – Oh, amigos, vocês compreenderam? *A França está a caminho da liberdade*!

– E não estaria se não fosse Joana d'Arc! – disse La Hire curvando-se diante dela. Os outros o seguiram e fizeram o mesmo. – Vou sempre repetir isso, embora não seja isso o que hão de querer ouvir – acrescentou ele.

Então, um após o outro, desfilaram diante dela os batalhões do nosso vitorioso exército aclamando-a alegremente.

– Viva a Donzela de Orléans! Viva! – gritavam eles. Joana, sorrindo, erguia sua espada retribuindo-lhes a saudação.

Não foi essa a última visão que tive da Donzela de Orléans naquele campo sangrento de batalha. Já quase no final do dia encontrei-a onde haviam sido colocados os soldados mortos e os moribundos. Eram fileiras e mais fileiras de corpos empilhados; nossos homens haviam ferido mortalmente um prisioneiro que era pobre demais para pagar por sua liberdade e de longe ela vira aquela crueldade ser cometida. Partiu a galope para lá e mandou buscarem um padre.

Sentou-se então ao lado do inimigo que morria, colocou em seu colo a cabeça dele e pôs-se a confortá-lo com palavras ternas, como se fosse sua irmã. O rosto dela estava banhado de lágrimas.*

31

O que Joana dissera era verdade. A França estava a caminho de ser uma nação livre.

Aquela guerra, que chamaram de a Guerra dos Cem Anos, começou a chegar ao fim naquele dia. Pela primeira vez, em noventa e um anos, ficou evidente que os ingleses a perderiam.

É pelo número de mortos e pela devastação causada que se avalia uma batalha? Ou será que devemos julgar sua importância pelos resultados dela advindos? Sem dúvida uma batalha só é importante se tiver consequências importantes. Sim, qualquer um concordará com isso, pois é a verdade.

A julgar por seus resultados, a batalha de Patay situa-se entre as poucas batalhas realmente decisivas em que os homens se empenharam desde que os povos de todo o mundo começaram a fazer uso de armas para resolver suas disputas. Avaliada deste ponto de vista, é bem possível que Patay se destaque entre essas poucas batalhas que definiram os destinos do mundo. Talvez seja a batalha suprema dos conflitos históricos, pois quando iniciou a França jazia prostrada, tudo indicando que vivia seus últimos momentos; seu caso era absolutamente sem esperanças. Ao terminar, três horas mais tarde, a nação já estava convalescente. A França convalescia e precisava

*Lorde Ronald Gower (*Joana d'Arc*, pág. 82) afirma em seu livro: "Michelet tomou conhecimento dessa passagem da história de Joana d'Arc através do depoimento de Louis de Conte, seu pajem, que provavelmente foi testemunha ocular da cena." De fato, o relato faz parte do testemunho prestado pelo autor deste livro durante o Processo de Reabilitação em 1456. (*Nota do tradutor inglês*)

apenas de tempo além dos cuidados de rotina para logo encontrar-se em saúde perfeita. Até o mais desinformado dos médicos poderia ver aquilo e não havia quem o negasse.

Muitas nações que se encontravam à beira da morte conseguiram convalescer através de uma série de batalhas, uma procissão de batalhas, de longas e extenuantes histórias de conflitos devastadores que se prolongavam por anos e anos. Somente uma nação, porém, conseguiu esse feito em um único dia, com uma única batalha. Essa nação é a França e a batalha é a de Patay.

Lembrem-se sempre disso e orgulhem-se disso, pois vocês são franceses e esse é o fato mais memorável dos longos anais de seu país. Ele estará sempre acima dos demais, com a cabeça nas nuvens! E quando vocês crescerem, certamente farão uma peregrinação aos campos de Patay e desnudarão suas cabeças diante... diante de quê? De um monumento com a cabeça nas nuvens? Sim, pois todas as nações, em todos os tempos, construíram monumentos em seus campos de batalha para manter acesa a memória do feito perecível que ali teve lugar e do nome perecível de quem o fez. Será que a França se esquecerá de Patay e de Joana d'Arc? Não; não por muito tempo mais. E será que fará erigir um monumento de proporções compatíveis com a importância daqueles campos e de seus heróis? Talvez – se houver espaço para ele sob o arco do firmamento.

Voltemos atrás um pouco para analisar certos fatos estranhos e impressionantes. A Guerra dos Cem Anos começou em 1337. Estendeu-se, em sua fúria, ano após ano, e, finalmente, os ingleses deixaram a França prostrada com a terrível derrota em Crécy. Mas a França se pôs de pé novamente e continuou a lutar, ano após ano, para de novo ser fragorosamente derrotada por um golpe devastador – Poitiers. Ainda uma vez o país juntou suas poucas forças e a guerra continuou, arrastando-se novamente ano após ano, década após década. As crianças nasciam, cresciam, casavam-se, morriam e a guerra continuava; já então eram seus filhos que cresciam, casavam-se e morriam – e a guerra continuava. Os filhos desses, ao crescer, viram a França ser derrotada novamente, já então no desastre de Agincourt – e ainda assim a guerra prosseguia, ano após ano, e eles mesmos já estavam em idade de casar e ter seus próprios filhos.

A França estava arruinada, devastada. Metade dela pertencia à Inglaterra, sem que se pudesse contestar, sem que se pudesse negar a veracidade do fato; a outra metade pertencia a ninguém – e em três meses estaria ostentando a bandeira inglesa. O rei da França preparava-se para jogar fora sua coroa e fugir para além-mar.

Foi então que surgiu uma pequena camponesa ignorante, vinda de uma remota aldeia, para enfrentar aquela guerra tão antiga, aquele confronto interminável e dilacerador que arrasou o país por três gerações. Começou a campanha mais breve e mais surpreendente de que se ouviu falar na história. Em sete semanas chegou ao fim. Em sete semanas ela tornou irreversível o fim da guerra que já durava noventa e um anos. Em Orléans ela dera o golpe que deixara o inimigo atordoado; nos campos de Patay ela lhe quebrou a espinha dorsal.

Pensem bem nisso. Pensar é possível, mas entender – quem conseguirá? Ah, aí fica difícil, ninguém, em tempo algum, será capaz de compreender esse assombro.

Sete semanas – e só um pouco de sangue derramado aqui e ali. Talvez a maior parte dele tenha sido derramada em Patay, onde os ingleses começaram com seis mil homens e partiram deixando dois mil mortos. Diz-se, provavelmente com razão, que em apenas três das batalhas anteriores – Crécy, Poitiers e Agincourt – cerca de cem mil franceses caíram mortos, isso sem contar as centenas de outros confrontos daquela longa guerra. Os mortos daquela guerra constituem uma triste lista quase que infindável. Os homens que morreram naqueles campos chegam a dezenas de milhares; se a eles somarmos o número de mulheres e crianças inocentes vitimadas pela violência e pela fome no período da guerra, a cifra chegará a milhões.

Era um monstro, aquela guerra; um monstro que passou quase cem anos devorando homens, com o sangue a lhe escorrer pelas mandíbulas. E com sua mãozinha delicada aquela criança de dezessete anos acabou com ele. Lá jaz também aquele monstro, nos campos de Patay, e nunca, nunca mais se erguerá enquanto este velho mundo existir.

32

As boas-novas de Patay espalharam-se por toda a França em vinte horas, segundo disseram. Isso não posso afirmar, porém uma coisa é certa: no instante em que uma pessoa ficava sabendo, saía correndo aos gritos, dando graças a Deus, e ia contar a seu vizinho. Aquele vizinho corria para o próximo e assim, sem parar, a notícia foi se espalhando. Mesmo que fosse no meio da noite, à hora que fosse, ele pulava da cama para correr a dar a notícia. E a alegria que acompanhava a notícia era como a luz que se espalha pela terra quando um eclipse está retrocedendo da face do sol. De fato, pode-se dizer que a França viveu à sombra de um eclipse durante todo aquele tempo; sim, ela estava imersa na escuridão que aquelas boas novas afastavam espalhando o esplendor do sol novamente.

A notícia chegou antes do inimigo em fuga a Yeuville e a cidade se levantou contra seus antigos conquistadores, fechando-lhes os portões. Voou para Mont Pipeau, para Saint Simon e para várias outras cidadelas inglesas. As guarnições ateavam fogo ao que podiam e fugiam para o campo. Um destacamento do nosso exército ocupou Meung e a saqueou.

Quando chegamos a Orléans encontramos a cidade cinquenta vezes mais enlouquecida de alegria do que havíamos visto antes – o que já era muito. A noite acabava de chegar e a iluminação era tão feérica que tínhamos a impressão de estar atravessando um mar de fogo; quanto ao barulho – os gritos de alegria da multidão, o ribombar dos canhões e o bimbalhar dos sinos –, realmente nunca se ouviu coisa igual. E de todos os cantos vinha um novo grito que chegava até nós como um tufão que começou quando a coluna foi passando pelos portões e não parou mais: "Bem-vinda seja Joana d'Arc, a Salvadora da França!" Havia também um outro grito repetido sem cessar: "Crécy foi vingada! Poitiers foi vingada! Agincourt foi vingada! – Patay viverá para sempre!"

Loucura? Ora, jamais se poderia imaginar coisa igual. Os prisioneiros marchavam no centro da coluna. Quando eles começaram a passar e o povo pôde ver Talbot – o odiado inimigo que por tanto tempo o obrigara a dançar a dança macabra da guerra –, vocês terão que imaginar a algazarra que foi, pois eu não conseguiria descrevê-la. A população estava tão feliz em vê-lo preso ali que queria enforcá-lo imediatamente. Joana então mandou que o levassem para a frente da coluna, onde ela se encontrava; exigiu que ele ficasse sob sua proteção. Os dois, juntos, fizeram um belo par.

33

Sim, Orléans vivia um delírio de felicidade. A cidade convidou o rei e fez suntuosos preparativos para recebê-lo, porém ele não foi. O rei não passava de um mero servo naquela ocasião e Tremouille era seu patrão. O patrão e o servo estavam passando algum tempo juntos na casa do primeiro, em Sully-sur-Loire.

Em Beaugency Joana se comprometera a promover a reconciliação entre o condestável Richemont e o rei. Ela então levou Richemont a Sully-sur-Loire para cumprir sua palavra.

Os grandes feitos de Joana d'Arc são cinco:

1. Fim ao cerco de Orléans
2. A vitória de Patay
3. A reconciliação em Sully-sur-Loire
4. A coroação do rei
5. A Marcha Sem Sangue.

Logo falarei sobre a Marcha Sem Sangue e a coroação. Foi a longa marcha da vitória que Joana empreendeu através das terras em mãos do inimigo, de Gien a Reims, e de lá até os portões de Paris, capturando todas as cidades e fortalezas do inimigo que se encontravam em seu caminho, do início ao fim. E isso ela conseguiu realizar sem que uma só gota de sangue fosse derramada – bastavam o respeito e o temor que seu nome impunha. Nesse particular, aquela foi a campanha mais extraordinária da história da França – e o mais glorioso de seus feitos militares.

A reconciliação foi uma das realizações mais importantes de Joana. Nenhuma outra pessoa teria conseguido aquilo. Na verdade, nenhuma outra pessoa teria se disposto a tentar. No que concernia à inteligência, às qualidades de guerreiro e de estadista, o condestável Richemont era o homem mais capaz da França. Sua lealdade era sincera; sua probidade, acima de qualquer suspeita. Esses atributos faziam dele uma pessoa distante na corte, que era constituída de pessoas vulgares e sem caráter.

Ao recuperar Richemont para a França, Joana assegurou à nação que a grande obra iniciada por ela seria completada com sucesso. Ela jamais havia visto Richemont até o dia em que ele a procurou, acompanhado de sua pequena tropa. Não é espantoso que com um só olhar ela soubesse que ele seria o único homem capaz de terminar e aperfeiçoar sua obra, assegurando sua permanência para sempre? Isso foi possível porque ela via coisas que os outros não viam, como disse certa vez um dos nossos cavalheiros. Sim, ela possuía esse grande dom – um dos maiores e mais raros conferidos a um ser humano. Nada do que restava ser feito era de natureza extraordinária, porém a conclusão de seu trabalho não poderia ser entregue aos idiotas que cercavam o rei. Havia necessidade de alguém com a sabedoria de um estadista e a paciente obstinação de quem teria que levar até o fim o que ainda restava de confronto com o inimigo. De vez em quando, por um quarto de século ainda, haveria enfrentamentos. Um homem hábil seria capaz de dar conta daqueles pequenos distúrbios sem grandes comoções para o país. Dessa maneira os ingleses acabariam desaparecendo da França.

E foi o que aconteceu. Sob a influência de Richemont, o rei veio a se tornar, mais tarde, um homem, um rei de verdade, um soldado valente, capaz e decidido. Seis anos depois de Patay ele já liderava tropas de assalto, lutava corpo a corpo em fossos de cidadelas, afundado em água até a cintura, e escalava muralhas sob o fogo inimigo com uma bravura que teria agradado à própria Joana d'Arc. Com o passar do tempo, ele e Richemont acabaram com todos os ingleses, até mesmo em regiões que estavam sob seu domínio havia trezentos anos. Nessas regiões fez-se necessário agir com muita sabedoria e cautela, pois o domínio inglês ali havia sido justo e amistoso e os homens que são assim governados nem sempre anseiam por mudanças.

Qual das cinco realizações de Joana podemos dizer que foi a mais importante? A meu ver, cada uma, *por seu turno*, foi a principal. Isto significa que, tomadas em conjunto, elas acabam se equivalendo umas às outras e assim não se pode destacar uma delas.

Vocês estão percebendo? Cada uma constituiu um estágio do percurso. Omitir qualquer uma delas seria inviabilizá-lo. Por outro lado, qualquer uma que tivesse sido realizada no tempo e no lugar errados teria o mesmo efeito negativo.

Considerem a coroação, por exemplo. Onde, em toda a nossa história, podemos encontrar semelhante obra-prima da diplomacia? O rei tinha consciência do que ela significava para a nação? Não. E seus ministros, tinham? Também não. Tinha-o o astuto Bedford, representante da coroa inglesa? Tampouco. No entanto a incalculável vantagem que a coroação representava para a França estava ali, diante dos olhos do rei e dos de Bedford; o rei poderia tê-la conseguido por meio de uma ação destemida e Bedford, por sua vez, nem teria precisado se esforçar. Os dois, entretanto, ignorantes do valor político de uma coroação, sequer moveram um dedo para serem coroados. Entre todas as pessoas sábias que ocupavam postos na França, apenas uma reconhecia o valor incalculável daquele símbolo negligenciado – uma menina de dezessete anos que jamais fora à escola: Joana d'Arc. E ela sabia disso desde o início, havia falado sobre isso desde o início como um detalhe essencial de sua missão.

E como foi que ela soube? A resposta é simples: ela era uma camponesa. Isso explica tudo. Era uma pessoa do povo e sabia como o povo pensava. Aqueles outros viviam nas alturas e nada entendiam da gente comum. Costumamos não dar importância a essa massa vaga, sem forma e inerte, essa poderosa força invisível que chamamos de "povo" – palavra eivada de desprezo. E é estranho que pensemos assim, pois no fundo sabemos que um trono que tem o apoio do povo é um trono forte e o que deixar de ter esse apoio cairá; nada no mundo é capaz de salvá-lo.

Agora, então, pensem bem e vejam como era importante tudo isso. Quando o padre de uma paróquia acredita em algo, seu rebanho de fiéis acredita também; as pessoas têm por ele amor e reverência; ele é o amigo fiel, o bravo protetor, é quem os consola e os ajuda quando precisam; ele tem sua confiança total; o que ele manda fazer eles fazem, com obediência cega e cheia de afeto, custe o que custar. A conclusão é a seguinte: *é o padre da paróquia quem governa a nação.* O que será do rei, portanto, se o padre retirar-lhe seu apoio e recusar sua autoridade? Será apenas a sombra de um rei; bem fará em abdicar da coroa.

Vocês estão entendendo aonde quero chegar? Então prossigamos. Um padre é consagrado em seu ofício pela temível mão de Deus posta sobre ele por intermédio do seu representante escolhido na terra. Essa consagração é definitiva; nada tem o poder de desfazê-la, nada lhe pode pôr fim. Nem mesmo o papa ou qualquer outra autoridade pode tirar dele a condição de padre; foi Deus quem a outorgou e ela lhe será para sempre assegurada. Os paroquianos e os padres sabem disso: quem quer que seja ungido por Deus tem um ofício cuja autoridade jamais poderá ser objeto de dúvida ou de disputa. Para os padres das paróquias e seus paroquianos em toda a nação um rei que não tenha sido coroado é semelhante a um homem indicado para receber as santas ordens mas que não tenha sido consagrado: um outro qualquer poderá ocupar seu lugar. Em outras palavras, um rei não coroado é um rei *duvidoso.* Entretanto se Deus o fizer rei e ele for ungido por Seu representante, o bispo, essa dúvida deixa de existir; o padre e seus paroquianos ser-lhe-ão súditos leais para sempre; enquanto ele viver, não reconhecerão outro como seu rei.

Para Joana d'Arc, a camponesa, Charles VII não seria rei até que fosse coroado; para ela ele era apenas o *delfim*, isto é, o *herdeiro* da coroa. Se em algum momento eu o citei chamando-o de rei, foi por engano; ela o chamou de delfim e nada mais, até sua coroação. Isso demonstra como num espelho – pois Joana era um espelho no qual as massas populares da França se refletiam claramente – que para toda aquela enorme massa humana chamada "povo" ele não era rei, mas simplesmente delfim enquanto não fosse coroado. A partir de então seria seu rei – enquanto vivesse.

Agora vocês compreendem a magnitude dessa jogada que foi a coroação no tabuleiro político de xadrez. Bedford acabou se dando conta disso e tentou remendar seu erro com a coroação de *seu* rei. Mas àquela altura de que adiantaria isso? Absolutamente nada.

Aliás, os grandes feitos de Joana assemelham-se às jogadas de xadrez. Cada movimento foi feito em seu tempo certo, na ordem certa. Cada um deles pareceu o mais importante na ocasião em que foi realizado. O resultado final, entretanto, tornou-os igualmente essenciais e igualmente importantes. Foram essas as jogadas:

1. Joana move as pedras da vitória em Orléans e Patay – *xeque.*
2. Em seguida move a pedra da reconciliação – mas não proclama xeque, pois foi uma jogada apenas para lhe assegurar melhor posição e que surtiria efeito mais adiante.
3. Em seguida ela move a pedra da coroação – *xeque.*
4. Logo depois, a da Marcha Sem Sangue – *xeque.*
5. No movimento final (depois de sua morte) ela colocou o condestável Richemont como braço direito do rei da França – *xeque-mate.*

34

A campanha do Loire abrira a estrada para Reims. Não havia mais motivos para que a coroação deixasse de ser realizada. A coroação do rei da França completaria a missão que Joana recebera dos céus e a partir de então nunca mais ela precisaria envolver-se em guerras; poderia ir bem depressa para a aldeia, para sua mãe e suas ovelhas e nunca, nunca mais deveria afastar-se da lareira aconchegante de sua casa e da felicidade. Nunca mais. Era com isso que ela sonhava e estava impaciente com a demora. Joana foi tomada por esse sonho de tal maneira que comecei a duvidar das duas profecias relativas à sua morte precoce – e é claro que quando me percebi tendo dúvidas, dei asas a elas.

O rei temia partir para Reims porque havia fortalezas do inimigo ao longo de toda a estrada. Joana não lhes deu importância e não viu nelas motivo de medo; a situação havia mudado e a confiança dos ingleses já não era a mesma.

E ela estava certa. A marcha para Reims não foi mais que um passeio festivo. Joana nem sequer levou consigo sua artilharia, tão segura estava de que ela não seria necessária. Éramos uma tropa de mil e duzentos homens partindo de Gien. Isso foi no dia 29 de junho. A Donzela seguia a cavalo ao lado do rei. Do outro lado ia o duque d'Alençon. Atrás do duque iam três outros nobres de sangue azul, seguidos pelo Bastardo de Orléans, o marechal de Boussac e o almirante da França. Cavalgavam atrás destes La Hire, Saintrailles, Tremouille e uma longa procissão de cavalheiros e nobres.

Paramos para descansar durante três dias na estrada de Auxerre. A cidade forneceu as provisões para a tropa e organizou uma comissão para dar assistência ao rei, porém nós não chegamos a entrar.

Saint-Florentin abriu seus portões para o rei.

No dia 4 de julho chegamos a Saint-Fal. Bem perto dali ficava Troyes – cidade que nos despertara tanto interesse quando éramos meninos. Lembramo-nos de que sete anos antes, nos campos de Domrémy, o Girassol se aproximara correndo com sua bandeira levando a triste notícia do tratado de Troyes – o tratado que dava a França à Inglaterra e uma filha da nossa casa real ao carniceiro de Agincourt em casamento. A pobre cidade não tinha culpa alguma, é claro, porém aquela lembrança nos fez arder de indignação. Nós gostaríamos que algo acontecesse que nos possibilitasse invadir e queimar aquela cidade. Troyes era defendida por uma guarnição de soldados ingleses e borgonheses que estava aguardando reforços de Paris. Antes do anoitecer acampamos diante de seus portões e facilmente fizemos retroceder um destacamento que marchou sobre nós.

Joana deu voz de rendição a Troyes. Seu comandante, vendo que ela não tinha artilharia, fez pouco daquela ordem e mandou-lhe uma resposta muito grosseira. Durante cinco dias nós tentamos chegar a um acordo, porém em vão. De nada adiantou. O rei já estava a ponto de dar meia-volta e desistir. Temia prosseguir deixando aquela cidadela para trás. Foi então que La Hire se manifestou e o que disse representou um tapa na cara de alguns dos conselheiros de Sua Majestade.

– Foi a Donzela de Orléans que teve a iniciativa desta expedição e na minha opinião é a ideia dela que deve prevalecer aqui, não a de qualquer outra pessoa, seja lá de que origem for e que cargo ocupe.

Foram palavras prenhes de sabedoria e de indignação justa. O rei então mandou chamar a Donzela e perguntou-lhe o que achava que deveria ser feito. A resposta foi firme e tranquila:

– Dentro de três dias a cidade será nossa.

O presunçoso chanceler achou de dar um palpite:

– Se tivéssemos certeza disso, esperaríamos aqui durante seis dias.

– Seis dias? Ora essa! Em nome de Deus, homem, amanhã nós entraremos por aqueles portões!

Em seguida subiu em seu cavalo e deu pessoalmente a ordem à tropa, exclamando:

– Preparem-se, camaradas! Preparem-se! Ao amanhecer marcharemos sobre a cidade!

Joana trabalhou muito naquela noite. Participou dos preparativos com suas próprias mãos, como se fosse um soldado qualquer. Mandou preparar feixes de madeira para serem usados como pontes sobre o fosso e participou daquele trabalho grosseiro como se fosse um homem.

Ao amanhecer ela ocupou sua posição à frente da tropa e as cornetas anunciaram o ataque. No mesmo instante uma bandeira branca tremulou na brisa sobre as muralhas: Troyes rendia-se sem dar um tiro sequer.

No dia seguinte o rei e Joana entraram solenemente na cidade à frente do Exército francês, com o estandarte a tremular nas mãos do Paladino. Era um bom exército, aquele; a cada dia que passava o número de soldados ficava maior.

Foi então que ocorreu um fato curioso. Pelos termos do tratado assinado, a guarnição vencida teria permissão de levar consigo seus bens. Isso era justo, pois de que outra maneira aqueles homens poderiam se sustentar? Até aí, tudo estava acertado: eles sairiam todos pelo mesmo portão e na hora prevista para isso, nosso grupo de rapazes foi para lá, acompanhado também do Anão, a fim de vê-los partir. Pouco depois os vimos chegar numa fila interminável, tendo à frente a infantaria. Quando se aproximaram, pudemos ver que cada um deles carregava um enorme volume, com grande esforço. Comentamos entre nós que aqueles homens, simples soldados, deveriam estar bem de vida, pois tinham muitos bens para carregar. Mas quando chegaram ainda mais perto, imaginem só o que vimos! Cada patife daqueles carregava nas costas um prisioneiro francês! Estavam levando consigo os seus "bens", vejam só – sua propriedade –, estritamente de acordo com o que lhes autorizava o tratado.

Ora, pensem bem como eles foram ladinos. O que se poderia dizer contra aquilo? O que se poderia fazer? Aquelas pessoas certamente agiam dentro de seus direitos. Os prisioneiros eram propriedade sua e ninguém poderia negá-lo. Agora, pensem o quanto aquela carga toda valeria se fosse de *prisioneiros ingleses*? Naqueles cem anos os prisioneiros ingleses eram raros e preciosos, enquanto que a situação era bem diferente em se tratando de prisioneiros franceses. Houvera um excesso deles durante todo aquele século. De um modo geral, quem possuísse um prisioneiro francês nem se dava o trabalho de pedir resgate; acabava matando-o para não dar prejuízo. Isso serve para mostrar como era pequeno o valor de uma propriedade dessas naqueles tempos. Quando ocupamos Troyes, uma rês valia trinta francos, um carneiro valia dezesseis e um prisioneiro francês valia apenas oito. O preço dos animais era de fato muito alto – quase inacreditável para vocês agora. Mas acontece que estávamos em guerra, e guerra é assim mesmo: torna muito caro o preço da carne e muito barata a vida de um prisioneiro.

Bem, aqueles pobres franceses estavam sendo carregados dali. E o que poderíamos fazer? Na verdade, muito pouco. Mas fizemos o que foi possível. Enviamos um mensageiro às pressas para comunicar o fato a Joana e, com o auxílio de soldados franceses, fizemos com que a procissão parasse para conversarmos – na verdade, para ganharmos tempo. Um enorme borgonhês perdeu a calma e se pôs a dizer impropérios, afirmando que ninguém o impediria de sair com sua carga; ele sairia e levaria seu prisioneiro consigo. Mas nós o impedimos e ele não saiu. Ele passou a xingar mais ainda e em seguida tirou das costas seu prisioneiro e o colocou de pé no chão, ainda bem amassado e indefeso; puxou então sua faca e voltou-se para nós com uma expressão de triunfo sarcástico nos olhos.

– Então eu não posso levar meu prisioneiro comigo, que vocês não deixam. Mas ele é meu e posso fazer o que quiser com ele. Posso matá-lo agora mesmo. E ninguém pode me negar esse direito. Ah, vocês não pensaram nisso, não é mesmo, seus vermes?

O pobre sujeito, com a cara de quem já ia mesmo morrer de fome, lançou-nos um triste olhar de súplica; depois falou, dizendo que tinha mulher e filhos. Imaginem como nós ficamos penalizados. Mas o que poderíamos fazer? O borgonhês estava no seu direito. Só nos restava suplicar pela vida do pobre coitado e foi isso que fizemos, para alegria do borgonhês. Ele gesticulava para que continuássemos a suplicar, rindo-se a mais não poder. Foi humilhante. O Anão então interveio.

– Peço-lhes permissão, senhores, para resolver o problema a meu modo, pois quando se trata de persuasão tenho o dom necessário. Qualquer um que me conheça poderá dar seu testemunho. Os senhores estão se rindo e eu mereço mesmo isso pela minha falta de modéstia. Ainda assim, se me deixarem fazer uma tentativa, umazinha...

Enquanto falava ele foi se aproximando do borgonhês e pôs-se então a suplicar-lhe, com uma voz fina de quem tem medo, dizendo coisas bem gentis; a certa altura mencionou a Donzela e começou a dizer que ela, com seu bondoso coração, saberia ser-lhe grata pelo ato de compaixão que ele estava a ponto de...

Ele não conseguiu ir além disso. O borgonhês interrompeu aquele discurso melado com um insulto dirigido a Joana d'Arc. Partimos para cima dele, porém o Anão, com a cara lívida, nos afastou, dizendo:

– Senhores, desculpem-me, mas o guardião da honra dela aqui sou eu. Cabem a mim as providências.

Ao dizer isso ele esticou o braço e agarrou o borgonhês pela garganta, erguendo-o do chão.

– Você insultou a Donzela – disse ele – e a Donzela é a França. A língua que faz isso merece umas longas férias.

Ouviu-se o som seco de ossos se partindo. Os olhos do borgonhês começaram a sair das órbitas e a adquirir uma expressão perdida. Seu rosto, cada vez mais escuro, assumiu uma tonalidade roxa e opaca; os braços se soltaram, inertes, e em seguida, após um súbito movimento convulso, desabou no chão como um saco de batatas. Cortamos as cordas que amarravam o prisioneiro e lhe comunicamos que estava livre. Aquela sua humildade rastejante transformou-se na mesma hora em uma alegria desmedida e seu terror em uma raiva infantil. Arremeteu-se sobre o cadáver, chutando-o e cuspindo-lhe na cara; pôs-se a dançar sobre ele, encheu-lhe a boca de lama, rindo-se, imprecando e fazendo as coisas mais bestiais, como se fosse um demônio embriagado. Mas aquilo seria mesmo de se esperar: a vida de soldado não transforma os homens em santos. Muitos dos que estavam ali acharam tudo engraçado; outros ficaram indiferentes, mas ninguém se surpreendeu. Num determinado momento de sua dança macabra o prisioneiro libertado aproximou-se demais de um outro borgonhês, que no mesmo instante enfiou-lhe uma faca no pescoço. O homem caiu dando um grito terrível, já com a artéria a jorrar um sangue brilhante a vários passos de distância. Ouviu-se uma explosão de gargalhadas, tanto dos inimigos quanto dos nossos. Foi assim que terminou um dos incidentes mais insólitos da minha carreira militar cheia de coisas surpreendentes.

Chegou então Joana, apressada, profundamente consternada. Ela ouviu atentamente os argumentos da guarnição e depois disse:

– Os senhores têm razão, do seu ponto de vista. Isso é claro. O termo usado no tratado de paz não foi bem escolhido, pois é abrangente demais. Mas os senhores não poderão levar esses pobres homens. Eles são franceses e eu não admitirei isso. O rei lhes pagará o resgate de cada um deles. Aguardem o que ele lhes dirá. E não toquem num só fio de cabelo de um deles, pois – ouçam bem o que lhes digo – isso lhes custaria muito caro.

Assim foi resolvida a questão. Os prisioneiros estavam a salvo – por algum tempo, pelo menos. Depois ela partiu a galope e exigiu que o rei fizesse o que ela prometera, sem aceitar tergiversações ou regateios. Então o rei disse a ela que fizesse o que bem entendesse. E ela fez. Voltou a galope e comprou a liberdade dos prisioneiros em nome do rei.

35

Foi ainda naquela cidade que reencontramos o grão-mestre da guarda do rei, em cujo castelo Joana se hospedara enquanto aguardava em Chinon, logo depois de sair de casa. Ali ela o promoveu a Intendente da cidade de Troyes, com a permissão do rei.

E nos pusemos em marcha novamente. Châlons rendeu-se a nós; foi lá em Châlons que perguntaram a Joana, em uma reunião, se ela não temia coisa alguma no futuro e ela respondeu que sim, temia uma coisa apenas – a traição. Mas quem pensaria numa coisa daquelas? Quem conseguiria imaginar aquilo? De certa forma, porém, Joana fez uma profecia. O ser humano é, realmente, uma criatura lastimável.

Seguimos marchando, marchando sempre e por fim, no dia 16 de julho, pudemos avistar a cidade onde nossa marcha terminaria; vimos as grandes torres da Catedral de Reims erguendo-se a distância. Gritos de alegria ecoaram do início ao fim da nossa coluna, sem cessar. Joana d'Arc seguia imponente em seu cavalo, com os olhos perdidos na distância; estava coberta por sua armadura branca, sonhadora, linda. Seu rosto tinha a expressão da mais profunda alegria que nem parecia terrena. Oh, Joana não parecia uma pessoa de carne e osso: era puro espírito! Sua sublime missão chegava ao fim absolutamente vitoriosa. No dia seguinte ela poderia dizer: "Agora terminou – deixem-me partir."

Acampamos e logo começou a agitação dos preparativos. O arcebispo chegou com uma grande delegação; depois deles não parou mais de chegar gente em grandes multidões. Eram pessoas das cidades e do campo que vinham dando vivas, trazendo bandeiras e música que inundavam o acampamento como se fossem ondas, umas atrás das outras. Estavam todos inebriados de alegria. E durante toda aquela noite trabalhou-se muito em Reims; ouviam-se marteladas por todo lado, pois a cidade estava sendo enfeitada. Erguiam-se arcos de triunfo e decorava-se a antiga catedral por dentro e por fora, tornando-a mais esplendorosa.

Pusemo-nos em movimento quando o dia raiava: as cerimônias da coroação teriam início às nove e se estenderiam por cinco horas. Estávamos cientes de que a guarnição de ingleses e borgonheses havia desistido de fazer qualquer resistência à Donzela; encontraríamos os portões abertos para nós com toda a hospitalidade e a cidade inteira a nos dar as boas-vindas com entusiasmo.

Era uma manhã deliciosa – brilhante e ensolarada, porém agradavelmente fresca e vibrante. O exército estava em grande forma – uma beleza de ver, formando uma longa coluna que se desenrolava como uma serpente naquela derradeira marcha da tranquila Campanha da Coroação.

Em seu cavalo negro, ao lado de D'Alençon e cercada da guarda pessoal, Joana ocupou seu posto para passar em revista a tropa pela última vez e dela despedir-se. Não pensava em jamais ser soldado novamente ao lado daqueles ou de quaisquer outros depois daquele dia. A tropa sabia disso e acreditava que aquela seria a última vez em que veria aquele rosto jovem de sua invencível comandante, de sua amada líder, de sua menina para quem os soldados criaram títulos como "Criança de Deus", "Salvadora da França", "Menina da Vitória", "Pajem de Cristo", além de outros ainda mais carinhosos e ingênuos, do tipo que adultos usam para se referir a crianças a quem amam. Mas naquele dia tudo foi diferente, fruto da emoção presente em ambos os lados. Em todas as vezes anteriores, quando a tropa era passada em revista, os passos eram cadenciados por gritos de vivas e outras saudações alegres; os soldados passavam com suas cabeças erguidas, os olhos brilhantes, marchando ao som dos tambores e dos hinos de triunfo. Naquele dia, porém, não houve nada disso. Ouvia-se apenas um único som e, se não fosse ele, poder-se-ia imaginar que se estava no mundo dos mortos. Aquele único som era só o que rompia o silêncio daquela manhã de verão: era o ruído abafado e ritmado das passadas da tropa. À medida que a massa compacta de homens passava diante dela, todos faziam uma saudação erguendo a mão direita até a têmpora, com a palma voltada para a frente, movendo a cabeça e os olhos na direção de Joana. Despediam-se dela como pedindo a Deus que a abençoasse e mantinham seus olhares voltados para ela enquanto lhes era possível. Mantinham a saudação militar ainda por muitos passos depois de já haverem passado por ela. Todas as vezes em que Joana enxugava os olhos com seu lenço podia-se perceber um tremor de emoção percorrer a coluna que passava.

A passagem em revista das tropas após uma vitória é algo de enlouquecer o coração de júbilo; aquela, porém, foi de partir o coração.

Em seguida fomos ao encontro do rei, que estava alojado no palácio de campo do arcebispo. Quando ele ficou pronto, partimos a galope e nos colocamos à frente da tropa. Àquela altura os camponeses chegavam em multidões, vindo de toda parte e se comprimindo em ambos os lados da estrada para conseguirem ver Joana – como vinha acontecendo desde o início de nossa marcha. Nossa coluna atravessou a planície verdejante ladeada por camponeses que formaram duas linhas divisórias em cada margem da estrada; todas as meninas e mulheres usavam corpetes brancos e saias em tom de vermelho muito vivo. Tinha-se a impressão de que uma estrada sem fim margeada por papoulas e lírios estendia-se à nossa frente. E não eram flores que se empertigavam em seus caules – não, aquelas flores ajoelhavam-se sempre à passagem de Joana; eram flores humanas que se ajoelhavam, com as mãos e os rostos erguidos em direção a ela – rostos onde as lágrimas de gratidão rolavam livremente. E por todo o percurso, as pessoas mais próximas à estrada tocavam os pés de Joana d'Arc, beijavam-nos e neles encostavam amorosamente suas faces molhadas. Naquela nossa marcha, desde o início, não vi uma só pessoa – homem ou mulher – deixar de reverenciá-la à sua passagem. Jamais vi um só homem deixar de descobrir a cabeça. Mais tarde, durante o Grande Julgamento, essas cenas emocionantes foram usadas contra ela. Acusavam-na de ter se tornado objeto de adoração para aquela gente e isso era uma prova de que ela seria herege. Foi isso o que disse aquela corte injusta.

Ao nos aproximarmos da cidade pudemos ver a longa extensão de muralhas em curva e as suas torres com bandeiras tremulantes, apinhadas de gente; o ar vibrava com as saudações da artilharia e escurecia-se com nuvens negras de fumaça que a brisa dissolvia. Atravessamos os portões em grande pompa e seguimos em cortejo pela cidade, com todas as corporações e os diferentes grupos de profissionais em suas roupas festivas marchando atrás de nós com suas bandeiras. Por onde passávamos éramos aclamados por urras e vivas do povo que se apinhava nas ruas, em todas as janelas e em todos os telhados. Das sacadas pendiam seus panos mais ricos e coloridos e os lenços brancos que todos agitavam, vistos em perspectiva, pareciam uma tempestade de neve.

O nome de Joana havia sido introduzido nas orações que se faziam nas igrejas – honra essa até ali restrita à realeza. Mas ela recebeu uma honraria ainda maior – uma honraria que seria motivo de mais orgulho, pois vinha de fonte mais humilde: o povo mandara fazer medalhas com sua efígie e suas armas e as usava como amuleto. Via-se delas por toda parte.

Do palácio do arcebispo, onde interrompemos a marcha e onde o rei e Joana ficariam hospedados, o rei mandou buscar na Abadia de St. Remi, que ficava próxima ao portão por onde havíamos entrado, a *Saint Ampoule*, ou frasco de óleo sagrado. Aquele não era um óleo terreno; havia sido feito no céu e o frasco também. O frasco, com o óleo dentro, foi trazido do céu por uma pomba. Foi enviado a St. Remi no momento em que se preparava para batizar o rei Clóvis, que tinha se convertido ao cristianismo. Sei que essa história é verdadeira. Já tinha ouvido falar nela bem antes, pois Père Fronte ma contara em Domrémy. É impossível expressar a emoção e a sensação de reverência que senti ao ver aquele frasco, sabendo que via com meus próprios olhos algo que de fato já estivera no céu, algo que havia sido enviado por anjos, talvez pelo próprio Deus, com toda certeza, pois foi Ele quem o enviou. E eu estava olhando aquilo – eu! Em certo momento, eu poderia até tê-lo tocado, mas tive medo. Não sabia se Deus o havia tocado. Provavelmente sim.

Com o óleo daquele frasco Clóvis foi ungido e desde então todos os reis da França também o foram. Sim, desde a época de Clóvis, e isso foi novecentos anos atrás. Portanto, como disse, mandaram vir o frasco com o óleo sagrado e ficamos aguardando. Sem ele a coroação não teria valor, pelo que sei.

Mas para se trazer o frasco seria necessário cumprir todo um cerimonial muito antigo; caso contrário, o abade de St. Remi, guardião hereditário e perpétuo do óleo, não o entregaria. Portanto, de acordo com a tradição, o rei designou cinco grandes nobres para irem buscá-lo na igreja da Abadia com toda a pompa, ricamente armados e equipados, tanto eles quanto seus cavalos. Eles constituíram a guarda de honra do arcebispo de Reims a quem caberia levar a solicitação do rei. Quando os cinco grandes lordes estavam prontos para partir, ajoelharam-se, um por um, com as mãos diante do rosto, as palmas unidas, e juraram por suas vidas conduzir o vaso sagrado em segurança e em segurança devolvê-lo à igreja de St. Remi depois que o rei fosse ungido. O arcebispo e seus subordinados, devidamente escoltados, partiram para St. Remi. As vestes do arcebispo eram imponentes, assim como sua mitra e a cruz que carregava. À entrada de St. Remi eles pararam em formação para receber o santo frasco. Logo em seguida ouviram-se as notas solenes do órgão e das vozes de homens cantando; viu-se então uma longa fila de luzes aproximando-se na penumbra da igreja. Com eles veio o abade, em suas vestes sacerdotais, trazendo o frasco que entregou ao arcebispo de maneira muito solene. Começou então a marcha de volta, que foi também muito imponente, pois durante todo o percurso os homens e mulheres, em ambos os lados da estrada, deitaram-se com o rosto no chão, orando no mais absoluto silêncio e respeito enquanto passava aquele augusto objeto que já estivera no céu.

O solene cortejo chegou à grande porta do oeste da catedral; quando o arcebispo entrou, começou a ser entoado um lindo hino, que se espalhou na amplidão da igreja. Não havia lugar na catedral para mais ninguém – milhares de pessoas a lotavam. Apenas um amplo espaço no centro fora mantido livre e para lá se dirigiram o arcebispo e seus subordinados, seguidos das cinco figuras majestosas, esplendidamente paramentadas, cada uma levando consigo sua bandeira feudal – iam em suas montarias!

Oh, que visão magnífica! Aqueles homens seguiam em seus cavalos pela amplidão cavernosa daquele prédio, banhados por longos raios de luz coloridos que atravessavam os vitrais. Jamais se viu espetáculo mais grandioso!

Seguiram, sem apear, até o coro – a uns quatrocentos passos da entrada. Lá o arcebispo dispensou-os e eles se curvaram em profundo sinal de obediência, até que as plumas de seus chapéus tocassem os pescoços de seus cavalos. Depois fizeram com que aquelas criaturas saltitantes recuassem, de costas, até a entrada. Foi um espetáculo muito gracioso; em seguida fizeram-nos empinar e dar meia-volta, desaparecendo, então, a galope.

Durante alguns minutos fez-se um silêncio profundo, uma pausa em que todos aguardavam. O silêncio era tal que aqueles milhares de pessoas ali apertadas pareciam estar petrificadas. Um inseto que passasse voando poderia ser ouvido; subitamente o silêncio foi rompido por uma estupenda torrente de sons vindos de quatrocentas trombetas de prata e então, emoldurados pelo arco gótico do portal, surgiram Joana e o rei. Eles avançaram lentamente, lado a lado, em meio a uma tempestade de saudações – eram exclamações e gritos que se confundiam com as notas vibrantes do órgão e o canto triunfal que vinha do coro. Atrás de Joana e do rei seguia o Paladino com o estandarte. Que figura imponente era ele, orgulhoso e solene em suas vestes deslumbrantes, pois sabia que estava sendo observado por todos e admirado também.

A seu lado seguia o Senhor d'Albret, representando o condestável da França, com a Espada Nacional.

Atrás deles, em ordem de nobreza, seguia um cortejo suntuosamente vestido que representava os pares laicos da França; consistia de três príncipes da casa real, La Tremouille e os jovens irmãos De Laval.

Esses eram seguidos por um cortejo de pares da Igreja – o arcebispo de Reims, os bispos de Laon, Châlons e Orléans, e ainda um outro que não consegui identificar.

Depois passou o Estado-Maior, com todos os gloriosos generais que tanto interesse despertaram em quem estava ali. Apesar de todo o alarido, era possível saber por onde dois deles passavam, pois o povo gritava: "Viva o Bastardo de Orléans!", "Viva o Demônio La Hire!".

Aquela augusta procissão chegou aos lugares determinados na hora certa e a solenidade da coroação teve início. Foi um ritual longo e imponente com orações, hinos, sermões e tudo mais que uma ocasião daquelas exige. Joana permaneceu ao lado do rei todas aquelas horas, com seu estandarte na mão. Finalmente chegou o momento principal: o rei prestou seu juramento e foi ungido com o óleo sagrado; um personagem esplêndido, seguido por caudatários e outros atendentes, chegou carregando a coroa da França em uma almofada e apresentou-a. O rei pareceu hesitar – na verdade, de fato, hesitou, pois estendeu a mão e interrompeu o gesto no ar, com os dedos prestes a pegá-la. Mas isso só durou alguns instantes – embora alguns instantes representem um tempo notável quando neles param de bater os corações de vinte mil pessoas com a respiração suspensa. Sim, apenas alguns instantes – o suficiente para seus olhos se cruzarem com os de Joana, que os fitaram com toda a alegria de seu coração. Então o rei sorriu e tomou a coroa da França em suas mãos, erguendo-a, compenetrado, e colocando-a sobre sua própria cabeça.

Que explosão se ouviu então! De todos os lados vinham gritos, loas e cantos; o órgão e o coro fizeram novamente vibrar o ar ali dentro e lá de fora vinham os sons dos sinos e dos canhões a reboar.

Aquele sonho fantástico, aquele sonho incrível e impossível da pequena camponesa fora realizado: o poderio inglês havia sido derrotado e o herdeiro da França estava ali, coroado.

Joana parecia uma pessoa transfigurada, tão divina era a alegria que tinha no rosto ao cair de joelhos aos pés do rei e erguer para ele seus olhos cheios de lágrimas. Seus lábios tremiam e essas palavras foram ditas em voz baixa, suave e entrecortada:

– Agora, meu gentil rei, a vontade de Deus foi cumprida: o senhor veio a Reims e recebeu a coroa que lhe pertence de direito e a mais ninguém. O trabalho que fui incumbida de realizar chegou ao fim. Peço-lhe que me dê sua paz e permita que eu volte para minha mãe, que é pobre, velha e precisa de mim.

O rei deu-lhe a mão para que ela se erguesse e ali, diante da multidão, elogiou os seus grandes feitos de maneira muito nobre; confirmou também sua nobreza e seus títulos, concedendo-lhe o título equivalente ao de um conde, designando-lhe uma guarda pessoal e oficiais de acordo com sua dignidade. Por fim, disse:

– A senhorita salvou a coroa da França. Fale agora – demande, exija; seja o que for que me peça, será concedido, ainda que para tanto o reino deva tornar-se pobre.

Foi um oferecimento justo o que ele fez – justo e nobre. Joana pôs-se novamente de joelhos e disse:

– Então, meu gentil rei, se em sua compaixão o senhor se dispuser a dar uma ordem, peço-lhe que ordene que minha aldeia, empobrecida pela guerra, tenha seus impostos suspensos.

– A ordem está dada. Pode continuar.

– Era só isso que tinha a lhe pedir.

– Só isso? Nada mais?

– Só isso. Nada mais desejo.

– Mas isso não é coisa alguma, é menos que nada. Vamos, peça – não tenha receio.

– Realmente não desejo mais coisa alguma, meu bondoso rei. Não insista. Nada mais aceitarei além disso.

O rei ficou perplexo. Permaneceu parado por alguns instantes, como tentando aquilatar o significado daquele estranho desprendimento. Ergueu a cabeça e disse:

– Ela conquistou o reino e coroou seu rei e tudo que pede – tudo que aceita – é essa pequena graça que, ainda assim, destina-se a outros, não a si. Então, que assim seja; sua atitude se coaduna com a dignidade de alguém cuja riqueza espiritual é tanta que tornaria sem valor qualquer outra que o rei tentasse acrescentar, embora ele se dispusesse a dar-lhe tudo. Será como ela quer. Fica decretado, portanto, que a partir desta data Domrémy, a aldeia natal de Joana d'Arc, a Libertadora da França, também chamada de a Donzela de Orléans, está dispensada de todos os impostos *para sempre.* – A essa altura as trombetas de prata fizeram-se ouvir, cheias de júbilo.

Como vocês hão de se lembrar, ela tivera uma visão daquela cena quando estava em transe, nas pastagens de Domrémy. Nós lhe havíamos perguntado que recompensa pediria ao rei se algum dia ele se propusesse a dá-la. Mas quer ela tenha tido uma visão daquela cena, quer não tenha, sua atitude demonstrou que, mesmo depois de ter vivido situações de grandeza estonteante, ela permaneceu a mesma criatura desprendida que era naquela época.

Sim, Charles VII dispensou a aldeia dos impostos "para sempre". Ocorre com frequência de reis e nações deixarem esmorecer sua gratidão e assim esquecem-se de suas promessas ou simplesmente não as cumprem. Mas vocês, filhos desta nação, devem se lembrar com orgulho de que a França até hoje cumpre fielmente essa promessa. Já se passaram sessenta e três anos desde aquele dia. Os impostos de todas as outras aldeias da região de Domrémy foram coletados sessenta e três vezes, menos os de uma – Domrémy. Há muito tempo Domrémy já se esqueceu daquela figura que por lá aparecia semeando angústias e tristezas. Sessenta e três livros de impostos foram preenchidos e lá estão eles com os outros assentamentos e registros da região, para quem os quiser ver. No cabeçalho de cada página desses sessenta e três livros há o nome de uma aldeia e logo abaixo está calculada a pesada carga de impostos que lhe cabia pagar; isso acontece com todas as aldeias, menos uma. É verdade o que lhes digo – a mais pura verdade. Em cada um desses sessenta e três livros há uma página em cujo cabeçalho se lê "Domrémy", mas abaixo desse nome não há número algum. Onde deveriam estar os números, há três palavras escritas. São sempre as mesmas palavras repetidas todos esses anos; sim, é uma página em branco onde sempre aparecem essas palavras de agradecimento – uma delicada e emocionante homenagem.

DOMRÉMY
RIEN – LA PUCELLE

"NADA – DONZELA DE ORLÉANS". Como são breves essas palavras, porém quanto significado encerram! É a nação que fala. Tem-se ali o espetáculo dessa instituição nada sentimental que é o governo reverenciando aquele nome e como dizendo a seu agente:

"Tire aqui o seu chapéu em sinal de respeito; é a França que ordena". Sim, a promessa foi e será sempre mantida. "Para sempre" foi o que disse o rei.*

Às duas horas da tarde as cerimônias da coroação finalmente terminaram; formou-se então o cortejo mais uma vez, com Joana e o rei à frente e todos se puseram a sair solenemente pelo meio da igreja, sob a algazarra absoluta de vozes e instrumentos – foi uma cena inesquecível! Foi também o fim do terceiro e último dia de glória de Joana. E como ocorreram todos tão próximos: dia 8 de maio, dia 18 de junho e dia 17 de julho!

36

Montamos em nossos cavalos e partimos. Foi um espetáculo inesquecível, uma notável exibição das mais nobres vestimentas e das mais elegantes plumas, que se inclinavam ligeiramente em cumprimentos gentis. Seguimos pelas ruas margeadas por uma multidão que se curvava à nossa passagem como o trigo à frente da colhedeira. Ajoelhadas, as pessoas davam vivas ao rei recém-consagrado e à sua acompanhante, a Libertadora da França. Já havíamos desfilado pelas principais ruas da cidade e nos aproximávamos do final de nossa

---

*Esse compromisso foi rigorosamente mantido por trezentos e sessentas anos, quando a profecia otimista desse octogenário falhou. Durante o tumulto da Revolução Francesa ele foi esquecido e o privilégio foi retirado, caindo em desuso desde então. Joana jamais pediu para ser lembrada, mas a França lembra-se sempre dela com amor e reverência inesgotáveis; Joana nunca pediu uma estátua, porém a França tem sido muito pródiga na construção de monumentos em sua homenagem; Joana nunca reivindicou uma igreja para Domrémy, entretanto a França construiu uma; Joana jamais pensou em ser santificada, mas até isso está sendo cogitado. Tudo que Joana d'Arc não reivindicou vem-lhe sendo dado em profusão, mas há algo infinitamente patético em relação a isso. A França deve à aldeia cem anos de impostos indevidamente cobrados e não há um só cidadão de Domrémy que não deseje essa dívida paga (*Nota do tradutor inglês*).

parada, pois estávamos perto do palácio do arcebispo, quando pudemos ver algo estranho do lado direito da rua, em frente à estalagem chamada Zebra – ali estavam dois homens *de pé*! Estavam de pé à frente das fileiras de pessoas ajoelhadas e pareciam não se dar conta daquilo, petrificados, com os olhos arregalados. Sim, ali estavam aqueles dois, trajando roupas rústicas de homens do campo. Dois alabardeiros lançaram-se imediatamente sobre eles, furiosos, para dar-lhes uma lição; mas no instante em que eles os agarraram, Joana exclamou: "Parem!" e, escorregando da sela, atirou-se para um dos camponeses, envolvendo-o em um abraço; dizia-lhe as palavras mais carinhosas, entre soluços de alegria. O homem era seu pai, e o outro, seu tio Laxart.

A notícia espalhou-se rapidamente e logo o povo se pôs a saudá-los com gritos e vivas. No instante seguinte aqueles dois plebeus, desprezados e desconhecidos, tornaram-se famosos, amados e invejados. Todos queriam vê-los para poderem dizer, pelo resto de suas vidas, que tinham visto o pai de Joana d'Arc e o irmão de sua mãe. Como era fácil para ela operar milagres assim! Ela era como o sol e qualquer objeto – por mais humilde e sombrio – onde seus raios caíssem, transformava-se em algo imerso em sua glória.

O rei, mui gentilmente, ordenou:

– Tragam-nos a mim.

E ela mesma os levou, radiante de felicidade e amor filial. Eles, tremendo e assustados, amassando suas boinas entre os dedos, aproximaram-se do rei, que ali mesmo, diante de todo mundo, estendeu-lhes a mão para que a beijassem. Ouviram todos, cheios de admiração e de inveja, quando o monarca, dirigindo-se ao velho Jacques d'Arc, disse:

– Dê graças a Deus por tê-lo feito pai dessa jovem, desta criadora de fatos imortais. O senhor leva consigo um nome que continuará a viver na memória dos homens quando todas as gerações de reis tenham sido esquecidas. Não é justo, portanto, que descubra a cabeça diante da fama e da majestade passageiras – queira cobri-la novamente! – Ao dizer essas palavras, o rei parecia, de fato, ser um homem nobre e digno. Em seguida mandou vir o intendente de Reims e quando este chegou, curvando-se diante dele, com a cabeça descoberta, o rei lhe disse: – Estes dois senhores são convidados da França – e mandou que lhes dispensasse a melhor hospitalidade.

Adianto-lhes logo que o velho d'Arc e Laxart, que estavam hospedados na modesta Zebra, por lá mesmo ficaram. O intendente ofereceu-lhes hospedagem bem mais elegante e confortável, assim como homenagens públicas e hospitalidade à altura de sua importância, porém tudo aquilo os deixou assustados; eram apenas camponeses humildes e ignorantes. Suplicaram, então, que os deixassem estar em paz. Eles não teriam sabido apreciar aquelas coisas. Os pobres coitados não sabiam sequer o que fazer com as próprias mãos e só essa aflição já lhes monopolizaria toda a atenção. O intendente então fez o melhor que pôde naquelas circunstâncias: ordenou que o estalajadeiro deixasse todo o pavimento à sua disposição e que os atendesse em todos os seus desejos. A cidade pagaria a conta. Além disso, o intendente providenciou cavalos e vestimentas para eles, deixando-os tão perplexos de orgulho e de alegria que não conseguiram dizer uma só palavra. Jamais sonharam desfrutar de um luxo daqueles e custaram a acreditar, a princípio, que os cavalos e tudo mais não se dissolveriam como um sonho. A partir de então não conseguiam pensar em qualquer outra coisa e mesmo quando o assunto da conversa era outro eles sempre davam um jeito de dizer "meu cavalo isso", "meu cavalo aquilo", saboreando as palavras e estalando os lábios com gosto. Então esticavam as pernas, prendiam os polegares nas axilas e sentiam-se como o bom Deus deve se sentir ao apreciar todas as suas constelações espalhadas como embarcações pelo misterioso espaço e pensar, satisfeito Consigo Mesmo, que aquilo tudo é Dele – só Dele. Bem, os dois velhos eram as crianças mais felizes que já se viram – e as mais simplórias.

Naquela tarde a cidade de Reims ofereceu um grande banquete em homenagem ao rei e a Joana, bem como à Corte e ao Estado-Maior. A refeição já ia a meio quando lembraram-se de mandar chamar Jacques d'Arc e Laxart. Eles só consentiram em ir quando lhes foi assegurado lugar em uma galeria de onde, sozinhos e sem serem incomodados, pudessem apreciar tudo. Sentaram-se então em seus lugares de onde ficaram vendo o espetáculo esplêndido que se desenrolava lá embaixo. As lágrimas lhes escorriam pelas faces, tão emocionados ficaram ao ver as homenagens sendo prestadas à sua menina, e como ela recebia com tanta simplicidade e calma as glórias que despejavam sobre ela.

Mas chegou o momento em que aquela serenidade estava por terminar. Sim, Joana ouvira tranquilamente as palavras elogiosas do rei, os elogios de D'Alençon e do Bastardo e até mesmo o discurso tempestuoso de La Hire, que desabou possante sobre todos como um vendaval. Finalmente, porém, o que lhe apresentaram ultrapassou sua capacidade de permanecer serena. Já terminados os discursos, o rei ergueu a mão ordenando silêncio e a manteve assim até que não se ouvisse um som sequer. Foi como se o silêncio se houvesse tornado tangível, tão absoluto se fez. Então, partindo de algum lugar daquele imenso salão, ergueu-se uma voz suave e linda e ouvimos as primeiras notas da nossa pobre cançãozinha "L'Arbre Fée de Bourlemont"! Joana não resistiu e escondeu o rosto entre as mãos, chorando. Vejam como é a vida. No mesmo instante dissolveram-se no ar toda a pompa e a solenidade e ela era uma menina novamente, conduzindo seu rebanho por campos tranquilos que se estendiam à sua volta; a guerra, os ferimentos, o sangue e a morte, todo aquele louco frenesi transformava-se em sonho. Ah, isso lhes mostra de que é capaz a música, o maior dentre todos os magos; basta erguer sua vara mágica dizendo palavras misteriosas para que tudo que é real se transforme em sonho e os fantasmas que povoam nossas mentes surjam, em carne e osso.

Aquela fora uma ideia do rei, uma surpresa delicada e emocionante. Devo admitir que ele tinha algumas virtudes escondidas em seu caráter, embora raramente alguém conseguisse entrevê-las, pois Tremouille e outros, sempre tramando coisas, não permitiam que isso acontecesse.

Ao cair da noite nosso grupo de Domrémy foi se encontrar com o pai e o tio dela na estalagem, em sua sala de visitas particular, onde fomos brindados com bebida farta. Estávamos começando nossa conversa tranquila sobre a aldeia e nossos amigos de lá, quando vieram entregar um embrulho volumoso que Joana enviara, com instruções para que fosse guardado até sua chegada. Pouco depois ela chegou e dispensou a guarda que a acompanhara; disse que ocuparia um dos quartos destinados ao pai, pois desejava dormir novamente sob seu teto. Queria sentir-se em casa. Nós, de sua guarda pessoal, permanecemos de pé, como de praxe, até que ela nos mandou sentar. Ao voltar-se, Joana viu que os dois velhos haviam se posto de pé também e ali estavam, encabulados, sem saber o que fazer. Ela teve vontade de rir, mas não o fez para que não se sentissem magoados. Pediu então que se sentassem e aninhou-se entre eles; pegou-lhes as mãos e as ficou segurando com ternura, apoiadas em seus joelhos.

– A partir de agora, não quero mais saber de formalidades; somos simplesmente o que éramos antes: parentes e amigos. Para mim essas grandes guerras já terminaram e vocês me levarão de volta. Então... – Ela interrompeu por alguns instantes o que ia dizendo e seu rosto alegre ficou sério, como se uma dúvida ou um pressentimento passasse voando como uma borboleta por sua mente. Depois seu rosto desanuviou-se novamente e ela falou, cheia de emoção: – Oh, quisera que já fosse dia para que pudéssemos partir logo.

– Ora, minha filha, por que tanta pressa? – perguntou o velho pai surpreso. – Você quer deixar de fazer essas maravilhas que a tornam amada e admirada por todos, quando ainda pode colher tantas glórias? Quer deixar a companhia de príncipes e generais para voltar à vida sem graça da aldeia? Quer voltar a ser ninguém novamente? Isso não faz sentido.

– Não faz mesmo – disse o tio Laxart. – Isso é uma coisa surpreendente; na verdade, é incompreensível. Parece-me mais estranho ouvir Joana dizer que vai deixar de ser soldado do que ouvi-la dizer que seria. E aqui, diante de vocês, eu digo: esta é a coisa mais estranha que já ouvi até hoje. Gostaria que me explicassem.

– Não é difícil – disse Joana. – Nunca me agradaram as feridas e o sofrimento de ninguém e não é da minha natureza infligi-los. As brigas sempre me deixaram aflita e o barulho e o tumulto me perturbam, pois sempre gostei da paz e da tranquilidade. Sempre amei todos os seres que vivem e sendo essa a minha natureza, como posso sequer pensar em lutas e sangue e todo o sofrimento que uma guerra causa, toda a dor e toda tristeza que vêm depois? Entretanto, por meio de seus anjos, Deus me deu ordens importantes para cumprir. Como poderia desobedecê-las? Fiz o que Ele mandou. E Deus ordenou que eu fizesse muitas coisas? Não; apenas duas: pôr fim ao cerco a Orléans e coroar o rei em Reims. A tarefa foi cumprida e agora estou livre. Alguma vez um pobre soldado agonizante – um dos nossos ou não – caiu diante de meus olhos sem que eu sentisse sua dor em meu próprio corpo e a tristeza de sua família em meu coração? Não, nem uma só vez. E agora, que alegria em saber que estou livre e que não mais terei que ver ou sentir tanta dor novamente! Por que então não voltar para minha aldeia e ser como era antes? Isso para mim será o paraíso e vocês ainda me perguntam por que eu o desejo? Ah, vocês são homens – são homens, apenas! Minha mãe me compreenderia.

Eles não souberam o que dizer, portanto ficaram ali parados, com o olhar perdido. Então o velho Jacques d'Arc falou:

– Sim, sua mãe... é verdade. Nunca vi mulher igual. Ela se preocupa o tempo todo, o tempo todo, sem cessar; acorda no meio da noite e fica deitada, pensando, isto é, se preocupando com você. E quando no meio da noite cai uma tempestade, ela geme e diz: "Ah, Deus, tenha piedade dela, que está lá fora nessa chuva, toda molhada, com seus pobres soldados." E quando um raio rasga os céus e quando um trovão estronda, ela torce as mãos e treme, dizendo: "São assim os canhões que ela enfrenta e eu, aqui, nada posso fazer para protegê-la."

– Ah, pobre mãe! Que pena! Que pena!

– Sim, ela é uma mulher muito estranha. Já pude ver isso muitas vezes. Quando chegam as notícias de uma nova vitória e toda a cidade fica enlouquecida de alegria e de orgulho, ela corre de um lado para outro, como louca, até receber a única notícia que lhe interessa: que você está salva. Ela então cai de joelhos no chão e dá graças a Deus até não mais poder. E repete sempre: "*Agora* acabou. *Agora* a França está salva! *Agora* ela voltará para casa!" Mas acaba sempre triste porque você nunca chega.

– Basta, pai! Não fale mais, pois isso me parte o coração. Serei muito boa para ela quando voltar. Farei o trabalho dela, cobri-la-ei de carinho e ela nunca mais sofrerá por minha causa.

A conversa ainda continuou por algum tempo, até que, a certa altura, tio Laxart perguntou:

– Você fez o que Deus lhe mandou fazer, minha querida, portanto nada mais lhe deve quanto a isso; não há quem possa negá-lo. Mas o que dizer do rei? Você é seu melhor soldado; e se ele lhe der ordem para ficar?

Aquela pergunta caiu como uma bomba absolutamente inesperada. Joana levou alguns instantes para se recuperar do choque. Disse então, de uma maneira simples e resignada:

– O rei é meu Senhor; sou sua súdita. – Joana ficou em silêncio por um breve momento, pensativa. Depois seu rosto se iluminou de alegria e ela disse: – Mas vamos afastar esses pensamentos tristes. É hora de pensar em coisas boas. Contem-me como vão as coisas por lá.

E assim os dois velhos puseram-se a falar; falaram sobre tudo e sobre todos da aldeia e foi bom ouvi-los. Joana, sempre bondosa, tentou fazer com que nós também participássemos da conversa, mas isso não deu certo, é claro. Ela era a comandante em chefe do exército e nós... nós não éramos ninguém; seu nome era o mais poderoso da França e nós éramos invisíveis, anônimos; ela era companheira de príncipes e heróis, enquanto nós éramos apenas humildes e obscuros soldados. O posto que ela ocupava era mais alto que qualquer outro, pois ela fora diretamente comissionada por Deus. Não era preciso dizer mais nada: JOANA D'ARC – isso já dizia tudo. Para nós ela era divina. Entre ela e nós estava o abismo intransponível que essa palavra implica. Nós não poderíamos restabelecer a antiga camaradagem com ela. Não, qualquer um veria logo que isso era impossível.

Entretanto ela era tão humana também, tão bondosa e amável, carinhosa, alegre, encantadora, sem qualquer espécie de afetação! Essas são palavras que me ocorrem para descrevê-la, porém são insuficientes. São poucas e pálidas demais para sequer se começar a descrevê-la. Aqueles velhos simplórios não se deram conta diante de quem estavam; não foram capazes disso. Em toda a sua vida só haviam tido contato com seres humanos comuns e não tinham como avaliá-la. Para eles, passados aqueles primeiros momentos de timidez, ela era apenas uma menina. Uma menina e nada mais. Aquilo era espantoso.

Causava estranheza vê-los tão à vontade diante dela, ouvi-los falar com ela como falariam com qualquer outra menina na França.

Ora, aquele velho tolo que era o Laxart pôs-se a contar uma história sem sentido que parecia não acabar mais e nem ele nem o velho Jacques d'Arc se importavam com a falta de etiqueta que cometiam, sem se darem conta de que desperdiçavam o precioso tempo daquela figura histórica com tanta tolice. Era uma história sem valor algum e, por mais que eles a julgassem dramática e emocionante, ela era simplesmente ridícula. Pelo menos foi isso que eu achei e ainda acho. Aliás, eu *sei* que era uma história ridícula, pois fez com que Joana risse; e quanto mais aflitiva a história foi ficando, mais Joana ria. O Paladino disse que teria rido muito também, não fosse a presença dela ali. Noël Rainguesson disse a mesma coisa. Tratava-se da ida do velho Laxart a um enterro lá em Domrémy, duas ou três semanas antes. Ele ainda tinha marcas por todo o rosto e nas mãos e até pediu a Joana que lhe passasse um pouco de unguento sobre elas. Enquanto ela o atendia e consolava, tentando demonstrar que lamentava aquilo tudo, ele contou o que acontecera. Começou perguntando se ela ainda se lembrava daquele bezerro negro de que ela cuidava antes de deixar a aldeia e ela disse que sim, que gostava muito dele e quis saber se ele estava bem. Fez-lhe muitas perguntas sobre aquela criatura. Laxart respondeu que o bezerro transformara-se em um jovem touro, alegre e travesso. Disse também que contavam com sua ajuda para carregar o caixão em um enterro. "Com a ajuda do touro?", indagou ela, surpresa. "Não, contavam com *minha* ajuda"; mas acrescentou que o touro acabou participando também, apesar de não ter sido convidado, pois ninguém o convidara. Ora, muito bem, ele (Laxart) já havia passado bastante da Árvore das Fadas quando teve sono e deitou-se ali mesmo na relva, vestido para o enterro como estava, com uma longa faixa preta no chapéu e tudo mais. Ao acordar, percebeu, pela posição do sol, que o dia já ia alto e não havia tempo a perder; pôs-se de pé de um salto, terrivelmente aflito, e viu o jovem touro pastando ali perto. Pensou então que talvez pudesse recuperar parte do tempo perdido se montasse nele. Amarrou uma corda no touro para ter onde se segurar e colocou-lhe um cabresto para poder controlar sua direção. Isso feito, pulou sobre o touro e deu a partida, mas o touro não sabia do que se tratava. Não sabia e não gostou nem um pouco daquilo; saiu em disparada, berrando e corcoveando. O tio Laxart se deu por satisfeito com aquela tentativa e quis apear para ver se encontrava algum outro touro que fosse mais tranquilo, porém nem chegou a tentar. Suava muito e já achava aquilo muito extenuante, principalmente por se tratar de um domingo. O touro se descontrolou e partiu colina abaixo a toda velocidade, com a cauda sacudindo no ar e emitindo um som assustador. Quando já iam entrando na aldeia, o touro derrubou algumas colmeias e as abelhas resolveram se juntar à excursão. Partiram então atrás deles em uma nuvem negra que quase os impedia de serem vistos. E todo esse tempo iam picando os dois, furando, alfinetando, fazendo com que o cavaleiro e sua montaria berrassem sem parar, a toda velocidade. E lá se foram eles pela aldeia adentro como um furacão, atropelando a procissão do enterro bem pelo centro. Aquela parte do cortejo foi derrubada e pisoteada e o resto debandou aos gritos em todas as direções, cada pessoa coberta por uma camada de abelhas. Nada restou do enterro ali na rua, a não ser o próprio cadáver. Finalmente o touro partiu em direção ao rio e mergulhou. Quando conseguiram pescar o tio Laxart, ele já estava quase afogado e seu rosto parecia um pudim de passas. Finda a história, ele ficou olhando em torno de si, ainda perplexo. Só então percebeu, atônito, que Joana morria de rir com o rosto metido em uma almofada.

– Você tem ideia do que a faz se rir tanto?

E o velho Jacques d'Arc também ficou olhando para ela, espantado, coçando a cabeça; por fim desistiu de adivinhar – ele tampouco sabia por que ela se ria daquele jeito.

– Deve ter sido algo que aconteceu e nós nem percebemos.

Pois é, os dois velhos achavam aquela história dramática. A meu ver, ela era simplesmente ridícula e sem valor. Foi isso que achei na ocasião e é o que ainda acho agora. Não tem valor histórico algum, pois a função da história é fornecer-nos fatos sérios e importantes que nos *ensinem* alguma coisa. Aquela história estranha nada tem a nos ensinar; nada que eu perceba, a não ser o fato de que não se deve ir a um enterro montado em um touro. E isso ninguém que tenha um pouco de juízo precisa que lhe ensinem.

37

Vejam vocês como a vida é – aqueles homens agora eram nobres, por decreto do rei. Aqueles velhinhos tolos eram nobres, mas nem se davam conta disso. Por mais que lhes dissessem, aquilo para eles era abstração demais – algo impalpável. Não, realmente eles não demonstraram o menor interesse por sua nobreza. Quanto aos cavalos, a situação era outra. Aqueles cavalos passaram a ser o centro de suas vidas. Os cavalos eram reais, visíveis e palpáveis e quando chegassem a Domrémy causariam grande alvoroço. Num determinado momento o assunto da conversa passou a ser a coroação e o velho Jacques d'Arc disse que teria sempre muito orgulho em dizer, quando voltasse para a aldeia, que eles estavam na cidade no dia do grande evento. Joana ficou pensativa e disse:

– Ah, eu queria mesmo perguntar uma coisa a vocês. Por que não me procuraram? Vocês estavam aqui e não me mandaram uma palavra sequer! Ora, poderiam ter se sentado ao lado dos outros nobres e seriam muito bem recebidos. Poderiam ter assistido à cerimônia da coroação e depois teriam essa história também para contar. Ah, por que fizeram isso comigo? Não me mandaram uma palavra sequer.

O velho pai ficou encabulado; qualquer um poderia ver isso. Joana, porém, continuou a olhá-lo nos olhos, com as mãos em seus ombros – esperando a resposta. Ele teria que responder. O pai então puxou-a contra seu peito, que arfava de emoção e disse, com certa dificuldade:

– Chegue-se junto a mim, filha, e permita que este velho pai, humilde, lhe faça uma confissão. Eu... eu... ora, você não percebe? Eu não tinha como saber que todas essas coisas grandiosas que você fez não haviam virado sua cabeça. Seria muito natural que fosse assim. Eu poderia envergonhá-la diante de toda aquela gente...

– Pai!

– E eu também tive receio quando me lembrei das coisas cruéis que lhe disse certa vez, com o coração cheio de rancor. Oh, minha filha, Deus a escolheu para ser seu soldado, o mais valente soldado de todos, e eu, em minha ignorância, disse que a afogaria com minhas próprias mãos se você ousasse envergonhar nossa família daquele jeito. Ah, como pude dizer uma coisa daquelas! Logo a você, que é tão boa, tão querida e inocente! Eu tive medo de falar com você, porque meu coração estava pesado de culpa. Agora você sabe por que, minha filha. Você me compreende e me perdoa?

Vocês estão vendo? Até aquele bode velho, com a cabeça cheia de vento, tinha lá sua dignidade. Não é maravilhoso? E tem mais – ele tinha consciência; sabia distinguir o bem do mal, à sua maneira. Ora, ele era capaz até mesmo de sentir remorsos. Parece impossível, parece inacreditável, mas não é. Creio que algum dia ainda vão descobrir que camponeses são gente. Sim, que são seres semelhantes a nós em muitos aspectos. E creio que algum dia eles mesmos vão descobrir isso também e então... Bem, então acho que eles vão se insurgir e exigir que os considerem parte da espécie humana também. Aí é que haverá problemas. Sempre que se encontra em um livro ou em uma proclamação de um rei a palavra "nação", ocorre-nos, de imediato, pensar nas classes superiores e somente nelas, é claro; não conhecemos outra "nação"; para nós, como para os reis, nação é isso mesmo. Mas desde aquele dia em que vi o velho Jacques d'Arc, camponês, sentir e agir exatamente como eu mesmo teria sentido e agido, carrego comigo a convicção de que os camponeses não são meramente animais, bestas de carga que Deus colocou no mundo para produzir comida e conforto para a "nação". Creio que são bem mais do que isso. Vocês podem não acreditar no que eu estou dizendo. Aliás, é assim que nos educam; é isso que nos dizem. Mas, quanto a mim, alegro-me por aquele incidente ter me feito ver melhor as coisas – coisas de que jamais esqueci.

Então vejamos... onde é mesmo que eu estava? Quando se vai ficando velho, a mente começa a vagar daqui para lá e logo para mais longe ainda. Creio que estava falando do jeito de Joana o consolar. Foi isso mesmo que ela fez, é claro; aliás, isso nem precisaria ser dito. Ela o acariciou e disse tantas coisas gentis que acabou fazendo com que ele afastasse suas preocupações. Na verdade, fez com que ele não pensasse mais naquilo. Quando ela morreu, porém, a lembrança voltou. Ah, sim, voltou mesmo. Deus do céu, como essas coisas doem! Como aferroam o coração e como o dilaceram as coisas que fizemos contra uma pessoa inocente que morre! Em nossa angústia, pensamos: "Se ao menos ela pudesse estar aqui de volta!" Todos pensamos assim, mas, na verdade, de nada nos adianta. Na minha opinião, a melhor coisa a fazer é não magoar ninguém, para início de conversa. E não sou eu só que penso assim; já ouvi nossos dois cavalheiros dizerem a mesma coisa; e um homem lá em Orléans, também – não, creio que foi em Beaugency, ou outro lugar qualquer –, acho que foi em Beaugency mesmo. O tal homem disse exatamente a mesma coisa, quase com as mesmas palavras; era um homem moreno que tinha um olhar penetrante e uma perna mais curta que a outra. O nome dele era... era... que estranho, não consigo me lembrar do nome daquele homem; estava com ele na ponta da língua nesse instante e sei que começa com... Não, não me lembro com que letra começa. Mas deixemos isso para lá; a qualquer momento me lembro e lhes digo.

Bem, o pai logo quis saber como Joana se sentia quando a batalha estava no auge, com todas aquelas espadas reluzentes a decepar e perfurar à sua volta, a se estalar de encontro a seu escudo, com o sangue a jorrar sobre ela daquelas horríveis cabeças partidas ali tão perto; quis saber qual era a sensação de se sentir atropelado pelos cavalos em retirada quando a cavalaria recua atordoada diante de um ataque do inimigo, com os homens despencando aos gritos de suas selas, as bandeiras caindo das mãos dos mortos. Quis saber como era estar em meio a esse tumulto e sentir que a pata de seu cavalo pisava em alguém que estava caído e se punha a gritar – como eram o pânico, o atropelo, a fuga desesperada, sim, e como era o inferno que se seguia àquilo tudo – a morte! E o velho foi ficando cada vez mais exaltado, andando de um lado para outro e falando sem parar, fazendo mil perguntas sem deixar que ela as respondesse. Por fim, colocou Joana de pé no meio da sala e deu uns passos para trás, apreciando-a criticamente.

– Não – disse ele –, eu não entendo. Você é tão pequenina! Tão pequenina e frágil! Quando a vi de armadura hoje, não achei que fosse tão pequena, mas com essa roupinha bonita de seda e veludo você parece um pajenzinho, não um temível guerreiro. Não consigo imaginá-la a vencer as léguas em meio a uma nuvem de fumaça negra e estrondos de canhões. Gostaria que Deus me permitisse ver isso para poder contar à sua mãe. Ah, isso a ajudaria a dormir, pobrezinha! Venha, ensine-me essas coisas de soldado para que eu possa explicar a ela.

E Joana fez o que o pai pediu; deu-lhe uma lança e explicou-lhe como usá-la, inclusive com os movimentos dos pés.

O modo de Jacques d'Arc marchar era incrivelmente desajeitado, bem como seus movimentos com a lança, mas ele não se dava conta disso; estava maravilhado consigo mesmo. O som das palavras de comando deixavam-no entusiasmado. Devo dizer que se uma expressão de orgulho e felicidade fosse o suficiente, ele teria sido um soldado perfeito.

Quis também – e recebeu – uma aula de esgrima. Mas isso, é claro, foi demais para ele. Estava muito velho. Foi bonito ver Joana manejar a espada, mas ele, com medo, pulava e corria descontrolado como uma mulher fugindo de um morcego. Mas se La Hire estivesse ali, teria havido uma bela exibição. Aqueles dois costumavam esgrimir e pude apreciá-los em várias ocasiões. Na verdade, Joana era bem melhor que ele; mesmo assim era uma beleza ver os dois, pois La Hire era um grande espadachim. Mas como Joana era ágil! Ficava bem ereta, com os pés juntos e a lâmina da espada curvada sobre a cabeça – com uma das mãos a empunhava e com a outra segurava o botão que cobria a extremidade; o velho general, do lado oposto, curvava-se para a frente mantendo a mão esquerda nas costas. Sua espada avançava lentamente em direção a ela, tremulando de leve, enquanto seus olhos mantinham-se fixos nos dela. Subitamente Joana dava um rápido salto adiante e outro atrás e lá estava ela novamente na posição de antes. La Hire tinha sido atingido, mas quem estava assistindo conseguira apenas perceber um rápido lampejo no ar – nada, porém, que se pudesse descrever.

Continuamos a dar uso às bebidas, pois isso agradaria ao intendente e ao dono da estalagem. O velho Laxart e Jacques d'Arc foram ficando bem à vontade, mas não a ponto de se embriagar. Mostraram-nos os presentes que haviam comprado para levar – coisas humildes e baratas que seriam muito apreciadas na aldeia. Deram a Joana um presente que Père Fronte lhe enviara e um outro, de sua mãe. O primeiro era uma imagem em chumbo da Virgem Maria e o outro era um pedaço de fita de seda azul. Joana ficou feliz como uma criança e comovida também. Beijava várias vezes aqueles pobres objetos como se fossem lindos e valiosos. Depois prendeu a imagem da Virgem em seu gibão e mandou buscar seu capacete para nele amarrar a fita. Prendeu-a primeiro de um jeito, depois de outro e de outro ainda, sempre apreciando o resultado; inclinava a cabeça para um lado e para o outro, parecendo um passarinho ao pegar um inseto desconhecido. E disse que quase desejava ir para a guerra novamente, pois lutaria ainda melhor por ter sempre consigo algo que a mãe tocara e abençoara.

O velho Laxart disse que gostaria que ela voltasse a guerrear, mas que antes fosse até a aldeia, pois todos lá estavam muito desejosos de vê-la.

– A aldeia está orgulhosa de você, minha querida. Sim, mais orgulhosa que qualquer aldeia já se sentiu por um dos seus. E tem todos os motivos para sentir-se assim, pois esta é a primeira vez que surge alguém como você. É bonito ver como dão seu nome a todas as criaturas do sexo feminino. Faz apenas meio ano que você partiu e é espantosa a quantidade de bebês daquela região que têm seu nome. A princípio era só Joana; depois passou a ser Joana de Orléans e, logo em seguida, Joana de Orléans-Beaugency-Patay. Os nomes vão ficando cada vez mais extensos e daqui por diante vão acrescentar a coroação também, é claro. Sim, e o mesmo acontece com os animais. Todos sabem como você ama os animais, por isso tentam homenageá-la e demonstram seu amor dando seu nome às criaturas que nascem. A tal ponto chegaram, que se alguém sair de casa e gritar "Joana d'Arc!" haverá uma avalanche de gatos e outros animais domésticos, todos achando que foram chamados para comer. Aquela sua gatinha – o último dos animais sem dono que você adotou – tem seu nome e pertence agora a Père Fronte. Ficou famosa; vem gente de longe só para ver e acariciar a gatinha porque ela foi sua. Qualquer um sabe disso. Chegou lá um homem que não sabia e jogou uma pedra nela. A aldeia em peso voltou-se contra ele e houve até quem quisesse enforcá-lo. Se não fosse Père Fronte...

A conversa foi interrompida. Chegou um mensageiro do rei com um bilhete para Joana, que me coube ler. Nele o rei dizia que havia pensado bem e consultado seus outros generais e que se via obrigado a pedir-lhe que permanecesse à frente do Exército da França. Esperava que ela retirasse seu pedido de demissão. O bilhete também a convocava imediatamente para uma reunião do Conselho de Guerra. No mesmo instante ouvimos vozes de comando e ruído de tambores rompendo o silêncio da noite e logo soubemos que sua guarda se aproximava para levá-la.

O rosto de Joana cobriu-se de profunda tristeza, porém apenas por um breve momento. Aquela expressão desapareceu e com ela também a menina que ali estava, saudosa de casa. No instante seguinte já era Joana d'Arc, comandante em chefe novamente e pronta para a ação.

38

Na minha dupla condição de pajem e secretário, acompanhei Joana à reunião do conselho. Sua expressão era triste e solene ao entrar naquela sala. Para onde fora a menina alegre que havia tão pouco se deixava encantar por uma fita e que ria a não mais poder da história que lhe contava um camponês velho e tolo? Não se sabe para onde – ela simplesmente desaparecera, sem deixar sinal. Joana encaminhou-se diretamente para a mesa do conselho, mas não se sentou. Olhou nos olhos cada um dos presentes e quando seus olhares se encontravam havia lampejos ora de felicidade, ora de ódio. Ela sabia exatamente onde pisava. Com um aceno da cabeça indicou os generais e disse:

– Nada tenho a tratar com os senhores. Não foram os senhores que convocaram o Conselho de Guerra. – Voltou-se então para o conselho pessoal do rei e continuou a falar: – Não; é com os senhores que vou falar. Convocar o Conselho de Guerra! Que absurdo! Há apenas um caminho a seguir – um só – e eis que os senhores convocam o Conselho de Guerra! Um conselho de guerra só tem utilidade quando é necessário decidir entre dois ou mais caminhos a seguir. Mas convocar um conselho de guerra quando há *apenas um* caminho? Imaginem um homem em um barco tentando salvar a família que está se afogando. Ele vai reunir os amigos para saber o que deve fazer? Em nome de Deus, para que um conselho de guerra? Para decidir o quê?

Ela fez uma pausa e voltou-se até que seus olhos se fixaram nos de Tremouille; assim permaneceu, em silêncio, aquilatando-o. A tensão foi ficando cada vez maior naquela sala; os rostos se enrubesceram e os corações puseram-se a bater cada vez mais depressa. Joana então falou, com voz firme e decidida:

– Qualquer homem em posse de seu juízo – e cuja lealdade ao rei não seja apenas uma farsa – sabe que só há uma coisa a fazer agora: *marchar sobre Paris*!

La Hire deu um tremendo soco na mesa expressando sua aprovação. La Tremouille ficou lívido de ódio, porém conteve-se e manteve silêncio. O rei, indolente por natureza, deixou-se entusiasmar discretamente, pois o espírito da guerra encontrava-se escondido nele em algum lugar e um discurso corajoso conseguia chegar até esse lugar e nele acender uma pequena chama travessa. Joana aguardou que o ministro defendesse seu ponto de vista, mas ele era um homem experiente e esperto; não era pessoa de desperdiçar suas forças quando a maré estava contra ele. La Tremouille sabia esperar; ele teria o ouvido do rei só para si quando quisesse.

A raposa piedosa, que era o chanceler da França, tomou da palavra. Ali mesmo lavou suas mãos macias esfregando-as levemente enquanto dirigia a Joana um sorriso tentando persuadi-la:

– Vossa Excelência julgaria cortês partirmos abruptamente para lá sem aguardarmos o que o duque de Borgonha nos tem a dizer? Vossa Excelência talvez ignore que estamos em entendimentos com Sua Alteza e que provavelmente teremos uma trégua de duas semanas de duração. Ele se comprometeria a entregar Paris em nossas mãos sem que tenhamos que lutar ou nos fatigar em uma marcha até lá.

Joana voltou-se para ele e disse-lhe, muito séria:

– Isto aqui não é um confessionário, caro lorde. O senhor não é obrigado a expor aqui esta vergonha.

As faces do chanceler ficaram rubras ao retrucar:

– Vergonha? O que há de vergonhoso nisso?

Joana respondeu firme, sem se deixar levar pela emoção:

– Não é preciso ir longe para encontrar a palavra adequada. Eu já sabia dessa comédia, caro lorde, embora os senhores julgassem que eu não deveria saber. Foram os próprios autores dessa comédia que quiseram escondê-la de mim – e duas palavras são suficientes para descrevê-la.

O chanceler deu um de seus costumeiros sorrisos de ironia.

– De fato? E Vossa Excelência teria a bondade de dizer que palavras são essas?

– Covardia e traição.

Os punhos de todos os generais, dessa vez, baixaram com força sobre a mesa e os olhos do rei brilharam de prazer. O chanceler pôs-se de pé de um pulo, dirigindo-se a Sua Majestade:

– Senhor, apelo pela proteção de Vossa Alteza.

Mas o rei apenas fez um sinal com a mão para que ele se sentasse, dizendo:

– Calma. Ela tinha o direito de ser consultada antes que se iniciassem esses entendimentos, já que eles concernem à guerra tanto quanto à política. É justo que se ouça o que ela tem a dizer agora.

O chanceler sentou-se trêmulo de indignação e dirigiu à Joana o seguinte comentário:

– Somente por caridade vou considerar que a senhorita não soubesse de quem estava falando ao condenar o autor desse plano, ao qual se refere com um linguajar tão rústico.

– Guarde sua caridade para outra ocasião, caro lorde – disse Joana, sem perder a calma. – Sempre que algo é feito contra os interesses da França e é degradante para sua honra, somente os mortos não saberão dizer o nome dos dois grandes conspiradores.

– Majestade, majestade! Esta insinuação...

– Isto não é uma insinuação, senhor – disse Joana placidamente. – É uma acusação. Estou acusando o principal ministro do rei e seu chanceler.

Agora foram os dois homens que se puseram de pé, insistindo com o rei para que ele fizesse Joana calar. O rei, entretanto, não se dispôs a fazê-lo. Suas reuniões de conselho tinham sempre o gosto de água salobra e naquela estava sendo servido vinho – um vinho delicioso.

– Sentem-se – disse ele – e tenham paciência. O que é justo para um deve também ser justo para o outro. Pensem bem – e digam com franqueza. Quando foi que vocês dois se referiram a ela de maneira justa? Quantas acusações terríveis não já lhe fizeram e de que nomes terríveis a ofenderam? – Em seguida, com um brilho maroto disfarçado no olhar, acrescentou: – Se isso que ela diz são ofensas, não vejo diferença alguma entre isso e o que dizem os senhores dela, a não ser o fato de ela o dizer diante dos senhores e os senhores o dizerem às suas costas.

O rei ficou satisfeito com a própria fala, que deixou aqueles dois tremendo de ódio e fez com que La Hire soltasse uma boa gargalhada. Os outros generais mal conseguiram prender o riso. Joana então voltou a falar, sempre tranquila:

– Desde o início estamos sendo prejudicados por essa política de faz de conta; perdemos um tempo precioso com conselhos, conselhos e mais conselhos, quando não se necessitava de conselho algum: necessitávamos apenas lutar. Tomamos Orléans no dia 8 de maio e poderíamos ter tomado a região toda em três dias, evitando a matança de Patay. Poderíamos ter chegado a Reims seis semanas atrás e já estaríamos agora em Paris. Em meio ano não restaria um só inglês na França. Mas não pudemos continuar a luta depois de Orléans e fomos obrigados a ir para o campo – por quê? Para aguardar as decisões do conselho – dizia-se; na verdade, o que fizemos foi dar a Bedford tempo para mandar reforços a Talbot – e foi o que ele fez. E aí tivemos que enfrentá-los em Patay. Depois de Patay, mais reuniões do conselho, mais desperdício de um tempo tão precioso. Oh, meu rei, eu queria tanto que o senhor percebesse isso! – Joana já estava começando a se emocionar. – Mais uma vez temos uma oportunidade diante de nós. Se partirmos para o ataque agora, tudo se resolverá. Ordene-me que marche sobre Paris e em vinte dias Paris será nossa! Em mais seis meses, toda a França! Temos meio ano de trabalho à nossa frente; mas se esta oportunidade se perder, levaremos vinte anos para fazer o que teríamos feito em meio. Diga a palavra que precisa ser dita, meu bondoso rei – diga essa única palavra que...

– Misericórdia! – exclamou o chanceler, interrompendo-a, pois percebera um entusiasmo perigoso despontando no rosto do rei. – Marchar sobre Paris? Vossa Excelência se esquece de que todo o caminho até lá está infestado de cidadelas inglesas?

– Não me venha com cidadelas inglesas – disse Joana fazendo um gesto de desdém. – De onde viemos nós? De Gien. E para onde? Para Reims. E o que havia no caminho? Cidadelas inglesas! O caminho estava infestado delas. E agora, o que são elas? Cidadelas francesas! E não tivemos sequer que pegar em armas. – Nesse ponto a fala de Joana foi interrompida pelo aplauso do grupo de generais. Só depois ela continuou. – Sim, à nossa frente tínhamos as cidadelas inglesas e agora temos as cidadelas francesas atrás de nós. E o que isso prova? Qualquer criança saberia dar a resposta. As cidadelas entre Reims e Paris não são guarnecidas por uma raça melhor de ingleses – são todos da mesma raça, com os mesmos temores, as mesmas dúvidas, as mesmas fraquezas e a mesma disposição para ver a mão pesada de Deus descer sobre eles. Nós só precisamos nos pôr em marcha! Logo, logo eles serão nossos, Paris será nossa, a França será nossa! Diga a palavra que precisa ser dita, meu rei! Diga e esta sua serva...

– Pare! – gritou o chanceler. – Seria uma loucura fazer tal afronta a Sua Alteza, o duque de Borgonha. Pelo tratado que esperamos assinar com ele...

– Oh, "o tratado que esperamos assinar com ele"! Há anos ele zomba dos senhores, há anos os desafia. Foi a sutil persuasão dos senhores que o tornou mais cordato e que o convenceu a ouvir agora suas propostas? Não: foram as derrotas no campo de batalha! Foram as derrotas que *nós* lhe infligimos! Essa é a única linguagem que aquele rebelde incurável entende. Que lhe interessam as palavras? Ora, "o tratado que esperamos fazer com ele"! Então seria *ele* a nos ceder Paris? Não há um miserável nesta terra que esteja menos qualificado do que ele para fazê-lo. Ora, então seria *ele* a nos ceder Paris? Ah, isso só serviria para fazer o velho Bedford dar umas boas gargalhadas. Oh, que pretexto mais indigente! Qualquer cego pode ver que se trata de uma cilada. Esses quinze dias de cessar-fogo são o tempo de que Bedford precisa para enviar reforços. Mais traição – sempre a traição! Convocamos um conselho de guerra que não tem sobre o que dar conselhos. Mas Bedford não precisa de conselho algum para saber qual é o único caminho que temos a seguir. Ele sabe muito bem o que faria se estivesse em nosso lugar. *Ele mandaria enforcar seus traidores e marcharia sobre Paris*! Oh, meu amado rei, ponhamo-nos em marcha! O caminho está aberto para nós. Paris nos acena e a França implora. Dê a ordem e nós...

– Majestade, isso é uma loucura! É pura loucura! Vossa Excelência não pode, isto é, nós não podemos voltar atrás; nós propusemos um tratado e *teremos* que assinar um tratado com o duque de Borgonha.

– E nós o assinaremos – disse Joana.

– Ah, sim? E como?

– *Com as pontas de nossas lanças*!

Todos se ergueram naquele momento – todos os que tinham corações franceses – e irromperam em estrondoso aplauso. Não paravam de aplaudir. Em plena algazarra ouviu-se La Hire repetir: "Com as pontas de nossas lanças! Por Deus, isso é música!" O rei ergueu-se também e puxou sua espada. Caminhou até onde estava Joana e, segurando a espada pela lâmina, colocou o punho em sua mão dizendo:

– Tome. O rei se rende. Marche sobre Paris com ela.

E com isso os aplausos recomeçaram; com isso, também, chegou ao fim aquele conselho de guerra que deu origem a tantas lendas.

39

Já passava muito da meia-noite e aquele tinha sido um dia carregado de emoções e de cansaço, mas isso nada significava para Joana quando havia um trabalho a ser feito. Ela nem pensou em ir se deitar. Os generais a acompanharam até seus aposentos e ela lhes deu as ordens ali mesmo, rapidamente. Em seguida vários mensageiros saíram a galope fazendo um alvoroço pelas ruas silenciosas da cidade; logo veio somar-se a esses ruídos o som de cornetas distantes e o rufar de tambores – era a música dos preparativos. As tropas precursoras deixaram o acampamento ao raiar do dia.

Os generais foram logo dispensados, mas eu não. Nem eu nem Joana paramos de trabalhar, pois ela começou a ditar. Andando de um lado para o outro, Joana ditou o ultimato ao duque de Borgonha. Ordenou-lhe que pusesse de lado as armas e aceitasse de imediato a paz. Ele e o rei deveriam perdoar-se mutuamente. Se ele quisesse lutar, que fosse lutar com os sarracenos. "*Pardonnez-vous l'un à l'autre de bon cœur, entièrement, ainsi que doivent faire loyaux chrétiens, et, s'il vous plaît de guerroyer, allez contre les Sarrasins.*" A carta foi longa, porém muito boa e tinha o som confiável da prata de lei. Na minha opinião, aquele foi o documento mais simples, direto e eloquente de todos que ela ditou.

A carta foi colocada nas mãos de um mensageiro, que partiu imediatamente a galope. Só então Joana me dispensou, dizendo-me que fosse para a estalagem e lá aguardasse; de manhã eu deveria entregar a seu pai o pacote que ela deixara lá. Nele havia presentes para seus parentes e amigos em Domrémy e um vestido de camponesa que comprara para si. Disse que se despediria do pai e do tio de manhã se eles ainda tivessem a intenção de partir, em vez de ficar mais um pouco para ver a cidade.

Eu não disse coisa alguma a ela, mas poderia ter dito que nada seria capaz de manter aqueles homens na cidade mais meio dia sequer. Como poderiam desperdiçar a gloriosa oportunidade de darem, *eles mesmos*, a grande notícia a Domrémy – a de que estaria *livre de impostos para sempre*? Como poderiam perder o bimbalhar dos sinos e os gritos de alegria do povo? Isso, nem pensar. Patay, Orléans, a coroação e tudo mais eram acontecimentos de cuja importância eles tinham uma vaga ideia; mas nada daquilo era palpável – era tudo abstração. Já a remissão dos impostos era uma gigantesca realidade!

Vocês supõem que eu os tivesse encontrado dormindo? Nada disso! Eles e os demais estavam bem embriagados e o Paladino encenava suas batalhas novamente em grande estilo. Os velhos camponeses punham em risco as estruturas do prédio com seus aplausos e o Paladino revivia Patay quando eu cheguei. Curvava aquele seu corpo enorme para a frente e, com gestos largos, povoava a sala com a cena imaginária da batalha. Sua enorme espada estava no chão. Os camponeses se curvavam também, com as mãos nos joelhos e os olhos atentos acompanhando o relato. Entusiasmados, expressavam sua admiração a todo instante por meio de interjeições.

– Sim, lá estávamos nós, esperando – esperávamos a palavra de comando; nossos cavalos agitavam-se, nervosos, ansiosos por partir; nós tínhamos que os controlar pelo bridão, com os corpos retesados, inclinados para trás, assim. Por fim a palavra ecoou em nossos ouvidos – "Avançar!" e nós avançamos. Avançar? Jamais se viu coisa igual! Por onde nós passávamos como um vendaval sobre as tropas inglesas que fugiam, o ar que deslocávamos era o suficiente para derrubá-los e deixá-los prostrados em pilhas e fileiras! Então mergulhamos no centro das tropas alucinadas de Fastolf e as derrubamos como um furacão, deixando atrás de nós uma estrada pavimentada de cadáveres; sim, porque não podíamos parar – nada de afrouxar as rédeas, pois a ordem era avançar! avançar! avançar! Era lá adiante que se encontrava *nossa presa* – Talbot e suas tropas despontavam a distância como uma nuvem negra de tempestade. Avançamos sobre eles sem parar e à nossa passagem as folhas caíam das árvores aos montes, tal era a agitação que causávamos. Mais um pouco e nossas tropas entrariam em colisão como os astros colidem nos céus quando constelações fora de órbita se arremessam sobre a Via Láctea. Foi então, porém, por infortúnio ou por algum desígnio inescrutável de Deus, que fui reconhecido! Talbot ficou lívido e gritou: "Salve-se quem puder, que aí vem o porta-estandarte de Joana d'Arc!" Em seguida enterrou as esporas com tanta força que perfurou as vísceras de seu cavalo e fugiu do campo de batalha levando atrás de si multidões incalculáveis de soldados! Que raiva senti de mim mesmo por não ter usado um disfarce. Percebi o olhar de repreensão de Sua Excelência e senti-me amargamente envergonhado. Eu havia sido a causa de um desastre aparentemente irreparável. Qualquer outro teria se afastado lamentando-se da sorte, sem procurar uma forma de reparar o malfeito. Mas devo agradecer a Deus por ter me feito diferente. Os grandes desastres servem para despertar, como um toque de trombetas, as reservas do meu intelecto que se encontram dormentes. Num instante percebi o que teria que fazer e no instante seguinte já havia partido! Desapareci pelo meio do mato – pssst – como uma luz apagada. Fui circundando toda a área pelo meio da floresta, que me servia de cortina; ia rápido, como se tivesse asas, e ninguém sabia do meu paradeiro, ninguém suspeitava dos meus planos. Os minutos se passavam e eu não parava de correr, correr, correr, até que finalmente, com um terrível grito de vitória, ergui meu estandarte bem em frente a Talbot, pegando-o de surpresa! Oh, que ideia maravilhosa a minha! Aquela multidão enlouquecida parou subitamente e recuou, como uma onda recua ao se chocar contra o continente. Vencemos a batalha! As pobres criaturas estavam em uma armadilha, cercadas; não podiam fugir pela retaguarda, pois lá se encontravam nossas tropas; não podiam seguir adiante, pois lá estava eu. Seus corações estremeceram e suas mãos caíram inertes. Ficaram ali, parados, e ali mesmo demos cabo deles todos; de todos, menos dois – Talbot e Fastolf, que não permiti que matassem; carreguei-os de lá, um em cada braço.

Bem, não se pode negar que o Paladino estivesse em grande forma naquela noite. Que estilo! Que nobreza de gestos! Que poses solenes! Como modulava a voz para adequá-la à dramaticidade do momento! Com que competência usava o elemento da surpresa e as explosões de emoção, com um jeito tão sincero e convincente de se expressar! Era possível visualizar cada detalhe da cena com a nitidez tão dramática como se ela fosse subitamente iluminada por um raio – era assim que se via sua figura gigantesca vestida em armadura, a erguer o estandarte tremulante, surgindo inesperadamente diante dos atônitos ingleses. E com que sutileza concluiu seu relato! O final da última frase foi dito de maneira displicente, como quem acrescenta um detalhe pouco importante à história que acaba de contar.

O efeito de tanta emoção sobre camponeses simplórios foi indescritível. Eles não cabiam em si de tanto entusiasmo e os aplausos no final poderiam ter feito voar o telhado ou ter despertado os mortos. Quando finalmente se acalmaram, fez-se silêncio. Ouviam-se apenas suspiros e respiração entrecortada. Foi então que o velho Laxart disse, cheio de admiração:

– Ao que me parece, você, sozinho, é um exército.

– Sim, é isso mesmo – disse Noël Rainguesson muito sério. – Ele é um terror, e não apenas por estas bandas. E basta a menção do nome dele para provocar tremores nas terras mais distantes – a menção do nome. E quando ele se aborrece, as consequências se fazem sentir até em Roma e as galinhas se recolhem aos poleiros uma hora mais cedo. Sim, dizem até...

– Noël Rainguesson, você está se metendo em confusão novamente. Vou dizer apenas uma coisa e aconselho-o a...

Pude ver que tudo começava de novo e ninguém saberia dizer quando aquilo chegaria ao fim. Dei então o recado de Joana e fui me deitar.

Joana despediu-se dos velhos de manhã, com muitos abraços carinhosos e muitas lágrimas. Uma multidão comovida viu-os partir cheios de orgulho em seus preciosos cavalos para levar a boa notícia à aldeia. Devo dizer que já tinha visto cavaleiros melhores que aqueles, pois a arte da montaria era nova para eles.

As tropas precursoras deixaram a cidade ao alvorecer e seguiram pela estrada ao som da banda marcial carregando seus estandartes tremulantes. A segunda divisão partiu às oito horas. Em seguida chegaram os embaixadores borgonheses, que nos fizeram perder o resto daquele dia e o seguinte inteiro. Mas eles desperdiçaram a viagem. O resto da tropa pôs-se em marcha na madrugada do dia 20 de julho, mas não foi muito longe: seis léguas apenas. Tremouille estava conseguindo fazer seu trabalho ardiloso junto a um monarca vacilante. O rei parou em St. Marcoul para orar durante três dias. Foi um tempo precioso que perdemos; precioso também para Bedford, que saberia como usá-lo.

Nós não podíamos prosseguir sem o rei, já que significaria deixá-lo nas mãos do inimigo. Joana argumentou, pediu, implorou e, por fim, pusemo-nos em marcha novamente.

A previsão de Joana se confirmou. Aquilo não foi uma campanha e sim mais uma excursão festiva. Havia cidadelas inglesas ao longo de todo o caminho; elas se rendiam à nossa passagem, sem qualquer resistência. Nós substituíamos as guarnições inglesas por francesas e seguíamos viagem. Bedford pusera-se em marcha contra nós com seu novo exército e no dia 25 de julho as forças hostis se defrontaram e iniciaram os preparativos para o confronto. Prevaleceu, entretanto, o bom senso de Bedford e ele recuou com suas tropas para Paris. Ali estava a oportunidade de que necessitávamos. Nossos homens estavam com o moral muito elevado.

Mas vocês não vão acreditar no que aconteceu: aquela figura lastimável que tínhamos por rei deixou-se convencer por seus conselheiros a voltar para Gien, de onde havíamos iniciado a marcha para a coroação em Reims! E acabamos tomando mesmo o caminho de volta. A tal trégua de quinze dias tinha sido assinada com o duque de Borgonha e nós teríamos que ficar remanchando em Gien até que ele se dignasse a nos entregar Paris.

Marchamos até Bray, onde o rei resolveu mudar de ideia novamente e ali ficamos. Joana d'Arc ditou uma carta aos cidadãos de Reims para que não se deixassem desanimar por aquela trégua e prometeu que estaria sempre pronta a defendê-los. Ao comunicar-lhes a trégua, usou de sua franqueza de sempre; disse que não estava satisfeita com ela e que não tinha certeza de que a manteria; se a mantivesse seria apenas para proteger a honra do rei. Hoje em dia qualquer criança francesa sabe essas palavras de cor. Como ela foi honesta e singela em dizê-las! "*De cette trève qui a été faite, je ne suis pas content, et je ne sais si je la tiendrai. Si je la tiens, ce sera seulement pour garder l'honneur du roi.*" De qualquer maneira, disse ela, jamais permitiria qualquer violência contra o rei e manteria o exército a postos para entrar em ação quando a trégua terminasse.

Pobre menina, que precisou lutar contra a Inglaterra, contra a Borgonha e contra os conspiradores franceses ao mesmo tempo – que pena! Os dois primeiros ela sabia enfrentar, mas os conspiradores – ah, ninguém sabe enfrentá-los quando o alvo de suas ações é uma pessoa fraca e sem vontade própria. Aqueles dias deixaram-na muito triste; via-se atada e sufocada e por vezes seus olhos ficavam rasos d'água. Certa vez, em conversa com seu fiel amigo, o Bastardo de Orléans, ela disse:

– Ah, se ao menos Deus me permitisse deixar de lado esta espada de aço e voltar para junto de meus pais, cuidar das minhas ovelhas novamente, de meus irmãos, que ficariam tão felizes em me ver!

No dia 12 de agosto estávamos acampados próximo a Dapmartin. Na tarde daquele dia tivemos uma rápida escaramuça com as tropas de retaguarda de Bedford, o que nos acendeu a esperança de uma batalha de verdade na manhã seguinte, porém Bedford e sua tropa fugiram durante a noite, partindo em direção a Paris.

Charles enviou emissários que retornaram com a rendição de Beauvais. O bispo Pierre Cauchon, amigo fiel e lacaio dos ingleses, não conseguiu evitá-la, por mais que tenha se esforçado. Ele ainda era uma figura inexpressiva naquela ocasião, mas logo seu nome passaria a ser conhecido nos quatro cantos do mundo e viveria para sempre amaldiçoado pelos franceses. Eu faço questão de cuspir sobre seu túmulo todo o meu desprezo.

Compiègne rendeu-se e tirou do mastro a bandeira inglesa. No dia 14 acampamos a duas léguas de Senlis. Bedford deu meia-volta e aproximou-se de nós, ocupando uma posição estratégica. Partimos para cima dele, porém não conseguimos desalojá-lo de lá. Ele prometera um combate em campo aberto, mas tal combate não houve. A noite caiu. Que ele espere, então, até o amanhecer! Mas quando o dia amanheceu, ele já havia fugido.

Entramos em Compiègne no dia 18 de agosto, de lá expulsando a guarnição inglesa e hasteando nossa própria bandeira.

No dia 23 Joana ordenou a marcha sobre Paris. O rei e seus asseclas não ficaram satisfeitos com isso em absoluto e se retiraram, amuados, para Senlis, que acabara de se render.

Dentro de poucos dias várias outras cidadelas importantes também se renderam: Creil, Pont-Saint-Maxence, Choisy, Gournay-sur-Aronde, Remy, La Neufville-en-Hez, Moguay, Chantilly, Saintines. O poderio inglês entrara em colapso e seus pontos de resistência desmoronavam um por um. E ainda assim o rei permanecia amuado; desaprovava a campanha e temia nosso avanço sobre a capital.

No dia 26 de agosto de 1429 Joana acampou seu exército em St. Denis; na verdade, já estávamos junto às muralhas de Paris.

O rei, porém, continuava afastado e temeroso. Seria tão bom se o tivéssemos conosco, se nossas tropas pudessem contar com o peso de sua autoridade! Bedford estava de moral baixo e decidiu não mais fazer qualquer resistência ali. Concentraria suas forças na província que ainda lhe permanecia fiel – a Normandia. Ah, se ao menos nós tivéssemos logrado convencer o rei a nos brindar com sua presença e sua aprovação naquele momento supremo!

40

Mensageiros, uns atrás dos outros, eram enviados ao rei e ele prometia ir, mas não ia. O duque d'Alençon foi pessoalmente ter com ele e ouvir dele a promessa de sempre, que novamente deixou de ser cumprida. Perderam-se nove dias assim; finalmente Sua Majestade decidiu-se a ir, chegando a St. Denis no dia 7 de setembro.

Naquele meio-tempo o inimigo já havia recuperado o fôlego: a conduta pusilânime do rei não poderia ter tido outro resultado. Àquela altura já se havia preparado para defender a cidade. As possibilidades de vitória já eram bem menores que antes para Joana, porém ela e seus generais consideraram que ainda eram boas. Ela deu ordem para o ataque começar às oito horas e às oito em ponto ele começou.

Joana dispôs sua artilharia e começou a disparar sobre uma posição situada junto ao portão de St. Honoré. Quando aquele posto já estava suficientemente danificado, por volta do meio-dia, Joana mandou soar o assalto e tomamos a posição para nós. Partimos então para tomar o portão, sob o comando dela mesma, e lançamo-nos contra ele repetidamente. Joana seguia à frente, com o estandarte sempre a seu lado, a fumaça a nos envolver e sufocar, os projetis a voar sobre nossas cabeças e por entre nós em quantidade.

Em meio a nosso último assalto, que nos teria certamente possibilitado o acesso ao portão e, portanto, a Paris e a toda a França, Joana foi derrubada por uma lança e nossos soldados recuaram imediatamente, quase em pânico, pois temiam a luta sem ela. Joana, para eles, era o próprio exército.

Apesar de não ter mais condições de lutar, ela se recusou a ser retirada do campo de batalha. Ordenou dali mesmo um novo assalto, dizendo que aquele teria que ser definitivo. Seus olhos brilhavam de entusiasmo quando ela disse: "Ou tomo Paris ou morro!" Teve que ser levada dali a força por Gaucourt e pelo duque d'Alençon.

Mas ela não se deixou abalar. Transbordava de entusiasmo ao dar ordens para que a carregassem até o portão da cidade na manhã seguinte, pois com meia hora de luta Paris seria nossa. Porém ela se esqueceu de um fator – o rei, mera sombra daquela força malévola chamada La Tremouille. O rei proibiu-a de atacar a cidade.

A verdade era que novos entendimentos estavam sendo mantidos com o duque de Borgonha – algo particular, a portas fechadas, que ela ignorava.

Não é necessário que eu lhes diga como isso entristeceu Joana. A dor do ferimento e a dor na alma não permitiram que ela dormisse naquela noite. Várias vezes os guardas ouviram soluços abafados vindos daquele quarto escuro onde ela descansava em St. Denis. E ouviram também estas palavras ditas como um lamento: "Nós podíamos tê-la tomado! Nós podíamos tê-la tomado!" Eram essas as únicas palavras ditas por ela.

No dia seguinte Joana se levantou com muita dificuldade, porém uma nova esperança alegrava-lhe o coração. D'Alençon construíra uma ponte atravessando o Sena perto de St. Denis. Ela queria cruzar essa ponte e atacar Paris por outro lugar. Mas o rei ouviu rumores desse plano e mandou destruir a ponte! E ainda foi mais longe: declarou aquela campanha terminada. Para completar, informou que assinara uma longa trégua – mais longa que a anterior – na qual ele concordava em deixar Paris sem ser molestada e retornar para o Loire, de onde partira.

Joana d'Arc, que jamais fora derrotada pelo inimigo, acabou derrotada por seu próprio rei. Certa vez ela dissera que temia apenas uma coisa: traição. Esse foi o primeiro golpe. Ela deixou sua armadura branca na Basílica de St. Denis e foi pedir ao rei que a dispensasse de suas funções. Queria voltar para casa. Como de costume, ela agiu com sabedoria. Disse ao rei que os grandes movimentos de tropa e as grandes batalhas já haviam terminado; não haveria mais necessidade daquilo. Dali em diante, quando a trégua terminasse, a guerra seria apenas um punhado de escaramuças aqui e acolá – trabalho para subalternos que não necessitariam de um gênio militar. O rei, porém, não a dispensou. A trégua não cobria toda a França; havia cidadelas francesas a serem defendidas e preservadas. Ele precisava dela. Na verdade, Tremouille quis mantê-la por perto a fim de controlá-la e prejudicá-la.

Foi então que as Vozes lhe falaram novamente. "Permaneça em St. Denis", disseram elas. Não havia explicação para aquilo. Elas não disseram por quê. Mas se era Deus quem assim o desejava. Ele teria precedência sobre a ordem do rei, portanto Joana resolveu ficar. Mas isso deixou Tremouille tremendamente assustado. A força dela era grande demais para que pudesse ficar sozinha; ela acabaria destruindo todos os seus planos. Convenceu então o rei a obrigá-la a partir e Joana teve que se submeter àquela ordem – porque estava ferida e não tinha como se defender. No Grande Julgamento ela disse que foi carregada de lá contra sua vontade e que, se não estivesse ferida, a ordem do rei não se teria cumprido. Ah, como era corajosa aquela frágil menina! Tinha coragem para desafiar qualquer poder neste mundo.

Jamais saberemos por que as Vozes disseram-lhe que ficasse. Só o que sabemos é o seguinte: se ela tivesse podido obedecer, a história da França não seria essa que agora lemos nos livros. Bem, pelo menos isso nós sabemos.

No dia 13 de setembro o Exército francês, triste e desanimado, voltou-se na direção do Loire e deu início à marcha – marchava sem música. Todos se deram conta disso. Parecia mais uma marcha fúnebre, sem um grito de alegria sequer; os amigos se entreolhavam com lágrimas nos olhos. Os inimigos, enquanto isso, riam-se a valer. Chegamos por fim a Gien – ponto de partida da nossa esplêndida marcha para Reims menos de três meses antes, com as bandeiras a tremular, a banda tocando, a alegria pela vitória em Patay ainda estampada em todos os rostos, e a multidão – a multidão que se despedia de nós efusivamente, pedindo a Deus que velasse pelo seu rei. No nosso retorno caía uma chuva fina e o dia estava escuro; eram poucos os espectadores e ninguém nos deu as boas-vindas. Fomos recebidos com silêncio, tristeza e lágrimas.

Então o rei desfez aquele exército de bravos; as bandeiras foram recolhidas e as armas, guardadas. A desgraça da França estava completa. La Tremouille usava a coroa da vitória e Joana d'Arc, a invencível, fora derrotada.

41

Sim, foi como eu disse: Joana teve Paris e toda a França em suas mãos e a Guerra dos Cem Anos sob o tacão de seus sapatos, mas o rei obrigou-a a deixar Paris escapar de suas mãos e a guerra de sob seus pés.

Passamos oito meses vagando de um lado para o outro com o rei, com seu conselho e aquela corte frívola que só sabia de diversões, de exibições, de danças, flertes e serenatas em uma vida dissipada. Vagávamos de cidade em cidade, de castelo a castelo – uma vida que para nós era até divertida, mas não para Joana. Ela apenas *via* aquilo tudo, mas não participava. O rei esforçava-se por fazê-la feliz e mostrava-se constantemente ansioso quanto a isso. Todos os demais eram obrigados a cumprir as regras de uma etiqueta muito formal, porém Joana era dispensada dela; isso era um privilégio. Desde que fosse cumprimentar o rei diariamente e lhe dissesse uma palavra gentil, nada mais era exigido dela. Naturalmente, então, ela se transformou em uma ermitã e passava os dias inteiros triste em seus aposentos, tendo por companhia apenas seus pensamentos e suas devoções. Para distrair-se, planejava campanhas militares que jamais realizaria. Movia tropas imaginárias de um lugar para outro, calculava distâncias e o tempo necessário para fazer isso ou aquilo, estudava o terreno a ser atravessado, de maneira a ter todo o exército reunido numa determinada data, pronto para a batalha. Essa era sua única distração, o único alívio para as longas horas de tristeza e inação. Passava horas e mais horas nesse jogo, como outros jogam xadrez; esquecia-se de si mesma e assim conseguia algum descanso para sua mente e seu coração.

Joana jamais se queixava, é claro. Não era de sua natureza fazê-lo. Ela era do tipo que suportava tudo em silêncio. Continuava a ser uma águia presa em uma gaiola, desejando ardentemente voar livre pelas alturas e desfrutar dos ferozes prazeres da tempestade.

A França estava cheia de andarilhos – soldados sem tropa, prontos para qualquer coisa que lhes surgisse pela frente. De tempos em tempos, quando o cativeiro de Joana tornava-se insuportável para ela, permitiam que ela organizasse uma tropa de cavalaria e fizesse uma incursão contra o inimigo. O propósito disso, porém, não era mais que fazê-la sentir-se melhor. E fazia.

Foi como nos velhos tempos, lá em Saint-Pierre-le-Moutier, vê-la comandando um assalto após outro, vê-la recuar e avançar novamente, cheia de entusiasmo e alegria, até que por fim a chuva de projetis tornou-se tão insuportável que D'Aulon, ferido, mandou soar o toque de recuar. O rei o encarregara de não deixar que coisa alguma acontecesse a Joana. D'Aulon partiu seguido pela tropa – mas não por toda a tropa, pois quando voltou-se para olhar viu o nosso grupo ainda lutando. D'Aulon retornou a galope instando-a a acompanhá-lo, dizendo que ela estaria louca se quisesse enfrentar o inimigo com uma dúzia de soldados. Os olhos dela estavam cheios de emoção quando ela se voltou para ele e exclamou:

– Uma dúzia de soldados? Em nome de Deus, eu tenho cinquenta mil soldados e não saio daqui enquanto não tomar esta cidadela! Toque avançar!

E foi o que ele fez. Lá fomos nós, outra vez, escalando os muros e tomando mais uma cidadela. O velho D'Aulon pensava que ela tivesse enlouquecido, mas o que ela quis dizer ao falar dos cinquenta mil soldados foi que ela sentia em seu coração o entusiasmo de cinquenta mil homens. Foi apenas uma forma original de se expressar, mas, no fundo, acho que ela disse a verdade.

Veio depois o caso de Lagny, onde tiramos os borgonheses de suas trincheiras quatro vezes, botando-os para correr em campo aberto, sendo que na última saímos vitoriosos. O mais importante desse embate foi prender Franquet d'Arras, que tanto tiranizava o povo daquela região.

De vez em quando nos metíamos em escaramuças assim e finalmente, já quando maio de 1430 terminava, estávamos na vizinhança de Compiègne quando Joana decidiu ajudar a população de lá, que estava sendo atacada pelo duque de Borgonha.

Eu tinha me ferido em um embate recente e não podia montar sem a ajuda de alguém. Mas o bondoso Anão levou-me na garupa de seu cavalo e eu, segurando-o por trás, senti-me bastante firme. Partimos à meia-noite sob uma chuva pesada e morna. Seguíamos lentamente e sem fazer barulho, pois tínhamos que atravessar a linha inimiga sem sermos vistos. Apenas uma vez o inimigo deu sinal de que percebia alguma coisa, porém nós não respondemos: prendemos a respiração e continuamos a nos mover sorrateiramente. Assim atravessamos a linha de defesa inimiga sem qualquer acidente. Por volta das três ou três e meia chegamos a Compiègne, quando o céu começava a clarear no leste.

Joana pôs-se a trabalhar imediatamente e definiu um plano com Guillaume de Flavy, comandante das tropas da cidade: um ataque fulminante ao inimigo ao anoitecer. As tropas borgonhesas estavam divididas em três grupos na margem oposta do rio Oise, em uma região plana. No lado onde estávamos, um dos portões da cidade comunicava-se com uma ponte. A outra extremidade dessa ponte, na margem oposta do rio, era defendida por uma daquelas fortalezas conhecidas como *boulevards*; partindo daquele *boulevard* havia uma estrada em nível mais elevado que se estendia até a aldeia de Marguy, atravessando a planície. Havia uma tropa borgonhesa ocupando Marguy; outra estava acampada em Clairoix, a umas duas milhas acima da estrada elevada; a terceira tropa guarnecia Venette, cerca de uma milha e meia abaixo da tal estrada. A disposição das tropas fazia lembrar um arco e flexa: a estrada seria a flexa, o *boulevard* seria a extremidade onde ficavam as penas, Marguy seria a ponta e em cada extremidade do arco estariam Venette e Clairoix, respectivamente.

O plano de Joana era ir pela estrada diretamente até Marguy, tomá-la de assalto e depois partir rapidamente para Clairoix, à direita, tomando-a do mesmo modo. A parte mais difícil viria depois, já que o duque de Borgonha encontrava-se um pouco além de Clairoix com uma força de reserva. O tenente de Flavy, com os arqueiros e a artilharia do *boulevard,* impediria que as tropas inglesas viessem por baixo e tomassem a estrada, pois isso não permitiria o recuo de Joana, se ela precisasse fazê-lo. Além disso, uma frota de barcos cobertos ficaria aguardando próximo ao *boulevard* para a eventualidade de vir a ser necessária.

Era o dia 24 de maio. Às quatro da tarde Joana partiu à frente de uma tropa de seiscentos homens a cavalo. Era a sua última marcha nesta vida!

Ainda me dói o coração rememorar a cena. Ajudaram-me a subir na muralha e de lá pude ver quase tudo que aconteceu. O resto me contaram os dois cavalheiros e outras testemunhas visuais muito tempo depois. Joana atravessou a ponte, afastando-se rapidamente da fortaleza. Cavalgava a todo galope, com a tropa de cavaleiros atrás. Usava uma capa bordada a prata por cima de sua armadura e fiquei apreciando-a brilhar, esvoaçante, como uma chama.

O dia estava muito claro e descortinava-se a planície até bem distante. Logo vimos as tropas inglesas avançando rapidamente, belas em sua organização e refletindo os raios de sol com suas armas.

Joana e os borgonheses confrontaram-se em Marguy e ela foi rechaçada. Vimos então as tropas borgonhesas que se aproximavam, vindo de Clairoix. Joana reorganizou seus soldados e avançou novamente, sendo novamente rechaçada. Dois assaltos levam muito tempo – e o tempo, ali, era precioso. Os ingleses vindos de Venette aproximavam-se da estrada, porém a guarnição do *boulevard* abriu fogo sobre eles, impedindo-os de prosseguir. Joana dirigiu a seus soldados palavras de ânimo e conduziu-os em um novo assalto em grande estilo. Dessa vez ela conseguiu o controle de Marguy, sob a aclamação de sua tropa. Em seguida, sem perda de tempo, tomou o rumo da direita e lançou-se pela planície em direção à tropa que chegava de Clairoix. Foi uma batalha muito dura; os exércitos atiravam-se um contra o outro com tanto empenho que a vitória parecia mudar de lado a cada instante. Subitamente instalou-se o pânico em nossas fileiras. Ninguém soube dizer exatamente por quê. Alguns disseram que a artilharia pesada do inimigo fez com que nossos homens pensassem que estavam encurralados; já outros afirmaram que chegou às fileiras da retaguarda a informação de que Joana estava morta. Qualquer que tenha sido o motivo, nossos homens partiram em louca debandada. Joana tentou fazer com que dessem meia-volta, exclamando que a vitória seria nossa, porém foi em vão. Eles passaram por ela como se fossem uma onda. O velho D'Aulon suplicou-lhe que partisse em retirada também enquanto ainda tinha condições de fazê-lo, porém ela se recusou. Foi então que ele tomou as rédeas do cavalo dela e obrigou-a a acompanhar sua tropa desarvorada. Vi quando eles voltavam pela estrada, naquele terrível tumulto de homens e cavalos em pânico. A artilharia teve que cessar fogo, é claro, e isso permitiu que os ingleses e os borgonheses se aproximassem sem qualquer resistência de nossa parte – os borgonheses à frente e os ingleses logo atrás de sua presa, cercando-a. Era como uma inundação, com os inimigos chegando por todos os lados. Acuados em um ângulo formado pelo flanco do *boulevard* e pela subida íngreme da estrada, os franceses lutaram bravamente uma batalha de antemão perdida e foram caindo, um a um.

Flavy, que tudo acompanhava de uma muralha da fortaleza, ordenou que o portão fosse fechado e a ponte, erguida. Isso deixou Joana presa do lado de fora.

Sua pequena guarda pessoal foi escasseando rapidamente. Nossos dois cavalheiros foram derrubados, assim como os irmãos de Joana, que caíram feridos; depois foi a vez de Noël Rainguesson – todos eles se fazendo de escudo para os golpes destinados a Joana. Restavam apenas o Anão e o Paladino, que permaneceram como duas torres ao lado de Joana, defendendo-a corajosamente, cobertos de sangue. Onde o machado de um caísse ou a espada do outro se enterrasse ficava um soldado inimigo morto. E foi assim, lutando, leais até o fim, que tiveram sua morte honrada. Peço a Deus que tenham encontrado a paz eterna. Eu gostava muito deles.

Foi então que se ouviram gritos de vitória, pois Joana, que continuava a brandir sua espada, fora puxada por sua capa e derrubada do cavalo. Levaram-na, presa, para o duque de Borgonha. Atrás dela seguiu a tropa inimiga aos gritos de vitória.

A terrível notícia espalhou-se rapidamente; de boca em boca percorreu a nação e por onde passava ia deixando as pessoas em uma espécie de transe. Repetiam todas sem parar, como se falassem consigo mesmas, em um sonho: "Levaram a Donzela de Orléans!... Joana d'Arc foi presa!... Nossa Salvadora se foi!" Ficavam repetindo essas palavras como se quisessem entendê-las, ou como se quisessem entender por que Deus permitira aquilo. Pobres criaturas!

Vocês conseguem imaginar como é uma cidade toda vestida de negro? Pois bem, então vocês imaginam como Tours ficou – Tours e outras cidades. Mas alguém saberia dizer da tristeza que se instalou nos corações de todos os camponeses da França? Não, ninguém saberia descrever isso – nem eles mesmos, coitados. Era como se o espírito de toda a nação se cobrisse de crepe!

Dia 24 de maio. Fechemos a cortina, agora, encerrando o drama militar mais estranho, mais patético e mais maravilhoso que já se desenrolou no palco deste mundo. Joana d'Arc nunca mais marcharia.

estado, os lances iniciam-se com a tomada de uma [illegible] de antemão perdida e termina quando vem a noite.

Eu, que estava acompanhando um [illegible] da fortaleza, ordenei que o portão fosse fechado e a [illegible] não deixou [illegible] perto da cidade forte.

[illegible] Nossos cavaleiros foram comandados assim como os [illegible] de [illegible] que, durante [illegible] depois [illegible] de Vosa Rainha [illegible] se fazendo de escudo para os golpes destinados [illegible]. Restavam apenas o capitão [illegible] *Paladino*, que permaneceram como duas torres ao lado de Ivana, defendendo-a corajosamente [illegible] de sangue. Onde [illegible] de morte [illegible] a espada de [illegible] se enterrasse, [illegible] algum [illegible] tombado [illegible] com uma [illegible] foram [illegible] morte honrada. Rezo a Deus [illegible] encontrado a paz eterna [illegible] fim dele.

Percebo que se ouviam gritos de vitória [illegible] que [illegible] dominavam [illegible] a pousada por sua trópa e derrubada [illegible]. Levantaram [illegible] parte da [illegible] de Borgonha [illegible] a tropa [illegible] gritos de vitória.

A terrível notícia espalhou-se rapidamente, de boca em boca, percorrendo [illegible] e por onde passava [illegible] cada pessoa em uma [illegible] de [illegible]. Repetiam todas sem parar como se não tivessem mesmas [illegible] em um sonho: "Levaram a Donzela! O que [illegible] foi preso? Nossa salvadora [illegible]!" Ficavam repetindo essas palavras como se [illegible] ou como se quisessem entender por que Deus permitiria aquilo! [illegible]

[illegible] como [illegible] de [illegible]. Pois [illegible] vocês [illegible] Tonnerre, [illegible] e outras cidades. [illegible] de [illegible] que se [illegible] [illegible] os [illegible] de [illegible] [illegible] nenhuma [illegible] [illegible] com [illegible] [illegible] de [illegible]

[illegible] Os [illegible] [illegible] o drama militar [illegible] [illegible] [illegible]

Parte III
Julgamento e martírio

1

Seria penoso demais para mim ter que me alongar no relato do que se passou no verão e no inverno seguintes à captura de Joana. Durante algum tempo não fiquei muito aflito, pois esperava ouvir, a qualquer momento, que as condições de resgate de Joana haviam sido definidas e que o rei – não, não o rei, mas toda a França, agradecida – prontificara-se a pagar por seu retorno. Pelas leis da guerra, não lhe poderia ser negado esse direito. Ela não era uma rebelde; era um soldado que atuara legitimamente, comandando o Exército da França por nomeação do rei e não era culpada de qualquer crime militar. Não poderia, portanto, ser mantida presa se seu resgate fosse solicitado.

Mas os dias foram se arrastando sem que se fizesse qualquer proposta de resgate! Parece inacreditável, porém é verdade. Estaria aquele réptil chamado Tremouille soprando ideias nos ouvidos do rei? Só o que sabíamos era que o rei permanecia em silêncio, sem fazer qualquer proposta ou qualquer esforço em favor daquela pobre menina que tanto fizera por ele.

Infelizmente, porém, havia muita alegria no meio dos nossos inimigos. A notícia da captura chegara a Paris no dia seguinte e de lá os ingleses e borgonheses ensurdeceram o mundo durante um dia e uma noite inteiros com o clamor festivo de seus sinos e o espocar de sua artilharia. Já no outro dia o vigário-geral da Inquisição enviava uma mensagem ao duque de Borgonha solicitando que a prisioneira passasse às mãos da Igreja a fim de ser julgada pelo crime de idolatria.

Os ingleses viram ali sua oportunidade de agir e, na verdade, aquela iniciativa partira deles, não da Igreja. A Igreja estava sendo usada como disfarce e eles tinham um bom motivo para isso: a Igreja poderia não apenas pôr fim à vida de Joana, como também desmoralizá-la e pôr fim, igualmente, àquela fonte inspiradora de patriotismo que ela era. Os ingleses poderiam apenas acabar com a existência física de Joana d'Arc, mas isso não diminuiria sua influência – ao contrário, certamente ampliaria sua influência e se tornaria permanente. Joana d'Arc era o único poder da França que os ingleses não desprezavam, o único que consideravam uma ameaça ao seu. Se a Igreja fosse convencida a tirar-lhe a vida ou, pelo menos, a declará-la idólatra, herege ou bruxa, alguém enviado pelo Satanás e não pelos céus, a supremacia inglesa seria restabelecida de imediato.

O duque de Borgonha ouviu os ingleses – mas preferiu esperar. Ele não tinha dúvida de que o rei da França ou o povo francês logo se apresentaria com uma proposta mais vantajosa do que a dos ingleses. Manteve então Joana presa em uma fortaleza bem defendida e continuou a aguardar, enquanto as semanas iam se passando. No fundo de seu coração, envergonhava-se com a ideia de vendê-la aos ingleses, pois ele era um nobre francês. Entretanto, apesar de tanta espera, nenhuma proposta era-lhe feita pelos franceses.

Certo dia Joana conseguiu ludibriar seu carcereiro, fugindo da prisão e deixando-o preso em seu lugar. Entretanto ao fugir foi vista por uma sentinela, capturada e levada de volta.

Mandaram-na então para Beaurevoir, um castelo mais fortificado. Isso se passou no início de agosto e ela já estava presa havia dois meses. Lá ela foi trancada no topo de uma torre muito alta onde permaneceu, isolada de tudo e de todos, por mais três meses e meio. Durante todo esse tempo de cativeiro ela sabia que os ingleses barganhavam por sua vida como se ela fosse um cavalo ou um escravo, enquanto a França permanecia em silêncio, o rei permanecia em silêncio e todos os seus amigos também. Sim, era de dar dó.

Ainda assim, quando ela ficou sabendo que Compiègne encontrava-se sob forte ataque inimigo e estava a ponto de ser tomada, e quando soube também que o inimigo ameaçou não poupar sequer as crianças com mais de sete anos, ela quis partir imediatamente para nos salvar. Foi por isso que ela rasgou suas roupas de cama em tiras e as amarrou para descer pela janela da torre durante a noite. A frágil corda se partiu e Joana foi ao chão, machucando-se muito. Durante três dias ela ficou fora de si, incapaz de comer ou beber.

Por fim fomos salvos pelas tropas do conde de Vendôme, que levantou o cerco a Compiègne. Isso foi um desastre para o duque de Borgonha e ele precisava de dinheiro para recuperar-se. Aquele era um bom momento para negociar com a vida de Joana d'Arc. De imediato os ingleses enviaram um bispo francês – o eternamente infame Pierre Cauchon de Beauvais. Parte de sua recompensa, se ele fosse bem-sucedido, seria o arcebispado de Rouen, que se encontrava vago. Ele reclamou para si o direito de presidir o julgamento eclesiástico de Joana, pois o campo de batalha onde ela foi presa situava-se em sua diocese.

De acordo com a praxe militar da época, o resgate de um nobre custava dez libras de ouro, que equivaliam a sessenta e um mil e cento e vinte e cinco francos. Era uma quantia preestabelecida, como veem. Uma vez proposto, o resgate não poderia ser negado.

Cauchon chegou com a proposta dos ingleses: exatamente essa – o valor do resgate de um príncipe da casa real seria pago por uma camponezinha de Domrémy. Isso demonstra claramente como os ingleses a julgavam importante. E a proposta foi aceita. Foi por essa quantia que Joana d'Arc, a salvadora da França, foi vendida – vendida aos inimigos, aos inimigos de seu país, aos inimigos que haviam vergastado, destruído e pisoteado a França por quase um século, divertindo-se com isso. Aqueles inimigos já nem sabiam como era a cara de um francês, tão acostumados estavam a vê-lo pelas costas. Eram inimigos que ela havia derrotado, que ela havia amedrontado, ensinando-lhes a respeitar a bravura dos franceses, bravura essa que acabava de nascer sob sua inspiração. Foi vendida aos inimigos que estavam sedentos por seu sangue, já que ela era a única força capaz de impedir o triunfo da Inglaterra e a degradação da França. Joana d'Arc foi vendida a um padre francês por um nobre francês sob os olhos do rei e de toda a nação francesa, que a tudo assistiu em silêncio.

E ela – o que foi que ela disse? Nada. Nem uma só palavra de recriminação passou por seus lábios. Ela era grande demais para essas coisas. Ela era Joana d'Arc e quando se diz isso, se diz tudo.

Como soldado, sua folha não tinha uma mancha sequer. Não poderia ser recriminada por qualquer ato cometido. Teriam que encontrar um subterfúgio, e, como sabemos, eles o encontraram. Ela teria que ser julgada por padres, acusada de crimes contra a religião. Se não conseguissem descobrir algum, então teriam que inventá-los. Cauchon não precisaria de ajuda para isso.

Rouen foi escolhida como local do julgamento. Ficava bem no coração da França dominada pelos ingleses e sua população vivia sob o jugo inglês havia tantas gerações que já quase não se considerava francesa, a não ser pela língua que falava. A área era fortemente guarnecida. Joana foi levada para lá quase no final de dezembro de 1430 e atirada em uma masmorra. É isso mesmo: acorrentaram o espírito da liberdade!

E ainda assim a França não reagiu. Como explicar isso? Creio que só haja uma explicação. Vocês devem se lembrar de que quando Joana não estava à frente das batalhas os franceses recuavam e não se arriscavam a coisa alguma; lembram-se também de que quando ela ia à frente, eles se enchiam de coragem e passavam por cima de tudo que estivesse em seu caminho, desde que pudessem ver sua armadura branca e seu estandarte; lembram-se de que todas as vezes em que ela foi ferida ou que a deram por morta – como em Compiègne – eles entraram em pânico e debandaram como carneiros. A conclusão a que eu cheguei foi de que eles não tinham passado por uma transformação ainda; que no fundo ainda viviam sob a égide do medo instalado durante várias gerações que só conheceram a derrota; que havia uma enorme falta de confiança entre eles e seus líderes, resultado de amargas experiências com traições de todo tipo – pois seus reis haviam traído vassalos e generais e estes, por sua vez, traíam-se uns aos outros, além de traírem o poder estabelecido. As tropas descobriram que podiam contar com Joana e com mais ninguém. Quando ela se foi, tudo mais se foi. Ela foi o sol que derreteu aquelas torrentes congeladas, pondo-as em movimento. Removido o sol, elas se congelaram novamente, voltando a ser – o Exército e a França toda – o que eram antes: apenas cadáveres congelados e nada mais; tornaram-se novamente incapazes de pensar, de ter esperanças, de querer alguma coisa, de agir.

2

Meu ferimento deu-me muito trabalho até o início de outubro, quando a temperatura mais amena trouxe-me novas forças e novo ânimo. Durante todo esse tempo corria sempre o boato de que o rei estaria a ponto de resgatar Joana. E eu acreditava sempre, pois era jovem e ainda não tinha descoberto a mesquinhez da nossa pobre espécie humana, essa espécie que tanto gaba de si mesma, julgando-se melhor do que os outros animais.

Em outubro eu já me sentia bem, a ponto de participar de duas incursões. Na segunda, porém, no dia 23, fui ferido novamente. Minha sorte já não era a mesma, como se pode notar. Na noite do dia 23 o inimigo que nos sitiava levantou acampamento e na confusão que se instaurou um dos prisioneiros conseguiu fugir e entrar em Compiègne. Uma figura pálida e patética entrou cambaleante em meu quarto.

– O quê? Você está vivo? Noël Rainguesson!

Sim, era ele mesmo. Foi o encontro mais alegre que se pode imaginar, e também o mais triste. Não conseguíamos falar o nome de Joana. Nossas vozes teriam fraquejado. Sabíamos de quem o outro falava ao se referir a "ela", mas não conseguíamos dizer seu nome.

Conversamos sobre sua guarda pessoal. O velho D'Aulon, ferido e capturado, ainda permanecia a serviço de Joana, por permissão do duque de Borgonha. Joana estava sendo tratada com o respeito devido ao seu posto e ao fato de ter sido feita prisioneira de guerra em um conflito honrado. E esse tratamento continuou a lhe ser dispensado até que ela caiu nas mãos daquele bastardo do Satanás, Pierre Cauchon, bispo de Beauvais.

Noël só tinha palavras nobres, elogiosas e cheias de afeto para o nosso porta-estandarte grandalhão e gabola, já então silencioso para sempre, já tendo lutado todas as suas batalhas – reais ou imaginárias –, já tendo completado o seu trabalho neste mundo, encerrando-o de maneira honrosa.

– E pense na sorte que ele teve! – disse Noël com os olhos rasos de lágrimas. – Sempre foi bem aquinhoado por ela. Veja como a sorte o acompanhou sempre, como esteve a seu lado todo o tempo, desde que ele pôs os pés num campo de batalha pela primeira vez; foi sempre uma figura esplêndida aos olhos de todos, cortejado e invejado aonde quer que fosse; tendo sempre oportunidades para realizar grandes feitos e sempre sabendo aproveitá-las. Veja bem, até em seu apelido teve sorte: o que começou como uma zombaria – Paladino – acabou sendo levado a sério, porque ele soube merecer o nome de maneira magnífica. E, por fim, coube-lhe a sorte suprema: morreu no campo de batalha! Morreu todo paramentado, cumprindo até o fim o seu dever, com o estandarte na mão. E morreu – oh, pense nisso – sob o olhar de aprovação de Joana d'Arc! Ele bebeu da taça da glória até a última gota e partiu cheio de júbilo para a paz eterna, abençoado ainda mais por ter sido poupado do desastre que veio a seguir. Que sorte! Que sorte! E nós? Que pecado cometemos para ainda estarmos aqui, nós que também merecíamos a boa sorte dos mortos?

Depois de algum tempo ele continuou a falar:

– Arrancaram o estandarte sagrado de suas mãos sem vida e levaram-no consigo. Foi seu troféu mais valioso depois de capturarem a dona do estandarte. Porém eles já não o possuem mais. Um mês atrás arriscamos nossas vidas – nossos dois cavalheiros, que estavam presos comigo, e eu – e roubamos de volta o estandarte. Pessoas de nossa confiança levaram-no para Orléans, onde se encontra agora, salvo para sempre, no Tesouro da cidade.

Fiquei feliz e grato ao saber disso. Vejo-o com frequência sempre que vou a Orléans no dia 8 de maio, onde vou como velho convidado de honra e ocupo os lugares mais importantes nos banquetes e procissões – isto é, desde que os irmãos de Joana se foram desta vida. E o estandarte ainda estará no mesmo lugar, guardado como um objeto sagrado pelo amor do povo francês, daqui a mil anos – sim, enquanto o aço não se transformar em pó.*

---

*Ele permaneceu lá durante trezentos e sessenta anos e depois foi destruído em uma fogueira pública, juntamente com duas espadas, uma boina com plumas, vários trajes militares e outras relíquias da Donzela. Uma multidão ensandecida destruiu tudo isso durante a Revolução. Nada que tenha sido tocado pelas mãos de Joana d'Arc

Duas ou três semanas depois dessa conversa chegou a terrível notícia, que explodiu sobre nossas cabeças como um trovão, deixando-nos perplexos – Joana d'Arc fora vendida aos ingleses!

Em nenhum instante sequer sonhamos que tal coisa fosse possível. Como disse, éramos jovens e não conhecíamos bem o ser humano. Estávamos muito orgulhosos de nosso país, muito certos de sua magnanimidade e de sua gratidão. Não esperávamos muito do rei, mas da França esperávamos tudo. Todos sabiam que em várias cidades havia padres patriotas que marchavam em procissão instando o povo a sacrificar seus bens – dinheiro, propriedade, tudo – para comprar a liberdade daquela que os céus haviam enviado para libertar-nos. Jamais duvidamos que conseguissem o dinheiro.

Mas agora tudo estava perdido. Tudo perdido. Foram tempos muito difíceis para nós. Os céus pareciam estar de luto e toda a alegria desapareceu de nossos corações. E aquele camarada ao pé da minha cama seria o mesmo Noël Rainguesson que eu conhecera, aquela criatura alegre cuja existência parecia uma infindável brincadeira e que gastava mais fôlego com suas risadas do que com qualquer outra coisa? Não, não era. Aquele Noël de antes eu jamais veria. A pessoa que ali estava tinha o coração partido e andava de um lado para outro sempre a se lamentar, com uma expressão ausente de quem está sonhando; a fonte de sua alegria havia secado.

Bem, esse estado de espírito era também o meu e fizemos companhia um ao outro. Ele cuidou de mim pacientemente durante aquelas longas semanas de tédio e por fim, em janeiro, eu já me sentia com forças para partir novamente. Um dia ele perguntou simplesmente:

– Vamos?

---

existe mais, a não ser alguns documentos militares e de Estado, cuidadosamente guardados, que foram assinados por ela, cuja pena foi guiada por seu secretário Louis de Conte. Uma grande pedra arredondada que ela usou para montar em seu cavalo em uma das campanhas ainda existe. Até algumas décadas atrás dispunha-se de um único fio de cabelo seu, retirado da cerca que selava um documento de Estado. Foi furtado, com selo e tudo, por algum vândalo caçador de relíquias. Certamente esse fio de cabelo ainda existe, porém só o ladrão sabe onde (*Nota do tradutor inglês*).

– Vamos – respondi.

Não foi necessário dizer qualquer coisa mais. Nossos corações estavam em Rouen e era para lá que levaríamos o resto de nós. Tudo que nos importava nesta vida estava trancado naquele forte. Nós não tínhamos como ajudá-la, mas nos sentiríamos melhor estando próximo a ela, respirando o ar que ela respirava e olhando diariamente para aqueles muros de pedra que a escondiam. E se nos prendessem também? Bem, só nos restava tentar e esperar que a sorte ou o destino decidisse o que seria de nós.

Partimos, então. Não tínhamos a menor ideia da mudança pela qual o país passara. Podíamos escolher qualquer caminho e ir para onde quiséssemos sem que alguém se importasse ou nos importunasse. Quando Joana d'Arc ainda era livre, vivia-se sempre alerta, à espera de que algo acontecesse. Mas agora que ela fora afastada, nada mais restava além da indiferença. Ninguém se importava com coisa alguma, ninguém queria saber quem você era ou o que fazia. Estavam todos indiferentes.

Achamos por bem seguir pelo Sena e nos pouparmos da cansativa viagem por terra. Tomamos então um barco que nos deixou a uma légua de Rouen. Desembarcamos na margem plana do rio, não na outra, onde logo começam as colinas. Ninguém podia entrar ou sair da cidade sem dizer o que ia fazer, pois temiam que houvesse tentativas de libertar Joana.

Não tivemos problema algum. Ficamos ali na planície durante uma semana na casa de uma família de camponeses, ajudando-os em seu trabalho em troca da hospedagem. Fizemos amizade com eles e passamos a nos vestir como eles. Quando conseguimos vencer suas resistências e granjear sua confiança, descobrimos que no fundo daqueles peitos batiam corações franceses. Então falamos com eles francamente e contamos nossa história. Eles se mostraram prontos a fazer qualquer coisa para nos ajudar. Logo, então, fizemos um plano, que era até bem simples. Nós os ajudaríamos a levar um rebanho de ovelhas para o mercado da cidade. Partimos bem cedo numa manhã melancólica e chuvosa e assim atravessamos aqueles portões hostis sem sermos incomodados. Nossos amigos tinham amigos que moravam acima de uma adega, em um pequeno prédio antigo e alto situado em um dos becos estreitos que vão desde a catedral até o rio. Foi lá que nos alojaram e no dia seguinte voltaram com nossas roupas e demais pertences sem serem vistos. A família que nos acolheu – os Pierron – simpatizava com a causa francesa e nós não precisamos esconder dela coisa alguma.

*

3

Era necessário que eu conseguisse alguma forma de ganhar o sustento para mim e para Noël e quando os Pierron descobriram que eu sabia ler e escrever pediram a seu confessor que me ajudasse. Foi assim que acabei indo trabalhar para Manchon, um bom padre designado principal redator do Grande Julgamento de Joana d'Arc, que teria lugar dentro em breve. Era uma situação estranha aquela minha – escrevente do redator – e perigosa, também, caso descobrissem de que lado estava meu coração e qual havia sido minha atividade anterior. Mas, na verdade, o perigo não era assim tão grande. Manchon não era hostil a Joana e não me trairia. Tampouco seria traído por meu nome, pois abandonei meu sobrenome e mantive apenas o de batismo, como qualquer pessoa de origem humilde.

Acompanhei Manchon nos meses de janeiro e fevereiro e fui frequentemente à cidadela com ele – no forte mesmo onde Joana estava presa –, porém não estive no calabouço onde a confinaram e portanto não a vi, é claro.

Manchon pôs-me a par de tudo que ocorrera antes da minha chegada. Desde que Joana fora vendida, Cauchon ocupava-se em montar o júri para a destruição da Donzela – havia várias semanas dedicava-se com afinco a essa funesta ocupação. A Universidade de Paris enviara-lhe vários dos seus religiosos da maior competência, todos fiéis defensores da causa que ele propugnava. Foi assim, com pessoas escolhidas em vários lugares, que conseguiu aglutinar meia centena de nomes famosos, compondo uma corte formidável. Os nomes eram todos franceses, porém alinhavam-se todos com a Inglaterra.

De Paris veio também um importante magistrado da Inquisição, pois a acusada deveria ser julgada de acordo com os rituais da Inquisição. Mas tratava-se de um homem corajoso e honrado que disse, logo ao chegar, que aquela corte não tinha autoridade para julgar o caso de Joana, portanto recusava-se a participar dela. Essa mesma atitude honesta foi tomada por mais dois ou três magistrados da Inquisição.

E eles tinham razão. O processo que se abria novamente contra Joana já havia sido julgado bem antes, em Poitiers, e decidido a seu favor. Sim, e quem a julgou então foi um tribunal mais qualificado do que aquele, pois era dirigido por um arcebispo – o arcebispo de Reims – a quem Cauchon era subordinado. Portanto ali, como se pode observar, uma corte inferior preparava-se de maneira insolente para voltar a julgar e voltar a decidir sobre uma causa que já havia sido decidida por uma corte superior, com muito mais autoridade para fazê-lo. Pensem bem nisso! Não, aquele caso não poderia ter ido a julgamento de novo. Cauchon não tinha legitimidade para presidir essa nova corte por vários motivos: Rouen não ficava em sua diocese; Joana não havia sido presa em seu domicílio, que ainda era Domrémy e, ainda por cima, o juiz que se propunha era inimigo declarado da prisioneira e, portanto, incompetente para julgá-la. Entretanto todos esses óbices foram contornados. O cabido de Rouen acabou por dar autorização a Cauchon – embora só depois de muita luta e sob pressão. Usou-se de força também para se ter a presença do Inquisidor, que foi obrigado a participar.

Foi assim que o pequeno rei da Inglaterra, por intermédio de seu representante, entregou Joana formalmente àquela corte de justiça, não sem antes fazer uma ressalva: *se a corte não a condenasse ele receberia Joana de volta*!

Oh, que lástima! Que esperanças poderia ter aquela pobre menina que nem mais com amigos poderia contar? Sim, ela já não tinha amigos – é preciso que se diga. Estava só naquela masmorra escura com meia dúzia de soldados rudes que a vigiavam noite e dia. Ficava em uma jaula de ferro à qual era acorrentada pelas mãos, pelos pés e pelo pescoço. Jamais via qualquer pessoa conhecida, jamais tinha contato com outra mulher. Ela não podia mesmo contar com amigo algum.

Ora, foi um vassalo de Jean de Luxembourg que capturou Joana em Compiègne e foi o próprio Jean que a vendeu ao duque de Borgonha. Imaginem que esse mesmo Luxembourg teve o desplante de ir ver Joana em sua masmorra. Aquele réptil desprezível chegou com dois condes ingleses, Warwick e Stafford, e disse a ela que a libertaria se ela prometesse nunca mais pegar em armas contra os ingleses. Quando isso se passou, ela já estava na masmorra havia muito tempo, porém não o suficiente para fazê-la desanimar. Foi com desdém que ela respondeu:

– Em nome de Deus, o senhor está brincando comigo! Sei muito bem que lhe faltam vontade e poder para fazer o que diz.

Ele ainda insistiu. Joana sentiu-se provocada em seu orgulho e sua dignidade. Ergueu as mãos acorrentadas e deixou-as cair com um ruído.

– Está vendo isso aqui? Pois essas correntes sabem muito mais que o senhor sobre minha vida. Sei que os ingleses vão me matar porque pensam que com isso conseguirão se apossar do Reino da França. Pois enganam-se. Ainda que tivessem cem mil soldados, jamais conseguiriam isso.

Esse desafio deixou Stafford furioso e ele – imaginem só, ele, um homem livre e forte e ela, uma menina acorrentada – puxou sua espada e avançou contra ela para matá-la. Warwick, porém, agarrou-o a tempo. Era mais esperto, esse Warwick. Por que tirar a vida dela daquela maneira? Por que mandá-la aos céus sem qualquer mácula ou desonra? Isso a transformaria em ídolo para a França; toda a nação teria um motivo para lutar e buscaria a liberdade sob sua inspiração. Não, ela precisava ser preservada para que lhe fosse dado um outro destino.

Aproximava-se o início do Grande Julgamento. Durante mais de dois meses Cauchon catava qualquer tipo de evidência, suspeita ou conjectura que pudesse ser usado contra Joana; ao mesmo tempo, suprimia toda e qualquer evidência favorável a ela. Ele dispunha de todos os meios e recursos necessários e fez uso deles para montar um processo contra Joana.

Ela, porém, presa atrás daquelas muralhas de pedra, não podia contar com uma só pessoa sequer. Nem mesmo testemunhas a seu favor foi-lhe possível chamar – não havia um único ser humano para defendê-la Estavam todos longe dali, eram cidadãos franceses e aquela era uma corte inglesa. Qualquer pessoa que ousasse chegar a Rouen para defendê-la seria presa e enforcada no mesmo instante. Não, a prisioneira seria também sua única testemunha – de defesa e de acusação – e o veredicto de morte já estava decidido antes que as portas do tribunal se abrissem para a primeira sessão.

Quando soube que a corte seria constituída de religiosos favoráveis à coroa inglesa, ela pediu que, a bem da justiça, fosse chamado um igual número de padres de orientação francesa. Cauchon riu-se ao receber essa mensagem e nem sequer dignou-se a respondê-la.

De acordo com a lei da Igreja – sendo ela menor de vinte e um anos – Joana tinha direito a um consultor que a orientasse durante o julgamento, que a aconselhasse em suas respostas e a protegesse das armadilhas traiçoeiras da acusação. Ela provavelmente ignorava esse seu direito, pois não tinha quem a informasse. Ainda assim, pediu a Cauchon alguém que a apoiasse, mas ele negou. Ela voltou a pedir, apelando para sua pouca idade e seu desconhecimento dos complexos procedimentos legais aos quais seria submetida. Cauchon recusou-se novamente a atendê-la, dizendo que ela teria que se defender sozinha. O coração daquele homem era uma pedra.

Cauchon preparou o *procès-verbal*. Isso nada mais era que uma lista de incriminações, uma relação pormenorizada de acusações contra ela que serviu de base para todo o processo. Acusações? Aquela era uma lista de suspeitas e boatos, tal o teor do que continha. Só conseguiram acusá-la de ser suspeita de haver cometido crimes de heresia, bruxaria e ofensas desse tipo à religião.

Ora, de acordo com a lei da Igreja, um julgamento daquela natureza não poderia ter início sem que fossem levantadas as informações necessárias à elaboração de um estudo sobre a história e o caráter da acusada; era imprescindível acrescentar tal estudo ao *procès-verbal*, do qual faria parte integrante. Vocês devem se lembrar de que essa foi a primeira providência tomada no processo de Poitiers. Pois fizeram isso novamente. Um padre foi enviado a Domrémy e suas cercanias e lá realizou uma busca exaustiva de informações sobre a história e o caráter de Joana; voltou com um veredicto muito claro: em seu relatório o padre afirmou ser o caráter de Joana "como gostaria que fosse o da sua própria irmã". Foram informações idênticas às que haviam sido levadas a Poitiers. O caráter de Joana resistia ao mais severo escrutínio.

Esse veredicto favoreceu Joana, dirão vocês. Bem, teria favorecido se o tivessem divulgado. Mas Cauchon estava atento e o relatório desapareceu do *procès-verbal* antes do julgamento. As pessoas tiveram a prudência de não perguntar que fim levara o relatório.

Poder-se-ia supor que àquela altura Cauchon já estivesse pronto para dar início ao julgamento. Pois ainda não estava. Ele engendrou mais um ardil para destruir a pobre Joana: ardil que prometia ser letal.

Um dos grandes personagens escolhidos a dedo e enviados pela Universidade de Paris era um religioso chamado Nicolas Loyseleur. Homem alto, atraente e sério, de fala mansa e cortês, era uma pessoa cativante. Jamais se suporia que fosse capaz de traição ou hipocrisia, porém ele era escolado em ambas. Deixaram-no entrar na cela de Joana certa noite, disfarçado de operário, dizendo-se um patriota da mesma região dela. Depois de algum tempo revelou-lhe que era padre. Joana encheu-se de alegria ao ver alguém que vinha daquela região de colinas e planícies que lhe era tão cara. Ficou ainda mais feliz ao saber que era um padre e que poderia aliviar-lhe a alma ao recebê-la em confissão, pois os ofícios da Igreja eram para ela o ar que respirava. Havia muito tempo que ela sentia sua falta. Joana abriu seu coração inocente para aquela criatura e dela recebeu conselhos quanto à maneira de agir no tribunal, conselhos esses que a teriam arruinado, não fosse ela protegida por uma profunda sabedoria inata.

Vocês poderiam questionar o valor de um plano desses, já que os segredos obtidos em confissão são sagrados e sua revelação é vedada. Isso é verdade, porém o que dizer quando uma terceira pessoa ouve também os segredos? Essa pessoa não está obrigada a guardá-los. Bem, foi exatamente isso que aconteceu. Cauchon mandara fazer um orifício na parede e ficou do lado de fora, com o ouvido colado, ouvindo tudo. Sinto uma tristeza muito grande ao pensar nessas coisas. Fico me perguntando como eles tinham coragem de tratar uma pobre criança daquela maneira. Ela não lhes fizera mal algum.

4

Numa noite de terça-feira, 20 de fevereiro, enquanto eu trabalhava para meu patrão, ele chegou. Vinha triste, com a notícia de que o julgamento começaria no dia seguinte às oito horas. Recomendou-me que estivesse a postos para assistir a ele.

Eu certamente já vinha esperando aquela notícia todos os dias, havia algum tempo, porém o choque quase deixou-me sem ar e comecei a tremer como uma folha ao vento. Creio que no fundo do coração eu ainda acalentasse a esperança de que algo aconteceria no último instante, algo que pusesse um ponto final naquele julgamento absurdo: talvez La Hire irrompesse por lá com sua tropa de bravos; talvez Deus tivesse piedade e estendesse para ela Sua poderosa mão. Mas nada disso aconteceu e não havia mais esperanças.

O julgamento seria na capela da fortaleza e aberto ao público. Afastei-me na mais profunda tristeza para comunicar a notícia a Noël. Ele deveria chegar cedo a fim de garantir um lugar. Assim teria a possibilidade de ver novamente aquele rosto que tanto reverenciávamos e que era tão amado por nós. Tanto na ida quanto na volta, atravessei multidões de soldados ingleses e de franceses de coração inglês. Não se falava de outra coisa que não do grande evento do dia seguinte. E quase sempre os comentários vinham acompanhados de risos maldosos.

– Parece que o bispo gordo conseguiu ajeitar tudo como queria e vai botar a bruxa para dançar com passo miudinho.

Aqui e acolá, entretanto, pude perceber compaixão e desespero mal disfarçados, e nem sempre entre os franceses. Os soldados ingleses temiam Joana, porém admiravam-na também por seus grandes feitos e sua coragem inabalável.

No dia seguinte Manchon e eu partimos muito cedo, mas ao nos aproximarmos da enorme fortaleza vimos que lá já havia uma multidão apinhada. Muita gente ainda continuava a chegar. A capela estava repleta e nela já não entrava mais ninguém que não fosse participar do julgamento. Ocupamos os lugares que nos foram destinados. Em seu trono, acima de todos, sentava-se o presidente – Cauchon, bispo de Beauvais – em sua majestosa indumentária; diante dele, dispostos em fileiras, estavam os membros do júri, também devidamente paramentados – cinquenta padres de distinção, homens que ocupavam altos postos na Igreja, com a aparência de quem se dedica a coisas do intelecto. Eram homens de muito saber, veteranos adeptos da estratégia, da casuística e do uso de armadilhas para capturar quem caminhava com pés distraídos e mente incauta. Quando passei os olhos por aquele exército de mestres da esgrima legal que ali se reunira para chegar a um determinado veredicto – a um só veredicto –, pensei em Joana, que precisaria lutar sozinha para defender seu nome e sua vida. Perguntei-me que possibilidades teria ali uma camponezinha ignorante de dezenove anos em disputa tão desigual e meu coração se contraiu. Quando voltei a olhar para aquele obeso presidente, bufando e resmungando, com sua enorme barriga distendida a subir e descer com a respiração pesada, quando vi aqueles três queixos superpostos e aquela cara encaroçada, com a pele cheia de manchas arroxeadas, o repulsivo nariz de couve-flor e os olhos frios e malignos – um bruto, em todos os detalhes –, meu coração apertou-se mais ainda. E ao perceber que todos ali tinham medo daquele homem, que se encolhiam ou ficavam nervosos em seus assentos diante daquele olhar feroz, o que ainda restava de esperança em mim desvaneceu-se de uma vez por todas.

Havia em toda a capela apenas um lugar vazio – apenas um. Ficava junto à parede, à vista de todos. Era um pequeno banco de madeira sem encosto, isolado de tudo, sobre uma espécie de estrado. Soldados muito altos, de capacete, armaduras e luvas de aço estavam de pé a cada lado do estrado, rijos como suas espadas, porém não havia qualquer outra pessoa por perto. Era um banquinho patético que todos sabíamos a quem se destinava. Ao vê-lo fui levado pela memória de volta à grande corte de justiça de Poitiers, onde Joana sentou-se em um banco semelhante e enfrentou tranquilamente todos aqueles doutores da Igreja e do Parlamento que ao final, perplexos, ergueram-se para aplaudi-la. Foi de lá que ela partiu para cobrir seu nome de glória.

Que figurinha linda era ela! Como era delicada e inocente, a todos conquistando com a beleza e o frescor dos seus dezessete anos! Foram dias grandiosos, aqueles. E fazia tão pouco tempo – pois ela mal completara dezenove anos – e quanto da vida ela viu, quantos feitos maravilhosos realizou!

Ali, porém, tudo era diferente. Haviam deixado que ela definhasse na masmorra, longe da luz, longe do ar fresco, longe de caras amigas; mantiveram-na assim durante três quartos de ano – ela que era filha do sol, camarada dos pássaros e de todas as criaturas livres e felizes. Joana certamente chegaria ali abatida, exausta do longo cativeiro, já sem forças e sem esperanças. Sim, tudo seria diferente ali. Tudo havia mudado.

A sala fervilhava com um zumbido abafado, uma mistura de conversas em voz baixa, farfalhar de togas e pés se movendo sob os assentos. Subitamente ouviu-se:

– Façam entrar a acusada!

O ar me faltou. Meu coração disparou a martelar o peito. Fez-se silêncio absoluto. Todos aqueles ruídos cessaram subitamente, como se nunca tivessem existido. Nem um som, sequer. O silêncio foi ficando opressivo como um peso insuportável. Todos os rostos se voltaram para a porta, como seria de se esperar, pois quase todas as pessoas ali se davam conta de que veriam pela primeira vez, em carne e osso, algo que para elas tinha sido apenas um símbolo, um prodígio, um nome – um nome que se fizera conhecer por toda a face da terra.

O silêncio continuava. Então, vindo de um longo corredor de pedra, pôde-se ouvir um som lento e distante que ficava cada vez mais distinto e mais audível: era o som de correntes sendo arrastadas! Joana d'Arc, a Libertadora da França, chegava acorrentada!

Tudo pareceu girar à minha volta e pensei que fosse perder os sentidos. Ah, *eu também* só então me dei conta de que a veria chegar.

5

DOU-LHES AQUI A MINHA palavra de honra de que o relato que farei daquele infeliz julgamento será absolutamente fiel em todos os aspectos – não distorcerei um só fato nem usarei cores que não as da realidade. Contarei tudo com tal honestidade, detalhe por detalhe, exatamente como Manchon e eu anotamos a cada dia no registro oficial da corte, que coincide também com o que contam os livros de história. Haverá apenas uma diferença: como estou escrevendo para vocês de maneira informal, dar-me-ei o direito de comentar sobre o que se passou e explicar certos procedimentos legais que achar necessário, para que vocês possam entendê-los melhor. Além disso, acrescentarei alguns pormenores que terão certo interesse para vocês e para mim, mas que não foram suficientemente importantes para entrar no registro oficial.*

Retomo então a história do ponto em que a deixei. Ouvíamos os sons das correntes de Joana, que caminhava pelo corredor, aproximando-se.

---

*Ele manteve sua palavra. O relato que fez do Grande Julgamento está de acordo com os fatos históricos incontestáveis (*Nota do tradutor inglês*).

Pouco depois ela apareceu. Um frêmito percorreu toda a capela e os suspiros foram audíveis. Dois guardas acompanhavam-na de perto, um pouco atrás. Joana vinha com a cabeça ligeiramente curvada, movendo-se lentamente, pois estava fraca e as correntes eram pesadas. Vestia trajes masculinos, todos de lã negra; nada havia nela de qualquer outra cor, desde o pescoço até o chão. Uma ampla dobra do mesmo material caía sobre seus ombros e seus seios; as mangas da roupa eram largas até os cotovelos, ajustando-se daí para baixo até chegarem-lhe aos pulsos acorrentados. Por baixo das vestes, usava meias muito justas que terminavam nos tornozelos, também presos a grilhões.

A meio caminho do banco ela parou, bem onde um raio de luz entrava enviesado pela janela, e ergueu lentamente a cabeça. Outro frêmito percorreu a capela! Seu rosto estava absolutamente sem cor, branco como a neve. Era um rosto de neve reluzente que contrastava vividamente com todo o resto da frágil figura coberta de negro. O rosto era liso, puro, infantil, indescritivelmente lindo, infinitamente triste e suave. Porém – valha-me Deus! – quando aqueles olhos indomáveis voltaram-se para o juiz e a atitude abatida desapareceu, dando lugar à postura nobre e empertigada de um soldado, meu coração saltou de alegria. Está tudo bem – pensei –, está tudo bem. Não conseguiram destruí-la. Ela ainda é a mesma Joana d'Arc! Sim, tive certeza, ali, de estar diante de um espírito que aquele terrível juiz não conseguiria dominar ou amedrontar.

Ela se encaminhou para seu lugar, subiu no estrado e sentou-se no banco, juntando as correntes no colo, sob as pequeninas mãos muito brancas. Ficou aguardando, então, tranquila e digna – a única pessoa no recinto que estava impassível e dona de si. Um soldado inglês, bronzeado e musculoso, que se encontrava de pé na primeira fileira de espectadores, ergueu a mão à testa, em uma atitude galante e respeitosa, e fez-lhe uma saudação militar. Joana sorriu e retribuiu o cumprimento da mesma maneira. Emocionadas, algumas pessoas ensaiaram um aplauso, que foi prontamente silenciado pelo juiz.

Teve início então a memorável inquisição que entrou para a história com o nome de O Grande Julgamento. Cinquenta raposas matreiras contra um cordeiro, e ninguém para ajudar o cordeiro!

O juiz leu o sumário das acusações e os relatos das suspeitas que as fundamentavam. Em seguida mandou que Joana se ajoelhasse e jurasse responder com a verdade a todas as perguntas que lhe seriam feitas.

Joana estava alerta. Suspeitou logo que algo perigoso poderia estar por trás daquela ordem aparentemente simples e razoável. Respondeu então com a simplicidade que tantas vezes desarmara as armadilhas montadas para ela no julgamento em Poitiers.

– Não. Não sei que perguntas me serão feitas. O senhor pode me perguntar coisas que eu não queira responder.

Isso irritou a corte e provocou uma enxurrada de exclamações de desagrado. Joana não se perturbou. Cauchon ergueu a voz e começou a falar em meio ao tumulto, mas estava com tanto ódio que as palavras mal lhe saíam.

– Em nome do Nosso Senhor, exigimos que cumpra logo esse procedimento legal para o bem-estar de sua consciência. Jure, com as mãos sobre o Evangelho, que responderá com a verdade às perguntas que lhe forem feitas! – exclamou o juiz, baixando ruidosamente a mão gorda sobre a mesa.

Joana respondeu sem perder a compostura:

– No que concerne a meu pai e minha mãe, minha fé e tudo que fiz desde que nasci neste país, responderei com todo o prazer; mas no que diz respeito às revelações que recebi de Deus, fui proibida, pelas Vozes, de falar delas a qualquer pessoa que não a meu rei...

Ergueu-se nova onda de protestos e ameaças, estabelecendo-se tal confusão que ela resolveu calar-se e aguardar que se fizesse silêncio. Seu rosto muito branco então corou-se ligeiramente quando ela se empertigou e fixou os olhos no juiz, completando a frase com uma entonação que eu já conhecia de outros tempos:

– ...e eu jamais as revelarei, ainda que o senhor corte a minha cabeça!

Bem, vocês sabem como agem os franceses quando têm que deliberar alguma coisa em conjunto. O juiz e metade da corte puseram-se imediatamente de pé, brandindo os punhos cerrados em direção à prisioneira, gritando e xingando todos ao mesmo tempo. Não se conseguia ouvir o próprio pensamento ali. Isso continuou por vários minutos, e, como viram que Joana se mantinha serena e indiferente, eles foram ficando cada vez mais cheios de ira e mais barulhentos. Em dado momento ela chegou a dizer, com um leve toque da ironia de outros tempos:

– O que é isso, senhores? Peço-lhes a fineza de falar um de cada vez para que eu possa responder.

Ao final de três horas de furioso bate-boca sobre o juramento, a situação ainda não havia mudado absolutamente nada. O bispo ainda exigia que ela o fizesse sem qualquer modificação e Joana recusava-se pela vigésima vez a fazer qualquer outro juramento que não o que ela havia proposto. A aparência das pessoas já não era a mesma – refiro-me ao juiz e aos membros do júri; estavam roucos, abatidos, exauridos pelo prolongado frenesi e com expressões de desânimo e aflição. Joana continuava tranquila, sem dar o menor sinal de cansaço.

Então o tumulto foi arrefecendo e fez-se uma pausa que durou alguns instantes. O juiz decidira render-se à prisioneira e, com a voz carregada de rancor, disse-lhe que fizesse o juramento como bem entendesse. Joana pôs-se de joelhos e no momento em que colocou a mão sobre o Evangelho, o soldado inglês ao qual já me referi não pôde conter seus sentimentos:

– Por Deus, se ela fosse inglesa não ficaria neste lugar um segundo mais!

Era sua alma de soldado que reconhecia a dela. Que comentário mordaz foi aquele! Que acusação ao caráter dos franceses e à realeza da França! Eu gostaria que essa frase tivesse sido dita em Orléans! Aquela cidade sabia ser grata a Joana. O povo de Orléans que a adorava, teria se rebelado, até o último homem e a última mulher, e marchado para Rouen. Algumas coisas que são ditas – verdades que envergonham a pessoa e a tornam mais humilde – inscrevem-se na memória como se fossem marcadas a ferro quente. Aquela frase ficou em minha memória para sempre.

Terminado o juramento, Cauchon perguntou-lhe seu nome, onde nascera, e fez-lhe algumas indagações sobre sua família; quis saber também que idade tinha. Depois perguntou sobre sua educação.

– Aprendi com minha mãe o Pai-Nosso, a Ave-Maria e o Credo. Tudo que sei foi-me ensinado por minha mãe.

Durante um bom tempo foram feitas perguntas genéricas e todos se mostravam cansados, menos Joana. O tribunal se preparou para encerrar a sessão. A essa altura Cauchon teve a ideia de proibir Joana de tentar fugir da prisão, sob pena de ser acusada de heresia. Estranha lógica, aquela. Ela respondeu simplesmente:

– Não me sinto moralmente obrigada a aceitar essa proibição. Se eu pudesse fugir, não me repreenderia por isso, pois não prometi coisa alguma, nem prometerei.

Joana queixou-se então do peso das correntes e pediu que fossem retiradas, pois ela era fortemente vigiada no calabouço e não havia necessidade de grilhões. Mas o bispo recusou-lhe o pedido, lembrando que ela já havia fugido de prisões duas vezes. Joana d'Arc era orgulhosa demais para insistir. Disse apenas, ao levantar-se para partir com a escolta:

– É verdade que quis fugir e que ainda quero. – Completou em seguida seu pensamento de maneira que teria causado pena a qualquer um, a meu ver: – Esse é um direito de todo prisioneiro.

E assim ela se afastou dali, em meio a um impressionante silêncio que tornou ainda mais dramático e aflitivo o ruído das patéticas correntes.

Que presença de espírito tinha aquela jovem! Não se deixava trair por suas surpresas. Ela me viu, e a Noël também, logo que se sentou no banco e nós sentimos as faces ardendo de rubor, tal foi nossa emoção. O rosto dela, porém, nada demonstrou e em nada a traiu. Seus olhos procuraram os nossos umas cinquenta vezes naquele dia, porém seguiam adiante sem o mais imperceptível brilho de reconhecimento. Se fosse outra, teria se revelado surpresa ao nos ver ali, e então, – ora, e então nossa situação ficaria difícil, é claro.

Noël e eu caminhamos para casa lentamente naquela noite, cada um perdido em sua própria tristeza. Não trocamos uma só palavra.

6

À noite Manchon me disse que durante toda a sessão do julgamento naquele dia Cauchon mantivera alguns escribas escondidos no vão de uma janela com a missão de fazer um relatório à parte, adulterando as respostas de Joana e distorcendo seu significado. Ah, aquele era o homem mais cruel e desavergonhado que já viveu sobre a terra! Porém seu plano não deu certo. Os tais escribas tinham corações piedosos e aquele trabalho vil deixou-os revoltados. Eles acabaram por apresentar um relatório fiel, o que irritou profundamente o juiz. Cauchon investiu contra eles, ameaçando mandar afogá-los, pois essa era sua ameaça predileta e mais frequente. O segredo acabou vazando e causando um grande mal-estar. Cauchon não tentaria repetir esse seu plano vergonhoso imediatamente. Senti-me aliviado ao ouvir isso.

Ao chegarmos à cidadela na manhã seguinte descobrimos que algumas mudanças haviam ocorrido. A capela fora considerada pequena demais. A corte havia se mudado para uns aposentos nobres situados no final do grande corredor do castelo. O número de juízes havia passado para sessenta e dois – sessenta e dois que lutariam contra uma menina ignorante, sem uma pessoa sequer para ajudá-la.

A prisioneira recebeu ordem de entrar. Estava pálida como nunca, mas não parecia nem um pouco mais abatida do que na véspera. Não era estranho aquilo? Ela havia ficado cinco horas naquele banquinho sem encosto, com as correntes no colo, sendo atormentada, amofinada e perseguida por um bando cruel, sem tomar sequer um copo d'água – pois nada lhe ofereceram, e, se é que a essa altura já consegui que vocês saibam como Joana era, é escuso dizer que ela não pediria favores àquelas pessoas. E passara aquela noite de inverno enjaulada em sua cela, acorrentada. Entretanto ali estava ela, como disse, serena, descansada, pronta para o embate; sim, era a única pessoa entre os presentes que não demonstrava sinais de cansaço e preocupação. E seus olhos – ah, aqueles olhos eram de partir o coração! Vocês alguma vez já viram a expressão velada e profunda, a patética dignidade ferida, o espírito indomado e indomável que arde como uma brasa nos olhos de uma águia aprisionada? Já se sentiram mesquinhos e andrajosos sob o peso daquela muda reprovação? Assim eram seus olhos, sinceros e lindos. Sim, eram olhos capazes de expressar melhor do que palavras o que lhe ia pelo coração. Continham o brilho alegre da luz do sol a inundar o dia, o mais suave e sereno anoitecer, tempestades devastadoras e raios fulminantes. Jamais encontrei, em toda a minha longa vida, olhos expressivos como os dela. Esta é minha opinião, mas certamente terá sido também a de todos os que tiveram o privilégio de vê-los.

A sessão teve início. E como acham vocês que foi? Pois é, exatamente como havia iniciado na véspera – com a mesma discussão interminável sobre o que já tinha sido decidido depois de tanta polêmica. O bispo abriu a sessão:

– Exijo agora que você faça o juramento, puro e simples, que responderá com a verdade a tudo que lhe for perguntado.

– Já fiz meu juramento ontem, senhor. Creio que basta – respondeu Joana placidamente.

O bispo continuou a insistir, cada vez mais irritado; Joana simplesmente sacudia a cabeça, em uma negativa silenciosa. Finalmente ela falou:

– Já fiz meu juramento ontem e não será necessário fazer outro. – Depois de um suspiro, concluiu: – Para ser franca, o senhor já está me cansando.

O bispo não desistiu. Continuou a ordenar-lhe que fizesse o juramento, mas em vão. Por fim acabou desistindo e entregou-a ao primeiro inquisidor daquele dia, que estava a postos com suas armadilhas, seus ardis e suas elaboradas falas enganosas – Beaupère, um famoso doutor em teologia. Notem bem as primeiras palavras daquele estrategista capcioso, que foram ditas de um jeito tranquilo, como quem nada quer. Uma pessoa que não estivesse muito atenta teria se deixado enganar.

– Bem, Joana, será tudo muito simples; você só precisa ser sincera e responder honestamente a todas as minhas perguntas, como jurou fazer.

Mas não deu certo. Joana estava atenta. Percebeu o artifício e respondeu:

– Não. O senhor poderia perguntar-me coisas que não devo dizer e que não direi. – E então, refletindo sobre a maneira de agir profana e sem cabimento daqueles ministros de Deus, tão ansiosos por se meter indevidamente em assuntos Dele, assuntos sobre os quais o próprio Deus exigia segredo, Joana acrescentou, como quem avisa: – Se os senhores estivessem bem-informados a meu respeito, não iam querer ser meus algozes. Nada fiz senão cumprir as ordens a mim reveladas.

Beaupère mudou sua estratégia de ataque, tentando uma abordagem por outro flanco. Ele queria montar-lhe uma armadilha sob o disfarce de perguntas inocentes.

– Você aprendeu alguns ofícios em casa?

– Sim, sei costurar e fiar. – E então aquela menina-soldado invencível, vitoriosa na Batalha de Patay, que derrotara o temível Talbot, que libertara Orléans, que devolvera a coroa ao rei, que fora comandante em chefe de todos os exércitos da nação, empertigou-se orgulhosa e disse ingenuamente: – E em se tratando desses ofícios, não temo comparação com qualquer mulher de Rouen!

A multidão de espectadores irrompeu em aplauso, fato que deixou Joana alegre. No meio daquela gente havia rostos que lhe sorriam com ternura. Mas Cauchon repreendeu fortemente as pessoas, mandando que ficassem quietas e não fossem mal-educadas.

Beaupère continuou a fazer perguntas.

– E você tinha outras ocupações em casa!

– Sim. Eu ajudava minha mãe nos trabalhos domésticos e ia para o campo com as ovelhas e as vacas.

Sua voz tremeu um pouco, porém de maneira quase imperceptível. Quanto a mim, fui imediatamente transportado para aqueles dias encantados de antigamente e por alguns instantes não consegui enxergar o que estava escrevendo.

Beaupère movia-se cuidadosamente pelas bordas das questões, fazendo, aqui e ali, perguntas sobre assuntos que ela se recusava a abordar. De vez em quando repetia uma delas como, por exemplo, se ela havia recebido a eucaristia naquela ocasião, fora da Páscoa. Joana apenas respondia:

– *Passez outre.* – Ou, em outras palavras: – Passe para um assunto que lhe é dado o privilégio de bisbilhotar.

Ouvi quando um dos membros da corte disse a outro, a seu lado:

– Esta menina é diferente da maioria das pessoas que depõem; não é nenhuma tola que se deixe enganar facilmente. Repare bem; ela não se deixa intimidar ou ser apanhada de surpresa.

Em seguida todos ficaram mais atentos, ouvindo com enorme interesse, pois Beaupère começou a tocar no assunto das Vozes, sobre o qual havia grande curiosidade. A intenção dele era levá-la a dizer, sem o saber, algo que pudesse incriminá-la em relação às Vozes – algum conselho maldoso que pudesse indicar ser o Satanás que lhe falava. Se conseguissem provar que ela se relacionava com o demônio, seria fácil condená-la à fogueira, e era isso que eles estavam determinados a fazer. Foi para isso que instituíram aquela corte de justiça.

– Quando foi que você ouviu as Vozes pela primeira vez?

– Eu tinha treze anos quando pela primeira vez ouvi uma Voz vinda de Deus dizendo que eu vivesse sem pecado. Fiquei assustada. Era meio-dia e eu estava na horta de meu pai, no verão.

– Você estava fazendo jejum?

– Sim.

– No dia anterior tinha feito também?

– Não.

– E de que direção veio a Voz?

– Da direita – veio da direção da igreja.

– E você viu uma luz intensa?

– Oh, sem dúvida. Era uma luz muito brilhante. E as Vozes costumavam falar muito alto.

– E como era o som dessa Voz?

– Era sublime e pensei que fosse do próprio Deus. Na terceira vez em que ouvi reconheci que era a voz de um anjo.

– Você entendia bem o que ela dizia?

– Muito bem. Ela falava sempre com clareza.

– Que conselhos lhe deu ela para salvação de sua alma?

– Disse-me para viver longe do pecado e cumprir os ritos da Igreja regularmente. E disse-me também que eu deveria lutar pela França.

– Que forma tomava a Voz quando lhe aparecia?

Joana fitou o padre, desconfiada, e depois respondeu tranquilamente:

– Isso não vou lhe dizer.

– E a Voz lhe falava com frequência?

– Sim. Vinha duas ou três vezes por semana, dizendo sempre: "Deixe sua aldeia para ir salvar a França."

– Seu pai sabia de sua partida?

– Não. A Voz me mandara partir e eu tive que partir.

– Que mais lhe disse a Voz?

– Que eu deveria pôr fim ao cerco de Orléans.

– Foi só isso que lhe disse?

– Não. Disse que eu fosse para Vaucouleurs, onde Robert de Baudricourt me daria uma escolta de soldados; respondi que eu era uma pobre menina que não sabia montar a cavalo ou lutar.

Joana relatou então as dificuldades por que passou em Vaucouleurs e como finalmente conseguiu os soldados e começou sua marcha.

– Que espécie de roupa vestia então?

A corte de Poitiers havia decidido e decretado que, como Deus a escolhera para fazer o trabalho de um homem, seria justo e não causaria escândalo algum à religião se ela se vestisse como homem. Mas para aquela corte ali isso não importava; tudo que pudesse ser usado contra Joana seria usado, ainda que injustamente. A questão da roupa ainda renderia muito até o fim do julgamento.

– Usei uma vestimenta de homem e levei também uma espada que Robert de Baudricourt me deu. Era minha única arma.

– E quem a aconselhou a usar vestimenta de homem?

Joana ficou desconfiada novamente e não quis responder.

A pergunta foi repetida.

Novamente ela se recusou a responder.

– Responda! É uma ordem!

– *Passez outre* – foi só o que ela disse.

Então Beaupère deixou aquela pergunta de lado temporariamente.

– O que disse Baudricourt quando você partiu?

– Ele fez os soldados prometerem que cuidariam de mim e a mim ele disse: "Vá e seja o que Deus quiser!" (*Advienne que pourra*!)

Depois de muitas perguntas sobre outros assuntos, voltou-se à questão da roupa. Ela disse que era necessário vestir-se como homem.

– Foi sua Voz que lhe disse isso?

– Minha Voz deu-me bons conselhos – respondeu ela placidamente.

Foi só isso que ele conseguiu extrair dela, portanto as perguntas passaram a outros assuntos, chegando finalmente ao seu primeiro encontro com o rei em Chinon. Joana disse que foi capaz de identificar o rei, que ela não conhecia, porque suas Vozes a orientaram. Tudo que aconteceu naquele dia foi perguntado e respondido. Veio então a indagação:

– Você ainda ouve essas Vozes?

– Ouço-as todos os dias.

– E que coisas você lhes pede?

– Nunca lhes pedi qualquer recompensa além da salvação de minha alma.

– A Voz sempre mandou que você acompanhasse as tropas?

Ele se movia sorrateiramente de novo. Joana respondeu:

– Ela me disse que ficasse em St. Denis. Eu teria obedecido se dependesse de mim, mas estava sem forças para reagir por causa do meu ferimento e os cavalheiros carregaram-me à força.

– Quando foi que recebeu o ferimento?

– Fui ferida em um fosso perto de Paris, durante o assalto.

A pergunta que se seguiu revelou onde Beaupère queria chegar:

– E isso se deu em um dia santo?

Vocês perceberam? Ele sugeriu que uma voz vinda de Deus jamais aconselharia ou permitiria a violação de um dia sagrado com lutas e derramamento de sangue.

Joana ficou perturbada por alguns instantes e depois respondeu que sim, aquele era um dia santo.

– Agora, então, diga-me uma coisa: você achou certo fazer um ataque naquele dia?

Aquele era um tiro que poderia começar a destruir uma muralha até então intacta. Fez-se um silêncio absoluto no recinto, quando foi possível observar a expectativa que a pergunta criara. Mas Joana decepcionou os presentes. Apenas fez um leve sinal com a mão, como afastando uma mosca impertinente. A reposta veio em tom tranquilo e indiferente:

– *Passez outre.*

Alguns sorrisos puderam ser vistos dançando nas faces mais carrancudas. Alguns até riram abertamente. A armadilha levara bastante tempo para ser armada e, ao cair, estava vazia.

A corte pôs-se de pé. Estavam todos sentados havia várias horas e o cansaço se abatera sobre eles. A maior parte do tempo fora gasta em perguntas aparentemente sem objetivo – tratou-se ali dos acontecimentos de Chinon, do exílio do duque de Orléans, da primeira proclamação de Joana e de coisas assim, porém todo aquele interrogatório aparentemente sem sentido escondia muitas armadilhas. Entretanto Joana conseguira escapar de todas elas – de algumas, pela sorte que tradicionalmente protege os ignorantes e inocentes; de outras, por acidentes fortuitos e das demais, por força da visão clara e da intuição iluminada daquela mente extraordinária.

A perseguição diária à pobre menina solitária e acorrentada continuaria ainda por muito, muito tempo – um nobre esporte, aquele, em que uma matilha de cães de caça atormentava uma gatinha! Dou-lhes aqui minha palavra em juramento solene que foi assim aquele julgamento, do primeiro dia até o último. Quando a pobre Joana já estava enterrada havia um quarto de século o papa convocou um grande tribunal de justiça para reexaminar o processo contra ela e o veredicto correto a que esse tribunal chegou afastou para sempre qualquer mácula do seu nome e condenou à execração os responsáveis pelo tribunal de Rouen. Manchon e vários dos juízes do julgamento de Rouen participaram como testemunhas diante do Tribunal da Reabilitação. Foi lá que Manchon, relembrando a maneira indigna como aquela corte se conduziu, deu o seguinte testemunho que passou a integrar a história oficial:

> Quando Joana d'Arc falava das suas visões, era interrompida quase que a cada palavra. Eles a deixavam exausta com os interrogatórios longos e extenuantes sobre todo tipo de coisas. Quase todos os dias os interrogatórios da manhã duravam três a quatro horas; a partir desses interrogatórios eram extraídos os pontos mais difíceis e sutis que então serviam de material para os interrogatórios da tarde, que se arrastavam por mais duas ou três horas. A cada instante passavam de um assunto a outro; não obstante, *ela sempre respondia com sabedoria e memória espantosas.* Com frequência ela corrigia o trabalho dos juízes observando: "Mas eu já respondi a isso antes – perguntem ao escrivão", dizia ela referindo-se a mim.

Cito a seguir o testemunho de um dos juízes de Joana. Lembrem-se que essas testemunhas não falavam de algo que durou dois ou três dias; falavam sobre um processo que se estendeu por muito tempo, numa longa procissão de dias.

> As perguntas que lhe faziam eram complexas, mas ela sempre se saía muito bem. Às vezes seus inquisidores mudavam rapidamente de assunto *para tentar fazê-la cair em contradição.* Deixavam-na exausta com interrogatórios de duas a três horas dos quais *os próprios juízes saíam absolutamente fatigados.* Sob os olhares hostis que lhe eram lançados todo o tempo, nem mesmo um homem experiente teria deixado de se perturbar. Ela respondeu todo o tempo com a maior prudência; de fato, fez isso tão bem que *durante três semanas julguei que ela estivesse sob inspiração divina.*

Ah, vocês podem ver como não exagerei? Conseguem imaginar o que aqueles padres disseram sob juramento – homens selecionados para o papel que ocuparam naquele terrível julgamento porque eram pessoas de grande saber, de grande experiência, intelecto aguçado e enorme preconceito contra a prisioneira? Obrigaram-na a participar daquele jogo contra sessenta e dois jogadores experientes – eles, que vinham da Universidade de Paris enquanto ela vinha das pastagens e dos estábulos! Joana foi maravilhosa. O mundo precisou de seis mil anos para produzir uma pessoa como ela e nem nos próximos cinquenta mil se verá alguém semelhante. Essa é minha opinião.

7

A terceira sessão do tribunal foi no mesmo salão, no dia seguinte – dia 24 de fevereiro.

E como foi o início dos trabalhos? Exatamente como nas sessões anteriores. Depois de todos os preparativos, quando os sessenta e dois homens paramentados já estavam sentados em suas cadeiras e os guardas distribuídos por seus lugares, Cauchon, de seu trono, deu início à sessão ordenando que Joana colocasse as mãos sobre o Evangelho e jurasse dizer a verdade sobre tudo que lhe fosse perguntado!

Os olhos de Joana brilharam e ela se levantou; levantou-se e ficou ali de pé, uma bela e nobre figura, a olhar fixamente para o bispo.

– Tome bastante cuidado com o que faz ao querer ser meu juiz, senhor. A responsabilidade é terrível e o senhor presume mais do que deve.

Isso causou uma grande comoção e Cauchon explodiu de ódio com uma ameaça assustadora – ameaçou condená-la imediatamente se ela não obedecesse. Aquilo fez com que até os ossos do meu corpo ficassem congelados e muitas faces empalidecessem, pois significava morte na fogueira! Porém Joana, sem se mover, respondeu-lhe com altivez e coragem:

– Nem o clero de Paris nem o de Rouen têm o direito de me condenar, pois falta-lhes autoridade para isso!

Novo tumulto, no qual ouviram-se também aplausos dos espectadores. Joana sentou-se novamente. O bispo continuou a insistir.

– Meu juramento já foi feito e basta – disse Joana.

– Ao se recusar ao juramento, você se coloca sob suspeita! – gritou o bispo.

– Que seja. Já fiz meu juramento e não farei outro.

Diante da insistência do bispo, ela voltou a esclarecer: diria o que fosse de seu conhecimento, porém não *tudo* que fosse de seu conhecimento.

O bispo continuou a aborrecê-la tanto que por fim, já cansada, Joana disse:

– Eu venho de Deus e nada mais tenho a fazer aqui. Devolvam-me então a Deus, pois meu lugar é junto a Ele.

Foi de cortar o coração ouvir aquilo. Era como se ela dissesse: "O que os senhores querem é apenas a minha vida; tirem-na, então, e me deixem em paz."

O bispo, irado, gritou ainda uma vez:

– Eu lhe ordeno que...

Joana interrompeu-o com ar de desdém:

– *Passez outre.*

Cauchon decidiu retirar-se da luta, mas dessa vez o fez com certa vantagem a seu favor pois antes ofereceu uma solução de compromisso que Joana, sempre perspicaz, aceitou por ver ali uma forma de proteger seus segredos. Ela deveria dizer a verdade sobre tudo que estivesse no *procès-verbal*. Eles não poderiam mais desviá-la dos limites definidos, portanto ela saberia onde estaria pisando a partir de então. Porém o bispo prometera-lhe mais do que realmente estava disposto a fazer.

Por ordem dele Beaupère voltou a inquirir a acusada. Como estávamos na Quaresma, ele esperava poder apanhá-la em alguma negligência de suas obrigações religiosas. Eu poderia ter-lhe poupado a decepção. Ora, a religião era a vida dela! Joana jamais a negligenciaria.

– Quando foi a última vez que você comeu ou bebeu?

Se alguma coisa, por insignificante que fosse, tivesse passado por seus lábios, nem o fato de ela ser jovem, nem o de estar presa e morrendo de fome a teriam salvado da perigosa suspeita de menosprezar os mandamentos da Igreja.

– Não como nem bebo desde o meio-dia de ontem.

O padre voltou ao assunto das Vozes novamente.

– Quando foi que ouviu as Vozes recentemente?

– Ontem e hoje.

– A que horas?

– Ontem foi de manhã.

– E o que você fazia no momento?

– Eu estava dormindo e uma Voz me acordou.

– Tocando-lhe no braço?

– Não; não me tocou.

– E você lhe agradeceu? Pôs-se de joelhos?

O que ele tinha em mente era o Satanás e esperava, talvez, ir aos poucos demonstrando que ela rendera homenagem ao arqui-inimigo de Deus e dos homens.

– Sim, agradeci e ajoelhei-me em minha cama, à qual estava acorrentada e de mãos postas supliquei que ela intercedesse por mim junto a Deus para que ele me iluminasse nas respostas que dou aqui.

– E que disse a Voz então?

– Disse-me que respondesse corajosamente e que Deus me ajudaria. – Joana voltou-se então para Cauchon e disse: – O senhor se diz meu juiz; repito que tenha cuidado com o que fizer, pois foi Deus quem me enviou e o senhor está se arriscando muito.

Beaupère perguntou se os conselhos que as Vozes lhe davam não eram inconsistentes e variáveis.

– Não. As Vozes nunca se contradizem. Ainda hoje mandaram-me responder com coragem.

– Sua Voz a proibiu de responder parte do que lhe for perguntado?

– Nada lhe direi sobre esse assunto. Tive revelações concernentes a meu rei e dessas não lhe falarei. – Joana foi então tomada de intensa emoção e seus olhos se encheram de lágrimas quando ela disse, com muita convicção: – Eu tenho uma crença profunda – tão profunda quanto minha fé cristã, quanto minha crença de que Deus nos redimiu do fogo do inferno – de que é Deus quem fala comigo por meio daquela Voz!

Quando lhe foram feitas outras perguntas relativas à Voz, ela disse não estar autorizada a revelar tudo.

– Você acha que desagradaria a Deus se me dissesse toda a verdade?

– A Voz me deu ordens para dizer certas coisas ao rei, não ao senhor. Algumas delas me foram ditas recentemente – ainda ontem à noite; são coisas que eu gostaria que ele soubesse. Ele certamente ficaria mais tranquilo.

– Por que a Voz não fala ao rei diretamente, como falou quando você estava junto? Ela não falaria se você pedisse?

– Não sei se é essa a vontade de Deus.

Ela ficou pensativa por alguns instantes, como se sua mente estivesse bem longe dali. Então disse algo que permitiu a Beaupère, sempre alerta, sempre vigilante, detectar uma possível abertura – uma oportunidade para nova armadilha. E vocês pensam que ele se lançou a ela, demonstrando a alegria da descoberta, como faria qualquer um? Não, oh, não. Ele nem parecia ter se dado conta daquilo. Passou para outros assuntos sem importância, demonstrando-se indiferente ao que ela dissera. Era como se ele desse uma volta para dar o bote por trás da vítima. Fez-lhe então perguntas tolas, como, por exemplo, se a Voz lhe dissera que ela fugiria daquela prisão ou se lhe havia preparado as respostas que ela daria naquele dia. Perguntou também se a Voz vinha sempre acompanhada de um resplendor, se tinha olhos – fez indagações desse tipo. O comentário de Joana tinha sido:

– Sem a Graça de Deus eu não poderia fazer coisa alguma.

A corte percebeu o jogo que o padre estava fazendo e ficou atenta, com uma curiosidade cruel. A pobre Joana tinha ficado pensativa e ausente; provavelmente sentia-se cansada. Sua vida estava em perigo iminente e ela não se dava conta disso. Era o instante perfeito para Beaupère puxar a armadilha:

– Você está em estado de Graça?

Ah, tínhamos dois ou três homens honrados e corajosos naquela matilha de juízes e Jean Lefevre era um deles. Pôs-se de pé em um salto e exclamou:

– Esta é uma pergunta execrável! A acusada não é obrigada a responder a ela!

O rosto de Cauchon escureceu de ódio ao ver aquela tábua de salvação atirada à menina que se afogava.

– Silêncio! – gritou ele. – Volte para seu lugar. A acusada responderá à pergunta!

Não havia mais esperanças para Joana, pois quer ela dissesse que sim, quer que não, daria no mesmo – a resposta seria desastrosa, pois as Escrituras dizem que uma pessoa *não tem como saber* uma coisa dessas. Pensem em como eram cruéis aqueles corações para fazer uma pergunta tão ardilosa a uma menina inculta, e ainda por cima orgulhar-se e alegrar-se com isso. Foi um momento terrível aquele em que ficamos aguardando a resposta; tive a impressão de que se passara um ano. Todos os presentes aguardavam com profundo interesse e, a maior parte, com muita alegria. Joana olhou aquelas caras esfaimadas com um olhar inocente e tranquilo. Humildemente, então, e com toda delicadeza, ela deu aquela resposta que entrou para a história e fez sumir as cruéis expressões de alegria do rosto de seus algozes, como se retiram as teias de aranha com um leve gesto.

– *Se eu não estiver em estado de Graça, peço a Deus que me coloque; se eu estiver, peço a Deus que me mantenha nele.*

Ah, vocês jamais verão uma reação como a que eu vi naquele momento! Jamais verão, por mais tempo de vida que tenham. Por alguns instantes fez-se um silêncio sepulcral. Os homens se entreolharam, atônitos, e alguns deles, de tão perturbados, fizeram o sinal da cruz. Ouvi quando Lefevre murmurou:

– Uma resposta assim transcende as possibilidades humanas. *De onde* vêm as respostas inspiradas dessa criança surpreendente?

Beaupère, passado aquele instante de perplexidade, retomou seu trabalho, porém a humilhação da derrota pesava-lhe muito e ele não conseguiu mais recuperar sua eficiência.

Fez a Joana mil e uma perguntas sobre sua infância, sobre o bosque de carvalho, as fadas, as brincadeiras infantis sob nossa amada *Arbre Fée de Bourlemont*. Essas velhas lembranças assim revolvidas fizeram sua voz fraquejar e ela chorou um pouco, porém resistiu bravamente, respondendo a todas as perguntas.

Antes de concluir, o padre voltou à questão das vestimentas – assunto ao qual voltariam sempre naquela caça de emboscada a uma criatura inocente. Aquela questão pairaria sempre como uma ameaça sobre sua cabeça.

– Você gostaria de usar roupas de mulher?

– Sem dúvida que sim, se eu puder sair desta prisão – mas enquanto eu estiver aqui, não.

8

A corte reuniu-se novamente na segunda-feira, dia 27 de fevereiro. Vocês nem vão acreditar no que aconteceu. O bispo ignorou seu compromisso de limitar seu interrogatório ao que estava contido no *procès-verbal* e novamente ordenou que Joana fizesse o juramento de responder sobre tudo.

– O senhor já deveria estar satisfeito com o juramento que fiz – disse ela.

Joana não arredou pé de sua posição e ele teve que ceder.

Recomeçaram então as perguntas sobre as Vozes que falavam a ela.

– Você disse que na terceira vez em que lhe falaram, reconheceu que eram vozes de anjos. Que anjos eram?

– Santa Catarina e Santa Margarida.

– Como soube que eram essas duas santas? Como foi possível identificar e saber quem era quem?

– Sei que eram elas; e sei distingui-las.

– De que maneira?

– Pela maneira de me saudar. Há sete anos vivo sob suas ordens e sei quem são porque elas me disseram.

– De quem foi a primeira Voz que lhe falou quando você tinha treze anos?

– Foi a voz de São Miguel. Ele apareceu diante de meus olhos e não estava sozinho. Vinha acompanhado de uma nuvem de anjos.

– Você viu o arcanjo e os anjos que o acompanhavam em sua forma material ou em espírito?

– Vi-os com meus olhos, como vejo o senhor. E quando eles partiram, chorei por não me haverem levado consigo.

Naquele instante vi novamente acima dela a terrível claridade, muito intensa, que eu vira naquele dia sob a *Arbre Fée de Bourlemont* e novamente senti um calafrio. Aquilo parecia ter acontecido muito tempo antes, porém na verdade não se passara muito tempo. Tinha-se essa impressão, apenas, pois muitas coisas tinham ocorrido desde então.

– Como era a figura de são Miguel que lhe apareceu?

– Não tenho permissão para responder-lhe isso.

– O que lhe disse o arcanjo nessa primeira vez?

– Não posso responder-lhe isso hoje.

Creio que ela quis dizer que precisava da autorização de suas Vozes.

A certa altura, depois de responder a várias perguntas sobre as revelações que lhe eram feitas para serem transmitidas ao rei, Joana queixou-se da inutilidade de tudo aquilo:

– Vou repetir, como já fiz tantas vezes nestes interrogatórios, que todas essas perguntas já foram respondidas à corte de Poitiers e eu gostaria que os senhores mandassem buscar o registro daquela corte e lessem o que ele contém. Por favor, mandem vir o livro.

Não houve resposta. Aquele era um assunto do qual não queriam tratar. O livro em questão havia sido escondido, pois continha coisas que soariam muito estranhas ali. Entre elas havia a conclusão de que a missão de Joana fora dada por Deus, enquanto o propósito daquela corte inferior era demonstrar que aquilo era obra do Diabo. O relatório continha a decisão de permitir que Joana usasse roupas masculinas e isso era justamente algo que pretendiam usar contra ela.

– Como foi que você se decidiu a lutar pela França? Foi por vontade própria?

– Sim, e por ordem de Deus. Não fosse essa Sua vontade, eu não teria partido. Eu preferiria morrer esquartejada a não cumprir a vontade de Deus.

Beaupère voltou novamente ao assunto dos trajes masculinos. Pôs-se a fazer um discurso solene sobre aquilo e Joana perdeu a paciência, interrompendo-o:

– Ora, esse assunto não tem a menor importância. Além do mais, não vesti essas roupas por ordem de uma pessoa qualquer. Foi uma ordem de Deus.

– Robert de Baudricourt não lhe mandou usá-las?

– Não.

– Você acha que agiu corretamente ao vestir trajes de homem?

– Agi corretamente ao fazer tudo que Deus mandou.

– Mas nesse caso em particular, acha que fez bem em usar roupas masculinas?

– Tudo que fiz foi cumprir ordens de Deus.

Beaupère fez várias tentativas de levá-la a cair em contradição. Tentou também distorcer suas palavras e suas ações de maneira a ficarem em desacordo com as Escrituras. Mas foi tudo em vão. Foi uma perda de tempo. Voltou então a perguntar sobre as visões de Joana, sobre a luz que resplandecia em torno delas, sobre suas relações com o rei e assim por diante.

– Havia um anjo acima da cabeça do rei na primeira vez em que você o viu?

– Pela Santa Virgem!...

Joana fez um esforço para controlar a impaciência e completou sua frase tranquilamente:

– Se havia, não o vi.

– Havia luz no recinto?

– Havia mais de trezentos soldados, mais de quinhentas tochas e não estou falando de luz espiritual.

– O que levou o rei a crer nas revelações que você lhe fez?

– Ele recebeu sinais; ouviu também os conselhos do clero.

– Que revelações foram feitas ao rei?

– Essa informação o senhor não obterá de mim neste ano. – Depois de uma pausa, acrescentou: – Durante três semanas submeti-me às indagações do clero em Chinon e em Poitiers. O rei precisou receber um sinal para acreditar em mim; o clero chegou à conclusão de que meus atos eram para o bem e que eu não tinha parte alguma com o mal.

Esse assunto foi abandonado por algum tempo, quando Beaupère voltou-se para a questão da espada milagrosa de Fierbois. Ele procurava uma oportunidade para acusar Joana de bruxaria.

– Como ficou sabendo da existência de uma espada antiga enterrada sob o piso atrás do altar da Igreja de Santa Catarina de Fierbois?

Joana nada tinha a esconder quanto a isso.

– Eu sabia que a espada estava lá porque minhas Vozes me disseram. Pedi então que me permitissem levá-la comigo para a guerra. Parece que não estava enterrada a grande profundidade. O pároco daquela igreja mandou que a procurassem e a polissem para mim. A ferrugem saiu facilmente.

– Você estava usando essa espada quando foi capturada na batalha de Compiègne?

– Não. Mas usei-a constantemente até partir de St. Denis, depois do ataque a Paris.

Aquela espada, encontrada misteriosamente e que participou de tantas batalhas, estava sob suspeita de ter a proteção de um feitiço.

– Essa espada foi abençoada? Que bênçãos foram invocadas para ela?

– Nenhuma. Eu amava aquela espada porque foi encontrada na Igreja de Santa Catarina e eu gostava muito daquela igreja.

Joana gostava da igreja porque ela havia sido construída em homenagem a um de seus anjos.

– Você não a colocou no altar a fim de adquirir boa sorte? (No altar de St. Denis.)

– Não.

– Não rezou para que ela lhe desse sorte?

– Na verdade, que mal haveria em desejar que minha arma me desse sorte?

– Mas então não foi essa a espada que você usou no campo de Compiègne? Que espada usou então?

– A espada do borgonhês Franquet d'Arras, que eu tomei prisioneiro no confronto em Lagny. Fiquei com ela porque era uma boa espada de guerra – própria para dar umas boas espetadas de verdade.

Joana disse aquilo de maneira bem simples e o contraste entre seu jeito mimoso e aquela maneira de falar de soldado fez com que vários espectadores sorrissem.

– O que aconteceu com a outra espada? Onde está ela agora?

– Isso está no *procès-verbal*?

Beaupère não respondeu.

– Qual das duas lhe é mais cara, sua bandeira ou sua espada?

Seus olhos brilharam de alegria à menção de sua bandeira e ela exclamou:

– Amo minha bandeira. Oh, quarenta vezes mais do que minha espada! Às vezes eu mesma a carregava nos assaltos ao inimigo, para evitar matar alguém. – Depois acrescentou, com um jeito ingênuo que, novamente, ressaltou o contraste entre aquela sua maneira de ser de menina e o assunto de que tratava: – Nunca matei ninguém.

Essa sua declaração provocou muitos sorrisos como, aliás, seria de se esperar. Era difícil imaginar que ela sequer tivesse visto alguém ser morto violentamente. Aquela figurinha de menina não parecia adequada à violência.

– No assalto final a Orléans você disse a seus soldados que as setas do inimigo e as pedras de suas catapultas e seus canhões não atingiriam mais ninguém além de você?

– Não. E a prova disso é que mais de uma centena de meus homens foram atingidos. Eu lhes disse que não duvidassem nem tivessem medo, pois eles poriam fim ao cerco de Orléans. Fui ferida no pescoço por uma seta no assalto à bastilha que protegia a ponte, mas Santa Catarina cuidou de mim e eu fiquei curada em quinze dias, sem precisar desmontar ou me afastar do trabalho.

– Você sabia que seria ferida?

– Sabia. Eu já dissera ao rei o que ia acontecer. Fiquei sabendo por intermédio de minhas Vozes.

– Quando você conquistou Jargeau, por que não aceitou resgate para seu comandante?

– Eu propus que ele saísse de lá com sua guarnição, sem oferecer resistência; se ele não saísse, eu tomaria a cidadela à força.

– E foi isso que fez, suponho.

– Foi.

– Foram suas Vozes que a aconselharam a agir assim?

– Quanto a isso não me lembro.

Foi assim que terminou mais um longo interrogatório, sem qualquer resultado. Usou-se novamente de todos os ardis imagináveis para pegar Joana distraída, para fazê-la dizer qualquer coisa que pudesse ser usada contra ela – qualquer falta em relação à Igreja, qualquer pecadilho de criança ou de jovem –, tudo foi tentado sem sucesso. Ela saiu ilesa novamente.

Vocês acham que isso deixou a corte desanimada? Não. É claro que ficavam todos perplexos, pois haviam julgado ser fácil a tarefa à qual se propunham. Mas os inimigos contavam com poderosos aliados como a fome, o frio, o cansaço, a perseguição, a falsidade e a traição. Do outro lado de todo esse arsenal havia apenas uma menina ignorante e indefesa que mais cedo ou mais tarde acabaria cedendo à exaustão mental ou física, ou que cairia por fim em uma das mil armadilhas preparadas para ela.

E poder-se-ia supor que a corte não tivesse feito progresso algum naquelas intermináveis sessões que aparentemente conduziam a nada? Tinha. Tinha feito progressos, sim. Todo aquele tempo seus membros perseguiam aqui e ali uma ou duas pistas vagas que esquadrinhavam a cada dia e que acabariam por levá-los a algum lugar. A questão das vestes de homem, por exemplo, e também o assunto das Vozes e das aparições. Naturalmente ninguém tinha dúvidas de que ela tivesse visto e falado com entes sobrenaturais e de que esses lhe davam conselhos. E é claro que tampouco duvidavam que Joana, com o auxílio de forças sobrenaturais, realizara milagres, como o de identificar o rei em uma multidão ou descobrir uma espada enterrada atrás de um altar. Teria sido tolice duvidar dessas coisas, pois todos nós sabemos que o ar está cheio de demônios e de anjos que podem ser vistos tanto por gente que lida com bruxaria como pelas almas mais puras e santas. Mas o que muitos – talvez a maioria – duvidavam era de que as visões de Joana, suas vozes e seus milagres viessem de Deus. Esperavam, com o tempo, poder provar que os feitos maravilhosos de Joana tinham origem satânica. Portanto, como vocês podem observar, aquela maneira insistente que tinham de voltar aos mesmos assuntos a todo instante, revirando-os pelo avesso, não era apenas para passar o tempo – eles sabiam exatamente aonde queriam chegar.

9

No dia 1º de março, quinta-feira, houve outra sessão. Cinquenta e oito juízes estavam presentes – os demais descansavam.

Como sempre, deram ordem a Joana para que fizesse o juramento irrestrito. Dessa vez ela não reagiu com indignação. Considerava-se protegida pelo compromisso de só lhe perguntarem sobre o que constasse do *procès-verbal*, compromisso esse que Cauchon estava ansioso por repudiar. Portanto ela simplesmente se recusou, de maneira clara e decidida. Chegou até a acrescentar, movida por seu espírito de justiça e por sua candura:

– Mas no que concerne ao *procès-verbal*, estou pronta a responder com a verdade a tudo que me perguntarem – sim, responderei com toda sinceridade como se estivesse diante do papa.

Ali estava uma oportunidade! Tínhamos dois ou três papas naquela época e apenas um deles poderia ser o verdadeiro, é claro. Todo mundo eximia-se de dizer *qual* deles era o papa de verdade e evitava referir-se ao Sumo Pontífice pelo nome. Era um terreno perigoso, aquele. Ali estava a oportunidade de fazer com que uma menina desavisada pisasse naquele terreno, expondo-se ao perigo. O juiz, cruel, não perdeu tempo. Perguntou-lhe, então, com um jeito indolente e distraído:

– Qual deles, a seu ver, é o verdadeiro papa?

Todos os presentes demonstraram a mais profunda atenção e ficaram aguardando a resposta para ver a presa cair na armadilha. Mas quando a resposta veio deixou o juiz confuso e fez com que muitos dos que ali estavam tivessem que prender o riso. Joana respondeu com uma pergunta feita de uma maneira tão inocente que até eu quase me deixei enganar.

– Por quê? Existem dois?

Um dos padres mais inteligentes daquele grupo e também um dos mais falastrões exclamou tão alto que metade da sala ouviu:

– Por Deus, este foi um golpe de mestre!

Logo que o juiz se recompôs do seu embaraço, voltou à carga, deixando entretanto de responder à pergunta de Joana.

– É verdade que você recebeu uma carta do conde de Armagnac perguntando-lhe a qual dos três papas ele deveria obedecer?

– Sim, e eu respondi.

Trouxeram então cópias das duas cartas, que foram lidas. Joana disse que havia alguns erros de cópia na dela. Disse também que recebera a carta do conde quando estava montando em seu cavalo para ir para o campo de batalha; acrescentou ainda:

– Portanto ditei-lhe apenas umas poucas palavras em resposta, dizendo que tentaria responder-lhe de Paris ou de algum outro lugar onde pudesse estar tranquila.

Então perguntaram-lhe novamente qual dos papas ela considerava o verdadeiro.

– Não fui capaz de instruir o conde de Armagnac quanto a que papa obedecer. – Em seguida, com uma franqueza que contrastava com aquele ambiente de falsidade, acrescentou: – Mas, a meu ver, devemos obediência ao Santo Padre que está em Roma.

O assunto foi abandonado. Trouxeram então uma cópia da primeira proclamação que Joana ditou – conclamava os ingleses a suspender o cerco a Orléans e deixar a França. Lido ali em voz alta, o texto escrito por uma menina inexperiente de dezessete anos era surpreendentemente bom.

– Você reconhece como sendo de sua autoria o documento que acaba de ser lido?

– Sim, porém há alguns erros nele – palavras que podem levar a crer que eu me atribuí mais importância do que deveria.

Logo dei-me conta do que se tratava e fiquei envergonhado.

– Por exemplo – continuou Joana –, eu não disse: "Entreguem-se à Donzela" (*rendez à la Pucelle)*; o que disse foi: "Entreguem-se ao rei" (*rendez au Roi*). Tampouco referi a mim mesma como "comandante em chefe" (*chef de guerre*). Essas são expressões que meu secretário achou por bem usar ou que talvez tenha usado por não ouvir bem o que eu disse ou ter se esquecido. – Joana não olhou para mim ao dizer isso; poupou-me a humilhação. Substituí as palavras de propósito porque ela era de fato a comandante em chefe, com todo direito de chamar-se assim. Era mais do que justo, pois, que o fosse. Além do mais, quem se entregaria ao rei? O que valia o rei naquela ocasião? Nada. Se alguém fosse se render, teria que ser à Donzela de Vaucouleurs, já então famosa e temida apesar de não ter comandado ataque algum até então.

Ah, teria sido terrível para mim se aquela corte cruel descobrisse que a pessoa que anotou a carta – o secretário de Joana d'Arc – estava ali presente. Pior ainda: não apenas estava ali, como também auxiliava a registrar aquele julgamento. Ah, tivessem eles sabido que muito tempo depois me caberia testemunhar contra as mentiras e demais iniquidades furtivamente introduzidas no registro por Cauchon, lançando sobre seus nomes a execração eterna!

– Você reconhece como de sua autoria esta proclamação?

– Reconheço.

– Arrepende-se do que disse nela? Retira o que disse?

Ah, aí sim ela ficou indignada!

– Não! Nem mesmo estes grilhões – ela os sacudiu –, nem mesmo estes grilhões conseguem arrefecer as esperanças que expressei aí. E ainda tenho mais a lhe dizer! – Joana ergueu-se e ficou parada por um breve instante com um estranho sorriso a iluminar-lhe o rosto. Quando falou, suas palavras tinham o ímpeto irresistível de uma correnteza: – Saibam que dentro de sete anos os ingleses sofrerão um revés muitas vezes maior, oh, muitas vezes maior que a queda de Orléans! Saibam também...

– Silêncio! Sente-se!

– ...que logo em seguida perderão tudo que conquistaram na França!

Ora, pensem bem na situação em que estávamos. O Exército francês já não existia. Já ninguém lutava em defesa da França – nem sequer o rei se manifestava mais. Não se tinha a mais remota expectativa de que o condestável Richemont aos poucos se organizaria para assumir o trabalho de Joana d'Arc e completá-lo. Foi num cenário assim que Joana fez aquela profecia, com a mais absoluta confiança. *E a profecia se realizou*!

Cinco anos depois, Paris foi retomada – em 1436 – e nosso rei entrou naquela cidade sob a bandeira da vitória. Realizava-se a primeira parte da profecia. Na verdade, realizava-se quase toda a profecia, pois com Paris em nossas mãos o resto já estava assegurado. Vinte anos depois toda a França já era nossa, exceto uma única cidade: Calais.

Se vocês fizerem um esforço, lembrar-se-ão de uma profecia de Joana feita bem antes. Na ocasião em que ela quis tomar Paris – e poderia tê-la tomado facilmente se o rei lhe tivesse permitido – ela disse que aquele era o momento exato de fazê-lo; disse que se Paris fosse nossa toda a França seria nossa dentro de seis meses. Mas disse também que em se perdendo aquela oportunidade de ouro para recuperar a França, "*serão necessários vinte anos para recuperá-la*".

Joana tinha razão. Depois da queda de Paris o resto do trabalho de reconquista teve que ser feito cidade por cidade, castelo por castelo. Foram necessários mais vinte anos para terminar a reconquista.

Pois é, estávamos no dia 1º de março de 1431 quando, diante da corte e à vista de todos, ela fez aquela estranha e assombrosa previsão. Na história do mundo acontece, às vezes, de algumas profecias se realizarem. Quando as analisamos detidamente, porém, quase sempre encontramos bons motivos para suspeitar que a profecia foi feita depois do fato. Ali, porém, foi diferente. A profecia de Joana está registrada oficialmente, com data, hora e circunstâncias em que foi feita, vários anos antes de se realizar. Está tudo lá e pode ser verificado a qualquer tempo. Vinte e cinco anos após a morte de Joana o registro foi apresentado no Grande Tribunal de Reabilitação; Manchon, eu e os juízes que ainda estavam vivos atestamos sua veracidade sob juramento e confirmamos sua exatidão.

A declaração surpreendente de Joana naquele dia 1º de março, que agora tanto festejamos, criou um grande e prolongado tumulto. Naturalmente ficaram todos perturbados, pois uma profecia é algo terrível, quer origine-se no inferno, quer tenha origem divina. O que aquelas pessoas não duvidavam em absoluto era do fato de a fonte de inspiração ser genuína e poderosa. Elas teriam dado qualquer coisa para saber qual era a fonte.

Só depois de algum tempo recomeçaram as perguntas.

– Como é que você sabe que esses fatos ocorrerão?

– Isso me foi revelado. E tenho tanta certeza disso quanto do fato de os senhores estarem sentados diante de mim.

Essa resposta em nada contribuiu para acalmar o mal-estar que se instalou. Por esse motivo, depois de mais algumas perguntas e respostas desse teor, o juiz abandonou aquele assunto e abordou outro, que era mais do seu agrado.

– Em que língua lhe falam suas Vozes?

– Francês.

– Santa Margarida também?

– É claro. Por que não? Ela está do nosso lado, não do lado dos ingleses, não é verdade?

Santos e anjos não se dignavam a falar inglês! Isso era uma afronta grave. Eles não poderiam ser levados diante de uma corte de justiça para serem julgados por desrespeito, mas o tribunal anotaria em silêncio as observações de Joana e as usaria contra ela. Com o passar do tempo, talvez lhe fossem úteis. E foram.

– Os seus santos e seus anjos usam joias – coroas, anéis, brincos?

Para Joana perguntas dessa natureza eram frivolidades profanas que não mereciam atenção e respondia a elas com indiferença. Mas aquela pergunta fez com que Joana se lembrasse de outra coisa e ela, voltando-se para Cauchon, disse:

– Eu tenho dois anéis. Eles me foram tomados quando fui presa. Os senhores têm um deles, que foi presente de meu irmão. Gostaria de recebê-lo de volta. Se não o devolverem, a mim, peço que ele seja dado à Igreja.

Os juízes puseram-se a imaginar que talvez os tais anéis servissem para bruxarias. Talvez pudessem ser usados para prejudicar Joana.

– Onde está o outro anel?

– Os borgonheses o têm.

– E onde você o obteve?

– Foi um presente de meus pais.

– Descreva-o.

– É um anel bem comum, onde está gravado "*Jesus e Maria*".

Qualquer um veria logo que o tal anel não teria grande utilidade em trabalhos do demônio. Não valeria a pena, portanto, seguir aquela pista. Ainda assim, para se certificar bem, um dos juízes perguntou a Joana se ela teria curado algum doente tocando-o com o anel. Ela disse que não.

– Voltemos então ao assunto das fadas que costumavam habitar um local próximo a Domrémy e sobre as quais há tantas histórias. Diz-se que sua madrinha certa vez surpreendeu essas criaturas, numa noite de verão, dançando sob uma árvore conhecida como *Arbre Fée de Bourlemont*. Não seria possível que essas criaturas que você diz serem anjos e santos fossem apenas fadas como aquelas?

– Isso está no *procès*?

Essa foi a única resposta que Joana deu à pergunta.

– Você não conversou com Santa Margarida e com Santa Catarina debaixo daquela árvore?

– Não sei.

– Ou junto à fonte que fica perto da árvore?

– Sim, às vezes.

– E que promessas fizeram elas a você?

– Nenhuma que Deus não as autorizasse a fazer.

– Mas que promessas foram essas, então?

– Isso não está contido no *procès*, mas mesmo assim vou responder: disseram-me que o rei tomaria posse do seu reino, apesar dos inimigos.

– E que mais disseram?

Fez-se uma pausa. Joana respondeu então, humildemente:

– Prometeram conduzir-me ao Paraíso.

Se é fato que o rosto trai o que se passa na mente das pessoas, muitas das que ali estavam tiveram medo. Tiveram medo de talvez estar perseguindo até a morte alguém que, afinal, pudesse ser mesmo uma serva de Deus, um arauto Seu. Olhavam todos com muito interesse. Cessaram os movimentos e os sussurros e o silêncio tornou-se quase incômodo.

Vocês já observaram que desde quase o início do julgamento a natureza das perguntas feitas a Joana demonstrava que quem as fazia já sabia a resposta? Já observaram que, de alguma forma, seus inquisidores sabiam exatamente como e onde procurar os segredos de Joana? Que na verdade eles já sabiam de quase todas as suas coisas íntimas – fato esse do qual ela não suspeitava – e de que a única tarefa à qual se propunham era a de ardilosamente levá-la a se expor?

Vocês certamente se lembram de Loyseleur, o padre hipócrita e traiçoeiro que Cauchon usou para obter os segredos de Joana. Lembram-se de que sob o sagrado sigilo da confissão Joana revelou a ele, de alma aberta, toda a sua história exceto algumas poucas coisas que estava proibida por suas Vozes de revelar? Recordam-se que Cauchon, aquele juiz indigno, ficou escondido ouvindo tudo?

Então vocês podem entender como foi possível aos inquisidores elaborar aquele longo rol de perguntas minuciosas e indiscretas – perguntas que surpreenderiam pela sutileza e pela perspicácia se não soubéssemos da confissão feita a Loyseleur. Ah, bispo de Beauvais, o senhor agora está lamentando sua cruel iniquidade durante todos esses anos no inferno! Sim, sem dúvida alguma, a não ser que alguém tenha intercedido por sua alma. Só existe uma alma iluminada que faria isso e seria inútil esperar que não o tivesse feito – Joana d'Arc.

Voltemos ao julgamento e às infindáveis perguntas a Joana.

– E fizeram-lhe mais alguma promessa?

– Sim, mas isso não está no *procès*. Não a revelarei agora, mas dentro de três meses lhes direi.

O juiz já sabia a resposta àquela pergunta; pôde-se perceber isso pela que fez em seguida:

– Suas Vozes lhe disseram que você estará livre dentro de três meses?

Joana sempre se mostrava ligeiramente surpreendida quando um dos juízes parecia ter adivinhado alguma coisa. Aquela pergunta deixou-a surpresa. Eu já estava assustado comigo mesmo por frequentemente – contra minha vontade – descobrir-me criticando as Vozes; a meu ver elas não estavam ajudando Joana como deveriam. Aconselham-na a responder sem medo – pensava eu –, mas Joana não precisava desse conselho delas nem de ninguém. Quando se tratava de dar a ela informações úteis – como a maneira pela qual aqueles conspiradores conseguiam adivinhar tão bem os pormenores da vida dela –, aí as Vozes pareciam estar ocupadas com outras coisas. Sou uma pessoa reverente por natureza e quando esses pensamentos passavam por minha cabeça deixavam-me gelado de medo. Eu temia ser castigado.

– Isso não está no *procès* – respondeu Joana. – Não sei quando ficarei livre, porém alguns dos que querem ver-me longe deste mundo partirão antes de mim.

A plateia estremeceu.

– As suas Vozes lhe disseram que você sairá dessa prisão?

Sem dúvida haviam dito, e o juiz já sabia da resposta antes de fazer a pergunta.

– Faça-me essa pergunta novamente daqui a três meses e eu responderei a ela.

Joana tinha uma expressão feliz no rosto ao dizer isso, apesar do cansaço que se abatia sobre ela. Ah, imaginem qual não foi minha felicidade! E a de Noël Rainguesson, que estava cabisbaixo todo o tempo! Ora, fomos inundados por uma torrente de felicidade, da cabeça aos pés! Mas tivemos que permanecer quietos para não demonstrar nossos sentimentos, pois isso seria fatal.

Ela estaria livre dentro de três meses! Foi isso que ela disse. Nós ouvimos bem. As Vozes fizeram essa revelação a ela, portanto era verdade. Até o dia lhe havia sido revelado: 30 de maio. Porém agora nós sabemos que as Vozes haviam sido misericordiosas e não lhe disseram *como* seria a libertação. Preferiram que ela ignorasse aquilo.

Joana voltaria para casa! Foi assim que Noël e eu entendemos; foi isso que sonhamos. Poderíamos então começar a contar os dias, as horas, os minutos. Eles voariam, leves, e logo tudo estaria terminado. Sim, poderíamos carregar o nosso ídolo para casa e lá, distante da agitação do mundo, recomeçaríamos nossas vidas, felizes novamente, e viveríamos como antes, cercados de ar puro e de sol, das nossas ovelhas e daquela gente amiga, das campinas cheias de encanto, dos bosques e do rio. Teríamos tudo isso diante dos olhos e muita paz, uma paz muito profunda, em nossos corações.

Sim, foi com isso que sonhamos. Foi esse o sonho que nos permitiu atravessar bravamente aqueles três meses até a terrível realização da profecia. Não teríamos suportado se tivéssemos sabido com antecedência e fôssemos obrigados a carregar aquele peso em nossos corações.

O modo como entendemos a profecia foi o seguinte: acreditávamos que a alma do rei seria tomada pelo remorso e que ele mesmo planejaria com seus velhos generais – D'Alençon, o Bastardo e La

Hire – uma forma de libertar Joana. Achávamos que isso se daria ao término daqueles três meses. Decidimos então nos preparar para participar do que fosse necessário.

Naquela sessão, bem como em sessões posteriores, Joana foi instada a informar a data precisa em que seria libertada, mas ela não pôde responder. Não tinha permissão de suas Vozes. Quando a profecia se realizou, passei a pensar de maneira diferente; passei a crer que Joana soubesse que sua libertação viria através da morte. Mas não *daquela* morte! Apesar de ser uma pessoa incomum, apesar de ser destemida como o demonstrou, ela era humana. Não se tratava de um anjo, apenas: Joana era também uma menina de carne e osso – uma menina de verdade como qualquer outra no mundo, transbordante de ternura e de sensibilidade. Logo a ela foi destinada uma morte tão horrível! Não, ela não poderia ter vivido aqueles três meses sabendo o que a esperava ao final. Vocês devem se lembrar de que na primeira vez em que foi ferida, ela teve medo e chorou, como qualquer menina de dezessete anos choraria, apesar de ter sido avisada com dezoito dias de antecedência. Não, ela não temia a morte – uma morte comum. Era uma morte comum que ela tinha em mente quando falava da sua libertação com uma expressão de felicidade no rosto. Joana não demonstrava medo.

Eu tenho um motivo para pensar assim. Cinco semanas antes da sua captura na batalha de Compiègne, suas Vozes lhe disseram o que ocorreria. Não informaram o dia nem o lugar, mas avisaram que cairia prisioneira antes da festa de São João. Ela pediu que sua morte fosse rápida e que não precisasse ficar em cativeiro por muito tempo. Joana nascera para a liberdade e tinha horror à prisão. As Vozes nada lhe prometeram. Disseram-lhe apenas que aceitasse o que lhe estava destinado. Ora, como elas não recusaram o pedido de uma morte rápida, Joana, sempre cheia de esperanças, passou a crer que assim seria. Ao saber que seria "libertada" dentro de três meses, certamente julgou que morreria em seu leito no cárcere. Era por isso que estava alegre. Os portões do Paraíso estariam abertos para ela e em pouco tempo seria recebida lá. Seus problemas terminariam e aquela seria sua recompensa. Sim, isso a teria feito feliz; isso lhe daria coragem e paciência, permitindo que lutasse como um soldado até o fim. Joana faria o possível para se salvar, é claro, pois amava a vida, mas enfrentaria a morte com altivez se precisasse enfrentá-la.

Já depois, quando ela acusou Cauchon de tentar matá-la com peixe envenenado, Joana devia ter certeza de que sua libertação se daria através da morte na prisão. Se a minha hipótese estiver correta – e acredito que esteja –, o episódio do peixe teria reforçado aquela suposição.

Mas estou me afastando do julgamento e preciso voltar a ele. Queriam que Joana informasse a data precisa em que seria libertada de seu cativeiro.

– Já disse e repito que não estou autorizada a revelar tudo. Serei libertada e desejo pedir permissão às minhas Vozes para informar-lhes o dia. Por isso peço que esperem.

– Suas Vozes proibiram-na de falar?

– Os senhores querem, na verdade, informações sobre o rei da França, não? Repito que ele recuperará seu reino e isso é tão certo quanto a presença dos senhores neste tribunal. – Joana deu um suspiro e, passado um instante, acrescentou: – Eu já teria morrido se não fosse essa revelação que me foi feita. É ela que me consola todo o tempo e me dá forças para viver.

Fizeram-lhe ainda algumas perguntas tolas sobre as roupas de São Miguel e sua aparência. Ela respondeu respeitosamente, mas era possível notar que aquilo lhe custava algum sacrifício. Ao cabo de pouco tempo, disse:

– A visão de São Miguel me dá muita alegria, pois quando o vejo tenho a sensação de que estou livre de pecados mortais. – Joana acrescentou ainda: – Às vezes Santa Margarida e Santa Catarina permitem que eu me confesse a elas também.

Ali estava mais uma oportunidade de se montar uma armadilha para pegá-la distraída.

– Quando você se confessou, estava em pecado mortal?

A resposta, porém, não a comprometeu. Voltaram novamente a fazer-lhe perguntas sobre as revelações feitas ao rei – a corte já havia tentado várias vezes fazer com que Joana revelasse esse segredo, porém sem qualquer sucesso.

– Então, voltando à questão do sinal que o rei recebeu...

– Já lhes disse que nada revelarei sobre esse assunto.

– Você sabe qual foi esse sinal?

– Essa informação os senhores não extrairão de mim.

Essa questão se referia ao encontro secreto que Joana tivera com o rei. Apesar de duas ou três outras pessoas haverem-no presenciado, aquele encontro foi mantido em segredo. A corte sabia – através de Loyseleur, é claro – que o tal sinal era uma coroa que confirmaria a veracidade da missão de Joana. Mas isso permanece um mistério até os dias de hoje – isto é, a natureza dessa coroa – e permanecerá um mistério até o final dos tempos. Jamais saberemos se uma coroa de verdade desceu dos céus sobre a cabeça do rei ou se foi apenas um símbolo, uma visão mística.

– Você viu uma coroa na cabeça do rei quando ele recebeu a revelação divina?

– Não posso falar-lhes disso sem cometer perjúrio.

– O rei usava essa coroa em Reims?

– Creio que o rei tenha colocado em sua cabeça uma coroa que encontrou lá, porém uma muito mais preciosa lhe foi dada depois.

– Você viu essa coroa?

– Não posso dizer-lhes isso, sob pena de cometer perjúrio. Porém, tendo visto ou não, sei que essa era muito mais rica e magnífica.

Eles continuaram a fazer perguntas a Joana sobre a tal coroa misteriosa até deixarem-na cansada, porém nada conseguiram saber. A sessão terminou e, com ela, mais um longo e árduo dia para todos nós.

10

A corte descansou durante um dia inteiro e se reuniu novamente no sábado, dia 3 de março.

Foi uma das nossas sessões mais agitadas. Todos os membros da corte estavam irritados e impacientes e tinham motivo para isso: cerca de sessenta dos mais ilustres homens da Igreja, famosos por sua verve, veteranos gladiadores da lei, tinham deixado os importantes postos que ocupavam em várias partes do país – onde eram necessários – para ir até lá fazer algo muito simples: condenar à morte uma jovem camponesa de dezenove anos que não sabia ler ou escrever, nada entendia dos meandros e das perplexidades dos procedimentos legais, que não podia chamar uma única testemunha em sua defesa, tampouco contar com um defensor ou conselheiro e que deveria defender-se sozinha de um juiz hostil e um júri adrede preparado. Supunham que com duas horas de julgamento já a teriam deixado emaranhada em seus próprios argumentos, derrotada, condenada. Quanto a isso, tinham certeza absoluta. Mas enganaram-se. Aquelas duas horas já haviam se transformado em vários dias e o que prometia ser uma escaramuça tornara-se um cerco que resistia surpreendentemente. A missão que lhes parecera tão fácil revelava-se muito difícil. A acusada, que julgavam poder afastar com um só sopro, como a uma pena, permanecia inabalável como uma rocha e, como se isso não bastasse, se alguém poderia estar se rindo naquele tribunal era ela, não eles.

Na verdade, ela não se ria, porque não seria da sua índole fazê-lo, porém outros se riam. A cidade inteira achava graça às escondidas e a corte sabia disso; sentia-se profundamente ofendida em sua dignidade. Seus membros não conseguiam disfarçar o aborrecimento que aquilo lhes causava.

A sessão, portanto, foi muito agitada. Era fácil perceber que aqueles homens estavam decididos a forçar Joana a dizer coisas que encurtassem a história e lhe pusesse logo um fim. Isso mostra que mesmo depois de toda a experiência que tiveram com ela eles ainda não a conheciam. Usaram de toda a energia e não designaram um deles para fazer as perguntas; não, todos a inquiriam.

As perguntas eram lançadas a Joana de todos os lados e às vezes eram tantas ao mesmo tempo que em várias ocasiões ela precisou pedir-lhes que atirassem um de cada vez, não em pelotões. O início foi o mesmo de sempre:

– Ordenamos novamente que jure responder com a verdade a tudo que lhe for perguntado.

– Responderei a tudo que se relacione com os autos do processo. O que não estiver no *procès-verbal* decidirei na hora se respondo ou não.

Essa mesma questão foi novamente objeto de debate acirrado e carregado de ameaças. Porém Joana não arredou pé e eles acabaram tendo de passar para outros assuntos. A primeira meia hora foi gasta com perguntas sobre as visões que Joana tinha: como eram suas roupas, seus cabelos, sua aparência geral e assim por diante. Esperavam encontrar algo nas respostas que pudesse prejudicá-la. Foi mais um esforço perdido.

Em seguida, voltaram ao assunto das vestimentas masculinas de Joana, é claro. Depois de fazerem muitas perguntas que já haviam sido feitas, acrescentaram uma ou duas novas.

– O rei ou a rainha não lhe disse alguma vez que deixasse de usar vestimentas masculinas?

– O *procès* não trata disso.

– Você ainda acha que teria pecado se usasse vestimentas apropriadas a seu sexo?

– Faço o melhor possível para servir e obedecer a meu Senhor e Mestre.

Depois de algum tempo foi abordada a questão do estandarte de Joana, pois eles tentavam associá-lo a alguma espécie de magia ou de bruxaria.

– Seus soldados copiaram seu estandarte nos galhardetes que usavam?

– Os lanceiros de minha guarda fizeram isso. A ideia foi deles mesmos e o propósito era o de distingui-los do resto da tropa.

– E os galhardetes eram renovados com frequência?

– Sim. Quando as lanças se partiam, eram substituídas.

O objetivo da pergunta revelou-se na seguinte:

– Você não dizia a seus soldados que galhardetes semelhantes ao seu estandarte lhes trariam sorte?

O espírito de soldado de Joana revoltou-se com aquela infantilidade. Ela empertigou-se e respondeu, cheia de brio e altivez:

– O que eu dizia a eles era: "Acabem com esses ingleses!" e era o que eu mesma fazia.

Todas as vezes em que ela demonstrava seu desprezo pelo inimigo, aqueles franceses sabujos dos ingleses enchiam-se de ódio. Foi isso o que aconteceu também naquela vez. Punham-se de pé uns dez, vinte ou às vezes trinta deles, gritando com a prisioneira, sem parar. Joana, porém, sempre permanecia tranquila.

Aos poucos fez-se silêncio e as perguntas recomeçaram. Passaram então a usar contra Joana os milhares de tributos que lhe foram prestados com amor quando ela estava conseguindo erguer a França do lamaçal em que se afundava, um lamaçal de vergonha por todo um século de escravidão e de sofrimento.

– Não foi você quem mandou pintar imagens suas?

– Não. Em Arras vi uma pintura em que eu estava representada de joelhos diante do rei, vestida em minha armadura e entregando-lhe uma carta. Mas não fui eu quem mandou pintar aquilo.

– E não foram rezadas missas e orações em sua homenagem?

– Se fizeram isso, não foi por ordem minha. Mas não vejo mal algum em alguém rezar por mim.

– O povo da França acreditava que você era enviada de Deus?

– Se acreditava ou não, eu não sei. Isso não alteraria o fato de eu ser enviada de Deus.

– Se acreditavam-na enviada de Deus, então, não se enganavam?

– Se acreditavam, sua confiança era merecida.

– O que, a seu ver, levava as pessoas a beijar-lhe as mãos, os pés e as vestes?

– Ficavam alegres em me ver, por isso agiam dessa forma. E eu não teria conseguido evitar essas demonstrações de alegria se fizesse a maldade de tentar impedi-las. Aquela pobre gente me demonstrava seu amor por eu ter feito por ela o que estava em minhas forças fazer.

Vejam bem como ela usava palavras modestas para descrever os espetáculos emocionantes de suas marchas pela França atravessando corredores de gente, multidões compactas em ambos os lados das estradas, a saudá-la com adoração. "Eles ficavam alegres em me ver." Alegres? Ora, eles transbordavam de felicidade ao vê-la. Quando não conseguiam beijar suas mãos ou seus pés, ajoelhavam-se no barro e beijavam as marcas ali deixadas pelas patas do cavalo dela. Eles a adoravam e era isso que aqueles padres estavam querendo demonstrar. Não se importavam com o fato de ela não ter culpa pelo que outros fizeram. Não, se a adoravam, isso bastava; ela era culpada de um pecado mortal. Lógica curiosa, aquela.

– Você foi madrinha de batismo de algumas crianças em Reims?

– Fui em Troyes e em St. Denis; aos meninos dei o nome de Charles, em homenagem ao rei, e às meninas, o de Joana.

– As mulheres não tocavam os anéis que você usava?

– Sim, muitas fizeram isso, mas não sei por que motivo.

– Em Reims seu estandarte foi levado para dentro da igreja? Você o segurou no altar durante a coroação?

– Sim.

– Ao viajar pelo país, você se confessava e comungava nas igrejas e recebia o sacramento?

– Sim.

– Vestida de homem?

– Sim. Mas não me lembro se estava sempre de armadura.

Aquilo era quase uma falta! Era uma meia desobediência à permissão de vestir-se como homem que recebera da Igreja em Poitiers. A corte ardilosa passou logo para outro assunto: se levassem aquele adiante poderia chamar a atenção de Joana para o pequeno descuido, e ela, com sua inteligência inata, acabaria recuperando o terreno perdido. Aquela sessão extremamente agitada a deixara cansada e menos alerta.

– Diz-se que você fez uma criança morta renascer em Lagny. Você conseguiu isso com orações?

– Se fui eu quem conseguiu, não sei dizer. Havia outras moças rezando pela criança e juntei-me a elas. Não fiz mais do que elas.

– Prossiga.

– Enquanto rezávamos, a criança voltou a viver e chorou. Já estava morta havia três dias e sua cor era negra como minha roupa. Foi batizada imediatamente e logo em seguida morreu e pôde ser enterrada em campo santo.

– Por que você saltou da torre em Beaurevoir durante a noite e tentou fugir?

– Decidi ir em socorro de Compiègne.

Haviam insinuado que aquela fora uma tentativa de suicídio para evitar cair em mãos dos ingleses. O suicídio é um crime dos mais graves.

– Você não disse que preferiria morrer a ser entregue aos ingleses?

Joana respondeu com sinceridade, sem perceber a armadilha:

– Sim, disse que preferiria ter minha alma devolvida a Deus a cair nas mãos dos ingleses.

Insinuaram então que, quando recuperou a consciência depois da queda, Joana se revoltou e blasfemou com o nome de Deus; disseram também que ela fez o mesmo ao saber que o comandante de Soisson havia desertado.

Isso deixou-a magoada e cheia de indignação.

– Não é verdade. Jamais blasfemei em toda a minha vida.

11

Interromperam o julgamento. Já era tempo. Cauchon estava perdendo terreno e Joana ganhava. Aqui e ali percebiam-se sinais de que um ou outro juiz começava a se comover com a coragem de Joana, com sua presença de espírito, sua força, sua constância, sua fé, sua simplicidade e sua candura, a pureza de sua alma e a nobreza de seu caráter, sua inteligência refinada. Comoviam-se com a luta corajosa que travava sozinha, sem uma pessoa sequer a seu lado, em circunstâncias tão injustas. Havia motivo para temerem que outros fossem se enternecendo, o que poria em risco os planos de Cauchon.

Algo precisava ser feito e foi feito. Cauchon não era conhecido por sua compaixão, porém demonstrou tê-la em seu caráter. Teve pena de continuar submetendo tantos juízes àquele processo cansativo, que poderia muito bem ser levado a termo por uma meia dúzia deles. Oh, que juiz bondoso! Ele só não se lembrou do cansaço da pequena prisioneira.

Decidiu que liberaria todos os juízes, menos alguns que seriam selecionados para permanecerem até o fim. Ele os selecionou entre as feras. Se um cordeiro ou dois conseguiu permanecer, foi por distração do juiz, não por intenção. Além do mais, ele saberia como agir com os cordeiros, se os descobrisse.

Cauchon reuniu um pequeno conselho e durante cinco dias analisaram e selecionaram as respostas de Joana até ali registradas no volumoso processo. Retiraram delas todo o material irrelevante, isto é, o que pudesse beneficiá-la. Selecionaram cuidadosamente tudo que pudessem distorcer para usar contra ela e foi com isso que elaboraram as bases do novo julgamento que teria a aparência de continuação do primeiro. Mais uma vez mudavam as regras. Era evidente que o julgamento público fora má ideia: toda a cidade discutia o que se passava lá dentro e o povo começava a ter pena da prisioneira. Isso não poderia mais acontecer. As reuniões seriam secretas dali por diante e nenhum espectador seria admitido. Noël, portanto, não poderia mais ir. Mandei avisá-lo disso. Não tive coragem de ir pessoalmente. Deixaria que se acostumasse à dor antes de encontrar-me com ele à noite.

No dia 19 de março teve início o julgamento secreto. Já se passara uma semana sem que eu visse Joana. Sua aparência foi um terrível choque para mim. Ela estava fraca e cansada. Parecia apática e distante e suas respostas deixavam perceber que ela estava confusa e não conseguia saber exatamente o que se passava ali. Fosse aquela uma outra corte de justiça, não teria se aproveitado das condições em que ela se encontrava, pois Joana estava doente; o julgamento teria sido adiado até que ela se recuperasse. Mas vocês acham que aquela corte faria isso? Não fez. Atormentou-a por horas a fio, feroz e animada com a oportunidade que se oferecia, tentando explorá-la ao máximo, pois era a primeira que se apresentava.

Torturaram-na de tal maneira que conseguiram confundi-la com uma pergunta sobre o "sinal" que fora dado ao rei. No dia seguinte continuaram a torturá-la durante horas sem fim e foram conseguindo que ela revelasse informações que as Vozes proibiram-na de revelar. Achei também que ela estava começando a confundir fatos com alegorias, misturando suas visões com coisas que realmente aconteceram.

No terceiro dia ela estava mais consciente e pareceu menos esgotada. Falava quase que normalmente e defendeu-se bem. Foram feitas muitas tentativas de levá-la a dizer coisas comprometedoras, mas ela percebeu aonde queriam chegar e respondeu usando de tato e de sabedoria.

– Você sabe se Santa Catarina e Santa Margarida sentem ódio dos ingleses?

– Elas amam quem Nosso Senhor ama e odeiam quem Ele odeia.

– Deus odeia os ingleses?

– Sobre o amor ou o ódio de Deus pelos ingleses eu nada sei. – Em seguida acrescentou com a altivez e audácia de antes: – Mas uma coisa eu sei: Deus dará a vitória à França e todos os ingleses serão expulsos dela, à exceção dos mortos!

– Deus estava do lado dos ingleses quando eles *prosperavam* na França?

– Não sei. Deus não odeia os franceses, porém creio que quis vê-los punidos por seus pecados.

Aquela era uma forma ingênua de interpretar o castigo que já durava noventa e seis anos. Entretanto ninguém achou errada a interpretação. Nenhum dos presentes ali teria qualquer remorso de aplicar uma pena de noventa e seis anos, se pudesse. Tampouco sonhariam com a existência de um Deus menos severo que os homens.

– Alguma vez você já abraçou Santa Margarida e Santa Catarina?

– Sim, as duas.

A cara malvada de Cauchon traiu a alegria que essa resposta lhe deu.

– Quando você enfeitava de guirlandas a *Arbre Fée de Bourlemont*, fazia-o em homenagem às suas visões?

– Não.

Satisfação novamente. Sem dúvida Cauchon julgava que ela fazia aquilo movida por um amor pecaminoso às fadas.

– Quando as santas lhe apareciam, você se curvava? Fazia reverências? Ajoelhava-se?

– Sim. Demonstrava-lhes toda a minha reverência.

Essa resposta serviria a Cauchon se ele pudesse vir a provar que não era a santos que ela prestava reverência, mas a demônios disfarçados.

Tratou-se então do fato de Joana ter feito segredo aos pais de suas experiências místicas. Ali estava um bom assunto para explorar. Na verdade, já haviam dado relevo àquilo em uma observação à margem do *procès*: "*Ela fazia segredo de suas visões aos pais e a todos.*" Possivelmente essa falta de lealdade aos pais seria um sinal da origem demoníaca de sua missão.

– Você acha que foi correto partir para a guerra sem a permissão de seus pais? Está escrito que se deve honrar pai e mãe.

– Sempre lhes obedeci em tudo, menos nisso. E quanto a esse assunto, escrevi-lhes uma carta pedindo seu perdão e eles já me perdoaram.

– Você lhes pediu perdão? Então *sabia* que havia pecado ao partir sem a permissão deles!

Joana sentiu-se provocada. Seus olhos brilharam quando ela exclamou:

– Recebi uma ordem de Deus e fiz o que era certo! Teria feito o mesmo se tivesse uma centena de pais e mães, ainda que fossem reis e rainhas.

– Você nunca pediu permissão às suas Vozes para contar tudo a seus pais?

– Elas queriam que eu contasse. Fui eu que não quis lhes causar essa dor.

Para os inquisidores essa revelação cheirava a orgulho – do tipo de orgulho que leva as pessoas a quererem ser adoradas. Um sacrilégio, portanto.

– Suas Vozes a chamavam de Filha de Deus?

Joana respondeu a essa pergunta com simplicidade, sem lhe suspeitar a malícia:

– Chamavam. Referiram-se a mim dessa maneira antes da libertação de Orléans e continuaram a fazê-lo desde então. Por várias vezes me chamaram de Filha de Deus.

Eles continuaram a procurar mais indícios de orgulho e vaidade:

– Que cavalo você montava quando foi presa? Quem o deu a você?

– O rei.

– Que outras coisas – outras riquezas – você recebeu do rei?

– A mim ele deu cavalos e armas, além do dinheiro para minhas despesas de manutenção.

– Não lhe foi dado um tesouro?

– Foi. Dez ou doze mil coroas – disse ela, acrescentando ingenuamente: – Não era muito dinheiro para eu fazer uma guerra.

– Você ainda tem desse dinheiro?

– Não. O dinheiro pertence ao rei. Meus irmãos cuidam disso para ele.

– Que armas você doou à Igreja de St. Denis?

– Minha armadura de prata e uma espada.

– Você as deixou lá para que fossem adoradas?

– Não. Foi um ato de devoção. Os guerreiros têm o hábito de fazer uma oferenda a St. Denis quando são feridos e se recuperam. Fui ferida ao chegar a Paris.

Nada comovia aqueles corações empedernidos, aquelas mentes sem imaginação – nem mesmo a cena, descrita de maneira tão singela, de uma menina-soldado ferida a pendurar sua pequena armadura ao lado de enormes armaduras sisudas e enferrujadas dos históricos defensores da França. Não, aquela história nada continha que fosse de seu interesse, a não ser o que dela pudesse ser extraído para prejudicar Joana de alguma forma.

– De onde vinha a força de suas vitórias – de você mesma ou de seu estandarte?

– Nem de mim nem de meu estandarte. A força das vitórias vinha de Deus.

– Mas sua certeza da vitória tinha por base você mesma ou seu estandarte?

– Nenhum dos dois. Era em Deus que eu confiava.

– Seu estandarte não foi agitado sobre a cabeça do rei durante a coroação?

– Não. Não foi.

– E por que foi *o seu* estandarte utilizado na coroação do rei na Catedral de Reims, e não o de um outro general?

Foi então que se ouviu, dita em voz baixa e tranquila, uma frase que se manterá viva enquanto frases existirem, traduzida em todas as línguas, a tocar sempre fundo no coração das pessoas sensíveis, onde quer que a ouçam, e assim será até o fim dos tempos:

– *Coube-lhe o ônus; fez sentido, pois, caber-lhe a honra.**

Como foi simples a resposta e como foi bela! E como tornou vulgar a eloquência empostada dos mestres da oratória. A eloquência era um dom natural de Joana d'Arc; brotava de seus lábios sem qualquer

---

*Essa frase teve muitas traduções, porém nenhuma lhe é absolutamente fiel. Há um tom dramático no original que tem escapado a todos os esforços de expressá-lo na nossa língua. É algo sutil como um aroma que se perde na tradução. As palavras de Joana d'Arc foram as seguintes: "*Il avait été à la peine, c'était bien raison qu'il fût à l'honneur.*" Monseigneur Ricard, vigário-geral honorário do arcebispado de Aix, refere-se a essa frase de maneira admirável ("*Jeanne d'Arc La Vénérable*", pág. 197) como "aquela sublime resposta que permanece indelével na história das frases célebres como o grito de uma alma francesa e cristã ferida de morte em seu patriotismo e sua fé" (*Nota do tradutor inglês*).

esforço ou preparo. Suas palavras foram tão sublimes quanto seus atos, tão sublimes quanto seu caráter; originavam-se de um coração generoso e tomavam forma em um cérebro privilegiado.

12

O golpe seguinte daquela pequena corte de santos assassinos foi tão ignóbil que nem mesmo agora, velho como estou, consigo falar dele com tranquilidade.

Logo que começou a ter contato com suas Vozes em Domrémy, Joana, ainda criança, devotou solenemente sua vida a Deus, a Ele oferecendo seu corpo e sua alma puros. Vocês se lembram que os pais dela tentaram impedi-la de ir para a guerra levando-a até a corte de Toul para obrigá-la a casar-se contra sua vontade. Queriam que ela cumprisse uma promessa que não fez – a de casar-se com o nosso bom camarada porta-estandarte de saudosa memória, tão grande e cheio de bazófia, bravo soldado que teve morte honrada em campo de batalha e que descansa na paz de Deus há sessenta anos. E lembram-se também de como Joana, com apenas dezesseis anos, enfrentou aquela veneranda corte de justiça e conduziu sozinha sua própria defesa, reduzindo a trapos o processo que o pobre Paladino movia contra ela; e de como os velhos juízes, perplexos, referiram-se a ela como "essa criança maravilhosa".

Vocês se lembram disso tudo. Então imaginem o que eu senti ao ver os falsos juízes piedosos daquele tribunal – onde Joana se defendia, sozinha, pela quarta vez em três anos – deturpar completamente a história para levar a crer que fora Joana quem levara o Paladino ao tribunal inventando que ele prometera casar-se com ela.

Não havia torpeza para a qual aquela gente se envergonhasse de apelar em sua caçada à pobre menina. Com isso queriam mostrar que ela tentara violar seus próprios votos de castidade e que, portanto, pecara.

Joana relatou com detalhes a história verdadeira, mas foi ficando tão indignada que, ao concluir, disse a Cauchon palavras bastante ásperas de que ainda hoje ele deve se lembrar, quer esteja se abanando no lugar onde deveria estar, quer tenha conseguido escapulir para o outro.

No resto daquele dia e em parte do seguinte a corte concentrou-se no velho tema das vestes masculinas. Era um trabalho ridículo ao qual aqueles homens tão sérios se dedicavam com afinco, pois sabiam muito bem o que levara Joana a vestir-se como homem: ela vivia entre soldados, dia e noite, e trajes masculinos protegiam-na melhor do que roupas de mulher.

Eles sabiam que uma das missões de Joana era resgatar o duque de Orléans, que estava no exílio, e interessaram-se por isso. O plano dela era simples:

– Eu teria feito prisioneiros ingleses em número suficiente para negociar o resgate. Se isso não desse certo, eu invadiria a Inglaterra e o libertaria à força.

Era essa sua maneira de agir: se algo precisava ser feito, ela tentava um meio pacífico e, não conseguindo, usava a força. Não perdia tempo com meias medidas. Depois, com um suspiro, ela concluiu:

– Se eu estivesse livre, ele também já estaria.

– Você tem permissão de suas Vozes para fugir da prisão se conseguir?

– Pedi essa permissão várias vezes, mas ela ainda não me foi concedida.

Joana sabia que sua libertação se daria através da morte. Estou convencido disso; e julgava que a morte a encontraria na prisão, dentro de três meses.

– Você fugiria se encontrasse as portas abertas?

Ela respondeu honestamente:

– Fugiria, pois veria nisso a permissão de Deus. Deus ajuda a quem se ajuda, como diz o provérbio. Mas só fugiria se estivesse convencida dessa permissão.

A essa altura algo ocorreu que me deixou convencido – e quanto mais eu penso sobre isso, mais certeza tenho – de que pelo menos por alguns instantes ela teve esperanças de que o rei fizesse alguma coisa. Eram as mesmas esperanças que Noël e eu tínhamos: de que o rei viesse libertá-la com seus velhos generais. Acho que essa ideia realmente lhe passou pela cabeça, ainda que por breves instantes.

Algum comentário do bispo de Beauvais levou-a novamente a lembrar-lhe de que ele era realmente um juiz injusto, que não tinha o direito de presidir aquela corte e que por isso expunha-se a um grande perigo.

– Que perigo? – perguntou ele.

– Não sei dizer. Santa Catarina prometeu ajudar-me, mas não sei de que forma o fará. Talvez quando eu for libertada desta prisão, talvez quando o senhor me mandar para o patíbulo. Algo acontecerá e eu ficarei livre. Nem me preocupo com isso, tanto faz.

Depois de uma pausa, Joana disse palavras que jamais serão esquecidas – algo cujo significado talvez nem ela mesma tivesse compreendido. Isso jamais poderemos saber, porque é possível também que ela tivesse plena consciência do que dizia. Foram palavras cujo mistério só depois foi revelado para o mundo.

– Mas o que minhas Vozes disseram claramente foi que minha libertação será *uma grande vitória*. – Joana fez uma pausa e meu coração disparou, pois para mim aquela grande vitória se daria com a súbita chegada dos nossos velhos generais com seus gritos de guerra e o ruído ensurdecedor de suas armas e seus cavalos. Chegariam no último instante e carregariam Joana d'Arc em triunfo. Porém – que tristeza – essa esperança durou tão pouco! Logo em seguida ela ergueu a cabeça e concluiu sua fala com aquelas palavras solenes até hoje tão lembradas e citadas – palavras que me encheram de medo, pois soaram como uma profecia. – E elas sempre me dizem: "Aceite tudo que lhe for destinado; *não lamente seu martírio*, pois dele você ascenderá diretamente para o Reino do Céu."

Será que ela sabia da fogueira onde seria queimada viva? Prefiro crer que não. Eu mesmo pensei nisso naquele momento, mas acho que ela se referia ao lento e cruel martírio que lhe era imposto por aquelas correntes e pelo insulto de ser presa assim. A palavra martírio seria adequada àquela situação.

Era Jean de la Fontaine quem lhe fazia as perguntas. Ele tentava aproveitar ao máximo o que ela dizia:

– Já que as Vozes lhe disseram que vai diretamente para o Reino do Céu, você deve estar segura de que assim será e de que não arderá no fogo do inferno. Estou certo?

– Creio no que elas me disseram e sei que minha alma será salva.

– Isso é uma coisa muito ousada de se dizer.

– Para mim a certeza de que minha alma será salva é o maior tesouro que eu posso almejar.

– Você acha que depois de uma revelação dessas ainda correria o risco de cometer um pecado mortal?

– Quanto a isso não sei dizer. Minha esperança de salvação depende de eu manter meu voto de ter sempre o corpo e a alma puros.

– Já que sabe que será salva, ainda acha necessário o sacramento da confissão?

Aquela armadilha fora ardilosamente montada, porém a resposta simples e humilde de Joana deixou a armadilha vazia:

– A consciência nunca está limpa além da conta.

Já estávamos nos aproximando do último dia do novo julgamento. Joana conseguira suportar bem toda aquela provação. Foram tempos difíceis para todos nós. Até ali tinham sido tentados todos os meios para condenar a acusada, porém em vão. Os inquisidores estavam absolutamente vexados e frustrados. Decidiram, entretanto, fazer mais uma tentativa: mais um dia de trabalho. E assim fizeram. O dia foi 17 de março. Logo no início da sessão montaram para Joana uma armadilha que ficou famosa. Perguntaram-lhe:

– Você se submete ao que determinar a Igreja? Submete a ela todas as suas palavras e seus atos, sejam eles bons ou maus?

Essa pergunta foi bem urdida e deixou Joana em uma situação difícil. Se ela dissesse que sim, sem pensar, estaria colocando sua própria missão em julgamento e não poderia mais guardar os segredos que prometera guardar. Se dissesse que não, estaria se expondo à acusação de heresia.

Mas ela respondeu à altura. Traçou uma linha separando nitidamente a autoridade que a Igreja tinha sobre ela, como pessoa, e a questão da sua *missão*. Disse que amava a Igreja e que a apoiava com todas as suas forças; mas quanto às ações exercidas no desempenho de sua missão, essas só a Deus caberia julgar, pois fora Ele quem as ordenara. O juiz ainda insistiu em que ela as submetesse à decisão da Igreja. Mas Joana manteve-se firme:

– Eu as submeto a Nosso Senhor, que foi quem me enviou. Quero crer que Ele e Sua Igreja sejam um só, portanto não deve haver problema algum. – Joana então voltou-se para o juiz e perguntou: – Por que o senhor insiste em criar problemas quando não há problema algum?

Foi aí que Jean de la Fontaine corrigiu-a: não há uma Igreja apenas, e sim duas – a Igreja Triunfal, que fica no Céu e é composta por Deus, pelos santos e anjos e pelas almas dos fiéis que conseguem a redenção; e a Igreja Militante, constituída do Santo Papa – que é Vigário de Deus –, dos prelados, do clero e de todos os bons cristãos e católicos, Igreja esta que se situa na terra, é governada pelo Espírito Santo e, portanto, infalível.

– Você se submete à Igreja Militante?

– Fui enviada ao rei da França pela Igreja Triunfal – pelo seu próprio Comandante – e a essa Igreja submeto todas as minhas ações. É esta a resposta que dou à Igreja Militante e não tenho outra a dar agora.

A corte anotou aquela recusa claramente expressa para posterior utilização. A questão foi posta de lado e teve início uma longa perseguição – os assuntos eram os mesmos já praticamente esgotados: as fadas, as visões, as vestes masculinas, coisas assim.

Na sessão da tarde o satânico bispo assumiu o comando e presidiu pessoalmente as últimas cenas do julgamento. Já perto do fim, um dos juízes fez a seguinte pergunta:

– Você disse ao senhor nosso bispo que responderia a ele da mesma forma como responderia ao nosso Santo Pai, o papa. Entretanto há várias perguntas a que você se recusa a responder obstinadamente.

Se estivesse diante do papa, recusar-se-ia também a responder a elas? Não se sentiria na obrigação de dar respostas a todas as perguntas do papa, que é o Vigário de Deus?

A resposta soou como o estalar de um trovão:

– *Levem-me ao papa*. Responderei a ele o que tiver que responder.

O rosto do bispo perdeu subitamente a cor sanguínea de sempre com aquela resposta inesperada e perturbadora. Ah, se Joana soubesse! Se ao menos ela soubesse! Ao dizer aquelas palavras ela colocou uma mina por baixo daquela conspiração malévola que poderia fazer voar pelos ares todos os planos do bispo. Mas ela não sabia disso. Disse aquilo por puro instinto, sem suspeitar da tremenda força que suas palavras continham e não havia uma só pessoa ali que pudesse fazê-la perceber isso. Eu sabia e Manchon também; se ela soubesse ler, poderíamos talvez encontrar uma forma de mandar-lhe uma mensagem. Mas a única maneira seria falar com ela, e a ninguém era permitido aproximar-se o suficiente para isso. Lá estava ela, pois, novamente Joana d'Arc, a Vitoriosa, com sua resposta perturbadora, sem a mais leve suspeita do que estava deflagrando. Aparentava estar profundamente cansada, já doente e esgotada por mais um longo dia de luta. Não fosse isso, Joana teria percebido o efeito que suas palavras causaram e lhe teria adivinhado a causa.

Tinham sido muitos os seus golpes de mestre, mas nenhum superava aquele: um apelo a Roma. Era um direito inquestionável que tinha e, se insistisse, toda a trama de Cauchon teria ruído como um castelo de cartas e ele passaria a ser o maior vilão do século. Ele era um homem ousado, porém não o bastante para impedir Joana de levar avante seu pleito, se ela tivesse persistido. Mas ela ignorava isso, pobre menina, e não se deu conta de que ali estavam suas possibilidades de vida e de liberdade.

A França não era a Igreja. Roma não teria interesse algum em destruir aquela mensageira de Deus. Roma ter-lhe-ia dado um julgamento justo e era só disso que ela precisava. De um julgamento assim ela sairia livre, coberta de glória e abençoada.

Mas não era esse seu destino. Cauchon desviou o assunto imediatamente e apressou o fim do julgamento.

Ao ver Joana afastar-se, enfraquecida, arrastando suas correntes, senti-me atordoado. Só conseguia repetir para mim mesmo: "Há poucos instantes ela disse as palavras que a teriam salvo e lá se vai ela a caminho da morte. Sim, Joana caminha para a morte – eu sei, eu sinto. Dobrarão o número de guardas; jamais permitirão que alguém impeça sua condenação, a não ser que ela diga aquelas palavras novamente. Este é o mais triste de todos esses dias miseráveis."

13

Assim terminou o segundo julgamento na prisão. Terminou sem que se chegasse a um resultado. A maneira como foi conduzido, vocês já sabem: foi ainda mais vil do que a do anterior, pois dessa vez as acusações contra Joana não lhe foram comunicadas. Ela foi obrigada, pois, a defender-se no escuro. Não lhe deram a menor oportunidade de preparar-se; não tinha como prever as armadilhas de maneira a evitá-las. Foi uma covardia muito grande o que fizeram com uma menina indefesa. Certo dia, durante o julgamento, um famoso advogado da Normandia, mestre Lohier, que passava por Rouen, foi até lá. Vou dizer-lhes qual foi sua opinião sobre o julgamento para que vocês possam ver que fui honesto em meu relato e não me deixei levar pelo coração. Cauchon mostrou a Lohier os autos do processo e pediu sua opinião. Foi a seguinte a opinião que ele deu a Cauchon: disse que o processo era nulo e sem valor por vários motivos. Em primeiro lugar, porque se tratava de um julgamento secreto no qual os presentes não tinham permissão de se manifestar livremente. Em segundo lugar, porque o julgamento tocava a honra do rei da França e ele não estava ali para se defender, nem se fazia representar. Em terceiro lugar, porque as acusações contra a prisioneira não lhe foram comunicadas e, em quarto lugar, porque a acusada, apesar de jovem e de origem humilde, tinha sido forçada a defender-se de graves acusações sozinha, sem a ajuda de alguém que entendesse de leis.

Vocês acham que isso agradou ao bispo Cauchon? Não. Ele partiu para cima de Lohier com uma série de impropérios e jurou que o mandaria afogar. Lohier conseguiu fugir de Rouen e desapareceu até mesmo da França o mais rápido que pôde, assim salvando sua vida.

Bem, como eu estava dizendo, o segundo julgamento terminou sem um resultado definido. Mas Cauchon não desistiu. Ele inventaria outra coisa. E mais outra e ainda outra se fosse necessário. O arcebispado de Rouen lhe havia sido prometido se ele conseguisse queimar o corpo e condenar às chamas do inferno a alma de uma menina que jamais lhe fizera mal algum. Mas, por uma recompensa como aquela, um homem como o bispo de Beauvais mandaria para a fogueira cinquenta meninas inocentes e não apenas uma.

Portanto pôs-se a trabalhar já no dia seguinte. Estava muito confiante na vitória – eufórico, até. Ele e seus asseclas precisaram de nove dias para garimpar nos depoimentos de Joana e em suas próprias invenções maldosas a matéria-prima das acusações que fariam contra ela. Foi uma quantidade formidável de acusações, pois conseguiram redigir sessenta e seis artigos!

Os volumosos autos foram transportados para o castelo no dia seguinte, 27 de março, e lá, diante de uma dúzia de juízes cuidadosamente selecionados, teve início o novo julgamento.

Foi feito um levantamento das opiniões e o tribunal decidiu que daquela vez seria permitido a Joana tomar conhecimento das acusações que lhe eram feitas. Talvez tivesse havido aí alguma influência do que Lohier dissera quanto a isso; ou talvez quisessem matá-la de cansaço, pois a leitura dos autos levou vários dias. Decidiu-se também que Joana seria obrigada a responder a cada um dos artigos e que quando se recusasse seria considerada *culpada*. Como vocês podem ver, Cauchon estava conseguindo reduzir, cada vez mais, as possibilidades de Joana ser inocentada. O cerco foi ficando mais apertado.

Trouxeram Joana; o bispo de Beauvais abriu a sessão com um discurso que deve ter enrubescido até a ele mesmo, tanta era a hipocrisia e tantas as mentiras nele contidas. Disse que aquela corte era constituída de homens santos e piedosos cujos corações transbordavam de benevolência e compaixão por ela e cuja intenção não era a de puni-la fisicamente, mas de instruí-la e conduzi-la ao caminho da verdade e da salvação.

Ora, aquele homem era o próprio demônio; imaginem só a petulância de descrever a si mesmo e seus lacaios daquela maneira!

Mas o pior ainda estava por vir, pois em seguida, tendo em mente uma das críticas de Lohier, ele teve o atrevimento de oferecer a Joana algo que certamente os deixará perplexos: disse que aquela corte reconhecia ser ela uma pessoa ignorante, incapaz de compreender os complexos assuntos a serem ali tratados, e que por isso decidira, por puro sentimento de piedade, permitir que ela escolhesse uma ou mais pessoas *entre os próprios membros da corte* para orientarem-na em sua defesa!

Imaginem uma situação dessas. Era o mesmo que oferecer ao cordeiro a ajuda do lobo. Joana o encarou para ver se ele estava falando a sério e, ao ver que pelo menos ele fingia estar, dispensou a ajuda, é claro.

O bispo não esperava uma resposta diferente. Já havia demonstrado ser um homem justo e, antes de prosseguir, cuidou que isso também ficasse registrado.

Determinou então que Joana respondesse precisamente ao que lhe fosse perguntado em cada acusação; ameaçou expulsá-la da Igreja se ela não obedecesse ou se custasse muito a responder. Sim, a cada instante ele apertava mais o cerco.

Thomas de Courcelles iniciou a leitura do interminável documento, artigo por artigo. Joana ia respondendo a cada um deles, à medida em que era lido. Às vezes simplesmente negava a veracidade da acusação; às vezes limitava-se a dizer que a resposta àquela pergunta seria encontrada nos registros dos julgamentos anteriores.

Era um estranho documento, aquele. Como revelava o coração de uma criatura malvada, autorizada a proclamar que era um homem de Deus! Quem conhecesse Joana pessoalmente saberia como ela era íntegra, nobre, boa, altruísta, recatada, como era bela e pura como as flores do campo. Quem a conhecesse a partir daquele documento, veria em Joana exatamente o oposto disso tudo. Nada do que ela *era* constava ali e tudo que ela *não era* ali estava, pormenorizado.

Atentem para algumas das acusações que havia no documento contra ela. Joana foi chamada de bruxa, de falsa profetisa, de conjuradora de espíritos, de mistificadora, de ignorante dos preceitos católicos, de contestadora da fé, de sacrílega, de idólatra, de renegada, de blasfêmia contra Deus e contra os santos, escandalosa, sediciosa, perturbadora da ordem pública; foi acusada de incitar à violência e ao derramamento de sangue, de renegar a natureza de seu próprio sexo, vestindo-se como homem de maneira irreverente e assumindo a vocação de soldado; de enganar os poderosos e os humildes; de usurpar honrarias e de se fazer adorar, oferecendo as mãos e as vestes para que fossem beijadas.

Pois foi assim mesmo – cada fato de sua vida estava ali distorcido, pervertido, às avessas. Quando criança ela gostava das fadas e brincava sob a árvore encantada e junto à fonte. Por isso disseram que ela se relacionava com os espíritos do mal. Joana erguera a França do lamaçal onde se atolava, levou-a a lutar por sua liberdade e a conseguir uma vitória após outra. Por isso a acusaram de perturbadora da ordem pública que de fato foi – e de incitadora de guerras – que de fato também foi e por isso a França se orgulhará dela para sempre e lhe será eternamente grata. E o povo realmente a adorava, mas isso ela jamais estimulou e nada podia fazer para impedir. As tropas veteranas amedrontadas e os novos recrutas assustados encontravam no espírito de Joana a coragem de que tanto necessitavam. Tocavam suas espadas na dela e partiam, invencíveis, para os campos de batalha. Por isso chamaram-na de feiticeira.

E assim prosseguia o documento, minuciosamente, transformando aquela fonte de vida em veneno, o ouro em escória, todos aqueles exemplos de uma vida nobre e bela em evidências de uma vida vergonhosa e imunda.

É claro que os sessenta e seis artigos baseavam-se em reformulações deturpadas de tudo que conseguiram apurar nos julgamentos anteriores, portanto passarei por alto sobre o que foi discutido naquele novo julgamento. Na verdade, a própria Joana quase não teceu considerações sobre o que ali se disse. Dizia quase sempre "Isso não é verdade. *Passez outre*" ou então "Já respondi a isso antes – mandem que o escrivão leia o que está escrito". Suas respostas foram quase todas assim: breves.

Joana recusou-se a submeter sua missão à autoridade da Igreja para que fosse julgada. A recusa foi registrada em ata.

Negou a acusação de incentivar idolatria à sua pessoa:

– Se beijavam minhas mãos e minhas vestes, não foi porque o desejei; não tinha como impedir-lhes.

Joana teve a coragem de dizer àquele tribunal assassino que a seu ver fadas não eram espíritos malévolos. Tinha consciência de que seria temerário admitir aquilo, porém não era da sua natureza dizer qualquer coisa que não fosse a verdade.

Não tinha medo do perigo quando se tratava de dizer o que estava em seu coração. Anotaram aquela resposta também.

Quando perguntaram se deixaria de usar roupas masculinas se lhe dessem permissão para comungar, ela disse que não:

– Quando se recebe o sacramento, as roupas que se usam não têm importância aos olhos de Nosso Senhor.

Foi acusada de apego a seus trajes masculinos, agravado pelo fato de recusar-se a tirá-los em troca do privilégio de assistir à santa missa.

– Prefiro morrer a não manter meu voto a Deus – disse ela cheia de indignação.

Repreenderam-na por fazer o trabalho de homens, deixando de cumprir com as obrigações próprias a seu sexo. Ela respondeu com um leve toque de desdém:

– Quanto ao trabalho de mulheres, há muitas para fazê-lo.

Eu sempre sentia um certo alívio quando percebia que sua garra de soldado se fazia presente. Enquanto pudesse contar com ela, seria a Joana d'Arc de sempre, capaz de encarar com bravura o que a ameaçasse.

– Pelo que parece, essa sua missão, que você diz ter recebido de Deus, era a de fazer a guerra e causar derramamento de sangue.

Joana não se deu o trabalho de argumentar. Contentou-se em dizer que só apelava para a força quando não conseguia resolver o problema por meios pacíficos.

– Minha primeira tentativa era sempre a de paz. Se a paz fosse recusada, então eu partia para a guerra.

Os juízes sempre se referiam igualmente a borgonheses e ingleses como os inimigos contra quem Joana guerreava. Entretanto ela quis deixar clara a distinção do tratamento que lhes dava, quer em suas ações, quer em suas palavras. Como os borgonheses eram franceses, ela os tratava com menos hostilidade.

– Quanto ao duque de Borgonha – disse ela –, pedi-lhe por meio de cartas e de embaixadores que se reconciliasse com o rei. Quanto aos ingleses, a única condição de paz que lhes oferecia era a de deixarem nosso país e voltarem para sua casa.

Acrescentou ainda que mesmo aos ingleses ela demonstrara intenções de paz, pois sempre lhes enviava uma proclamação insistindo em solução pacífica antes de atacá-los.

– Se tivessem me atendido – disse ela –, teriam agido sabiamente. – Em seguida Joana repetiu novamente sua profecia, dizendo com firmeza: – Antes que se passem sete anos dar-se-ão conta disso.

Começaram então a importuná-la novamente com o assunto dos seus trajes masculinos. Queriam que ela deixasse de usá-los. Embora voltassem sempre a esse assunto, nunca o discutiam a fundo, por isso eu sempre ficava intrigado com aquela insistência em algo aparentemente pouco importante. Eu não entendia por que agiam assim. Mas agora todos nós sabemos. Todos sabemos agora que se tratava de mais uma de suas armadilhas traiçoeiras. Sim, se eles conseguissem que ela deixasse de usar aquelas roupas, poderiam aproveitar-se disso para destruí-la facilmente. Persistiram, então, em seu intento cruel até que ela perdeu a paciência e exclamou:

– Deixem-me em paz! Sem a permissão de Deus não deixarei estes trajes, ainda que me cortem a cabeça!

Continuaram. A certa altura, ela corrigiu o texto do *procès-verbal*, dizendo:

– Pelo que está aí, eu teria dito que tudo que fiz foi por ordem de Deus. Eu não disse isso. Disse que tudo que fiz *bem-feito* foi por ordem de Deus.

Lançaram dúvidas sobre a autenticidade da missão de Joana. Por que Deus escolheria alguém tão ignorante e simples para realizar seus desígnios? Joana sorriu ao ouvir isso. Ela poderia ter dito que Nosso Senhor, que não se importa com a condição social das pessoas, escolhia os humildes com mais frequência para realizar seus desígnios importantes do que escolhia bispos e cardeais. Entretanto seu comentário foi mais simples:

– É prerrogativa de Nosso Senhor escolher Seus instrumentos onde desejar fazê-lo.

Perguntaram-lhe que tipo de oração fazia para invocar o aconselhamento divino. Joana disse que sua oração era simples e breve. Ergueu então seu rosto pálido para os céus e, de mãos postas, disse:

– Meu Deus mui amado, em nome da Sua santa paixão, eu Vos imploro: dizei-me o que responder a esses homens da Igreja. No que concerne às minhas vestes, sei de onde veio a ordem de usá-las, mas não sei como poderei deixar de usá-las. Preciso saber e Vos peço uma resposta.

Em seguida ela foi acusada de desafiar os preceitos divinos ao assumir o poder e fazer-se comandante em chefe. Essa acusação calou fundo em sua alma de soldado. Joana tinha enorme respeito a padres, mas o soldado que havia nela respeitava muito pouco a opinião que padres pudessem ter sobre assuntos de guerra. Por esse motivo não se deu o trabalho de justificar coisa alguma e respondeu com leve desdém:

– Se fui feita comandante em chefe foi para surrar os ingleses!

A morte já estava frente a frente com ela, todo o tempo, mas Joana não se importava. Ela gostava de chocar aqueles franceses de coração inglês e sempre que surgia uma oportunidade ela lhes pregava uma ferroada. Divertia-se com esses pequenos episódios. Seus dias ali eram muito áridos e aquelas oportunidades de se divertir surgiam como oásis no deserto.

O fato de estar sempre cercada de homens na guerra foi usado como falta de decoro.

– Sempre que me era possível, nas cidades, eu tinha a companhia de uma mulher. Nos campos de batalha, eu sempre dormia com minha armadura.

Acusaram-na de agir sordidamente em interesse próprio e citaram como evidência o ato do rei concedendo títulos de nobreza a ela e a sua família. Ela respondeu que não havia pedido aquela graça que o rei lhe concedera por iniciativa própria.

Finalmente o terceiro julgamento terminou – sem resultado algum, como os anteriores.

Um quarto julgamento certamente estaria por vir, pois era necessário destruir aquela menina aparentemente indestrutível. O bispo maligno pôs-se logo a planejá-lo.

Criou uma comissão que ficaria encarregada de compactar a volumosa acusação de sessenta e seis artigos transformando-os em doze mentiras contundentes que seriam a base da nova investida. Isso foi feito. Levou vários dias.

Nesse meio-tempo Cauchon foi à cela de Joana um dia, acompanhado de Manchon e dois dos juízes – Isambard de la Pierre e Martin Ladvenue. Era mais uma tentativa de forçar Joana a submeter sua missão à apreciação da Igreja Militante – que ele e seus prepostos representavam.

Joana recusou-se novamente, de maneira peremptória. Isambard de la Pierre tinha um coração dentro do peito e teve tanta pena daquela pobre menina acossada que se aventurou a fazer algo muito ousado: perguntou-lhe se ela estaria disposta a ter seu caso levado ao Conselho da Basileia, dizendo que aquele conselho era constituído de padres do partido dela e do partido inglês, em igual número.

Joana exclamou que teria o maior prazer em se apresentar diante de um tribunal constituído de maneira justa. Mas antes que Isambard pudesse dizer qualquer outra coisa, Cauchon voltou-se para ele agressivamente, gritando:

– Cale-se, em nome do Diabo!

Manchon ousou fazer algo corajoso também, apesar de estar pondo em risco sua vida. Perguntou a Cauchon se deveria registrar em ata a concordância de Joana em submeter-se ao Conselho da Basileia.

– Não! Não há necessidade alguma.

– Ah – disse a pobre Joana em tom de repreensão –, o senhor manda registrar tudo que é contra mim, mas não deixa que registrem o que é a meu favor.

Qualquer um teria sentido piedade, até mesmo um bruto. Mas Cauchon era pior que um bruto.

14

Havíamos chegado aos primeiros dias de abril e Joana estava doente. Adoecera no dia 29 de março, dia seguinte ao término do terceiro julgamento, e estava piorando quando o episódio que acabo de descrever ocorreu em sua cela. Aproveitar-se das condições de uma pessoa debilitada condizia com as atitudes de Cauchon.

Vejamos alguns detalhes da nova denúncia contra Joana – as Doze Mentiras.

Parte da primeira mentira acusava Joana de afirmar que sua alma já estava salva. Ela nunca disse isso. Ainda na primeira mentira falavam da recusa de Joana a se submeter à autoridade da Igreja. Isso não era verdade. Ela se prontificara a submeter todos os seus atos àquele tribunal de Rouen, exceto os que realizara por ordem de Deus no cumprimento de sua missão. Esses ela reservava para serem julgados por Deus. Na verdade ela não reconhecia Cauchon e seus lacaios como a Igreja, mas aceitava depor diante do papa ou do Concílio da Basileia.

Em outro lugar constava que ela admitira ter ameaçado de morte quem não a obedecesse a ela. Era uma mentira evidente. Em outro, ainda, há a afirmação que Joana teria feito de que todos os seus atos eram inspirados por Deus. Ela já havia corrigido isso antes, mas não lhe deram atenção.

Numa das outras mentiras consta que ela teria afirmado jamais haver cometido um só pecado. Ela nunca disse uma coisa dessas.

O fato de usar trajes masculinos tornou-se um pecado. Ora, se foi pecado, ela estava autorizada a cometê-lo por altas autoridades católicas – o arcebispo de Reims e o tribunal de Poitiers.

O Décimo Artigo acusava-a de mentirosa ao dizer que Santa Catarina e Santa Margarida falavam em francês, não em inglês, e que estavam ao lado da França naquela guerra.

As Doze Mentiras teriam que ser submetidas à aprovação dos sábios teólogos da Universidade de Paris. Foram copiadas e ficaram prontas na noite de 4 de abril. Foi então que Manchon fez um outro ato ousado: escreveu à margem que vários daqueles artigos eram falsos, pois Joana dissera exatamente o contrário. Mas isso não foi levado em consideração na Universidade de Paris – não influenciou decisão alguma nem tocou o coração de ninguém, se é que o tinham. Pelo visto, não o tinham quando agiam politicamente, como naquele caso. Mas mesmo assim foi uma atitude bela e corajosa aquela de Manchon.

O documento foi enviado a Paris no dia seguinte, 5 de abril. Naquela tarde houve um grande tumulto em Rouen. O povo, agitado, encheu as ruas principais da cidade à cata de informação. Corria a notícia de que Joana estava morrendo. Na verdade, aqueles longos julgamentos haviam-na deixado esgotada e ela de fato adoecera. Os dirigentes do partido inglês ficaram muito preocupados: se Joana morresse sem ser condenada pela Igreja e fosse enterrada com sua honra intacta, o amor e a compaixão do povo transformariam seu sofrimento em um santo martírio e ela passaria a ter influência ainda maior na França depois de morta.

O conde de Warwick e o cardeal inglês (Winchester) apressaram-se em mandar buscar um médico no castelo. Warwick era um homem de coração duro, um homem rude e sem compaixão. Ali estava a menina doente, presa por pesadas correntes em sua jaula de ferro. Qualquer um teria tido piedade. Mas Warwick não se importou que ela ouvisse quando disse aos médicos:

– Cuidem que nada aconteça a ela. O rei da Inglaterra não tem a menor intenção que ela tenha morte natural. Pagou muito caro por ela e só quer que ela morra na fogueira. Então é bom que cuidem bem dela.

Os médicos perguntaram a Joana o que a fizera doente. Ela disse que o bispo de Beauvais lhe havia enviado um peixe e ela achava que lhe fizera mal.

Jean d'Estivet ofendeu-a brutalmente, pois entendeu que Joana estava acusando Cauchon de havê-la envenenado. Ora, ele era um dos lacaios mais subservientes e inescrupulosos do bispo e sentiu-se ultrajado ao ouvir aquilo. Temia que seu chefe ficasse mal diante dos ingleses, que certamente arruinariam todos os seus planos se julgassem que ele havia tentado ludibriá-los. Não fora para isso que haviam-na comprado ao duque de Borgonha.

A febre de Joana subiu muito e os médicos propuseram uma sangria. Warwick preocupou-se:

– Tomem muito cuidado com isso; ela é esperta e será capaz de se matar.

Ele achava que para escapar da fogueira ela poderia tirar a bandagem a fim de sangrar até morrer.

Mas os médicos fizeram a sangria e ela melhorou. Não durou muito, porém, a sua melhora, pois Jean d'Estivet não se conteve. Estava tão preocupado e irritado com a suspeita de envenenamento que Joana levantara, que voltou lá à noite e pôs-se a ofendê-la até que a febre voltou a subir.

Quando Warwick soube disso, o sangue subiu-lhe à cabeça, pois sua caça ameaçava fugir-lhe das mãos novamente, e tudo por causa daquele idiota intrometido. Warwick deu em D'Estivet um soco admirável – isto é, admirável por sua força, não pela elegância, segundo depoimento dos presentes. Depois disso o intrometido ficou quieto.

Joana ficou doente por mais de duas semanas; depois começou a melhorar. Ainda estava muito fraca, mas já suportaria um pouco de perseguição sem correr risco de vida. Cauchon achou que já era hora de recomeçar. Reuniu então alguns de seus doutores em teologia e foi com eles para a masmorra de Joana. Manchon e eu os acompanhamos para fazer o registro – isto é, para registrar o que conviesse a Cauchon, deixando de fora o resto.

Ao ver Joana senti um choque. Ela não passava de uma sombra! Foi difícil convencer-me de que aquela criatura tão pequena e frágil, com um rosto tão triste e um corpo quase diáfano fosse a mesma Joana d'Arc que eu conhecera, tão cheia de vida e de entusiasmo, aquela que partia à frente de suas tropas lançando-se contra o fogo do inimigo. Partiu-me o coração vê-la daquele jeito.

Mas Cauchon não se importou. Fez mais um daqueles seus discursos sórdidos, do qual escorriam hipocrisia e perfídia. Disse a Joana que algumas das respostas dela pareciam ofensivas à religião. Como ela era ignorante e nada sabia das Escrituras, ele tinha ido ali com alguns religiosos muito sábios e piedosos para instruí-la, se ela o desejasse.

– Somos homens da Igreja, portanto o que nos move é a vontade de fazer o bem e o dever de tentar salvar sua alma e seu corpo, usando para tanto o que estiver a nosso alcance. Fazemos por você o que faríamos pelos que nos são mais caros ou por nós mesmos. Na verdade, apenas seguimos o exemplo da Santa Igreja, que nunca nega abrigo em seu seio a qualquer um que a ela queira retornar.

Joana agradeceu-lhes por aquelas palavras e disse:

– Ao que parece, é possível que a morte me venha em breve; se for a vontade de Deus que eu morra aqui, peço a graça de poder me confessar e receber meu Salvador em eucaristia. Peço também que me enterrem em solo sagrado.

Cauchon achou que ali estava finalmente a oportunidade que tanto queria; aquele corpo enfraquecido temia morrer sem ser abençoado e as dores do inferno que viriam em seguida. Aquele espírito obstinado estava a ponto de se render.

– Então – disse ele, resoluto –, se você deseja os Sacramentos, deve agir como uma boa católica e se submeter à autoridade da Igreja.

Ele estava ansioso por ouvir a resposta. Quando ela veio, porém, não continha rendição alguma. Joana se mantinha firme em seu posto. Voltou a cabeça para a parede e disse, cansada:

– Nada mais tenho a lhe dizer.

Cauchon teve uma crise de ira; ergueu a voz ameaçadoramente e disse que quanto maior seu risco de morrer, tanto mais motivos ela teria para corrigir-se dos seus erros. Recusou-lhe novamente tudo que ela pedia a não ser que ela se submetesse à autoridade da Igreja.

– Se eu morrer nesta prisão – disse Joana –, peço que me enterrem em solo sagrado; se não quiserem atender a meu pedido, entrego-me ao meu Salvador.

Cauchon não desistiu. Continuou a repetir suas exigências, a ameaçá-la, a gritar, mas foi tudo em vão. Aquele pobre corpo que ali estava não tinha forças, porém o espírito que lhe dava vida era o espírito de Joana d'Arc. A resposta veio firme – a mesma resposta que eles tanto conheciam e odiavam:

– O que tiver que ser será. Minha resposta permanecerá sempre a mesma que lhes dei em seus tribunais.

Depois disso os bons teólogos revezaram-se atormentando Joana, tentando fazê-la mudar de ideia com citações das Escrituras e raciocínios os mais tortuosos. A todo instante tentavam atraí-la com a possibilidade de ela receber os Sacramentos; acenavam com aquela isca diante de uma alma que tanto ansiava pela comunhão com Deus; tentavam suborná-la para que ela reconhecesse a autoridade da Igreja – a autoridade *deles*, como se *eles* fossem a Igreja! Mas nada conseguiram. Eu lhes teria dito isso, se me tivessem perguntado. Mas é claro que jamais me perguntariam coisa alguma; nem se davam conta da minha existência.

A sessão terminou com uma ameaça: uma ameaça terrível, calculada para fazer com que uma pessoa de fé católica sentisse o chão afundar sob seus pés:

– A Igreja exige que você reconheça sua autoridade; se você não se submeter a ela, será abandonada como se fosse uma pagã!

Imagine o que significa ser abandonada pela Igreja! – por aquela augusta força em cujas mãos se encontra o destino da humanidade; cuja autoridade estende-se para além da mais distante estrela que pisca imperceptível no céu; cujo poder se exerce sobre milhões de vidas humanas e sobre bilhões de almas que aguardam tremendo no purgatório a hora de serem resgatadas ou condenadas para sempre; cujo sorriso abre para os fiéis a porta do Céu e cujas más graças mandam os infiéis para o fogo eterno; um poder cujo domínio ofusca e reduz a quase nada os impérios do mundo, com todas as suas pompas e riquezas. Ser abandonado pelo rei terreno significa a morte, mas ser abandonado por Roma, ser abandonado pela Igreja! Ah, a morte é nada diante disso, pois tal castigo significa a eternidade no fogo do inferno!

Em minha mente pude ver aquelas ondas vermelhas se agitando no lago de fogo do qual não se escapa; pude ver uma infinidade de condenados lutando em vão para escapar, emergindo e afundando novamente. Eu sabia que Joana estava vendo o que eu via enquanto pensava, calada. Tive certeza de que ela cederia naquele momento e, na verdade, esperei que cedesse, pois aqueles eram capazes de cumprir a ameaça e mandá-la para o sofrimento eterno. E eu sabia que estava em sua natureza fazê-lo.

Mas foi tolice minha pensar isso; foi tolice esperar que ela cedesse. Joana d'Arc não era como qualquer um. Ela era fiel a seus princípios, à verdade, à sua palavra – a fidelidade era parte integrante de seu ser. Ela não podia mudar. Não podia pôr de lado sua fidelidade. Seria fiel a qualquer custo, ainda que esse custo fosse a ameaça do inferno.

Suas Vozes não lhe haviam dado permissão para fazer o que eles queriam que ela fizesse, portanto ela manteria sua palavra. Aguardaria em perfeita obediência, quaisquer que fossem as consequências.

Meu coração pesava como chumbo dentro do peito quando deixei aquela masmorra. Joana, entretanto, estava serena; não parecia ter se perturbado em absoluto. Havia agido de acordo com sua consciência e isso lhe bastava; as consequências não dependiam dela. As últimas palavras que disse naquela noite foram repletas de tranquilidade, pronunciadas com a mais absoluta calma:

– Sou uma boa cristã; assim nasci, me batizei e sempre vivi. E como uma boa cristã morrerei.

15

Duas semanas se passaram e maio chegou; o ar frio foi-se embora, as flores do campo começaram a surgir por toda parte, os pássaros a chilrear – toda a natureza reluzia ao sol da primavera. As pessoas sentiam suas almas renovadas, seus corações felizes, pois a vida, a esperança e a alegria ressurgiam. A planície que se estendia para além do Sena tinha o verde intenso de um capim novo e macio; no rio as águas eram límpidas e nelas se refletiam as ilhas muito verdes. Do alto da colina via-se tudo isso com o peito carregado de emoção; via-se também Rouen com sua ponte, a cidade mais encantadora da face da terra.

Quando disse que as pessoas se sentiam felizes e cheias de esperança, falei de um modo geral. Havia exceções – nós, os amigos de Joana d'Arc e, é claro, a própria Joana, a pobre menina inocente por trás daqueles enormes muros sombrios e daquelas altas torres. Lá estava ela, remoendo sua tristeza na escuridão, tão perto de toda aquela inundação de luz e ao mesmo tempo tão distante; tão desejosa de poder compartilhar da renovação da vida, ainda que por alguns instantes, e tão implacavelmente impedida de fazê-lo. Impediam-na aqueles abutres vestidos de negro que tramavam sua morte e a difamação de seu nome honrado.

Cauchon estava pronto para levar avante seu miserável intento. Tinha um novo plano. Utilizaria uma nova arma de persuasão: um especialista treinado que saberia usar os recursos da argumentação e da eloquência com aquela menina obstinada. Era esse seu plano. Mas a leitura dos Doze Artigos para ela não estava incluída no plano. Não, até mesmo Cauchon teria vergonha de expor aquela monstruosidade diante dela; até ele tinha um resquício de vergonha escondido no mais recôndito desvão de sua alma que o impedia de fazê-lo.

Naquele lindo dia 2 de maio, portanto, um grupo sombrio reuniu-se no espaçoso salão que ficava no grande corredor do castelo. O bispo de Beauvais sentou-se em seu trono e sessenta e dois juízes menores aglomeraram-se diante dele; os guardas e os responsáveis pelo registro ocuparam seus postos. O orador encaminhou-se para sua mesa.

Ouvimos então o ruído das correntes vindo de longe, cada vez mais audível. Joana entrou no salão acompanhada dos guardas e sentou-se em seu banco, isolada. Estava linda novamente, depois de duas semanas em que pudera descansar.

Ela olhou em torno de si e viu o orador. Percebeu logo a situação armada.

O orador havia escrito todo o seu discurso e o tinha nas mãos, mas as mantinha escondidas atrás de si. Tal era o volume dos papéis, que ele parecia estar segurando um livro. Pôs-se então a falar como de improviso, porém em meio a uma frase rebuscada sua memória lhe falhou e ele foi obrigado a lançar um olhar furtivo a seu manuscrito, prejudicando o efeito esperado. Isso aconteceu novamente e ainda uma terceira vez. O pobre homem ficou rubro de vergonha; já todos ali estavam constrangidos, o que tornou a situação ainda pior. Foi então que um comentário de Joana acabou de completar o drama daquele homem.

– *Leia logo seu livro* – disse ela. – Quando terminar a leitura, eu respondo.

Ora, a maneira como aqueles veteranos embolorados puseram-se a rir foi quase cruel; o orador ficou tão enrubescido e perdido que dava dó. Eu mesmo tive dificuldade em não ficar penalizado. Sim, o descanso fizera bem a Joana e aquele seu jeito travesso estava quase aflorando. Ela não o demonstrou ao fazer o comentário, mas eu sabia que ele estava lá, por trás daquelas palavras.

Quando conseguiu se recompor, o orador fez uma coisa sábia: seguiu o conselho de Joana. Não tentou mais simular uma oratória de improviso; restringiu-se à leitura do seu "livro". Nele os Doze Artigos estavam reduzidos a seis e era esse seu texto.

De tempos em tempos ele interrompia a leitura para fazer perguntas, que Joana respondia. Depois de explicar novamente a natureza da Igreja Militante, o orador pediu a Joana que se submetesse a ela.

A resposta foi a mesma de sempre:

– Você crê que a Igreja possa errar? – perguntou ele.

– Não creio que ela possa errar, porém das coisas que fiz e disse por ordem de Deus, só a Ele prestarei contas.

– Então você afirma que não há juiz para seus atos na face da terra? O nosso Santo Papa não pode julgá-la?

– Não é ao senhor que responderei isso. Nosso Senhor é meu Mestre e a Ele tudo submeto.

Foi então que ele disse estas palavras terríveis:

– Se você não se submete à Igreja será declarada herege por estes juízes aqui presentes e morrerá queimada na fogueira!

Ah, uma ameaça dessas teria nos matado de medo ali mesmo – a mim e a vocês –, mas serviu apenas para provocar o coração de leão que batia no peito de Joana. Sua resposta veio com aquela nota marcial que empolgava os soldados como um toque de trombeta chamando para a batalha:

– Minha resposta permanece a mesma e permanecerá a mesma diante do fogo!

Senti a alma enlevada ao ouvir Joana falar novamente como se estivesse no campo de batalha e ver aquela luz guerreira em seus olhos. Muitos dos que estavam ali emocionaram-se também – os que eram humanos se comoveram, fossem eles aliados ou inimigos. Manchon pôs sua vida em risco novamente, aquela boa alma, ao escrever na margem das anotações com letras bem visíveis estas corajosas palavras: "*Superba responsio*!" E lá permanecem elas durante todos esses anos e podem ser lidas no dia de hoje.

"*Superba responsio*!" Sim, foi isso mesmo, pois aquela resposta soberba saíra dos lábios de uma jovem de dezenove anos que encarava, destemida, a morte e o inferno.

É claro que voltaram à questão das vestimentas masculinas, como sempre, e como sempre tentaram chantageá-la: se as deixasse voluntariamente eles permitiriam que ela assistisse à missa. E novamente ela respondeu como tantas vezes o fizera:

– Usarei vestimentas de mulher durante as cerimônias religiosas, se me permitirem a elas comparecer, mas vestirei minhas outras roupas logo que voltar para minha cela.

Tentaram vários tipos de armadilha. Fizeram-lhe propostas hipotéticas tentando ardilosamente forçá-la a se comprometer com seu lado da barganha, sem que eles se comprometessem com o outro. Mas ela sempre percebia o engodo e o desfazia. Propunham-lhe, por exemplo:

– Você estaria disposta a fazer tal coisa se lhe déssemos permissão?

Ela respondia, invariavelmente:

– Quando me derem permissão, saberão se estou disposta a isso.

Sim, Joana estava em seus melhores dias naquele 2 de maio. Toda sua agudeza de raciocínio estava lá e eles não conseguiram apanhá-la. A sessão foi extremamente longa e todas as questões de sempre foram examinadas novamente, palmo a palmo. O orador treinado esgotou os recursos que conhecia – toda a sua capacidade de persuasão, toda a sua eloquência –, mas o resultado também foi o de sempre: uma batalha inconclusa, sessenta e dois homens de batina retirando-se da sala, e a inimiga, solitária, sem arredar um passo sequer de sua posição.

16

Aqueles dias radiantes de primavera – dias divinos, encantadores – faziam transbordar de alegria os corações das pessoas, como já disse; sim, Rouen tornou-se uma cidade animada e o povo nas ruas parecia sempre pronto a dar risadas gostosas por qualquer motivo. Por isso riu-se muito quando correu a notícia de que a menina presa na torre tinha derrotado novamente o bispo Cauchon. E riram-se cidadãos de ambos os partidos, pois o bispo era detestado por todos. É verdade que a maioria, simpatizante dos ingleses, queria ver Joana na fogueira. Isso, entretanto, não impedia que se risse daquele homem tão odiado. Teria sido perigoso zombar dos chefes ingleses ou da maioria dos juízes assistentes de Cauchon. Mas rir-se de Cauchon, de D'Estivet e de Loyseleur não representava perigo algum, pois ninguém se daria o trabalho de delatar.

A diferença entre Cauchon e *cochon** não se percebe na língua falada, o que dava muitas oportunidades para trocadilhos que não eram desperdiçadas.

Algumas das piadas acabaram gastas de tanta repetição naqueles dois a três meses. Cada vez que Cauchon iniciava um novo julgamento, o povo dizia: "Lá vem porcaria de novo!" e a cada derrota repetia-se outro trocadilho: "Torceram o rabo da porca novamente!"

Enquanto Noël e eu caminhávamos pelas ruas da cidade no dia 3 de maio, ouvimos muitas piadas desse tipo e muitas risadas ao passarmos por perto dos vários grupos que se formavam.

– Vejam só! A porca já pariu cinco vezes mas só sabe fazer porcaria!**

Aqui e ali ouvia-se alguém com coragem suficiente dizer, ainda que em voz baixa:

– Sessenta e três e por trás deles o poderio dos ingleses contra essa menina, e mesmo assim ela já conseguiu cinco vitórias!

Cauchon morava no grande palácio do arcebispo, que era guardado por soldados ingleses. Apesar disso não se passava uma noite escura sem que as paredes mostrassem, na manhã seguinte, que algum brincalhão vulgar passara por ali com tinta e pincel. Pois é, passava por lá e lambuzava aqueles muros sagrados com desenhos de

---

*Porco (*N. da T.*)

***Cochoner*, parir uma ninhada de porcos; também, "fazer porcaria". (*N. da T.*)

porcos nas mais diversas e ridículas atitudes. Havia porcos com vestes de bispo e cada um deles levava uma mitra encarapitada no alto da cabeça, de maneira muito irreverente.

Cauchon teve acessos de raiva e praguejou muito durante sete dias, ao término dos quais concebeu um novo plano. Vocês jamais seriam capazes de suspeitar do que se tratava, pois para tanto necessitariam também ter corações cruéis.

No dia 9 de maio houve uma convocação e lá fomos nós, Manchon e eu, com nosso material. Mas daquela vez deveríamos nos dirigir para uma das outras torres – não aquela em que Joana se encontrava. Era uma torre circular, escura e de paredes muito espessas – a estrutura mais pesada e lúgubre que já vi em toda a minha vida.*

Entramos em um aposento circular no andar térreo e o que vi deu-me náuseas – os instrumentos de tortura e os torturadores estavam prontos para entrar em ação! Foi ali que o coração de Cauchon se revelou em todo o seu negrume; ali se teve a prova de que nele não havia o menor resquício de piedade.

Cauchon já estava lá com o vice-inquisidor e o abade de St. Corneille; havia ainda seis outros, entre os quais o hipócrita Loyseleur. Os guardas estavam a postos, bem como o torturador e seus auxiliares, estes com seus trajes vermelhos que combinavam com a cor do sangue que faziam correr em seu ofício. Aguardavam junto ao aparelho de tortura. Imaginei Joana estirada sobre aquela grade, amarrada a uma extremidade pelos pés e à outra pelos pulsos, e aqueles gigantes vermelhos a girar a manivela, dilacerando seu corpo. Tive a sensação de ouvir os ossos estalarem e a carne ser rasgada. Não pude compreender como aquele grupo de sacerdotes, servos ungidos do misericordioso Jesus, conseguia ficar ali sentado tão placidamente, com tanta indiferença. Pouco depois trouxeram Joana. Ela viu o aparelho de tortura, viu os torturadores e a mesma imagem que me ocorreu deve ter ocorrido a ela. Mas vocês acham que ela estremeceu, que

---

*A parte inferior dessa torre ainda pode ser vista exatamente como era naquela época; a parte superior foi reconstruída mais recentemente (*Nota do tradutor inglês*).

se intimidou? Não. Não deu o menor sinal de medo. Empertigou-se e seus lábios se torceram levemente demonstrando desprezo. Mas quanto a medo, não se viu o menor vestígio.

Foi uma sessão inesquecível, apesar de ter sido a mais breve de todas. Joana se sentou e então lhe foi lido um resumo de seus "crimes". Depois foi a vez de Cauchon fazer seu discurso solene. Disse que no decorrer de vários julgamento Joana havia se recusado a responder a várias perguntas e que a outras respondera com mentiras, mas que naquele dia ele conseguiria extrair dela a verdade, toda a verdade.

Cauchon estava muito seguro de si; tinha certeza de haver encontrado um meio de dobrar a resistência daquela menina obstinada, de fazer com que ela chorasse e suplicasse por misericórdia. A vitória seria sua daquela vez e ele calaria a boca daquele povo irreverente de Rouen. Ser exposto ao ridículo daquela maneira já o estava deixando desesperado. Falava muito alto e seu rosto bexiguento se iluminava com todos os matizes cambiantes e outros sinais de prazer cruel – roxo, amarelo, vermelho, verde –, todas essas cores e ainda, em determinados momentos, o terrível cinza-azulado dos afogados, que era a mais assustadora. Terminou seu discurso com uma ameaça feita com muita emoção:

– Aí está a cama de tortura e ali estão os que a fazem funcionar! Você revelará tudo agora ou será submetida à tortura! Fale!

Foi então que Joana deu uma de suas respostas memoráveis que o tempo não há de apagar. Deu-a sem fazer bravata, tranquilamente. Por isso mesmo revelou sua altivez e sua nobreza:

– Não lhes direi mais do que já disse; nem mesmo se os senhores dilacerarem meu corpo. E ainda que a dor me fizesse revelar alguma coisa, eu deixaria claro, depois, que quem falou não fui eu e sim uma pessoa sob tortura.

Nada conseguia destroçar aquele espírito. Vocês deveriam ter visto a reação de Cauchon. Fora derrotado novamente quando tinha certeza da vitória. No dia seguinte correu pela cidade a notícia de que ele já havia redigido uma confissão de todos os crimes e a tinha em seu bolso para Joana assinar. Não sei se isso foi verdade, mas provavelmente sim, pois a marca de Joana assinando uma confissão seria o tipo de prova valiosa para Cauchon, principalmente diante da opinião pública.

Não, não conseguiram destroçar aquele espírito; era impossível turvar aquela mente iluminada. Pensem bem no significado profundo e na sabedoria da resposta dada e lembrem-se de que quem assim falou foi uma menina ignorante. Ora, creio que não haja no mundo meia dúzia de pessoas a quem ocorreria dar uma resposta daquelas, de que as palavras extraídas por meio de tortura não representam necessariamente a verdade. Entretanto uma camponesa iletrada pôs o dedo naquela ferida usando apenas seu saber intuitivo. Sempre se supôs que a tortura extraísse a verdade de dentro das pessoas – era assim que se pensava; e quando Joana deu aquela resposta surpreendente, suas palavras pareceram inundar de luz todo o ambiente. Foi como um relâmpago numa noite escura que subitamente revelasse um belo vale entrecortado por riachos de prata, aldeias reluzentes e belas pastagens onde antes só se via a escuridão impenetrável. Manchon arriscou um olhar enviesado em minha direção e pude ver a surpresa em seu rosto. Olhei em volta e vi aquela mesma expressão em várias outras faces. Atentem para isso – estavam ali homens de idade avançada, profundamente cultos, diante de uma jovenzinha de aldeia capaz de ensinar-lhes algo que ignoravam até então. Ouvi quando um deles murmurou:

– Realmente, esta criatura é maravilhosa! Ela colocou a mão sobre algo que era tido como verdade desde que o mundo é mundo e transformou tudo em pó. Eu gostaria de saber de onde vem tanta sabedoria.

Os juízes afastaram-se para conversar sem serem ouvidos. Falaram em voz baixa. Era evidente, pelo que se podia perceber de uma palavra ou outra que escapava, que Cauchon e Loyseleur insistiam na aplicação da tortura e que a maioria objetava firmemente a isso.

Finalmente Cauchon voltou-se para os soldados e ordenou, profundamente irritado, que Joana fosse levada de volta para sua cela. A surpresa me deixou feliz. Não pensei que o bispo fosse ceder.

Quando Manchon voltou para casa naquela noite, disse-me que descobrira por que não a haviam torturado. Foram dois os motivos. Um deles era o medo de que Joana morresse sob tortura, fato que não agradaria aos ingleses em absoluto; o outro era que de nada valeria pois Joana negaria tudo que dissesse sob tortura. Quanto a apor sua marca em uma confissão, eles sabiam que nem mesmo aquele diabólico aparelho seria capaz de forçá-la a isso.

Portanto o povo de Rouen teve motivos para rir-se novamente. Foram três dias de risadas.

– A porca já pariu seis vezes e de novo só fez porcaria.

E os muros do palácio ganharam uma nova decoração – um porco de mitra carregando nos ombros um aparelho de tortura, dessa vez acompanhado por Loyseleur, que o seguia chorando. Foram oferecidas boas gratificações a quem conseguisse prender os pintores, mas ninguém se interessou por elas. Até mesmo os guardas ingleses fingiam não ver para que os artistas pudessem trabalhar.

A ira do bispo já não podia ser contida. Ele não se conformava com a ideia de desistir da tortura. De todas as ideias que tivera, era aquela a de que mais gostava e não queria vê-la descartada. Resolveu então convocar alguns de seus asseclas no dia 12 e exigiu novamente que a tortura fosse aplicada. Mas viu-se frustrado ainda essa vez. A fala de Joana teria surtido efeito em alguns deles; outros temiam que ela morresse ao ser torturada e a maior parte estava convicta de que ela não aporia sua marca a uma confissão mentirosa. Havia quatorze homens reunidos, inclusive Cauchon. Onze deles votaram contra a tortura com grande convicção e defenderam a posição tomada apesar da ira de Cauchon. Dois votaram com o bispo, insistindo na tortura – Loyseleur e o orador. Este último era Thomas de Courcelles, o mestre em eloquência a quem Joana ordenara que "lesse seu livro".

A idade ensinou-me a ser condescendente com as pessoas, porém tal virtude me falha quando penso nesses três nomes – Cauchon, Courcelles e Loyseleur.

17

Mais dez dias de espera. Os grandes teólogos da augusta Universidade de Paris, repositório de todo conhecimento humano e toda a sabedoria, ainda analisavam, discutiam e avaliavam as Doze Mentiras.

Eu pouco tinha a fazer naqueles dias, portanto passei-os com Noël a perambular pela cidade. Mas isso não nos dava prazer algum; nossos corações estavam pesados de preocupações e o destino de Joana parecia cada vez mais sombrio. Comparávamos nossas circunstâncias com as dela: podíamos caminhar livres sob o sol da primavera, enquanto ela permanecia acorrentada na masmorra escura; tínhamos um ao outro por companhia e ela estava absolutamente só. Ela, que tanto prezava a liberdade, não tinha liberdade para coisa alguma. Joana sempre fora uma criatura do ar livre, dos espaços abertos, por natureza e costume, e lá estava trancada noite e dia como um animal em sua jaula. Era acostumada à claridade, mas vivia imersa na escuridão, onde tudo adquire aparência espectral; estava acostumada aos sons alegres das canções e da vida animada ao seu redor, mas o único som que ouvia era o das passadas monótonas da sentinela cumprindo seu turno; sempre esteve cercada de companheiros e já não tinha mais uma só pessoa com quem conversar. Sua risada alegre fora silenciada. Vivia imersa no tédio e na tristeza e seu pensamento andava em círculo dia e noite, noite e dia, incessantemente. Era a morte em vida; sim, morte em vida é o que deve ter sido aquele período para ela. E havia ainda um outro detalhe cruel: uma jovem que está sofrendo necessita do consolo e do apoio de pessoas do seu próprio sexo, das pequenas delicadezas e atenções que só elas podem oferecer. Entretanto em todos aqueles meses de triste cativeiro Joana não viu um só rosto feminino. Pensem na alegria que lhe seria dada se tivesse podido conversar com uma amiga.

Eu gostaria que vocês meditassem sobre isso. Se desejam compreender a força de Joana d'Arc, lembrem-se do lugar onde ela vivia e em que circunstâncias, pois era de lá que ela emergia, semana após semana, mês após mês, para enfrentar-se com os mestres do intelecto da França, sozinha. Era de lá que ela saía para derrotar suas tramas mais ardilosas e seus planos mais elaborados, para detectar e evitar suas armadilhas mais engenhosas, vencer-lhes a resistência, rechaçar seus ataques e ocupar sozinha o campo depois de cada batalha, sem recuar um só palmo em suas posições. Desafiava a morte na fogueira e rechaçava as ameaças de inferno eterno com uma simples resposta: "Aconteça o que acontecer, é esta minha posição e não a deixarei."

Sim, se desejam realmente aquilatar a magnitude da alma, a sabedoria profunda e o intelecto luminoso de Joana d'Arc, é preciso que pensem nesse momento de sua vida, quando ela teve que lutar sozinha, não apenas contra os homens mais argutos e cultos de toda a França, mas também contra sua ignomínia, sua trapaça, contra os corações mais insensíveis do país.

Joana era maravilhosa quando lutava – maravilhosa em sua perspicácia, sua honestidade, seu patriotismo; sabia como ninguém persuadir lideranças descontentes e conciliar interesses conflitantes; com grande habilidade descobria as qualidades das pessoas, onde quer que se escondessem. Era maravilhoso ouvi-la falar, ouvir aquele seu jeito pitoresco de dizer coisas tão sábias, de incendiar os corações que já não tinham mais esperanças, realimentando-os com novo entusiasmo. Era assim que Joana transformava medrosos em heróis, homens sem ânimo em batalhões que marchavam para enfrentar a morte com canções em seus lábios. Mas tudo isso não exaltava o espírito, mantendo o coração e a mente afinados com o trabalho; tudo isso resultava em sucesso e alegria, realimentava a alma e tornava as percepções mais acuradas. Não havia lugar para o cansaço, a tristeza ou a inércia – isso para ela não existia.

Sim, Joana d'Arc sempre foi maravilhosa, onde quer que estivesse. Mas foi no julgamento de Rouen que ela pôde melhor demonstrar isso. Ela ergueu-se acima das limitações e das fraquezas da nossa natureza humana e conseguir superar-se, em circunstâncias as mais desesperadoras; mobilizou sua espantosa reserva moral e intelectual e manteve-se firme em sua grandeza, apesar de não mais realimentar-se com a esperança, a alegria, a luz, a presença de rostos queridos, a luta justa. E todos a olhavam, perplexos.

18

Ao final do intervalo de dez dias a Universidade de Paris apresentou sua decisão relativa aos Doze Artigos: Joana foi considerada culpada por unanimidade. Deveria renunciar a seus erros e arrepender-se. Em caso contrário, seria entregue ao braço secular da Igreja para receber a punição devida.

Aquela decisão dos sábios da Universidade certamente já estava tomada antes mesmo que os artigos lhes fossem submetidos. Entretanto demoraram-se do dia 5 ao dia 18 de maio para chegar ao veredicto. Creio que a demora deveu-se a dificuldades relativas a dois pontos:

1. Quem seriam os espíritos malignos que falavam com Joana;
2. Se as santas que lhe apareciam só falavam mesmo o francês.

Vejam bem, a Universidade foi enfática na sua decisão de que pertenciam a espíritos malévolos as Vozes que falavam a Joana. Seria necessário provar isso e eles se esforçaram. Descobriram até quem eram esses espíritos e os identificaram por seus nomes: Belial, Satanás e Beemote. Sempre tive dúvidas quanto a essa conclusão a que chegaram e não creio que mereça muito crédito. Penso assim por um motivo simples: se a Universidade sabia que se tratava daqueles três, por que não disse como chegou àquela conclusão? Por que se limitou à simples afirmativa, já que tanto insistiu com Joana para que ela explicasse como sabia que *não eram* espíritos do mal? Isso não lhes parece razoável? A meu ver, a posição da Universidade foi fraca e já digo por quê. Seus sábios afirmaram que os anjos de Joana eram demônios disfarçados e até aí podiam estar certos, pois todos sabemos que os demônios costumam mesmo disfarçar-se de anjos. Mas sua posição se enfraquece quando assumem que são capazes de identificar esses espíritos e negam a Joana a capacidade de fazê-lo. Ora, Joana não lhes ficava a dever em lucidez e inteligência – nem mesmo às melhores cabeças que a Universidade pudesse produzir.

Os doutores da Universidade precisariam ter visto aquelas criaturas para fazer tal afirmação. E se Joana foi enganada, eles também poderiam ter sido, pois sua perspicácia e seu discernimento não eram superiores aos dela.

Quanto ao outro ponto em que eu acho que a Universidade teve problemas que ocasionaram a demora, não vou me estender muito. A Universidade decidiu que era blasfêmia Joana afirmar que seus santos falavam francês – não inglês – e que politicamente se alinhavam com a França. Eu acho que o que deixou os doutores confusos foi o seguinte: eles haviam decidido que as três Vozes eram do Satanás e de dois outros demônios; mas decidiram também que as Vozes *não estavam* do lado dos franceses. Então, se estavam do lado dos ingleses, deveriam ser anjos e não demônios. Em caso contrário, a situação seria muito constrangedora. Ora, sendo a Universidade a instituição mais sábia, mais culta e erudita de todo o mundo, ficava-lhe bem ser lógica, se fosse possível. Era importante para sua reputação. Foi por isso que levou dias a fio tentando encontrar uma explicação razoável para afirmar que as Vozes eram de demônios no Artigo 1 e afirmar que eram de anjos no Artigo 10. Mas não conseguiram e acabaram desistindo. Não havia saída. É por isso que até hoje quem se der o trabalho de ler o veredicto da Universidade encontrará ali essa incongruência – demônios no Artigo 1 e anjos no Artigo 10. E não há como conciliá-los.

Os enviados trouxeram o veredicto para Rouen e com ele uma carta para Cauchon com ardorosos elogios. A Universidade cumprimentava-o pelo zelo na perseguição àquela mulher "cujo veneno infectou os fiéis de todo o Oeste" e disse-lhe que, como recompensa, certamente lhe seria oferecida "uma coroa de glória inalienável no céu". Então era *só aquilo*? – uma coroa no céu? – uma nota promissória não endossada! Era sempre assim: prometiam-lhe algo remoto e intangível. Não havia uma única palavra sobre o arcebispado de Rouen, pelo qual Cauchon destruíra sua alma. Uma coroa no céu; aquilo deve ter soado como sarcasmo em seus ouvidos, depois de tanto trabalho. E o que faria ele no céu? Certamente não teria conhecidos lá.

No dia 19 de maio uma corte de cinquenta juízes reuniu-se no palácio do arcebispado para decidir o destino de Joana. Uns poucos queriam-na entregue ao braço secular da Igreja imediatamente, para que fosse logo punida. A maioria, entretanto, insistiu em que lhe fosse dada ainda uma última oportunidade: uma "repreensão caridosa".

Portanto aquela mesma corte reuniu-se no castelo no dia 23 e Joana foi levada até eles. Pierre Maurice, um cônego de Rouen, fez uma preleção a Joana exortando-a a salvar sua vida e sua alma, para tanto renunciando a seus erros e submetendo-se à Igreja. Concluiu seu discurso com uma dura ameaça: se ela continuasse obstinada, a condenação de sua alma seria certa, e a destruição de seu corpo, provável. Mas Joana continuou inamovível.

– Mesmo se essa fosse minha sentença, e eu já estivesse diante da fogueira prestes a ser acesa – digo mais –, se já estivesse ardendo na fogueira, nada diria que não tivesse dito nesses julgamentos e manter-me-ia fiel ao que disse até morrer.

Fez-se então um profundo silêncio que durou alguns instantes. Senti aquele tempo oprimir-me o peito como se fosse um peso insuportável. Percebi que aquilo era um presságio. Cauchon rompeu o silêncio dirigindo-se a Pierre Maurice com uma voz grave e solene:

– O senhor ainda tem alguma coisa a acrescentar?

O padre baixou a cabeça e respondeu:

– Nada, senhor.

– Prisioneira, você tem alguma coisa a acrescentar?

– Nada.

– Então a sessão está encerrada. Amanhã a sentença será anunciada. Levem a prisioneira.

Dizem que ela se retirou do palácio imponente como sempre. Eu mesmo não pude ver, pois as lágrimas turvaram-me a visão.

Amanhã – pensei eu –, dia 24 de maio! Exatamente um ano antes eu a vira galopar a toda velocidade pela planície, à frente de sua tropa, com seu elmo de prata a reluzir, a capa prateada a tremular ao vento, as plumas brancas se agitando. Vi-a com sua espada erguida atacar o campo borgonhês três vezes e sair vencedora. Vi quando ela esporeou seu cavalo partindo para o lado direito em direção às terras do duque. Vi quando ela se lançou com ímpeto ao último assalto que jamais faria. E agora aquele dia fatídico chegava novamente – o que traria ele?

19

Joana foi condenada pelos crimes de heresia, bruxaria e por todos os outros de que tinha sido acusada nos Doze Artigos. Sua vida estava finalmente nas mãos de Cauchon. Ele poderia mandá-la para a fogueira imediatamente. Seria razoável supor que seu trabalho estivesse concluído e que ele se desse por satisfeito. Mas não, não foi isso que aconteceu. Que seria do seu ainda sonhado posto de arcebispo se o povo cismasse que aquela facção de padres mal-intencionados, trabalhando sob o chicote dos ingleses, tinha cometido um erro ao condenar Joana d'Arc, a Salvadora da França? Isso só ajudaria a transformá-la em mártir. O espírito que se ergueria então das cinzas de seu corpo teria mil vezes mais força e acabaria varrendo os ingleses de volta para o mar, com Cauchon junto. Não, a vitória ainda não estava completa. Era necessário que o povo tivesse provas de que Joana era culpada. E onde encontrar essas provas? Só havia uma pessoa no mundo capaz de fornecê-las – a própria Joana d'Arc. Ela teria que convencer o povo de sua culpa – ou pelo menos *parecer* que a aceitava.

Mas como conseguir isso? Já se haviam desperdiçado várias semanas tentando fazê-la se render – foi tempo absolutamente perdido. O que poderia persuadi-la, então? As ameaças de tortura e de morte de nada valeram. O que mais restava? A doença, o cansaço e a terrível visão do fogo – a presença do fogo! Isso poderia ser tentado.

Cauchon teve uma grande ideia. Afinal, ela não passava de uma menina e, enfraquecida pela doença e pelo cansaço, acabaria reagindo como tal.

Sim, aquela era uma ideia engenhosa. Ela mesma já havia admitido que sob tortura poderia até fazer uma falsa confissão. Isso não poderia ser esquecido e ele não se esqueceu.

Ela dissera também outra coisa que deveria ser lembrada: logo que as dores da tortura cessassem, ela retiraria sua confissão.

Ora, ela mesma lhes dera aquela sugestão. Primeiro deveriam deixá-la sem resistência e depois amedrontá-la com o fogo. Então, enquanto ela estivesse fragilizada, forçá-la-iam a assinar um papel.

Ela exigiria que lhe lessem o que estava escrito. Eles não poderiam recusar-se a isso, pois as sessões eram públicas. E se ela recuperasse a coragem durante a leitura? Não assinaria coisa alguma. Mas essa dificuldade não seria insuperável. Poderiam ler um documento mais breve, de pouca importância, e em seguida substituí-lo, sem que percebessem, pelo documento que queriam ver assinado. Ela não se daria conta daquilo.

Porém restava ainda uma dificuldade. Se eles a forçassem a renegar seus atos, ela ficaria livre da pena de morte. Poderiam mantê-la pelo resto da vida em uma prisão da Igreja, mas estariam impedidos de executá-la. Não, essa não seria a solução, pois somente a morte deixaria os ingleses satisfeitos. Ela seria uma ameaça enquanto vivesse. Já havia fugido de duas prisões.

Mas até mesmo essa dificuldade poderia ser removida. Cauchon faria com Joana um trato pelo qual ela deixaria de usar trajes masculinos. Ele não cumpriria sua parte, levando-a a não cumprir a dela. Por esse descumprimento ela seria condenada à fogueira. E a fogueira, é claro, já estaria armada.

Era essa a sequência das ações; bastava então desencadeá-la e ele ganharia o jogo. Já era quase possível prever o dia em que a pobre jovem, a criatura mais inocente e mais nobre da França, encontraria sua morte cruel.

E o passar do tempo já estava dando sua contribuição àquele triste fim. O espírito de Joana permanecia íntegro – continuava sublime e altivo como sempre; mas sua resistência física caía a cada dia que passava e uma mente forte precisa ter em que se apoiar.

Todo mundo sabe, agora, que o plano de Cauchon era esse que esbocei para vocês. Mas naquela ocasião ninguém sabia. Há motivos para crer que Warwick e todas as outras lideranças inglesas exceto a maior delas – o cardeal de Winchester – desconheciam o plano secreto. Sabe-se também que apenas Loyseleur e Beaupère, do lado francês, o conheciam. Às vezes pergunto-me até se esses dois sabiam de tudo desde o início. Mas se alguém tinha conhecimento, certamente seriam os dois.

É praxe permitir que o condenado passe sua última noite em paz, porém até essa graça foi negada à pobre Joana, se foi verdade o que se disse na ocasião. Loyseleur foi enviado sorrateiramente à sua presença, disfarçado em padre amigo e partidário da causa francesa que odiava secretamente os ingleses. Nas várias horas que passou com ela, ele tentou convencê-la a "tomar a única atitude razoável e correta" – submeter-se à Igreja, como boa cristã. Isso a livraria imediatamente das garras dos terríveis ingleses e permitiria que ela fosse transferida para uma prisão da Igreja, onde estaria entregue à guarda de mulheres e seria bem-tratada. Ele sabia que argumentos usar. Sabia como era insuportável para ela a presença daqueles rudes e profanos soldados ingleses. Sabia de uma vaga promessa das Vozes a Joana que esta interpretara como uma possibilidade de fuga ou de alguma forma de libertação – ali estaria a oportunidade de voltar a defender a França e completar, vitoriosa, a missão que os céus lhe haviam confiado. Loyseleur sabia de outra coisa também: que se conseguisse enfraquecer ainda mais aquele corpo já debilitado, impedindo-o de descansar, de manhã ela estaria esgotada, sem forças para resistir aos argumentos de persuasão e às ameaças diante da fogueira. Tampouco seria capaz de perceber as armadilhas que armavam para ela, o que não aconteceria se Joana estivesse em seu estado normal.

Não é necessário dizer-lhes que eu também passei aquela noite em claro. Eu e Noël. Dirigimo-nos à entrada da cidade antes do anoitecer ainda com alguma esperança fundada na vaga profecia das Vozes a Joana, que parecia prometer-lhe uma libertação surpreendente à última hora. Por toda parte já se falava que finalmente Joana d'Arc havia sido condenada e que seria queimada viva na manhã seguinte. Por esse motivo uma multidão já começava a atravessar os portões, entrando na cidade. Uma outra multidão permanecia do lado de fora, barrada pelos soldados – eram pessoas que portavam passes pouco confiáveis ou que não tinham passe algum para entrar em Rouen. Ansiosos, procuramos ali encontrar rostos conhecidos, mas nada indicava que fossem nossos velhos companheiros de guerra que ali estivessem disfarçados; não havia entre eles uma pessoa sequer que conhecêssemos. Quando finalmente os portões da cidade se fecharam, afastamo-nos de lá na mais profunda tristeza, sem coragem de admitir para nós mesmos o que nossos corações já sabiam.

A multidão agitada percorria as ruas como ondas em mar tempestuoso. Era difícil ir de um lugar a outro. Por volta da meia-noite aquela nossa caminhada sem destino havia nos levado à vizinhança da bela Igreja de St. Ouen, onde vimos grande agitação e muita gente trabalhando. A praça parecia uma floresta de tochas acesas e de gente e através de um corredor de soldados passavam trabalhadores carregando pranchas de madeira e lenha, com elas desaparecendo pelo portão do pátio da igreja. Perguntamos para que era aquilo e a resposta foi:

– Para o patíbulo e a fogueira. Vocês não sabem que a bruxa francesa vai ser queimada amanhã?

Saímos dali apressados. Não conseguiríamos permanecer naquele lugar.

De madrugada fomos até a entrada da cidade novamente; dessa vez com uma esperança que nossas mentes febris haviam transformado em grande probabilidade. Ouvíramos falar que o abade de Jumièges estaria chegando com todos os seus monges para assistir à execução. Nosso desejo, incendiado por nossa imaginação, transformou aqueles novecentos monges em antigos soldados de Joana – o abade seria La Hire ou o Bastardo ou, quem sabe, D'Alençon. Vimos quando entraram, em fila, sem que lhes questionassem a identidade. A multidão, respeitosa, descobria a cabeça à sua passagem. Ali ficamos parados, com o coração na garganta e a visão turvada pelas lágrimas de alegria, de orgulho e de júbilo. Procuramos rostos conhecidos por baixo dos capuzes, ansiosos em dar algum sinal de que nós, também, éramos homens de Joana e estávamos prontos para matar ou morrer em nome dela. Que tolos fomos. Mas há que considerar que éramos jovens, e os jovens, como vocês sabem, são cheios de esperanças, acreditam em tudo.

20

De manhã logo cedo ocupei meu posto oficial. Ficava em uma plataforma que tinha a altura de um homem, armada no pátio da Igreja de St. Ouen, junto a uma de suas paredes cobertas de hera. Na mesma plataforma havia muitos padres e cidadãos importantes, além de vários advogados. Ao lado dela, separada por um pequeno espaço, fora armada uma plataforma maior, protegida da chuva e do sol por um belo dossel e ricamente atapetada; nela havia cadeiras confortáveis, duas das quais, em um nível mais elevado, destacavam-se por sua suntuosidade. Uma delas era ocupada por um príncipe da casa real inglesa, Sua Eminência o cardeal de Winchester; na outra sentava-se Cauchon, o bispo de Beauvais. No resto das cadeiras estavam três bispos, o vice-inquisidor, oito abades e os sessenta e dois religiosos doutores da lei que serviram como juízes nos vários julgamentos de Joana.

A vinte passos dessas plataformas, em frente a elas, havia outra, armada sobre uma pirâmide de pedras arrumadas em forma de degraus. Do seu centro erguia-se o poste onde Joana seria queimada viva. Ao redor do poste estavam empilhados os feixes de lenha. De pé ao lado da pirâmide postavam-se três criaturas vestidas de alto a baixo em carmesim – o carrasco e seus auxiliares. Junto a seus pés, o que restara de uma grande pilha de lenha queimada, agora transformada em carvão. Pouco mais adiante via-se um estoque suplementar de lenha compactada em uma pilha da altura dos ombros de um homem. Pelo menos umas seis viagens de carroça devem ter sido necessárias para levá-la até ali. Pensem nisso. Nós damos a impressão de ser tão frágeis, tão facilmente destrutíveis, tão insubstanciais, entretanto é mais fácil reduzir a cinzas uma estátua de granito do que o corpo de uma pessoa.

A visão daquele poste onde ela seria amarrada mexia com todos os nervos de meu corpo; entretanto, por mais que eu desviasse o olhar, meus olhos a ele voltavam a todo instante, tal era o terrível fascínio daquela coisa hedionda.

O espaço entre as plataformas e a fogueira era mantido aberto por uma fileira compacta de soldados ingleses, ombro a ombro, eretos e intrépidos, vistosos com seus metais reluzentes. Por trás deles estendia-se um mar de cabeças humanas a perder de vista. Não havia uma janela ou um telhado, por mais distante que fosse, que não estivesse cheio de gente.

Entretanto não se ouvia ruído algum; ninguém se movia. Era como se o mundo estivesse morto. A impaciência daquele silêncio solene era acentuada pela cor de chumbo da madrugada chuvosa, pois o céu estava coberto por uma mortalha de nuvens baixas e ameaçadoras. Aqui e ali podia-se ouvir o murmúrio melancólico de um trovão distante.

Finalmente a quietude se desfez. Vindo de algum lugar para além da praça começaram a chegar até nós os sons indistintos porém ritmados de algo que se aproximava. Depois abriu-se um caminho naquele mar de cabeças e por ele vi uma tropa marchando em nossa direção. Meu coração disparou. Seria La Hire com seus bravos? Não – não era assim que eles marchavam. Vi então que era a prisioneira e sua escolta. Era Joana d'Arc que se aproximava. Fui tomado da mais profunda tristeza. Fraca como ela estava, ainda era forçada a andar; queriam enfraquecê-la enquanto pudessem. A distância não era muito grande, porém seria grande demais para alguém que estivesse imobilizado por correntes meses a fio e cujos pés tivessem se enfraquecido pela inação. Sim, havia um ano que Joana vivia em masmorras escuras e úmidas e forçavam-na a andar daquele jeito. Ao atravessar o portão, mal se mantendo em pé de tanto cansaço, vi-a acompanhada daquela abominável criatura que era Loyseleur. Curvado a seu lado, falava-lhe ao ouvido todo o tempo. Depois soubemos que ele não saíra do seu lado a noite inteira, deixando-a exausta com suas tentativas de persuasão e suas falsas promessas. Ele ainda insistia, ao entrarem no pátio da igreja, implorando que ela concordasse com tudo que lhe fosse exigido e assegurando-lhe de que se o fizesse tudo terminaria bem para ela – livrar-se-ia dos terríveis ingleses e encontraria a paz na proteção da Igreja. Que homem miserável! Que coração de pedra!

Tão logo colocaram Joana sentada em sua plataforma ela fechou os olhos e deixou a cabeça tombar para a frente. Assim permaneceu, indiferente a tudo e a todos. Descansava, simplesmente. Como estava pálida! Parecia feita de alabastro.

Os rostos de toda aquela multidão iluminaram-se de interesse ao se voltarem para a frágil menina. Era de se esperar que fosse assim; as pessoas davam-se conta de que finalmente poderiam ver alguém que tanto desejavam ver – alguém cujo nome e cuja fama espalhavam-se por toda a Europa, tornando insignificantes todos os demais quando a ela comparado: Joana d'Arc, a grande maravilha daqueles tempos destinada a ser a grande maravilha de todos os tempos! E eu podia entender, como se estivesse lendo naqueles rostos maravilhosos, os pensamentos que lhes passavam pelas cabeças: "Será verdade mesmo? Será possível que essa criaturinha, que essa menina, que essa criança de cara tão boa, tão meiga, tão linda tenha conquistado cidadelas pela força, tenha cavalgado à frente de tropas vitoriosas, tenha arrasado o poderio inglês por onde passava, lutado por tanto tempo – tão solitária – contra, até mesmo, os doutores e eruditos da França? E que teria saído vencedora se a luta do adversário fosse limpa?"

Era evidente que Cauchon desconfiava das simpatias de Manchon por Joana, pois outro escrivão tomara seu lugar como principal responsável pelo registro. Com isso nem ele nem eu tínhamos o que fazer além de ficar ali, vendo o que se passava.

Bem, a meu ver já haviam feito tudo que era possível para deixar Joana exausta, mas eu estava enganado. Inventaram ainda outra coisa: fariam um longo sermão dirigido a ela naquele calor opressivo.

Quando o orador começou, ela lançou-lhe um olhar de decepção e cansaço e depois deixou a cabeça cair novamente. Foi Guillaume Erard quem falou. Era um orador famoso. O texto de seu discurso foi extraído das Doze Mentiras e ele despejou sobre Joana todas as calúnias ali contidas, em seus mínimos detalhes. Toda aquela mistura de venenos foi vertida sobre ela, com as expressões brutais usadas para caluniá-la. Erard foi ficando cada vez mais furioso ao enunciá-las. Mas tanto esforço foi em vão, pois ela parecia estar perdida em seus sonhos e não teve qualquer reação – parecia não ter ouvido. O orador terminou seu discurso com a seguinte apóstrofe:

– Oh, França, fostes ultrajada! Tendes sempre sido o porto seguro do cristianismo, mas agora Charles, que se intitula vosso rei e vosso líder, endossa, como herege e divisionista que é, as palavras e os atos de uma vagabunda infame!

Joana ergueu a cabeça e seus olhos brilharam. O orador voltou-se para ela e insistiu:

– É com você mesma que estou falando, Joana; e repito que seu rei é divisionista e herege!

Ah, ele poderia ofendê-la o quanto quisesse, que ela suportaria; mas até seus últimos momentos de vida ela não permitiria uma palavra sequer contra aquele ingrato, aquele cão traidor que era nosso rei, que deveria estar ali naquele momento, de espada na mão, dando fim àqueles répteis e salvando a súdita mais nobre que rei algum jamais teve neste mundo. E ele certamente estaria ali se não fosse tudo isso que eu disse que era. O coração fiel de Joana sentiu-se ultrajado e ela dirigiu-se ao orador com palavras corajosas nas quais a multidão reconheceu a tradição de Joana d'Arc.

– Por minha fé, senhor! Juro diante de vós que vosso rei é o mais nobre cristão dentre todos e ninguém mais que ele ama nossa fé e nossa Igreja!

A multidão explodiu em aplausos – o que deixou irado o orador, pois esforçava-se por receber, ele mesmo, manifestação semelhante. E por fim chegaram os aplausos, não para ele mas para a pessoa errada. Ele tivera tanto trabalho e era a ela que destinavam as palmas. Bateu os pés no chão com força e gritou para o chefe da guarda:

– Faça com que ela se cale!

Tal reação provocou gargalhadas na multidão. O povo não respeita quem precisa chamar o chefe da guarda para proteger-se de uma menina doente.

Com uma só frase Joana pôs a perder todo o longo discurso de Erard. Isso deixou-o muito desgastado e ele teve dificuldades em voltar a falar. Mas preocupou-se em vão. Aquelas pessoas que ali estavam eram favoráveis aos ingleses. Tinham apenas obedecido a uma lei da natureza humana – uma lei irresistível – que nos manda apreciar e aplaudir uma resposta bem dada, venha de onde vier. A multidão estava ao lado do orador; apenas deixara-se levar por alguns instantes, só isso. Logo retornaria a ele. Tinha ido lá para ver aquela jovem ser queimada na fogueira. Quanto mais depressa tivesse seu desejo satisfeito, melhor.

O orador, então, exigiu finalmente que Joana se submetesse à Igreja. Suas palavras demonstravam confiança, pois ele soubera, através de Loyseleur e de Beaupère, que ela já havia perdido a resistência. Estava exausta e já não conseguia opor-se a coisa alguma. Na verdade, bastava olhar para ela e ver o seu estado. Entretanto ela esforçou-se ainda por não ceder e disse, já sem forças:

– Quanto a isso já respondi a meus juízes. Já lhes disse que dessem conta de tudo que eu fiz e disse ao nosso Santo Padre, o papa – a quem apelo em segundo lugar. Em primeiro apelo a Deus.

Sua intuição a levava novamente a dizer aquilo, mas ela continuava a não se dar conta de que ali poderia estar a salvação. E àquela altura, também, de nada lhe valeria, pois a fogueira já estava armada e a multidão já estava ali para vê-la ser queimada viva. Entretanto aquelas palavras fizeram com que todos os religiosos ali presentes empalidecessem e o orador mudasse de assunto rapidamente. E aqueles criminosos tinham motivo para empalidecer, pois um apelo formal de Joana ao papa tiraria seu processo da jurisdição de Cauchon, anulando tudo que ele e seus asseclas haviam feito até então e impedindo que chegassem onde queriam.

Joana continuou a falar, reiterando, em dado momento, que agira em cumprimento a ordens de Deus. Quando tentaram implicar o rei e os amigos dela, ela reagiu:

– Atribuo a mim mesma a responsabilidade por tudo que fiz e disse, não ao rei ou a qualquer outra pessoa. Se algo errado foi feito, sou eu a responsável.

Perguntaram-lhe se ela não se arrependia dos seus atos e suas palavras, considerados pecaminosos pelos juízes.

A resposta de Joana deixou-os assustados novamente:

– Eu as submeto a Deus e ao papa.

O papa novamente! Aquilo era muito constrangedor. Ali estava uma pessoa de quem se exigia submissão à Igreja e que consentia em submeter-se a seu chefe supremo. Que mais se poderia exigir dela? Que resposta dar a uma resposta formidável daquelas?

Os juízes, preocupados, puseram-se a confabular em voz baixa, planejando e discutindo. Conseguiram chegar a uma conclusão quase insustentável – mas foi a melhor que encontraram numa situação daquelas: disseram que o papa estava muito longe e que não seria necessário ir até lá, porque os juízes ali presentes tinham autoridade e poder suficientes para cuidar daquele caso; disseram que de fato eles ali eram "a Igreja". Fossem outras as condições, eles mesmos teriam sorrido de tanta presunção, mas naquela hora não acharam graça alguma; não se sentiam à vontade para isso.

A turba começava a dar sinais de impaciência. Seu aspecto foi ficando assustador; toda aquela gente apertava-se ali, em pé, sob um calor sufocante; as trovoadas faziam-se ouvir cada vez mais perto e os relâmpagos eram cada vez mais ameaçadores. Seria necessário apressar logo o fim de tudo aquilo. Erard mostrou a Joana um documento que havia sido preparado com antecedência e pediu a ela que abjurasse.

– Abjurar? O que significa abjurar?

Ela desconhecia a palavra. Massieu explicou-lhe o que queria dizer. Ela tentou compreender, mas estava tão exausta que não conseguiu. As palavras usadas para explicar aquela eram-lhe também desconhecidas. Desesperada, Joana suplicou, exclamando:

– Eu apelo à Igreja Universal para que me diga se devo abjurar ou não!

Erard exclamou:

– Abjure imediatamente ou será queimada viva neste momento!

Ao ouvir essas terríveis palavras ela ergueu a cabeça e só então se deu conta da fogueira ali armada e das brasas rubras cada vez mais ameaçadoras na escuridão da tempestade que estava prestes a desabar. Ela levantou-se e deu alguns passos, atônita, murmurando palavras incoerentes, com o olhar perdido a percorrer aquele mar de gente e toda a cena a seu redor. Parecia não saber onde estava, atordoada como quem pensa que está vivendo um sonho.

Os padres cercaram-na, implorando que assinasse aquele papel; eram muitas as vozes que suplicavam que ela assinasse logo. Os gritos partiam de todos os lados, na mais enlouquecedora confusão.

– Assine! Assine! – diziam os padres. Assine para poder se salvar! – E Loyseleur, bem junto a ela, insistia: – Faça o que eu lhe digo. Não se destrua!

Joana ainda disse àquelas pessoas:

– Ah, vocês não me conhecem para tentar me seduzir.

Os juízes juntaram suas vozes às dos outros. Sim, até mesmo aqueles corações de ferro estavam se derretendo.

– Oh, Joana – disse um deles –, que pena você nos dá! Retire o que disse, ou teremos que entregá-la ao carrasco.

Ouviu-se então uma voz solene que se ergueu sobre toda aquela gritaria. A voz, que vinha de outra plataforma – era a de Cauchon, que lia a sentença de morte!

Joana estava absolutamente sem forças. Permaneceu alguns instantes a olhar a seu redor, atônita, e depois caiu de joelhos lentamente, curvando a cabeça.

– Eu me submeto.

Não lhe deram tempo para reconsiderar sua decisão – sabiam do perigo que aquilo representaria. Mal ela acabou de dizer essas palavras já Massieu lia para ela os termos da abjuração, que ela repetiu mecanicamente, palavra por palavra. E ela *sorria* ao repeti-las, pois sua mente divagava; não estava mais ali – partira para um mundo mais feliz.

Então esse pequeno documento de seis linhas apenas foi sorrateiramente retirado e um outro, com muitas páginas, foi colocado em seu lugar. Joana, sem perceber a substituição, colocou sua marca no documento desculpando-se, pateticamente, por não saber escrever. Mas um secretário do rei da Inglaterra estava a postos para sanar o problema; guiou a mão de Joana com a sua e escreveu o nome dela – *Jehanne.*

O terrível crime fora consumado. Ela não sabia o que havia assinado, mas outros sabiam. Assinara um papel confessando que era bruxa, que tinha transações com o demônio, que mentia, que blasfemava contra Deus e Seus anjos, que adorava sangue, promovia a discórdia, e que recebia ordens de Satanás. E com aquela assinatura ela se comprometeu também a usar novamente trajes femininos. Havia ainda outros compromissos, mas aquele seria suficiente; bastava aquele para destruí-la.

Loyseleur apressou-se em dizer-lhe que ela agira muito bem. Joana, entretanto, nem deu sinal de tê-lo ouvido. Parecia estar fora de si.

Ouviu-se então a voz de Cauchon novamente, pronunciando as palavras que tornavam nula sua excomunhão e devolviam-na ao seio da sua amada Igreja, com todos os privilégios dos sacramentos. Ah, isso ela ouviu! A expressão de gratidão e felicidade transfigurou seu rosto.

Mas como foi passageira aquela felicidade! Logo em seguida Cauchon acrescentou, sem a mais leve sombra de piedade em sua voz, essas terríveis palavras:

– E para que ela possa arrepender-se de seus crimes e nunca mais os repetir, fica condenada à prisão perpétua, onde comerá o pão e beberá a água dos aflitos!

Prisão perpétua! Ela jamais imaginara tal coisa. Nem Loyseleur nem nenhum dos outros sequer mencionara aquilo. Loyseleur dissera claramente – prometera-lhe até – que "tudo ficaria bem" com ela. E as últimas palavras que Erard lhe dissera, ali mesmo naquela plataforma, ao insistir que ela abjurasse, foram uma promessa direta, que não deixava margem a dúvidas – a de que, se ela abjurasse, *ficaria livre da prisão*.

Joana ficou atordoada e sem fala por alguns instantes. Depois lembrou-se de uma outra promessa de Cauchon que, por pouco consolo que fosse, abrandaria sua pena. Como prisioneira da Igreja, ao menos teria mulheres como guardas, e não mais aquela soldadesca estrangeira e brutal. Joana voltou-se então para os padres que ali estavam e disse, com triste resignação:

– Então, homens da Igreja, levem-me para sua prisão e não me deixem mais nas mãos dos ingleses. – Ao dizer isso, ela recolheu suas correntes, preparando-se para partir.

Porém – que decepção! – logo veio a ordem vergonhosa de Cauchon, com um riso cruel:

– Levem-na para a prisão de onde ela veio!

Pobre menina! Ela ficou estática, sem dizer uma só palavra, como se um raio a tivesse atingido. Partia o coração vê-la daquele jeito. Tinha sido enganada, traída, e naquele instante percebeu tudo.

O rufar de um tambor rompeu o silêncio daquela cena e por um brevíssimo segundo ela pensou que poderia ser a libertação prometida por suas Vozes – pude ver isso no êxtase instantâneo que revelou em seu rosto. Logo, porém, ela percebeu o que era – sua escolta de retorno para a prisão. E aquela luz desapareceu de seu rosto para sempre. Sua cabeça pôs-se então a balançar para um lado e para o outro, como quando se sente uma dor impossível de expressar em palavras ou quando se tem o coração partido. Joana se foi na mais profunda tristeza. Ia com o rosto coberto pelas mãos, soluçando amargamente.

21

Nunca se soube ao certo se mais alguém em toda Rouen conhecia o plano secreto de Cauchon além do cardeal de Winchester. É fácil imaginar, pois, o espanto de toda aquela multidão ali apinhada e das centenas de padres que se aglomeravam nas duas plataformas quando viram Joana d'Arc afastar-se viva e inteira. Viram-na escapulir por entre os dedos, depois de todo o tédio da longa espera, de tanta expectativa.

Durante certo tempo ninguém conseguiu afastar-se dali ou dizer coisa alguma. Estavam todos paralisados pelo espanto. Era inacreditável ver aquela fogueira ali armada enquanto quem nela deveria arder estava indo embora. Subitamente alguém começou a manifestar sua frustração de maneira violenta; outros fizeram o mesmo e logo os impropérios e as acusações de traição estavam sendo gritados livremente; sim, até mesmo pedras foram lançadas. Uma delas quase mata o cardeal de Winchester – por pouco não o atingiu. Mas o homem que a atirou não pode ser culpado de errar o alvo, pois estava tomado de emoção e quem está tomado de emoção perde a pontaria.

O tumulto foi de fato muito grande e durou um bom tempo. Em meio à confusão um dos capelães do cardeal chegou a esquecer-se das boas maneiras e partiu para cima do augusto bispo de Beauvais sacudindo-lhe o punho fechado ameaçadoramente e gritando:

– Por Deus, o senhor é um traidor!

– Mentira! – respondeu o bispo.

Ele um traidor! Oh, que injustiça; Cauchon era certamente o último francês que os ingleses poderiam acusar disso.

O conde de Warwick perdeu o controle também. Era um soldado valente, mas quando se tratava de qualquer assunto mais elaborado – planos ardilosos, sutilezas, tramoias – ele não enxergava um palmo adiante do nariz. Portanto manifestou sua ira de maneira explosiva, como um soldado; jurou que o rei da Inglaterra estava sendo traído e que Joana d'Arc enganaria a todos e acabaria conseguindo escapar da fogueira. Mas alguém sussurrou-lhe ao ouvido, consolando-o.

– Não se preocupe, senhor. Logo a teremos aqui de volta.

Talvez informações como essa tenham se espalhado rapidamente, pois as boas notícias, assim como as más, viajam depressa. Fosse esse o motivo ou não, a situação foi se acalmando e a enorme massa humana começou a se desfazer, acabando por desaparecer dali. E assim chegamos ao meio-dia daquela quinta-feira tenebrosa.

Noël e eu saímos de lá felizes; indescritivelmente felizes – pois, é claro, desconhecíamos o plano secreto como qualquer dos demais. A vida de Joana estava salva. Isso nos bastava. A França ficaria sabendo de toda a infâmia cometida naquele dia e, então, quem vivesse veria! Os bravos franceses se reuniriam em torno do estandarte de Joana, milhares e milhares, multidões infindas, e sua ira seria como a ira do oceano na tempestade: lançar-se-iam sobre aquela cidade maldita, destruindo-a como ondas irresistíveis e Joana d'Arc voltaria a marchar! Talvez fosse preciso aguardar ainda uns seis a sete dias – quem sabe – para que a nobre França, a França agradecida e indignada irrompesse por aqueles portões. Deveríamos contar as horas, os minutos, os segundos! Oh, como seria feliz aquele dia! Nossos corações cantariam em êxtase!

Nós éramos jovens então; sim, éramos muito jovens.

Vocês acham que à pobre prisioneira, exausta, foi permitido descansar, apesar de ter gasto o pouco de forças que ainda lhe restavam arrastando-se de volta para a prisão?

Não; não haveria descanso para ela com aqueles sabujos no seu encalço. Cauchon e alguns de seus homens dirigiram-se imediatamente à sua toca, onde a encontraram mental e fisicamente prostrada. Disseram-lhe que ela havia abjurado e assumido também alguns compromissos, dentre os quais o de voltar a vestir-se de mulher. Se ela não cumprisse o que prometera, a Igreja a baniria para sempre. Joana ouvia aquelas palavras sem conseguir atinar-lhes o sentido. Seu estado era semelhante ao de alguém que tomou um narcótico e que só deseja dormir, só deseja ser deixada em paz. Nesse estado faz-se o que lhe é ordenado e não se registram os fatos na memória. Foi assim que Joana colocou o vestido que Cauchon e seus bandidos levaram; só aos poucos dar-se-ia conta do que se passara ali.

Cauchon estava feliz ao partir. Joana vestira roupas de mulher sem protestar. Fora também formalmente avisada de que se voltasse atrás seria punida. Ele tinha testemunhas para comprovar esses fatos. O que poderia dar errado?

Bem, suponhamos que ela *não voltasse atrás*.

Ora, então precisaria ser forçada a isso.

Foi Cauchon quem disse aos guardas que dali por diante poderiam fazer o que quisessem com a prisioneira, que ninguém os puniria? Que, na verdade, deveriam tornar a vida de Joana o pior que pudessem? Talvez. É possível que o próprio Cauchon tenha dito isso, pois os guardas puseram imediatamente em prática o que lhes foi ordenado e ninguém os puniu. Sim, a partir daquele instante a vida de Joana naquela masmorra tornou-se insuportável. Não me peçam para dizer-lhes mais sobre isso. Nada mais direi.

22

A sexta-feira e o sábado foram dias felizes para Noël e para mim. Só pensávamos no nosso sonho esplêndido, quando a França despertasse para aquela injustiça – a França indignada – a França em marcha – a França irrompendo em Rouen – Rouen reduzida a cinzas e Joana libertada! Nossas mentes fervilhavam, delirantes de orgulho e de alegria. Éramos jovens, como já disse.

Não tínhamos a menor ideia do que se passava na prisão. Supúnhamos que Joana, por ter abjurado, retornara ao seio da Igreja, que estava sempre pronta a perdoar. Seria tratada com dignidade e o máximo de gentileza e conforto que as circunstâncias permitissem. Foi assim, portanto, que nos pusemos a planejar a participação que teríamos no grande evento e encetamos mentalmente nossas lutas, muitas e muitas vezes, naqueles dois dias felizes – os dias mais felizes de nossas vidas.

Era domingo de manhã, e eu, gozando as delícias daquele dia morno e perfumado de verão, estava entregue a meus pensamentos. Pensava no grande dia da libertação de Joana – em que mais pensar? Nada mais me passava pela cabeça. Eu estava totalmente absorto, inebriado de felicidade.

Ouvi vozes gritando, vindo lá do fim da rua. Ao se aproximarem, ouvi estas palavras:

– *Joana d'Arc voltou atrás*! *Agora ela não escapa*!

Meu coração parou e senti o sangue congelar-se em minhas veias. Isso se passou há mais de sessenta anos, porém aquele grito triunfal ainda ecoa em minha memória exatamente como o ouvi naquela linda manhã de verão. O ser humano é feito de maneira estranha; as recordações felizes desbotam com o tempo, mas as que nos partem o coração permanecem nítidas para sempre.

Logo outras vozes uniram-se àquela – eram dezenas, centenas de vozes a gritar. O mundo inteiro parecia gritar de alegria. O alarido foi aumentando, com o acréscimo de outros sons – ruídos de gente correndo, de gargalhadas, de tambores repicando, de bandos distantes que profanavam o dia sagrado com música militar.

No meio da tarde Manchon e eu fomos convocados; Cauchon nos mandava comparecer à prisão de Joana. Mas àquela altura o povo de Rouen e a soldadesca já começavam a dar sinais de irritação, pois nada parecia acontecer. Da nossa janela mesmo podíamos ver as evidências disso: gente sacudindo os punhos fechados, olhares irados, homens em bandos a vagar pelas ruas como ondas de um mar enraivecido.

E ficamos sabendo que lá no castelo as coisas iam realmente mal; uma grande multidão à porta do castelo gritava que aquilo tudo era uma farsa dos padres. Havia muitos soldados ingleses naquela turba já em estado de semiembriaguez. E tinham ido além das palavras: já haviam posto as mãos em um bom número de padres que tentavam entrar no castelo e estava sendo difícil salvar-lhes a vida.

Por esse motivo Manchon recusou-se a ir. Disse que não daria mais um passo sequer sem garantias de vida por parte de Warwick.

Na manhã seguinte, portanto, Warwick enviou-lhe uma escolta de soldados e nós fomos. A situação não tinha melhorado em nada; aliás, estava pior. Os soldados protegeram-nos das agressões físicas, porém ao atravessarmos a multidão apinhada em frente ao castelo fomos atacados com insultos e epítetos os mais vergonhosos. Entretanto eu resisti muito bem àquilo tudo. Dizia a mim mesmo, com satisfação: "Em três ou quatro dias, meus caros, vocês estarão usando suas línguas em gritos de outra natureza – e eu estarei lá para assistir."

Para mim, aquelas pessoas poderiam considerar-se mortas. Quantas delas ainda estariam vivas depois do grande evento? Não mais do que o suficiente para divertir o carrasco durante meia hora, com certeza.

Logo descobrimos, porém, que a notícia era verdadeira. Joana retrocedera em sua decisão. Estava sentada, acorrentada, vestindo suas roupas masculinas.

Ela não acusou soldado algum. Não faria acusações a um servo pelo que seu patrão o mandara fazer. Joana recuperara sua capacidade de raciocínio e percebera que o mal que lhe fizeram na véspera originava-se não nos subordinados mas em quem lhes dava ordens – Cauchon.

A história se passou da seguinte maneira: enquanto Joana dormia, no domingo bem cedo, os guardas esconderam suas roupas femininas e colocaram no lugar os trajes masculinos. Quando ela acordou e pediu seu vestido, os guardas recusaram-se a devolvê-lo. Ela protestou, dizendo que estava proibida de usar roupas de homem, mas eles continuaram a recusar-lhe o vestido. Ela precisava vestir-se e não poderia ficar em roupas de dormir. Logo, porém, percebeu o jogo que faziam e viu que não poderia continuar lutando contra as forças desiguais da traição. Vestiu, então, os trajes proibidos, perfeitamente ciente do que a aguardava. Àquela altura ela não tinha mais ilusões, pobre menina.

Entramos no castelo atrás de Cauchon, do vice-inquisidor e de mais uma meia dúzia deles. Quando vi Joana ali sentada, triste, toda amarrada por correntes, não soube o que pensar. O choque foi terrível. Talvez eu não tivesse acreditado no que disseram. Talvez eu não tenha sido capaz de acreditar.

A vitória de Cauchon foi absoluta. A expressão de seu rosto, que eu sempre conhecera irritada e desgostosa, tornara-se satisfeita e serena. Sua face arroxeada tinha um sorriso tranquilo e percebia-se um toque de malícia naquela felicidade. Cauchon seguiu, arrastando suas largas vestes, e parou bem em frente a Joana. Ali ficou um bom tempo, de pernas abertas e braços cruzados, deleitando-se com o que via. E o que via era uma pobre criatura arruinada que acabava de assegurar a ele um posto glorioso a serviço dos humildes e de Jesus misericordioso, Salvador do Mundo, Senhor do Universo. Teria, enfim, o seu arcebispado – isto é, se a Inglaterra soubesse honrar a promessa feita.

Os juízes começaram a inquirir Joana. Um deles, chamado Marguerie, dotado de mais perspicácia que prudência, observou as roupas de Joana e comentou:

– Há algo estranho nisso tudo. Como pôde ela ter acesso a estas vestes sem a conivência de outros? Talvez, até, algo pior que conivência?

– Com mil diabos! – gritou Cauchon enfurecido. – Cale esta boca!

– Armagnac! Traidor! – gritaram os soldados da guarda, correndo na direção de Marguerie com suas lanças apontadas. Por pouco não lhe perfuraram o corpo ali mesmo. Ele desistiu de fazer perguntas, pobre homem. Os outros continuaram a perguntar.

– Por que você voltou a usar trajes masculinos?

Não consegui ouvir bem a resposta de Joana, pois no exato momento a alabarda de um dos soldados escorregou de seus dedos e caiu no chão com grande estrépito. Mas creio ter ouvido Joana dizer que voltou a fazê-lo porque quis.

– Mas você prometeu e jurou que não voltaria a usá-las.

Eu estava ansioso para ouvir sua resposta àquela pergunta. E foi exatamente a que eu esperava. Ela disse, muito tranquila:

– Jamais tive a intenção de jurar uma coisa dessas e não me consta que tenha jurado.

Pronto! Ali estava a verdade! Eu nunca duvidara daquilo – ela não sabia o que se passara naquela plataforma na quinta-feira. Essa resposta dela comprovava isso. Joana então acrescentou o seguinte:

– Mas de qualquer maneira eu teria o direito de voltar a usar estas roupas, porque as promessas que me foram feitas não foram cumpridas. Prometeram deixar-me ir à missa e receber a comunhão, prometeram livrar-me dessas correntes, mas elas ainda estão aqui, como podem ver.

– Entretanto você abjurou e comprometeu-se a não mais usar trajes de homem.

Joana ergueu então suas mãos acorrentadas e falou àqueles homens insensíveis com uma voz carregada de tristeza:

– Prefiro morrer a continuar a viver assim. Mas se me tirarem daqui, se me permitirem assistir à missa, se me levarem para uma prisão da Igreja, onde serei vigiada por mulheres, farei o que me pedem.

Cauchon deu um sorriso de desdém ao ouvir essas palavras. Honrar o pacto que fizera com ela? Por quê? Aquilo era coisa do passado. O trato já servira seu propósito e dali para a frente a história seria outra. O fato de Joana voltar a usar aquelas roupas já seria suficiente para condená-la, mas talvez ela ainda pudesse acrescentar algo àquele crime fatal. Cauchon então indagou se as Vozes lhe haviam falado desde quinta-feira. Ao fazer essa pergunta ele mencionou o documento que ela assinara.

– Sim – respondeu ela. Revelou então que as Vozes lhe falaram de sua abjuração – *que lhe deram a notícia*, suponho. Joana reafirmou, de maneira absolutamente ingênua e sincera, que sua missão lhe fora dada por Deus. Disse isso com a tranquilidade de quem não tinha a menor ideia de havê-lo negado. Para mim aquilo foi mais uma prova de que Joana estava fora de si naquela manhã de quinta-feira. Por fim acrescentou: – Minhas Vozes me disseram que eu agi errado ao renegar minha missão. – Depois deu um suspiro e concluiu com simplicidade: – Mas deve ter sido o medo da fogueira que me fez fazer isso.

Isto é, o medo da fogueira fez com que ela assinasse um papel cujo conteúdo ela desconhecia, mas que passou a conhecer por revelação de suas Vozes e, ali, pelo testemunho de seus algozes.

Joana estava novamente de posse de seus sentidos; sua coragem retornara e, com ela, seu compromisso inato com a verdade. Voltava a reafirmar, de maneira tranquila e corajosa, tudo que sempre dissera, sabendo perfeitamente que por isso seria mandada para aquela mesma fogueira que tanto terror lhe causara.

A resposta de Joana foi longa e franca, absolutamente isenta de qualquer subterfúgio ou justificativa. Um calafrio percorreu-me o corpo; senti que ela estava assinando sua própria sentença de morte. Manchon também sentiu, tanto que escreveu à margem do depoimento de Joana:

RESPONSIO MORTIFERA.

Resposta fatal. Sim, todos ali presentes sabiam que aquela resposta prenunciava a morte. Fez-se então um profundo silêncio semelhante ao que se faz à cabeceira de um moribundo quando alguém, dando um profundo suspiro, diz aos demais: "Nada mais há a fazer."

Nada mais se poderia fazer por ela.

Passados alguns instantes, porém, Cauchon, desejoso de encerrar de vez aquele caso, fez-lhe a seguinte pergunta:

– Você ainda acredita que as Vozes que lhe falam são de Santa Margarida e de Santa Catarina?

– Sim. E é Deus quem fala por seu intermédio.

– Mas você negou isso no cadafalso outro dia, não?

Joana deu uma resposta direta e clara, afirmando que em nenhum momento tivera a intenção de negar aquilo e que se – reparem que ela disse *se*, se negou alguma coisa no patíbulo foi levada a isso pelo medo da fogueira. Teria havido, portanto, "uma violação da verdade".

Ali estava, novamente, a afirmação de que ela não sabia o que estava se passando naquela plataforma. Só depois veio a saber.

Joana concluiu aquela cena dolorosa com as seguintes palavras, ditas com serenidade e tristeza:

– Gostaria de cumprir minha pena imediatamente; deixem que eu morra de uma vez. Não posso mais suportar esta prisão.

Sua alma, que nascera para ser livre, ansiava por ser libertada, ainda que daquela maneira.

Vários dos juízes ali presentes deixaram o palácio profundamente perturbados e tristes, mas nem todos. No jardim do castelo encontramos o conde de Warwick aguardando na companhia de uns cinquenta ingleses. Estavam impacientes por saber das novidades. Tão logo Cauchon os viu, gritou, ainda de longe, *rindo-se* – imaginem alguém capaz de destruir uma pobre menina daquela maneira que ainda tenha disposição para rir-se:

– Podem ficar despreocupados. Essa história já acabou.

23

Quando se é jovem pode-se descer aos mais profundos abismos de desespero, como aconteceu comigo e com Noël, mas a esperança dos jovens recupera-se rapidamente e isso também aconteceu conosco. Pusemo-nos a falar sobre aquela vaga promessa das Vozes e acabamos nos convencendo de que a tal libertação gloriosa aconteceria "no último instante" e que aquela quinta-feira não fora o último instante. Sim, o último instante estava por chegar. O rei ainda viria, com La Hire e todos os nossos veteranos. E a França toda os seguiria! Foi assim que nossos corações se encheram de esperança novamente e novamente pudemos sonhar com tambores rufando, gritos de guerra, ruído de metais se chocando, e tiros de canhões; pudemos imaginar nossa prisioneira livre daquelas correntes, erguendo sua espada.

Mas esse sonho também se acabaria. Já tarde da noite Manchon entrou em casa e disse:

– Estou vindo da masmorra e tenho uma mensagem daquela pobre moça para você.

Uma mensagem para mim! Se ele estivesse me observando, teria descoberto meu segredo, teria descoberto que aquela minha indiferença para com a prisioneira era fingida. Fui apanhado de surpresa e tal foi a minha emoção – senti-me tão exultante e tão honrado – que devo ter dado a perceber meus sentimentos por ela.

– Uma mensagem para mim, senhor?

– Sim. Trata-se de algo que ela quer que seja feito. Disse ter observado o jovem que me acompanhava, que lhe parecia ser boa pessoa. Perguntou-me se achava que ele seria capaz de fazer-lhe um obséquio. Respondi que certamente faria e perguntei-lhe do que se tratava. "Uma carta", disse ela. Ele escreveria uma carta para sua mãe? E eu disse que você escreveria. Ofereci-me, porém, para fazê-lo eu mesmo, com todo prazer, mas ela disse que não; meu trabalho já era bem pesado. Ela achava que o jovem não se negaria a ajudá-la, pois ela não sabia escrever. Pensei em mandar chamá-lo e ao saber disso toda a tristeza desapareceu do rosto dela. Parecia até que se tratava de um amigo seu, pobrezinha. Mas não me permitiram chamá-lo. Fiz o que pude, porém as ordens estão mais rígidas que nunca. As portas se fecham para quem não está designado oficialmente para atuar nesse processo. Somente essas pessoas podem chegar até ela. Voltei a ela com a notícia e seu rosto entristeceu-se novamente. Ouça então o que ela pediu que você escreva para a mãe dela. Há uma parte da mensagem que me parece estranha, pois nada significa para mim. Mas ela disse que a mãe compreenderá. Pede então que você lhe transmita o amor que ela sente pela família e por seus amigos da aldeia; pede que diga que ninguém poderia salvá-la, pois esta noite ela tivera, pela terceira vez, "a visão da árvore".

– Que estranho!

– Sim, é realmente estranho, mas foi isso mesmo que ela disse. Disse também que seus pais compreenderiam. Depois ficou pensativa, como se estivesse perdida nos próprios pensamentos; seus lábios se moviam e percebi que ela murmurava repetidamente os versos de um poema que pareciam consolá-la. Anotei-os, julgando que pudessem ter alguma relação com a carta e talvez ser úteis, mas creio que me enganei: eram apenas uns versos sem sentido que ela dizia de memória.

Peguei o pedaço de papel e encontrei o que esperava encontrar:

E quando perdidos no exílio a vagar
Pensarmos em ti com tristeza no olhar
Dá-nos a graça e o dom de te ver.

Já não se podia mais ter esperanças. Tive certeza disso naquele momento. Eu sabia que a carta de Joana era uma mensagem para Noël e para mim, tanto quanto para sua família, e que seu objetivo era afastar para sempre qualquer esperança vã que ainda tivéssemos. Ela queria também que estivéssemos preparados para o golpe de maneira a nos portarmos condignamente como soldados seus. Deveríamos aceitar a vontade de Deus e nela buscar consolo para nossa tristeza. Era assim nossa Joana: preocupava-se com os outros esquecendo-se de si mesma. Sim, ela sofria por nós também; ainda tinha tempo para pensar em nós, os mais humildes de seus servos, e tentar amenizar nossa dor, tornar mais leve o peso de nossas atribulações – ela, que bebia daquela taça amarga, que já caminhava pelo Vale das Sombras.

Escrevi a carta. Não é preciso que lhes diga o quanto me custou. Escrevi-a com o mesmo estilete de madeira com o qual colocara no papel as primeiras palavras que Joana d'Arc me ditara – aquela conclamação aos ingleses para que se fossem da França, feita dois anos antes, quando ela ainda era uma menina de dezessete anos. Com o mesmo estilete escrevi as últimas palavras que ela ditou. Parti-o em seguida. A pena que serviu a Joana d'Arc não poderia servir a outro qualquer que viesse depois dela neste mundo.

No dia seguinte, 29 de maio, Cauchon convocou seus asseclas; quarenta e dois atenderam à convocação. É possível crer que os outros vinte tenham se sentido envergonhados. Os quarenta e dois condenaram Joana por heresia, decidindo entregá-la ao braço secular da Igreja. Cauchon agradeceu-lhes. Em seguida deu ordens para que ela fosse levada na manhã seguinte para o lugar conhecido como Velho Mercado, onde seria entregue a um juiz civil, que a entregaria ao carrasco. Isso significava que seria queimada viva.

Durante toda a tarde e a noite daquele dia a notícia correu de boca em boca. As pessoas começaram a chegar do campo em grupos para ver o trágico espetáculo em Rouen – eram admitidas as que podiam comprovar que eram partidárias dos ingleses. O movimento das ruas foi ficando cada vez mais intenso e a excitação era crescente. Percebia-se algo que já fora possível observar em outras ocasiões: muitas daquelas pessoas tinham pena de Joana. Todas as vezes em que ela corria grande perigo era possível observar isso e naquela terça-feira essa reação voltava a se manifestar – em muitos dos rostos estampava-se uma tristeza contida e patética.

Na quarta-feira logo cedo Martin Ladvenu e um outro frade foram enviados para preparar Joana para a morte. Manchon e eu os acompanhamos. Foi uma tarefa extremamente penosa para mim. Caminhamos por longos corredores escuros que davam muitas voltas conduzindo-nos cada vez mais fundo naquele vasto coração de pedra. Finalmente vimo-nos frente a frente com Joana, mas ela não se deu conta. Estava sentada, com as mãos no colo e a cabeça curvada. Pensava. Seu rosto tinha uma expressão de profunda tristeza. Em que estava pensando? Na sua casa? Nos campos tranquilos? Nos amigos que não veria mais? Ou estaria pensando em todo o mal que lhe haviam causado, no abandono em que se encontrava, nas crueldades que foram feitas contra ela? Pensaria, talvez, na morte – na morte por que ela tanto ansiara e que estava ali tão perto? Será que pensava no tipo de morte que teria? Desejei muito que não, pois ela temia apenas um tipo de morte, que lhe causava terrível aflição. Creio que tal era o pavor que sentia por aquele tipo de morte que ela o eliminava de seus pensamentos, na esperança de que Deus tivesse piedade e lhe mandasse uma morte mais fácil de aceitar. Era possível, então, que a terrível notícia que lhe levávamos fosse recebida com surpresa.

Permanecemos em silêncio por algum tempo, mas ela continuava sem se dar conta da nossa presença ali; continuava totalmente absorta em seus pensamentos, que estavam bem longe daquele lugar. Martin Ladvenu então falou com voz baixa:

– Joana.

Ela assustou-se levemente, ergueu os olhos e deu um sorriso triste.

– Fale. O senhor me traz uma mensagem?

– Sim, minha pobre menina. Procure suportar o que tenho a dizer-lhe. Você acha que poderá suportar?

– Sim – respondeu ela baixando a cabeça.

– Vim prepará-la para a morte.

Um leve tremor quebrou a imobilidade daquele corpo exaurido. Fez-se um profundo silêncio. Na quietude da cela nossas respirações podiam ser ouvidas. Joana então perguntou, ainda com a voz baixa:

– Quando será?

O som abafado de um sino distante chegou até nós.

– Agora. Temos pouco tempo.

Novo tremor, quase imperceptível.

– Tão cedo – ah, tão cedo!

Fez-se um longo silêncio, interrompido novamente pelas badaladas distantes do sino. Ninguém se movia – apenas escutava. Por fim, outra pergunta:

– Que espécie de morte?

– Na fogueira.

– Oh, eu sabia, eu sabia!

Joana ergueu-se bruscamente, prendendo os cabelos com as mãos. Curvou-se, então, e pôs-se a soluçar de um jeito tão sentido, de partir o coração. Depois olhou-nos, um a um, procurando em nossos olhos alguma espécie de consolo – logo ela, que jamais o negara a criatura alguma, nem mesmo a seus inimigos feridos no campo de batalha.

– Oh, como é cruel, como é cruel matarem-me assim! E este meu corpo, que mantive sempre puro, será consumido hoje pelas chamas, transformando-se em cinzas? Ah, quisera eu ter a cabeça cortada sete vezes e não ter que morrer dessa maneira! Foi-me prometida a prisão da Igreja e se me tivessem mandado para lá, se não me deixassem nas mãos do inimigo, eu não teria este miserável fim. Oh, eu apelo a Deus, que é o Grande Juiz, para que não consinta em uma injustiça destas.

Nenhum dos que estavam ali presentes conseguiu se conter por mais tempo. Viraram seus rostos para esconder as lágrimas. Atirei-me de joelhos aos pés de Joana. No mesmo instante, preocupada com o perigo que eu corria, ela sussurrou-me ao ouvido:

– Levante-se! Não se arrisque dessa maneira, meu bom amigo. Pronto, que Deus o abençoe para sempre!

Senti um rápido aperto de sua mão. Minha mão foi a última que ela tocou neste mundo, mas tudo se passou tão rápido que ninguém percebeu. No instante seguinte ela viu Cauchon, que se aproximava. Dirigiu-se a ele com firmeza, dizendo:

– Bispo, é o senhor quem me mata.

– Ah, não diga isso, Joana. Você morre porque não manteve sua promessa e voltou a pecar.

– Tivesse eu sido enviada à prisão da Igreja, como o senhor prometeu, tal coisa não teria acontecido. O senhor terá que responder por isso diante de Deus!

Cauchon não conseguiu disfarçar seu desconforto. Perdera subitamente a segurança que tinha ao entrar. Deu meia-volta, então, e foi-se embora.

Joana ficou pensativa por alguns instantes. Já estava mais calma; um soluço fazia seu corpo tremer, porém já não mais com a mesma intensidade. Por fim, recomposta, dirigiu-se a Pierre Maurice, que chegara com o bispo.

– Mestre Pierre – perguntou ela –, onde estarei esta noite?

– Você não confia em Deus?

– Sim. E por Sua graça estarei no Paraíso.

Depois disso Martin Ladvenu ouviu-a em confissão, após o que ela pediu para receber o santo sacramento. Mas como poderia ele dar a comunhão a uma pessoa banida publicamente da Igreja, a alguém que não tinha mais direito a seus privilégios que uma pagã qualquer? O padre não poderia fazer aquilo, mas mandou perguntar a Cauchon como agir. Todas as leis, fossem elas humanas ou divinas, eram semelhantes para o bispo – ele às desrespeitava sem distinção. Mandou dizer que fizessem a vontade de Joana. O que ela lhe dissera pouco antes deve ter despertado o medo nele. Não despertou sua consciência porque ele era desprovido dela.

A eucaristia foi finalmente trazida para a pobre alma que tanto desejara recebê-la em todos aqueles longos e solitários meses. Foi um momento solene.

Enquanto nos encontrávamos nas profundezas daquela prisão os jardins públicos do castelo estavam se enchendo de homens e mulheres do povo, que, ouvindo falar do sofrimento de Joana, para lá se dirigiram sem saber bem por quê. Nós não tínhamos a menor ideia de que estavam lá, pois não os víamos. Uma outra multidão de gente humilde, semelhante àquela, aglomerava-se no lado de fora do palácio. Quando a pequena procissão com o Sacramento passou, a caminho de Joana na prisão, toda aquela multidão ajoelhou-se e começou a rezar por ela. Muitos deles choraram. Quando a solene cerimônia da comunhão teve início na cela de Joana, um lamento comovido chegou até nós vindo de fora – era a multidão invisível que cantava uma litania para a alma prestes a partir.

O medo da terrível fogueira desapareceu então do coração de Joana, para nunca mais voltar – a não ser por um brevíssimo instante. A serenidade e a coragem instalaram-se em seu coração e lá ficaram até o fim.

24

Às nove horas a Donzela de Orléans, Libertadora da França, partiu com toda a sua graça, sua pureza e sua juventude para dar a vida pelo país que amava com tanta devoção e pelo rei que a havia abandonado. Seguia em uma carroça usada apenas para transportar criminosos. De certa forma, era tratada pior do que uma criminosa, pois ainda não recebera sua sentença e já levava o julgamento inscrito em um chapéu em forma de mitra que a fizeram usar.

HEREGE, PERJURA, APÓSTATA, IDÓLATRA.

Na carroça onde ela ia sentada, acompanhavam-na Martin Ladvenu e mestre Jean Massieu. A longa túnica branca que Joana usava dava-lhe uma aparência ainda mais jovem, delicada e pura, e quando um raio de sol a iluminou à saída da prisão, ainda emoldurada pelo sombrio arco do portal, a multidão que se aglomerava para vê-la exclamou: "É uma visão! É uma visão!" E caiu de joelhos. Muitas das mulheres choravam. Logo em seguida recomeçou a comovedora litania pelos moribundos, uma imponente onda sonora que foi acompanhando a condenada, consolando-a e abençoando-a em todo o seu doloroso percurso até o lugar da execução. "Cristo, tende piedade! Velai por ela, santos e arcanjos! Mártires abençoados, velai por ela! Santos e anjos, intercedei por ela! Oh Deus Todo-Poderoso, tende piedade dela! Oh Deus da caridade, tende piedade dela!"

É absolutamente verdadeiro o que relata uma das histórias ao descrever a cena: "A multidão, pobre e destituída, nada tinha para oferecer a Joana d'Arc além de suas preces; podemos crer, porém, que a oferenda foi preciosa. Sabe-se de poucas cenas mais patéticas em toda a história do que aquela, com a multidão a chorar e rezar, segurando velas acesas, ajoelhada em frente aos muros do velho forte."

E foi assim por todo o percurso: milhares e milhares de pessoas ajoelhadas com suas velas de luz fraca e amarelada pareciam um campo todo salpicado de flores douradas.

Mas havia também os que não se ajoelhavam – eram os soldados ingleses. Estavam postados ombro a ombro nos dois lados da estrada por onde Joana passava, formando uma parede ininterrupta. Por trás dessa parede humana estava a multidão de joelhos.

Um homem muito agitado, com roupas de padre, irrompeu da multidão e, atravessando a barreira de soldados, lançou-se de joelhos ao chão junto à carroça de Joana, aos prantos, erguendo as mãos em súplica.

– Oh, perdão, perdão! – gritava ele.

Era Loyseleur!

E Joana o perdoou. Perdoou-o do fundo do seu coração, que só conhecia o perdão, só conhecia a compaixão, só conhecia a pena de todos os que sofrem, sem se importar com o mal que tivessem feito. Joana não teve uma só palavra de repreensão para aquele pobre-diabo que trabalhara dia e noite com ardis, traições e hipocrisias para levá-la à morte.

Por pouco os soldados não o mataram, mas o conde de Warwick salvou-lhe a vida. O que aconteceu com ele depois disso ninguém ficou sabendo. Escondeu-se em algum lugar do mundo para carpir seu remorso como fosse possível.

Na praça do Velho Mercado erguiam-se as duas plataformas e a fogueira que tinham sido armadas no pátio da Igreja de St. Ouen. As plataformas foram ocupadas da mesma maneira, isto é, uma por Joana e seus juízes e a outra por grandes dignitários, com destaque para Cauchon e para Winchester, o cardeal inglês. A praça estava apinhada de gente, que se aglomerava também nas janelas e nos telhados das casas formando manchas negras.

Quando os preparativos terminaram, todo o ruído e todo o movimento foram aos poucos cessando. A quietude prenhe de expectativa que se seguiu foi solene e impressionante.

Teve início, então, por ordem de Cauchon, o sermão de Nicholas Midi no qual ele explicou que quando um galho da videira – que é a Igreja – adoece e se corrompe, deve ser cortado para não corromper e destruir toda a videira. Ele deixou claro que Joana, com toda a sua iniquidade, era uma ameaça e um perigo para a pureza e a santidade da Igreja e que sua morte, portanto, era necessária. Ao final do discurso Midi voltou-se para ela, fez uma pausa e disse:

– Joana, a Igreja não mais poderá protegê-la. Vá em paz!

Joana sentava-se isolada, à vista de todos, para que ficasse claro que a Igreja a abandonava. E lá ela permaneceu sozinha, aguardando seu fim com paciência e resignação. Chegou então a vez de Cauchon dirigir-se a ela. Tinham-no aconselhado a ler em público os termos da abjuração de Joana e ele os levara consigo; mudou de ideia, porém, temendo que ela proclamasse ali a verdade – que jamais abjurara conscientemente. Isso o cobriria de vergonha e infâmia eternas. Limitou-se, pois, a admoestá-la; disse-lhe que meditasse sobre todo o mal que causara, que se arrependesse e pensasse na salvação de sua alma. Em seguida anunciou sua excomunhão e seu desligamento total do corpo da Igreja. Suas últimas palavras foram para entregar Joana ao braço secular da instituição a fim de ser julgada e receber sua sentença.

Joana, com as lágrimas a lhe escorrerem pelas faces, ajoelhou-se e pôs-se a rezar. Rezar por quem? Por ela mesma? Oh, não – ela rezou pelo rei da França. Sua voz ergueu-se, meiga e clara, ecoando em todos os corações a emoção com que se dirigia a Deus. Em nenhum instante ela falou das traições que ele cometera contra ela, do abandono em que a deixara, jamais se lembrou de que era exatamente por causa da sua traição que ela teria, pouco depois, uma morte terrível. Joana lembrava-se apenas de que ele era o rei e ela, sua súdita leal, que muito o amava; lembrava-se de que os inimigos do rei o destratavam com acusações falsas e relatos maliciosos, e que ele, distante, não tinha como se defender. Diante da própria morte Joana esqueceu-se de si para implorar aos que pudessem ouvi-la que fossem justos com o rei, que acreditassem em sua bondade, sua nobreza e sua sinceridade; disse que ele não poderia ser acusado por coisa alguma que ela tivesse feito, pois todos os seus atos eram de sua própria responsabilidade. Ao terminar ela suplicou, com palavras humildes e emocionantes, que todos ali presentes rezassem por ela e que a perdoassem – fossem eles seus inimigos ou pessoas que sentissem por ela alguma simpatia. Pediu que não lhe guardassem rancor em seus corações, mas pena.

Não houve coração ali presente que não se emocionasse – até mesmo os ingleses e os juízes demonstraram isso. Podia-se ver lábios trêmulos e olhos rasos de lágrimas. Até mesmo os do cardeal inglês – aquele homem que tinha um coração político de pedra, mas em cujo peito batia também um coração de verdade.

O juiz secular, que deveria ter julgado Joana e lhe dado sua sentença, ficou tão perturbado que se esqueceu de cumprir sua tarefa. Joana acabou sendo executada sem que sua sentença fosse dada. Completou-se, então, com uma ilegalidade o processo que começara de maneira ilegal e assim foi conduzido até o fim. O juiz limitou-se a dizer aos guardas:

– Levem-na – e, voltando-se para o carrasco, acrescentou: – Cumpra com sua obrigação.

Joana pediu um crucifixo. Ninguém foi capaz de lhe dar. Mas um soldado inglês partiu um graveto em dois, amarrou-os em forma de cruz e deu-o a ela, levado por seu bom coração. Ela beijou o crucifixo e apertou-o contra o peito. Isambard de la Pierre foi então até uma igreja próxima e trouxe-lhe um crucifixo consagrado. Ela beijou esse também e apertou-o contra o peito. Depois beijou-o ainda várias vezes, cobrindo-o de lágrimas e agradecendo a Deus e aos santos aquela dádiva.

E foi assim, com as faces banhadas em lágrimas e o crucifixo tocando-lhe os lábios, que ela subiu aqueles cruéis degraus até o início da fogueira. O frade Isambard acompanhou-a. Ajudaram-na então a escalar a pilha de lenha erguida ao redor do poste, chegando a um terço de sua altura. Lá Joana ficou, de costas para o poste, enquanto todos a olhavam, imóveis. O carrasco subiu até onde ela estava e amarrou com correntes aquele frágil corpo ao poste. Em seguida desceu para completar seu tenebroso trabalho. E lá ficou Joana, sozinha – ela que tivera tantos amigos enquanto era livre, que fora tão amada naqueles tempos.

Vi tudo isso, apesar de ter a visão toldada pelas lágrimas; mas àquela altura não pude mais suportar. Continuei onde estava, porém o que passo a lhes relatar foi visto por olhos de outros. Os trágicos sons eu ouvi, pois eles se impuseram aos meus ouvidos, fazendo sangrar meu coração. Entretanto, como já disse, a última imagem de Joana gravada pelos meus olhos foi a daquele momento desolador em que a vi com toda a beleza de sua juventude ainda intacta. E é essa a imagem, indestrutível, que guardo comigo todos esses anos. Retomo agora meu relato.

Se alguém pensou que naquele momento solene, quando todos os transgressores se arrependem e confessam seus erros, Joana voltaria atrás, enganou-se. Ela não retirou o que sempre disse conscientemente e não atribuiu seus feitos a Satanás e seus demônios. Isso jamais passou por sua cabeça maravilhosa. Ela não pensava em si mesma ou em seus problemas, mas nos outros e nos males que pudessem recair sobre eles. Foi por isso que, percorrendo com seus olhos tristes a massa humana diante de si, até onde erguiam-se as torres e os telhados pontiagudos daquela cidade, ela disse:

– Oh, Rouen, Rouen, devo mesmo morrer aqui? Deves mesmo ser meu túmulo? Ah, Rouen, Rouen, temo pelo que possas sofrer por minha morte.

Uma baforada de fumaça ergueu-se subitamente diante de seu rosto e, por um rápido momento, ela foi tomada de terror e gritou:

– Água! Deem-me água benta! – mas no instante seguinte seus temores se foram e não voltaram a torturá-la.

Joana ouviu o estalido das chamas e imediatamente preocupou-se com outra pessoa. Era o frade Isambard. Ela lhe havia entregue a cruz, pedindo que ele a erguesse diante de seu rosto para que seus olhos nela encontrassem a esperança e o consolo até que Deus a levasse para Sua paz. Ela fez com que ele se afastasse do perigo do fogo. Satisfeita, disse então:

– Agora mantenha-a sempre onde eu possa vê-la, até o fim.

Nem mesmo naquele momento Cauchon estava disposto a deixá-la morrer em paz. Aproximou-se dela aquela figura negra em suas vestes e sua alma e exclamou:

– Estou aqui, Joana, para exortá-la pela última vez a arrepender-se de tudo que fez e pedir perdão a Deus!

– O senhor é o instrumento da minha morte – disse ela. E foram essas as últimas palavras que ela dirigiu a alguém neste mundo.

No mesmo instante uma enorme labareda ergueu-se, avolumou-se e engolfou Joana totalmente, impedindo que a vissem. E de dentro daquelas chamas ouviu-se sua voz, clara e firme, dizendo uma oração. Quando, por breves momentos, o vento esgarçava um pouco a fumaça negra, ela podia ser vista a olhar para o alto, movendo os lábios. Finalmente uma grande labareda misericordiosa ergueu-se de repente e ninguém mais pôde ver aquele rosto, sequer aquela figura. E a voz silenciou.

Sim, Joana não estava mais entre nós: JOANA D'ARC! Duas palavras tão pequenas que nos falam de um mundo tão belo, naquela hora transformado em um lugar pobre e sem sentido para se viver!

Epílogo

O irmão de Joana, Jacques, morreu em Domrémy durante o Grande Julgamento de Rouen. Cumpriu-se assim a profecia que Joana fizera certa vez, quando estávamos no campo. Naquele dia ela disse também que o resto de nós participaria de grandes batalhas.

Quando o pobre pai soube de seu martírio, morreu de tristeza. Sua mãe recebeu uma pensão da cidade de Orléans e com ela viveu seus últimos dias, que foram muitos. Vinte e quatro anos após a morte da ilustre filha, ela empreendeu uma longa viagem até Paris durante o inverno para estar presente à abertura das discussões na Catedral de Notre-Dame que seriam o primeiro passo para a Reabilitação. Paris estava repleta de gente que lá tinha ido, de todos os cantos da França, para ver aquela veneranda senhora. Foi um espetáculo emocionante quando ela passou por aquela multidão reverente, com os olhos turvados pelas lágrimas, e seguiu seu caminho até o interior da catedral, onde foi recebida com grandes honrarias. Acompanhavam-na Jean e Pierre, não mais os jovens alegres que marcharam conosco a partir de Vaucouleurs: eram já veteranos de muitas guerras, com os cabelos começando a pratear.

Depois do martírio de Joana, Noël e eu retornamos a Domrémy. Mais tarde, porém, quando o condestável Richemont tomou o lugar de Tremouille como principal conselheiro do rei e partiu para completar a grande obra de Joana, vestimos novamente nossos uniformes e retornamos aos campos de batalha onde participamos de muitas guerras e escaramuças pelo rei até que a França ficasse finalmente livre dos ingleses. Essa teria sido a vontade de Joana e, viva ou morta, seu desejo para nós sempre foi lei. Todos os sobreviventes da guarda pessoal foram leais à sua memória e lutaram pelo rei até o fim. Na maior parte do tempo, lutamos em campos distantes, porém, quando Paris caiu, coincidiu de estarmos juntos. Foi um grande dia, aquele; um dia muito feliz. Mas foi também um dia de muita tristeza, pois Joana não estava lá para marchar conosco na retomada da capital.

Noël e eu permanecemos sempre juntos e eu estava a seu lado quando a morte o levou. Foi na última grande batalha daquela guerra. Nela morreu também o velho inimigo de Joana, Talbot. Tinha então oitenta e cinco anos e passara toda a sua vida em campos de batalha. Um belo leão encanecido, com sua juba branca e seu espírito indomável, sim, e sua energia indestrutível também, pois naquele dia ele lutou com o mesmo espírito de cavalheiro e o mesmo vigor com que lutaram os melhores dentre seus homens.

La Hire viveu ainda treze anos depois da morte de Joana; sempre lutando, é claro; era o que mais lhe dava prazer na vida. Não o vi mais, pois estávamos sempre em campos distantes, mas as notícias dele sempre corriam o país.

O Bastardo de Orléans, D'Alençon e D'Aulon ainda viveram para ver a França livre e testemunhar no processo de Reabilitação juntamente com Jean e Pierre d'Arc, Pasquerel e comigo. Mas já estão todos mortos agora, que se passaram tantos anos. Somente eu resto ainda de todos os que lutaram ao lado de Joana d'Arc nas grandes guerras. Ela disse que eu viveria até que essas guerras fossem esquecidas, mas essa profecia não se realizou. Ainda que eu vivesse mil anos, ela não se realizaria, pois tudo que teve o toque de Joana d'Arc tornou-se imortal.

Alguns membros da família de Joana d'Arc casaram-se e deixaram descendentes. São todos nobres, porém seu nome e sua ascendência conferem-lhes honras que nenhum outro nobre recebe ou sonha receber. Vocês viram como todos descobriram suas cabeças quando aquelas crianças vieram visitar-me ontem. Não foi pelo fato de serem nobres, mas porque são netos dos irmãos de Joana d'Arc.

Conto-lhes agora da Reabilitação. Joana coroou o rei em Reims. A recompensa que ele lhe deu foi deixar que a perseguissem até a morte, sem fazer o menor esforço para salvá-la. Nos vinte e três anos que se seguiram ele permaneceu indiferente à sua memória; indiferente ao fato de seu bom nome estar maculado pela condenação dos padres – condenação por atos que ela cometera em defesa dele e do seu cetro. Pois bem, ele permaneceu indiferente ao fato de que a França estava envergonhada e ansiava pela restauração da boa fama de sua Libertadora. Ele permaneceu indiferente todo aquele tempo. Subitamente o rei mudou de atitude, mostrando-se ansioso por ver justiça feita a Joana. Por quê? Tornara-se grato de repente? O remorso teria tocado aquele seu coração de pedra? Não, ele tinha um motivo melhor que esses – melhor para o tipo de homem que ele era. A questão era a seguinte: os ingleses, finalmente expulsos do país, estavam começando a chamar a atenção para o fato de aquele rei ter sido coroado por uma pessoa que os padres provaram ser associada a Satanás e que por isso fora queimada em uma fogueira como bruxa. Que valor ou que autoridade teria um soberano assim coroado? Não teria autoridade alguma. Nenhuma nação poderia permitir que um rei como ele permanecesse no trono.

Já estava na hora de fazer alguma coisa e o rei sabia disso. Foi por isso que Charles VII não sossegou enquanto não foi feita justiça à memória de sua benfeitora.

Ele apelou ao papa e este nomeou uma grande comissão de religiosos para examinar os fatos da vida de Joana e julgarem-na com isenção. A comissão reuniu-se em Paris, em Domrémy, em Rouen, em Orléans e em vários outros lugares, continuando a trabalhar com afinco por vários meses. A comissão examinou todos os registros do julgamento de Joana e convocou testemunhas, como o Bastardo de Orléans, o duque d'Alençon, D'Aulon, Pasquerel, Courcelles e Isambard de la Pierre, Manchon e eu, além de muitos outros cujos nomes já são seus conhecidos de tanto que lhes falei sobre eles; convocaram também mais de cem testemunhas cujos nomes lhes são menos familiares – amigos de Joana em Domrémy, Vaucouleurs, Orléans e outros lugares e um grande número de pessoas que estiveram presentes aos julgamentos de Rouen, à abjuração e ao martírio. E de todo esse exame exaustivo o caráter e a história de Joana emergiram sem um senão, perfeitos. Esse novo veredicto foi registrado e permanecerá para sempre.

Estive presente à maioria dessas ocasiões e vi muitas fisionomias que não via há um quarto de século. Entre elas havia algumas que me eram muito caras – as dos nossos generais e a de Catherine Boucher (casada, infelizmente). Vi também alguns rostos que me encheram de rancor – como os de Beaupère, de Courcelles e de vários de seus companheiros. Vi Haumette e a Pequena Mengette – já se aproximando dos cinquenta anos e mães de muitos filhos. Vi o pai de Noël e os pais do Paladino e do Girassol.

Foi lindo ouvir o duque d'Alençon elogiar as esplêndidas qualidades de Joana como general e depois ouvir o Bastardo endossar aqueles elogios com seu linguajar eloquente, falando também da bondade de Joana, de seu entusiasmo vibrante, da sua impetuosidade e sua sagacidade. Falou ainda da alegria, da ternura e da compaixão e de tudo que se podia imaginar de mais nobre, mais belo, mais adorável. Ele fez com que Joana surgisse diante de mim novamente, causando-me profunda emoção.

Aqui termino minha história de Joana d'Arc, aquela menina maravilhosa, aquela personalidade sublime, aquele espírito que, em um aspecto, não encontra em toda a história outro igual nem jamais encontrará: na pureza com que dedicou sua vida a uma causa, sem a mais leve sombra de ambição pessoal. Por mais que se procure, jamais se encontrará qualquer ação de Joana visando beneficiar-se. Nesse aspecto ela é ímpar em toda a história da humanidade.

Para Joana d'Arc, o amor à pátria foi mais que um sentimento – foi uma paixão. Ela representa a própria essência do patriotismo – foi o patriotismo em forma humana, palpável, visível.

O amor, a misericórdia, a caridade, a bravura, a guerra, a paz, a poesia, a música – tudo isso pode ser representado de diversas maneiras, segundo a preferência de cada um: podem simbolizá-los figuras masculinas ou femininas, de qualquer idade; mas uma menina delicada, na flor da sua juventude, tendo sobre a cabeça a coroa de mártir e na mão esquerda a espada com que libertou dos grilhões a sua pátria..., não será essa, e nenhuma outra, a imagem do PATRIOTISMO por todos os séculos que ainda passarão, até o fim dos tempos?

Apêndice

Santa Joana d'Arc

Um ensaio de Mark Twain

I

A bela e estranha história de Joana d'Arc nos é revelada de maneira clara e minuciosa através das atas dos vários julgamentos a que ela foi submetida, inclusive o da Reabilitação. Dentre um sem-número de biografias que lotam as prateleiras das bibliotecas em todo o mundo, *esta é a única cuja autenticidade nos é confirmada sob juramento.* Ela nos apresenta a imagem vívida de uma carreira e de uma personalidade tão extraordinárias que somos levados a crer em sua veracidade exatamente porque algo assim situa-se além dos limites da ficção. O período público dessa carreira ocupou bem pouco tempo – estendeu-se por apenas dois anos; mas que carreira fulminante! A personalidade que a tornou possível deve ser objeto de estudo reverente, de nosso amor e nosso assombro, porém ela nunca será totalmente compreendida e explicada, por mais que se tente.*

---

*O Registro Oficial dos Julgamentos e da Reabilitação de Joana d'Arc é o relato histórico mais notável que existe em qualquer língua, entretanto são poucas as pessoas em todo o mundo que o leram. Na Inglaterra e na América é praticamente desconhecido. Séculos atrás Shakespeare desconhecia a verdadeira histórica de Joana d'Arc. Naquela época sua história era desconhecida até mesmo na França. Durante quatrocentos anos seus feitos passaram de geração a geração como um vago relato romanceado, não como história autêntica. A verdadeira história permaneceu soterrada nos arquivos oficiais da França desde a Reabilitação de 1456 até duas gerações atrás, quando Quicherat a desencavou e a revelou para o mundo em um francês lúcido e moderno. Trata-se de uma história profundamente fascinante. Mas é apenas o Registro Oficial dos Julgamentos e da Reabilitação que a história de Joana d'Arc pode ser encontrada em sua inteireza (*Nota do autor*).

A vida de Joana d'Arc aos dezesseis anos não deixava antever qualquer promessa de uma existência fabulosa. Ela vivia em uma aldeiazinha inexpressiva nos confins da civilização, jamais tinha viajado para lugar algum e nada vira de excepcional. Seus conhecidos eram apenas simples pastores. Ela jamais tinha visto, sequer, alguma pessoa minimamente notável – nem mesmo um simples soldado; nunca havia andado a cavalo ou segurado alguma arma; não sabia ler ou escrever – sabia apenas fiar e costurar; conhecia o catecismo, sabia dizer suas preces e ouvia sempre fabulosas histórias de santos. Nada mais que isso. Assim era Joana aos dezesseis anos. Que entendia ela de leis? De provas? De tribunais? Do ofício de um defensor? De procedimentos legais? Nada. Menos que nada. E foi assim, equipada da mais absoluta ignorância, que ela se apresentou diante da corte de Toul para contestar uma acusação falsa de quebra de palavra em uma promessa de casamento. Ela mesma incumbiu-se de sua defesa, sem contar com a ajuda, o conselho ou sequer a simpatia de alguém. E venceu a causa. Não convocou testemunha de defesa, mas derrotou a acusação usando com grande maestria a própria testemunha de acusação. O juiz, perplexo, deu o caso por encerrado e referiu-se a ela como "esta maravilhosa criança".

Joana foi ter com o veterano comandante de Vaucouleurs e pediu uma escolta de soldados, dizendo que precisava partir para ajudar o rei da França, já que Deus a incumbira de reconquistar para ele seu reino perdido e colocar a coroa sobre sua cabeça. O comandante espantou-se. "O quê? Você? Mas você não passa de uma criança!" Depois sugeriu que a levassem de volta para sua aldeia, onde deveria ser submetida a uns puxões de orelha. Mas ela disse que teria que obedecer às ordens de Deus e que voltaria a ele de novo, e de novo e de novo até conseguir seus soldados. E falava sério. Ele acabou cedendo, depois de alguns meses de recusa e indecisão; deu-lhe os soldados e sua própria espada, dizendo: "Vá. Seja o que Deus quiser." Ela partiu então em sua longa e perigosa viagem através de território inimigo, falou com o rei e terminou por convencê-lo. Foi então chamada a depor diante da Universidade de Poitiers para provar que agia em nome de Deus, não a mando de Satanás; diariamente, durante três semanas, sentou-se diante daquele congresso de sábios, destemida, e respondeu satisfatoriamente a suas perguntas complexas, superando a ignorância com uma brilhante inteligência e um coração simples e sincero. Novamente Joana saiu vencedora de todo aquele augusto colegiado.

Aos dezessete anos foi feita comandante em chefe do exército, recebendo como subordinados imediatos um príncipe da casa real e todos os generais veteranos da França. À frente do primeiro exército que vira em sua vida, Joana d'Arc marchou para Orléans, tomou a principal fortaleza do inimigo ao cabo de três assaltos desesperados e dez dias depois levantava o cerco à cidade que desafiava o poderio francês havia sete meses.

Depois de uma demora cansativa e sem sentido causada pela instabilidade do rei e pelos conselhos traiçoeiros de seus ministros, ela conseguiu permissão para voltar aos campos de batalha. Tomou Jargeau de assalto e Meung logo depois; forçou Beaugency a render-se e em seguida – em campo aberto – conquistou a memorável vitória de Patay derrotando Talbot, "o leão inglês", mudando definitivamente o curso da Guerra dos Cem Anos. Essa campanha durou apenas sete semanas, porém ainda que durasse cinquenta seus resultados políticos teriam sido vantajosos. Patay, a grande batalha há muito esquecida e que o povo francês não se lembrou de cantar, foi a grande virada para a derrota do poderio inglês na França; a Inglaterra não se recuperaria mais do golpe que sofreu naquele dia. Foi o início do fim de um domínio estrangeiro que tiranizava a França intermitentemente havia trezentos anos.

Veio em seguida a grande campanha do Loire, a tomada de Troyes de assalto e a marcha triunfal por várias cidades e cidadelas que se rendiam à sua passagem a caminho de Reims, onde Joana colocou a coroa sobre a cabeça do rei na Catedral, em meio a grandes demonstrações de alegria do povo e na presença do seu velho pai camponês, que lá tinha ido para ver aquilo e tentar acreditar no que via. Joana conseguira restaurar a coroa e a soberania perdidas. O rei demonstrou sua gratidão naquela ocasião uma única vez em toda a sua existência mesquinha – e quis saber que recompensa ela gostaria de receber. Ela nada pediu para si – pediu apenas que sua aldeia natal fosse dispensada de impostos para sempre. Seu desejo foi atendido e a promessa do rei manteve-se por trezentos e sessenta anos até ser rompida. Naquela ocasião a França era muito pobre e agora é muito rica, porém há mais de cem anos vem cobrando esses impostos.

Joana pediu ainda um outro favor: tendo cumprido sua missão, queria permissão para retornar à sua aldeia, onde voltaria à vida humilde de antes ao lado da mãe e dos companheiros de infância. As crueldades da guerra não lhe davam prazer e a visão do sangue e do sofrimento partia-lhe o coração. Às vezes, durante uma batalha, ela deixava de desembainhar sua espada para não correr o risco de, em meio a tanta loucura, tirar a vida do inimigo. Nos Julgamentos de Rouen um dos depoimentos mais surpreendentes, feito com aquele seu jeito de menina, foi o de que "jamais matara pessoa alguma". Seu pedido de permissão para voltar à sua aldeia foi negado.

Joana quis então marchar imediatamente para Paris, tomá-la e expulsar de vez os ingleses da França. Foi tolhida de todas as maneiras que a traição dos conselheiros e a hesitação do rei puderam criar para tolhê-la. Ainda assim ela forçou a ida a Paris, porém foi gravemente ferida em um assalto bem-sucedido a um dos portões da cidade. Seus homens, é claro, perderam o ânimo – ela era sua única fonte de ânimo – e recuaram. Joana suplicou que não a levassem da frente de batalha, pois a vitória, a seu ver, já era certa. "Tomo Paris agora ou morro!", disse ela. Mas levaram-na de lá à força; o rei ordenou a retirada das tropas e acabou por desbaratá-las. De acordo com um belo costume militar muito antigo, Joana ofereceu sua armadura de prata a St. Denis, pendurando-a em sua catedral. Os dias de glória haviam terminado.

Depois, cumprindo ordens, acompanhou o rei e sua frívola corte. Permaneceu naquela gaiola de ouro enquanto seu espírito livre conseguiu suportar. Quando o tédio tornava-se insuportável, ela reunia alguns soldados e partia para capturar fortalezas.

Finalmente, durante um ataque ao inimigo a partir de Compiègne, no dia 24 de maio (dia em que fez dezoito anos), foi capturada depois de lutar galantemente. Foi sua última batalha. Nunca mais sairia à frente de suas tropas ouvindo o rufar dos tambores.

Assim terminou a carreira militar mais curta e decisiva que a história conhece. Durou apenas um ano e um mês, mas quando começou a França era uma província inglesa e, não fosse por ela, talvez permanecesse assim para sempre. Treze meses! Realmente, foi uma carreira muito breve, mas nos séculos que se passaram desde então quinhentos milhões de franceses nasceram e morreram abençoados pelo que ela lhes deu. E enquanto a França existir, esse débito portentoso continuará crescendo. A França lhe é grata; frequentemente a ouvimos dizer isso. Mas é parcimoniosa também: continua a cobrar os impostos a Domrémy.

II

Joana estava destinada a passar o resto da vida atrás de grades. Era prisioneira de guerra, não uma criminosa comum, portanto seu cativeiro era honroso. De acordo com as regras da guerra, ela deveria estar disponível para resgate e uma oferta justa não poderia ser recusada. Jean de Luxembourg reconheceu sua importância ao exigir por ela o resgate que se exigiria por um príncipe. Naqueles dias tal resgate representava um valor fixo – sessenta e um mil e cento e vinte cinco francos. Todos supunham, é claro, que o rei ou a França agradecida – ou ambos – acorreriam com aquela quantia para libertar sua jovem benfeitora. Mas isso não aconteceu. Passaram-se cinco meses e meio sem que o rei ou a nação fizesse o menor gesto para resgatá-la. Por duas vezes Joana tentou fugir. Numa delas conseguiu libertar-se durante alguns instantes, deixando o carcereiro trancado atrás de si. Mas acabou descoberta e presa novamente. De outra vez tentou fugir de uma torre de dezoito metros de altura, porém a corda era curta demais e ela acabou caindo, machucando-se e vendo-se impedida de fugir.

Por fim Cauchon, bispo de Beauvais, pagou o resgate e comprou Joana. Aparentemente agia em nome da Igreja, que queria julgá-la por usar trajes masculinos e por outros atos ímpios dessa natureza. Na verdade, porém, foi para os ingleses que ele comprou Joana – para o inimigo em cujas mãos a pobre menina tanto ansiava em não cair. A partir de então foi trancada na masmorra do Castelo de Rouen, onde colocaram-na em uma jaula de ferro, acorrentada pelos pés, pelas mãos e pelo pescoço. E dali por diante, até o dia de sua morte, vários soldados ingleses muito rudes faziam-lhe a guarda noite e dia – não de fora de sua cela, mas dentro dela. Foi um cativeiro terrível, porém ela não se rendeu: nada conseguiria destruir aquele espírito invencível. Sua prisão durou um ano e os últimos três meses ela os passou em julgamento diante de uma formidável plêiade de juízes eclesiásticos, disputando o terreno com eles palmo a palmo com impressionante garbo e destemor. Pode-se imaginar o espetáculo daquela menina solitária, abandonada e sem amigos, sem contar com alguém que a orientasse ou se interessasse por seu destino, sem dispor de uma cópia das acusações que lhe faziam ou do complexo e volumoso registro diário das sessões de julgamento para aliviar a terrível demanda que precisava fazer à sua memória surpreendente, lutando aquela longa batalha sem perder a serenidade e a coragem, sempre enfrentando obstáculos colossais. Espetáculo tão dramático e sublime não encontra equivalente nos anais da história e tampouco no campo da ficção.

E quanta grandiosidade e beleza havia em tudo que ela fazia; como seu espírito mantinha o frescor da juventude naquele corpo tão maltratado, faminto, exausto e atormentado! Em suas respostas e sua atitude ela percorria uma variada gama de emoções – desde o desdém e o desafio, expressos com garbo militar, até a mais profunda mágoa expressa com dignidade e nobreza. Às vezes, também, sua paciência se esgotava. Quando quiseram saber que tipo de feitiço usara para transformar seus tímidos soldados em bravos guerreiros, ela deu uma resposta ríspida e inesperada: "O que eu disse foi: 'Vamos acabar com esses ingleses' – e eu mesma parti para fazê-lo"! Quando quiseram provocá-la perguntando por que fora seu estandarte hasteado – e não o de outro comandante – durante a coroação do rei na Catedral de Reims, ela respondeu com a seguinte frase lapidar: "Coube-lhe o ônus; faz sentido, pois, caber-lhe a honra." Essas palavras lhe saíram dos lábios sem qualquer premeditação, entretanto a beleza e a graça do enunciado nada ficam devendo à poesia.

Embora o resultado daqueles julgamentos viesse a definir se ela viveria ou não, Joana foi a única testemunha de acusação e de defesa chamada a depor diante de uma corte reunida para executar uma só tarefa: a de pronunciá-la culpada, quer ela o fosse ou não. E teriam que conseguir isso a partir do que ela mesma dissesse; não havia outra forma de fazê-lo. Toda a vantagem que o saber tem sobre a ignorância, que a idade tem sobre a juventude, a experiência sobre a inexperiência, o ardil sobre a franqueza – todos os truques e armadilhas que aquelas mentes privilegiadas puderam engendrar foram utilizados contra ela sem o menor pudor. E quando todos esses artifícios foram sendo derrotados, um a um, pela intuição de uma mente maravilhosa e alerta, o bispo Cauchon apelou para um expediente tão vil que sua mera descrição é degradante: um padre que se fez passar por alguém da região natal de Joana, dizendo-se penalizado por ela e solidário, ansioso por ajudá-la, fingiu chegar disfarçadamente até sua cela e abusou do seu sagrado ofício para roubar-lhe a confiança. Ela confiou a ele os segredos que suas Vozes haviam-na proibido de revelar e que seus perseguidores tentavam em vão conhecer. Alguém que ouvia escondido anotou tudo e entregou a Cauchon, que depois usou as informações contra ela.

No decorrer dos julgamentos, tudo que Joana dizia era distorcido e usado contra ela; e todas as vezes em que suas respostas não tinham como ser distorcidas, elas não eram registradas. Foi numa ocasião assim que ela fez aquela repreensão patética a Cauchon: "Ah, o senhor manda registrar tudo que é contra mim, mas não deixa que registrem o que é a meu favor."

Não há dúvida de que aquela criatura sem qualquer treino militar revelou ser um gênio no campo de batalha; como general, nada ficou a dever aos mais valorosos e experientes generais da França. Quanto a isso tem-se o testemunho, sob juramento, de dois dos veteranos seus subordinados: um deles é o do duque d'Alençon e o outro é o do maior general francês de sua época, Dunois, o Bastardo de Orléans. Seu talento não foi menor – talvez até tenha sido maior – na guerra sutil que se travou diante da justiça. As atas dos julgamentos de Rouen são testemunhos disso; são documentos que revelam os duelos de esgrima intelectual travados entre Joana e as mentes mais bem preparadas da França. E os resultados não são lisonjeiros para com estas. É também o testemunho desses documentos que invocamos para provar que a grandeza moral de Joana equivalia à grandeza do seu intelecto. Ali temos as provas da força moral que em nenhum momento a abandonou naquelas doze semanas em que sua resistência física foi sendo dilapidada pelo cativeiro, pelos grilhões, pela solidão, pela fome e pela sede, pela doença, pela escuridão em que vivia, pelo frio, pela vergonha, pelas ofensas, pelo sono interrompido, pela traição, pela ingratidão, pelas exaustivas sessões do tribunal, pelas ameaças de tortura na presença do carrasco – nada disso fez com que ela se rendesse, nada fez com que ela se passasse para o lado deles. Aquele frágil ser humano destroçado que subiu à fogueira permaneceu tão invencível no último dia quanto no primeiro.

Embora sua grandeza tenha se manifestado de tantas maneiras, talvez tenha sido nessas coisas que acabo de mencionar que ela melhor tenha se revelado – na paciência com que suportou tudo, na persistência, na força moral inabalável. Não podemos ter a esperança de encontrar alguém que se compare a ela nessas qualidades. Por mais que ergamos nossos olhos, o ponto mais alto que conseguimos divisar apresenta-nos apenas um contraste estranho e curioso – vemos uma águia cativa tentando inutilmente alçar voo com suas asas quebradas no Rochedo de Santa Maria.

III

Os julgamentos chegaram ao fim com a condenação de Joana. Mas como ela não cedeu coisa alguma e não voltou atrás em nada, a vitória foi dela e não de Cauchon. Porém os recursos de maldade daquele homem ainda não haviam se esgotado. Ela foi convencida a assinar um documento de pouca importância e na hora, traiçoeiramente, substituíram o papel por um outro que continha seu repúdio ao pecado e uma confissão pormenorizada de tudo de que ela havia sido acusada durante os julgamentos – de tudo que ela negara e repudiara persistentemente durante três meses. Foi esse documento falso que ela assinou, sem saber. Essa, sim, foi uma vitória de Cauchon. E logo em seguida ele deu continuidade a seu crime impiedoso preparando para ela uma armadilha inescapável. Quando ela percebeu isso, desistiu de continuar lutando: denunciou a traição feita contra ela, repudiou a falsa confissão, reafirmou tudo que dissera durante os julgamentos e seguiu para seu martírio com a paz de Deus em seu coração cansado. Nos lábios levava palavras de exaltação e preces por aquele ingrato que ela coroara e pela nação de ingratos que ela salvara.

Quando a fogueira foi acesa e ela pediu que lhe dessem um crucifixo para beijar, não foi um amigo e sim um inimigo, não um francês e sim um estrangeiro, não um companheiro de armas e sim um soldado inglês que atendeu àquele pedido patético. Quebrou nos joelhos um graveto, amarrou as duas partes na forma do símbolo que ela tanto amava e o entregou a ela. Esse gesto delicado não foi esquecido e nunca será.

IV

Vinte e cinco anos mais tarde o Processo de Reabilitação foi instituído, pois havia grandes dúvidas sobre a validade de um reinado resgatado e restabelecido por uma pessoa a quem a Igreja chamava de bruxa e cujas relações com os espíritos do mal haviam sido atestadas por essa instituição. Os velhos generais de Joana, seu secretário, vários parentes já idosos e amigos seus de Domrémy, membros da corte de justiça que ainda não tinham morrido e pessoas que secretariaram os processos de Rouen e Poitiers – uma revoada de testemunhas, algumas das quais tinham sido suas inimigas e acusadoras –, todas essas pessoas prestaram juramento e deram seu testemunho. E tudo que disseram foi anotado. Naqueles depoimentos tomados ali foi surgindo a história de Joana d'Arc, desde sua infância até seu martírio. Era uma história comovedora e bela. Do veredicto ela surge absolutamente imaculada, em mente e espírito – pura em tudo que disse e em tudo que fez. E assim ela permanecerá para sempre, até o fim dos tempos.

Joana d'Arc é o ser humano mais maravilhoso que já existiu. E quando pensamos na sua origem, nas circunstâncias de seus primeiros anos de vida, em seu sexo, e nos damos conta de tudo que ela fez quando ainda era uma menina, somos levados a reconhecer que Joana d'Arc não foi apenas a grande maravilha de todos os tempos: foi também o grande mistério. Quando tentamos explicar os feitos de um Napoleão, de um Shakespeare ou de um Rafael, um Wagner ou um Edison – todos eles extraordinários –, sabemos que não é só o talento de cada um que justifica os resultados alcançados – nem mesmo a maior parte dos resultados. Não, há que considerar o ambiente em que cada uma dessas pessoas cresceu e viveu, a atmosfera em que seus talentos se desenvolveram; há que pensar no treinamento que tiveram enquanto cresciam, em tudo de que se nutriam através da leitura, dos estudos, dos exemplos ao redor de si, no entusiasmo que tinham ao descobrirem-se a si mesmos e serem descobertos pelos outros em cada estágio de seu desabrochar. Quando conhecemos todos esses pormenores, sabemos por que cada uma daquelas pessoas estava pronta quando a oportunidade se deu. Podemos supor que o lugar onde Edison nasceu e a atmosfera em que cresceu tiveram muita influência na descoberta que ele fez de si mesmo e na sua descoberta pelo mundo. Assim podemos supor também que ele passaria despercebido pela vida se vivesse em um país onde os inventores não despertassem interesse, onde não houvesse uma atmosfera favorável a ambições de reconhecimento e aplauso – um lugar como Dahomey, por exemplo. O talento de Edison jamais se revelaria em Dahomey. De certa maneira pode-se dizer que a genialidade não nasce com o dom da visão – nasce cega. E não é ela que abre os olhos por si mesma; o que a torna capaz de enxergar são as sutis influências de uma miríade de circunstâncias exteriores a ela.

Todos sabemos que isso não é uma suposição, mas um truísmo, um lugar-comum. Lorraine foi a Dahomey de Joana d'Arc. E é aí que o Mistério nos desafia. Podemos aceitar que ela tivesse nascido com talento militar, com coragem leonina, com incomparável força de caráter, com uma mente prodigiosa em vários aspectos – dentre os quais o talento do advogado para detectar armadilhas preparadas pelo adversário em ardilosos e traiçoeiros arranjos de palavras aparentemente inocentes; com a eloquência dos oradores; o dom de clareza e concisão, o dom de analisar e sopesar as evidências e, por fim, o talento do estadista para compreender a situação política e saber como melhor aproveitar as oportunidades quando elas se oferecem; podemos até aceitar que ela tenha nascido com todas essas virtudes, mas não podemos compreender como elas tornaram-se imediatamente efetivas, prontas para serem usadas, sem a intermediação de uma atmosfera propícia e sem o conhecimento que vem do estudo e da prática - anos de prática - completados e aperfeiçoados por mil erros cometidos. Podemos compreender como a promessa de um pêssego perfeito esteja escondida no humilde caroço amargo, mas não concebemos a ideia de o pêssego surgir diretamente do caroço sem a intervenção de longas estações, do paciente cultivo e desenvolvimento. Saída de aldeiazinha pastoril perdida nos mais remotos confins, de um lugar atrofiado por séculos de estupor e ignorância, não podemos imaginar uma Joana d'Arc surgindo equipada até o último detalhe para realizar sua assombrosa carreira. Jamais conseguiremos explicar esse mistério, por mais que nos esforcemos.

Isso está além da nossa capacidade de raciocínio. Todas as regras deixam de ser aplicáveis no caso dessa menina. Ela é um caso isolado na história do mundo - absolutamente isolado. Outros provaram seu talento logo na primeira vez em que o usaram - talento militar, jurídico, diplomático, a virtude da coragem, a força moral. Mas em todos os casos houve anos de amadurecimento e associações que, com maior ou menor intensidade, prepararam-nos para suas tarefas. Não se conhecem exceções à regra. Mas Joana provou sua competência em um tribunal aos dezesseis anos de idade sem jamais ter visto um livro de direito ou uma corte de justiça; não teve qualquer treinamento militar ou qualquer associação com militares, entretanto demonstrou-se competente como general desde sua primeira campanha. Demonstrou coragem já na primeira batalha, porém sua coragem não foi educada - não teve sequer a educação que é dada aos meninos, a quem sempre se lembra que meninos não podem ser covardes, que só as meninas podem. Por fim, absolutamente só, ignorante e na flor da juventude, acorrentada em uma masmorra durante semanas a fio, perseguida por inimigos que só desejavam sua morte, ela foi capaz de enfrentá-los. Eram as mentes mais preparadas, sagazes e experientes da França e ela as enfrentou com uma sabedoria inata que superava a deles; frustrou seus truques e suas armadilhas com uma sagacidade natural que em nenhum momento deixou de surpreendê-los. A cada dia colhia novas vitórias, superando incríveis desvantagens, contra tudo e contra todos. E a cada dia acampava no terreno conquistado. Não há na história do intelecto humano alguém que, sem treinamento, sem experiência prévia, usando apenas seus dons de nascença, sequer se aproxime dos feitos de Joana d'Arc. Ela é um caso isolado e continuará assim para sempre por uma razão ímpar: nenhuma de suas grandes realizações teve a mais remota sombra sequer de um aprendizado. Fosse ele pelo ensino, pela prática, pelo ambiente em que ela viveu ou pela experiência. Ninguém se compara a ela, pois todas as demais figuras ilustres *desenvolveram-se* para chegar onde chegaram em um ambiente que lhes permitiu descobrir seus dons inatos, que os nutriu e promoveu, intencionalmente ou não. A história tem tido outros jovens generais, mas nenhum deles foi uma menina, nenhum deles chegou a esse posto sem uma experiência militar prévia. Joana *começou* como general; ela comandou a primeira tropa que viu em sua vida; conduziu-a de vitória em vitória e jamais perdeu uma batalha. Sabe-se de comandantes em chefe bastante jovens, porém de nenhum tão jovem quanto ela: Joana d'Arc é o único soldado que teve o comando supremo do exército de uma nação aos dezessete anos de idade.

Sua história tem também um outro aspecto que a torna sem par: o mundo sempre contou com muitos profetas, mas nenhum como ela ousou descrever com tanta precisão os eventos previstos, dando nomes, datas e locais – *e acertou sempre*. Em Vaucouleurs ela disse que chegaria até o rei, que ele faria dela general para romper com o poderio inglês e coroar seu soberano em Reims. Tudo isso aconteceu. "Dentro de um ano", disse ela – e foi dentro de um ano. Ela previu seu primeiro ferimento – como seria e quando – com um mês de antecedência. Isso foi registrado três semanas antes. Na manhã do dia previsto ela voltou a dizer o que lhe sucederia e antes que a noite caísse ela foi ferida. Em Tours ela previu o fim de sua carreira militar – dentro de um ano a contar daquela data – e acertou. Previu seu martírio usando *essa palavra mesma*, e disse que ocorreria três meses depois – acertou novamente. Numa época em que a França parecia estar definitiva e inapelavelmente nas mãos dos ingleses, ela afirmou duas vezes, diante dos juízes, que dentro de sete anos a Inglaterra teria uma derrota maior do que a que tivera em Orléans: isso ocorreu quando eram decorridos cinco anos – a queda de Paris. Houve ainda outras profecias suas que se realizaram, sempre dentro do limite de tempo previsto.

Joana d'Arc era profundamente religiosa e ainda acreditava poder conversar diariamente com anjos; julgava poder vê-los diante de si e aconselhar-se com eles; eles a consolavam quando estava triste, animavam-na e traziam-lhe as ordens diretamente de Deus. Sua fé na origem divina das aparições e das Vozes era a fé simples de uma criança e não houve ameaça de morte capaz de fazê-la abrir mão dela. O caráter de Joana era belo, simples e encantador. Nos registros dos julgamentos isso se evidencia nitidamente. Ela era delicada, cativante e afetuosa; amava sua família, seus amigos e sua aldeia; ficava profundamente infeliz diante do sofrimento alheio; tinha extrema compaixão: no campo de batalha, após uma esplêndida vitória, ela era capaz de deixar tudo de lado para segurar no colo a cabeça de um soldado inimigo que agonizava e consolar aquele espírito que partia com palavras caridosas; numa época em que o costume era sacrificar os prisioneiros, ela opôs-se corajosamente a isso, salvando-lhes a vida; ela sabia perdoar, sabia ser generosa, altruísta, magnânima; não havia nela o menor vestígio de mesquinhez. E nunca deixou de ser uma *menina*; uma menina adorável como todas devem ser: quando caiu ferida pela primeira vez ficou assustada e chorou ao ver o sangue escorrendo de seu peito; mas nunca deixou de ser Joana d'Arc e quando percebeu que seus generais mandavam tocar retirada ela se pôs de pé novamente e comandou o assalto que levou à vitória.

Não havia imperfeição naquele belo caráter.

Como é estranho que, diante de tanta beleza, o artista se fixe em apenas um detalhe ao pintá-la – um detalhe pouco importante da personalidade de Joana d'Arc, qual seja, o fato de ela ser uma camponesa.

Fixa-se nisso e esquece-se de tudo mais. Retrata Joana como uma mulher abrutalhada, como uma vendedora de peixes já madura, sem graça, exibindo um rosto destituído de espiritualidade. O artista, limitado por uma ideia pobre, esqueceu-se de que os espíritos realmente grandiosos nunca se alojam em corpos grosseiros. Não há carnadura, não há músculo capaz de suportar o trabalho que seus corpos têm que realizar; seus milagres se realizam através do espírito, que tem cinquenta vezes mais força e resistência do que os músculos. Os Napoleões são pequenos; são capazes de trabalhar vinte horas por dia e estão sempre prontos a continuar, enquanto soldados corpulentos de alma pequena caem desmaiados de cansaço. Sabemos como era Joana sem necessidade de perguntar coisa alguma – nós a conhecemos pelo que ela fez. O artista deveria pintar seu *espírito* – se fizesse isso não se enganaria – teria pintado Joana d'Arc corretamente. Sua imagem seria bela: a imagem de uma jovem graciosa e esbelta, impregnada da "graça espontânea da juventude", encantadora e gentil, um belo rosto transfigurado pela luz daquele intelecto brilhante e pelo fogo do seu espírito insaciável.

Se levarmos em consideração, como já sugeri antes, as circunstâncias de sua vida – sua origem e juventude, seu sexo, o fato de não ser letrada, o ambiente em que cresceu, os obstáculos que precisou superar, contando apenas com seus dons, para ter as vitórias que teve nos campos de batalha e nas guerras diante da justiça – Joana d'Arc se apresenta, de longe, como a pessoa mais extraordinária que a espécie humana já produziu em todos os tempos.

Este livro foi composto na tipografia Minion Pro, em corpo 10/12,5, e impresso em papel off-set 56g/m² no Sistema Digital Instant Duplex da Divisão Gráfica da Distribuidora Record.